PICKWICK

Questo romanzo è un'opera di fantasia. Nomi, personaggi, luoghi e avvenimenti sono frutto dell'immaginazione dell'autore o sono usati in chiave fittizia. Qualsiasi riferimento a fatti, luoghi reali o persone, realmente esistenti o esistite, è puramente casuale.

I versi da *L'isola del tesoro* di Robert Louis Stevenson, sono tratti dall'edizione Mondadori 2011, traduzione di Angiolo Silvio Novaro.

Si avverte il lettore che, nella numerazione dei capitoli, il 13 è volutamente omesso.

www.pickwicklibri.it
www.sperling.it

L'amico immaginario
di Stephen Chbosky
Titolo originale dell'opera: *Imaginary Friend*

ISBN 978-88-200-7145-5

I edizione Pickpocket giugno 2021

Anno 2021-2022-2023 - Edizione 1 2 3 4 5 6 7 8 9 10

STEPHEN CHBOSKY

L'AMICO IMMAGINARIO

Traduzione di Chiara Brovelli

Sperling & Kupfer

A Liz,
e alle mamme di tutto il mondo.

50 anni prima…

Resta sulla strada. Non possono prenderti se non lasci la strada.

Il piccolo David Olson sapeva di essere nei guai. Non appena fossero tornati mamma e papà, le avrebbe prese. La sua unica speranza era che il cuscino messo sotto la coperta creasse realmente l'illusione che fosse a letto. Facevano così in TV. Ma adesso non aveva nessuna importanza. Era sgattaiolato fuori dalla finestra della sua cameretta e si era calato giù aggrappandosi all'edera, scivolando e ferendosi un piede. Ma non faceva così male. Non come succedeva a suo fratello maggiore quando giocava a football. No, non faceva così male.

Percorse zoppicando Hays Road. La foschia gli investiva il viso. La nebbia scendeva dalla collina. Alzò gli occhi verso la luna. Era piena. Per la seconda sera di fila. Una luna blu. Così gli aveva detto suo fratello. Come nella canzone che mamma e papà ballavano ogni tanto, quando erano ancora felici. Prima che David li spaventasse.

Blue Moon.

I saw you standing alone.

Il piccolo David Olson udì un rumore tra i cespugli. Per un attimo pensò che fosse un altro di quei sogni. Invece no. Sapeva che non era un sogno. Si era costretto a manere sveglio. Nonostante le emicranie. Doveva arrivare là, quella notte.

Passò un'auto, i fari illuminarono la nebbia. David si nascose dietro una cassetta delle lettere, mentre la Ford Mustang si allontanava lasciandosi dietro una scia di rock'n'roll. Una coppia di adolescenti che ridevano. Tanti ragazzi venivano arruolati nell'esercito e la guida in stato di ebbrezza era parecchio diffusa. Almeno, così diceva il suo papà.

«David?» sussurrò una voce. Sussurrò. Sssusssurrò. Sssss.

L'aveva realmente detto qualcuno? O l'aveva solo immaginato?

«Chi c'è?» chiese.

Silenzio.

Probabilmente l'aveva sentito nella sua testa. Bene, non era un problema. Almeno, non era la signora che parlava con quella voce sibilante. Almeno non stava sognando.

O forse sì?

Guardò giù dal pendio, verso l'angolo con il lampione, in Monterey Drive. I due adolescenti lo superarono di nuovo, portandosi via la loro musica. Fu allora che David vide l'ombra di una persona. Una figura al centro della pozza di luce proiettata dal lampione. Che aspettava e fischiava. Fischiava e aspettava. La melodia somigliava a…

Blue Moon.

Gli fece rizzare i peli sulla nuca.

Non avvicinarti a quell'angolo.

Sta' lontano da quella persona.

Ma il piccolo David Olson tagliò per i cortili.

In punta di piedi, si avvicinò a una vecchia recinzione. *Non devono sentirti.* Né vederti. *Hai lasciato la strada. È pericoloso.* Guardò in su, verso una finestra, dietro la quale una babysitter stava facendo sesso con il suo ragazzo, mentre il bambino piangeva. Ma sembrava un gatto. Era ancora sicuro che non fosse un sogno, tuttavia diventava sempre più difficile distinguerlo dalla realtà. Passò sotto la recinzione e l'erba bagnata gli sporcò i pantaloni del pigiama. Non sarebbe riuscito a nasconderli alla mamma. Avrebbe dovuto pulirli lui. Come le lenzuola, ora che aveva ricominciato a bagnare il letto. Le lavava ogni mattina. La mamma non doveva sapere. Perché gli avrebbe fatto delle domande. Domande a cui lui non poteva rispondere.

Non ad alta voce.

Attraversò il boschetto dietro la casa dei Maruca. Superò l'altalena che il signor Maruca aveva costruito con i suoi bambini. Dopo una dura giornata di lavoro, c'erano sempre due biscotti Oreo e un bicchiere di latte ad aspettarli. Una o due volte il piccolo David Olson li aveva aiutati. Adorava quei biscotti. Soprattutto quando erano un po' vecchi e si ammorbidivano.

«David?»

Il sussurro era più forte adesso. David si voltò. Non c'era nessuno. Sbirciò di nuovo verso la luce del lampione, tra le case. L'ombra era sparita. Poteva essere ovunque. Magari proprio dietro di lui. *Oh, ti prego, fa' che non sia la signora che sibila. Ti prego, fa' che io non stia dormendo.*

Crack.

Un ramoscello alle sue spalle si spezzò. Il piccolo David Olson dimenticò il piede dolorante e si mise a correre. Tagliò per il prato dei Pruzan e imboccò Carmell Drive, dove svoltò a sinistra. Sentì dei cani che ansimavano. Che si avvicinavano. E invece, non c'era nessun cane. Erano solo rumori. Come nei sogni. Come il pianto del bambino che sembrava un miagolio. Lo stavano rincorrendo. Così, accelerò. I suoi scarponcini colpivano il marciapiede bagnato. Smack smack smack, come il bacio di una nonna.

Quando finalmente arrivò all'angolo di Monterey Drive, andò a destra. Corse al centro della strada. Come una zattera su un fiume. *Resta sulla strada. Non possono prenderti se non lasci la strada.* Sentiva i rumori su entrambi i lati. Sibili sommessi. E cani che ansimavano. E leccavano. E bambini che sembravano gatti. E quei sussurri.

«David? Togliti dalla strada. Rischi di farti male. Vieni sul prato, dove sarai al sicuro.»

Era la signora che sibilava. Lo sapeva. Aveva sempre una voce gentile, all'inizio. Come una supplente che si sforza un po' troppo di piacere. Ma quando la guardavi non era più carina. Si trasformava in una bocca sibilante, con dei denti. Più brutta della strega cattiva. La cosa più brutta del mondo. Quattro zampe, come un cane. O il collo lungo come una giraffa. Hssss.

«David? La mamma si è fatta male ai piedi. Sono pieni di tagli. Vieni ad aiutarmi.»

La signora che sibilava stava usando la voce della sua mamma, adesso. Sleale. Ma lo stava facendo comunque. Riusciva addirittura ad assumerne le sembianze. La prima volta aveva funzionato. Le era andato incontro, sul prato. E lei lo aveva afferrato. Non aveva dormito per due notti, dopo quell'episodio. Dopo che lo aveva portato nella casa con il seminterrato. E con il forno.

«Aiuta tua madre, stronzetto.»

La voce di nonna, adesso. Ma non era lei. David sentiva i denti bianchi della signora che sibilava. *Non guardarli. Tieni lo sguardo dritto davanti a te. Continua a correre. Arriva alla strada senza uscita. Puoi farla sparire per sempre. Arriva all'ultimo lampione.*

«Hssssss.»

David Olson guardò avanti, verso l'ultimo lampione nel vicolo cieco. E poi si fermò.

L'ombra era tornata.

Era al centro di una pozza di luce. Che aspettava e fischiava. Fischiava e aspettava. Sogno o no, non andava affatto bene. Ma David non poteva fermarsi adesso. Dipendeva tutto da lui. Doveva superare quella figura per arrivare al luogo dell'incontro.

«Hiiiiiissssssssss.»

La signora era più vicina. Dietro di lui. Improvvisamente David Olson sentì freddo. Il pigiama era umido. Nonostante il cappotto. Poteva solo continuare a camminare, nient'altro. Dimostrando di avere fegato come suo fratello. Come gli adolescenti che venivano chiamati alle armi. Sì, poteva comportarsi coraggiosamente e continuare a camminare. Un passetto. Due.

«Ciao...» disse il piccolo David Olson.

La figura non rispose. Né si mosse. Inspirava ed espirava, e il suo respiro creava...

Nuvole.

«Ciao... tu chi sei?» chiese il bambino.

Silenzio. Il mondo trattenne il fiato. Il piccolo David Olson infilò la punta dello scarponcino nella pozza di luce. La figura si mosse.

«Chiedo scusa, ma devo passare di qui. Per te va bene?»

Silenzio, di nuovo. David spostò il piede di pochi centimetri. La figura cominciò a voltarsi. David pensò di tornare a casa, ma doveva andare fino in fondo. Era l'unico modo per fermare lei, la signora. Mise tutto il piede nella luce. La figura si voltò ancora un po'. Come una statua che si destava. David entrò con la gamba. Un altro movimento. Alla fine il bambino non poté più aspettare, ed entrò con tutto il corpo nella luce. La figura corse verso di lui. Gemeva. Allungò un braccio. Il bambino attraversò il cerchio, seguito dalla figura. Che lo sfiorava. E urlava. David sentì le unghie lunghe che tentavano di raggiungerlo e, proprio quando stava per afferrarlo per i capelli, fece una scivolata sul marciapiede, come nel baseball. Si sbucciò un ginocchio, ma non aveva importanza. Era fuori dalla luce. La figura tornò di nuovo immobile. David era in fondo alla strada. Il vicolo cieco con la casa di legno e la coppia di sposini.

Spostò lo sguardo oltre la strada. La notte era silenziosa. Si udivano dei grilli. Una lieve nebbia illuminava il sentiero che portava agli alberi. Era terrorizzato, ma non poteva fermarsi. Dipendeva tutto da lui. Doveva portare a termine la sua missione, o la signora che sibilava sarebbe apparsa di nuovo. E suo fratello maggiore sarebbe stato il primo a morire.

Il piccolo David Olson lasciò la strada e camminò.

Oltre la recinzione.

Attraverso il campo.

E si inoltrò nel bosco di Mission Street.

PARTE PRIMA

Oggi

1

Sto sognando?

Ecco cosa pensò il ragazzino quando la vecchia Ford station wagon prese un dosso e lo fece svegliare all'improvviso. Aveva la sensazione di essere a letto, al calduccio sotto le coperte, ma con il bisogno disperato di andare al bagno. Strizzò gli occhi, per via del sole, e guardò verso l'Ohio Turnpike. Faceva caldo, era agosto, e dall'asfalto si levavano onde di vapore, come quelle della piscina in cui lo aveva portato la mamma dopo che era riuscita a risparmiare qualcosa, saltando qualche pranzo. «Ho perso un chilo e mezzo», gli aveva detto ammiccando. Quella era stata una giornata buona.

Si stropicciò gli occhi stanchi e si tirò su a sedere. Era al posto del passeggero. Gli piaceva stare davanti quando mamma guidava. Gli sembrava di far parte di un club. Un club speciale, composto da lui e da quella bella signora magrissima. Si voltò a guardarla, incorniciata dal sole del mattino. La sua pelle aderiva al sedile caldo. Le spalle erano rosse attorno alla canotta. La pelle appena sotto i pantaloncini tagliati era chiara. In una mano teneva una sigaretta, ed era davvero affascinante. Come le attrici delle vecchie pellicole che vedevano insieme, il venerdì, per la serata cinema. Adorava i suoi mozziconi macchiati di rossetto rosso. Gli insegnanti, a Denver, dicevano che le sigarette erano dannose. Quando l'aveva riferito a sua madre, lei ci aveva scherzato su, rispondendogli che dannosi erano loro, e aveva continuato a fumare.

«In realtà hanno un ruolo importante nella vita degli alunni, quindi dimentica quello che ho detto», si era corretta poi.

«Okay.»

Adesso la guardò mentre spegneva una sigaretta e ne accendeva subito un'altra. Faceva così solo quando era preoccupata. E lo era sempre, quando si trasferivano. Forse questa volta sarebbe stato diverso. Era quello che diceva lei, dopo che papà era morto. Stavolta sarà diverso. Anche se non cambiava mai nulla.

E stavolta stavano scappando.

Mamma fece un tiro e un filo di fumo salì in volute oltre le gocce di sudore che le imperlavano il labbro superiore. Teneva lo sguardo sulla strada, immersa nei suoi pensieri. Le ci volle un intero minuto per accorgersi che era sveglio. E poi sorrise.

«Non è una splendida mattina?» gli chiese in un sussurro.

Lui non si curava affatto di come fosse quella o quell'altra mattina. Ma sua madre sì. Quindi, di riflesso, era importante anche per lui.

«Sì, mamma. Stupenda.»

Adesso la chiamava sempre mamma. Aveva smesso di chiamarla mammina tre anni prima. Lei diceva che lo faceva sembrare un bimbo piccolo, e non lo voleva così. A volte gli chiedeva di mostrarle i muscoli. E lui faceva uno sforzo per gonfiare i bicipiti. Per apparire forte come suo padre in quella foto di Natale. L'unica che avesse di lui.

«Hai fame, amico?»

Il ragazzino annuì.

«C'è un'area di sosta lungo l'autostrada, al di là del confine di Stato. Sono sicura che troveremo una tavola calda.»

«Ce li avranno i pancake con le gocce di cioccolato?»

Gli tornarono in mente quelli di Portland. Erano passati due anni, ormai. C'era un ristorante sotto il loro appartamento, in città. E il cuoco gli dava sempre i pancake. Dopo, erano stati a Denver e nel Michigan. Ma quei pancake non li aveva dimenticati e neppure il tizio gentile che li cucinava. Prima di conoscerlo, non immaginava che gli uomini adulti – escluso suo padre – potessero essere buoni con lui.

«Se non li hanno, prendiamo degli M&M's e ce li mettiamo in mezzo. Okay?»

Adesso era lui a essere preoccupato. Non le aveva mai sentito dire una cosa del genere. Nemmeno quando si erano trasferiti, in passato. Sua madre si sentiva sempre in colpa, quando cambiavano casa. Ma anche nei momenti peggiori insisteva nel ribadirgli che il cioccolato non era un alimento adatto alla colazione. Anche quando si faceva i suoi frappè SlimFast. E no, quelli non potevano essere considerati cioccolata. Gliel'aveva già chiesto.

«Okay», le rispose, e sorrise, sperando che non sarebbe stata un'eccezione.

Tornò a guardare la strada. Il traffico rallentò e videro un'ambulanza e una station wagon. I paramedici stavano fasciando la testa di un uomo, che perdeva sangue. A giudicare dall'aspetto doveva essersi tagliato la fronte, e probabilmente aveva perso anche qualche dente. Qualche metro più avanti, videro il cervo sul cofano dell'auto. Un corno era ancora incastrato nel parabrezza. Aveva gli occhi sbarrati. E lottava e si dimenava quasi non sapesse che era giunta la sua ora.

«Non guardare», lo avvertì sua madre.

«Scusa», disse lui prima di distogliere lo sguardo.

Non le piaceva che vedesse cose spaventose. Gli era già successo troppe volte da quando era al mondo. In particolare dalla morte di suo padre. Così, il ragazzino spostò gli occhi sui capelli di lei, sotto il foulard. Per sua madre era una bandana, mentre a lui piaceva paragonarlo a quelli che portavano le attrici nei vecchi film del venerdì sera. Guardò i capelli di lei, e poi i suoi, castani come quelli di papà, in quell'unica foto natalizia. Non ricordava granché di lui. Nemmeno la voce. Solo l'odore di tabacco sulla sua camicia e quello della crema da barba Noxzema. Ecco. Non sapeva niente di lui, a parte il fatto che doveva essere stato un grand'uomo, perché questo era ogni papà. Un grand'uomo.

«Mamma? Stai bene?» le disse.

Lei incurvò le labbra nel suo sorriso più radioso. Ma c'era paura sul suo volto. Come otto ore prima, quando lo aveva svegliato nel cuore della notte e gli aveva detto di prendere le sue cose.

«Sbrigati», aveva sussurrato.

E lui aveva obbedito. Aveva gettato tutte le sue cose nel sacco a pelo. Quando era entrato in soggiorno in punta di piedi, aveva visto Jerry che dormiva sul divano. Si stava strofinando gli occhi con le dita coperte di tatuaggi. Per un attimo, sembrava che si sarebbe svegliato. Invece no. E, mentre lui aveva continuato a dormire, loro erano saliti in auto. Nel vano portaoggetti del cruscotto c'erano i soldi di cui Jerry ignorava l'esistenza. Tutto il resto se l'era preso lui. Nel silenzio della notte, erano partiti. Per un'ora, sua madre aveva tenuto d'occhio lo specchietto retrovisore, più che la strada.

«Mamma? Ci troverà?» le chiese ora.

«No», rispose lei e si accese un'altra sigaretta.

La guardò. Alla luce del mattino, comprese che il rossore sulle guance non dipendeva dal trucco. E una sensazione lo invase. Lo disse a se stesso.

Non puoi fallire.

Era la sua promessa. Guardò la mamma e pensò: Ti difenderò io. Non come quando era ancora molto piccolo e non poteva fare nulla. Era cresciuto, adesso. E le sue braccia non sarebbero rimaste per sempre pelle e ossa, senza l'ombra di un muscolo. Avrebbe fatto i piegamenti. Sarebbe diventato più forte, per lei. L'avrebbe protetta. L'avrebbe fatto per suo padre.

Non puoi fallire.

Devi proteggere tua madre.

Sei l'uomo di casa.

Guardò fuori dal finestrino e vide un vecchio cartello a forma di cuneo. Era rovinato dal sole e dalle intemperie, diceva: NELLO STATO DELLA PENNSYLVANIA TROVERAI UN AMICO. E forse sua madre aveva ragione. Forse sarebbe stato diverso, questa volta. Quello era il loro terzo Stato in due anni. Forse, questa volta avrebbe funzionato. Comunque fossero andate le cose, sapeva di non poterla deludere.

Christopher aveva sette anni e mezzo.

2

ERANO arrivati in Pennsylvania da una settimana, quando accadde.

A Christopher sua madre aveva detto di aver scelto la cittadina di Mill Grove perché era piccola e tranquilla, e perché vantava un'ottima scuola elementare. In cuor suo, tuttavia, lui pensava che avesse voluto scovare una località fuori dal mondo. Una strada per entrare. Una per andarsene. Alberi tutti intorno. Non conoscevano nessuno là. E, se nessuno li conosceva, Jerry non sarebbe riuscito a trovarli.

Mill Grove era un nascondiglio perfetto.

A sua madre serviva soltanto un lavoro. Ogni mattina la guardava truccarsi e pettinarsi, per farsi bella. Si metteva gli occhiali, che le davano un'aria sveglia e brillante, e si tormentava per via del buco sotto l'ascella dell'unico blazer che avesse per presentarsi ai colloqui. C'era un buco nel tessuto, non nella cucitura. Quindi, non poteva fare altro che chiuderlo con una spilla di sicurezza e pregare che tenesse.

Quando lui finiva di mangiare i Froot Loops, lo portava alla biblioteca della cittadina a scegliere il suo libro del giorno, mentre lei dava una scorsa alle offerte di lavoro sul giornale. Il libro era il «prezzo» che doveva pagare per i cereali. Poteva averli per colazione se si esercitava nella lettura. Altrimenti, gli toccava il porridge (o qualcosa di peggio). Quindi, diamine, leggeva.

Una volta che mamma si era annotata qualche annuncio promettente, tornavano in auto e raggiungevano i vari indirizzi dove si svolgevano i colloqui. Gli diceva che voleva portarlo con sé perché così avrebbero vissuto un'avventura. Loro due soltanto. La vecchia Ford era uno squalo con cui andavano a caccia di prede. La verità era che non avevano i soldi per pagare una babysitter, ma a lui non importava, perché stava con la sua mamma.

Così se ne andavano in giro a cacciare e, mentre guidava, lei lo metteva sotto torchio chiedendogli le capitali degli Stati. Facendogli risolvere problemi di matematica. E interrogandolo sui vocaboli.

«La scuola elementare di Mill Grove è davvero carina. Hanno un laboratorio di informatica, e tutto il resto. Adorerai la seconda.»

Ovunque andassero a vivere, sua madre ricercava le migliori scuole pubbliche così come le altre mamme le bibite in offerta. E questa volta, gli disse, avrebbe avuto il massimo. Il motel era vicino a un grande distretto scolastico. Gli promise che lo avrebbe accompagnato in macchina tutte le mattine, così che non lo chiamassero il «bambino del motel», fino a quando non avesse messo da parte una somma sufficiente a pagare un appartamento. Voleva che lui avesse quell'istruzione che a lei era stata negata. E non era un problema se faceva fatica. In seconda sarebbe migliorato in matematica. Tutto il duro lavoro avrebbe dato i suoi frutti e avrebbe smesso di invertire le lettere quando leggeva. Christopher sorrideva e le credeva, perché lei credeva in lui.

Poi, quando arrivavano al posto in cui si teneva il colloquio, mamma si prendeva un momento per sé e pronunciava delle parole che trovava nei manuali di automiglioramento, perché stava provando a credere in se stessa.

«Loro *vogliono* amarti.»

«Sei *tu* che decidi che questo è il lavoro giusto per te. Non *loro*.»

Quando finalmente aveva acquisito fiducia, entravano nell'edificio. Christopher rimaneva seduto in sala d'aspetto a leggere il suo libro, come voleva la mamma, ma le lettere continuavano a spostarsi, e la sua mente cominciava a vagare, e tornava dai suoi vecchi amici. Gli mancava il Michigan. Se non fosse stato per Jerry, avrebbe voluto restarci per sempre. I bambini erano simpatici, là. Ed erano tutti poveri, quindi nessuno se ne rendeva conto. E il suo migliore amico, Lenny «lo Strambo» Cordisco era divertente, e si abbassava sempre le mutande davanti alle suore, al catechismo. Christopher si chiese che cosa stesse facendo, adesso. Probabilmente si stava beccando una sgridata da suor Jacqueline, tanto per cambiare.

Al termine di ogni colloquio, sua madre usciva con un'espressione scossa, che lasciava intendere che in realtà fossero *loro* a decidere se assumerla o meno. Non *lei*. E allora rimontavano in auto e ripartivano, perché che altro avrebbero potuto fare? Lei diceva che il mondo può provare a portarti via tutto.

Ma che bisogna rinunciare all'orgoglio.

Era il sesto giorno. Andarono in città e sua madre si fermò davanti a un parchimetro. Quindi tirò fuori il fidato sacchetto di carta, quello con la scritta FUORI SERVIZIO. Lo mise sulla macchinetta e disse a Christopher che rubare era sbagliato, ma che pagare il parcheggio era peggio. Avrebbe ripagato il mondo quando si fosse rimessa in piedi.

Di solito Christopher andava a leggere nella sala d'aspetto. Ma quel giorno c'erano lo sceriffo e il suo vice seduti a mangiare in una tavola calda dall'altra parte della strada. Sua madre li chiamò e chiese loro se sarebbero rimasti lì ancora un po'. I due la salutarono e le dissero che avrebbero tenuto d'occhio il suo ragazzo. Così, per ricompensarlo del fatto che si stesse esercitando nella lettura, mamma gli permise di restare nel piccolo parco, mentre entrava nella casa di riposo per il suo colloquio. Per Christopher, l'insegna sull'edificio diceva così:

SAHDY PNIES.

«Shady Pines», lo corresse sua madre. «Se hai bisogno di qualcosa, chiama lo sceriffo.»

Andò alle altalene. Su una, c'era un bruco. Lenny Cordisco lo avrebbe schiacciato, ne era certo. Ma lui stava male quando vedeva uccidere insetti e animaletti. Così, servendosi di una foglia, lo portò sotto un albero, dove sarebbe stato al fresco e al sicuro. Quindi tornò all'altalena, ci salì sopra e cominciò a spingersi. Forse non aveva ancora messo su un muscolo. Ma sapeva saltare, diamine!

Mentre andava su e giù, guardava le nuvole. Ce n'erano decine. Avevano tutte delle forme differenti. Una somigliava a un orso. Un'altra a un cane. Vide anche degli uccelli. E degli alberi. Ma una in particolare era più bella di tutte le altre.

Quella che sembrava una faccia.

Non apparteneva a un uomo. E neanche a una donna. Era solo un bel viso fatto di nuvole.

E gli stava sorridendo.

Si lasciò andare e saltò.

Finse di essere atterrato sulla *warning track* di un campo da baseball. Prima metà del nono inning. Due out. Una presa eccellente. I Tigers vincono! Ma adesso Christopher era vicino a Pittsburgh, in Pennsylvania, ed era giunto il momento di cambiare squadra, se voleva piacere agli altri bambini. Forza Pirates!

Era sull'altalena da dieci minuti quando sua madre tornò. Questa volta però non aveva la solita espressione abbattuta. Solo un enorme sorriso.

«Hai avuto il lavoro?» le chiese.

«Stasera mangiamo cinese.»

Dopo aver ringraziato lo sceriffo, rimediando un avvertimento per il sacchetto sul parchimetro, fece salire il bambino sullo squalo e ripartirono, pronti per la serata film. La serata del venerdì era solo per loro. Non se la sarebbe persa per niente al mondo. E quella sarebbe stata la migliore degli ultimi tempi. Senza Jerry. Soltanto loro due, unici membri del loro club speciale. Cibo spazzatura. E vecchi film presi in biblioteca.

Passarono da 7-Eleven per giocare i suoi numeri, come tutte le settimane. Comprarono qualche birra e poi tornarono in biblioteca a prendere due libri per Christopher, per il weekend, e un paio di film per la loro serata. Perché la gente paga per qualcosa che può avere gratis? Andarono a cena al *China Gate*, consigliato dallo sceriffo, perché nessuno s'intende di cibo come gli sbirri, e per poco lei non ebbe un mancamento quando vide i prezzi, ma fece del suo meglio per nascondere la sua espressione a Christopher. Poi sorrise. Disse che la Visa aveva ancora una piccola disponibilità di cui Jerry non era al corrente, e che di lì a una settimana avrebbe preso la paga. E, quando tornarono al motel, avvolti dal profumo di involtini primavera, pollo all'arancia e del piatto preferito di Christopher, Lo Mein (gli spaghetti cinesi che piacciono a tutti! diceva il menu), fecero progetti su come avrebbero speso la vincita alla lotteria, come facevano ogni venerdì, prima di verificare che avevano perso ancora una volta.

Christopher disse che le avrebbe comprato una casa. Disegnò addirittura il progetto sulla carta millimetrata. Lui avrebbe avuto dei videogame, e una stanza piena di dolci. Un campo da basket e un piccolo zoo accanto alla cucina. Aveva studiato tutto accuratamente. Ma la stanza migliore era quella della mamma, la più grande della casa. Aveva un balcone con un trampolino per tuffarsi nella piscina privata. E un guardaroba sterminato, pieno di bellissimi vestiti senza strappi sotto le ascelle.

«Tu che cosa ci faresti con i soldi della vincita, mamma?»

«Pagherei un insegnante privato per te e ti comprerei tutti i libri del mondo.»

«Meglio la mia idea.»

Arrivati al motel, il mini frigo non funzionava bene, quindi la birra non si sarebbe raffreddata in tempo per la loro festicciola. Così, mentre lei guardava l'estrazione sul piccolo televisore, Christopher andò alla macchina del ghiaccio in fondo al corridoio. E fece quello che aveva imparato guardando i vecchi film. Prese qualche cubetto e ci versò sopra la birra perché fosse bella fredda.

«Ecco, mamma. *On the rocks.*»

Non capì la sua reazione quando scoppiò a ridere, ma fu contento di vederla così felice.

La mamma sorseggiò la sua birra on the rocks con delle esclamazioni di apprezzamento, finché non lo vide raggiante e orgoglioso per quella brillante soluzione – anche se forse non proprio azzeccata – al problema della birra calda.

Una volta appurato che i suoi numeri non erano usciti – NEMMENO QUESTA VOLTA – sua madre strappò il biglietto e infilò un dvd nel vecchio lettore che aveva acquistato a una vendita di quartiere, quando stavano ancora in Michigan. Il primo film era un vecchio musical che aveva tanto amato da ragazzina. Uno dei pochi ricordi belli della sua infanzia, che adesso apparteneva anche a Christopher. Finito di cenare, quando i Von Trapp erano ormai al sicuro in Svizzera, scartarono i loro biscotti della fortuna.

«Il tuo che cosa dice, mamma?»

«Avrai fortuna in tutto quello su cui metterai le mani.»

...a letto, pensò, ma lo tenne per sé.

«E il tuo, tesoro?»

«Sul mio non c'è scritto niente.»

Diede un'occhiata. In effetti il foglietto era bianco, eccezion fatta per una serie di numeri. Sembrava così deluso. Già i biscotti erano abbastanza cattivi... Ma nessuna fortuna?

«In realtà sei stato super fortunato», gli disse.

«Davvero?»

«Non trovare messaggi è il massimo della fortuna. Significa che puoi scriverti il tuo. Vuoi fare cambio?»

Il bambino ci pensò su un momento e poi rispose: «No».

Conclusi i negoziati, giunse il momento di mettere il secondo film. Prima che finisse, e i buoni avessero vinto la guerra, Christopher si era addormentato con la testa sulle ginocchia di sua madre. Lei rimase seduta a lungo a osservarlo dormire. Le tornò in mente quando avevano guardato *Dracula* e lui aveva finto di non avere paura, anche se poi aveva indossato maglioni a collo alto per un mese.

C'è un momento in cui l'infanzia finisce, pensò. E lei

voleva che per lui arrivasse molto, molto più avanti. Voleva che fosse abbastanza sveglio da uscire da quell'incubo, ma non così tanto da rendersi conto di viverne uno.

Lo prese in braccio e lo adagiò nel suo sacco a pelo. Gli diede un bacio sulla fronte, e d'istinto controllò che non avesse la febbre. Poi, quando ebbe finito la sua birra on the rocks, se ne preparò un'altra uguale. Perché comprese che quella era una serata che non avrebbe dimenticato.

La sera in cui avrebbe smesso di fuggire.

Erano passati quattro anni.

Quattro anni, da quando aveva trovato suo marito morto in una vasca da bagno, in un lago di sangue, e senza nemmeno un biglietto. Quattro anni di dolore, e rabbia, e di un comportamento che non sentiva suo. Ma quando era troppo era troppo.

Smetti di scappare. Smetti di fumare. Smetti di ucciderti, si disse. Tuo figlio merita di meglio. E anche tu. Basta debiti. Basta farabutti. Voleva solo la tranquillità di una vita per cui aveva lottato e che aveva ottenuto faticando.

Un genitore con un lavoro è un eroe, per alcuni. Anche se il lavoro consiste nel pulire i bisogni degli anziani in una casa di riposo.

Uscì con la sua birra all'esterno. Sentì la brezza fresca. E si rammaricò del fatto che fosse tardi, perché avrebbe voluto ascoltare la sua canzone preferita di Springsteen, e fingere di essere un eroe.

Mentre finiva la birra e l'ultima sigaretta che avrebbe mai fumato era contenta, gli occhi rivolti alla notte di agosto e alle splendide stelle dietro quella grande nuvola.

Quella nuvola che sembrava una faccia sorridente.

3

La settimana successiva fu la migliore che Christopher avesse trascorso da parecchio tempo. Ogni mattina guardava fuori dalla finestra e vedeva la lavanderia a gettoni dall'altra parte della strada. E il palo del telefono. E il lampione con l'alberello.

E le nuvole.

C'erano sempre. E c'era qualcosa di confortante, in loro. Confortante come l'odore di un guantone da baseball di cuoio. Confortante come sua madre, che una volta gli aveva preparato la minestra Lipton invece della Campbell's, perché lui preferiva i tagliolini piccoli. Ecco, le nuvole gli davano quella stessa sensazione di sicurezza. Che stessero comprando cose per la scuola o vestiti, gomme o altro materiale di cancelleria. Le nuvole erano sempre lì. E sua madre era felice. E non c'era scuola.

Fino a lunedì.

Lunedì, nell'istante stesso in cui si svegliò, vide che la nuvola a forma di faccia era scomparsa. Non aveva idea di dove fosse andata, ma la cosa lo rese triste. Perché quello era il giorno. Il giorno in cui avrebbe avuto veramente bisogno del conforto delle nuvole.

Il primo giorno di scuola.

A sua madre non avrebbe mai potuto dirlo. Si faceva in quattro per permettergli di entrare in quelle ottime scuole, e lui si sentiva in colpa anche per il solo fatto di pensare una cosa simile. Ma la verità era che odiava la scuola. Non gli importava di non conoscere nessuno. Ci era abituato. No, a renderlo nervoso c'era quell'altra cosa. Per dirla in parole semplici…

Era stupido.

Forse era un bravo bambino, ma come studente era

uno schifo. Avrebbe preferito che sua madre gli avesse urlato in faccia quanto era idiota, come faceva la mamma di Lenny Cordisco. Ma lei non lo rimproverava mai. Anche quando portava a casa i compiti in classe di matematica, in cui era andato malissimo, la mamma aveva sempre la stessa reazione.

«Non ti preoccupare. Continua a provare. Ce la farai.»

Lui si preoccupava, però. Perché non ci arrivava. E sapeva che non ci sarebbe mai arrivato. Soprattutto in una scuola dura come le elementari di Mill Grove.

«Ehi. Faremo tardi il tuo primo giorno. Finisci la tua colazione.»

Christopher mangiò la sua scodella di Froot Loops e provò a esercitarsi leggendo il retro della confezione. Sopra c'era Bad Cat. Era il cartone animato più divertente che trasmettevano il sabato mattina. Era uno spasso anche nella versione sulla scatola dei cereali. Saliva in cima a un edificio in costruzione e rubava il panino a un muratore. Lo mangiava tutto. E, quando veniva beccato, recitava la sua battuta più famosa.

«Scusa. Volevi finirlo?»

Ma quella mattina era troppo nervoso per ridere del fumetto. Così, andò in cerca di altre cose per distrarsi. I suoi occhi videro il cartone del latte. C'era la fotografia di una bambina scomparsa. Sorrideva, mostrando la finestrella al posto dei due incisivi. Si chiamava Emily Bertovich. Gliel'aveva detto sua madre. Per lui il nome era un altro.

Eimyl Bretvocih.

«Siamo in ritardo. Andiamo, ragazzo», gli disse la mamma.

Christopher finì il latte zuccherato per farsi coraggio e chiuse la zip della felpa rossa con il cappuccio. Mentre andavano a scuola, ascoltò sua madre spiegargli che «tecnicamente» non erano residenti nel distretto della scuola, quindi in un certo senso aveva «mentito» dando l'indirizzo del lavoro come loro residenza.

«Quindi, non dire a nessuno che viviamo al motel, okay?»

«Okay.»

Oltrepassarono le colline e Christopher osservò le diverse zone della città. Dapprima notò macchine con mattoni al posto delle ruote, nei giardini davanti alle case. Pittura scrostata, tegole mancanti. Il pick-up attrezzato, nel vialetto, per le battute di caccia. Un po' come si vedevano nel Michigan. E poi entrarono nella zona più bella. Grandi dimore in pietra. Prati curati. Automobili dalla carrozzeria scintillante nei vialetti. Doveva aggiungerne una nel progetto della casa di mamma.

Durante il tragitto, Christopher scrutò il cielo in cerca delle nuvole. Erano andate via, ma vide comunque qualcosa che gli piacque. Indipendentemente dal quartiere, era sempre vicino. Grande e attraente, con tanti e tanti alberi. Tutti verdi e belli. Per un attimo, gli sembrò di scorgere qualcosa che correva là dentro. Veloce come un lampo. Non era sicuro di aver visto bene. Forse era un cervo.

«Mamma, cos'è quello?»

«Il bosco di Mission Street.»

Quando arrivarono a scuola, sua madre avrebbe tanto voluto dargli un bacio sdolcinato di fronte a tutti quei bambini nuovi. Ma lui doveva conservare la sua dignità, così invece gli diede un sacchetto di carta marrone e cinquanta centesimi per il latte.

«Aspettami, dopo la scuola. Non parlare con gli sconosciuti. Se hai bisogno, chiamami a Shady Pines. Il numero è cucito dentro ai tuoi vestiti. Ti voglio bene, tesoro.»

«Mamma?» Era spaventato.

«Puoi farcela. Hai già affrontato tutto questo in passato. No?»

«Mammina...»

«Chiamami mamma. Non sei piccolo.»

«Ma loro saranno più intelligenti di me...»

«Voti e intelligenza non sono la stessa cosa. Continua a provare. Ce la farai.»

Lui fece sì con la testa, e le diede un bacio.

Scese dall'auto e andò verso la scuola. C'erano già decine di bambini che circolavano disordinatamente, salutandosi al rientro delle vacanze estive. C'erano due gemelli che si prendevano a spintoni e ridevano. Il più piccolo aveva una benda su un occhio, probabilmente pigro. Due bambine si grattavano per via del prurito causato dalle divise nuove. Una aveva le treccine. Quando lo videro, smisero di fare quello che stavano facendo e lo fissarono, come accadeva sempre tutte le volte che arrivava in un posto nuovo. Era l'oggetto strano e luccicante nella vetrina di un negozio.

«Ehi», disse, e loro gli rivolsero un cenno, come fanno i bambini. Silenziosi e diffidenti all'inizio. Come un branco di animali.

Andò nell'aula dell'appello e si sedette in fondo. Sapeva di dover evitare i banchi davanti, perché è un segno di debolezza. «Gentilezza e debolezza non vanno mai confuse», diceva sua madre. Ma a parer suo valeva nel mondo degli adulti.

In quello dei bambini no.

«Quello è il mio posto, Mollusco.»

Christopher alzò gli occhi e vide un alunno di seconda, con un maglione e un taglio di capelli da ricco. Presto avrebbe saputo il suo nome: Brady Collins. Ma per ora era soltanto un ragazzo infuriato perché quello nuovo ignorava le regole.

«Come?»

«Sei al mio posto, Mollusco.»

«Oh. Okay. Scusa.»

Christopher conosceva la prassi. Così si alzò.

«Non provi nemmeno a ribellarti. Che pappamolla», commentò Brady.

«E guardate i pantaloni. Sono talmente corti che si vedono i calzini», fece una bambina.

Si chiamava Jenny Hertzog, come avrebbe scoperto più tardi, durante l'appello. Adesso era solo una ragazzina pelle e ossa, con i denti sporgenti e un cerotto sul ginocchio, che lo prendeva in giro: «Ha l'acqua in casa! Ha l'acqua in casa!»

Gli vennero le orecchie rosse. Si spostò immediatamente sull'unica sedia libera, a sinistra. Proprio davanti alla cattedra. Abbassò lo sguardo sui suoi pantaloni e si rese conto che doveva essere cresciuto, perché sembrava Alfa-Alfa di *Simpatiche canaglie*. Provò a tirarseli giù, ma il denim non voleva saperne di cedere.

«Scusate il ritardo, bambini», disse l'insegnante, entrando in aula.

La signorina Lasko aveva l'età di una mamma, ma si vestiva come una teenager. Portava la minigonna, aveva i capelli biondi e il trucco più pesante che Christopher avesse mai visto su una persona al di fuori di un circo. Posò il thermos sulla cattedra, con un rumore sordo, e scrisse il suo nome sulla lavagna con una calligrafia perfetta.

Signorina Lasko

«Ehi», sussurrò una voce.

Christopher si voltò e vide un bambino grasso. Per qualche motivo che andava al di là della sua comprensione, stava mangiando del bacon.

«Sì?» gli rispose, sempre sussurrando.

«Non dare retta a Brady e Jenny. Sono degli idioti, okay?»

«Grazie», disse Christopher.

«Ti va del bacon?»

«Magari non durante la lezione.»

«Come vuoi», fece l'altro, continuando a masticare rumorosamente.

E fu così che, come succede nel mondo dei bambini, Christopher sostituì Lenny Cordisco con un nuovo migliore amico, Edward Charles Anderson, che ritrovò al corso di recupero di lettura, a pranzo e in palestra. E che si dimostrò pessimo sia nella lettura sia nel kickball. Lui lo chiamava Eddie, ma tutti gli altri, a scuola, usavano il suo soprannome.

«SpecialEd.»

4

DURANTE le due settimane successive, Christopher e SpecialEd furono inseparabili. Pranzavano insieme in mensa (ti do la mia salsiccia affumicata). Frequentavano entrambi il corso di recupero di lettura dall'anziana e dolce signora Henderson, la bibliotecaria, con il suo burattino Dewey il Delfino. Sbagliavano insieme i compiti di matematica. Addirittura, frequentavano lo stesso gruppo di catechismo due sere alla settimana.

SpecialEd diceva che i bambini cattolici dovevano andarci per una ragione... per prepararsi a quello che sarebbe stato l'inferno. Marc Pierce, che era ebreo, gli chiese cosa fosse il catechismo.

«Un vero schifo», gli rispose SpecialEd divertito.

Christopher aveva imparato tanto tempo prima a non lamentarsi del fatto di doverci andare. Una volta, quando vivevano ancora nel Michigan, si era nascosto tra i cespugli per evitare il catechismo. Sua madre lo aveva chiamato più volte, e lui era rimasto in silenzio. Poi, alla fine, si era davvero arrabbiata.

«Christopher Michael Reese, vieni qui SUBITO!» aveva detto.

Aveva usato tutti e tre i suoi nomi: quando succedeva, Christopher non aveva scelta. Doveva obbedire. Fine dei giochi. Game over. Con la faccia di pietra, sua madre gli aveva detto che suo padre era cattolico e che gli aveva promesso di allevare il loro bambino secondo la fede cattolica, così che il legame tra loro non si limitasse a quell'unica fotografia di Natale.

E lui avrebbe voluto morire.

Tornando a casa, quella sera, aveva pensato a suo padre che leggeva la Bibbia. Lui probabilmente non mescolava le lettere come faceva suo figlio. Doveva essere stato molto più intelligente, perché i papà erano così. Molto più svegli. Quindi, aveva dato la sua parola: avrebbe imparato a leggere, e avrebbe capito che cosa significavano quelle parole, così avrebbe avuto un altro modo per sentirsi vicino al suo papà, al di là del ricordo della sua camicia che odorava di tabacco.

Per la scelta della chiesa, sua madre seguiva da sempre la strategia della Guerra Fredda del presidente preferito di sua nonna, Ronald Reagan: fidati, ma verifica. Così aveva scovato quella di St. Joseph, a Mill Grove. Il sacerdote, padre Tom, era fresco di seminario. Niente scandali alle spalle. E quella era la sua prima parrocchia. Aveva passato l'esame. Era una brava persona. E Christopher aveva bisogno di uomini per bene nella sua vita.

Per la sua fede, tuttavia, un prete valeva l'altro. E non

le importava se la messa era bella o meno. O la musica. La sua fede era morta in quella vasca da bagno, accanto a suo marito. Certo, quando guardava il suo ragazzo poteva comprendere perché la gente credesse nell'esistenza di Dio. Ma quando era seduta in chiesa, non sentiva la Sua parola. Alle sue orecchie giungevano soltanto i mormorii e i pettegolezzi delle brave donne cattoliche che vedevano in lei una mamma della classe lavoratrice (ossia «un rifiuto umano»).

In particolare la signora Collins.

Tutto, in Elizabeth Collins, era perfetto. Dai capelli castani lisci al tailleur elegante, fino all'educato disprezzo nei confronti di «quella gente» che in verità Gesù avrebbe amato. I Collins sedevano sempre al banco davanti. Erano sempre i primi a mettersi in fila per ricevere la comunione. E, se il signor Collins aveva un ciuffo di capelli fuori posto, lei allungava all'istante un dito per rimetterlo a posto, un artiglio da corvo che sfoggiava una manicure elegante.

Quanto al figlio Brady, la mela – come si suol dire – non era caduta lontana dall'albero.

Se la madre di Christopher avesse avuto a che fare con la signora Collins soltanto la domenica, sarebbe anche riuscita a tollerarlo. Ma il marito di lei era un impresario edile che possedeva mezza Mill Grove, inclusa la casa di riposo in cui lavorava e di cui la signora era direttrice. A sentir lei, aveva accettato quella posizione per «ripagare la comunità» offrendo i propri servizi. In realtà, quel ruolo le consentiva di urlare dietro al personale e ai volontari, per essere sicura che l'anziana madre, malata di Alzheimer, godesse delle migliori attenzioni possibili. La stanza migliore. Il cibo migliore. Il meglio di tutto. La madre di Christopher aveva viaggiato abbastanza da sapere che Mill Grove era solo un piccolissimo stagno. Ma per la famiglia Collins equivaleva all'Oceano Pacifico.

de un'occhiata alla stanza del motel. Il neon della lavanderia a gettoni, all'esterno, trasformava le tende in un occhio che faceva l'occhiolino.

Ma non c'era nessuno.

Guardò l'orologio accanto a sua madre, che dormiva nell'altro letto. Le due e diciassette del mattino. Provò a rimettersi a dormire, ma per qualche ragione non ci riuscì. Così rimase lì sdraiato, con gli occhi chiusi, e la mente che vagava.

E ascoltò la pioggia che veniva giù a catinelle.

Pioveva a dirotto, chissà da dove arrivava tutta quell'acqua. Pensò che si sarebbero prosciugati gli oceani.

«Ha l'acqua in casa! Guardate i suoi pantaloni! Ha l'acqua in casa! Ha l'acqua in casa!»

Gli tornò in mente quella frase, e un nodo gli strinse lo stomaco. Di lì a poche ore sarebbe andato a scuola. Scuola significava aula dell'appello. E appello significava...

Jenny Hertzog e Brady Collins.

Lo aspettavano tutte le mattine. Jenny per sfotterlo, Brady per fare a botte. Christopher sapeva che sua madre era contraria alle scazzottate. Diceva sempre che non sarebbe diventato un bullo violento come gli uomini della sua famiglia. Non gli permetteva nemmeno di avere delle pistole giocattolo.

«Perché no?» gli chiese SpecialEd a pranzo.

«Perché mamma è una pacchista.»

«Vuoi dire una pacifista?»

«Sì. Quello. Come mai conosci questa parola?»

«Perché mio padre odia i pacifisti.»

Christopher porse l'altra guancia e Jenny Hertzog era lì, pronta a prendere in giro lui e gli altri ragazzi del corso di recupero per alunni stupidi. Ma in fin dei conti non gli importava. Era in quella classe, e Jenny era particolarmente cattiva con chi ne faceva parte. Aveva dato a Eddie il soprannome di SpecialEd, a Matt quello di Pappagallo Pirata, per via della benda sull'occhio pigro. Il suo gemello, Mike, era l'atleta numero uno della scuola, ma lei lo chiamava «Mike Due Mamme» o «Mike la Lesbica», a seconda di come le girava, perché lui e suo fratello avevano due madri e nessun padre. Christopher però era quello nuovo, quindi era trattato peggio. Ogni singola giornata a scuola cominciava con Jenny che indicava i suoi pantaloni troppo corti e attaccava con la sua cantilena.

«Ha l'acqua in casa! Ha l'acqua in casa!»

Era arrivato al punto di chiedere a sua madre dei calzoni nuovi ma, quando le aveva letto in faccia che non se li poteva permettere, aveva finto di averglieli chiesti per scherzo. Poi un giorno, a pranzo, aveva detto alla signora della mensa che il latte non lo voleva, così avrebbe risparmiato cinquanta centesimi al giorno, e i pantaloni se li sarebbe comprati da solo. Aveva già messo da parte tre dollari e cinquanta.

Solo che non aveva idea di quanto costassero.

Pensò di chiederlo alla signorina Lasko, ma aveva gli occhi iniettati di sangue e l'alito che puzzava come quello di Jerry dopo una serata al bar. Così aspettò che finissero le lezioni e andò dall'anziana e dolce signora Henderson.

Era una persona molto silenziosa. Anche per una bibliotecaria. Era sposata con l'insegnante di scienze, il signor Henderson. Henry. Christopher stentava a credere che i professori potessero avere un nome di battesimo, eppure era così. Si chiamava Henry Henderson.

Quante e.

Quando chiese alla donna quanto costasse un paio di pantaloni, lei gli propose di guardare sul computer. Sua madre non l'aveva, quindi fu un evento per lui. Si collegarono al web e cercarono «pantaloni». Controllarono molti negozi e constatarono che costavano un sacco di soldi. Diciotto dollari e quindici nei grandi magazzini JCPenney.

«E a quanti cinquanta centesimi equivalgono?» le domandò.

«Non lo so. Sai dirmelo tu?»

In matematica era una frana quasi quanto nella lettura. Ma la signora Henderson, come avrebbe fatto una brava insegnante, invece di dargli la risposta gli diede una matita e un foglietto, e gli disse di fare il calcolo. Sarebbe tornata a controllare di lì a qualche minuto. E lui cominciò a fare il calcolo, cinquanta centesimi alla volta. Due giorni, cento centesimi. Cioè un dollaro. Tre giorni erano centocinquanta. Un dollaro e mezzo. Con i sette dollari nel salvadanaio a forma di maialino avrebbe potuto…

ciao

Christopher guardò il computer. Emise un suono. E nell'angolo a sinistra notò una casella. INTSATN MSESGAGE, diceva. Ma sapeva che voleva dire INSTANT MESSAGE. Qualcuno gli stava scrivendo.

ciao

Si voltò a cercare la bibliotecaria, ma era uscita. Era solo. Riportò gli occhi sul monitor. Il cursore lampeggiava, lampeggiava. Sapeva di non dover parlare con gli sconosciuti. Ma questo non era esattamente parlare. E così diede un colpetto con il puntatore. Colpetto. Colpetto.

«Ciao», scrisse.

chi sei?

«Christopher.»

ciao, Christopher. piacere. da dove stai scrivendo?

«Oson ni biblioteca.»

problemi con le lettere, eh? quale biblioteca?

«A scoula.»

che scuola frequenti? non dirmi che vai alle elementari di Mill Grove, eh?

«Come fai a spaerlo?»

fortuna. ti piace andare a scuola?

«È oaky.»

a che ora esci?

Christopher si fermò. C'era qualcosa di sbagliato in quello che stava facendo. Scrisse.

«Chi sei?»

Silenzio. Il cursore lampeggiava.

«Chi sei?» digitò di nuovo.

Ancora nulla. Guardò il cursore che continuava a lampeggiare e batté le palpebre. L'aria era immobile, silenziosa. Ma sentiva qualcosa. Tensione. Come quando rimaneva troppo a lungo sotto le coperte.

«Ehi?» disse nella biblioteca deserta.

Guardò le pigne di libri. Forse c'era qualcuno nascosto, pensò. Sentì arrivare il panico. Era come in Michigan, quando Jerry tornava dal bar di cattivo umore.

«Ehilà?» chiamò ancora. «Chi c'è?»

Avvertì un formicolio alla nuca. Come quando mamma gli dava il bacio della buonanotte. Un sussurro senza parole. Poi, il bip del computer. Guardò il monitor. Lo sconosciuto aveva risposto.

un amico

Quando tornò la signora Henderson, dal monitor sparì tutto. L'anziana diede un'occhiata ai suoi calcoli, e gli disse di chiedere un aiuto alla signorina Lasko. Nel frattempo, durante il weekend si sarebbe potuto esercitare nella lettura, su tre libri che gli diede. Uno era piuttosto datato, e conteneva un sacco di parole. Gli altri due erano divertenti. *Bad Cat si mangia la Z*. E un volume di strisce di Snoopy. Le storie di Snoopy erano meno belle. Ma comunque spassose. Soprattutto quelle in cui c'era anche Spike, il fratello maggiore di Snoopy che viveva a Needles. Quella parola, Needles…

Aveva un sacco di e.

Al suono della campanella, la signora Henderson accompagnò Christopher nel parcheggio. Christopher salutò lei e il marito, mentre salivano sul loro vecchio minivan. La signorina Lasko salì sulla sua auto sportiva rosso ciliegia, che doveva esserle costata un milione di cartoni di latte da cinquanta centesimi. Uno dopo l'altro, tutti gli insegnanti andarono via. E gli studenti, anche. I gemelli, «Pappagallo Pirata» e «Due Mamme Mike», si lanciavano il piccolo pallone da football mentre salivano sullo scuolabus. SpecialEd gli fece una pernacchia dallo scuolabus, strappandogli un sorriso. Poi, quando se ne andarono anche gli ultimi pullmini, e non ci fu più in giro nessuno, Christopher cercò l'addetto alla sicurezza.

Ma non c'era.

E lui era solo.

Si sedette su una panchina nel parcheggio e aspettò che sua madre passasse a prenderlo per il venerdì del cinema. Provò a pensare a questo, anziché alla brutta sensazione che lo tormentava. La sensazione che qualcosa potesse prenderlo. Il fatto di dover aspettare là fuori lo rendeva nervoso. Voleva solo che sua madre arrivasse presto, quel pomeriggio.

Ma dov'era finita?

Un tuono. Christopher abbassò gli occhi sul suo test di matematica. Quattro su dieci. Doveva applicarsi di più. Prese il primo dei tre libri della biblioteca. *Il giardino dei versi.* Era vecchio. Un po' impolverato. Sentì scricchiolare il dorso. La copertina di pelle aveva un odore simile a quello di un guantone da baseball. C'era un nome, scritto all'interno. A matita.

D. Olson

Christopher girò le pagine finché non trovò un'illustrazione che gli piaceva. Poi si mise comodo e cominciò a leggere. Le parole erano scarabocchiate.

Sul purno chi poetva arrapmicasri

Cih drovebbe arrapmicasri se non io?

Un'ombra oscurò la pagina, all'improvviso. Christopher alzò lo sguardo. E la vide che si muoveva sopra di lui, e bloccava la luce.

Faccia di nuvola.

Grande come tutto il cielo.

Chiuse il libro. Gli uccelli smisero di cinguettare. L'aria divenne gelida. Anche per settembre. Si guardò intorno, per vedere se qualcuno lo stava osservando. Ma l'addetto alla sicurezza ancora non si vedeva. Così, alzò di nuovo lo sguardo verso la faccia.

«Ehilà? Mi senti?» chiese.

Un brontolio sommesso in lontananza. Un tuono.

Sapeva che poteva trattarsi di una semplice coincidenza. Forse non brillava a scuola, ma era un ragazzo sveglio.

«Se mi senti, strizza l'occhio sinistro.»

Lentamente, la nuvola abbassò la palpebra.

Christopher ammutolì. Per un attimo ebbe paura. Era consapevole del fatto che non fosse ragionevole. O normale. Ma era una cosa stupefacente. Un aereo passò sopra la sua testa e modificò la faccia facendola sorridere come lo Stregatto.

«Puoi far piovere quando te lo chiedo?»

Non aveva ancora finito di pronunciare l'ultima parola che sul parcheggio cominciò a cadere una pioggia battente.

«E puoi far smettere?»

La pioggia cessò. Christopher sorrise. Lo trovò buffo. Faccia di nuvola dovette capire che stava ridendo, perché ricominciò a piovere. Poi smise. E ricominciò. E smise. Christopher si lasciò andare a una risata da Bad Cat.

«Basta, adesso. Mi rovini i vestiti di scuola!»

Smise di piovere. Quando lui alzò gli occhi, però, la nuvola cominciò a muoversi. E lo lasciò solo, di nuovo.

«Aspetta!» chiamò Christopher. «Torna qui!»

La nuvola si spostò sopra le colline. Christopher sapeva che non avrebbe dovuto, ma non riuscì a trattenersi. Si avviò in quella direzione.

«Aspetta! Dove stai andando?»

Nessun suono. Solo pioggia che veniva giù a secchiate. Che però, in qualche modo, lo schivava. Era protetto dall'occhio del ciclone. Le scarpe da ginnastica erano fradicie, per via dell'acqua sulla strada. Ma la felpa rossa con il cappuccio rimaneva asciutta.

«Ti prego, non andartene!» urlò.

Ma la nuvola continuava a spostarsi. Giù per la via. Fino al campo di baseball. Le gocce formavano rivoli sulla terra incrostata d'argilla. Polvere come lacrime. E poi lungo la superstrada, dove le auto strombazzavano e slittavano sul bagnato. E in un altro quartiere, con strade e case sconosciute. Hays Road. Casa. Monterey.

Faccia di nuvola superò una recinzione e un campo erboso. Alla fine, Christopher si fermò davanti a un grosso cartello di metallo, attaccato alla rete, vicino a un lampione. Gli ci volle un po' per dare un senso alle parole, ma alla fine comprese che cosa c'era scritto.

IMPRESA EDILE COLLINS
PROGETTO BOSCO DI MISSION STREET
DIVIETO DI ACCESSO

«Non posso più seguirti. Mi metterò nei guai!» gridò.

Faccia di nuvola si fermò un momento, poi proseguì. Lasciò la strada. Superò la recinzione.

Christopher non sapeva che cosa fare. Si guardò intorno. Si assicurò che nessuno lo stesse guardando. Sapeva che era sbagliato. Che non avrebbe dovuto. Ma strisciò sotto la rete metallica del cantiere. La felpa rimase impigliata. Si liberò, e un attimo dopo era in quel campo di erba bagnata, fango e pioggia. Alzò gli occhi, in preda a un timore reverenziale.

La nuvola era ENORME.

Il sorriso era TUTTO DENTI.

Ed era un sorriso FELICE.

Christopher sorrise di rimando e udì un rombo di tuono.

Poi continuò a seguire faccia di nuvola.

Lasciò il vicolo cieco.

Imboccò il sentiero.

E si addentrò nel bosco di Mission Street.

6

CHRISTOPHER alzò gli occhi al cielo. La faccia non c'era più. Gli alberi erano molto, molto fitti. Udiva ancora il rumore della pioggia, ma sul terreno non cadeva nemmeno una goccia. Era asciutto. Percorso da crepe, come la pelle vecchia. Le chiome frondose erano una specie di ombrello enorme. Un ombrello che proteggeva qualcosa.

Christopher

Si voltò. Un brivido alla nuca.

«Chi c'è?» chiese.

Silenzio. Un respiro sommesso, superficiale. Poteva essere stato il vento. C'era qualcosa, però. Lo sentiva. È come quando sai che qualcuno ti sta fissando. Come quando aveva capito che Jerry era una persona cattiva molto prima che ci arrivasse la mamma.

Udì un passo.

Si girò e vide che era solo una pigna caduta da un albero. Tump tump tump. Rotolò sul terreno e atterrò sul…

Sul sentiero.

Era coperto da aghi di pino. E da qualche ramo contorto. Ma c'era, indiscutibilmente. Un sentiero scavato nel suolo da anni di passaggi in bicicletta, scivolate, corse. Da ragazzini che prendevano una scorciatoia per raggiungere la zona opposta della città. Adesso, però, sembrava abbandonato. Come se la recinzione li tenesse lontani da mesi. Forse addirittura da anni. Non c'era un solo paio di impronte recenti.

Anzi, uno sì.

Vide l'impronta di una scarpa nel terreno. Si avvicinò e vi mise accanto le sue scarpe da ginnastica. Erano all'incirca della stessa misura.

Erano le orme di un bambino.

E in quel momento sentì un bambino che piangeva.

Percorse il sentiero con lo sguardo e vide che le impronte proseguivano per un tratto piuttosto lungo. Il pianto veniva da quella direzione. Da un punto lontano da lì.

«Ehi? Stai bene?» urlò lui.

Il pianto si fece più forte.

Sentì il petto stretto in una morsa, e una vocina nella sua testa gli disse di voltarsi, di tornare a scuola e aspettare sua madre. Ma quel bambino era in difficoltà. Così, ignorò la paura e seguì le impronte. All'inizio lentamente. Cauto. Raggiunse un vecchio torrente con un ponticello. Le impronte entravano in acqua e uscivano sulla sponda opposta. Erano fangose, sull'altro lato. Il bambino doveva essere vicino.

Aiuto.

Era una voce? O era il vento? Christopher allungò il passo. Le orme lo condussero oltre un vecchio tronco cavo intagliato come una grande canoa. Guardò davanti a sé. Non vide nessuno. Dunque doveva essere stato il vento. Non aveva alcun senso. Ma non c'era altra spiegazione, perché non vedeva nulla.

Tranne la luce.

Era molto più avanti, sul sentiero. Luminosa, azzurra. Il pianto veniva da là. Si avviò in quella direzione. Per andare ad aiutare il bambino. Passo dopo passo, la luce diventava più grande. E lo spazio sotto le chiome frondose si faceva più ampio. E poco dopo, gli alberi scomparvero del tutto.

Era arrivato nella radura.

Era al centro del bosco. Un cerchio perfetto di prati. Senza alberi. E si vedeva il cielo. Ma qualcosa non gli tornava. Era entrato nel bosco solo pochi minuti prima, di pomeriggio. E adesso era notte. Il cielo era nero. E c'erano molte più stelle cadenti del solito. Sembravano quasi fuochi d'artificio. La luna era talmente grande da illuminare la radura. Una luna blu.

«Ehilà?» chiamò.

Silenzio. Nessun pianto. Nemmeno un alito di vento. Nessuna voce. Christopher si guardò intorno e non vide nulla, a parte le impronte che portavano a…

L'albero.

Era al centro di quello spazio aperto. Tutto contorto, come la mano artritica di un vecchio. Usciva dalla terra quasi stesse cercando di afferrare un uccello dal cielo. Christopher non riuscì a trattenersi. Seguì le orme. Arrivò all'albero e lo toccò. Ma, al tatto, la corteccia non sembrava tale. Non sembrava legno.

Sembrava carne.

Christopher fece un salto all'indietro. Lo prese all'improvviso. L'orribile sensazione che fosse tutto sbagliato. Tutto. Non avrebbe dovuto essere lì. Guardò giù, per ritrovare il sentiero. Doveva uscire da lì. La mamma doveva essere preoccupata. Trovò il sentiero. E le impronte del bambino. Ma queste erano diverse, a partire da quel punto.

Accanto, c'erano anche quelle di due mani.

Come se da lì avesse proseguito carponi.

Crack!

Christopher si voltò. Qualcosa era passato su un ramo. Sentì diverse creature che si svegliavano intorno a lui. Intorno alla radura. Non ebbe un istante di esitazione. Si mise a correre. Lungo il sentiero che conduceva fuori dal bosco. Raggiunse il margine della radura. Si inoltrò ancora nel bosco. Ma, non appena fu di nuovo sotto la copertura degli alberi, si arrestò.

Il sentiero era scomparso.

Lo cercò, ma il cielo si stava facendo via via più scuro. Le nubi coprivano le stelle, adesso. E la luna che brillava attraverso faccia di nuvola sembrava l'occhio buono di un pirata.

«Aiutami!» urlò a faccia di nuvola.

Ma si levò il vento, e la nuvola coprì la luna come una coperta. Adesso non riusciva a vedere più niente. *Oh, Dio. Ti prego.* Si gettò in ginocchio e cominciò a scavare tra gli aghi di pino. Frenetico. Cercava il sentiero, di sotto. Gli aghi gli rimanevano appiccicati ai palmi.

Sentì il bambino.

Ma non piangeva più.

Stava ridacchiando.

Trovò il sentiero con le mani e cominciò ad avanzare, carponi. Va' via di qui! Più in fretta! Soltanto a questo riusciva a pensare. Più veloce!

Il risolino era più vicino.

Christopher cominciò a correre. Andava talmente forte che smarrì il sentiero. Correva nell'oscurità. Superando gli alberi. Gli cedettero le gambe, quando finì nel torrente. Oltre il ponte. Cadde e si sbucciò un ginocchio. Ma non gli importava. Continuò a correre. A perdifiato. Vide la luce, davanti a lui. Eccolo. Il lampione. In qualche modo era riuscito a tornare alla strada.

Il risolino era proprio alle sue spalle.

Accelerò. Verso la luce. Passò sotto la chioma dell'ultimo albero. E si fermò, quando si rese conto di non essere affatto arrivato alla strada.

Era tornato alla radura.

E la luce non era il lampione.

Era la luna.

Si guardò intorno e sentì che qualcosa lo stava fissando. Creature, animali. I loro occhi scintillavano, tutt'intorno allo spazio circolare. La risatina era più vicina. Più sonora. Era circondato. Doveva uscire da lì. Doveva trovare una strada per andarsene. Qualunque strada.

Corse verso l'albero.

Cominciò ad arrampicarsi. Il tronco sembrava fatto di carne sotto le sue mani. Era come aggrapparsi a delle braccia, anziché a dei rami. Ma ignorò quella sensazione. Doveva portarsi più su, per trovare una via d'uscita. Quando fu a metà del tronco, le nubi si separarono. La luna fece risplendere la radura.

E allora lo vide.

Sull'altro lato di quello spazio aperto, nascosta dietro foglie e cespugli. Sembrava l'imbocco di una caverna. Invece no, era un tunnel. Artificiale. Con un telaio di legno. E dei vecchi binari che lo percorrevano. Christopher comprese che cosa significava. I binari portavano alle stazioni, alle città.

Se li avesse seguiti, sarebbe uscito di lì!

Scese dall'albero. Arrivò a terra. Avvertì una presenza nel bosco. Degli occhi, su di lui. Aspettavano solo che si muovesse.

Corse.

Con tutte le sue forze. Più veloce che poteva. Sentiva delle creature alle sue spalle. Ma non riusciva a vederle. Raggiunse l'imbocco del tunnel e guardò dentro. I binari lo percorrevano come una spina dorsale coperta di ruggine. Vide la luce della luna, dall'altra parte. Una via di fuga!

Vi entrò, correndo. Le travi di legno sorreggevano pareti e soffitto come le costole di una balena. Ma il legno era vecchio. Pericolante, marcio. E il tunnel non era abbastanza largo da far passare un treno. Che cos'era? Un ponte coperto? Una fogna? Una grotta?

Una miniera.

Quella parola lo investì come un getto d'acqua. Una miniera di carbone della Pennsylvania. Aveva visto un film, a scuola. I minatori usavano carretti a mano e binari per portare fuori la roccia da bruciare. Si addentrò ancora. Correva verso la luce della luna, all'altra estremità. Teneva lo sguardo basso, sui binari, per non mettere un piede in fallo. Fu allora che vide di nuovo le orme di bambino. E udì ancora quella risatina. Proprio dietro di lui.

La luce della luna svanì mentre le nuvole giocavano a nascondino. Il mondo intero si spense. Si mosse a tentoni, al buio. Cercò le pareti, con le mani, per arrivare all'uscita. I piedi grattavano i binari, e lui proseguiva come un cieco. E finalmente trovò qualcosa. Finalmente, nell'oscurità, toccò qualcosa.

Era la mano di un bambino.

Nessuno

ebbe

notizie

di

Christopher

per

sei

PARTE SECONDA

I sogni si avverano

7

Mary Katherine era colpevole. Non era una novità. Lo era sin dalla prima lezione di catechismo, con la signora Radcliffe, dalla quale ormai erano passati dieci anni. Questa volta però l'aveva fatta grossa. Non riusciva a credere di aver perso il controllo della situazione fino a quel punto. La legge parlava chiaro, i ragazzi non potevano mettersi alla guida da soli, dopo la mezzanotte. Erano le 23:53, ed era ad almeno dieci minuti da casa. Come accidenti aveva potuto permettere che accadesse una cosa del genere?

«Hai appena preso la patente! Sei proprio stupida!» si rimproverò.

Quanto aveva impiegato a ottenerla? Se l'era forse dimenticato?! Aveva dovuto supplicare sua madre di parlarne a suo padre. Poi, quando finalmente mamma aveva trovato il coraggio di scolarsi un po' di vino bianco (un paio di cartoni) per affrontare l'argomento, si erano dovute impegnare tutte e due per settimane intere, per fargli accettare l'idea del foglio rosa. Se gli altri ragazzi avevano preso una sola lezione di guida, Mary Katherine ne aveva dovute prendere due. Quando gli altri avevano già la possibilità di guidare lungo McLaughlin Run Road o fino al centro commerciale, o persino imboccare la Route 19, che cavolo, Mary Katherine era ancora confinata nel parcheggio della chiesa. E non in un parcheggio ampio come quello di Holy Ascension. No! In quello di St. Joseph! Ma dai!

Quando quella troietta di Debbie «Me lo sono fatto» Dunham e il noto ubriacone Michele Gorman già andavano in centro a Pittsburgh, Mary Katherine entrava e usciva dal vialetto di casa sua.

«Ehi, Vergine Maria», la sfotteva Debbie nello spogliatoio, «mi daresti un passaggio dall'imbocco del mio vialetto alla porta di casa?»

Mary Katherine era abituata ai soprannomi. «Più sei devota, più lo sono i nomignoli che ti affibbiano», amava ripetere sua madre, quando lei non riusciva a trattenere le lacrime seguendo il consiglio di non badare alle offese. Debbie Dunham però era la più cattiva. Tra Cristiani e leoni, lei faceva il tifo per questi ultimi. Così, quando Mary Katherine era passata dalla scuola media cattolica alle superiori pubbliche, aveva avuto più di qualche difficoltà. In fin dei conti, essere credente non era la strada più semplice in quel mondo di scelte multiple.

La cosa positiva del senso di colpa cattolico, tuttavia, era il fatto che funzionasse in entrambi i sensi: la sua condotta perfetta, la media alta, i crediti extra quando il suo punteggio ammontava già a novantanove, e il duemilaventi ottenuto al test di ammissione all'università avevano avuto la meglio su suo padre. Persino lui aveva dovuto riconoscere di avere la figlia più responsabile che un uomo avrebbe mai potuto sperare di avere. E le aveva concesso di fare l'esame di guida. L'aveva superato! Gesù, grazie. E, quando le era arrivata la patente per posta, aveva dovuto riconoscere che la sua foto era davvero meravigliosa. Si era sentita in colpa, perché la vanità è un peccato. Ma le era passato in fretta. Perché aveva diciassette anni. E aveva la patente. Era all'ultimo anno. Avrebbe fatto domanda al Notre Dame. E la vita le offriva infinite possibilità di libertà.

Doveva essere a casa entro mezzanotte.

Se non voleva rovinare tutto quanto.

23:54 diceva l'orologio sul cruscotto.

«Dio, maledizione!» imprecò, poi si fece subito il segno della croce.

«Accidenti», si corresse, sperando fosse sufficiente.

Mentalmente, ripercorse l'errore che aveva commesso. Si era incontrata con Doug al cinema, alle ventuno e trenta. Il direttore aveva detto che il film sarebbe durato due ore. Quindi, aveva calcolato che sarebbe uscita alle ventitré e trenta. Alle ventitré e ventisette, se avesse saltato i titoli di coda, cosa che la faceva sentire in colpa perché le persone che contribuivano alla realizzazione di un film lavoravano duramente. In entrambi i casi, avrebbe avuto tutto il tempo di tornare, no? Però, c'era stata un sacco di pubblicità. E il trailer di *Bad Cat* in 3D (come se qualcuno ne avesse sentito il bisogno!). Quando finalmente era cominciato il film, si era scordata che cosa fossero andati a vedere. Lei avrebbe scelto la nuova commedia romantica firmata Disney. Ma oh, no, Doug doveva vedere il suo disaster movie.

Quell'idiota.

Perché ai ragazzi più svegli piacciono i film più stupidi? Doug prendeva tutte A dall'asilo. Avrebbe tenuto il discorso di commiato il giorno del diploma, e sarebbe stato ammesso in qualunque college a cui avesse inoltrato domanda... anche nei più antichi e prestigiosi. Ma aveva dovuto vedere la quasi distruzione del mondo per l'ennesima volta.

«E comunque, Doug», disse ad alta voce, a se stessa, esercitandosi in un bisticcio che non sarebbe mai avvenuto, «sappi che non mi piace quando metti le Junior Mints nel popcorn. Non credo affatto che il sapore migliori!»

23:55.

Dannazione!

Mary Katherine valutò le sue opzioni. Magari poteva

superare il limite di velocità, ma se avesse preso una multa la punizione sarebbe durata addirittura di più. Avrebbe potuto ignorare un paio di stop, ma quello era anche peggio. L'unico piano sensato era prendere la Route 19, ma suo padre le aveva proibito di guidare sulla superstrada. Onora il padre e la madre... riusciva a seguirlo più o meno tutti i giorni, ma questa era un'emergenza. O prendeva la Route 19 per due minuti, o rischiava di arrivare in ritardo.

Imboccò la superstrada.

Il traffico viaggiava velocissimo. Il cuore le batteva all'impazzata, mentre tutte le auto sfrecciavano alla sua sinistra e lei osservava il limite di settanta chilometri orari. Non poteva correre il rischio di beccarsi una contravvenzione. No, zero. Soprattutto su quella strada. Suo padre le avrebbe tolto la patente, per una cosa del genere. E non avrebbe mai più guidato la Volvo di mamma.

«Dio», pregò, «se mi fai arrivare a casa entro mezzanotte, prometto di mettere più soldi nel cestino delle offerte, domenica.»

Dopo che ebbe pronunciato quelle parole, qualcosa la prese. Un vecchio senso di colpa. Una vecchia paura. La prima volta che quel pensiero le aveva attraversato la mente era stata dopo che lei e Doug avevano parcheggiato vicino alla scuola elementare di Mill Grove, a Natale dell'anno prima. Si stavano baciando con la lingua, e all'improvviso lui le aveva messo una mano sul seno sinistro, sopra il maglione peloso che le aveva regalato la nonna. Era durato solo un secondo, e si era giustificato dicendo che gli era scivolata la mano. Ma lei non si era lasciata ingannare. Era rimasta sconvolta dal comportamento del ragazzo. Anche se, a dire il vero, a turbarla era stata soprattutto la sua reazione.

Perché le era piaciuto.

A Doug non l'avrebbe mai detto. Ma quella sera, quando era tornata a casa, aveva continuato a rivivere quel momento nella sua mente. Aveva immaginato le sue mani sotto la camicia, sopra il reggiseno. E poi sotto. E poi si era immaginata nuda. Si era sentita così in colpa, da aver creduto sul serio di poter rimanere incinta per via di quella mano sul suo maglione peloso. Sapeva che era un'assurdità. Sapeva che una gravidanza poteva capitare solo con un rapporto sessuale. Frequentava il corso di educazione alla salute. I suoi genitori non erano *così* follemente cattolici. Ma non era riuscita a scrollarsi di dosso quella sensazione di paura. Così, aveva promesso a Dio che, se le avesse risparmiato l'umiliazione di una gravidanza, avrebbe confessato i suoi peccati e avrebbe messo nel cestino delle offerte tutti i soldi che aveva guadagnato facendo la babysitter. L'indomani, le era venuto il ciclo. E per il sollievo si era messa a piangere. Quella settimana si era confessata con padre Tom e aveva donato tutti i suoi risparmi a Dio.

Quell'esperienza, però, l'aveva segnata. Dopotutto, un peccato pensato è un peccato. Così insegnava loro la signora Radcliffe, a catechismo. Quindi, che cosa le sarebbe successo se fosse morta prima di essersi recata al confessionale per purificare la sua anima? La risposta la conosceva, e la terrorizzava.

Pertanto, doveva studiare un sistema di avvertimento. Qualcosa che le dicesse con sicurezza che quello che aveva fatto era talmente peccaminoso da condannarla all'inferno. Ci aveva pensato per settimane, senza trovare una soluzione. E poi, quando aveva cominciato a guidare da sola, aveva superato un cervo sulla strada, e le era venuto in mente.

Un incidente con un cervo.

«Dio», aveva detto, «se devo andare all'inferno, fammi investire un cervo.»

Si rendeva conto che suonava folle, ma l'accordo le aveva fatto passare subito la paura. Aveva giurato a se stessa di non farne parola con nessuno. Nemmeno con sua madre. Né con la signora Radcliffe. O con padre Tom. E neanche con Doug. Era un accordo segreto tra lei e il Creatore.

«Dio, se investo un cervo, saprò di aver peccato contro di Te in modo così orribile da indurTi a rinunciare a me. Così, avrò modo di rimediare. Mi dispiace di avergli permesso di toccare il mio maglione (non mi ha mai sfiorato il seno!), mi dispiace davvero.»

23.57

Continuò a ripeterlo. Lo ripeté tante di quelle volte che divenne un rumore di sottofondo. Come le partite di baseball che suo padre ascoltava alla radio, nel suo studio, mentre costruiva i suoi modellini di navi, o come l'aspirapolvere di sua madre che manteneva i tappetini immacolati. Ogni volta che vedeva un cervo al margine della strada, rallentava e pregava che restasse dov'era.

23:58

Lasciò la superstrada e imboccò McLaughlin Run Road. La luna era opaca, scura. Mary Katherine tenne gli occhi bene aperti. C'erano un sacco di cervi da quelle parti, soprattutto da quando il signor Collins aveva cominciato ad abbattere parte del bosco di Mission Street per il suo nuovo complesso edilizio. Quindi doveva stare particolarmente attenta.

23:59

Il cuore correva, e sentì una stretta allo stomaco. Era a due minuti da casa. Se non avesse accelerato, sarebbe arrivata in ritardo. Ma, se l'avesse fatto, magari un cervo sarebbe balzato di fronte alla sua auto. L'unica alternativa era ignorare lo stop in cima alla collina. Da là poteva vedere i cervi fino a cinquanta metri. I boschi erano ben distanti dalla strada. Quindi sì, poteva ignorare lo stop senza correre rischi.

00:00

Mezzanotte. Doveva prendere una decisione. Ignorare lo stop e arrivare puntuale, o seguire le regole, fare tardi e finire in punizione.

«Dio, ti supplico, dimmelo Tu che cosa fare», pregò, con la sua voce più umile e fervente.

La sensazione l'assalì all'istante.

Toccò i freni.

E si fermò allo stop.

Se non l'avesse fatto, non avrebbe guardato al di là della collina. E non avrebbe visto quel bambino che usciva dal bosco. Coperto di terra, denutrito. Quel visetto che era sui manifesti affissi in tutta la città. Se non si fosse fermata, non lo avrebbe visto.

E lo avrebbe ucciso, investendolo con la sua auto.

8

«Christopher?» fece una voce. «Christopher?»

Il bambino sentiva freddo. Aveva addosso una coperta. Era sottile e ruvida, come quelle dell'ospedale.

«Christopher, riesci a sentirci?»

Aprì gli occhi. Ma gli facevano male, come uscendo dal cinema al termine dello spettacolo pomeridiano. Li strizzò e vide delle sagome, persone adulte. C'era un dottore. Non distingueva il suo viso, ma lo stetoscopio era un cubetto di ghiaccio sul suo petto.

«Sta riprendendo colore», dichiarò il medico. «Mi senti, Christopher?»

Il bambino strizzò gli occhi di nuovo e scorse sua madre. La luce la rendeva una sagoma sfocata. Gli aveva messo la sua mano liscia sulla fronte. Come quando stava male.

«Sono qui, tesoro», gli disse, e le si ruppe la voce.

Lui provò a dire qualcosa, ma le parole gli rimasero bloccate nella gola asciutta. Ogni volta che provava a deglutire era come se si strofinasse le tonsille con la carta vetrata.

«Amore, se ci senti, dimena l'alluce.»

Christopher non avrebbe saputo dire se lo stesse dimenando o meno. Non aveva molta sensibilità nelle dita dei piedi. Avvertiva ancora freddo. Ma probabilmente li accontentò.

«Eccellente», sentenziò il dottore. «Riesci a muovere le mani?»

Le mosse. Erano un po' intorpidite. Sentiva ovunque quel formicolio che gli prendeva il braccio quando urtava il nervo del gomito.

«Christopher.» Un'altra voce maschile. «Puoi parlare?»

Alzò gli occhi, sempre strizzandoli, e vide lo sceriffo. Se lo ricordava dal giorno in cui sua madre gli aveva chiesto di tenerlo d'occhio, mentre lei andava al colloquio a Shady Pines. Era un uomo forte e alto.

«Sei in grado di parlare?» gli chiese ancora.

Aveva la gola secca. Pensò a quando gli veniva la faringite, e prendeva quella medicina che aveva uno strano sapore di ciliegia. Deglutì, e si sforzò di pronunciare una parola. Niente, il dolore era troppo forte.

Fece no con la testa.

«Nessun problema, figliolo. Ma devo rivolgerti qualche domanda. Muovi la testa per rispondere, intesi?»

Annuì.

«Molto bene. Ti hanno trovato all'estremità settentrionale del bosco di Mission Street. Ti ci aveva portato qualcuno?»

Gli adulti erano sulle spine. Aspettavano di sentire la sua riposta. Christopher passò al setaccio la sua memoria, ma era solo uno spazio vuoto. Non ricordava nulla. Eppure, non pensava affatto di essere stato portato là da qualcuno. Se lo sarebbe ricordato, altrimenti. Dopo un momento, scosse il capo. No. E tutti ripresero fiato.

«Ti eri perso, allora?» continuò lo sceriffo.

Annuì. Sì, si era perso.

Il medico sostituì le mani carnose e ruvide allo stetoscopio freddo. Controllò membra e articolazioni, e poi la pressione. Strinse il manicotto con il velcro attorno al braccio ossuto. Christopher aveva paura che gli chiedessero di fare pipì in un bicchiere. Si vergognava sempre tanto, quando doveva farlo.

«Mentre eri nel bosco... qualcuno ti ha fatto del male?»

Fece no con la testa. Il dottore premette il pulsante e la macchina misurapressione emise un rumore stridente, stritolandogli il braccio. In seguito, il medico tolse il manicotto strappando il velcro con un r-r-r-ip, e scribacchiò qualche appunto. Il bambino sentì la penna sulla carta.

Swish swish swish.

«Hai sentito il rumore delle automobili? È così che hai trovato la strada per uscire dal bosco?»

Christopher guardò il taccuino del medico. E cominciò ad avvertire una sensazione spiacevole. Una pressione dentro la testa. Una lieve emicrania che di solito passava quando mamma gli dava l'aspirina, che sapeva di gesso e di arancia. Questa volta però era diverso. Era come se avesse mal di testa per tutti e due.

«Dentro al bosco... hai sentito le auto? Sono state le macchine a farti ritrovare la strada?»

Christopher si svegliò di scatto. Fece no. Scese il silenzio.

«Non sei tu che hai trovato la strada? Qualcuno ti ha aiutato a uscire?»

Annuì. Sì.

«Chi ti ha aiutato, Christopher?» chiese lo sceriffo.

Gli diede blocco e penna, affinché scrivesse un nome.

Lui deglutì, dolorosamente. E disse qualcosa in un sussurro, appena udibile.

«L'uomo gentile.»

9

Dr. Karen Shelton: Dove l'hai visto quest'uomo gentile, Christopher?

Christopher: Davanti a me, sul sentiero che usciva dalla radura.Era lontano.

Dr. Karen Shelton: E quando l'hai visto… che cos'è successo?

Christopher: Ho gridato aiuto.

Dr. Karen Shelton: E lui ti ha sentito?

Christopher: No. Ha continuato a camminare.

Dr. Karen Shelton: E tu l'hai seguito?

Christopher: Sì.

Dr. Karen Shelton: E prima hai detto che pensavi che fosse giorno, giusto?

Christopher: Sì. Lui stava uscendo dal bosco. E la luce era forte. Quindi ho pensato che fosse giorno.

Dr. Karen Shelton: Invece erano i fari dell'auto di Mary Katherine.

Christopher: Sì.

Dr. Karen Shelton: E che cos'è successo all'uomo gentile, dopo che hai lasciato il bosco?

Christopher: Non lo so. Dev'essere scappato.

Lo sceriffo premette il tasto STOP del registratore e guardò il bosco di Mission Street. Era rimasto in auto, lì fuori, quasi tutto il pomeriggio. A guardare attraverso il parabrezza. Ad ascoltare la registrazione. Ancora, e ancora. A dire il vero non sapeva nemmeno più che cosa stesse cercando, in quel nastro. Qualcos'altro. Qualcosa che non riusciva a individuare con esattezza.

Aveva già fatto un doppio turno. Non sapeva se il budget potesse coprire ulteriori straordinari, da parte sua o dei suoi uomini (o delle due donne che facevano parte del suo ufficio). Soprattutto considerando che il suddetto budget non consentiva di sostituire il sistema antiquato delle registrazioni su nastro. D'altronde, non aveva importanza. Dovevano trovare quell'«uomo gentile».

Ammesso che esistesse, naturalmente.

Aveva i suoi sospetti. Non ci voleva un'esagerata capacità di immaginazione per calarsi nei panni di un bambino di sette anni, disidratato, affamato, spaventato. Che aveva bisogno della stretta di qualcuno, e scambiava i rami degli alberi per delle braccia.

Ma doveva essere sicuro che non ci fosse nessun uomo.

Non perché sentisse il bisogno di ringraziare il Buon Samaritano.

Ma per archiviare l'ipotesi che fosse stato lui a prenderlo.

Dr. Karen Skelton: Che aspetto aveva quest'uomo, Christopher?
Christopher: Non lo so. Non l'ho mai visto in faccia.
Dr. Karen Skelton: Ricordi qualcosa, di lui?
Christopher: Che aveva i capelli bianchi. Come una nuvola.

L'aveva visto succedere tante volte, nel suo vecchio lavoro. Nei quartieri più degradati di Hill District. Era stato testimone di cose orribili, ai danni dei bambini. I quali poi proteggevano il colpevole per paura. O, peggio, per lealtà. Ma il medico aveva dichiarato che Christopher sembrava in buona salute. Qualunque cosa gli fosse successa, non gli aveva lasciato dei segni nel fisico. Tuttavia, lo sceriffo sapeva per esperienza che non tutte le ferite sono visibili.

Dr. Karen Shelton: Ti viene in mente nient'altro?
Christopher: Zoppicava, quando camminava. Come se avesse una gamba fratturata.

Lo sceriffo fermò il nastro e guardò lo schizzo del ritrattista. La dottoressa Shelton era ricorsa a tutti gli stratagemmi, ma Christopher non ricordava di aver mai visto in faccia l'uomo gentile. Per il resto, la descrizione aveva elementi concreti. Alto. Claudicante. Capelli bianchi.

Come una nuvola.

Prese un sorso dal vecchio bicchiere di Dunkin' Donuts, lasciando che il caffè nero e freddo gli sciacquasse i denti. Studiò lo schizzo per un minuto ancora. Qualcosa non quadrava. Glielo diceva l'intuito.

Aprì la portiera.

Scese dall'auto.

E si addentrò nel bosco.

Non lo conosceva bene. Non era di quelle parti. Dopo quell'ultimo caso nell'Hill District, aveva chiesto il trasferimento. Aveva scelto Mill Grove per la tranquillità. E, a parte un laboratorio di metanfetamine da quattro soldi, gestito da una coppia di giudici della fiera delle scienze, aveva ottenuto quello che desiderava. Niente crimini, a parte il consumo di alcolici da parte di minorenni, e qualche adolescente nudo sorpreso sul sedile posteriore dell'auto sportiva presa in leasing dal padre. Niente pistole. Niente omicidi. Niente gang.

Il paradiso, insomma.

Un paradiso che era durato a malapena un anno, fino al giorno in cui un bambino di nome Christopher Reese non era scomparso, e la madre aveva chiesto di parlare immediatamente con lo sceriffo. Così si era tirato su dal letto e aveva sbattuto nel microonde una tazza di caffè vecchio. Vi aveva aggiunto un pizzico di sale per eliminare l'amaro e l'aveva bevuto andando in centrale. Al suo arrivo era pronto a raccogliere la dichiarazione della donna, a mobilitare il dipartimento e a offrirle una spalla addestrata – e avvolta dalla divisa – su cui piangere.

Ma non c'erano lacrime negli occhi della madre di Christopher.

Era venuta preparata, con una foto recente. Un elenco di amici. Una lista di attività. E di azioni che facevano parte della sua routine quotidiana. Quando le aveva chiesto se fosse a conoscenza di qualcuno che magari volesse fare del male a lei, o al bambino, gli aveva fatto un nome. Quello di un ex fidanzato, Jerry Davis, che stava nel Michigan.

Gli era bastato un clic per capire che Jerry era un potenziale sospetto. La fedina penale non comprendeva chissà quali reati, ma la violenza non mancava. Risse al bar. Un'ex moglie coperta di lividi. Aveva picchiato la madre di Christopher, una volta, dopo essersi ubriacato. Era svenuto. E quella notte lei era scappata. Quella donna aveva tutto il suo rispetto: aveva deciso di non aspettare, di non verificare la sua promessa di non farlo «mai più». La maggior parte delle donne che conosceva aspettavano a rivolgersi alle autorità quando ormai era troppo tardi.

«Pensa che Jerry potrebbe aver preso Christopher, signora Reese?»

«No. Ho coperto accuratamente le nostre tracce, non ci troverà mai.»

Ma lo sceriffo si era voluto togliere ogni dubbio. Aveva usato la linea fissa, badando a nascondere il numero. Aveva parlato con il caposquadra di Jerry, il quale gli aveva confermato che quest'ultimo era stato alla fabbrica tutta la settimana. E, se non credeva alle sue parole, c'erano i video dell'impianto di sorveglianza, a testimoniarlo. Aveva chiesto il motivo di tanto interesse, ma lo sceriffo aveva ritenuto più saggio mentire, evitando di dare una pista a quell'uomo, che lo avrebbe condotto dal bambino e da sua madre. Così aveva detto di chiamare dalla California. Quindi, aveva ringraziato il caposquadra e aveva riagganciato.

Escluso Jerry Davis, aveva svolto diligentemente il suo lavoro interrogando insegnanti e compagni di classe, mentre i suoi uomini avevano passato al setaccio tutti i filmati delle telecamere di sicurezza e della stradale entro un raggio di oltre quindici chilometri. Ma il bambino sembrava sparito nel nulla. Nessun segno di rapimento. E la pioggia non aveva lasciato nemmeno un'impronta.

L'unico fatto che aveva potuto accertare era che Christopher si era fermato fuori dalla scuola elementare ad aspettare la madre. Lei aveva detto che pioveva a dirotto. Non si vedeva nulla. Tamponamenti ovunque. Come se il meteo avesse tentato di impedirle di arrivare da suo figlio.

Dr. Karen Shelton: Perché ti sei allontanato dal parcheggio della scuola, Christopher?
Christopher: Non lo so.
Dr. Karen Shelton: Ma sapevi che tua madre stava venendo a prenderti. Quindi, perché sei andato via?
Christopher: Non me lo ricordo.
Dr. Karen Shelton: Provaci.
Christopher: Mi fa male la testa.

Alla fine del sesto giorno, una fitta allo stomaco gli aveva suggerito che qualcuno fosse passato di lì, in auto, e avesse semplicemente caricato il bambino. Avrebbe continuato a cercare, naturalmente, ma senza nuovi indizi, senza una pista e senza potenziali sospetti, il caso minacciava di rimanere irrisolto. E l'ultima cosa che avrebbe voluto era dare una brutta notizia a una brava donna.

Così, quando si era sparsa la voce che Mary Katherine MacNeil aveva trovato Christopher a nord del bosco, la reazione del suo dipartimento era stata di totale incredulità. Come diavolo era possibile che un bambino di sette anni avesse camminato dalla scuola elementare fino ad arrivare dall'altra parte di quella grande distesa senza essere visto? Lo sceriffo era un topo di città, e faticava a immaginare quanto fossero estesi cinquecento ettari, ma era sufficiente pensare che il bosco faceva sembrare il centro commerciale di South Hills Village un carretto degli hot dog, al confronto. La gente del posto lo paragonava scherzosamente a Central Park (ammesso che il polmone verde di New York fosse grande). Sembrava impossibile. Eppure, in qualche modo, era successo.

Era un miracolo.

Quando era corso all'ospedale per interrogare il bambino, aveva visto Mary Katherine in accettazione, con i suoi genitori. Stava piangendo.

«Papà, giuro su Dio che sarei arrivata in orario... ma poi ho visto quel bambino. Non sarei mai rimasta in giro in auto passata mezzanotte! Non togliermi la patente, ti prego!»

Dopo la morte di sua madre, lo sceriffo era stato allevato da una zia bigotta. Ecco perché aveva provato un po' di compassione per la ragazza, e aveva avvicinato la famiglia con un grande sorriso, stringendo la mano a tutti e tre.

«Signor MacNeil, signora... sono lo sceriffo Thompson. Chissà come sarete orgogliosi di vostra figlia.»

E poi aveva abbassato gli occhi sulla cartelletta, per dare ufficialità a quello che stava per aggiungere.

«I miei uomini mi hanno riferito che Mary Katherine ha chiamato il dipartimento alle ventitré e cinquantacinque. Ed è stata una vera fortuna che l'abbia fatto appena prima del cambio turno. Quindi, se doveste prendere una multa per divieto di sosta, venite nel mio ufficio, e la strapperò personalmente. Vostra figlia è un'eroina. La città è in debito con voi.»

Non avrebbe saputo dire se fosse stato per la cartelletta, la stretta di mano o la promessa di cancellare una multa, che sembrava sempre più onerosa dei trentacinque dollari a cui ammontava effettivamente. Fatto sta che il trucco era riuscito. La madre aveva sorriso, orgogliosa, e il padre aveva accarezzato la spalla della ragazza quasi fosse il figlio maschio che avrebbe tanto voluto avere. Mary Katherine gli era parsa avvilita, però, anziché sollevata, il che gli aveva fatto capire all'istante che aveva mentito dicendo che sarebbe arrivata a casa entro la mezzanotte. Ma aveva salvato quel bambino, quindi meritava di tenersi la sua patente.

«Grazie, Mary Katherine», le aveva detto. E aveva aggiunto, per alleviare il suo senso di colpa, «Hai fatto una cosa buona, Dio lo sa».

Lasciati i MacNeil, aveva percorso il corridoio per andare a vedere come stavano Christopher e sua madre. Quando l'aveva vista abbracciare il figlio che dormiva, un pensiero assurdo aveva attraversato la sua mente. In quella frazione di secondo, prima di calarsi automaticamente nel suo ruolo ufficiale, si era reso conto di non essere mai stato testimone di un amore così profondo. Si domandò che cosa si provasse a essere abbracciato in quel modo, anziché rimproverato da una zia che ti ricordava costantemente che peso fossi per la sua esistenza. Si chiese che cosa significasse sentirsi amato. Anche solo un pochino. Da lei.

Dr. Karen Shelton: Cos'è che ti ha spinto a entrare nel bosco, Christopher?
Christopher: Non lo so.
Dr. Karen Shelton: Ricordi qualcosa di quei sei giorni?
Christopher: No.

Adesso, lo sceriffo s'incamminò sotto la volta formata dalle chiome degli alberi, diretto alla radura. Le fronde fitte bloccavano la luce. Anche di giorno, era necessaria una torcia. I piedi spezzavano i ramoscelli, che facevano il rumore dell'osso del desiderio alla tavola di sua madre, il Giorno del Ringraziamento. Pace all'anima sua.

Snap.

Si voltò e vide un cervo che lo osservava, da una certa distanza. Per un attimo non si mosse, lo sguardo fisso su quella creatura che lo studiava pacifica. Fece un passo, e l'animale scappò nella direzione opposta. Sorrise e riprese a camminare.

Finalmente, raggiunse la radura. Alzò gli occhi e vide lo splendido sole autunnale. Ispezionò la scena con attenzione, cercando una prova qualsiasi del racconto di Christopher. Ma non c'erano ramoscelli spezzati o rotti. Né impronte, a parte quelle del bambino.

Diede un calcio alla terra.

Cercava qualche botola.

Qualche passaggio segreto che conducesse nella miniera.

E invece niente, non c'era niente.

Solo un albero solitario, e una montagna di domande.

Dr. Karen Shelton: Mi dispiace se ti fa male la testa, Christopher. Ho solo un'ultima domanda, e poi potrai riposarti, d'accordo?

Christopher: Okay.

Dr. Karen Shelton: Se non l'hai mai visto in faccia… cos'è che ti fa pensare che quell'uomo fosse gentile?

Christopher: Mi ha salvato la vita.

Lo sceriffo premette STOP. Uscì dal bosco e torno all'ospedale. Parcheggiò nel posto riservato alla polizia, accanto all'ambulanza, e percorse il corridoio ormai familiare che portava alla stanza del piccolo Reese. Vide la madre accanto a lui. Ma non aveva l'aspetto della donna privata del sonno che aveva visto durante l'ultima settimana. I capelli non erano legati in una coda di cavallo. Al posto della felpa e dei pantaloni della tuta indossava blazer e jeans. Se non fosse stato tanto concentrato sul suo lavoro, sarebbe rimasto senza fiato vedendola vestita così.

«Mi perdoni... signora Reese?» disse, annunciando così la sua presenza mentre bussava alla porta. «Vengo ora dal bosco. Ha un minuto?»

Lei si tirò su, senza dire nulla, e lo guidò nella sala d'aspetto per lasciar dormire Christopher.

«Cos'ha scoperto, sceriffo?»

«Niente. Ascolti, chiederò ai miei uomini di passare di nuovo al setaccio il bosco, ma sono abbastanza sicuro che confermeranno quello che mi dice l'istinto.»

«E sarebbe?»

«Potrebbe essere stato l'effetto combinato di denutrizione e disidratazione... comunque, signora, la mia opinione professionale è che non ci fosse nessun uomo gentile. C'era solo un bambino spaventato che si era perso e che, in preda alla disperazione, ha visto qualcosa che ha trasformato in una sorta di amico immaginario. Come spiega, altrimenti, che non ci siano altre impronte, tranne quelle di Christopher? Il lato positivo è che, secondo la dottoressa Shelton, un'immaginazione tanto sviluppata è segno di notevole intelligenza», aggiunse, cercando di essere gentile.

«Vada a dirlo ai suoi insegnanti», scherzò lei.

«Non mancherò», rispose lui stando allo scherzo.

«Però terrete gli occhi aperti», ed era un ordine più che una domanda.

«Naturalmente. Farò pattugliare quel bosco ogni giorno. Se dovessimo trovare qualcosa, sarà la prima persona che chiamerò.»

«Grazie, sceriffo. Di tutto.»

«Non c'è di che, signora.»

Con ciò, Kate Reese sorrise e tornò a fare la madre di Christopher. Lo sceriffo la guardò avviarsi verso la stanza del bambino, e si ricordò del loro primo incontro, in agosto. Stava pranzando con il suo vice, quando lei aveva portato il figlio alla piccola altalena nel parco e aveva chiesto loro di guardarlo mentre entrava nella casa di riposo. A colpirlo era stato il fatto che gliel'avesse domandato dopo aver dato una rapida occhiata ai loro sandwich, cui avevano dato soltanto un morso ciascuno, e dopo aver calcolato di poter avere almeno trenta minuti di babysitteraggio gratis da parte dei due agenti. Non avrebbe potuto trovare due persone più fidate. Quindi, educata o meno, aveva la certezza che fosse una donna intelligente. E non aveva avuto bisogno del cambio d'abito per capire che era molto bella. Si ripromise di aspettare fino a quando il caso non fosse stato chiuso, e poi avrebbe invitato Kate Reese a cena. E sperò che per l'occasione avrebbe indossato quel blazer elegante. Quello con lo strappo sotto l'ascella, che aveva tentato disperatamente di nascondere.

10

CHRISTOPHER stava guardando fuori dalla finestra quando Kate rientrò nella stanza. Aveva visto suo padre fare la stessa cosa, tanto tempo prima. Per un attimo si scordò dell'ospedale e pensò al futuro del suo bambino. La somiglianza con suo padre sarebbe diventata sempre più evidente, giorno dopo giorno, e poi Christopher avrebbe cambiato voce. E l'avrebbe superata in altezza. Era irreale pensare che di lì a sei anni avrebbe cominciato a radersi. Ma sarebbe successo. Come accadeva a tutti i ragazzi. Ed era compito suo assicurarsi che continuasse a essere una brava persona, anche da adulto.

Così com'era compito suo proteggerlo.

Christopher si voltò e le sorrise. Lei gli prese la mano e gli parlò in un sussurro, quasi gli stesse rivelando un segreto.

«Ehi, tesoro. Ho una sorpresa per te.»

Mentre infilava una mano nella borsa, vide gli occhi di lui illuminarsi. Lo conosceva abbastanza da sapere che stava silenziosamente pregando Gesù e la Madonna di vederle tirare fuori una confezione di Froot Loops. Da giorni mangiava il cibo dell'ospedale. Giorni con la sua peggiore nemica, l'avena.

«Arriva dalla scuola», continuò notando la sua espressione delusa.

Invece dei Froot Loops, tirò fuori una grossa busta bianca, che gli passò. La aprirono insieme, e videro Bad Cat che si mangiava le parole «Rimettiti presto» da un enorme biglietto.

«Lo ha firmato tutta la classe. Non è carino?»

Christopher non rispose, ma qualcosa nei suoi occhi le disse che aveva intuito che i suoi compagni erano stati costretti a farlo, così come ogni anno venivano costretti a dare biglietti di San Valentino a tutti, affinché nessuno si sentisse escluso. Sorrise comunque.

«Padre Tom ha fatto recitare una preghiera per te, domenica. Gentile da parte sua, no?»

Il suo bambino annuì.

«Oh, quasi dimenticavo», disse. «Ho anch'io qualcosa da darti.»

E poi rimise la mano nella borsa e prese una confezione piccola di Froot Loops.

«Grazie, mamma!»

Era una di quelle scatolette cerate che potevano essere usate come scodella. Christopher la aprì con avidità, mentre lei andava a prendere un cucchiaino di plastica e un po' di latte in mensa. A guardarlo mangiare, sembrava che si stesse gustando un'aragosta del Maine.

«I dottori hanno detto che puoi tornare a casa, domani», disse. «Che giorno è domani? Non ricordo. Mercoledì o giovedì?»

«Domani è venerdì, c'è la serata cinema.»

La sua espressione quasi la fece piangere. Era così felice. Non gli avrebbe mai detto della parcella di quarantacinquemila dollari dell'ospedale. Dell'assicurazione sanitaria che negava il rimborso, perché non lavorava a Shady Pines da abbastanza tempo. Della settimana senza paga, perché era andata a cercarlo. E del fatto che adesso erano ufficialmente rovinati.

«Allora, che cosa ti va di fare, domani?»

«Prendiamo dei film in biblioteca.»

«Che noia... perché non facciamo qualcosa di diverso?»

«Per esempio?»

«Ho sentito che c'è la prima di *Bad Cat* in 3D.»

Silenzio. Christopher smise di masticare e la guardò. Non andavano mai a vedere un film quando usciva al cinema. Mai.

«Ho parlato con la madre di Eddie. Abbiamo appuntamento domani sera per andarci insieme.»

Lui l'abbracciò con così tanta forza che sentì la sua stretta nella spina dorsale. I medici le avevano detto che non c'erano segni di trauma. Nessuna traccia di abusi sessuali o di altro tipo. Fisicamente, stava bene. Quindi, che male c'era se suo figlio aveva bisogno di una figura paterna, o di un amico immaginario, che lo facessero sentire al sicuro? C'era chi vedeva il volto di Gesù su un sandwich al formaggio grigliato, quindi a sette anni il suo bambino poteva credere in qualunque cosa in cui avesse bisogno di credere. Era vivo. Era questa l'unica cosa che contava.

«Christopher», gli disse, «la pioggia veniva giù a secchiate... Ci sono stati diversi incidenti. E un cervo è balzato di fronte al camion che viaggiava davanti a me. Non ti avrei mai lasciato fuori da scuola. Non ti farei mai una cosa del genere. Lo sai.»

«Lo so.»

«Tesoro, siamo tu e io, adesso. Niente dottori. Ti è successo qualcosa? Qualcuno ti ha fatto del male?»

«No, mamma. Nessuno. Giuro.»

«Avrei dovuto essere là, a prenderti. Perdonami.»

E poi lo strinse così forte da impedirgli di respirare.

Più tardi, quella sera, si sdraiarono l'una accanto all'altro, come facevano prima che lei avesse cominciato a dirgli che era diventato abbastanza grande da combattere da solo i suoi mostri. Quando la mamma si addormentò, lui ascoltò il respiro che gli aveva donato e notò che, anche in quella stanza d'ospedale, aveva odore di casa.

Si voltò verso la finestra, aspettando di sentire le palpebre pesanti. Guardò il cielo senza nubi e si domandò che cosa gli fosse successo in quei sei giorni. Sapeva che gli adulti non credevano che l'uomo gentile esistesse davvero. Forse avevano ragione. Forse era solo frutto della sua immaginazione, come diceva SpecialEd.

O forse no.

Sapeva solo che si era svegliato in mezzo al bosco. In una radura gigantesca. Con un albero. Non aveva idea di come ci fosse arrivato, o di come sarebbe riuscito a uscire. Ed era stato allora che, in lontananza, aveva visto quello che aveva descritto come l'uomo gentile, che aveva seguito fino alla strada.

Il sole si era trasformato nei fari dell'auto di quella ragazza.

Che aveva urlato: «Dio, ti ringrazio!»

E lo aveva portato di corsa in ospedale.

Gli si stavano chiudendo le palpebre, quando guardò ancora verso la finestra e vide arrivare le nuvole, che oscurarono la luna. C'era qualcosa di familiare, in esse, ma non ricordava cosa... Nel silenzio, si rese conto di avere un lieve mal di testa. E si abbandonò a un sonno tranquillo.

11

«NO!» urlò, svegliandosi di soprassalto.

I suoi occhi impiegarono un secondo ad abituarsi all'oscurità. Vide il cartone del latte con l'immagine di Emily Bertovich. Il vecchio televisore sfocato fissato alla parete, in alto. E sua madre che dormiva sulla grande sedia accanto a lui. E ricordò.

Era in ospedale.

Tutto taceva. L'unica fonte di illuminazione era la sveglia. Le cifre, 23:25, emanavano una luce verde, ronzante. Non gli capitava quasi mai di svegliarsi nel cuore della notte.

Ma quell'incubo lo aveva terrorizzato.

Il cuore batteva forte contro la cassa toracica. Lo sentiva, come se nel suo petto ci fosse un batterista che agitava le bacchette. Provò a ricordare che cos'aveva sognato, ma non gli veniva in mente nemmeno un minimo dettaglio. A testimonianza del brutto sogno c'era solo una lieve emicrania, quasi delle dita ossute premessero sulle sue tempie. Strisciò sotto la coperta sottile e ruvida, per sentirsi al sicuro ma, nell'istante in cui il suo corpo cominciò a rilassarsi, avvertì una pressione familiare sotto la camicia da notte che lasciava passare gli spifferi.

Doveva fare pipì.

Avvertì il freddo delle piastrelle scendendo dal letto e si diresse in punta di piedi al bagno. Stava per aprire la porta, quando ebbe una strana sensazione. Per un attimo credette che, se avesse aperto, si sarebbe trovato di fronte qualcuno. Così, appoggiò la testa contro il legno e ascoltò.

Drip drip drip. Il rubinetto.

Avrebbe gridato, ma non voleva svegliare sua madre. Così, grattò delicatamente la porta. Aspettò, ma non udì nulla. Allora afferrò la maniglia e cominciò ad aprire. E poi si fermò. C'era qualcosa che non andava. Aveva la sensazione che ci fosse un mostro, là dentro. O magari qualcos'altro. Qualcosa che sibilava. Il sibilo gli ricordò un sonaglino. Ma non quello di un neonato, no. Quello di un serpente.

Così, uscì nel corridoio.

Avanzò al buio, accompagnato dal ronzio sommesso delle macchine. Sbirciò verso il banco a cui erano sedute due infermiere. Una era al telefono; era Tammy, che era sempre gentile e ogni volta gli portava un dessert extra.

«Sì, papà. Passo a prendere il vino al negozio per il compleanno di mamma. MerLOT, va bene. Buonanotte», e riattaccò.

«Tuo padre sa che si pronuncia mer-LO senza t?» le domandò la collega.

«No, però mi ha fatto fare la scuola per infermiere», le rispose lei con un sorriso. «Quindi, non lo correggerò mai.»

Christopher spalancò la porta del bagno degli uomini.

Era vuoto. Andò all'orinatoio. Quello basso. Dovette trafficare un momento con la camicia da notte dell'ospedale. Mentre faceva pipì, gli venne in mente che SpecialEd andava sempre in bagno subito dopo il corso di recupero di lettura. Si piazzava a un metro e venti circa dall'orinatoio e si esercitava nel getto a distanza. Gli mancava, il suo amico. Non vedeva l'ora di rivederlo, per andare al cinema insieme l'indomani sera.

Era talmente preso dalla sua eccitante fantasticheria da non udire la porta che si apriva alle sue spalle.

Andò al lavabo per lavarsi le mani. Non ci arrivava bene, quindi fece uno sforzo per raggiungere il sapone. Il distributore automatico emise un lamento, e gli fece cadere una piccola quantità di detergente sul polso. Se lo spalmò sulle mani, poi si allungò verso la fotocellula per azionare l'acqua. Ma era troppo basso. Provò e riprovò, ma tutti i suoi tentativi andarono a vuoto.

E poi, da dietro spuntò una mano dalla pelle avvizzita che azionò l'acqua.

«Sta arrivando», disse la voce.

Christopher lanciò un urlo e si girò di scatto.

Vide una vecchia. Il viso era pieno di rughe, la schiena curva come un punto di domanda.

«Riesco a vederla. Sta venendo a prenderci.»

Si accese una sigaretta, e il bagliore della fiammella illuminò la dentiera macchiata. I denti finti diritti e gialli. In una mano, che tremava per la vecchiaia e per l'artrite, teneva la sigaretta. Nell'altra aveva un bastone, che muoveva. Tap tap tap.

«I bambini piccoli devono lavarsi le mani, quando arriva lei.»

Christopher indietreggiò, mentre lei sbuffava fumo come un drago.

«Dove se ne va il piccolino?» disse, andando verso di lui. «I bambini devono lavarsi le mani!»

Christopher finì con la schiena contro il gabinetto dei disabili. La porta si aprì con un cigolio, come un cancello arrugginito.

«Non puoi nasconderti, a lei! I bambini devono pulirsi per bene! La morte sta arrivando! È qui! Moriremo il giorno di Natale!» disse.

Christopher indietreggiò ancora, finendo contro il muro. Non aveva un posto dove andare. Sentì il suo alito sul viso, puzzava di fumo. Si mise a piangere. Avrebbe voluto dire Aiuto! Smettila! Qualcuno mi aiuti! Ma le parole gli restarono bloccate in gola. Come in quegli incubi che faceva dopo la morte di papà, in cui non riusciva ad alzarsi.

«LA MORTE STA ARRIVANDO! LA MORTE È QUI! MORIREMO IL GIORNO DI NATALE!»

Finalmente la sua voce trovò il modo di uscire, e strillò: «AIUTO!»

Pochi secondi dopo la luce si accese, tremolando. Christopher vide un anziano con un paio di occhiali che avevano due fondi di bottiglia al posto delle lenti, che aprì la porta del bagno ed entrò.

«Signora Keizer, si può sapere che cosa cazzo stai facendo? Smettila di fumare di nascosto e di spaventare questo povero bambino, e riporta quel vecchio culo a letto.»

L'anziana gli lanciò un'occhiataccia.

«Non sono affari tuoi. Vattene!»

«Sì che sono affari miei, se cerchi di far paura a dei bambini dall'altra parte del corridoio, mentre sto cercando di guardare il *Tonight Show*», sbraitò.

Le tolse la sigaretta dalla mano artritica e la gettò nel water. Quando colpì l'acqua, si udì un sibilo arrabbiato.

«Adesso finiscila di fare la pazza e tornatene in camera.» Le indicò la porta.

L'anziana guardò l'acqua nella tazza divenire torbida per via della cenere. Si voltò verso Christopher. I suoi occhi erano neri come carbone e furiosi.

«Non esistono i pazzi, piccolo. Sono solo persone che ti guardano.»

Per un attimo, i suoi occhi sembrarono tremolare. Come la fiammella di una candela, quando qualcuno apre la porta.

«Oh, fottiti, vecchio pipistrello spaventoso», le disse l'anziano, accompagnandola fuori dal bagno.

Christopher si fermò un momento, mentre il suo cuore tornava a battere regolarmente. Quando si fu convinto che l'anziana non sarebbe tornata, andò al lavabo e in qualche modo riuscì a far uscire l'acqua. Si sciacquò velocemente le mani e uscì dal bagno.

Percorse con lo sguardo il lungo corridoio, immerso nell'oscurità. L'unica luce proveniva da una stanza sul lato opposto. E l'unico rumore era quello del televisore che trasmetteva il *Tonight Show*. Il presentatore fece una battuta sulla lentezza del presidente nel reagire alla crisi in Medioriente. E gli adulti del pubblico risero e lo acclamarono.

«Hai ragione, dannazione», rise il vecchio dal suo letto. «Fatelo fuori.»

«Abbassa il volume, Ambrose», disse una voce maschile, da dietro la tenda lì accanto. «Alcuni di noi stanno cercando di dormire.»

«No, alcuni di voi stanno cercando di morire. Quindi, perché non ve ne andate a...»

D'un tratto, lo sguardo dell'anziano tornò su Christopher, fermo sulla soglia.

«...a farvi fottere.»

Il vecchio non aspettò la risposta del vicino.

«Come va, figliolo? La vecchia signora Keizer ti ha fatto prendere un bello spavento, eh?»

Christopher annuì.

«Ha l'Alzheimer. Tutto qui. Sta in una stanza nel mio stesso corridoio, alla casa di riposo. Abbiamo passato dei bei momenti. Comunque, è innocua. Meglio non lasciarsi spaventare troppo, okay?»

«Okay, signore.»

«Niente signore. Io sono Ambrose, intesi?»

«Intesi.»

«Bene. Allora siediti, o torna in camera tua. Basta che taci. Mi sto perdendo il monologo.»

Christopher non aveva mai il permesso di rimanere alzato per il *Tonight Show*. Sorrise e si arrampicò sulla sedia per i visitatori. Guardò il vassoio dell'anziano. C'era ancora il dessert. Un grosso biscotto con le gocce di cioccolato.

«Ti piacciono i biscotti con le gocce di cioccolato?» gli domandò l'anziano.

«Sì, signore.»

«Be', anche a me. E quello è mio. Quindi tieni giù le zampe», concluse burbero.

Il bambino annuì e lo guardò prendere il biscotto. Senza dire una parola, Ambrose lo spezzò e diede a lui la metà più grossa. Christopher sorrise e la mangiò, mentre guardavano la TV. La maggior parte delle volte non capiva che cosa ci fosse da ridere, ma voleva uniformarsi al resto del pubblico, quindi rideva comunque. A un certo punto si voltò a guardare l'anziano, e fu attirato dalla pelle simile a cuoio, e da un tatuaggio ormai sbiadito che raffigurava un'aquila.

«Quello dove se l'è fatto, signore?»

«Nell'esercito. E adesso chiudi il becco. Ti ho dato il biscotto, quindi dovresti smettere di parlare.»

«Ha fatto qualche guerra?» gli chiese imperterrito.

«Un paio», grugnì l'anziano.

«Quali?»

«Quelle toste.»

Al *Tonight Show* dissero qualcosa a proposito del crollo dell'economia, e il signor Ambrose rise così tanto che cominciò a tossire. Christopher guardò bene il suo viso.

«Signore, che cos'ha agli occhi?»

«Cataratta. Ho la cataratta.»

«Si prende dai gatti?»

Ambrose borbottò. «Dai gatti? Cristo santo, cataratta, non gattaratta. Non ci vedo bene… è come avere gli occhi pieni di nuvole.»

Christopher si pietrificò.

«Che intende dire?»

«Che vedo delle forme, però sono coperte da nubi. Per questo sono qui. Ho investito un cervo con l'auto. Quel maledetto non l'ho nemmeno visto. Ho sbattuto la testa contro il cruscotto. Questa volta mi toglieranno la patente. Lo so. Non potrò più allontanarmi dalla casa di riposo nemmeno per cinque minuti. Bastardi.»

Christopher sorrise, sentendo tutte quelle parolacce. Era super, era come infrangere la legge. Quindi fece silenzio e ascoltò i commenti, mentre guardava le luci dello schermo danzare sul volto dell'uomo. Dopo un po', il signor Ambrose decise di «far riposare» gli occhi come fanno i vecchi burberi. E alla fine iniziò a russare. Christopher spense il televisore con il telecomando sbeccato che l'anziano teneva ancora tra le mani.

«Grazie, junior», gli disse, poi si girò e si mise a russare.

Nessuno lo aveva mai chiamato junior, prima. E la cosa lo fece sorridere. Tornò in corridoio. Ma per qualche motivo la paura era passata. Superò la sala infermiere. Tammy era ancora al telefono. Non lo vide.

«Papà, per favore, smettila di chiamare. Devo fare i miei giri. Prometto di portare il merLOT», stava dicendo, esasperata.

Appena prima di entrare nella sua stanza, per rimettersi a dormire, lanciò uno sguardo nel corridoio e vide padre Tom. Non aveva mai visto un sacerdote fuori dalla chiesa, quindi era curioso. In punta di piedi, lo raggiunse, e lo guardò fare il segno della croce sopra un anziano. C'era la famiglia dell'uomo. La moglie. Due figlie di mezza età, con i mariti. E dei nipoti che probabilmente andavano alle scuole medie. Piangevano tutti, mentre il prete gli dava l'estrema unzione.

«Christopher», lo chiamò l'infermiera sussurrando. «Torna a letto, tesoro. Non sono cose da bambini.»

Lo accompagnò lungo il corridoio, fino alla sua stanza. Per raggiungerla, però, dovettero passare davanti a quella della signora Keizer, che era seduta sul letto e stava guardando il televisore, ma lo schermo era vuoto e si udivano solo rumori statici. La dentiera gialla annegava in un vasetto sul comodino. Si girò verso Christopher e gli rivolse un sorriso malato, sdentato.

«Ne ha preso un altro. Ci ucciderà tutti, prima della fine», disse.

«Non far caso a lei, piccolo. Non sa quello che dice.»

12

QUANDO Christopher si svegliò, l'indomani mattina, non ricordava quando si fosse addormentato. Ma vide la luce che filtrava attraverso le tende. E questo significava tre cose: che era venerdì. Che avrebbe lasciato l'ospedale. E sarebbe andato a vedere *Bad Cat* in 3D!

Si voltò verso il bagno: la porta era aperta.

Sua madre si stava lavando le mani.

E il sibilo non c'era più.

«Sveglia, pigrone.» Gli sorrise. «Pronto ad andare a casa?»

Quando l'infermiera lo accompagnò all'uscita, su una sedia a rotelle, finse di essere il rivale di Bad Cat, Ace, lo scoiattolo volante a cui veniva sempre la nausea quando era in movimento. I sedili rivestiti di vinile della loro vecchia auto non gli erano mai sembrati così comodi. Mamma lo portò in una tavola calda vicino al motel, dove ordinò pancake con le gocce di cioccolato. In condizioni normali, quello sarebbe stato il momento clou della giornata.

Ma non c'era nulla di normale.

Quello era il giorno di *Bad Cat*. Per tutta la mattina, e per tutto il pomeriggio, Christopher pensò a quel gattaccio e alla sua migliore amica, Ice Cream Cow, che preparava un gelato squisito. Guardò l'orologio appeso alla parete, e sfruttò quello che aveva imparato dalla signorina Lasko riguardo alla lettura delle ore. La lancetta dei secondi si muoveva a scatti, verso lo spettacolo delle sedici e trenta, e l'attesa era più snervante di quella della vigilia di Natale.

«Perché Natale non può arrivare un giorno prima?» chiedeva ogni volta a sua madre.

«Perché così ti lagneresti il ventitré di dicembre», gli rispondeva lei.

Alle quindici, andarono al cinema nei pressi del South Hills Village, per mettersi in coda. Verso le sedici, la fila arrivava dietro l'isolato. SpecialEd arrivò con sua madre, ed entrambi erano vestiti come due personaggi del film. Kate pensò che il bambino doveva aver dato il tormento a sua madre, costringendola a mettersi in ridicolo. Almeno, sperò che fosse andata così. Quel ragazzino aveva già abbastanza problemi, senza bisogno di una madre che spontaneamente si travestiva da Kicker, l'asino.

Quando finalmente la maschera aprì le porte, Christopher era eccitatissimo. Prese i goffi occhiali 3D. «Proprio come un bambino ricco!» esclamò. Trovarono i loro posti perfetti, a metà sala; sua madre andò a prendere qualcosa da sgranocchiare, e tornò con tutti gli snack spazzatura che lui adorava.

Ne aveva mangiati la metà già dopo i trailer. Ma a ogni trailer e a ogni manciata di popcorn l'eccitazione cresceva. E, quando alla fine il film cominciò, i bambini si lanciarono in un applauso.

Questa sarebbe stata per sempre la loro infanzia, pensò Kate.

Ricordò i film che aveva amato da ragazza, quando credeva di essere una principessa che si era perduta, e che in realtà proveniva da una famiglia molto più carina della sua. Non era vero, ma in qualche modo aveva messo al mondo un principe.

«Ti voglio bene, Christopher», gli disse.

«Anch'io, mamma», le rispose, distratto dal film.

Lei alzò gli occhi verso lo schermo e sorrise, quando Bad Cat andò dal vicino granchio, Leonardo di Pinchy, che stava dipingendo la sua fidanzata, Groan-a Lisa.

«Bel ritratto, Leonardo», gli diceva. «Pensavi di finirlo?»

E tutti i bambini si misero a ridere.

Alla fine del film, la madre di SpecialEd insisté, Cristo, per portare tutti da TGI Friday's per cena. Offriva lei.

«Così i bambini possono prendere le ali di pollo, e noi un bel 'succo di frutta da mamme'», disse strizzando l'occhio.

Durante la cena, Kate dovette ascoltare la madre di SpecialEd – «Cristo santo, chiamami Betty» – mentre margaritava (era diventato un verbo) una storia dopo l'altra, e raccontava di quando aveva quasi finito il college, e aveva sposato il padre di SpecialEd, che aveva appena aperto il sesto – «Contali… il sesto!» – negozio di ferramenta nei tre stati confinanti.

Si chinò verso di lei, e con l'alito che sapeva di alcol, le disse: «Hai presente quella S-T-R-O-N-Z-A della signora Collins? Be', suo marito, quel noto P-O-R-C-O, continua a presentare progetti edilizi e la gente continua a chiedere prestiti per ristrutturare casa, quindi posso dire soltanto ''Fanculo, Home Depot! Mio marito è ricco!' Cameriera, ho il bicchiere vuoto, e riesco ancora a ricordare i miei problemi!»

La madre di Christopher pensò che magari lei e Betty Anderson sarebbero diventate amiche. Ci sono persone che sono nate per parlare. Altre per ascoltare. Ed è meraviglioso quando due esponenti delle due diverse categorie si incontrano.

«Mi piaci, Kate», le disse Betty, mentre andavano al parcheggio. «Sei una fantastica ascoltatrice.»

Tornando a casa, Christopher si addormentò, con la pancia piena. Mamma lo portò su per le scale del motel, e lo mise a letto.

«Mamma?» fece lui, nel sonno.

«Sì, tesoro?»

«Possiamo andare a rivedere *Bad Cat*?»

«Certo, amore, quando vuoi.»

Gli diede un bacio sulla fronte e lasciò che si abbandonasse ai sogni. Si preparò una birra on the rocks e si gustò la serata. Perché sapeva che l'indomani sarebbe arrivato il conto, che non avrebbe avuto modo di pagare.

14

LUNEDÌ mattina, quando Christopher si svegliò, la sua «vacanza» era finita. Doveva tornare a scuola. Da Brady Collins e Jenny Hertzog, che lo chiamava «Acqua in casa». Ma c'era una cosa che lo preoccupava ancora di più: sarebbe rientrato dopo due settimane.

Adesso persino SpecialEd sarà più avanti di me, pensò. Abbassò gli occhi. Un piccolo Froot Loop galleggiava sul latte come una zattera.

«Sarò qui alle quindici», gli disse mamma, quando lo lasciò davanti a scuola. «NON allontanarti per nessun motivo.»

«Sì, mamma.»

Lo strinse in un abbraccio che durò più del solito, e poi lui raggiunse l'entrata a piedi. Di solito lo ignoravano tutti finché non entrava nell'aula dell'appello, ma quella mattina era il bambino «scomparso». Quando lo videro le ragazzine con le treccine, smisero di saltare la corda e lo fissarono. Un paio di bambini gli rivolsero un «Ehi». E poi arrivarono di corsa i due gemelli; e, quando si accorsero di lui, accadde qualcosa di straordinario.

«Ehi, Christopher. Occhio», fece Mike lanciandogli la loro piccola palla da football di plastica.

Christopher non riusciva a crederci; Matt e Mike volevano giocare con lui. Alzò gli occhi, e vide la palla che viaggiava nella sua direzione. Era una frana negli sport, ma pregò con tutto il cuore di non lasciarsela scappare. Stava scendendo… e, appena prima che lo colpisse sul naso…

La afferrò!

«Ehi, Chris, prendimi», lo sfidò Matt, con la benda sull'occhio pigro. E poi cominciò a correre.

Christopher sapeva di non essere capace a lanciare, così dovette pensare alla svelta a come rimanere in gioco.

«Agguanta», disse passando la palla a Mike.

Funzionò! Mike la prese e la fece volare venti metri più in là, sul marciapiede, dove c'era suo fratello. Un triangolo perfetto.

Trascorsero i tre minuti successivi a fare lanci. Ma per Christopher equivalsero al divertimento di un sabato intero. Alla fine, si rivelò bravino a ricevere.

Mike e Matt, che amavano farsi chiamare M&M's, gli

dissero che era anche piuttosto veloce. Mike era più grande del fratello di tre minuti, e più alto di cinque centimetri. E per questo lo faceva sentire costantemente in imbarazzo. Ma, se qualcun altro provava a prenderlo in giro, guai a lui. Soprattutto se lo sfottevano per la benda sull'occhio. Il «Pappagallo Pirata» di Jenny Hertzog in qualche modo era tollerato; ma se qualcun altro usava quel nomignolo si beccava una ripassata da Mike.

Anche quelli di quinta.

All'entrata di Christopher nell'aula dell'appello, le chiacchiere si fermarono e si sentì addosso gli sguardi di tutti. Si sedette accanto a SpecialEd, cercando di fondersi con il banco. Ma M&M's erano ancora lì e vollero sapere che cosa gli era successo nei giorni in cui sembrava essere scomparso nel nulla.

Di solito era molto timido quando gli altri bambini gli parlavano, ma i fratelli erano così carini. Così, mentre la classe aspettava la signorina Lasko, che aveva i soliti cinque minuti di ritardo, notò che tutti gli altri erano in silenzio. L'attenzione era tutta per lui.

All'improvviso si sentì un po' più sicuro di sé. Così, cominciò a raccontare nel dettaglio dell'ospedale, della sera che era rimasto alzato fino a tardi per guardare il *Tonight Show*, e tutti rimasero molto colpiti.

«Sei rimasto alzato fino a dopo mezzanotte? Merda», commentò Mike.

«Merda», gli fece eco Matt, cercando di atteggiarsi a duro, come lui.

Christopher era nel bel mezzo della storia della vecchia nel bagno degli uomini, quando d'un tratto sentì una voce.

«Sta' zitto, bugiardo.»

Alzò lo sguardo e vide Brady Collins. Si era tagliato i capelli, nelle due settimane in cui era rimasto assente. Sembrava ancora più cattivo, senza la frangetta.

«Hai fatto finta di perderti. Lo so che ti sei incontrato con il tuo fidanzato, nel bosco, imbroglione. E adesso chiudi quella bocca.»

Christopher si fece rosso in viso. E si zittì all'istante.

«Ci sta raccontando cos'è successo, Brady», intervenne Mike.

«Sì, ci sta raccontando cos'è successo», ripeté Matt.

«Quindi sta' zitto tu», aggiunse SpecialEd, con una sconosciuta spavalderia, sapendo di avere Mike a spalleggiarlo.

Sull'aula scese la tensione.

Christopher cercò di restare tranquillo. «Ragazzi, è tutto okay. Non dirò più niente.»

«No, Chris. Che si fotta Brady», affermò Mike.

«Sì, che si fotta», gli fece eco SpecialEd, battendo sul tempo Matt.

Alla fine, con un sorrisetto compiaciuto, Mike disse: «Metti il culo sulla sedia, Brady, prima che ti apra un altro buco».

Gli occhi di Brady si ridussero a due fessure. Aveva l'aria di essere un violento. E poi la bambina con le lentiggini scoppiò a ridere. Seguita dallo sfigato con gli occhiali. E poco dopo stavano ridendo tutti. Tranne Brady. Che sembrava infuriato, in imbarazzo, e improvvisamente piccolo. Ma era ancora pericoloso, come potevano esserlo i suoi quasi trentacinque chili di peso. Christopher aveva già visto quel tipo di violenza, negli occhi di una persona. Solo che Jerry era molto, molto più grosso.

«E poi che cos'è successo alla vecchia?» chiese Mike.

Christopher riprese il suo racconto, ed era così grato ai suoi nuovi amici che osò fare qualcosa di coraggioso. La sua imitazione di Leonardo di Pinchy nel film *Bad Cat*.

«Pensavi di finire la tua storia?» concluse facendo il verso a Bad Cat.

Risero tutti. Il racconto si concluse all'arrivo della signorina Lasko, con il suo thermos e gli occhi iniettati di sangue. Prese due aspirine da una scatoletta che teneva nella cattedra, e poi pronunciò le sue prime parole di senso compiuto.

«Test a sorpresa.»

Dalla classe si levò un lamento collettivo. Christopher si scoraggiò. Alla prima ora c'era matematica. La materia che temeva di più.

«Andiamo. Abbiamo dedicato le ultime due settimane all'addizione. Ce la potete fare», disse l'insegnante, mentre distribuiva un mucchietto di fogli agli alunni della prima fila. I test vennero passati all'indietro, come in una partita di football. Christopher si accasciò sulla sedia. Sentì la mano curata della maestra sulla spalla.

«Christopher, non mi aspetto che tu sappia farlo. Fa' semplicemente del tuo meglio. Potrai sempre ripeterlo, okay?»

Lui annuì, ma non era affatto okay. Era un disastro in matematica, e adesso era rimasto indietro di quasi due settimane. Avrebbe preso un'insufficienza, e sua madre gli avrebbe detto, «Non preoccuparti. Continua a provare. Ci arriverai».

Scrisse il suo nome nell'angolo in alto a destra con una grossa matita verde. Poi diede un'occhiata all'orologio. La lancetta rossa dei secondi passò sul dodici: erano le otto in punto.

Guardò il primo quesito.

2 + 7 = ___

Alla signorina Lasko piaceva cominciare con un'operazione veramente facile, così i bambini prendevano fiducia.

2 + 7 = 9

Era sicuro che fosse giusto. Diede uno sguardo al resto del compito. C'erano solo altre sei domande. Era determinato a dare almeno un altro risultato corretto. Almeno uno.

24 + 9 = ___

Si fermò. Il nove era sempre ingannevole, perché non era proprio dieci. Cioè. Se fosse stato 24 + 10 non avrebbe avuto problemi. Trentaquattro, facile. Nessuna difficoltà. Poi però gli venne in mente una cosa: poteva aggiungere dieci e togliere uno. Sì, aveva senso. Così era facile. Con la sua grossa matita verde scrisse il risultato.

24 + 9 = 33

Non riusciva a crederci. Aveva risposto giusto alle prime due. Ancora una e sarebbero state tre su sette. Tre più sette uguale a dieci. Dieci meno sette uguale a tre. Guardò il problema successivo. Parlava di soldi.

Se avessi due nichelini, un decino e un quarto di dollaro, quanto denaro avresti? ___ centesimi.

Le piaceva sfidarli, al terzo quesito. E di solito a quel punto lui si sentiva uno stupido. Non questa volta, però. Perché si rese conto che i soldi erano numeri, semplicemente. E, se poteva fare addizioni con due numeri, poteva farle anche con quattro.

45 centesimi!

Era così eccitato che per poco non spiccò un salto dalla sedia. Non riusciva mai a rispondere correttamente ai primi tre quesiti di un test. Mai.

36 – 17 = ___

La signorina Lasko si era divertita anche nel successivo, ma ormai sapeva come fare. Trentasei meno sedici, e ancora meno uno.

36 – 17 = 19

A poco a poco, una sensazione si fece strada nella sua mente. Un barlume di speranza... Ottenere una A per la sua mamma. Non gli capitava mai. In nessuna materia. Non gli era mai successo in tutta la sua vita. Gli avrebbe comprato Froot Loops per un anno intero.

Se sei stato alla partita di baseball per un'ora e sei minuti, quanti minuti ci sei stato in tutto?

Qui la maestra era stata di nuovo gentile. Chiunque poteva alzare gli occhi verso l'orologio e contare i minuti sul quadrante, se voleva. Ma Christopher non ne ebbe bisogno. Sessanta tic tic tic. Più altri sei.

66 minuti

Le ultime due. Voleva disperatamente consegnare un compito perfetto. Voleva rendere sua madre orgogliosa di lui. Non gli importava nemmeno dei Froot Loops. Guardò il problema successivo, mentre picchiettava sul foglio con la matita verde.

Ci sono 91 persone su una barca, ma solo ottantacinque indossano il giubbotto salvagente. Quanti ne servono perché ce l'abbiano tutti?

Christopher estrasse i numeri dalle parole e vide l'operazione da fare: novantuno meno ottantacinque. E questa volta non ebbe nemmeno bisogno di fare novantuno meno dieci, e poi aggiungere quattro. Non dovette fare niente. Lo sapeva, e basta.

Servono sei giubbotti

Ultimo quesito. Christopher non aveva il coraggio di guardare. Gli serviva solo un'altra risposta giusta, per avere una A. Brady Collins le prendeva sempre. E anche Dominic Chiccinelli, Kevin Dorwart. Persino Jenny Hertzog.

Problema bonus:

12 x 4 = ___

L'entusiasmo gli finì sotto i piedi. Aveva cominciato le moltiplicazioni poco prima di perdersi nel bosco. Era impossibile che riuscisse a fare quel calcolo. Così, si concentrò sul numero dodici. E sul fatto che la giuria fosse sempre composta da dodici persone, nei vecchi film che guardava con mamma il venerdì sera. E se i film erano quattro, ci sarebbero stati quattro gruppi di dodici giurati. In totale, quarantotto.

Christopher smise di respirare.

La risposta era quarantotto.

Lo sapeva. Come quando aveva imparato ad allacciarsi le scarpe, o a distinguere la sinistra dalla destra (la mano sinistra forma una L!). Nella sua mente scattò qualcosa. Clic. Le nuvole che gli avevano annebbiato il cervello si erano alzate.

Problema bonus:

12 x 4 = 48

Doveva essere assolutamente sicuro di prendere la sua prima A, così, invece di posare la matita, riguardò tutto il test. Rifece tutti i conti. E, quando arrivò al terzo quesito, si fermò.

Se avessi due nichelini, un decino e un quarto di dollaro, quanto denaro avresti?

La prima volta non ci aveva badato. Quello era un test di matematica, dopotutto. Non di lettura. Ma c'erano così tante lettere. E si rese conto di non averle mai scambiate di posto. Non una volta. Aveva letto la frase nella mente. Pensò di aver commesso un errore, così la rilesse.

Se avessi due nichelini, un decino e un quarto di dollaro, quanto denaro avresti?

45. O quarantacinque. C'erano un sacco di e nella domanda. Otto per l'esattezza. Ma questo non lo fermò. E i nichelini non erano…

inchelini

Erano nichelini. E un quarto era un quarto, non…

Qautro

Il cuore gli batteva forte, adesso. Alzò gli occhi verso i poster appesi nell'aula. Quelli che lo avevano tormentato durante l'intero primo mese.

LGEGERE È FNODAEMNTAEL

Non dovette nemmeno dirlo ad alta voce. Fece tutto nella sua testa.

LEGGERE È FONDAMENTALE

I suoni si affievolirono fino a morire.

ETNETE I BAMBINI OLNTAIN DLAEL DROGHE

C'erano soltanto l'aula e il rumore della sua mente.

TENETE I BAMBINI LONTANI DALLE DROGHE

Sapeva leggere!

Appoggiò la testa sul banco e cercò di nascondere la sua eccitazione. Non era più stupido. E sua madre non doveva più fingere. Non avrebbe più dovuto dirgli, «Non preoccuparti. Continua a provare. Ci arriverai». Ci era arrivato, finalmente. L'avrebbe resa orgogliosa con il suo test.

Non orgogliosa come lo è sempre una mamma. Orgogliosa sul serio.

Christopher stava per posare la matita verde sul banco, e alzare la mano per chiamare la signorina Lasko, quando si bloccò. Si guardò intorno, e vide che tutti i suoi compagni erano ancora impegnati con il compito. Le teste chine. Le grosse matite verdi che grattavano la carta, swish swish swish, come la penna del dottore in ospedale. I più erano fermi al quesito numero due, Brady Collins incluso.

Solo allora osservò l'orologio. Il test era cominciato alle otto in punto. Non ebbe nemmeno bisogno di fare il calcolo. Già lo sapeva.

Aveva impiegato solo quarantadue secondi.

Era così fiero di sé che nemmeno si accorse del mal di testa che gli stava arrivando.

15

A FINE giornata l'emicrania era quasi insopportabile. Ma era troppo eccitato all'idea di far vedere a sua madre come leggeva, per badarvi. Andò in biblioteca a prendere i libri per esercitarsi. La signora Henderson era lì per aiutarlo, come sempre. Scelse *Bad Cat ruba la lettera E*, che la bibliotecaria aveva messo da parte per lui. E stava per dargli anche un altro volume di Snoopy, quando Christopher la fermò.

«Ce n'è uno più difficile che possa provare a leggere, signora Henderson?»

«Fammi vedere che cosa riesco a trovare», gli disse lei con un sorriso.

Tornò con *L'isola del tesoro* di Robert Louis Stevenson. Non credette ai suoi occhi, quando vide quant'era grosso. Per un attimo rifletté che forse era meglio scegliere qualcosa di più semplice. Ma poi lo aprì, e tutte le lettere rimasero al loro posto abbastanza a lungo da permettergli di leggere.

Quindici uomini sulla cassa del morto,
Yo-ho-ho, e una bottiglia di rum!

Non male. Inoltre la copertina sembrava promettere bene. Pirati e un tesoro? Fantastico.

«Vuoi qualcosa di più semplice?» gli domandò la signora Henderson.

«No. Sembra bello.»

La ringraziò e mise i libri nello zaino. Finalmente, l'orologio batté le quindici. E la campanella squillò. E gli studenti riempirono i corridoi come formiche. Christopher prese la giacca a vento dall'armadietto. Salutò SpecialEd e M&M's.

E, uscendo, osservò il cielo pieno di nuvole.

Quando arrivò sua madre, salì in macchina tutto eccitato al pensiero di mostrarle il suo primo libro da grande. Questo finché non notò la sua espressione triste.

«Cosa c'è che non va, mamma?»

«Niente, tesoro.»

Ma Christopher non si lasciò ingannare. Aveva l'aria stanca, era preoccupata. Come la settimana prima di scappare da Jerry. C'era qualche problema, però la conosceva abbastanza bene da sapere che non gli avrebbe mai detto di che cosa si trattava. Perché non voleva dargli pensieri.

Ed era proprio questa la sua preoccupazione costante.

Per tutto il giorno aspettò con ansia di dirle della lettura, ma non sembrava mai il momento giusto. Durante il tragitto da scuola, lei parlò a malapena. E a cena fu anche più taciturna. Ed era di cattivo umore per il disordine del motel: «Possibile che sia l'unica a fare le pulizie, da queste parti?» Al termine del servizio principale del telegiornale serale, dedicato al Medioriente, si era già scusata per il suo atteggiamento scontroso, e già dormiva nel suo letto.

Christopher la lasciò dormire e si mise a rassettare la stanza. Sperò che, se al suo risveglio l'avesse trovata in ordine, avrebbe trascorso la settimana più serenamente. Così poi avrebbero potuto celebrare la serata film del venerdì. Aveva pianificato tutto. Avrebbe aspettato fino a quel giorno per darle la sorpresa speciale che aveva in serbo per lei. Non solo le avrebbe fatto vedere com'era migliorato nella lettura: per allora l'insegnante gli avrebbe restituito il test a sorpresa di matematica, così avrebbe potuto anche mostrarle la sua A. E lei sarebbe stata così orgogliosa che avrebbe insistito per portarlo a rivedere *Bad Cat* in 3D. E magari anche da McDonald's. Probabilmente no. Ma magari...

Spense tutte le luci e poi, lentamente, abbassò il volume del televisore, per non svegliarla mentre «faceva riposare gli occhi». Andò alla scrivania, così da sfruttare la luce che entrava dalla finestra per leggere *L'isola del tesoro*. Voleva finire almeno un capitolo entro venerdì, per lei. Magari anche due. Il piano era ingombro di mucchi di carte. All'inizio si limitò a sollevare la tazza del caffè, che aveva lasciato un cerchio sulla superficie. Poi però guardò più attentamente, e realizzò che cos'erano.

Fatture.

Christopher l'aveva già vista fare i conti, in passato. Era la cosa che più detestava, dopo le multe per divieto di sosta. Ma ogni volta che aveva provato a chiederle che cosa non andasse, lei gli aveva sorriso dandogli sempre la medesima risposta.

«Niente, tesoro.»

Prese la prima fattura. Era della compagnia telefonica. Prima di allora non aveva mai nemmeno provato a leggere quelle cose da grandi, ma adesso comprese perfettamente.

Terzo avviso
Insoluta

Girò tutte le fatture, una alla volta. Finché la macchia bagnata di caffè non si ridusse a un piccolo segno circolare. Su ciascuna lesse che era in ritardo con i pagamenti, che doveva versare una mora, e che i termini erano scaduti.

Se avessi due nichelini, un decino e un quarto di dollaro, quanto denaro avresti?

Non abbastanza.

Non riuscì a sommare tutte quelle cifre. Erano numeri troppo grandi. Ma sapeva che non avrebbe potuto portarlo di nuovo al cinema, indipendentemente dal risultato del test. E probabilmente non se l'era potuto permettere nemmeno la settimana prima.

D'un tratto si sentì in colpa per tutti i suoi sprechi, come i Froot Loops. E per i conti dell'ospedale, dei dottori. Costava troppo alla mamma. Proprio come il suo papà. Aveva pagato il funerale con la carta di credito per dargli una degna sepoltura. E non si era mai ripresa. Gliel'aveva sentito dire a una vicina gentile, in Michigan, dopo una birra di troppo. E in seguito, quando lui le aveva chiesto che problemi ci fossero, gli aveva sorriso: «Nessuno, tesoro».

Proprio come quel pomeriggio.

Così si ripromise che, quando le avesse mostrato il suo compito di matematica senza errori e lei si fosse offerta di portarlo da McDonald's, le avrebbe detto di no. E che, se fossero andati ancora al ristorante con la madre di SpecialEd, avrebbe ordinato dal menu solo cose «al prezzo di mercato», così per mamma sarebbe stato vantaggioso. Ma soprattutto non sarebbe più andato a vedere un costosissimo film in 3D. Avrebbe optato per una vecchia pellicola presa in biblioteca. E poi le avrebbe letto un libro ad alta voce, perché così avrebbe saputo che il suo duro lavoro aveva dato frutto. Con questo pensiero, raggiunse in punta di piedi il suo sacco a pelo. Tirò fuori uno dei suo calzettoni vecchi. E vi infilò una mano.

I soldi per i pantaloni.

Poi girò attorno al letto di sua madre, sempre in punta di piedi, e glieli mise in fondo alla borsa. Jenny Hertzog poteva anche sfotterlo per il resto della sua vita, chiamandolo «Acqua in casa». Per quello che gli importava.

16

«ACQUA in casa! Acqua in casa!» La voce di Jenny risuonò in tutto il corridoio.

Ma questa volta Christopher non vi badò. Provava tristezza per Jenny, così come poteva provarla per sua madre. Non aveva molto senso. Ma era così che si sentiva. Pensava soltanto che quella bambina doveva subire trattamenti peggiori di quello. O magari il suo papà aveva un sacco di bollette da pagare ed era sempre irascibile. In ogni caso, era felice di aver dato quei soldi a sua madre. E non vedeva l'ora che la signorina Lasko restituisse loro i compiti, prima della fine della giornata, così da poterle mostrare il suo primo successo.

Quando arrivò l'ora di matematica, l'insegnante distribuì i test corretti. Christopher diede un'occhiata ai compagni. Vide che Kevin Dorwart aveva centrato 7 risposte su 7. Brady 6 su 7. SpecialEd 2 su 7. Matt e Mike 5 su 7. A lui, però, il compito non venne restituito. E non capiva il perché. Quando suonò la campanella e tutti uscirono per l'intervallo, la signorina Lasko lo trattenne.

«Christopher», gli disse, seria. «So che sei stato assente per due settimane e che non volevi rimanere indietro. Quindi… per caso hai sbirciato le risposte di qualcun altro, durante il test?»

Lui deglutì. E fece no con la testa.

«Non mi arrabbierò. Ma non voglio che copi invece di imparare a risolvere i quesiti da solo. Quindi, te lo chiederò di nuovo: hai sbirciato le risposte di qualche tuo compagno? Magari di Kevin Dorwart?»

«No, signorina Lasko.»

La maestra lo guardò attentamente negli occhi. Christopher si sentì come una rana sul tavolo del laboratorio, pronta a essere vivisezionata.

«Sai, ho visto studenti che avvertono così tanto la pressione di fare bene, nei test, che sbagliano sempre. E, la volta in cui è stato detto loro che il voto non era importante, hanno ottenuto un punteggio eccellente.»

Poi sorrise e gli restituì il compito.

«Sono orgogliosa di te. Continua così.»

Sopra c'era un 7/7 scritto con un pennarello rosso dalla punta grossa. E accanto c'era una stella d'oro. Oltre a un grande adesivo di Bad Cat che diceva «Prrrrrrfetto!»

«Grazie, signorina Lasko!»

Il sorriso si allargava su tutto il suo viso: non riusciva a contenere la gioia. Non riuscì nemmeno ad aspettare il venerdì. Non appena sua madre entrò nel parcheggio, e gli fece segno con la mano, la salutò sventolando il foglio.

«Si può sapere che cosa ti prende? Sembri un gatto che si è appena mangiato un canarino.»

E in quel momento le mostrò il compito.

«Che cos'è?»

Non le rispose. Lei aprì il foglio. E lesse. E rimase di sasso. Ammutolita. Il suo primo test senza errori. 7 su 7. Lo studiò ancora per un momento e poi si voltò a guardarlo. Nei suoi occhi adesso c'era orgoglio, non preoccupazione.

«Visto? Te l'avevo detto che ci saresti arrivato!»

E allora lui le fece vedere *L'isola del tesoro*.

«Sono al capitolo tre.»

Era così fiera che lanciò un urlo e lo abbracciò.

«È questo che succede a chi non si arrende.»

Come aveva previsto, gli propose di tornare a vedere *Bad Cat*.

«No, grazie. Prendiamo qualcosa dalla biblioteca.»

All'inizio Kate sembrò confusa, poi sollevata. Soprattutto quando Christopher aggiunse che non aveva voglia di McDonald's, o di cibo del ristorante. Invece, gli andavano i suoi sandwich al formaggio. Così andarono in biblioteca e uscirono con una copia di *Bad Cat 2* («Questa volta è prrrrsonale») e con una de *La regina d'Africa* per mamma.

Poi andarono a fare la spesa da Giant Eagle, per la festicciola con i panini al formaggio. Christopher vide sua madre infilare una mano nella borsa. Ecco! La vide tirare fuori i soldi che vi aveva nascosto lui. Corrugò la fronte, confusa. Non capiva da dove arrivassero. Ma era felice che ci fossero. Stava per rimetterli dentro, per un momento difficile, quando Christopher la fermò.

«Mamma, dovresti prendere qualcosa per te.»

«No, non mi serve niente.»

«Invece dovresti», insisté lui.

Le strinse la mano, con delicatezza. Come faceva lei quando tastava i pomodori prima di comprarli. Sembrava sorpresa. Christopher non era un bambino insistente. Aspettò un momento, e poi alzò le spalle.

«Al diavolo», disse. «Un pretzel Sarris. E un biglietto della lotteria.»

La commessa – era un'adolescente – le diede il miglior pretzel al cioccolato e una scheda da compilare. Per rendere onore a suo figlio, Kate decise di giocare le risposte del suo primo compito senza errori. Diede alla ragazza cinque dollari ed ebbe diciassette centesimi di resto. Christopher non vide nient'altro, dentro al portafoglio. Mamma notò il barattolo di un'associazione di beneficenza. Sopra c'era un bambino in un campo profughi, nel Medioriente. Vi mise il resto, e poi uscirono dal negozio senza un soldo.

Tornando a casa, Christopher la vide guardare il serbatoio. Pieno per un quarto. Grazie al cielo toccava alla madre di SpecialEd portarli a catechismo, altrimenti non sarebbero riusciti a tirare fino al giorno di paga.

Arrivarono al motel che era già sera, una serata tranquilla e fresca. Erano l'uno accanto all'altra, nel cucinino, Christopher guardò sua madre che faceva cadere il formaggio sulla piastra rovente, e sorrise quando sentì sfrigolare il burro. Ascoltò il rumore dei cubetti che cadevano tintinnando nel bicchiere, mentre preparava a mamma la sua birra on the rocks. E, come sempre, giocarono a fare progetti da realizzare con le loro segrete ricchezze; lui aggiunse un'auto sportiva per mamma nel vialetto della casa dei sogni, come quella della signorina Lasko. Da parte sua, Kate era talmente impressionata dalla scelta del romanzo di Stevenson che si impegnò a procurargli una libreria per la sua biblioteca personale.

Christopher accese il televisore e il notiziario riempì la stanza. Sua madre stava girando i sandwich quando finì la rubrica sportiva e giunse il momento dell'estrazione. Era concentrata, quindi quasi non sentì il primo numero.

Era un nove.

Christopher tirò fuori i vassoi che avevano comprato a una vendita di quartiere, e li trascinò davanti ai letti. Lanciò un'occhiata al test di matematica, attaccato al mini frigo con un paio di calamite a forma di lettera.

«Mamma, vuoi...»

Lei alzò una mano per zittirlo. E lui tacque e la guardò staccare il compito dal frigo, e avvicinarsi al televisore. Le palline danzavano nell'urna di vetro. Christopher non vi stava prestando attenzione.

Secondo numero estratto: 33.

«Mamma?»

«Shh.»

Kate si lasciò cadere sulle ginocchia. Gli occhi fissi sul presentatore. L'aveva già vista centrare due numeri. Era già successo. Ma adesso si stava torcendo le mani. La terza pallina scivolò nel canale.

45.

«Oh, Dio», sussurrò Kate.

Christopher non aveva mai visto sua madre pregare, ma ora stringeva così forte le dita che aveva le nocche bianche. Il quarto numero venne estratto. L'uomo lo annunciò.

19.

«Oh, Gesù, ti prego.»

Christopher guardò il test senza errori nelle sue mani tremanti. La risposta successiva era sessantasei. Sua madre aveva smesso di respirare, in attesa di sentire il numero seguente.

«Sessantasei!» disse il presentatore.

Lei non se n'era resa conto, ma aveva cominciato a dondolare avanti e indietro. Lo stava stringendo con tanta forza da togliergli il respiro. Ma lui non disse niente. Non osava.

Kate era tesa come una tavola. Guardò la risposta che veniva dopo, sul test. Sei.

Il numero era stato estratto.

9.

«No!» disse ansimando.

Sembrò passare un'eternità, prima che il presentatore girasse la sfera così che la lineetta stesse sotto.

«Sei!»

«Oh, mio Dio», esclamò sua madre.

Mancava soltanto un numero. Uno solo. Le palline danzavano nell'urna. Christopher guardò il suo compito perfetto. L'ultima risposta era quarantotto. Sua madre chiuse gli occhi. Non ce la faceva a guardare. Non avrebbe retto a un'altra delusione.

«Dimmelo tu.»

«Mamma, hai vinto.»

Non vide i suoi occhi, ma sentì le lacrime sul collo. Sua madre lo strinse con tanta forza che pensò che gli avrebbe spezzato la spina dorsale. Sarebbero rimasti lì tutta la notte, se non fosse scattato l'allarme antincendio. Andarono di corsa alla piastra rovente, e constatarono che i loro sandwich al formaggio grigliato erano neri come uva passa. La mamma spense il fornello e aprì la finestra per far uscire il fumo.

«Va bene, possiamo mangiarli lo stesso. Il formaggio non è così bruciato», fece lui.

«'Fanculo i sandwich», gli rispose la mamma. «Prendi il giubbotto, andiamo a mangiarci una bistecca.»

Andarono da Ruth's Chris, in centro. E, anche se sua madre gli disse di ordinare qualunque cosa gli andasse di mangiare, lui scelse l'aragosta, perché sul menu c'era scritto che la vendevano al prezzo di mercato.

17

«Questa è la più bella delle case che abbiamo visto», disse la signora Soroka, quando entrarono nel vialetto.

Era una signora di classe. Vestita in modo elegante. Ma era tutto studiato. Kate lo sapeva. Sapeva che certe persone sfoggiavano un vocabolario più vasto di quello dei propri genitori e fingevano una provenienza diversa. In alcuni casi, tuttavia, questo atteggiarsi è più sincero della realtà di certa gente. Forse quella donna parlava veloce, ma ogni singola parola era sentita.

«Il vialetto è ridotto male, ma non dovrete metterci le mani prima di qualche anno. E conosco chi può rifarvi la pavimentazione per un buon prezzo. Tra ragazze dobbiamo aiutarci.»

Lo disse facendo l'occhiolino, mentre apriva la portiera. Era la terza casa che visitavano quel giorno, la prima era troppo grande. La seconda troppo piccola. E, come Riccioli d'Oro, speravano che la terza sarebbe stata quella giusta.

«La porta fatica un po' ad aprirsi», continuò facendo tintinnare le chiavi e infilando nella serratura quella dell'ingresso. «Ma possiamo aggiungere anche questo alla lista dell'ispezione, così le riparazioni saranno a carico del proprietario.»

Fece scattare il meccanismo e aprì il battente con una spallata. Kate rimase indietro con Christopher e diede un'occhiata al quartiere, immerso nell'aria frizzante d'autunno. Tutte le abitazioni di quel vicolo cieco avevano un aspetto pulito e ricco. Bello come le foglie che cambiavano colore. C'era persino una casetta di legno in cima alla collinetta, dall'altra parte della strada. Le ricordò la piccola Lincoln Logs giocattolo di Christopher. C'era un'anziana signora in soffitta, seduta alla finestra a guardare fuori.

Anche da quella distanza, Kate riusciva a sentire il cigolio della sua sedia a dondolo.

«Christopher? Terra chiama Christopher… Andiamo.»

Il ragazzo distolse lo sguardo dallo chalet e la seguì all'interno.

La casa era bella. Un *autentico* capolavoro artigianale, come la descrisse la signora Soroka. Il soggiorno aveva delle librerie a muro, un camino e abbastanza spazio per un bel televisore. I locali erano pervasi da un profumo di biscotti al cioccolato che sembrava arrivare da una decina di case aperte. La signora Soroka spiegò loro che era un trucchetto utilizzato dagli agenti immobiliari per far sentire i visitatori «a casa».

«Be', sta funzionando», scherzò Kate.

«Non lo dica a me. Ero magrissima prima di cominciare a fare questo lavoro.»

La donna si muoveva da una stanza all'altra, accendendo le luci. L'eccitazione di Kate aumentava locale dopo locale. La sala da pranzo era perfetta per quattro persone, ma ne avrebbe potute accogliere otto senza problemi. Avrebbe potuto addirittura invitare qualcuno, a Natale.

E la cucina.

Dio, quella cucina.

Altro che microonde e piastra nella stanza di un motel. Questo era il paradiso. Elettrodomestici in acciaio, nuovi di zecca. Una lavastoviglie che non perdeva. Un frigorifero con macchina per il ghiaccio incorporata: niente più passeggiate con il secchiello lungo il corridoio del motel. C'era persino un'isola. Una dannata isola!

«Che cosa ne dici, mamma?» le domandò Christopher.

«Non c'è male», fece lei, cercando di non mostrarsi troppo entusiasta.

La signora Soroka continuava a parlare della lavasciuga e della manutenzione, ma Kate aveva smesso di ascoltare. Quella che era cominciata come una cotta nel salotto era diventata una vera storia d'amore, quando salirono le scale che portavano alla zona notte. Non aveva mai avuto le scale dentro casa. Solo quelle per arrivare all'appartamento, negli edifici senza ascensore. E quelle antincendio.

Finalmente avrebbe potuto dire a suo figlio di non correre sulle scale.

«Vediamo prima la camera padronale», disse.

«Il capo è lei», le rispose l'agente con un sorriso.

Kate adorava il magnifico letto posto sopra una pedana e le grandi finestre. Ma a convincerla fu la stanza guardaroba. Un enorme sorriso si allargò sul suo volto, e i palmi delle mani cominciarono a sudarle per l'ansia di avere a disposizione tutto quello spazio. Il senso di colpa le impediva di pensare a qualche visita al centro commerciale. Sarebbe andata in qualche outlet... Ma magari poteva fare un giro da Goodwill e prendere qualcosa.

Smettila, Kate. Te lo meriti. Respira.

«Passiamo alla seconda stanza, che è piuttosto intima. Significa 'piccola', in codice», scherzò l'agente. «Quindi, magari potrebbe diventare una camera per gli ospiti, se venisse a trovarvi qualche famigliare.»

Non avevano famigliari con cui fossero in buoni rapporti. Non avrebbero mai ospitato nessuno. Ma non era necessario che quella donna lo sapesse. Quel locale sarebbe diventato uno studio perfetto, quando Kate finalmente avesse ripreso gli studi. Si trovava proprio sopra il garage doppio. Niente più multe il giorno di pulizia della strada. Niente più sacchetti di carta sui parchimetri. Il loro squalo nuovo di zecca (che aveva avuto un solo proprietario precedente) avrebbe avuto il suo molo privato.

«E questa sarebbe la camera di Christopher», annunciò l'agente, aprendo la porta.

Era perfetta.

C'erano un letto e una scrivania. Un grande bovindo dove un bambino aveva lo spazio sufficiente per sedersi, guardare fuori, lasciar vagare la mente. Un grande armadio per i vestiti. Un mobile separato per i giocattoli. Moquette bella, e pulita. La stanza sapeva di primavera. Di limone, ma senza quella nota aspra.

«Ti piace, tesoro?»

«La adoro, mamma.»

«Anch'io.»

«Allora, siamo felici?» chiese la signora Soroka.

«Siamo molto felici», le rispose Kate.

«Pronti a presentare un'offerta?»

Kate rimase in silenzio. Il cuore prese a batterle più forte, quando pensò che le avrebbe dato una penna per apporre una firma. Ma aveva già riscosso le vincite e, una volta sommate e tolte le tasse, era riuscita a saldare tutti i debiti. Aveva pagato il ricovero di Christopher. Il funerale di suo marito. E poi gli scoperti delle carte di credito, come aveva detto di fare Suze Orman, in TV. Aveva aperto un fondo per il college (per tutti e due). E, alla fine, le era rimasto abbastanza per versare l'anticipo dell'unica cosa che suo figlio le prometteva da sempre di comprarle.

Una casa tutta loro.

Basta scappare. Basta traslochi. Il suo bambino avrebbe avuto una casa.

Rallenta, Kate. Chiedile quello che devi chiederle.

«È un buon affare? Sia sincera, con me. Tra ragazze dobbiamo aiutarci, giusto?»

«Giusto. E sì, è un ottimo affare. L'unico motivo per cui la vendono è che hanno acquistato un appartamento a Palm Springs, per sfuggire all'inverno e al genero. Questa zona sta per fare il botto. Anche se andasse oltre il prezzo richiesto, sarebbe comunque un affare.»

Kate sapeva che stava dicendo la verità. Aveva fatto i compiti.

«Tu che ne pensi?» chiese a Christopher.

«È la casa più bella che abbia mai visto.»

«Allora facciamo un'offerta.»

La signora Soroka batté le mani.

«Bene, è la decisione giusta! E la volete sapere una cosa? Ancora non vi ho mostrato la parte migliore!»

L'agente immobiliare attraversò la stanza di Christopher fino a raggiungere l'ampio bovindo. Aprì le tende per mostrare loro la vista. La camera si affacciava sul grande giardino posteriore, con un albero, un copertone per altalena, una struttura per arrampicarsi e una buca per la sabbia. Il sogno di ogni ragazzino. Un prato piatto e curato. Perfetto per giocare a football. Perfetto per farci qualunque cosa.

«Pensateci... un cortile del genere», disse la signora Soroka. «E guardate che cosa c'è appena più in là.»

Era il bosco di Mission Street.

Christopher forse non ricordava nulla di quei sei giorni in cui era sparito là dentro, ma Kate non avrebbe mai dimenticato l'angoscia che aveva provato.

«Non voglio vivere vicino a quel bosco.»

L'altra annuì, quasi le fosse venuta in mente adesso la foto del bambino sul giornale, quando era stata denunciata la scomparsa.

«Ascolti, che resti tra noi... Il signor Collins sta progettando un nuovo complesso residenziale, che sorgerà a un tiro di schioppo da qui...»

«Lo so.»

La donna annuì, e poi abbassò la voce a un sussurro cospiratore.

«Sì, ma sa anche che ha assunto il mio capo per vendere quelle abitazioni? E che costruirà una strada che unirà le due parti della città? Di qui a sei mesi avrete una casa nel quartiere più in di Mill Grove, che varrà centomila dollari più di quello che l'avete pagata. Lei mi piace, Kate. E sono madre anch'io. Quindi, non voglio che si lasci sfuggire questa opportunità... Lo sente anche lei? È il rumore dei soldi...»

«Ne è sicura?»

«Si fidi di me. Prima di Natale quel bosco verrà abbattuto.»

18

Si trasferirono il giorno dopo Halloween.

In ginocchio, Christopher e sua madre stavano chiudendo le loro vite in alcuni scatoloni. Ormai erano abituati a cambiare casa. Solo due mesi prima si trovavano in Michigan. Adesso però non stavano scappando via nel cuore della notte, per sfuggire a Jerry. Non stavano lasciando una città in cui ogni cartello stradale ricordava a Kate il suo defunto marito.

Questa era casa sua.

Questa era la sua nuova vita.

Mise via la vecchia piastra per cucinare e le stoviglie. Era così eccitata al pensiero della sua nuova cucina che per poco non impacchettò le scodelle per i cereali con le pagine di giornale con la foto di Christopher.

La *Pittsburgh Post-Gazette* aveva pubblicato la sua storia. Kate non aveva voluto apparire nell'articolo, aveva lasciato tutta la gloria al figlio. E così Christopher era andato alla struttura per arrampicarsi, durante l'intervallo, insieme alla sua insegnante, la signorina Lasko. Autore dello scatto era un aspirante regista. E la domenica Kate aveva orgogliosamente acquistato tutte le copie al 7-Eleven dove aveva preso il biglietto della lotteria.

«Vince alla lotteria giocando i risultati del test di matematica.»

Adesso guardò quel bambino di sette anni che trascinava il suo sacco a pelo di Bad Cat verso la piccola pila di scatoloni vicino alla porta. Non si erano portati dietro molte cose della loro vecchia vita. Solo le poche che Kate era riuscita a mettere di nascosto nel baule del vecchio squalo, quando aveva preparato la fuga da Jerry. E accanto ce n'erano alcune acquistate di recente, che dovevano segnare l'inizio di una nuova era.

La banda arrivò poco dopo. Kate era davvero orgogliosa della rapidità con cui erano riusciti a farsi così tanti amici in poco tempo. SpecialEd venne con sua madre Betty e con il marito di lei, per dare una mano con il trasloco. Big Eddie aveva un cuore grande quasi quanto la sua stazza. Passò il pomeriggio a intrattenere tutti quanti con aneddoti su come si fosse pagato il college lavorando per una ditta di traslochi.

«Allora avevo i muscoli scolpiti», continuava a ripetere.

«Li hai anche adesso», fece Betty, accecata dall'amore.

Vennero anche M&M's, con le loro due mamme. Una signora dai modi pacati, Sage, e un'altra decisamente meno taciturna, Virginia. Una era una vegana del Connecticut. L'altra una carnivora del Texas. Erano fatte l'una per l'altra.

Piano piano la banda, forte e sudata, sistemò i loro effetti personali su un furgoncino, generosamente fornito dalla catena di negozi di ferramenta di Big Eddie.

Quando ebbero caricato tutto, Christopher e sua madre tornarono dentro per controllare di non aver lasciato nulla. Non appena ebbero verificato che in quella stanza di motel rimanevano soltanto i loro ricordi, dissero addio alla loro vecchia vita.

«Non pagherò mai più un affitto», dichiarò Kate, chiudendo la porta.

Quando il nuovo squalo arrivò al vialetto del 295 di Monterey Drive, in fondo al vicolo cieco Kate e Christopher trovarono ad attenderli un regalo. I genitori di SpecialEd («Siamo Betty e Eddie, Cristo santo!») avevano corrotto la signora Soroka con una bottiglia di Chardonnay e l'avevano convinta a dare loro le chiavi del garage. Due dei dipendenti più in gamba di Eddie avevano automatizzato il portellone e, quando Kate fece per scendere per andare ad aprirlo manualmente, Betty premette il tasto. Eddie finse che ci fosse un fantasma, strappando una risata a tutti, e alla fine cominciarono a dare una mano a portare dentro i bagagli.

Non impiegarono molto, considerando che i Reese non avevano granché. E il tragitto dalla casa al furgone diminuì quando lo sceriffo si presentò per aiutare, al termine del suo turno. Lui e Kate si erano tenuti in contatto, dopo che Christopher era stato dimesso. I suoi uomini avevano appurato che nel bosco non c'era niente, e lui si era preoccupato di chiamarla. E, prima di fare un'offerta per quella casa, era stata lei a fargli una telefonata. La sicurezza di Christopher prima di tutto. Lo sceriffo aveva fatto il suo dovere e, dopo aver passato al setaccio i rapporti di polizia dell'ultimo decennio, le aveva assicurato che l'abitazione era a posto. E che si trovava in un quartiere più che sicuro. Ma, se avesse voluto, l'avrebbe accompagnata a fare un giro a piedi, perché avesse un'ulteriore conferma.

«Non è necessario», gli aveva risposto, e lui era rimasto assai deluso. «Se le va di venire il giorno del trasloco, però, prenderò della pizza.»

Affare fatto.

Per tutto il giorno, Kate guardò Christopher e i suoi amici che si atteggiavano a uomini adulti. Quando lo sceriffo le diede una mano a portar dentro dei nuovi mobili (acquistati all'outlet), i quattro ragazzi si offrirono di aiutarli. E quando Big Eddie fece una pausa per bere una birra, la fecero anche loro per bere una limonata. A lavori ultimati, quando Big Eddie accese il grill per preparare i suoi famosi «pancake dog» per «lavar giù» la pizza, loro studiarono la sua tecnica con occhio esperto, e lo ascoltarono parlare con lo sceriffo e annuirono fingendosi grandi.

Dopotutto, Eddie era l'unico padre con cui quei bambini avessero avuto a che fare negli ultimi due anni.

E lo sceriffo era lo sceriffo.

Terminata la festa, la famiglia di amici augurò la buonanotte a Christopher e Kate. Sage e Virginia promisero di passare prima del fine settimana per darle una mano con le pulizie. Betty promise di unirsi a loro, per un drink mentre le guardava pulire. Big Eddie disse a Kate che, se mai avesse avuto bisogno di attrezzi per sistemare le solite rotture di scatole che si incontrano durante il primo mese in una casa nuova, sarebbe passato ad aiutarla. E Christopher salutò gli amici dando loro appuntamento a lunedì.

Lo sceriffo fu l'ultimo ad andare via.

«È stato gentile da parte sua offrirci un po' del suo tempo, sceriffo», lo ringraziò Kate, con una stretta di mano.

Lo sceriffo annuì e poi abbassò lo sguardo verso il pavimento. Strascicò i piedi, come un ragazzino delle scuole medie e, quando parlò, d'un tratto sentì il petto che rimbombava come un campo di racquetball.

«Sì, be'... so che cosa si prova a trasferirsi in un posto nuovo dove non hai nessuno che ti aiuti. Sono arrivato da Hill District solo un anno fa.»

Kate annuì. E lui deglutì. E ci provò.

«Signora Reese... è già stata da Primanti Brothers? È una vera istituzione a Pittsburgh.»

«No.»

«Mi permetterebbe di portarcela?»

Forse non elegante come se l'era preparato. Ma l'aveva detto.

Lei lo guardò. Guardò quell'uomo grande e grosso come un orso, che all'improvviso le parve piccolo. Aveva conosciuto abbastanza uomini pessimi da saperne distinguere uno per bene, quando se lo trovava davanti. Ma non era pronta. Assolutamente no. Non dopo Jerry.

«Mi dia un po' di tempo, sceriffo.»

La sua risposta parve bastargli.

«Di quello ne ho in abbondanza, signora Reese», replicò con un sorriso. «Buonanotte.»

Si avviò verso la sua auto, Kate rimase sulla veranda e lo guardò andare via, mentre cominciavano a cadere le prime gocce di pioggia. Quindi, rientrò nella sua prima vera casa, e chiuse la porta a chiave.

Mentre ascoltava la pioggia che tamburellava sul tetto, salì la sua prima vera scala e raggiunse il figlio in camera. Christopher era già in pigiama, raggomitolato nel suo letto, e immerso nella lettura di *Robinson Crusoe*. Gliel'aveva consigliato la signora Henderson, visto che gli era piaciuto tanto *L'isola del tesoro*.

Kate non riusciva a credere ai progressi che aveva fatto nella lettura, durante quell'ultimo mese. E in matematica. Aveva cominciato ad andare all'asilo poco dopo la morte di suo padre. E dopo tanta fatica, finalmente riusciva. Quindi, era possibile che i problemi di apprendimento che aveva manifestato all'inizio fossero dovuti soprattutto allo stress. In ogni caso, Kate si ripromise di fare un regalo super speciale alla bibliotecaria e alla signorina Lasko.

Quelle due donne erano capaci di fare miracoli.

Si sedette accanto a lui e lesse qualche riga da sopra la sua spalla, mentre gli metteva una ciocca di capelli dietro l'orecchio. Diede un'occhiata alla stanza, soffermandosi sulle due cose che aveva promesso di comprargli con la vincita alla lotteria.

La prima era una libreria.

Questa non arrivava da un outlet, né dall'IKEA. Oh, no. Per trovare la prima vera libreria di Christopher aveva passato al setaccio la città, finché non aveva trovato un delizioso antiquario. Gli aveva detto di scegliere quella che voleva. Ce n'erano di splendide. Di quercia, di pino, di cedro. Invece, lui ne aveva scelta una piuttosto vecchia, rivestita con quella ridicola carta da parati con delle anatre disegnate. Era l'equivalente dell'albero di Natale di Charlie Brown.

«Puoi avere quella che vuoi. Perché proprio quella, tesoro?» gli aveva chiesto.

«Perché ha l'odore dei guantoni da baseball.»

La seconda era una cornice d'argento per la foto di suo padre. Orgoglioso, l'aveva messa in cima alla libreria, al posto d'onore. Kate fissò quello scatto. Un momento congelato, in bianco e nero. Il padre di Christopher che sorrideva accanto all'albero di Natale. Quella era stata una giornata buona.

Rimase sdraiata lì una ventina di minuti, ad ascoltare il suo bambino che leggeva il romanzo, la voce sommessa come la pioggia fuori. Quando ebbero concluso le pagine della sera, gli diede un bacio sulla guancia e gli rimboccò le coperte.

«Christopher… hai comprato una casa a tua madre. Lo sai chi fa cose del genere?»

«No.»

«I vincenti. Ecco chi.»

E con ciò, spense la luce con un «Un due tre ah-choo!» e scese in cucina. Prese un paio di sorsi di birra on the rocks, e poi cominciò a lavorare alla sua camera. La sua camera. Se non contava quei pochi anni con suo marito, in tutta la sua vita non aveva mai avuto una casa in cui si era sentita sicura.

E ora, ne stava dando una a suo figlio.

Quando ebbe finito di tirar fuori gli ultimi vestiti, si rese conto che riempivano il guardaroba solo per un terzo. Normalmente, avrebbe pensato che sarebbe accaduto qualcosa di brutto. Ma adesso era in paradiso. Davvero.

Ripercorse ogni decisione, ogni momento che l'aveva portata a stare in una casa tutta sua, ad ascoltare le nuvole che lasciavano cadere gocce di pioggia sul tetto.

Ed ebbe la sensazione che non sarebbe potuta andare meglio nemmeno se qualcuno avesse architettato tutto.

19

CHRISTOPHER era raggomitolato nel sacco a pelo di Bad Cat. Ascoltava il picchiettio della pioggia, si sentiva comodo e al calduccio. La luce della luna lampeggiava attraverso le righe tracciate dalle gocce sui vetri del bovindo, e proiettava ombre sottili sulla sua libreria nuova e sulla foto di papà. Mamma gli aveva detto che avrebbe potuto tinteggiare le pareti della sua stanza di qualunque colore, perché non dovevano più preoccuparsi di riavere indietro il deposito lasciato come cauzione. Lui le aveva risposto che le avrebbe dipinte di azzurro, con delle nuvole. Come il cielo. O come gli occhi del signor Ambrose.

Senza far rumore, scivolò fuori dal sacco a pelo.

Andò al bovindo e salì sulla panca, dove si sedette con le gambe incrociate, lo sguardo rivolto al giardino sul retro, con lo pneumatico appeso all'albero come altalena e il grande prato perfetto per giocare a baseball con i ragazzi.

E, più in là, il bosco di Mission Street.

Un fulmine squarciò il cielo. La pioggia lasciava dei segni sui vetri, come lacrime sul parabrezza. Al catechismo, qualcuno diceva che la pioggia sono le lacrime di Dio. Si chiese se l'Arca di Noè fosse dovuta alla Sua ira.

O al Suo pianto.

Aprì la finestra. Guardò su e vide le nuvole. Goccioline di pioggia cadevano sul davanzale. Erano fredde sulle sue guance arrossate. Rimase lì seduto per una mezz'ora, a guardare e ascoltare, e si sentì speciale e felice. Avevano qualcosa di familiare, le nubi. Non ricordava cosa. Ma aveva l'impressione che gli sorridessero. E lui ricambiò.

Non era una voce. Era solo il vento. Un sussurro. No, non era una voce vera e propria. Piuttosto, un'impressione. Non la sentì… Più che altro, ricordò di averla sentita da qualcuno. Però era nell'aria. Veniva dal bosco.

Gli chiedeva di andare là.

Afferrò scarponcini e felpa rossa, che aveva lasciato sul pavimento. Diede una rapida occhiata alla foto di suo padre, nella cornice. E poi aprì la porta della sua stanza. Guardò il corridoio. La camera di mamma era buia. Scese le scale in punta di piedi e attraversò la cucina. Il profumo di biscotti non c'era più.

Aprì la porta scorrevole che dava sul giardino dietro casa. La nebbia era più fitta, adesso, ma si distinguevano ancora gli alberi che ondeggiavano nella brezza. Avevano un effetto calmante, su di lui. Come una ninnananna, come il lato fresco del cuscino…

Calpestò l'erba bagnata e fredda. Superò l'altalena e raggiunse il confine del giardino. Si voltò a guardare casa sua. Vide la baita dall'altra parte della strada. Le finestre erano tutte buie. Quindi, si voltò di nuovo verso gli alberi. Ed eccolo… a meno di mezzo metro di distanza.

Il bosco di Mission Street.

Christopher lo guardò. Gli alberi oscillavano, belli, spogli, fermi. Come braccia che si agitano in chiesa. Avanti e indietro. Avanti e indietro. Non vedeva nessuno, ma li sentiva. Erano lì. E percepiva l'odore del guantone da baseball anche se il suo era in soggiorno, chiuso in uno scatolone.

«Ci siete?» sussurrò, finalmente.

Gli alberi risposero con un fruscio. Udì un rumore di ramoscelli che si spezzavano. Le sue orecchie si fecero rosse. Si rendeva conto che avrebbe dovuto avere paura, ma era tranquillo. Respirò e provò una sensazione di sollievo. Perché sapeva che là dentro c'era qualcosa. Che lo stava osservando.

«Grazie di aver dato una casa a mia madre», sussurrò.

Silenzio. Ma non era silenzio. Quel qualcosa lo stava ascoltando. Christopher pensò che forse era dietro di lui. Avvertì un solletico alla base della nuca.

«Stai cercando di parlare con me?»

La brezza lottava con le foglie. Udì una voce, trasportata dal vento. Non parlava. Ma sentì comunque le parole sul collo. Come se il vento si facesse largo tra gli alberi quanto bastava per farsi comprendere.

Christopher si addentrò nel bosco.

La pioggia colpiva la parte superiore delle foglie, e scendeva scorrendo sui tronchi in piccoli torrenti. Non sapeva dove fosse diretto, ma i suoi piedi sì. Era come andare in bicicletta. Il suo cervello forse aveva dimenticato, ma il suo corpo no. Non avrebbe mai dimenticato.

I piedi lo stavano portando dalla voce.

Il cuore gli si fermò un momento. Non vedeva nessuno, ma avvertiva la presenza di qualcosa. Come l'elettricità statica, che scoppietta quando le mani finalmente si toccano. La seguì attraverso il bosco, e poi la luce sul sentiero si fece più luminosa. Un odore giunse alle sue narici. Un delizioso profumo d'autunno. Come quello delle mele che galleggiano sull'acqua, in quel gioco in cui devi afferrarle con i denti. Vide dei nomi incisi nella corteccia degli alberi. Iniziali di adolescenti innamorati di cent'anni prima. Che ormai erano vecchi.

O morti.

Giunse alla radura. Rimase in silenzio, gli occhi fissi sull'albero gigantesco che aveva la forma di una mano artritica. Vide un sacchetto di plastica sul terreno coperto di terriccio. Lo raccolse e lo lavò amorevolmente sotto la pioggia, fresca e fredda. Lo strofinò con la felpa rossa, finché il bianco non apparve da sotto la terra. E poi andò all'albero e lo appese a un ramo basso. Lo fissò, mentre danzava come un aquilone legato a un filo. Non riusciva a ricordare cosa fosse, ma c'era qualcosa in quel sacchetto. Qualcosa che gli comunicava sicurezza, conforto. Come un vecchio amico.

«Ciao», disse Christopher al sacchetto bianco di plastica.

Riesci a sentirmi?

Il sacchetto sembrò parecchio sollevato.

«Sì, ti sento», gli rispose.

Non posso crederci... Finalmente qualcuno mi sente.

Christopher arrossì. Deglutì a fatica.

«Sei davvero reale?» chiese al sacchetto di plastica bianco.

Sì.

«Non sei uno scherzo della mia immaginazione?»

No.

«Quindi non sono pazzo?»

No, ho provato a parlare con chiunque, ma tu sei l'unico che mi abbia ascoltato.

Anche Christopher provò un enorme sollievo.

«Perché riesco a sentirti, adesso?»

Perché siamo soli, nel bosco, per questo ti ho fatto avere quella casa, ti piace?

«È la casa più grande che abbia mai visto.»

Sono molto contento.

«Quando potrò vederti?»

Presto, prima però ho bisogno che tu faccia una cosa per me, okay?

«Okay.»

Allora, il bambino si inginocchiò ai piedi dell'albero e fissò il sacchetto che danzava come capelli al vento. Rimase lì per ore. Senza badare al freddo. A parlare di qualunque cosa. Con il suo nuovo migliore amico.

L'uomo gentile.

PARTE TERZA

Migliori amici per sempre

20

«RAGAZZI, vi va di costruire una casa sull'albero?»

«Una casa sull'albero?» fece SpecialEd, mandando giù il bacon con una lattina di Yoo-Hoo al cioccolato. «Mio padre una volta me ne ha montata una. Poi si è ubriacato e la casa si è rotta.»

Erano in mensa, e quel giorno c'era la bistecca alla Salisbury; Christopher non sapeva che cosa significasse esattamente, ma la mamma gli aveva dato dei soldi con cui pagarsi un vero pasto caldo, da mangiare al posto del solito sandwich nel sacchetto di carta marrone, con burro d'arachidi e sedano. Soprattutto perché era novembre e cominciava a fare freddo. Le decorazioni di Halloween erano state rimosse e al loro posto c'erano quelle per il Ringraziamento.

«Non intendo quel genere di casa sull'albero, Ed», spiegò all'amico.

Aprì il taccuino e, con cura, fece scivolare i progetti verso i suoi amici. M&M's guardarono i disegni su carta millimetrata, precisi e minuziosamente dettagliati. Il tetto. Le tegole nere. I cardini. La porta rossa. E le assicelle che si snodavano su per il tronco come una scaletta di denti da latte.

«Wow, questa è una casa vera», esclamò Matt, con la sua benda.

«L'hai disegnata da solo?» chiese Mark, impressionato.

Christopher annuì. Domenica mattina si era svegliato con quei progetti in testa. Aveva un'immagine impressa nella mente, talmente vivida che per cancellarla avrebbe dovuto grattarla via. Aveva passato l'intero weekend a tratteggiarla su carta millimetrata, con pastelli colorati, così come faceva con la casa dei sogni di mamma. Ma questa volta non c'erano videogame o stanze dei dolciumi, e nemmeno una fattoria didattica accanto alla cucina.

Questa era una casa reale.

«Vorresti una porta che si chiude a chiave, e tutto il resto?» domandò Mike.

«Sì. E imposte. E finestre vere, con i vetri. E una botola segreta con una scala di corda attaccata sotto», aggiunse Christopher, eccitato.

«Ma perché dovrebbe servirti una botola segreta?» volle sapere Matt.

«Perché è fico. Stupido», osservò Mike.

«Da' qua», disse SpecialEd togliendogli di mano i fogli. Li studiò con aria scettica, come un geometra professionista, tra un sorso e l'altro di Yoo-Hoo. Christopher notò che stava lasciando le sue impronte unte sugli angoli. La cosa lo irritò parecchio, ma non disse nulla. Aveva bisogno dell'aiuto dell'amico. Dopo un momento gli restituì i progetti.

«Impossibile. Non riusciremo mai a costruire una casa del genere da soli», sentenziò.

«Sì, invece», ribatté Matt. «Nostro zio George è…»

«…un tuttofare», disse Mike, rubando la scena al fratello minore. «L'estate scorsa siamo andati a lavorare con lui. Possiamo farcela.»

«Ma siamo già a novembre. Fa un freddo infernale», li mise in guardia SpecialEd.

«Cosa sei, una femminuccia?» fece Mike.

«Non lo so. E tu?» replicò SpecialEd, prontamente.

«Andiamo, Eddie. Sarà la sede del nostro club privato», lo pregò Christopher.

«Che cosa ci trovi di tanto divertente nell'andare nel giardino dietro casa tua per costruire una stupida casa sull'albero a dieci metri dal salotto caldo dove hai un vero televisore?»

«Ma noi non la costruiremo nel mio giardino», lo informò Christopher, sottovoce. «La casa sorgerà nel bosco di Mission Street.»

Il silenzio si fece assoluto. D'un tratto, apparve chiaro a tutti la serietà di quel piano. Non si trattava di una gita nel giardino di un amico. Bensì di un'avventura con la A maiuscola. Avrebbero infranto le regole. Ed era...

«...fichissimo», sussurrò SpecialEd.

«...ma è violazione di proprietà privata», osservò Matt.

«Non dire stronzate, Sherlock. È questa la cosa pazzesca», ribatté SpecialEd.

«Non lo so», disse Mike. «L'impresa edile di Collins ha recintato tutta la zona.»

«Sei forse una femminuccia?» gli chiese SpecialEd. Non aggiunse «touché», ma era come se l'avesse fatto.

«Non dappertutto», fece notare Christopher. «C'è un sentiero che dal mio giardino porta nel bosco. Non è necessario scavalcare la recinzione, in quel punto. Però ci servono degli attrezzi.»

«Per questo non c'è problema», saltò su SpecialEd, che adesso era diventato il sostenitore numero uno del progetto. «Mio padre ha il garage pieno. E non li usa mai.»

«E il legname?» chiese Christopher, anche se conosceva già la risposta.

«L'impresa edile ha cataste di scarti sparse ovunque», disse Mike.

«E nostro zio ha un sacco di chiodi, in giro», aggiunse Matt, che voleva dimostrare di contare anche lui come gli altri.

Continuarono così per tutta la pausa pranzo. Stabilirono che sarebbero riusciti a chiedere, prendere in prestito o rubare più o meno tutto quello di cui avevano bisogno, eccetto le tegole, un pomello per la porta e le finestre. Ma il papà di SpecialEd aveva una collezione di vecchi *Playboy* e una fotocopiatrice a colori, e viveva in un quartiere pieno di ragazzi più grandi.

Quindi, sarebbero riusciti a tirar su un po' di soldi.

Certo, dovevano tener conto del fatto che l'impresa edile aveva una politica molto severa nei confronti di chi non rispettava il divieto d'accesso, e SpecialEd sapeva da suo padre che il signor Collins stava abbattendo porzioni di bosco per dividere i lotti. Quindi, quello che intendevano fare era illegale. Ma, ad attrarli, era in parte proprio questo.

«Infrangiamo la legge! Infrangiamo la legge!» cantò SpecialEd, intonando una delle canzoni preferite di sua madre dai tempi del college.

«Ma... e i nostri genitori?» chiese Matt.

Oh, giusto. I genitori. Hmmm.

Per come la vedevano, non li avrebbero mai persuasi a lasciarli vagare per quel bosco da soli, soprattutto dopo che Christopher vi si era smarrito per giorni. Forse sarebbero riusciti a gabbare il padre di SpecialEd, ma le mamme? Zero.

Gli amici di Christopher erano alquanto perplessi, ma lui no: anzi, a dire il vero quel problema gli dava una sensazione piacevole. Come una lunga stiracchiata ai muscoli appena sveglio, e una vigorosa grattata alla schiena. Mentre pensava a come risolverlo, si rese conto che da un paio di minuti non aveva più mal di testa. E gli venne un'idea.

Un pigiama party.

Ma certo.

Potevano portare i sacchi a pelo dove avrebbero costruito la casa e trascorrere la notte lì. Se ciascuno di loro avesse detto ai propri genitori che sarebbe andato a dormire da un amico, avrebbero avuto tutta la serata del sabato, la notte e poi la domenica. Era un rischio. Le mamme si sarebbero chiamate a vicenda per controllare che fosse tutto a posto. Ma con i cellulari forse sarebbero riusciti a farla franca. In ogni caso, avrebbero potuto lavorare per due giorni interi, o quasi, senza interruzione.

A Mike l'idea piacque da impazzire. Matt sembrava spaventato al pensiero di stare nel bosco, ma non osò dire nulla di fronte al fratello. Così, si disse d'accordo.

«Posso pensare io ai viveri?» chiese SpecialEd.

«Ma certo, Eddie.»

Quando ebbero deciso tutto, Christopher si appoggiò allo schienale e guardò i suoi amici, euforici e chiassosi per l'eccitazione. Ma per lui il locale era quasi silenzioso, perché il dolore stava tornando a tormentare la sua testa. L'emicrania non era un problema. Ci si stava abituando, ormai. Ma era sollevato al pensiero che i suoi amici lo avrebbero aiutato a costruire la casa sull'albero, perché sapeva che, senza di loro, non l'avrebbe mai finita in tempo.

«Dai, Chris», esclamò SpecialEd.

Christopher tornò bruscamente alla realtà e si rese conto che stavano aspettando lui, i bicchieri sollevati e pronti a brindare. Alzò anche lui il suo, e lo Yoo-Hoo di SpecialEd toccò tre cartoni di latte, in onore della gloriosa casa sull'albero. Mentre ne beveva un sorso, Christopher guardò la fotografia della bambina scomparsa sulla confezione.

Emily Bertovich.

Adesso non aveva più difficoltà a leggere il suo nome.

Era talmente su di giri per via del progetto che quasi non prestò attenzione quando salì sull'autobus per andare a casa. Non conosceva nessun bambino che faceva quel tragitto e nemmeno nel quartiere. Con un'unica eccezione.

Jenny Hertzog.

«Acqua in casa! Acqua in casa!» lo prese in giro, anche se sua madre gli aveva comprato dei pantaloni nuovi, e più lunghi, all'outlet.

La fermata era in fondo a una via lunga, vicino a una vecchia casa sull'angolo. Jenny entrò di corsa in quella accanto, con il rivestimento di alluminio. Lui camminò fino alla sua strada senza uscita. Guardò l'abitazione di legno sull'altro lato e il bosco che circondava tutti loro.

Il bosco in cui avrebbero costruito la casa.

Si sentiva in colpa per non aver raccontato tutto ai suoi

amici. Ma non voleva che lo prendessero per matto. Com'era successo a suo padre. E poi non voleva spaventarli. Ma l'uomo gentile aveva detto anche altre cose, la notte in cui erano rimasti a parlare. Cose perlopiù confuse. Alcune perfino spaventose.

Ma si fidava di lui. C'era qualcosa nella sua voce. Cordialità. Calore. E, anche quando lui si era mostrato scettico, dalla sua bocca aveva sentito solo cose che poi si erano rivelate vere. Il padre di SpecialEd aveva sul serio un garage pieno di attrezzi. Mike e Matt aiutavano veramente zio George a costruire delle cose. E quel giorno lui, Christopher, era stato tolto dal corso di recupero di lettura. Oh, e Jenny Hertzog era scesa alla sua stessa fermata.

E doveva finire la casa sull'albero entro Natale.

«Ma perché tanta fretta?» aveva chiesto. «A che cosa serve?»

non mi crederesti mai. dovrai aspettare di vederlo con i tuoi occhi.

21

COMINCIARONO sabato.

Si gelava, era fine novembre e gli alberi bloccavano i pochi raggi di sole che filtravano attraverso le nuvole. Ma i bambini erano troppo eccitati per badarvi. La settimana non sarebbe potuta andare meglio. M&M's avevano trovato il posto in cui l'impresa edile teneva il materiale da costruzione. E tutti e quattro insieme avevano studiato il modo di trasportare tutto alla radura.

«Mai sentito parlare di carrucola?» aveva suggerito SpecialEd, a catechismo.

«Vorrai dire carriola», lo aveva corretto Christopher.

«So che cosa voglio dire», aveva ribattuto lui, scocciato.

Alle lacune nel vocabolario rimediava grazie alle capacità pratiche. Aveva razziato le cassette degli utensili di suo padre e aveva trovato due riviste sconce (avrebbero fruttato un bel gruzzoletto!).

Sabato mattina Christopher si svegliò di buon'ora e tirò fuori il suo zaino preferito. Quello speciale, con Bad Cat che chiedeva: «C'è del cibo qui dentro?» Scese al piano di sotto e si sedette accanto a sua madre, sul divano. Era calda come il suo caffè, e il suo profumo era addirittura migliore.

«Dove te ne vai così presto?»

Da quando era scomparso per una settimana, era diventata ultra protettiva quando lo vedeva uscire.

«Faccio un giro con Eddie e gli M&M's. Ci troviamo a casa di Eddie. Avevamo in mente di giocare tutto il giorno. E magari di fare un pigiama party.»

«Sua madre lo sa?» gli domandò lei, un sopracciglio sollevato.

E, naturalmente, in quel preciso istante – quasi rispondendo a un'imbeccata – arrivò un messaggio.

Kate, Eddie mi sta facendo una testa così per poter ospitare i suoi amici a dormire. Virginia e Sage hanno già detto di sì. Per te è okay?

La madre di Christopher non aveva la minima idea del fatto che fosse Eddie a scrivere gli sms alle otto e trenta in punto, per cancellarli subito dopo. E non sospettava nemmeno che M&M's avessero fatto la stessa cosa con la madre di SpecialEd, così che fosse libero di unirsi a loro per la nottata. Ma come facevano i bambini a passarla liscia quando gli adulti parlavano ancora veramente tra loro, senza affidarsi ai cellulari? Comunque, il piano degli sms funzionò a meraviglia.

Kate rispose.

Certo, Betty. Allora mi farò dare un turno extra al lavoro. Grazie.

Fiuuu.

«Tieni il telefono acceso», disse a Chris, quando lo lasciò a casa dell'amico. «Vengo a prenderti domattina alle dieci in punto.»

«Mamma, ti prego...»

«D'accordo, facciamo alle nove e trenta, allora.»

«Okay. Alle dieci. Nessun problema!» esclamò lui, prima che le cose si mettessero male.

«Stai attento», gli disse. «Non uscire di casa. Non andare in giro. Non sto scherzando.»

«Sì, mamma.»

Lo fece uscire dall'auto con un abbraccio.

Christopher trovò gli altri nel garage, dove il padre di SpecialEd teneva tutta l'attrezzatura da campeggio che non avevano usato nemmeno una volta. Eddie, tutto orgoglioso, stava mostrando a M&M's le finestre finanziate con la vendita dei numeri di *Playboy*, impilate nella carriola.

«Ve l'avevo detto che mio padre aveva una carrucola.»

Si misero al lavoro.

Presero torce, lanterne e vecchi sacchi a pelo che sua madre, per pigrizia, aveva dimenticato di far gettare via dalla governante. Uno lo riempirono di pane, burro d'arachidi e fette di prosciutto. Vi buttarono dentro anche piatti e cucchiai di plastica, e poi latte e Froot Loops. E, naturalmente, due confezioni di biscotti Oreo. Alla fine il sacco a pelo sembrava un sigaro bitorzoluto.

Nei loro zaini restava a malapena lo spazio per gli attrezzi.

Così, mentre la madre di SpecialEd dormiva per recuperare la sua «serata del bridge», la banda si avviò verso l'entrata del cantiere Collins, nel bosco di Mission Street. Fortuna volle che il tizio di guardia stesse facendo il suo giro, e che i muratori fossero troppo impegnati a scavare in un punto lì vicino, e così riuscirono a scegliere quello che volevano dalla catasta di legname. Ne presero una bracciata ciascuno e andarono alla recinzione. Spinsero la carriola sotto le maglie metalliche e scavalcarono, tracciando un sentiero attraverso il campo. Superarono il cartello dell'impresa edile.

E arrivarono al limitare del bosco.

Lì si fermarono. Guardinghi, silenziosi. Come Hansel e Gretel nelle favole che un tempo avevano ascoltato prima della nanna. Quando ancora credevano all'esistenza di streghe e lupi cattivi.

«Ragazzi, forse avremmo dovuto dire ai nostri genitori dov'eravamo diretti», osservò Matt.

«Stai scherzando? Mamma non ci avrebbe mai dato il permesso», gli rispose il fratello.

«Ma, se ci perdiamo, nessuno saprà dove venire a cercarci.»

«Christopher è rimasto qui dentro per sei giorni. Si sa muovere», notò SpecialEd.

Matt guardò Chris per avere una conferma, ma lui stava fissando le grandi foglie variopinte. Il vento soffiava piano attorno a loro. Era come se il bosco stesse respirando.

«Già. Quindi smettila di fare il frignone», disse Mike al fratello, più piccolo di tre minuti.

«Non sono un frignone.»

«Allora dimostralo. Vai avanti tu.»

«D'accordo. Vado», rispose Matt, senza muoversi.

«E dai, che cosa stai aspettando? Gli alberi non mordono.»

«Ho detto che vado!»

Ma non faceva nemmeno un passo. Aveva troppa paura.

«Coraggio, ragazzi. Seguitemi», disse infine Christopher.

Entrò per primo, mettendo fine ai giochi, e risparmiando a Matt la sua dignità. Gli altri gli andarono dietro sotto la volta degli alberi, e furono inghiottiti dal bosco di Mission Street.

Percorse un sentiero, cercando di trovare quello che portava dal cantiere alla radura. Ma riuscì a notare soltanto che i loro passi non lasciavano impronte. Forse il terreno era troppo secco. Se si fossero smarriti, non li avrebbe trovati nessuno. Con la radura nascosta dietro ettari di bosco, non avrebbero mai potuto immaginare che si trovassero là.

Per un attimo, ebbe un déjà vu. Orme di un bambino. Che si stendevano sul suolo come una scia di briciole di pane. Mentalmente, si rivide percorrere un sentiero. Seguendo quelle impronte. Non avrebbe saputo dire se fosse un sogno, o meno. Sapeva solo che probabilmente era meglio non dirlo ai suoi amici, perché gli avrebbero dato del pazzo. Udirono un rumore davanti a loro. Come di qualcosa che si spezzava. Rami, che si rompevano come ossa.

«Guarda, Chris», sussurrò Matt.

Gli indicò un punto, lungo il sentiero.

C'era un cervo e li stava fissando.

Era fermo sul percorso, immobile come un ornamento da giardino. Incrociò lo sguardo di Christopher e poi, lentamente, cominciò a inoltrarsi nel folto del bosco. In una direzione che lui non aveva mai preso.

«Dove va?» chiese Matt sottovoce.

Chris non gli rispose. Seguì l'animale, e basta. Passo dopo passo. L'emicrania cominciava a salirgli lungo il collo. Fino alle tempie. E lo spingeva a proseguire. Lungo uno stretto sentiero. Diede un'occhiata alla sua sinistra, e lo vide...

...un frigorifero abbandonato.

Era sul suolo, come uno scheletro arrugginito, pieno di ramoscelli e foglie. Un nido per qualche bestia. O per qualcuno.

«Chris?» SpecialEd stava indicando un punto, davanti a loro. Dal tono, sembrava spaventato. «Che cos'è?»

Christopher seguì la direzione del suo dito, e vide il cervo che s'infilava in un tunnel piuttosto ampio. Sembrava l'imbocco di una caverna. C'era una struttura di legno marcio. Christopher andò verso l'entrata della vecchia miniera di carbone. Aveva qualcosa di familiare.

«Non dovremmo entrare là dentro», disse Matt.

Ma lui non lo ascoltò. Si sentiva obbligato ad andare avanti. Entrò nella galleria buia. Gli altri lo seguirono. Il mondo si fece nero. I vecchi binari erano delle gobbe sotto i loro piedi. L'antro era pervaso da un tanfo di piscio, come nei bagni con l'orinatoio.

SpecialEd accese la torcia. Christopher gliela tolse di mano e la spense.

«No. Lo spaventerai», mormorò.

«Io lo spaventerò?»

Il gruppetto di amici seguì il cervo fuori dal tunnel. Christopher guardò a terra, e le orme che vide gli parvero appartenere a centinaia di esemplari. E ad altre creature che vivevano e morivano da generazioni in quel bosco, ignorando l'esistenza dell'essere umano. Poi alzò lo sguardo.

Erano arrivati nella radura.

Non si erano resi conto di quanto fosse buio il sentiero, ma i loro occhi ebbero bisogno di un po' di tempo per adattarsi alla luce. Batterono le palpebre e si fecero schermo con le mani.

E fu allora che videro l'albero.

Era l'unico nel raggio di un centinaio di metri. Stava al centro dello spazio aperto. Una mano contorta che spaccava la guancia della terra come un foruncolo.

I quattro rimasero in silenzio. Si erano dimenticati del cervo che li fissava, immobile. Cominciarono a camminare. Piano piano. Senza parlare, verso l'albero. Le braccia di Mike, affaticate dal peso della carriola, d'un tratto divennero leggere. Matt, che aveva la gola irritata dalla sete e dagli strascichi dello streptococco, debellato dall'antibiotico, riuscì a deglutire senza dolore. SpecialEd aveva dedicato gli ultimi cinque minuti a studiare un piano per non dividere gli Oreo con gli amici, ma d'un tratto non gli importava di sapere se avrebbe mai mangiato di nuovo. E l'emicrania di Chris, quel dolore sordo che non passava con Advil né Tylenol per bambini mischiati con salsa di mele, abbandonò finalmente lo spazio dietro agli occhi, lasciandogli solo una sensazione di sollievo. Niente più dolore. Niente più paura.

Christopher raggiunse l'albero per primo. Allungò una mano, quasi aspettandosi che la corteccia sembrasse carne, al tocco. Invece era come avrebbe dovuto essere. Forte, segnata dagli elementi, percorsa da solchi simili a rughe. Gli ricordò Ambrose, l'anziano signore gentile dell'ospedale.

«La costruiremo qui», dichiarò.

«Questo posto fa venire i brividi», disse SpecialEd, che poi si sbrigò ad aggiungere: «Fantastico».

Christopher srotolò i progetti e si misero all'opera. Mentre gli altri scaricavano il materiale, lui si tolse lo zaino di Bad Cat e lasciò cadere a terra gli attrezzi con un rumore metallico. Cercò un martello e un chiodo.

«Matt. Hai diritto a piantare il primo.»

«No», gli rispose l'altro. «Spetta a te, Chris. Fallo tu.»

Christopher guardò i suoi amici. E tutti e tre annuirono, d'accordo. Mike e Matt appoggiarono il primo listello al tronco. Accanto alle iniziali incise dagli adolescenti di un secolo intero, mentre camminavano verso l'età adulta. WT + JT. AH + JV. File di nomi, come case identiche tra loro. Johnny e Barbara, Michael e Laurie. Stava per piantare il primo chiodo, quando notò l'iniziale più recente. Una lettera sola.

D.

Praticato il primo foro, i quattro cominciarono a piantare le assicelle. Una sopra l'altra. Una piccola scala che saliva su per il tronco, come una fila di dentini da latte. Presto avrebbero esaurito le scorte di legname, ma Christopher lo aveva previsto. Gli altri non gli avevano chiesto da dove provenisse la grande catasta. Forse non l'avevano notato. O forse presumevano di saperlo.

Comunque, aveva già cominciato a costruire.

In realtà, ci stava lavorando da tre settimane. E intanto aveva chiacchierato con l'uomo gentile. Facendo la spola tra l'albero e il mucchio di legno dell'impresa edile. Aveva fatto tutti i preparativi, e pianificato tutto quanto. Aveva portato il necessario per i suoi amici. L'uomo gentile diceva che era meglio non dire nulla, in certi casi, fino a quando non era necessario creare clamore.

Fortunatamente, la guardia era sempre sulla roulotte del capomastro, a guardare lo sport su un piccolo televisore portatile. Era così impegnato a urlare «sì», «no» e «quello lo chiami fallo, stronzo di un cieco?!» che non l'aveva mai sorpreso a rubare il legname del boss.

Christopher avrebbe voluto parlare con l'uomo gentile adesso, ma non gli andava di spaventare i suoi amici. Loro non sapevano che fosse lì, che li stesse osservando. A un certo punto, Mike allungò una mano per afferrare il sacchetto bianco e per riempirlo di chiodi.

«Non toccarlo», gli disse Christopher.

Immediatamente, il bambino lo riappese al ramo basso, e si rimise a lavorare. Non avevano detto apertamente che Chris era il capo, ma nessuno mise in dubbio la sua autorità. Nemmeno Mike, che era il più forte.

In qualche modo, i bambini sanno sempre chi è il leader.

Mentre lavoravano, il vento si fece più forte, al punto che gli alberi presero a ondeggiare avanti a indietro come braccia di adolescenti a un concerto. Ciononostante, Christopher alzò lo sguardo al cielo, dove faccia di nuvola rimaneva immobile.

Sembrava li stesse a guardare mentre lavoravano.

22

KATE aveva lasciato suo figlio a casa di SpecialEd, e adesso aveva un po' di tempo prima di cominciare il turno, così fece un giro panoramico per andare alla casa di riposo. Guardò il cielo. Le nuvole erano magnifiche, sembravano enormi marshmallow morbidosi lasciati nel microonde, un istante prima che bruciassero. Ma la loro bellezza non si avvicinava nemmeno lontanamente a quella del bosco. Le foglie avevano già cominciato a cambiare colore, e gli alberi sembravano la tavolozza di un artista, caotica e ordinata al tempo stesso. Abbassò il finestrino e prese un respiro profondo. L'aria frizzante dell'autunno aveva un effetto rinvigorente. Il cielo era di un azzurro intenso. Gli alberi erano stupendi. Era un momento assolutamente perfetto.

Allora perché si sentiva così in ansia?

Negli anni, aveva considerato l'intuito ereditato da sua madre una benedizione. Indipendentemente dalle circostanze, aveva sempre creduto che quella vocina sommessa nella sua testa garantisse la sicurezza di Christopher, la sua sanità mentale, e aiutasse entrambi a sopravvivere.

E adesso stava vibrando come un diapason.

Naturalmente era un po' troppo protettiva. Quale madre non lo era? Dopo quella settimana d'inferno in cui Christopher non si era fatto trovare, avrebbe potuto tenerlo sottochiave per il resto della sua infanzia, e nessuno l'avrebbe biasimata. Ma la vocina che la aiutava a mantenere la bussola le diceva che doveva lasciare che vivesse la sua vita, senza addossargli le sue paure. L'amore materno rischiava troppo spesso di diventare soffocante. E adesso il suo bambino era al sicuro a casa di Eddie, a mangiare cibo spazzatura mentre giocava ai videogame. Avrebbe trascorso lì l'intera nottata. Quindi, perché quella brutta sensazione?

Forse perché non hai una vita tua, Kate.

Sì. Forse il motivo era quello.

Arrivò a Shady Pines, timbrò il cartellino e si diede da fare. Ogni volta che si preoccupava, Super Kate diventava frenetica, maniacale. Rivoltò i letti. Pulì i bagni. Diede una mano alle infermiere con il signor Ruskovich, che sfruttava la sua distrofia muscolare come scusa per palpare «accidentalmente» le donne, tutto il giorno.

«Mille scuse», diceva nel suo inglese frammentario, sollevando un cappello invisibile.

Dopo colazione, la maniaca aveva già sbrigato tutte le sue faccende, e le restava ben poco da fare, a parte preoccuparsi per suo figlio. Per fortuna era il «Giorno delle Nuove Caramelle». Le infermiere lo chiamavano così. Un sabato al mese, Shady Pines ospitava dei volontari che venivano addestrati per dare una mano come inservienti, o in cucina, o per dedicarsi a qualunque orribile compito la signora Collins avesse immaginato per quel personale a basso costo che aspirava ad accumulare crediti scolastici (o che aveva ore di lavori socialmente utili da svolgere).

Di solito erano studenti delle scuole superiori della città, che si rendevano conto che le loro domande per il college erano troppo smilze, perché attività extracurricolari come mandare sms, fumare erba e masturbarsi compulsivamente non attiravano l'attenzione di Harvard. Lavoravano alla casa di riposo ogni sabato, per un mese. E così ottenevano un certificato per il college. Dopodiché non si facevano più vedere. A parte qualche cattolico preso dal senso di colpa, che poteva fermarsi un paio di mesi. Il record era quattro.

Era un gigantesco do ut des.

Il proprietario dell'istituto, il signor Collins, otteneva manodopera gratis. Sua moglie, la signora Collins, aveva ragazzi freschi da tormentare perché non si prendevano cura come avrebbero dovuto della signora Keizer, la madre settantottenne che soffriva di demenza senile, mentre alle nemiche-amiche del country club raccontava di voler «dare qualcosa in cambio alla comunità, che aveva offerto tanto alla sua famiglia». E i ragazzi potevano compilare le loro domande per il college, sperando in un futuro luminoso, caratterizzato dalla convinzione che sarebbero rimasti giovani per sempre.

Ne uscivano tutti vincenti.

Padre. Figlio. Spirito Santo.

Poiché le domande andavano presentate con il nuovo anno, il periodo natalizio era il Sacro Graal del volontariato. Non c'era nemmeno il tempo di pronunciare «Ivy League»... e Shady Pines veniva invasa da volti giovani e zelanti, che aspiravano a ingannare le varie università, spacciandosi come ragazzi premurosi, che tenevano alle persone di cui si prendevano cura. Kate contò circa venti facce, dieci più del solito.

Normalmente avrebbe saltato l'orientamento, ma aveva un interesse giustificato per quel «Giorno delle Nuove Caramelle»: perché in prima fila, tra i ragazzi, con una gonna lunga, un maglione peloso e un sorriso tirato, c'era la bella ragazza che aveva trovato Christopher lungo la strada, dopo che era sparito per sei giorni.

Mary Katherine MacNeil.

Era accanto al suo fidanzatino, un povero ragazzo dall'aria abbacchiata di nome Doug. Erano così carini, tutti e due. Così sani. Così legittimamente timorati di Dio, da non avere idea di quello che la signora Collins aveva in serbo per loro. Kate voleva assicurarsi che si vedessero assegnati i compiti meno penosi e così li avvicinò, discreta.

«Salve, signora Reese», la salutò Mary Katherine. «Come sta suo figlio?»

«Benissimo», le rispose sottovoce. «Ora, spostatevi in fondo al gruppo. Non interrompete il discorsetto di orientamento. E offritevi per lavorare in cucina.»

Ciò detto, fece loro l'occhiolino e sgattaiolò nella stanza accanto fingendo di rifare un letto, mentre guardava la signora Collins che fingeva di sorridere.

«Benvenuti all'orientamento», esordì.

E cominciò quel discorso che Kate aveva già sentito due volte. Su Shady Pines, che era una casa di cura. Sulla società, che viene giudicata in base al modo in cui si occupa dei suoi anziani. Sulle famiglie, che portavano i propri cari in quell'istituto perché meritavano una vita dignitosa (ma non i lavoratori che la fornivano loro). Stronzate, un mucchio di stronzate. Bla bla bla. Country club country club. Kate aspettò che il primo ragazzo commettesse il terribile errore di interromperla. E, puntuale come un orologio, la domanda arrivò.

«Scusi, signora Collins. Quando otterremo il nostro certificato?» chiese un ragazzo.

Kate notò che la voce apparteneva niente meno che a...

Doug.

Stupido Doug.

La signora Collins sorrise. «L'avrete alla fine del mese.»

Doug ricambiò il sorriso. «Bene, perché a dicembre invierò le mie domande di ammissione.»

«Meraviglioso. Vedo che sei ansioso di dare una mano. Che simpatico giovanotto. Quella è la tua ragazza?» gli chiese la signora, indicando Mary Katherine.

Il loro destino era segnato.

«Vi piacerebbe avere una mansione speciale?»

Sì, erano condannati.

Mary Katherine sembrava un cervo abbagliato dai fari di un'auto. Si voltò a guardare la madre di Christopher, che scosse piano la testa. E poi riportò lo sguardo sulla signora.

«Be', io... ecco... sono brava in cucina. Vorrei offrirmi per dare una mano lì», disse, dolce.

«Sei sicura? Perché il compito che ti proporrei è davvero speciale. Ti verrebbe affidata mia madre.»

Fottuti, cazzo.

«Oh, be'... è un onore.» Mary Katherine si voltò verso Doug, cercando di farsi venire in mente qualcosa che servisse a cavarli da quell'impiccio. Qualunque cosa. Lui però rimase in silenzio.

E poi accadde. Il miracolo.

«Sì, è davvero un onore, ragazzi», disse una voce, sarcastica. «Sua madre è una vecchia stronza fuori di testa, proprio come lei.»

Si udì un sussulto collettivo, e poi una risata nervosa, e tutti si voltarono verso la persona che aveva parlato. E guardarono il proprietario degli occhiali con i fondi di bottiglia.

Era Ambrose.

L'anziano dell'ospedale.

Quello con la cataratta.

Con le nuvole negli occhi.

La signora Collins si girò. «Come osa?» disse.

«Come oso? Signora Collins, questi ragazzi sono tenuti ad ascoltare le sue stronzate per le loro domande. Io no. Quindi può andare a farsi fottere, prepotente da due soldi.»

I ragazzi si misero a ridere.

«Signore, è pregato di badare al linguaggio, in presenza dei ragazzi, se non vuole lasciare Shady Pines.»

«Cos'è, una promessa?» chiese lui, sarcastico.

E poi si voltò a guardare il gruppo.

«Ehi, giovani. Siete qui per il vostro futuro, giusto? Bene, guardate tutti i vecchi che vivono in questo posto. Eccolo il vostro futuro. Quindi, non perdete tempo. Andate al college. Trovate qualcuno che vi scopi. Fate un po' di soldi. Viaggiate. E poi sposatevi e allevate i vostri bambini in modo tale che non vengano su come la signora Collins o suo marito. Intesi?»

Senza aspettare una risposta, l'anziano zoppicò fino al salotto, lasciandosi dietro una stanza piena di fan adoranti. Naturalmente, il suo intervento non servì a evitare a Mary Katherine e Doug il peggior compito possibile. Né impedì alla signora Collins di essere addirittura più cattiva del solito, con i ragazzi e con lo staff, poiché non poteva mettere i suoi artigli ben curati su Ambrose. Ma regalò ai presenti un raggio di sole, e fece passare il tempo un po' più veloce.

Come una canzone per una squadra di condannati ai lavori forzati.

Subito dopo pranzo, Kate andò a pulire la camera di Ambrose. L'anziano stava guardando *Jeopardy!* sul suo televisore. Conosceva tutte le risposte, che diceva ad alta voce. Quando arrivò la pubblicità, si voltò a guardarla.

«Ho visto come ha cercato di aiutare quella povera ragazza», le disse.

«Sì. Ho sentito che ci ha provato anche lei», gli rispose Kate.

Sapeva parecchie cose sul suo conto, che aveva appreso dalle infermiere. Tra cataratte, glaucoma ed età avanzata, aveva sentito dire che i suoi occhi non guarivano. L'oculista gli aveva detto che presto sarebbe diventato cieco. Probabilmente entro Natale. Lui aveva commentato la notizia sbraitando: «'Fanculo, tanto non ho nessuno da vedere». Non aveva famigliari. Nessuno che venisse a fargli visita. O che si prendesse cura di lui. Non aveva un posto dove andare per le feste.

Eppure, chissà come, era la luce più splendente di quel posto.

«Signora Reese... questo è anche il suo futuro, lo sa? È una cara donna, e suo figlio è una forza. Quindi, non butti nel cesso il suo tempo.»

Lei gli sorrise, e annuì. E poi uscì dalla stanza, portando con sé il sorriso di Ambrose.

Ambrose spense il televisore e bevve un sorso d'acqua. Posò il bicchiere di plastica sul comodino. Accanto alla fotografia della bella donna di una certa età, con le rughe. Era ancora bella, dopo quarant'anni di matrimonio.

Era successo due anni prima.

Se n'era andata. Come suo fratello, quando era un ragazzino. Come i suoi genitori, quando aveva raggiunto la mezza età. Come gli uomini con cui aveva servito nell'esercito. L'unica persona che avesse osato amare da adulto se n'era andata. E adesso l'unica compagnia era quella delle persone che vivevano tra le mura di Shady Pines. Tutti quei vecchi simili a bambini lasciati all'asilo da mamma e papà, che non tornavano più a riprenderli. Tutti quei dottori, e quelle infermiere, che facevano del loro meglio per garantire loro una vita dignitosa. E la gentilissima signora Reese, con quel sorriso radioso.

Sua moglie non c'era più.

Ormai gli avevano detto tutti quanti, in un modo o nell'altro, che doveva andare avanti. «Verso dove?» rispondeva lui. Sapeva che avevano ragione. Ma il suo cuore si rifiutava. Si svegliava ogni mattina ricordando il suono del respiro di lei. La sua abitudine di non buttare mai via niente (tranne la roba di suo marito, naturalmente).

E adesso avrebbe dato qualunque cosa per un altro bel bisticcio mattutino davanti a bacon e uova. Per avere la possibilità di guardare avvizzire la sua pelle. Come accadeva a lui. Così si sarebbero detti bugie a vicenda, mentendo su come i loro corpi fossero ancora belli. Ma lo erano davvero, per loro.

Ecco, questa era una cosa che avrebbe potuto dire Anne. A metà tra l'auto-aiuto e la necessità di «farsela passare», tipica della classe operaia irlandese. Adesso, tutte le mattine si svegliava e si girava nel letto. E al posto del suo viso vedeva un bicchiere di plastica con l'acqua. I vecchi non potevano tenere oggetti di vetro, lì. Non dopo che la madre della signora Collins si era tagliata in un attacco di demenza. Lui manteneva la sua lucidità. Pensava di scappare da quel posto, come Clint Eastwood in *Fuga da Alcatraz*. Poteva scappare da Shady Pines, ma non poteva sfuggire alla vecchiaia. Non con due anche compromesse, due occhi messi peggio e un'artrite che avrebbe fatto piangere un trentenne. Per non parlare delle ferite di guerra, dentro e fuori. Diventare vecchi non è roba per fichette. E la sofferenza fisica era il meno. Poteva sopportare il fatto che gli eroi della sua infanzia diventassero note a piè di pagina. E che i suoi ricordi a colori lasciassero il posto a un filmato in bianco e nero. Ma Ambrose sapeva che non avrebbe mai superato la morte di sua moglie, mai.

Era stato cresciuto nella fede cattolica, ma quando era morto suo fratello, quando erano ancora bambini, si era detto che nessun Dio avrebbe lasciato accadere una cosa del genere. Dopo aver visto la sua stanza vuota. Sua madre che piangeva in quel modo. Persino suo padre... Da quel momento, non aveva più dedicato un solo pensiero a Dio. Era fedele a un solo credo, al fatto che siamo carbonio ed elettricità. Quando sei morto, sei morto. E la sua Anne era in un bel cimitero dove andava a trovarla quando poteva. E, una volta che lui l'avesse raggiunta, sottoterra, le foto di lei sarebbero finite nella spazzatura, perché quel viso non avrebbe significato più nulla per nessun altro. Ambrose era l'ultima persona ancora in vita che l'avesse conosciuta, e amata. Come il suo fratellino. Come i suoi genitori. Come sua moglie, che diceva: «Non preoccuparti. La morte è solo un sonno da cui non ti svegli più». Sua moglie gli aveva fatto promettere che le avrebbe dedicato una tradizionale veglia irlandese. «Non puoi fare un bel sonno, senza una veglia decente.»

Era a letto per il pisolino pomeridiano e cercava un modo per sfuggire alla vecchiaia. Strizzò gli occhi tra le nuvole che aveva sotto le palpebre, e pregò in silenzio – come sempre – di non svegliarsi più. Sussurrò: «Dio, se sei lassù, Ti prego, fammi rivedere la mia famiglia. Ti supplico». Non si rendeva mai conto di chiudere gli occhi. Ma poi li riapriva, e capiva che Dio lo stava tenendo in vita per qualche motivo noto soltanto a Lui. Per uno scopo, o per punirlo. O per entrambe le cose. E poi si girava...

E vedeva un bicchiere di plastica dove un tempo c'era stata sua moglie.

Kate stava pensando a che bella persona fosse Ambrose, mentre attraversava i locali della casa di riposo. Diede un'occhiata agli anziani nel salotto. Alcuni giocavano a dama. Alcuni a scacchi. Altri guardavano qualche programma del sabato pomeriggio o parlavano. C'era chi lavorava a maglia. Quasi tutti erano seduti. Qualcuno, ansioso, si stava già mettendo in coda per la cena, per scegliere prima degli altri la sua gelatina.

Signora Reese... questo è anche il suo futuro, lo sa? È

una cara donna, e suo figlio è una forza. Quindi, non butti nel cesso il suo tempo.

Non era un discorso deprimente. Era realistico e ti aiutava a tenere i piedi per terra. Avvertì il tic toc nel suo petto. E le tornò in mente una frase che aveva letto in uno dei suoi manuali di auto-aiuto. Uno dei primi, che l'aveva aiutata a lasciare la sua orribile cittadina e la sua piccola e orribile famiglia.

Questo è il tempo che ci è stato concesso; non ne abbiamo altro.

Sapeva che il venerdì sera sarebbe sempre stato dedicato a Christopher.

Ma forse il sabato poteva prenderselo per sé.

Si alzò e andò al telefono. Aspettò un momento, e poi compose il numero.

«Pronto, ufficio dello sceriffo», le rispose la voce dall'altra parte.

«Potrei parlare con lo sceriffo, per cortesia? Sono Kate Reese.»

«Solo un istante, signora.»

La musichetta d'intrattenimento dell'attesa in linea era *Blue Moon*. Dopo un attimo, qualcuno prese la chiamata.

«Pronto?» Era lo sceriffo. «Va tutto bene, signora Reese?»

«Sì. Tutto okay, grazie», rispose.

Capì che lui stava realizzando che il motivo della chiamata non era l'aiuto della polizia. Difatti, il tono cambiò.

«Oh, bene. Molto bene.»

E poi aspettò che lei aggiungesse qualcosa.

«Sì... Be', ecco... stasera non lavoro.»

«Nemmeno io», fece lui.

Kate aspettò. Fa' l'uomo. Fa' il primo passo.

E lo sceriffo non la deluse.

23

«HAI il profumo di una che sta per uscire.»

Diceva così Christopher, quando era piccolo. Lei si metteva il rossetto rosso e indossava il vestitino nero. Si spruzzava una nuvola di profumo sui polsi, che svaniva quando li strofinava l'uno contro l'altro. «Profumi come una che sta per uscire.»

Ma non era lì, adesso.

Aprì il guardaroba e osservò l'abito che si era comprata per la sua nuova vita. Quel pomeriggio, aveva deciso che tra quelli vecchi non gliene andava più bene nessuno. Non erano giusti per quel corpo. Per quella vita. I jeans tagliati. Il vestito aderente. La gonna denim così trash. Tutta quella roba apparteneva alla vecchia Kate Reese. La nuova probabilmente meritava qualcosa di meglio.

Aveva ancora da parte qualcosa dei soldi della vincita. Non poteva smettere di lavorare nel futuro prossimo, ma il mutuo per quel mese era pagato. Il fondo pensione aumentava insieme con quello per il college. Naturalmente si sentiva in colpa come sempre, si sentiva una sprecona come le succedeva ogni volta che spendeva dei soldi per sé. Ma quel pomeriggio aveva deciso di vedere che cosa si provasse a gettar via il denaro. Solo un pochino.

Così, uscita dal lavoro, era andata all'Outlet Mall di Grove City.

Dopo dieci negozi, un pretzel caldo e un tè freddo, finalmente l'aveva trovato. Un abito firmato. Fra quelli scontati. Un abito da seicento dollari che poteva avere per settantadue e cinquanta. Non riusciva a crederci. Era entrata nel camerino. C'era uno di quegli specchi che fanno sembrare magre, grazie a Dio, Si era sfilata la divisa e si era infilata il vestito. E, quando si era vista, si era bloccata.

Oh mio Dio. Quella sono io.

Era bella. Come una donna che non aveva mai subito maltrattamenti nella sua vita. Una che gli uomini richiamavano sempre. E con cui erano sempre gentili. Una che non era rimasta senza marito. E che non aveva mai conosciuto Jerry.

Aveva comprato quel vestito e anche le scarpe più favolose che aveva trovato tra quelle in svendita, per dodici dollari e cinquanta.

Esatto. Dodici cazzo di dollari e cinquanta centesimi.

Aveva festeggiato concedendosi il suo yogurt preferito, quello alla fragola di TCBY. E poi era andata a casa e aveva trascorso il resto della giornata godendosi quella sensazione di possibilità. Alle diciannove e trenta si infilò vestito e scarpe. Studiò il suo riflesso nello specchio a figura intera. E, anche se non la faceva magra come quello del negozio, non le dispiacque ammettere che non era niente male.

Proprio no.

Quando uscì per andare al ristorante dove aveva appuntamento con lo sceriffo (l'idea era stata sua: era sempre meglio avere a disposizione un'auto per tagliare la corda), decise che non avrebbe menzionato Jerry. Quanti primi appuntamenti aveva avuto dalla morte di suo marito, durante i quali il principale argomento di conversazione era stato l'ultimo bastardo con cui era uscita? Pensava di avere davanti due orecchie pronte ad ascoltarla. Invece, non aveva fatto altro che fornire allo stronzo successivo una scia di briciole di pane, dicendogli chiaramente quanta merda fosse disposta a sopportare per quello che la sofferenza le faceva scambiare per amore.

Ma con lo sceriffo non l'avrebbe fatto. Niente più briciole. Niente più indizi su come maltrattarla. Sì, lui sapeva qualcosa del suo ex, qualcosa che gli aveva detto quando Christopher era scomparso. Soltanto quello, però. Per lui,

Kate era vedova. Il suo defunto marito era stato un uomo gentile e onesto, che l'aveva trattata come i mariti trattano le mogli nei film. Non c'era bisogno che sapesse del suicidio. E, soprattutto, lei non sentiva la necessità di dirglielo.

Arrivò nel parcheggio. Trovò un posto fantastico accanto a quello riservato ai portatori di handicap. Il «filet mignon» dei parcheggi. Buon segno. Quindi, entrò nel ristorante con dieci minuti d'anticipo, per essere sicura di essere la prima. Ma lo sceriffo era già seduto a un ottimo tavolo, accanto alla finestra. Immaginò che avesse deciso di andare là venti minuti prima, e che avesse dato qualche dollaro di mancia per avere il posto migliore della sala.

Lui non la vide. Non subito. Così, Kate si prese un momento per studiarlo. Sapeva che le persone erano loro stesse quando non sapevano di essere osservate. Come suo marito, quando lei tornava a casa e lo sorprendeva a parlare con il muro. O come Jerry, quando lo trovava con le sue sei lattine di birra già vuote. Era stata ferita troppe volte per non prendersi quei trenta secondi per prepararsi all'appuntamento, quasi fosse un esame finale.

Lo sceriffo non guardò il telefono. Non lesse il menu. Invece, percorse il locale con lo sguardo. Più e più volte. Come se fosse un'abitudine. Per verificare la presenza di qualche potenziale minaccia. O per controllare se ci fosse qualcuno di sospetto. Forse dipendeva solo dall'addestramento da agente, ma Kate pensava che ci fosse qualcosa di più. Una sorta di reazione primitiva a un mondo che sapeva essere pericoloso. Un mondo che conosceva bene anche lei. Era un vero uomo. Concreto. E aveva il fascino che hanno i colletti blu. Era sexy come lo sono gli uomini che lavorano.

E quelle mani.

Kate Reese non era affatto una donna sentimentale, quando non si trattava di suo figlio. Ma aveva un debole per le mani. Un debole, una passione, o qualunque cosa fosse. Comunque, le piacevano le mani. Le piacevano i veri uomini con mani forti, che sapevano stringerla.

Lo sceriffo aveva delle belle mani.

E ci stava soffiando sopra.

Gli sudano. È nervoso.

«Salve, sceriffo.» Lo salutò.

«Oh, salve», fece lui un po' troppo entusiasta, e si alzò.

D'istinto, si asciugò le mani nei pantaloni del completo, e le strinse la sua. Aveva le mani lisce, asciutte e forti.

«Mi sono fatto dare un tavolo vicino alla finestra. Spero vada bene.»

«Stupendo.»

Lo sceriffo si alzò e le tirò fuori la sedia, per farla accomodare. Kate non riusciva a crederci. Era una cosa che faceva suo marito, per lei. Dopo di lui, non le era più successo.

«Grazie», gli disse.

Si tolse la giacca, rivelando l'abito firmato, e si accomodò.

«Di nulla. Sta benissimo. Bel vestito.»

«Settantadue dollari e cinquanta all'Outlet Mall.»

Merda. Perché glielo sto dicendo?

«Era tra gli articoli in svendita. Con le scarpe», aggiunse.

Smettila di parlare, Kate.

Quell'ultima frase rimase sospesa nell'aria per un attimo. E poi lo sceriffo sorrise.

«Quale centro commerciale? Qui a Grove City?»

Lei annuì.

«Il migliore. Compro là tutti i miei abiti», le disse, concreto.

E con ciò Kate si abbandonò al primo appuntamento più fantastico dalla morte del padre di Christopher. Non menzionò mai Jerry. Non pensò neppure una volta a lui. La vecchia Kate Reese, che tollerava Jerry, si presentava ai colloqui di lavoro con il blazer, quello con il buco sotto l'ascella. La nuova Kate Reese, invece, indossava un elegante abito firmato ed era al ristorante con un uomo dalle mani bellissime, su cui continuò a soffiare durante tutta la cena, perché, per una volta nella sua vita, era lui a essere agitato e a voler fare una buona impressione. E non il contrario.

24

Christopher chiamò sua madre. Non aveva risposto al telefono di casa, così, alquanto confuso, l'aveva cercata sul cellulare nuovo. E la musica in sottofondo non sembrava quella del televisore. Sembrava la musica di un ristorante.

«Pronto, mamma?»

«Ciao, tesoro.»

«Dove sei?»

«Al *China Gate*.»

«Da sola?» le chiese, anche se pensava di conoscere già la risposta.

«No, sono con un amico.»

Sapeva che cosa voleva dire. Quando usciva con un tizio nuovo, lo descriveva come un «amico». Ed evitava di rivelargli il nome fino a quando la storia non era diventata un po' più seria. Ripensò al Michigan. Dopo aver taciuto per un mese, alla fine gli aveva detto che il suo amico si chiamava Jerry.

«Oh. Bene», le disse.

«E tu? Ti stai divertendo al pigiama party?»

«Sì. Però mi manchi.»

«Mi manchi anche tu, amore.»

«Magari domani, dopo la chiesa, possiamo fare qualcosa di divertente.»

«Certo tesoro. Tutto quello che vuoi. Possiamo andare anche da Dave & Buster's.»

«Okay, mamma. Ti voglio bene.»

«Ti voglio bene anch'io. A domani.»

Riattaccarono. E dopo ci fu silenzio.

Christopher restituì il telefono a SpecialEd e si rimise al lavoro. Con la coda dell'occhio vide Mike e Matt che mandavano un messaggio alla madre dal telefono della mamma di Ed (intelligentemente, il bambino aveva fatto in modo che lo «perdesse» per il weekend). E le sue orecchie afferrarono qualche frammento della conversazione tra SpecialEd e il padre: il bambino lo aveva chiamato con il cellulare dei fratelli, per dirgli che si stavano divertendo un mondo a casa loro. E oh, no... non aveva visto il telefono di mamma. Magari l'aveva lasciato al salone di bellezza, quando era andata a farsi manicure e pedicure.

Ma prestò a malapena attenzione a quello che stavano dicendo. Desiderava solo che questo nuovo «amico» fosse carino con la sua mamma. Non come gli altri. Pensò a tutte le urla che aveva sentito attraverso le pareti. A tutte le volte che i suoi compagni l'avevano chiamata con appellativi che lui non aveva compreso, perché troppo piccolo. Qualche mese dopo aveva sentito un ragazzino più grande usare il termine «troia», al parco giochi. Due mesi più tardi, o giù di lì, «cacca» era diventata «merda». «Idiota» aveva lasciato il posto a «stronzo». E quelle parole li facevano sentire più grandi, e cattivi. Se fosse riuscito a dare alla casa sull'albero delle pareti abbastanza spesse, queste sarebbero servite a bloccare tutte le parolacce. Se le avesse rese abbastanza forti, nessuno avrebbe mai più sentito frasi come «Vaffanculo, troia». Così, fissò il sacchetto di plastica bianco, mentre piantava i chiodi, uno dopo l'altro, uno dopo...

«Coraggio, ragazzi, la pausa è finita», disse.

Nessuno obiettò. Si misero in fila e tornarono all'albero. Avevano lavorato per tutto il giorno, fermandosi solo per bere un sorso di Kool-Aid alla ciliegia e mangiare un po' di prosciutto. Le tavole del pavimento erano state fissate, prima di metà mattina. La botola segreta con la scaletta di corda era pronta per pranzo. A mezzogiorno, anche le travi per le quattro pareti erano state issate. Anche quando la temperatura scese di dieci gradi, continuarono a lavorare con una dedizione quasi religiosa. L'aria fredda d'autunno entrava nelle ossa, mentre le loro menti intrattenevano pensieri grandiosi da ragazzini.

Special Ed fece un discorso sui cheeseburger. Si chiese perché quelli di McDonald's fossero tanto meglio di quelli della mensa. Aveva qualcosa da ridire riguardo alla torta di mele, però. «Mai sentito parlare di caramello? Ehilà?» Le sue divagazioni passarono presto a fantasticherie sul pranzo del Ringraziamento e sulla famosa torta di mele della sua unica nonna. Mancavano solo cinque giorni. Mmmmm.

Matt si chiese quando il suo occhio avrebbe smesso di essere pigro, per potersi togliere finalmente la benda. Sperava che accadesse presto, perché così Jenny Hertzog avrebbe smesso di urlargli «Pappagallo pirata! Pappagallo pirata!»

Mike non parlò del suo nomignolo, «la lesbica». Era concentrato sulla costruzione della casa. Disse che quei chiodi erano perfetti. Si conficcavano senza problemi. Di solito erano difficili da usare. Si piegavano, e allora bisognava estrarli e raddrizzarli. Ma non quelli. Trovavano sempre un appiglio, in quell'albero. Guardò suo fratello, che gli sorrise. E, per qualche ragione nota soltanto a loro, gli sorrise anche lui.

«Ti ricordi di quella volta in cui mettesti il piede su un chiodo arrugginito, e dovettero farti l'antitetanica?» gli chiese.

«L'antitanica.» lo corresse SpecialEd.

«Certo che me lo ricordo. Che male.»
«Però non ti mettesti a piangere.»
«No.»

La discussione si trasformò presto in un acceso dibattito su quale fosse l'Avenger migliore. SpecialEd era un fan di Hulk. A Matt era sempre piaciuto Iron Man, finché il fratello maggiore non si era appassionato di Thor, e allora aveva ammesso che sì, Thor era meglio. Nessuno riusciva a immaginare che cosa sarebbe uscito, se mai Hulk avesse fatto la cacca. Ma concordarono che era la cosa più buffa che avessero mai sentito.

Decisero che ognuno di loro dovesse avere un suo personaggio. SpecialEd scelse il suo amato Hulk, dopo aver convinto Mike che era perfetto come Thor, perché era quello che sapeva usare meglio il martello. Matt doveva essere Capitan America, perché all'inizio era una mezza calzetta, ma poi diventava forte e potente. Il gruppo disse che poteva esserci un solo Iron Man. Christopher. Era lui il leader. Il più intelligente. La mente.

«Il voto è anonimo, allora», disse SpecialEd.

E così fu. I quattro non pronunciarono più nemmeno una parola per il resto del pomeriggio. L'albero era come una mamma che teneva i figli appena nati tra le braccia. Al sicuro, al caldo. Solo quando si allontanavano l'aria fredda li avvolgeva, e si rendevano conto di quanto la temperatura fosse scesa. Non riuscivano a capire dove fossero andate a finire tutte quelle ore. La radura era un mondo a parte. Un grande cerchio protetto dagli alberi e dalle nuvole. Un'isola in mezzo all'oceano.

L'unico a non sentirsi al sicuro era Christopher. Al crepuscolo, si scoprì a osservare la radura come un cervo con gli occhi ai lati della testa, attento a sorprendere eventuali predatori che si fossero avvicinati. Non si vedeva, ma lui lo sentiva. A ogni colpo di martello, avvertiva un sussurro nel profondo della sua mente. Sempre le medesime parole, che riecheggiavano come quando l'assemblea dei fedeli ripeteva il Padre Nostro con padre Tom e la signora Radcliffe, la domenica.

Non stiamo andando abbastanza veloci.

Chiese ai suoi amici di aumentare il ritmo. E loro lo fecero. Avevano le mani scorticate. I volti bruciati dal sole, nonostante il freddo di novembre. Sembravano tutti esausti, più di quanto fossero disposti ad ammettere. Soprattutto Matt, che non voleva mai mostrare la propria debolezza in presenza del fratello maggiore. Ma persino Mike aveva l'aria stanca. Tuttavia, continuarono a lavorare. Canticchiando una canzone, nei loro cuori. *Blue Moon*. E poi finalmente, alle ventitré in punto, i loro corpi cedettero, e l'improbabile voce della ragione prese la parola.

«Questa è una follia. Io ho fame», esclamò SpecialEd.

«Non ci fermiamo», disse Christopher.

«E dai, Chris. Posa il frustino. È solo la prima notte», gli fece notare Mike.

«Già», aggiunse il fratello.

«Ragazzi, dobbiamo finirla entro Natale.»

«Perché?» volle sapere SpecialEd, irritato. «Perché tutta questa premura?»

Christopher lanciò un'occhiata al sacchetto di plastica. E poi alzò le spalle.

«Niente... Avete ragione. Mangiamo.»

I quattro amici si sedettero sul ramo più lungo, fianco a fianco, come i muratori che avevano costruito il Rockefeller Center. Christopher aveva visto la foto in biblioteca una volta, con sua madre. Tutti quegli uomini sospesi sopra la città, su una trave. Una mossa falsa, e sarebbero morti tutti quanti.

Per cena, si passarono la borraccia piena di Kool-Aid, e mangiarono burro d'arachidi e marmellata spalmati su pane

Town Talk. Per dessert, c'erano Oreo e latte, che avevano tenuto a mollo nel ruscello vicino al ponte. Dopo un'intera giornata di lavoro, quei biscotti furono i più buoni che avessero mai mangiato. Per un'ora risero a crepapelle, esibendosi a turno nel rutto o nella scoreggia più potenti.

E intanto si raccontavano storie di fantasmi.

Matt raccontò quella del tizio con l'uncino, che avevano sentito tutti un milione di volte. E, siccome lui non si calò nei panni del personaggio (poiché nessuno aveva un uncino), non fece molta paura. Ma Christopher si sforzò di mostrarsi impaurito, perché non ci rimanesse troppo male.

Poi fu il suo turno, e raccontò la trama del film *Shining*, che aveva visto in TV una sera in cui sua madre faceva l'ultimo turno alla tavola calda, e lui era a casa con Jerry, che avrebbe dovuto fargli da babysitter e invece si era addormentato sul divano. Il cuoco di colore era il suo preferito, e non capiva perché, se era in grado di vedere il futuro, fosse andato dritto incontro all'accetta.

Per il resto, però, era un bel film.

Anche la storia di Mike non fu male. Cominciò tenendo la torcia sotto al mento.

«Lo sapete perché i cadaveri vengono seppelliti a due metri circa di profondità?» chiese, come quei tipi spaventosi che presentano le serate horror in TV.

«Perché cominciano a puzzare», rispose SpecialEd. «L'ho visto in televisione.»

«No», lo contraddisse Mike. «Perché così non possono uscire dal terreno. Sono svegli, là sotto. E strisciano come vermi per salire in superficie. E mangiarsi i vostri cervelli!»

Quindi, raccontò di uno zombie che si era svegliato sottoterra ed era strisciato fuori per vendicarsi del tipo che aveva sparato a lui e alla sua ragazza. Finiva con lo zombie che si mangiava il cervello del tipo, con forchetta e coltello. I ragazzi ne furono entusiasti!

Tutti, tranne uno.

«Io ho una storia migliore», annunciò SpecialEd, sicuro.

«Sì, come no», fece Mike.

«Già», aggiunse Matt, atteggiandosi a duro.

«Invece sì. L'ho sentita da mio padre», assicurò SpecialEd.

Con un cenno, Mike lo incitò a fare del suo peggio. SpecialEd prese la torcia e, a sua volta, se la mise sotto al mento.

«Tanto tempo fa, in questa città... c'era una casa. La casa degli Olson», cominciò.

Mike e Matt si zittirono all'istante. L'avevano già sentita.

«Il signore e la signora Olson erano fuori a cena. E avevano lasciato al figlio maggiore il compito di badare al fratellino più piccolo, David, che era un po' svitato. Per tutta la sera, mentre il grande cercava di fare sesso con la sua ragazza sul divano del salotto, David continuava a scendere le scale, dicendo cose folli, tipo:

«'C'è una strega, fuori dalla mia finestra.'

«'Ha un gatto che miagola con la voce di un bambino.'

«'C'è qualcuno dentro il mio armadio.'

«Ogni volta che scendeva, il fratello maggiore gli diceva di tornare di sopra, per poter rimanere da solo con la sua ragazza. Anche quando David si presentò con il pigiama bagnato di pipì, tanto era spaventato, il fratello pensò che stesse fingendo per attirare l'attenzione, perché ultimamente faceva un po' il matto. Così, lo portò di sopra e lo cambiò. E poi lo accompagnò in tutte le stanze per fargli vedere che non c'era niente di cui avere paura, lassù. David però non voleva ascoltarlo. Continuava a strillare. Alla fine, prese a urlare così forte che suo fratello lo chiuse in camera sua. E, per quanto il bambino gridasse o scalciasse, lui non lo fece uscire. Alla fine, calci e urla si fermarono. E il più grande tornò di sotto a fare sesso con la fidanzata.

«Fu allora che sentirono il pianto di un neonato.

«Sembrava venire dalla veranda. Ma chi avrebbe portato un bambino lì, a quell'ora? E perché, poi? Così, andarono alla porta.

«'C'è qualcuno?' chiese il ragazzo.

«Guardò attraverso lo spioncino. Ma non vide nulla. Sentiva solo il pianto di quel neonato. Stava per aprire la porta, quando la sua ragazza lo afferrò per un braccio.

«'Fermati!' gli disse.

«'Ma che ti prende?' fece lui. 'C'è un bambino, là fuori.'

«'Non aprire.'

«'Ma cosa dici? E se fosse tutto solo? Potrebbe finire in strada.'

«'Non è un bambino vero', gli disse lei, il viso pallido. Era terrorizzata.

«'Tu sei matta.'

«La ragazza cominciò a salire le scale, per andare in camera di David.

«'Dove stai andando?' le urlò lui.

«'Quello che dice tuo fratello è vero!'

«Il ragazzo aprì la porta d'ingresso. C'era una piccola cesta sulla veranda, di quelle che si usano per trasportare i neonati. Vi si avvicinò con cautela, e tolse la copertina. E lo vide…

«… un registratore con un nastro su cui era inciso il pianto di un neonato. Il ragazzo corse di sopra e trovò la sua ragazza nella camera del fratellino, che strillava. La finestra era in frantumi. C'erano impronte infangate sui vetri e sulle pareti. Il piccolo David se n'era andato. Non lo ritrovarono mai più.»

Silenzio. Nessuno disse nulla. Poi Christopher deglutì, con forza.

«Questa storia… è successa davvero?» chiese.

I tre annuirono.

«È una leggenda locale», spiegò SpecialEd. «In questa

città i genitori la raccontano ai figli per convincerli a mettersi a letto la sera.»

«Sì, ma nella versione di nostro zio c'era un killer, sulla veranda, con il registratore», osservò Mike.

«Sì», confermò Matt. «E non c'era nessuna fidanzata.»

Non che avesse importanza. SpecialEd fu incoronato re dei racconti horror. Ormai era passata la mezzanotte. La fatica della giornata e la pancia piena fecero venire sonno a tutti. Poiché erano piuttosto spaventati, decisero che uno di loro sarebbe rimasto di guardia, mentre gli altri dormivano. Da buon leader, Christopher fece il primo turno, per concedere alla sua truppa un po' di riposo.

E anche per avere la possibilità di restare solo con l'uomo gentile.

Guardò i tre amici srotolare i sacchi a pelo sul terreno freddo. Vi si infilarono e si rannicchiarono l'uno accanto all'altro, per stare più caldi. Le chiacchiere si affievolirono, fino a cessare del tutto entro pochi minuti. Le torce si spensero. E d'un tratto la radura si fece buia. E silenziosa.

Christopher si sedette nella casetta. Diede un'occhiata alla radura, per cercare segni di bambini, gatti o streghe. Ma l'unica cosa che vide fu quel cervo che lo fissò un momento e poi si rimise ad annusare il terreno alla ricerca di qualcosa da mangiare.

Christopher si strinse un po' di più nel sacco a pelo, e sgranocchiò un Oreo, cercando con la lingua l'interno bianco e appiccicoso. Guardò il bosco alla luce della luna. Le foglie che stavano cambiando colore, tra il rosso e l'arancio, come fiamme di un falò. E nell'istante in cui le vide, sentì l'odore di cuoio tipico dei guantoni da baseball, e quello di tabacco della camicia di sua madre, e di erba tagliata, e di foglie umide, e di pancake con le gocce di cioccolato, e di tutte le altre cose che adorava. Alzò gli occhi e vide che le nuvole si erano separate, lasciando penetrare la luna. Dietro, c'erano migliaia di stelle.

Non ne aveva mai viste così tante. Così brillanti, e belle. Ne vide una cadente. E poi un'altra. E un'altra ancora. Una volta a catechismo la signora Radcliffe aveva detto che le stelle cadenti sono le anime delle persone che ascendono al cielo. Aveva visto anche un programma scientifico, in TV, in cui spiegavano che sono meteore che prendono fuoco a contatto con l'atmosfera terrestre. Ma la teoria che preferiva l'aveva sentita al parco giochi, in Michigan: una stella cadente non è che l'ultimo respiro di una stella morente, e la luce impiega sei milioni di anni per viaggiare fino alla Terra, per farci sapere che quella stella è morta. Quindi, adesso si domandò che cosa fossero quelle luci: anime o stelle? Magari tutte le stelle erano già bruciate, ma ci volevano sei milioni di anni perché sulla Terra lo scoprissero. E se quei sei milioni di anni si fossero conclusi l'indomani? Forse erano completamente soli. E non c'erano più stelle a parte il sole. E se si fosse spento anche quello? La nostra stella cadente sarebbe stata vista milioni di anni dopo. Da un ragazzino e dai suoi amici, impegnati a costruire una casa sull'albero. Mentre mangiavano Oreo, o qualunque cosa mangiassero gli abitanti dell'universo. Stelle e anime vanno tutte nello stesso posto, alla fine?

È così che finirà il mondo?

Quel pensiero gli procurò un lieve mal di testa, il che era strano perché non gli succedeva mai quando stava vicino all'albero. Ma era un pensiero diverso. Che portò ad altri, più piacevoli. Caldi falò. Il tepore del suo letto, a casa. La sensazione deliziosa della mano di sua madre, che gli accarezzava i capelli quando si addormentava. Praticamente non chiudeva occhio da oltre venti giorni, poiché era rimasto alzato fino a tardi per trasportare legname all'albero, per poi dare inizio ai lavori. Adesso, però, non ricordava di aver mai avuto più sonno.

Quando gli si chiusero gli occhi, contro la sua volontà, ebbe un déjà vu, riguardo all'albero. Come se avesse già dormito lì, prima. Gli parve di sentire la mano della mamma che gli toccava i capelli, come faceva quando aveva la febbre. Ma lei non c'era. C'erano solo i rami dell'albero. E i rami non si muovevano abbastanza da poter accarezzare la testa di una persona.

E poi, di sicuro, non erano fatti di carne.

25

christopher, svegliati.

Christopher aprì gli occhi. Guardò il sacchetto di plastica bianco, che frusciava nella brezza.

ciao.

Era felice che l'uomo gentile fosse tornato, ma non osò dire nulla. Non voleva che i suoi amici lo prendessero per pazzo.

non preoccuparti, loro dormono. non ci sentono.

Il bambino guardò la radura. Vide gli altri raggomitolati sul terreno.

«Dov'eri?» sussurrò al sacchetto.

ero qui, a guardarvi. avete fatto un ottimo lavoro.

«Grazie.»

sei stanco o ce la fai a continuare?

Christopher guardò il telefono. Aveva dormito dieci minuti appena, ma per qualche motivo si sentiva come la domenica mattina, quando restava a letto fino a tardi. I muscoli erano rigidi e doloranti. Però, stranamente non era stanco.

«Posso continuare», rispose allegro.

fantastico. andiamo alla catasta di legna. facciamo scorta per domani.

Christopher scese dalla scaletta di listelli che sembravano dentini da latte. Poi prese un ramoscello e raccolse il sacchetto.

Uscì dalla radura, in compagnia dell'uomo gentile.

Aveva già percorso quel tragitto decine di volte. Ma c'era qualcosa di diverso, adesso. Qualcosa non tornava. Si sentiva osservato. Si sentiva addosso gli occhi del cervo. E di altre piccole creature. I rametti si spezzavano sotto i suoi piedi come ossa fragili. E gli sembrava di udire un respiro, alle sue spalle. Superficiale, come il suo quando giocava a nascondino e cercava di non fare rumore. Pensò che ci fosse qualcuno vicino a lui. Che faceva respiri poco profondi. Come quelli di un bambino.

Si ricordò della mano di un bambino piccolo.

Che rideva.

Era un sogno? O era reale?

ho trovato una scorciatoia. gira qui.

Christopher seguì le indicazioni del sacchetto di plastica bianco. Scavalcò tronchi e inciampò in una radice. Puntò la torcia nel folto del bosco e i rami degli alberi gli parvero braccia che venivano a strangolarlo. Avrebbe voluto mettersi urlare, ma non ne aveva il coraggio. L'uomo gentile lo aveva messo in guardia da quella sensazione. Quando il vento gli sembrava qualcos'altro, doveva fare più attenzione del solito.

soprattutto quando ti sembra il respiro di qualcuno.

«Chrisssssstopher?» sibilò il vento dietro di lui, come un bacio volante.

Lo sentì sul collo. Voleva girarsi. Ma sapeva di non poterlo fare. Temeva di essere trasformato in una statua di sale.

O di pietra. O in una di quelle cose orribili di cui parlavano padre Tom e la signora Radcliffe in chiesa e al catechismo. In un serpente. In un bambino piccolo.

«Hisssss», giunse il bacio del vento.

Christopher fece uno scatto, ed entrò nel cantiere. Vide il lampione davanti a lui. Alto e blu. Corse con tutta la forza che aveva e, proprio quando quel bacio sibilante trovò la sua nuca, si trovò fuori dal bosco…

…in strada.

Si voltò. Non vide nulla, a parte gli alberi. Niente occhi. Niente corpi. La sua mente doveva avergli giocato qualche scherzo. O forse no.

«Che cos'era?» chiese all'uomo gentile.

dobbiamo sbrigarci.

Christopher andò alla catasta. Per sua fortuna, la guardia stava dormendo nella roulotte del capocantiere. Prese l'assicella più lunga che riuscì a trovare e la tirò giù dalla cima del mucchio. Cadde a terra con uno splat. Il bambino osservò il tizio della sicurezza spostarsi sulla sedia, senza però svegliarsi. Stava solo parlando nel sonno, come faceva Jerry quando aveva bevuto troppo.

«Christopher?» disse l'uomo nel sonno.

Gli si rizzarono i peli sulla nuca. Vide gli occhi dell'uomo muoversi sotto le palpebre, come se stesse sognando.

«Che cosa ci fai nel bosco?» sussurrò.

Lui cominciò a indietreggiare.

«Che cosa ci fai lì fuori?» mormorò la guardia, nel sonno.

In punta di piedi, Christopher tornò nel bosco. Prese il lungo pezzo di legno e se lo trascinò dietro, approfittando del buio.

«Non dovresti essere qui», fece ancora la guardia. «Rischi di finire come lui.»

Christopher sentì il cuore in gola.

oh, dio.

L'uomo gentile sembrava terrorizzato.

fermo, non ti muovere.

La guardia si alzò e cominciò a camminare nel sonno.

«Proprio come lui, Chrissstopher», sibilò la guardia.

non parlare, presto sarà tutto finito.

La guardia andò verso il bambino. Annusando l'aria. Si fermò davanti a lui e si gettò sulle ginocchia. Sollevò le palpebre, ma aveva gli occhi rovesciati all'indietro. Niente pupille. Solo due palle bianche.

O due nuvole.

«PROPRIO COME IL BAMBINO!» gridò la guardia. «WAAAAAAAAA!»

E con ciò, chiuse gli occhi e tornò alla roulotte.

prendi l'asse, svelto.

Christopher fece un balzo da puledro. Trascinò il lungo pezzo di legno per tutto il tragitto, sotto gli alberi. Quando furono finalmente al sicuro, nella radura, si rivolse al sacchetto di plastica.

«Che cos'è stato?»

L'uomo gentile rimase in silenzio.

«Che cosa intendeva quando ha detto 'farai la stessa fine che ha fatto lui?'»

non lo so.

«Sì, invece. Farò la fine del bambino. Che cosa significa?»

ti prego, Christopher, non chiedermelo.

«Dimmelo», sibilò lui, «o smetterò di lavorare.»

Il sacchetto fluttuò nel vento, attaccato al bastone che stringeva in mano. Seguì un lungo silenzio, interrotto, alla fine, da una voce triste, rassegnata.

non posso dirtelo, ma posso fartelo vedere. però ricorda...

possiamo divorare la paura, o lasciare che sia lei a divorare noi.

26

COS'ERA *stato quel rumore?*

Matt si tirò su a sedere. Si voltò. Era dentro al sacco a pelo. Come una persona dentro a un tronco cavo. La mano andò istintivamente alla fronte che era madida di sudore.

Per via dell'incubo.

Era incollato al terreno, quasi fosse carta moschicida. La strada era diventata una distesa di sabbie mobili. Non riusciva a stare in piedi, né a correre. Continuava ad affondare. La sabbia gli foderava i polmoni.

Urlava, mentre suo fratello moriva.

Adesso fece capolino dal sacco a pelo e guardò le stelle, in alto. La luna blu illuminava la radura come una lanterna. Luminosa come il sole al tramonto. Un cervo lo stava guardando. Balzò su. L'animale scappò verso il tunnel della vecchia miniera, che sembrava la bocca di un gigante che inghiottiva la bestia tutta intera.

Matt uscì dal sacco a pelo, e l'aria gelida di novembre investì il suo corpo. Fu allora che avvertì quella sensazione di bagnato. Se l'era di nuovo fatta addosso. E questa volta non era a casa. Gli era successo mentre trascorreva una notte fuori, con i suoi amici. Come un bambino piccolo, pensò. Come un bambino piccolo e stupido.

Mike l'avrebbe preso in giro per tutta la vita.

In preda al panico, lanciò un'occhiata alla carriola vicino all'albero. Pensò che forse, se fosse riuscito a raggiungere il suo zaino, avrebbe potuto infilarsi i pantaloni di scorta prima che si fosse svegliato suo fratello. Andò verso l'albero, evitando tutti i ramoscelli che potevano spezzarsi. Superò in punta di piedi Mike, che dormiva profondamente, e afferrò lo zaino. Si allontanò dal gemello, indietreggiando verso il tunnel. Vi si stava avvicinando, passo dopo passo, e poi d'un tratto i suoi occhi notarono qualcosa, alla luce della luna. Una figura rannicchiata nell'ombra. Che stava scavando nella terra.

Era Christopher.

E stava parlando da solo.

«Sì, lo sento il bambino», sussurrò in quel momento.

Matt si scordò dei vestiti asciutti. Andò in punta di piedi verso l'amico, che stava scavando nella terra come un cane intento a seppellire un osso. Quando fu più vicino, notò un ramoscello sottile a cui era attaccato il sacchetto di plastica bianco.

«Non voglio vedere, ho troppa paura», mormorò Christopher.

«Christopher? Stai bene?» chiese Matt.

Christopher si voltò, svelto. Allarmato.

«Da quanto tempo sei lì?»

«Sono arrivato adesso. Che cos'hai agli occhi?»

«Che vuoi dire?»

«Sono iniettati di sangue. Tanto.»

«Non ho niente. Non preoccuparti, okay?»

Matt annuì, ma preoccupato lo era. Christopher si strofinò gli occhi esausti. E poi guardò i pantaloni dell'amico, e vide la striscia di urina che tingeva il denim di blu scuro. Matt avvampò per la vergogna.

«Non dirlo agli altri, ti prego.»

«Non lo dico, tranquillo», lo rassicurò Christopher sottovoce.

«No, dico sul serio. Mio fratello non la finirebbe più di prendermi in…»

Senza dire una parola, Christopher indicò la macchia di pipì sui propri pantaloni.

«Hai avuto un incubo anche tu?» gli chiese Matt.

«Sì. Quindi, non preoccuparti.»

Christopher gli sorrise. E, in qualche modo, Matt si sentì meglio.

«Che cosa stavi facendo?»

L'altro aspettò un momento a rispondere.

«Scavavo per cercare un tesoro», disse infine.

«Posso darti una mano?»

«Certo. Prendi una vanga.»

«Prima possiamo cambiarci i pantaloni? Non voglio che Mike veda che me la sono fatta addosso, okay?»

Christopher sorrise, e i due bambini frugarono svelti nei loro zaini, da cui tirarono fuori il cambio. Si tolsero gli slip bagnati, quasi stessero sbucciando due banane lasciate in frigorifero. L'aria fredda investì i loro pisellini (il termine era di Matt) che si ritirarono dentro ai loro corpi come tartarughe impaurite. E poi indossarono in fretta gli indumenti puliti, caldi, morbidi e asciutti. Christopher frugò tra gli attrezzi e passò una piccola vanga all'amico. Cominciarono a scavare alla ricerca del tesoro. Fianco a fianco.

«Con chi parlavi, prima?»

«Da solo. E adesso sbrigati… non vorrai che sia qualcun altro a trovarlo, eh?»

Passarono la mezz'ora successiva a scavare. Non parlarono molto. Matt notò che Christopher continuava a guardare il sacchetto di plastica bianco, ma non diede troppo peso alla cosa. Sapeva che SpecialEd era il suo migliore amico, ma in cuor suo considerava Chris il suo amico del cuore. E non gli importava di avere il secondo posto, dopo SpecialEd. Ci era abituato, ormai. Era secondo a Mike da tutta la vita. L'unica cosa che lo tormentava era una domanda irritante che riecheggiava nella sua mente. Il pensiero che l'aveva svegliato.

Cos'era stato quel rumore?

Ce l'aveva sulla punta della lingua.

«Che state combinando?» chiese SpecialEd, prima che Matt fosse riuscito a ricordare.

Videro SpecialEd e Mike che si avvicinavano, strofinandosi gli occhi assonnati. Il loro respiro formava delle nuvole.

«Scaviamo per cercare un tesoro», gli rispose Matt.

«Possiamo darvi una mano?» chiese Mike a Christopher.

«Certo.»

«Preparerò la colazione», annunciò SpecialEd, trovandosi un compito.

Mike impugnò la vanga e sfruttò le sue braccia forti per intaccare il terreno gelato. Suo fratello guardò Christopher, per capire se avesse intenzione di rivelargli che aveva bagnato il sacco a pelo. Ma lui gli sorrise come per dirgli: «Stai tranquillo, il tuo segreto è al sicuro, con me».

Più tardi, fecero colazione con Froot Loops e latte freddo. Christopher non disse niente dello spavento della notte prima. Né della guardia che aveva sussurrato il suo nome. O del pianto del bambino, che aveva svegliato Matt. Sapeva che si sarebbe impaurito, se avesse saputo la verità. E non voleva che nessun altro avesse paura, a parte lui. Così, non raccontò che cosa gli sarebbe successo, secondo l'uomo gentile, se non avesse completato in tempo la casa sull'albero. Meno sapevano, meglio era. Avrebbero corso meno pericoli. Inoltre, se avesse rivelato tutto quanto, con ogni probabilità se la sarebbero data a gambe, per lo spavento. E lui aveva bisogno del loro aiuto.

Quando ebbero finito la confezione di Froot Loops, si assicurò che Mike avesse la polvere zuccherina rimasta sul fondo, e che Matt prendesse la sorpresa. E poi ringraziò SpecialEd per la colazione squisita.

Era importante assicurarsi che la truppa fosse soddisfatta.

Quando si fece giorno, il sole scaldò le loro ossa infreddolite. Lavoravano a turni. Due costruivano la casa. Gli altri due scavavano. Dopo una merenda a base di Oreo, accompagnati dal latte rimasto, SpecialEd si unì a Christopher, che continuava a menare fendenti al terreno per riportare alla luce un tesoro.

Non c'era nessun tesoro.

Ma alle sette e sei minuti trovarono lo scheletro di un bambino.

27

La chiamata arrivò alle sette e trenta.

E la notizia si diffuse subito.

Quella domenica mattina, il vicesceriffo del turno di notte andò in chiesa a pregare. Parlò con padre Tom, che modificò l'omelia per informare i fedeli del ritrovamento dei resti di un bambino nel bosco di Mission Street. Disse che il piccolo era in cielo, adesso e che, per quanto triste, la città doveva trovare gioia nella forza del perdono di Cristo.

Le sue parole furono così potenti che la signora Radcliffe non riuscì a trattenersi. Continuò a tamponarsi gli angoli degli occhi durante tutta la messa, fino al momento dell'Eucaristia. Quante volte lei e il marito avevano pregato per avere un figlio? Quante volte aveva abortito? E quante volte il signor Radcliffe l'aveva tenuta stretta, dicendole che il suo corpo non era guasto? E che era bellissimo?

Mary Katherine pregò per il bambino, e nel giro di qualche minuto il suo cervello di diciassettenne prese a saltellare come nel gioco della campana. Povero piccolo. Avrebbe dovuto avere la possibilità di crescere, come lei, e di andare al college. Al Notre Dame, magari. Si rimproverò per aver pensato a se stessa. Ma era preoccupata, temeva di non essere ammessa. E per suo padre sarebbe stata una delusione terribile. Promise a Dio che avrebbe pregato per il piccolo, e che si sarebbe dedicata con impegno agli anziani che doveva accudire alla casa di riposo. Ma la signora Collins era perfida e la madre di lei fuori di testa.

L'anziana signora le aveva urlato per tutto il weekend che «loro» li guardavano. Come sarebbe riuscita a sopportarla un mese intero? Soprattutto dopo che Doug aveva mollato, dicendo che non valeva assolutamente la pena di subire un tormento simile. Nemmeno per entrare alla Cornell. Mary Katherine si rimproverò di nuovo per il suo narcisismo, e si concentrò sul bambino.

Non vuoi investire un cervo con l'auto, vero?

All'uscita dalla messa, i fedeli chiamarono i famigliari e controllarono che i figli lontani, al college, stessero bene. Le mamme tennero i loro bambini un po' più stretti e si annotarono mentalmente di dare lor qualche dolcetto extra, il Giorno del Ringraziamento. I papà decisero di ridurre le partitelle da tre a una, per dedicare più tempo alla famiglia, anziché ai fantomatici campionati. E per tutto il giorno i bambini videro accontentata ogni richiesta di caramelle o dolciumi. Qualcuno si sentì in colpa, pensando che la motivazione fosse sbagliata in partenza... ma ehi, alle caramelle non si dice di no.

Una sola persona in città non sembrò affatto turbata dall'accaduto. La signora Collins.

Kathleen Collins era stata seduta al primo banco con suo figlio Brady, durante la funzione. Naturalmente aveva già sentito la notizia. In quanto proprietario del terreno, suo marito era stato il primo a essere informato, dopo lo sceriffo. Era uscito subito di casa per recarsi sul posto. Aveva un capitale troppo ingente, legato al progetto del bosco, per lasciare il futuro del cantiere in mano ai burocrati.

La signora Collins era molto più in pensiero per il rischio di bancarotta da parte della sua famiglia, che per i parenti del bambino ritrovato nel bosco. Dopotutto, cose del genere accadono per una ragione.

E la ragione sono i cattivi genitori.

È semplice. Se sei un bravo genitore, tieni d'occhio i tuoi figli. Ti assicuri che siano al sicuro. Se fallisci nel tuo compito, non dai la colpa a una forza esterna. Ti guardi allo specchio e ti assumi tutte le responsabilità. Era questo il problema del mondo: nessuno si assumeva le proprie responsabilità. Un giorno, la polizia avrebbe catturato lo psicopatico che aveva commesso quel crimine orribile. E, quando fosse accaduto, era certa che il mostro avrebbe pianto lacrime di coccodrillo, e avrebbe detto di aver subito abusi dai suoi genitori. Bella stronzata, e che le si passasse il francesismo. I pazzi esistono, diceva lei. Così come esiste il male.

Non era tipo da discussioni oziose; e adesso si chiese se da qualche parte, nel mondo, ci fosse un genitore che commetteva abusi sui suoi figli che non ne avesse subiti a sua volta. Era pronta a scommettere un milione di dollari che esistesse, eccome. E, se qualcuno fosse riuscito a scovarne uno, dimostrando la sua teoria una volta per tutte, sarebbe morta felice.

Quanto a suo màrito, aveva trascorso la domenica mattina a litigare con lo sceriffo. Il progetto del bosco di Mission Street da suo più grande sogno si stava trasformando nel peggiore degli incubi. Prima quel bambino, Christopher Reese, si era smarrito e vi era rimasto per sei giorni. E adesso uno scheletro? 'Fanculo, ovunque andasse, nella proprietà, finiva per mettere il piede su una cacca di cane, o in una trappola per orsi. Le associazioni di ambientalisti rompevano i coglioni con la storia dei cervi che avrebbero perso il loro habitat naturale. Le società storiche gli frantumavano le palle perché la città avrebbe perso il suo «fulcro».

Persino le istituzioni a salvaguardia dell'ambiente lo stressavano affinché trasformasse quel vecchio tunnel merdoso in una miniera di carbone/museo. Sì, molto sensato. Quella roba piace alla gente. Che si fottessero, tutti quanti. Sapeva di dover cominciare a costruire entro Natale, perché presto avrebbe dovuto restituire il capitale preso in prestito. Ma lo sceriffo (altrimenti noto come «impiegato del governo») capiva qualcosa, di quelle questioni? Diavolo, no. Al contrario, gli stava dicendo che doveva chiudere il cantiere, perché era la scena di un crimine.

«Quand'è che potrò cominciare con gli scavi? Quando sarò sotto mezzo metro di neve!? Be', se ne vada a fare in culo, sceriffo. Ho l'impressione che lei e il resto dell'universo vogliate impedirmi di finire quel dannato progetto!»

La madre della signora Collins, invece, quella mattina era seduta nel salotto della casa di riposo. Non ricordava come ci fosse arrivata. Non ricordava nemmeno chi fosse. O chi fosse sua figlia. O il ricco genero. Pensò per un attimo che la donna al telegiornale stesse dicendo a lei che era morto un bambino, ma che per il momento non sarebbero stati forniti ulteriori dettagli. E poi un tizio chiassoso di nome Ambrose entrò nella stanza e le disse che non era suo figlio. Che sua figlia era viva e vegeta e non vedeva l'ora di tormentare i volontari adolescenti nel pomeriggio. E adesso avrebbe fatto meglio a chiudere il becco, perché lui stava cercando di ascoltare le notizie.

Alla madre della signora Collins, Ambrose non piaceva. Non le importava se stava diventando cieco. La volgarità era volgarità, punto. Riportò lo sguardo sul televisore e si sforzò di ricordare un'altra cosa. Una cosa importante. Ma non ci riusciva. E poi, al termine del telegiornale, quando cominciò la partita, le venne in mente.

Stavano per morire tutti.

Sì, ecco di che cosa si trattava.

Sarebbero morti tutti.

La morte stava arrivando.

La morte era lì.

Moriremo tutti il giorno di Natale.

28

L'INTERO parcheggio era pieno di telecamere e furgoni delle TV, quando i quattro bambini arrivarono alla stazione di polizia. Erano passati solo quarantacinque minuti da quando erano corsi dalla guardia del cantiere perché chiamasse la polizia, ma lo scheletro aveva già fatto notizia. SpecialEd sorrise, quando vide i mezzi delle troupe televisive.

«Wow! Diventeremo famosi!»

E poi si voltò verso il vicesceriffo al volante.

«Posso vedere il suo fucile?» gli chiese.

«No», fu la risposta secca.

«Lo sapeva che all'epoca delle carovane dei pionieri l'uomo che sedeva accanto al conducente imbracciava un fucile per proteggere il carro?»

«No, non lo sapevo.» Il vicesceriffo fece un sospiro, rammaricandosi del fatto che non fosse stato uno degli altri tre ragazzini a reclamare il posto davanti.

«Posso usare la radio, allora? Papà ha un dispositivo sull'Hummer per sapere dove sono gli autovelox. Conosco tutti i vostri codici. Dieci-sei vuol dire che va al gabinetto, giusto?»

I quattro furono fatti entrare in centrale senza rilasciare commenti ai media. Be', a parte SpecialEd, che fu felice di urlare ai reporter: «Abbiamo trovato un cadavere!» Alcuni giornali locali – in particolare il *Post-Gazette* – riuscirono a realizzare un paio di scatti per la prima pagina. Gli inviati dei notiziari ripresero qualche filmato extra per la messa in onda delle diciassette. Quattro bambini trovano uno scheletro nel bosco. Una storia locale grandiosa.

«Il sangue fa notizia», disse SpecialEd, riflessivo. «Così dice sempre la mamma.»

Entrarono nell'ufficio dello sceriffo e trovarono i loro genitori ad aspettarli. Dalle espressioni sui loro volti, i bambini compresero subito che la copertura del pigiama party era saltata miseramente. Probabilmente gli adulti avevano impiegato tre secondi a capire che si erano fatti ingannare da una serie di messaggi, e che i loro figli se n'erano andati in giro senza alcuna supervisione per una notte intera.

«Siamo morti», dichiarò Mike.

Ma SpecialEd dimostrò di avere un acume superiore alla media. Scoppiò in lacrime e corse da sua madre.

«Mammina, abbiamo trovato uno scheletro! Ho avuto tanta paura!»

L'abbracciò forte, senza smettere di piangere. E la collera di lei, per come le aveva mentito, si sciolse come la tavoletta di cioccolato che aveva nella borsa.

«Dove diavolo sei stato, Eddie? Eravamo così preoccupati.»

«Già!» confermò Big Eddie, che stava controllando il punteggio dell'incontro sul telefono.

«Avevamo sentito parlare di un tesoro nel bosco. Volevamo trovare degli anelli d'oro da regalare alle nostre mamme per Natale», raccontò Eddie.

«Oh, tesoro», fece lei, stringendolo. «Sei così premuroso.»

Mike e Matt seguirono il suo esempio e corsero dalle loro due mamme. Chiesero scusa per tutte le bugie, e confermarono di aver cercato il tesoro per fare loro una sorpresa. Le due mamme non furono così pronte al perdono come Betty, ma abbracciarono M&M's fino quasi a soffocarli, dicendo loro che sarebbe andato tutto bene.

Infine, c'era la madre di Christopher.

Il bambino aspettò che si mettesse a urlare. O che lo abbracciasse. O che gli mostrasse quant'era arrabbiata. O triste. Invece, fece la cosa peggiore che avrebbe potuto fare.

Non fece niente.

«Scusa, mamma», le disse sommessamente.

Lei annuì e lo guardò, come se stesse vedendo qualcosa che non riconosceva. Christopher voleva abbracciarla e far sparire l'orribile sensazione di essere nei guai. Ma non se ne sarebbe andata. Perché lei era molto più che infuriata. Era ferita. Il suo bambino le mentiva. Quando era cominciato? Dov'è che aveva sbagliato? Perché lui pensava di non poterle più dire la verità? Quando vide che era delusa più da se stessa, che da lui, il senso di colpa che provava fu quasi insopportabile.

«Bambini, devo farvi qualche domanda», annunciò lo sceriffo, mettendo misericordiosamente fine a quella situazione di stallo.

Trascorsero i quindici minuti successivi a farsi «fare il terzo grado», come avrebbe detto SpecialEd a scuola, il giorno dopo. In verità, lo sceriffo rivolse loro solo un paio di domande ciascuno. Non era interessato a punire dei settenni per violazione di proprietà privata, o furto di legname di scarto. Lasciò ai genitori la questione della disciplina.

Volle sapere esclusivamente dello scheletro.

A quel proposito, i bambini avevano poche preziose informazioni. Lo sceriffo rivolse loro domande incrociate, per assicurarsi che la versione fosse la stessa. Quando fu soddisfatto, concluse di trovarsi di fronte a quattro amichetti che erano andati nel bosco per costruire una casa sull'albero e che, invece, avevano trovato un corpo. Solo una cosa lo lasciava perplesso.

«Christopher», chiese infine, «cos'è che ti ha spinto a scavare proprio in quel punto?»

Christopher si sentì addosso gli sguardi di tutte le persone presenti nella stanza. Soprattutto quelli di sua madre.

«Non lo so. Stavamo solo cercando un tesoro. Mamma, possiamo andare adesso? Ho davvero un brutto mal di testa.»

«Okay, figliolo.» Lo sceriffo gli accarezzò una spalla.

Fu allora che Christopher intuì. Lo sceriffo profumava come sua madre quando usciva la sera. Sulla giacca aveva una nota del suo profumo rimasta dopo un abbraccio, forse, o dopo un bacio. In ogni caso, adesso sapeva chi era il suo nuovo «amico». Presto gli avrebbe parlato di lui chiamandolo per nome. E poi lui avrebbe cominciato ad andare a casa loro. Magari non per il Ringraziamento. Però per Natale, forse. Sperava che fosse un brav'uomo, e che sarebbe stato carino con la mamma. Ma questa volta promise a se stesso che, se fosse diventato cattivo come Jerry, non sarebbe rimasto a guardare.

Quella sera, gli amici di Christopher rimasero a casa, con le rispettive famiglie. Al calduccio in cucina, come biscotti su un piatto. Naturalmente erano ancora in punizione. Bisognava salvare le apparenze, ma tale era il sollievo per il fatto che non fossero i loro bambini quelli sepolti in quel bosco, che le madri non riuscirono a essere troppo severe.

Soprattutto considerato quanto erano carini i loro figli.

Le mamme di M&M's prepararono il loro piatto preferito, le lasagne, e rimasero di stucco quando li videro portare i piatti al lavello. I genitori di SpecialEd non riuscivano a ricordare quand'era stata l'ultima volta che il bambino non aveva chiesto il bis del dessert. E quella sera c'era la speciale delizia al cioccolato di mamma.

Durante la cena e prima di andare a letto, chiacchierarono. Chiacchierarono di tante cose da nulla che sommate costituivano il tutto. I genitori furono sorpresi quando i bambini vollero leggere un libro, anziché guardare la TV. Ma fu una serata splendida. E, dopo la lettura, quando venne il momento di dormire, tutti i genitori ebbero lo stesso pensiero, che mai e poi mai avrebbero pronunciato ad alta voce.

Il mio bambino sta crescendo. Sembra diventato più sveglio nel giro di una notte.

Tutti, tranne la madre di Christopher.

Naturalmente, Kate era orgogliosa come gli altri genitori. Non le era sfuggito quanto Christopher fosse felice, da quando aveva consegnato il suo primo test di matematica senza errori. Non era mai stato molto portato per gli sport. Né per la scuola. E se l'era sempre presa con se stesso, per questo. Ma lei sapeva che il suo bambino era di serie A. Se avessero assegnato medaglie d'oro alle persone buone (e avrebbero dovuto), allora Christopher avrebbe cantato l'inno nazionale sul podio ogni quattro anni. Ed era ancora il ragazzino che conosceva e amava da sempre.

Eppure, in qualche modo era diverso.

No, non era posseduto, non si comportava come una specie di automa, e quello che aveva davanti non era un sosia di suo figlio. Era lui. Ma quante volte lo aveva visto lottare con i libri del corso di recupero di lettura? Per quanto tempo lo aveva aiutato con gli esercizi di matematica? Quanti anni lo aveva visto piangere perché non capiva perché mai le lettere cambiassero di posto? Si era sentito un fallito. Uno stupido. E poi, all'improvviso, praticamente da un giorno all'altro, era cambiato tutto. Ma non era successo dalla sera alla mattina.

Era successo in sei giorni.

Si perdonò per non averlo notato subito, perché era stata troppo presa dall'accaduto. Era stata troppo felice di riaverlo con sé. Sano e salvo. Ed era stata tanto orgogliosa dei suoi progressi scolastici. La lettura. Il compito di matematica perfetto. La vincita alla lotteria. La casa nuova. I vestiti nuovi. La libreria rivestita di carta con le anatre, piena di libri che d'un tratto Christopher leggeva d'un fiato. Ma in fondo al cuore qualcosa l'aveva disturbata fin dall'inizio riguardo a tutto quanto.

Quando qualcosa ti sembra troppo bello per essere vero, di solito è così.

E infatti. C'era qualcosa di più della lettura. Dei voti. Era il suo modo di guardarsi intorno. Di guardare le persone che interagivano tra loro. Le faceva venire in mente il momento in cui gli adulti cominciano a compitare le parole per ingannare i bambini. «Ehi, tesoro, la portiamo al negozio di G-I-O-C-A-T-T-O-L-I?» «Ehi, le diamo un po' di G-E-L-A-T-O?» Non appena i bambini erano abbastanza grandi da comprendere, i genitori dovevano trovare qualche altro modo per nascondere il mondo che avevano sotto il naso. Peccati, dolci, sesso, violenza: dovevano celare tutto con sguardi, gesti e giochi di mano, come un mago che cerca di mandare fuori strada i suoi spettatori.

Christopher non aveva mai notato certe cose.

E adesso, all'improvviso, non gliene sfuggiva una.

All'improvviso portava a casa A, quando prima prendeva al massimo C. Leggeva come un razzo *L'isola del tesoro*, quando prima affrontava zoppicando le pagine del Dr. Seuss. Studiava il mondo con una consapevolezza che non aveva avuto in Michigan. C'era qualcosa di maniacale nella sua intelligenza, ora.

Come in suo padre.

E adesso aveva cominciato a mentirle.

Quando lasciarono l'ufficio dello sceriffo, dovettero farsi largo in mezzo alla folla di reporter e telecamere. Finalmente, riuscì a farlo salire in macchina. Rimase in silenzio per qualche istante, mentre avviava il motore e aspettava che lo sbrinatore facesse la sua magia invisibile, rendendo limpido il parabrezza.

Tornarono a casa praticamente senza rivolgersi la parola.

Christopher si scusò per tutto il tragitto. Lei però non rispose. Non perché volesse punirlo. Ma per riprendersi una posizione di superiorità. Suo figlio stava crescendo troppo in fretta, e lei aveva bisogno di capire perché. Aveva già perso un marito per via della sua mente iperattiva. Non avrebbe perso anche il suo bambino. Quando arrivarono nel garage, finalmente soli, spense l'auto.

«Christopher», disse sommessamente. «Devo chiederti una cosa.»

«Certo», fece lui, sollevato per il fatto che avesse ricominciato a parlargli.

«Perché mi hai mentito?»

«Non lo so.»

«Sì che lo sai. Va tutto bene. Puoi dirmelo.»

Kate vide le sue palpebre contrarsi appena. Stava valutando la risposta da darle.

«Io… ehm… sapevo che non mi avresti dato il permesso di andare nel bosco.»

«Perché?»

«Perché mi sarei potuto perdere come l'altra volta. Sarei potuto morire congelato.»

«Ma l'hai fatto lo stesso. Perché?»

«Mi fa male la testa.»

«Dimmi perché, Christopher.»

«Per costruire una casa sull'albero.»

«Perché? Perché è così importante?»

«Non c'è nessun motivo, credo.»

«Quindi hai messo a rischio la tua vita per costruire una casa sull'albero senza nessuna ragione in particolare?»

D'un tratto, Christopher rimase in silenzio. E poi fece la migliore imitazione di un sorriso che gli avesse mai visto.

«Direi che sembra un po' stupido, adesso che te lo sento dire.»

«Sono lieta che la pensi così. Perché d'ora in poi hai il divieto di tornare in quel bosco.»

«Ma mamma...»

«Sei in punizione fino a Natale.»

«Ma mamma!»

«Christopher, i tuoi amici possono mentire ai loro genitori. Ogni bambino su questo pianeta può raccontare bugie a sua madre e a suo padre. Ma tu a me non menti. Non si discute. Niente time out. Niente mamma che ti abbraccia e ti dice: 'Oh, ti capisco'. Qui comando io, cazzo. E il mio unico compito è quello di assicurarmi che tu non corra pericoli. QUINDI SEI IN PUNIZIONE. NON RIMETTERAI MAI PIÙ PIEDE IN QUEL BOSCO. Intesi?»

«Scusami», fece lui, disperato.

«Le scuse non bastano. Non a me.»

Gli si colmarono gli occhi di lacrime.

«Mi dispiace.»

«VA' IN CAMERA TUA!»

Christopher andò di sopra. Non immaginava che, una volta che avesse chiuso la porta, sua madre si sarebbe sentita peggio di quanto non si sentisse lui. Detestava essere tanto dura ma, dal momento che non voleva tirarlo su con la cinghia, com'era successo a lei, aveva a disposizione un arsenale limitato a quell'unica arma, se voleva inculcargli un po' di disciplina. Non poteva permettere che mentisse. Le sue regole erano ancora bianco o nero. Non poteva lasciare che seguisse il grigio. E non poteva dargli il permesso di andare in un bosco in cui avevano rinvenuto lo scheletro di un bambino.

Lo lasciò in punizione per tutto il giorno. Al di là di una breve tregua per il pranzo a base di formaggio grigliato, accompagnato da Tylenol pediatrico per l'emicrania, rimase in camera sua. Senza TV. Senza libri. Rimase a letto, a guardare la foto di suo padre nella cornice d'argento. Kate si domandò se lo volesse lì. Forse lui avrebbe avuto una spiegazione per quello che gli stava succedendo. Forse, al padre, Christopher avrebbe detto la verità. Prima di andare a dormire, entrò nella sua stanza.

«Ascolta», gli disse, «sono ancora arrabbiata, ma ti chiedo scusa per aver alzato la voce.»

«Okay.»

«No, non è okay. Non ci sono segreti tra noi. E per far funzionare le cose non ci urliamo addosso. Giusto?»

Christopher annuì.

«A me puoi dire tutto. Non devi mai avere dubbi su questo. D'accordo?»

«Lo so.»

Aspettò per vedere se le avrebbe detto qualcosa. Ma per certe cose ci voleva tempo.

«Ti voglio bene», le disse alla fine.

«Ti voglio bene anch'io.»

Quindi, gli diede un bacio sulla fronte, chiuse la porta e si allontanò lungo il corridoio. Accese il televisore sul *Tonight Show*, per distrarsi un po'. Il presentatore fece delle battute divertenti, ma Kate Reese non rise a nessuna. Fissava lo schermo, mentre nella sua mente litigava con suo figlio. *Mi hai detto una bugia. Ancora non mi stai dicendo tutta la verità. Lo so. E sai che lo so. Allora, che cosa diavolo sta succedendo dentro quella testolina, Christopher?*

E, quando chiuse gli occhi per abbandonarsi al sonno, le parve quasi di sentire la sua risposta.

Questo lo devo sapere io, tu devi scoprirlo.

29

Lo sceriffo andò nel bosco da solo. Era giovedì sera. L'aria non era quella tipica del Giorno del Ringraziamento. Faceva troppo caldo, era troppo secco, era tutto troppo perfetto e meraviglioso. L'unico segno dell'autunno erano le foglie. Gialle e rosse come il sangue. Le sue scarpe di cuoio lasciavano tracce morbide. Si muoveva in silenzio come un topo.

Qualcosa non quadrava.

Erano passati cinque giorni dal ritrovamento dello scheletro, e ancora non riusciva a dire con precisione che cosa non gli tornasse. Pensò al cane del suo vecchio capitano, a Hill District. Ogni tanto Shane si tirava su a sedere e cominciava ad abbaiare senza motivo. Il suo padrone diceva sempre: «Buono, amico. Non c'è niente, là». Ma forse qualcosa c'era. I fischietti per cani hanno una tonalità che possono sentire solo i cani.

Forse esiste anche qualcosa che vedono solo loro.

Ma perché faceva pensieri simili? Lui era un uomo pratico. Era un'indagine come le altre. Certo, si trattava della morte di un bambino, era una tragedia orribile. Ma non era niente di nuovo, per lui. In città muoiono persone ogni settimana. Bambini inclusi. Dove lavorava prima aveva visto ragazzini che vivevano nel sudiciume, chiusi dentro ad armadi e in seminterrati. Aveva visto cose talmente brutte che per togliersele dalla testa gli erano occorse due sedute obbligatorie con lo strizzacervelli del dipartimento.

Eccezion fatta per quella bambina con lo smalto sulle unghie.

Che non avrebbe mai dimenticato.

Ma perché pensava a lei così spesso da qualche giorno?

Non sapeva darsi una risposta.

Né sapeva spiegare la voce che parlava dentro di lui. Che gli diceva che quel caso era importante. È questo che la gente non capisce, del lavoro di un poliziotto. Apprendono dal notiziario che è stato commesso un crimine, e credono sul serio che ci siano risorse sufficienti per mettere dieci detective a lavorare a tempo pieno su un omicidio. Nel mondo reale si fanno delle scelte. Le risorse vengono assegnate. Lui era bravo in questo. A volte anche troppo. Ma stavolta qualcosa nella sua testa gli diceva di rischiare il tutto per tutto. Così, dopo il ritrovamento dello scheletro, aveva chiamato una persona che gli doveva un favore.

Il suo vecchio amico Carl era tanto abile come esperto forense quanto era scarso in educazione fisica. E, dal momento che stavano indagando su un bambino, gli aveva chiesto di recarsi sulla scena del crimine immediatamente, nonostante fosse domenica. Al diavolo il doppio turno. Voleva sapere tutto quello che c'era da sapere su quei resti. E, se c'era qualcuno in grado di dargli quelle informazioni, quello era Carl. I Federali di Langley avevano provato più volte a portarlo via alla polizia, ma sua moglie faceva molta più paura dell'FBI.

«Il governo può andare a farsi fottere, Carl. Io non lascio mia madre a Homestead!»

Caso chiuso.

Quando Carl era arrivato sulla scena, i due erano andati un po' in giro a prendere appunti, che poi avevano confrontato. Entrambi avevano valutato l'età del bambino tra i sette e gli otto anni, basandosi sugli incisivi mancanti. E avevano supposto che fosse rimasto sottoterra per parecchio tempo.

Come spiegare altrimenti le radici avvolte attorno al corpicino come serpi?

A fine serata, Carl e la sua squadra avevano portato via il corpo, per sottoporlo – per quanto possibile – a un'autopsia. Gli aveva detto di avere molto da fare, durante le vacanze, soprattutto considerato che la suocera andava accompagnata a messa tre volte la settimana, ma avrebbe fatto il possibile per incastrare quel caso tra gli altri lavori e fargli sapere qualcosa entro venerdì.

Lo sceriffo aveva trascorso la settimana a gestire le conseguenze della notizia. In città, la vita non si fermava quando veniva scoperto un cadavere. Ma quella era una cittadina, e nelle piccole realtà la gente si fa spaventare.

Come la bambina con lo smalto sulle unghie.

Si scrollò di dosso quel pensiero, e guardò avanti, lungo il sentiero. C'era un cervo che brucava l'erba vicino a un ponticello che ricordava quello della storia dei *Tre capretti Furbetti*. Dio, non gli veniva in mente da anni. Da piccolo aveva avuto tanta paura di quell'orco. Come Hansel e Gretel della strega.

Aveva avuto paura come la bambina con lo smalto sulle unghie.

«Smettila. Concentrati», si disse ad alta voce.

Non avrebbe saputo dire che cosa stesse cercando, esattamente. Dopotutto, lui e i suoi uomini avevano battuto quasi ogni centimetro di quel bosco, durante la settimana, nonostante l'ira del signor Collins. Non avevano scoperto granché. Niente incisioni. Niente simboli strani. Niente che indicasse che quel luogo fosse frequentato da qualche setta, da gente che compiva omicidi rituali.

C'erano solo alberi.

E qualche cervo.

E delle lattine di birra.

Naturalmente, se l'era aspettato. Una volta che la notizia dello scheletro aveva cominciato a diffondersi, le persone morbosamente curiose (gli adolescenti) avevano cominciato ad andarsene in giro a cazzeggiare nel bosco, scolandosi litri di birra. Ficcanaso, pensò. Avevano lasciato lattine ovunque. Aveva detto ai suoi uomini di raccoglierle, per compensare la tariffa doppia che prendevano per gli straordinari. Loro avevano riso. Poi, vedendo che lui era serio, avevano cominciato a raccogliere i rifiuti.

Adesso arrivò alla radura.

Alzò gli occhi alle nuvole che si spostavano in cielo. Era una serata così gradevole, per essere novembre. Era stupefacente pensare che mancasse meno di un mese a Natale. Fissò l'albero al centro dello spazio aperto. Sembrava una mano che si allungava verso il cielo. Alcuni rami erano forti. Altri si contorcevano come dita rese storpie dall'artrite.

Raggiunse la casetta sull'albero di Christopher. Ancora non riusciva a credere che un bambino di sette anni avesse potuto realizzare un progetto tanto sofisticato. La scala. Le fondamenta. La struttura. Il figlio di Kate Reese era un genio. Era una casa vera.

Adesso, la trovò diversa.

Come se qualcuno avesse continuato a lavorarci durante la settimana.

Quando abbassò gli occhi, però, non vide impronte.

Né prove.

Solo un sacchetto di plastica bianco appeso a un ramo basso.

Toccò l'albero. La corteccia era piuttosto fredda, sotto le dita. Come quella degli alberi su cui si arrampicava quando era ancora alle elementari. Aveva dato il suo primo bacio, sotto un albero come quello. A Justine Cobb, che portava l'apparecchio, aveva dei bellissimi capelli biondi e indossava un abitino estivo.

Come la bambina con lo smalto sulle unghie.

Papino.

Tolse la mano dal tronco. Si scrollò di dosso le ragnatele e provò a ritrovare la concentrazione. Prese il sacchetto, con l'intenzione di metterselo in tasca per poi gettarlo via. Ma per qualche motivo si ritrovò a muovere quel sacchetto come farebbe un ragazzino che cerca di piegare un guantone da baseball nuovo. Ancora e ancora e ancora…

Crack.

Si voltò. Un cervo lo fissava. Abbassò gli occhi sul sacchetto. D'un tratto, aveva una gran voglia di uscire da quel bosco. Una vocina gli disse che doveva andarsene. Subito. Non era una minaccia.

Era un avvertimento.

Riappese il sacchetto al ramo e andò via. Attraversò svelto il tunnel della miniera che nascondeva la radura dal lato opposto del bosco. Accese la torcia e vide le iniziali incise nei binari di metallo. Vecchi nomi dipinti con pittura spray sull'intelaiatura di legno, come geroglifici. Quando uscì, scorse qualcosa che lo turbò.

Un frigorifero abbandonato.

Non sapeva come avessero fatto i suoi uomini a lasciarselo sfuggire: gliele avrebbe cantate, quando fosse rientrato. Un ragazzino vi sarebbe potuto entrare per giocare, e rimanere intrappolato finendo soffocato.

Si avvicinò. Era voluminoso, bianco, vecchio e arrugginito ai bordi, come quei tempietti che diventano grigi. Templi… chiese… la messa della suocera di Carl. All'interno c'era un nido. Non sapeva se appartenesse a un uccello o a un procione. Ma non c'era segno né di una specie, né dell'altra. Allungò la mano verso la maniglia, per chiudere lo sportello.

E in quell'istante il serpente balzò fuori.

Era un serpente a sonagli. Avvolto in spire. E sibilava. Hissss. Hissss.

Lo sceriffo indietreggiò. Il serpente scivolò verso di lui. Sibilava come il sonaglio di un bambino. Lo sceriffo inciampò in una radice e cadde. Il serpente andava verso di lui. Mostrando i denti. Pronto a colpire. Lui tirò fuori la pistola, proprio nel momento in cui il serpente saltò verso il suo viso.

Bang.

La testa esplose con la prima pallottola.

Lo sceriffo si alzò e guardò il corpo dell'animale che si dimenava, sul terreno. Avvolto in spire come i rami attorno allo scheletro del bambino. Dopo avergli sparato ancora, tanto per togliersi ogni dubbio, tornò allo sportello del frigo. Solo allora abbassò lo sguardo sul nido, e vide piccoli di serpente che si contorcevano nelle loro uova. Chiuse lo sportello, bloccandoli dentro, e poi si controllò il collo per verificare che non ci fosse nulla di strisciante.

Si allontanò rapidamente, prendendo nota di chiamare una ditta che si occupava degli animali nocivi. Non aveva idea del perché ci fossero dei piccoli di serpente a novembre. Mancava parecchio alla primavera. E in inverno non nasceva niente.

Qualcosa non andava, in quel posto.

Non lo vedeva, ma riusciva a sentirlo, così come il vecchio cane del capitano sentiva il fischietto. Il suono era simile a quello del vento. Ma non era esattamente vento. Ricordava più un serpente a sonagli avvolto in spire fra i rami degli alberi. Come... come...

Un sibilo invisibile.

Scese veloce dalla collina per raggiungere il cantiere. C'erano tronchi ovunque. Carcasse di alberi. Radici gigantesche strappate al suolo gelato. Parecchie ruspe parcheggiate lungo la strada, ciascuna con la scritta IMPRESA EDILE COLLINS sulle portiere. Se ne stavano là senza vita, dopo che lui aveva fatto chiudere il bosco per le indagini. Collins aveva già contattato i suoi avvocati e, se lo sceriffo sapeva qualcosa di potere e politica (e si dà il caso che ne sapesse abbastanza), i lavori sarebbero ripresi a breve. Presto, Collins avrebbe trasformato gli alberi in legname per costruire le sue case. La segatura sarebbe andata a un'altra azienda per essere mischiata con colla infiammabile, ottenendo falsi ciocchi per i focolari natalizi. In pratica, stava facendo in modo che il bosco di Mission Street si scavasse la fossa da solo. Per quanto esteso, non poteva opporsi.

Superò il nastro della polizia. Superò gli alberi già tagliati fino al suolo dalle squadre di operai, in settembre. Sembravano piccole tombe che nessuno sarebbe andato a visitare.

Come la bambina con lo smalto sulle unghie.

Tornando in centrale, si soffermò a osservare le goccioline di pioggia che dalle nuvole cadevano sul parabrezza. Pensò alla serata piacevole che aveva trascorso con Kate Reese, solo cinque giorni prima. Dio, sembrava trascorso un anno. Voleva rivederla, ma era il Giorno del Ringraziamento e lei era con suo figlio. E poi il venerdì avevano la serata film. Quindi avrebbe dovuto attendere sabato, quando magari lei avrebbe chiamato una babysitter e, dedicandogli due ore della sua compagnia, avrebbe cancellato quella settimana da incubo. Era così bella al loro appuntamento. Con quell'abito nuovo preso all'Outlet di Grove City. E con il rossetto.

Come la bambina con lo smalto sulle unghie.

Papino.

Quando il cellulare squillò, per poco non saltò fuori dalla sua pelle.

Era Carl.

«Ehi, Carl. Non mi aspettavo di sentirti prima di domani. Sono sorpreso, oggi è festa.»

«Non lo saresti se ti facessi conoscere mia suocera», rispose lui.

Lo sceriffo non rise. Era una battuta vecchia quanto la loro amicizia.

«Che cos'hai per me?» gli chiese invece.

E Carl partì con la sua raffica di termini in gergo tecnico. Ogni volta, lo sceriffo si domandava perché i geni non potessero parlare come la gente normale. Ma forse era proprio questo a renderli geni. Dopo essersi sciroppato per una decina di minuti dati biologici e notizie varie su datazione al carbonio e DNA, finalmente fu in grado di mettere insieme i fatti certi riguardo allo scheletro.

Il bambino aveva all'incirca otto anni.

Era un maschio.

Era sottoterra da cinquant'anni, circa.

E, cosa decisamente impressionante, Carl era riuscito a risalire alla causa della morte.

Lo sceriffo rimase sbigottito. La tecnologia aveva fatto passi da gigante da quando era entrato in polizia, vent'anni prima. Tuttavia, non aveva mai sentito che si potesse stabilire la causa della morte di un essere umano di cui non restava che uno scheletro vecchio mezzo secolo, e di cui pertanto si potevano analizzare soltanto le ossa.

Ma apparentemente era proprio così.

Carl supponeva che il suolo dovesse contenere qualcosa. Con la giusta pressione, il carbone si trasforma in diamante. Quindi, forse dipendeva dalla miniera. O dalle radici degli alberi. O da qualche regolazione della temperatura che al momento gli sfuggiva. Era un mistero medico, che un giorno sarebbe divenuto routine come le impronte digitali, o il DNA. Di qualunque cosa si trattasse, aveva preservato discretamente il cervello. L'autopsia era definitiva.

Lo sceriffo era pronto a sentire qualunque cosa. Decesso procurato da una pugnalata. Da un proiettile. O da qualcosa di molto peggio. Quando l'amico gli rivelò la causa della morte, però, lo choc fu tale che per un attimo rimase come pietrificato. E fissò il cellulare che aveva in mano.

«Carl, credo che il telefono prenda poco, qui. Puoi ripetere?»

«Il bambino venne seppellito vivo.»

30

DALL'ALTRO lato del bosco, Christopher era seduto a tavola con sua madre, per la loro prima cena del Ringraziamento nella casa nuova. Non c'era il clima festoso in cui avevano sperato entrambi.

E la colpa era soltanto sua.

Toccò a malapena il cibo. Disse di non avere appetito per via del mal di testa, ma la verità era che voleva evitare che gli venisse sonno. Così, dopo che ebbe mangiato una quantità di torta di mele sufficiente a non destare sospetti, guardarono *Un Giorno del Ringraziamento da Charlie Brown*, in silenzio, e poi si prepararono per andare a letto.

La mamma gli rimboccò le coperte e gli diede un bacio, tentando di avviare una conversazione che non ci fu, e finalmente si ritirò in camera sua. Christopher tese le orecchie per sentire il televisore che si accendeva. Aspettò ore, finché lei non lo spense. Finché non prese sonno. Finché non fu sicuro che la via fosse sgombra. E poi si alzò.

Come aveva fatto per tutta la settimana.

Andò al cassettone per prendere degli indumenti caldi, che si infilò sopra il pigiama, vestendosi a strati per essere certo di stare bene mentre lavorava. Sistemò il cuscino sotto la coperta per creare l'impressione che ci fosse qualcuno nel letto.

Quindi, in punta di piedi, scese al piano di sotto.

Superate le scale scricchiolanti, si mise gli scarponi e uscì dalla porta scorrevole. Alzò gli occhi verso il cielo nero. Una stella cadente sfrecciò tra le nuvole. Raggiunse l'estremità del prato, che confinava con il bosco di Mission Street. Il bosco a cui lo sceriffo aveva vietato l'accesso per le indagini, impedendo al signor Collins di andare avanti ad abbattere alberi. E concedendogli così tutto il tempo necessario per completare la casa prima di Natale.

per questo ti ho mostrato lo scheletro
non l'avrei fatto, altrimenti
non voglio metterti paura, christopher

Lui avrebbe potuto dare una mano, con le indagini. Sapeva come aveva fatto a trovare quei resti. Sapeva che le ossa erano là sotto da tanto tempo. Pensava addirittura di conoscere il nome del bambino morto. Ma queste cose, agli adulti, non poteva dirle. Perché poi loro gli avrebbero chiesto come facesse a saperle. E lui aveva una sola risposta sincera.

«Perché me le ha raccontate il mio amico immaginario.»

C'erano momenti in cui la sua fede oscillava tra la realtà e la fantasia. Stava diventando troppo intelligente per non capire che le possibilità erano soltanto due: o l'uomo gentile esisteva davvero, o lui era un bambino un po' schizzato che se ne andava in giro per il bosco tutto solo.

Comunque fosse, stava andando avanti a costruire la casa.

Aveva la sensazione che gli sarebbe esplosa la testa, se si fosse fermato.

A volte le emicranie erano sorde. A volte acute. C'erano giorni in cui ingurgitava Tylenol pediatrico per tutto il giorno, senza che gli desse sollievo. Ormai era parte della sua vita. Come la scuola, o i Froot Loops, o i cartoni animati di Bad Cat il sabato mattina. Solo quando lavorava alla casa sull'albero diventavano sopportabili.

E così lavorava. Lavorò la notte del Ringraziamento. E quella dopo. E quella dopo ancora.

Non aveva mai mal di testa, quando era là.

Quando era vicino all'uomo gentile.

Per tutta la settimana seguente, ogni notte, aspettò di sentire il televisore di sua madre che si spegneva, e poi metteva il cuscino sotto le coperte, prendeva giaccone e guanti e correva nella radura per piantare un altro chiodo nella struttura della casa, o per pitturare un'altra parete. E per tutto il tempo parlava con il sacchetto di plastica bianco. Rimaneva fino a quando le mani intorpidite non riuscivano più a impugnare il pennello. Finché non gli facevano troppo male per usare il martello. Poi, all'alba, tornava a casa di corsa per essere nel suo letto al risveglio di mamma. Alla fine, esausto, dovette nascondere le occhiaie con il suo correttore, così che lei non scoprisse che la notte non dormiva.

Ma continuò a lavorare.

Non aveva il coraggio di fermarsi.

Dopo il film del venerdì, però, la spossatezza ebbe il sopravvento. Sua madre gli servì un piatto enorme di spaghetti con le polpette, e poi panini al burro e una coppa di gelato per dessert. Quando arrivò nella radura, gli si stavano già chiudendo gli occhi.

Provò a resistere al sonno. Doveva restare sveglio. Doveva trascinare le finestre su per la scaletta. E finire il tetto. Doveva... dormire. Non posso. Ma sei così stanco. No, non è vero. Allora magari dovresti almeno far riposare gli occhi. Sì. ecco. Gli sarebbe bastato stendersi per un po', lì vicino all'albero. Forse il mal di testa se ne andrà se fai riposare gli occhi... zzzzzzzzz.

Quando si svegliò, sabato mattina, era nel suo letto. Non sapeva come ci fosse arrivato. Era turbato al pensiero di aver perso una notte intera. Ma non poteva farci niente. Mamma sarebbe rimasta con lui tutto il giorno, quindi non avrebbe avuto modo di sgattaiolare nel bosco. Non avrebbe potuto parlare con l'uomo gentile. Non gli restava che sopportare il mal di testa fino a quella notte.

E così, scese al piano di sotto. Andò in cucina e, dal pensile, prese la boccetta di Excedrin di sua madre. Mandò giù quattro compresse, sgranocchiandole come Smarties. Il gusto di gesso era orribile. Così, afferrò la confezione di Froot Loops. Era nuova. Niente polvere zuccherina che si accumulava sul fondo, quindi. Quando aprì la busta interna, però, cadde fuori una sorpresa speciale. Una figurina plastificata di Bad Cat. La posò sul piano di lavoro, e sorrise. Un raro momento di gioia prima che l'emicrania tornasse a bussare. Prese il cartone del latte, che versò sui cereali affogandoli, e poi fissò la fotografia di Emily Bertovich. Mentalmente, prese nota: doveva chiedere all'uomo gentile perché la sua immagine sembrasse sempre lievemente diversa, ogni volta che acquistava una confezione nuova.

Rimise il latte nel frigo e si sedette a guardare i cartoni del sabato mattina. Gli venne in mente che, da piccolo, spegneva il televisore e pensava che, quando l'avesse riacceso, l'episodio sarebbe stato al punto in cui l'aveva lasciato. Gli ci era voluto un po' per capire che Bad Cat e il resto della TV andavano avanti anche senza di lui.

Questo lo aveva reso triste, ma la mamma lo aveva tirato su dicendogli che anche lui faceva delle cose, e che il resto del mondo doveva sforzarsi per stargli dietro.

Adesso, premette il tasto dell'accensione. L'apparecchio si scaldò, e un attimo dopo apparve sullo schermo il suo cartone preferito del sabato mattina.

Bad Cat.

Che bellezza. *The Avengers* forse era il suo film preferito, ma Bad Cat sarebbe rimasto il programma TV che più amava. Appena in tempo per i titoli iniziali. Un corteo dei personaggi principali sfilava lungo Broadway, cantando:

Chi è il solo e unico?
Chi è che non è mai solo?
Chi è il più carnivoro?
Bad Cat!
Chi è il cattivo che fa sempre spuntini?
Chi è il gatto più gatto?
Chi è che dice sempre «Pensavi di finirlo?»
Bad Cat!
Bad Cat!
Bad Cat!

E poi Bad Cat si portava in testa al corteo e gridava: «Pensate di finirla con questa canzone? Sto cercando di mangiare!»

Christopher rideva ogni volta perché era divertente. E quella mattina rise anche di più, perché lo stress accumulato durante la settimana doveva avere una valvola di sfogo, un po' come il vapore che fuoriusciva con un fischio dal bollitore di sua madre.

Cominciò l'episodio. Rimase deluso, perché era una replica: Bad Cat ruba un pesce al maggiordomo di una gatta ricca di cui è innamorato. L'aveva già visto una decina di volte, però c'era questa parte divertente in cui il maggiordomo lo inseguiva urlando: «Torna qui, Gato!» E Bad Cat rispondeva: «*Signor* Gato, per te, Raoul». Così, si sedette a guardarlo comunque.

Questa volta, però, c'era qualcosa di diverso. Bad Cat non pronunciava le solite battute. Invece, continuava a guardare la telecamera, mentre Christopher aveva lo sguardo fisso sullo schermo. Alla fine, si fermava e puntava gli occhi su di lui.

«Oh… ciao, Christopher. Ti piace il cartone?»

Il bambino diede un'occhiata intorno, ma non c'era nessuno. La mamma era ancora di sopra, a letto. Era solo.

«Non preoccuparti di tua madre. Siamo soltanto io e te. Non aver paura. Come va, amico?» gli chiese Bad Cat, amichevole.

«Come fai a sapere come mi chiamo?» gli domandò in un sussurro.

«Scherzi? Sei il mio fan numero uno. Come potrei non saperlo? Ho sentito che il mio cartone animato è il tuo preferito in assoluto. Diamine, è davvero carino da parte tua. Grazie!» gridò il gatto.

«Shhh. Sveglierai mia madre.»

«Sciocchezze. La tua mamma è rimasta al telefono con lo sceriffo un paio d'ore, ieri sera, dopo che ti sei addormentato. Diavolo, lui sì che è super gentile. Molto meglio di Jerry, non credi anche tu?»

A Christopher si rizzarono i peli sulla nuca.

«Come sai di Jerry?»

«Io so tutto di te, amico. So che Jerry sta cercando tua madre. Diamine, le farebbe del male, se la trovasse. Quindi non possiamo permettere che succeda, giusto?»

«No.»

«Perbacco, sei coraggioso. Tua madre ti ha tirato su bene. Chissà com'è orgogliosa di te. Quindi, non avere paura. Prometto che faremo in modo che non corra pericoli. Niente clamore. Niente scompiglio.»

«E come?»

Bad Cat guardò a destra e a sinistra. Cercando di sbirciare fuori dal televisore, come si fa con un angolo cieco.

«Oh, diamine, Christopher. Temo che il tempo a nostra disposizione stia per scadere. Ti dirò come proteggere tua madre, ma prima devo farti una domanda, okay?»

Il ragazzino annuì. Bad Cat socchiuse gli occhi.

«Come hai fatto a trovare lo scheletro, bello?»

Il cuore prese a martellargli nel petto.

«Cosa?»

«Qualcuno ti ha mostrato dov'era, giusto? Chi è che ti sta aiutando? Oh, perbacco, dobbiamo saperlo.»

«Nessuno.»

«Non credo sia del tutto vero. Penso invece che qualcuno ti abbia detto di quel vecchio scheletro. Devo sapere chi è stato, amico. Oh, diavolo se ne ho bisogno. Perché qui dentro le cose si stanno mettendo male. Lei è furiosa, adesso. Perbacco… se è furiosa.»

«Lei chi?»

«Scusa. Non ci è consentito dirtelo, amico, altrimenti passiamo dei guai. Non fa che spaventare la gente per scoprire chi ti sta dando una mano. Tutte quelle urla mi fanno venire male alle orecchie. Quindi, senz'altro mi renderebbe le cose più facili, qui dentro, sapere come hai scoperto lo scheletro. Puoi dirlo al vecchio Bad Cat. Sarà il nostro piccolo segreto.»

«Non me l'ha detto nessuno. Stavo cercando un tesoro.»

«Caspita, che cazzo di delusione, bello. È la bugia che hai raccontato allo sceriffo e a tua madre. Non vuoi fare la fine di Pinocchio, no? Le menzogne fanno crescere il naso. Vuoi sapere che cosa faranno le tue?»

«Cosa?»

«Se non mi dici chi ti sta aiutando, a tua madre capiterà qualcosa di brutto.»

Christopher sentì la gola chiudersi, come quella volta che aveva provato a ingoiare una biglia e aveva rischiato di soffocare. Si fece paonazzo in viso.

«Che cosa le succederà?»

«Non te lo posso dire, ma se alzi il volume posso mostrartelo. Ti dispiace?»

Christopher puntò il telecomando e alzò il volume.

«Diamine no, Christopher. Non con il telecomando. Direttamente dal televisore. Altrimenti non funziona.»

Christopher esitò. Ma doveva sapere che cosa sarebbe successo a mamma. Lentamente, andò verso l'apparecchio.

«Così, amico. È tutto okay. Non mordo.»

Christopher allungò la mano verso il tasto del volume. Gli occhi di Bad Cat si illuminarono. Si leccò le labbra.

«Diavolo, non vediamo l'ora di incontrarti, bello. Lei ti farà vedere tutto quanto.»

Mosse una zampa come se volesse bucare lo schermo. Per portarla verso il volume. Verso di lui.

«Devi solo toccare lo schermo e salveremo tua madre insieme. Croce sul cuore. Che possa morireeeee.»

Christopher allungò ancora la mano mentre il gatto allungava la zampa. Erano a pochi centimetri… le dita quasi si toccavano. Il mal di testa cominciò ad affievolirsi. E Christopher udì quel ronzio, zzzz.

«Christopher!» gridò sua madre. «Che cosa ti ho detto riguardo al fatto di stare così vicino al televisore?»

Il bambino spalancò gli occhi e si voltò. Era la mamma. In vestaglia. Aveva l'aria confusa. In effetti, lui aveva il naso praticamente incollato allo schermo.

«Scusa, mamma.»

«Scuse accettate. Adesso finisci di fare colazione seduto a tavola, come le persone normali. Non ho tirato su una scimmia.»

Christopher annuì e riportò lo sguardo sul televisore. Bad Cat non lo fissava più. Stava scappando, inseguito dal maggiordomo.

«Torna qui, Gato!»

«*Signor* Gato, per te, Raoul», diceva il micio. E poi correva dentro alle fogne, portandosi dietro il pesce delizioso che aveva rubato.

Christopher mangiò i suoi cereali seduto al tavolo della cucina, mentre sua madre si preparava delle uova strapazzate. La guardò, terrorizzato al pensiero che potesse succederle qualcosa. Le avrebbe parlato, ma adesso sapeva che qualcuno lo stava tenendo d'occhio.

Oppure era completamente uscito di testa.

Voleva credere che fosse tutto frutto della sua immaginazione. Soprattutto la scenetta con Bad Cat. Sperava di essere solo pazzo come suo padre. E che i mal di testa accecanti fossero come uno di quei lampi che facevano fare a papà quei suoi «balli buffi». Così mamma chiamava i suoi attacchi. Prendeva delle pastiglie, per controllarli, e a volte a causa delle medicine non si alzava dal letto per settimane. Mamma si prendeva cura di lui, ma doveva lavorare fino a tardi al ristorante.

E, mentre era al lavoro, lui era morto nella vasca da bagno.

Più tardi, quella sera, quando sua madre ebbe spento il televisore dopo aver guardato il *Saturday Night Live*, Christopher sgattaiolò fuori e andò nel bosco di Mission Street. Ignorò il respiro che giocava a nascondino con il vento, e corse all'albero.

«Ci sei?» chiese al sacchetto di plastica bianco.

Nessuna risposta.

«Ti prego, rispondimi. Ho paura», disse. «Che cos'è stato... quello? Chi è *lei*? Che cosa vuole fare Bad Cat alla mia mamma?»

In quel momento Christopher uscì dal suo corpo e assistette alla scena da spettatore. Quello che vide fu un bambino in ginocchio che supplicava un sacchetto di plastica di dargli delle risposte a cose apparentemente inspiegabili. Se avesse dovuto decidere se tutto ciò fosse reale, o folle, avrebbe scelto la seconda opzione. Perché, anche se la mamma sarebbe stata triste scoprendo che suo figlio era matto come il padre, almeno non avrebbe corso pericoli.

«Sono pazzo?» chiese al sacchetto.

Silenzio.

«Ti scongiuro, dimmi che sono pazzo.»

Di nuovo silenzio.

Christopher rimase seduto lì tutta la notte, a supplicare il sacchetto di dargli una risposta che non arrivava. L'uomo gentile sembrava svanito nel nulla. Non aveva idea di dove fosse andato. Forse era nascosto. Forse stava scappando da Bad Cat. Oppure era solo un sacchetto di plastica bianco.

Comunque stessero le cose, Christopher era solo.

Quando la luce dell'alba fece capolino in cielo, tornò di corsa a casa, nel suo letto. Da sotto le coperte, guardò la foto di suo padre nella cornice d'argento. Più lo guardava, sorridente accanto all'albero di Natale, più la domanda gli riecheggiava nella mente, come un vecchio disco che si era incantato. Sono pazzo? Sono pazzo? Sono pazzo? Venti minuti prima che squillasse la sveglia di mamma, per avvisarli che dovevano prepararsi per andare in chiesa, finalmente chiuse gli occhi. E, appena prima di addormentarsi, gli parve di udire un vago sussurro. Potrebbe essere stato un pensiero. O una voce. O nessuna delle due cose. Tutto ciò che disse fu…

Finisci la casa sull'albero e lo saprai.

31

«Sei fuori? Mio padre mi ha quasi tolto i canali HBO dal televisore in camera», disse SpecialEd sottovoce, mentre

Christopher lo seguiva attraverso il parcheggio della chiesa, e i loro genitori si salutavano gridando.

«Tu non capisci. Dobbiamo finirla.»

«Me li dai tu i soldi per i canali HBO?»

«No.»

«Allora finiscitela da solo.»

Entrarono in chiesa e, dopo essere rimasti in punizione per tutto il weekend del Ringraziamento (e tutta la settimana successiva) i quattro amici dovettero assistere a una messa interminabile. Padre Tom parlò di Gesù, che amava i profughi del Medioriente. Ma Christopher riusciva solo a notare come la gente intorno a lui lo fissasse. E mormorasse.

«Quello è il bambino che ha trovato lo scheletro.»

«Quelli sono i bambini che erano al notiziario.»

«Erano sul giornale.»

«Quello ha vinto alla lotteria, un paio di mesi fa.»

Tutte quelle voci gli facevano venire il mal di testa. Ogni minuto che trascorreva lontano dall'albero serviva solo a peggiorare la sua emicrania. A un certo punto, padre Tom passò al latino. Quella lingua turbinava nella testa di Christopher. E dopo un po' «diem» divenne «giorno». E le frasi cominciarono ad avere un senso. Ma gli procurarono un'ondata di dolore insopportabile.

O Deus ego amo te.

Sapeva che cosa significavano quelle parole. O Dio, io ti amo.

Al termine della funzione, la madre di SpecialEd uscì sul sagrato e si accese una sigaretta. Prese un respiro profondo e buttò fuori una nuvola di fumo.

«Cristo santo, non la finiva più», commentò. «Padre Tom non lo sa che dobbiamo fare spese per Natale?»

Lo disse senza nemmeno un briciolo di ironia, e Kate dovette ammettere che questo le faceva amare Betty ancora di più. Poi, dopo che quest'ultima ebbe fatto piazza pulita dei biscotti alla cannella, alla vendita di dolci per beneficenza, si offrì di pagare la pizza a tutti per festeggiare la bella notizia.

«Quale bella notizia?» chiese Kate.

«Eddie è stato promosso dalla classe degli stupidi!»

«Ehi!» fece l'interessato, mettendo il broncio.

«Scusa, tesoro. Però è la verità. Eri nella classe dei bambini un po' tardi», disse lei, accarezzandogli i capelli. «Ma quella signora Henderson è un genio, perché adesso leggi libri adatti agli alunni di quarta. Siamo davvero orgogliosi. Non è vero, Big Eddie?»

«Davvero orgogliosi. Davvero orgogliosi», confermò il padre, mentre guardava i momenti clou dell'incontro dei Pittsburgh Steelers sul cellulare.

Osservando sua madre, Christopher capì che aveva archiviato l'informazione in un reparto della sua mente. Poi le due famiglie si unirono a Matt e Mike e alle loro due mamme, che avevano appena finito di fare «qualunque cosa facciano i luterani» (per usare un'espressione di Betty) nella loro chiesa in Route 19.

Religiosamente parlando avevano le loro differenze, ma ehi... credevano nello stesso Dio, e amavano la stessa pizza.

Mentre gli adulti si scolavano una caraffa di Iron City Beer, i bambini giocarono ai videogame.

«Mi serve aiuto solo con le finestre e il tetto», esordì Christopher. «Al resto penso io.»

«Mi dispiace, Chris. Le nostre mamme ci hanno messo in punizione», gli disse Matt.

«Già», fece Mike, che sperava di vedere ripristinato il diritto al dessert.

Ma Christopher non si arrese. Il mal di testa non gli permetteva di mollare così facilmente. Dopo che sua madre era andata a dormire, la sera prima, aveva provato a trasportare da solo le finestre su per la scaletta. Ma erano troppo pesanti. Così le aveva messe da parte e aveva provato a posare il tetto, ma era impossibile senza collaborazione. Aveva raggiunto il limite di quello che poteva fare un ragazzino della sua età senza aiuti. Nell'istante stesso in cui aveva smesso di lavorare, l'emicrania era tornata a farsi sentire con prepotenza.

E l'uomo gentile non si era fatto vedere.

Il giorno dopo, a scuola, incontrò i suoi amici.

«Per il tetto bisogna essere in quattro. Non posso terminarlo da solo», li supplicò.

«Amico, te l'abbiamo detto. Siamo in punizione», ribadì Mike.

«Sì, Chris. Lasciaci in pace. Ti stai comportando da matto», gli disse SpecialEd. «E hai un aspetto orribile. Dormi un po'.»

Christopher guardò Matt, l'unico su cui sapeva di poter contare. E lui, in silenzio, abbassò gli occhi sul banco.

«Matt?» lo chiamò.

«Lascia stare mio fratello», intervenne Mike.

«Può rispondere da solo.»

Mike aveva dieci chili in più dalla sua, ma a Christopher non importava. I due alzarono la guardia, pronti a battersi. Ma Matt non voleva una rissa.

«E dai, sedetevi. Siamo già in guai abbastanza seri.»

Christopher si voltò e lo guardò dritto negli occhi.

«Mi aiuti o no?»

Matt rimase in silenzio, e sollevò lo sguardo verso il fratello.

«No, Chris, mi dispiace.»

Il mal di testa fece uscire le parole dalle sue labbra, prima ancora che le avesse pensate: «Allora fottetevi», disse.

E subito si vergognò. Non sapeva più che cosa stava facendo. A fine giornata, la testa gli scoppiava. E non aveva importanza se si era portato a scuola, di nascosto, le compresse di Excedrin di sua madre che aveva sgranocchiato come fossero caramelle. O se l'ultima ora era stata cancellata per permettere a tutti gli alunni di andare al parco giochi per l'evento speciale. Il dolore non accennava a passare.

Nemmeno durante il Balloon Derby.

Diede un'occhiata intorno, vide i bambini con i giacconi invernali e i berretti. Ciascuno di loro aveva un palloncino di colore diverso, con un biglietto legato all'estremità del cordino. La signora Henderson disse loro di scrivervi il nome e le informazioni per contattare la scuola. Avrebbe vinto un premio il bambino o la bambina il cui palloncino fosse arrivato più lontano. Lo avrebbero scoperto l'ultimo giorno di lezione, prima della chiusura per le vacanze di Natale. D'un tratto, a Christopher tornò in mente la signora Keizer che arrivava di soppiatto alle sue spalle, in ospedale, urlando: «La morte sta arrivando. La morte è qui. Moriremo tutti il giorno di Natale!»

Non piangere.

Il mal di testa era terrificante. Non avrebbe mai finito la casa sull'albero. Quindi, o Bad Cat avrebbe fatto del male a sua madre, o lui era completamente pazzo.

Non piangere.

Provò a scrollarsi di dosso il dolore, e scrisse il suo nome. Ma la prima lacrima finì sul foglietto sbavando le parole.

Smettila di piangere, piccolo.

Ma non ci riusciva. Così andò a nascondersi dietro lo scivolo, si prese tra le mani la testa che gli pulsava per il dolore e si abbandonò ai singhiozzi. Dopo un momento, avvertì un'ombra sulle palpebre. Aprì gli occhi, li alzò e vide Matt, che gli mise una mano sulla spalla.

«Che cosa c'è che non va, Chris?»

Lui non era in grado di parlare. Continuava a piangere, e basta. Un attimo dopo arrivarono Mike e SpecialEd.

«Cos'è successo?» chiese il primo. «È stato Brady? Io lo ammazzo.»

Christopher scosse la testa. No, non era stato Brady. SpecialEd si guardò intorno un po' paranoico.

«Be', allora alzati. Non vorrai che quello ti veda piangere, eh?»

Lo aiutarono a tirarsi su. Poi, Christopher si asciugò gli occhi con la manica del giaccone.

«Mi dispiace», disse. «Non volevo dirvi quelle cose. E non volevo che finiste nei guai.»

«Ehi, di questo non ti devi preoccupare », fece Matt.

«Già. Le nostre mamme non sono più così infuriate», aggiunse Mike.

«Infatti. Mia madre adesso pensa che io sia un genio», esclamò SpecialEd. «E in più abbiamo passato una notte all'aperto, da soli. Siamo tutti contenti.»

«Quindi mi aiuterete a finirla?»

«Perché è così importante, per te?» volle sapere Matt.

«Perché è il nostro posto. Perché noi siamo gli Avengers», rispose Christopher, sapendo che non gli avrebbero mai creduto se avesse detto loro la verità.

Sul parco giochi scese il silenzio. Ci pensarono un minuto.

«Okay, Chris», disse SpecialEd. «Ti daremo una mano.»

«Ma certo», concordò Matt. «Ma dobbiamo capire come. Siamo ancora in punizione.»

«Se marinassimo la scuola?» propose Mike.

«Io non posso», disse SpecialEd, attaccandosi al suo nuovo successo scolastico. «Se prendo una A in un compito, quest'anno, papà ha detto che mi farà avere Showtime in camera. Su quel canale a pagamento ci sono un sacco di donne nude.»

«E se ci fingessimo tutti malati?» suggerì Matt.

«Troppo sospetto», obiettò SpecialEd.

Più ci pensavano, più si rendevano conto che nessun piano poteva funzionare. Christopher era l'unico che vivesse abbastanza vicino al bosco da poterci andare di notte, uscendo di nascosto. Le loro mamme non li mollavano mai dopo scuola e durante il weekend, e non avrebbero mai dato loro il permesso di fare un altro pigiama party...

«Bambini, bambine, pronti con i palloncini!» disse a gran voce la signora Henderson.

«Andiamo, amici», fece SpecialEd. «Abbiamo un Balloon Derby da vincere.»

I tre porsero i loro palloncini a Christopher, che annodò il filo agli altri. Poi si voltarono a guardare Brady Collins e Jenny Hertzog, i cui amici popolari avevano tantissimi palloncini legati insieme, come nel film di animazione *Up*. Ma a Christopher e agli Avengers non importava. Erano di nuovo amici per la pelle.

«Uno. Due. Tre! Via!» gridò la signora Henderson, esultante.

E tutti lasciarono andare i cordini. Il cielo bianco si riempì di minuscoli puntini colorati, come un quadro. Il cielo era bello, e vasto, e sereno come una preghiera. Christopher guardò su, verso la nuvola che fluttuava sopra di lui. Bianca, come il sacchetto di plastica. E le parole gli arrivarono in una frazione di secondo.

Un giorno di neve.

L'emicrania passò con la risposta. Non si era reso conto di quanto fosse stata lancinante fino a quando non cessò.

«E se nevicasse?» chiese.

«Sì, farebbe al caso nostro!» commentò SpecialEd. «Peccato che tu non possa controllare il tempo, Chris.»

Quella sera, dopo che sua madre si fu addormentata, Christopher andò nel bosco dal sacchetto di plastica bianco.

«Non so se tu sia reale o no. Ma, se esisti, devi aiutarmi a finire la casa sull'albero. Se invece non esisti, smetterò di costruirla. Non m'importa se mi scoppia la testa. Perché non ho più intenzione di fare questa cosa da solo. Mi servono delle prove. Quindi, per favore, parlami. Parlami, ti prego.»

Nel silenzio che seguì, fissò il sacchetto di plastica bianco che svolazzava silenzioso appeso al ramo basso. Christopher alzò la voce.

«Questa è la tua ultima possibilità. Ho bisogno di un giorno di neve, per finire la casa. Quindi, è meglio che fai nevicare, o giuro che non ti crederò mai più.»

32

UNA bufera di neve.

Dannazione, pensò lo sceriffo. L'ultima cosa di cui abbia bisogno in questo momento.

Il tizio del meteo aveva previsto cinque centimetri. Aveva sbagliato di almeno venti. Le scuole erano già state chiuse, per quel giorno. Le elementari di Mill Grove. Le due scuole medie. Le superiori. A causa del maltempo chiuse persino il Distretto Scolastico di Mt. Lebanon, che non forniva il servizio di autobus, per evitare di rifilare ai ragazzi uno dei loro ormai leggendari ritardi di tre ore.

I bambini erano fuori con gli slittini, o a fare pupazzi di neve. Lo sceriffo avrebbe preferito di gran lunga essere uno di loro, anziché un adulto che doveva cercare di capire se il budget municipale potesse coprire una quantità aggiuntiva di sale per le strade. Da bambino odiava il sale, perché si portava via la neve. E adesso lo detestava anche di più.

Perché lo distoglieva dal caso a cui stava lavorando.

Forse era perché era coinvolta Kate Reese. Forse, semplicemente, era abituato al ritmo di un centro urbano e, per quanto inizialmente avesse cercato la tranquillità di una piccola città, adesso voleva tornare al lavoro vero del poliziotto.

Quale che fosse il motivo, aveva una sensazione: più tempo trascorreva in quel bosco a studiare la scena del crimine e a cercare indizi, più si sentiva impegnato, concentrato, preso. Se fosse stato più ingenuo, avrebbe giurato che stava diventando più sveglio, più intelligente. Perché, nonostante le distrazioni, era riuscito a trasformare quattro informazioni basilari...

Maschio

Otto anni

Deceduto cinquant'anni prima

Sepolto vivo

...in un riscontro quasi certo. Avrebbe avuto bisogno del test del DNA per confermarlo. Ma era quasi sicuro del nome della vittima.

David Olson.

Seduto alla sua scrivania, lo sceriffo aprì il dossier del caso rimasto insoluto e spiegò il poster marrone e sbiadito del bambino scomparso. Un bambino molto bello. Con due guanciotte piene. Un sorriso che prendeva tutto il faccino. E con la finestrella al posto degli incisivi.

Incisivi che mancavano anche allo scheletro rinvenuto.

Mise da parte il manifesto e diede un'occhiata alle fotocopie degli articoli che all'epoca erano stati dedicati all'avvenimento dal *Pittsburgh Post-Gazette* e dal vecchio *Pittsburgh Press*, prima che chiudesse i battenti. Ne avevano parlato anche nel *Pennysaver* locale.

Stando ai quotidiani, David Olson era a casa con il fratello maggiore e la ragazza di quest'ultimo. I genitori erano in centro, a uno spettacolo all'*Heinz Hall*, dopo aver cenato al *Duquesne Club*. Il rapporto iniziale della polizia diceva che il fratello più grande aveva raccontato di una carrozzina che qualcuno aveva messo sulla loro veranda, all'interno della quale c'era un registratore con un nastro su cui era inciso il pianto di un neonato. Il responsabile (ammesso che fosse uno) doveva aver utilizzato quel diversivo per distrarlo e rapire il bambino dalla sua cameretta.

Le autorità avevano tirato fuori le transenne (e avevano dato fondo alle casse del comune) per piazzare posti di blocco su strade e autostrade. Agenti e volontari avevano battuto a tappeto l'intera città, incluso il bosco di Mission Street. Tuttavia, non avevano trovato nemmeno un'impronta.

Era come se David fosse stato preso da un fantasma.

Non avendo individuato nessun sospetto, le indagini si erano concentrate sulla famiglia. Per vendere qualche copia in più, alcuni reporter da strapazzo avevano accusato il padre di David di aver ucciso il figlio. La storia del «papà pazzo» aveva fatto presa per un po', in particolare quando era emerso che la famiglia aveva stipulato una polizza sul bambino. Ma, in assenza di prove, la teoria era svanita rapidamente (e le vendite dei quotidiani erano calate); allora i giornalisti si erano concentrati sul fratello maggiore. Il più cattivo lo aveva accusato di fratricidio. Il più clemente si era limitato a chiedergli: «Come ci si sente a sapere che eri lì, quando David è stato portato via?» A suo merito – o a suo danno – va detto che il ragazzo era stato molto disponibile con la stampa, per tenere viva la storia. Ma alla fine erano arrivate notizie nuove, più interessanti, e ai famigliari era rimasto il fardello di essere gli unici a voler sapere come fosse andata la storia. Il caso non era mai stato risolto. Il rapitore non era mai stato preso. E loro si erano ritrovati a cercare un significato, in luogo di risposte. La città aveva interrotto le ricerche perché non c'erano piste da seguire e servivano soldi per il sale da buttare sulle strade per garantire la sicurezza degli altri abitanti.

Lo sceriffo mise via la cartella, lasciando il poster in cima.

Poi guardò quelli delle persone scomparse, affissi in bacheca. Volti di uomini, donne e bambini. I vari dipartimenti si spedivano quelle foto così come i ragazzini si scambiavano figurine del baseball, nella speranza (vana o reale) che per qualche miracolo un ragazzino rapito a Hershey fosse finito a Filadelfia. O che l'anziano con demenza senile che si era allontanato ad Harrisburg fosse arrivato in qualche modo a Pittsburgh. A volte le facce cambiavano, quando un bambino veniva tratto in salvo, quando un nonno veniva ritrovato, o quando un adolescente scappato di casa decideva che l'inferno di casa non era nulla in confronto a quello che regnava per strada. Ma, se le facce cambiavano, la bacheca era sempre la stessa. Sembrava comunque la sigla iniziale della sitcom *La Famiglia Brady*.

Era una costante, al punto che gli capitava di rado di notare un viso in particolare, tra gli altri. Ma c'era un manifesto che adesso gli saltò all'occhio. Forse fu per l'età della bambina. O per i capelli biondi. O per il fatto che somigliasse alla bambina con lo smalto sulle unghie. In ogni caso, non aveva mai perso di vista una tra quelle persone scomparse.

Emily Bertovich.

Ne era stata denunciata la scomparsa quattro mesi prima, ma i suoi genitori dovevano avere una certa influenza nella città natale di Erie, in Pennsylvania (o, in alternativa, un sacco di soldi), perché il suo caso era ancora trattato quasi fosse sparita da ventiquattr'ore. Nuove foto. Nuovi poster. Era tornata in voga persino la vecchia campagna sul cartone del latte. Il suo manifesto sembrava recente e fresco di stampa, mentre quello di David Olson era fragile e sbiadito. Un giorno, anche quello di Emily sarebbe diventato vecchio. E bisognava sperare che per allora lei sarebbe stata al sicuro, tra le braccia di sua madre. Lo sceriffo sentì la mente vagare ancora, lasciando il caso di Emily per tornare a quello della bambina con lo smalto sulle unghie, ma si fermò subito.

Aveva del lavoro da sbrigare.

Uscì a dissotterrare l'auto dalla neve. E poi guidò la pantera lungo le strade cosparse di sale. Udì i bambini e le loro urla di gioia, mentre scendevano giù dalla collina per poi tornare su di corsa e scendere ancora. Quel suono gli strappò un sorriso. Un momento luminoso in una giornata grigia. Arrivò alla casa di riposo. La signora Collins era sulla veranda, in piedi accanto alla madre in carrozzina. L'anziana stava blaterando frasi senza senso sulla fine del mondo, mentre la signora rimproverava tre adolescenti volontari affinché «si impegnassero» a spalare la neve dalla veranda il prima possibile. Provò pena per una di loro in particolare.

«Non vogliamo che mia madre cada e si rompa un'anca, giusto Mary Katherine?»

«No, signora», rispose la ragazza, il viso arrossato dal freddo.

Non era ansioso di fare quella breve chiacchierata con la signora. Ricordava ancora il suo primo giorno di lavoro in città, quando lei e il marito lo avevano invitato a cena nella loro magione da mille metri quadrati con il lungo vialetto e la piscina e il campo da tennis e la cantina dei vini che era un po' più grande del suo appartamento. Solo una cenetta intima e cortese per rammentargli gentilmente che la polizia era al servizio della gente. E, se lui era il servitore della città, loro, i Collins, erano i padroni. Non gliel'avevano mai detto apertamente, ma era stato chiaro sin dall'inizio. Lo sceriffo aveva tollerato quella messa in scena carica di tensione in cui erano voluti apparire come una famiglia normale, in cui filava tutto liscio. Soprattutto quando Brady aveva rovesciato la minestra sulla tovaglia di lino finissimo ed era diventato nervoso come un ragazzino sorpreso dal boss a fare la cresta. Lo sceriffo sapeva che, nel minuto in cui la porta si fosse chiusa, Brady avrebbe visto l'inferno. Ma almeno aveva una villa da mille metri quadrati in cui sentirsi uno schifo. La bambina con lo smalto sulle unghie non ne aveva avuti nemmeno dieci.

E inoltre sua madre sapeva cucinare. Questo glielo doveva riconoscere.

Era andato tutto bene tra padrone e servitore, finché non era stato rinvenuto uno scheletro, e lo sceriffo non aveva ordinato la chiusura del bosco perché venissero condotte ulteriori indagini.

«Sceriffo, io non ce l'ho un'altra settimana da perdere», gli aveva detto il signor Collins. «Ma ho un team di avvocati.»

«Grandioso. Allora magari può dire loro di venire a darci una mano a scavare per cercare altri scheletri nella sua proprietà. Sta per costruire un complesso residenziale per famiglie. Non vorrà che i giornalisti là fuori pensino che non le importa di un bambino morto, vero?»

Non era stato esattamente un colpo basso, ma era stato sufficiente a indurre Collins a cercare un nuovo candidato alla posizione di sceriffo, per le prossime elezioni. Ma a lui non importava. Se avesse risolto il caso, la comunità si sarebbe schierata dalla sua parte, e lui avrebbe conservato il lavoro. In caso contrario, pace. Aveva affrontato cose peggiori.

«Salve, signora Collins. Come sta suo marito?» la salutò gentile.

«Meravigliosamente. È così felice che abbia fermato i lavori... per un'altra settimana.»

«Cerco solo di garantire la sicurezza della città, signora», disse lo sceriffo, inclinando il berretto con il tono di chi invece avrebbe volentieri mostrato il dito.

«Be', sta facendo un lavoro <u>meraviglioso</u>», fece lei con un sorriso.

Quando lo sceriffo entrò nell'istituto, vide Kate Reese in fondo al corridoio. Stava tirando fuori da uno scatolone le decorazioni di Natale. Ed era bella, proprio come la sera del loro appuntamento, che era cominciato alle venti e si era concluso quando il signor Wong aveva detto nel suo inglese stentato che «ci chiudiamo ora». Incredibile come fossero volate quelle tre ore, e a un certo punto era arrivato il momento di spezzare i loro biscotti della fortuna.

«Il tuo che cosa dice?» le aveva chiesto.

«Un amico che ha bisogno è un amico sul serio. E il tuo?»

«Troverai la felicità con un nuovo amore.»

Dieci minuti dopo stavano pomiciando nella sua auto, nel parcheggio, come due sedicenni. Si erano solo baciati, ma era stato bello così.

«Che cosa ci fai in giro con questa bufera?» gli chiese lei.

«Sono lo sceriffo. E tu?»

«Ho un mutuo. E Christopher è fuori con i suoi amici. Con lo slittino.»

Lo sceriffo avvertì un cambiamento, in lei. Una volta appreso che lo scheletro si trovava sottoterra da mezzo secolo, si era sentita più tranquilla riguardo a suo figlio. Un pochino.

«Non è più agli arresti domiciliari?» le domandò.

«È in libertà condizionata. Se torna in quel bosco finirà in isolamento.»

Lo sceriffo sentiva su di loro occhi curiosi da ogni parte. Dalle vecchie signore che giocavano a carte con le mani artritiche, allo staff che andava a fumare sigarette di nascosto, fuori. Così, si chinò verso di lei per sussurrarle in privato il motivo della sua presenza lì. Lei annuì e lo accompagnò lungo il corridoio, fino a raggiungere una stanza. Poi lo lasciò a sbrigare il suo lavoro di poliziotto. Lo sceriffo vide l'anziano seduto, la testa fasciata per via dell'intervento agli occhi.

«Signore? Sono lo sceriffo Thompson.»

«Salve, sceriffo. Mi fa piacere sapere che lavora sul serio, visto che l'ho votata», rispose Ambrose. «Come posso aiutarla?»

Lo sceriffo si tolse il berretto per rispetto, anche se l'uomo non poteva vederlo. E si sedette di fronte a lui.

«Signore... i miei uomini hanno passato al setaccio il bosco e hanno trovato il corpo di un bambino.»

«Sì?»

«Credo che si tratti di suo fratello David.»

Il fratello maggiore di David Olson, Ambrose, si immobilizzò come una statua. Lo sceriffo non riusciva a vedergli gli occhi, ma, a poco a poco, notò le lacrime che scorrevano da sotto le bende.

33

CHRISTOPHER guardò il cielo pieno di nuvole. Non ricordava di averne mai viste tante. Grandi e belle, che facevano cadere su di loro fiocchi di neve quasi fossero coriandoli a una parata.

I suoi amici non riuscivano a credere a tanta fortuna.

Stava nevicando!

Una fantastica, deliziosa giornata di neve.

«Caspita, Chris. Forse lo controlli sul serio il tempo», scherzò SpecialEd.

Lui si costrinse a sorridere. Naturalmente, sapeva che non poteva trattarsi solo di una coincidenza.

Oppure sì.

Sua madre lo aveva lasciato al campo da golf a tre buche quella mattina, dove aveva appuntamento con i suoi amici per andare con lo slittino. Un abbraccio, un bacio e una severa raccomandazione.

«Niente bosco. Non sto scherzando.»

«Grazie, mamma.»

«Niente grazie. L'unico motivo per cui te lo faccio fare è che c'è mezza città su questa collina. Non allontanarti finché non torno.»

«Sissignora.»

Le mamme dissero ai bambini che sarebbero passate a prenderli dopo il lavoro (o dopo una giornata di trattamenti di bellezza, nel caso di Betty). In entrambi i casi, avevano a disposizione più di otto ore per tornare nel bosco e finire la casa.

Era la loro opportunità.

Aspettarono di vederle andare via, e poi riattraversarono il parcheggio con i bob di plastica rossi. Superarono genitori che brontolavano perché ci voleva più tempo per gli spostamenti, a causa delle condizioni delle strade, mentre i loro figli progettavano con gli amici il modo migliore per sfruttare al massimo quel giorno di vacanza fuori programma.

Alimentati dal thermos di cioccolata calda e dallo zaino pieno di cibo spazzatura di SpecialEd, i quattro camminarono faticosamente nella neve fino al bosco di Mission Street. Appena fuori, si fermarono. Gli alberi erano flosci sotto il peso della coltre bianca. Testimoni silenziosi della storia. Christopher pensò che fossero lì da secoli. Forse millenni. Erano più antichi del loro Paese. E sarebbero stati lì ancora per tanto tempo, dopo la loro morte.

A meno che non fosse arrivato prima il signor Collins.

Christopher guidò gli amici al punto in cui aveva nascosto tutte le finestre. Mentre le dissotterravano, la neve e il freddo provocarono loro quel dolore che viene alla testa quando si mangia un gelato. Lui, però, non sentì nulla.

Cinque minuti dopo avevano raggiunto la radura, trascinandosi dietro le finestre sui bob di plastica rossi. Lottarono con la neve che si era accumulata, fendendo la bella polvere bianca che sembrava nascondere quel luogo al resto del mondo. Come una montagna prima che a qualcuno fosse venuto in mente lo sci.

Arrivarono all'albero.

Non parlarono. Lavorarono in silenzio, ogni tanto pronunciando una parola più simile a un grugnito per coordinarsi nel legare la corda per tirare su le finestre. O per avere il cacciavite giusto. O per sigillare le finestre con guarnizioni di tenuta.

SpecialEd e Mike usarono i muscoli per collocare al loro posto le tavole del tetto. I loro martelli spingevano i chiodi nel legno come lame di coltelli in un panetto di burro a temperatura ambiente. Il vento sferzante arrossava loro le guance, bagnate per il freddo. Lo completarono in due ore, mentre Matt e Christopher fissavano le imposte alle finestre. Posato il tetto, si arrampicarono tutti e quattro in cima alla casetta e cominciarono a inchiodare le tegole. Una alla volta. Il più rapidamente possibile. Tap tap tap, come quattro dattilografi.

Fino a quando non furono arrivati all'ultima.

A quel punto, Christopher si fermò. Restava un solo chiodo da piantare. Chiese ai suoi amici chi volesse farlo.

«A te l'onore», gli rispose Mike.

«Chris! Chris! Chris!» lo incitarono gli altri.

Christopher afferrò il martello e conficcò l'ultimo chiodo nel legno. Poi, con cautela, scesero tutti e quattro a terra. In piedi, sollevarono lo sguardo verso la loro creazione, in un silenzio reverenziale. Avevano costruito una casa sull'albero perfetta, con imposte alle finestre e una porta vera con la serratura. Con una botola segreta che si apriva nel pavimento, e una scala di corda per le emergenze.

Era bella. Esattamente come Christopher l'aveva immaginata. Meglio dei suoi progetti su carta millimetrata. Meglio di qualunque casa avesse mai disegnato, eccezion fatta per quella che sognava per sua madre.

Era terminata.

«Chi vuole salirci, per primo?» chiese Matt.

Nessuna discussione.

Salì Christopher.

E i suoi amici lo seguirono.

Salirono la scala di assicelle simili a dentini da latte. Arrivarono alla piccola veranda. Christopher aprì la porta, come un portiere, e lasciò entrare gli altri per primi. In fila. SpecialEd, poi Mike, poi Matt. Si ammassarono nella casetta e cominciarono a chiacchierare, e a dire che avrebbero portato dei mobili, e i loro iPad per guardare i film. Magari anche un fornelletto a gas per fare i popcorn Jiffy Pop.

Mentre i suoi amici facevano progetti, entusiasti, Christopher guardò la radura. Vide i cervi che facevano capolino dai cespugli. E brucavano le ultime chiazze d'erba prima che l'arrivo dell'inverno portasse con sé la minaccia della fame. Ascoltò. Nessun suono. Non c'era vento. Solo la neve che cadeva dalle nuvole in cielo, costante. Notò che faccia di nuvola era tornata. Sorrideva e si spostava, mentre riversava su di lui fiocchi di neve simili a zucchero filato. Erano talmente fitti che avevano già coperto e cancellato le loro impronte.

Come se non fossero mai stati lì.

«Dai, Chris, chiudi quella porta. Si gela», fece SpecialEd.

Lui si girò verso di loro. Ma non prima di aver guardato il sacchetto bianco di plastica, che era rimasto in silenzio tutto il giorno. Lo guardò, appeso al ramo basso. Che aspettava paziente. Poi mise un piede oltre il telaio della porta ed entrò. Sapeva che, nell'istante in cui avesse chiuso la porta, avrebbe avuto la sua prova. O era pazzo, o c'era qualcosa, dall'altra parte. O l'uomo gentile non esisteva, o lo avrebbe incontrato di persona.

«Ma a che cosa serve la casa sull'albero?» gli aveva chiesto una volta.

non mi crederesti se te lo dicessi. dovrai vederlo con i tuoi occhi.

Christopher chiuse la porta.

Dopo un momento, un uccellino si posò sul pomello della porta. Si guardò intorno, vide i cervi che avanzavano formando un cerchio attorno alla casa. I passi coordinati. Non gli piacque vedere cose a cui non era abituato, così volò via. Su, tra i fiocchi di neve, attraverso l'aria gelida. Volò oltre le cime degli alberi e continuò a salire, sempre più su, fino a raggiungere l'estremità inferiore delle nuvole che sembravano facce.

E poi si voltò.

Guardò giù, in basso. Vide il bosco, la radura tinta di bianco dalla neve, con i cervi e il piccolo albero con la casa. E, se avesse avuto il dono della parola per descrivere quello che vide, avrebbe giurato che sembrava un'iride bianca screziata di nero, con in mezzo la pupilla nera di…

Un gigantesco occhio.

PARTE QUARTA

Vedere per credere

34

ciao. come stai? tutto okay? non preoccuparti. respira. ti ambienterai. ricorda solo un paio di cose. mi stai ascoltando? calmati. lo so che non vedi niente. non sei cieco. stai passando dalla parte immaginaria.

i tuoi amici non ci sono. pensano ancora che tu sia con loro nella parte reale. ma non sei solo. ci sono io ad aspettarti. non ti lascerò mai venire qui da solo. sono tuo amico, per sempre.

oddio. sei passato. preparati. puoi farcela, christopher. so che puoi. ecco. c'è il pomello. tra poco riuscirai a vedere. ti prego, ricorda quello che sto per dirti. farò tutto quello che posso per proteggerti ma, se muori mentre sei qui, muori anche dalla parte reale. quindi, qualunque cosa succeda, non venire mai qui se non ci sono io ad aspettarti. non venire mai di notte e, se dovessimo separarci, non lasciare mai la strada.

lei non può prenderti, se rimani sulla strada.

35

CHRISTOPHER aprì gli occhi.

A prima vista, gli parve tutto uguale. Era in piedi, nella casetta. Era ancora nella radura. C'era la neve, sul suolo. Per un attimo pensò di essere solo un bambino un po' svitato dentro una casetta su un albero, che ascoltava una voce che esisteva solo nella sua immaginazione.

Se non fosse stato per quell'odore.

Quando era entrato nella casetta, l'aria era gelida. Di quel freddo che fa incollare le narici. Ma, quando aprì gli occhi, sentì un profumo dolce. Come di zucchero filato.

«Ehi, ragazzi, lo sentite anche voi?»

Nessuna risposta.

«Ragazzi?» ripeté.

Si voltò e per poco non si mise a urlare. Perché lì, vicino a Special Ed, Mike e Matt, c'era il suo corpo. Christopher guardò i quattro amici seduti con le gambe incrociate, che si strofinavano le mani per scaldarle. Li chiamò, ma loro non lo sentivano. Agitò la mano davanti ai loro occhi, ma non batterono ciglio. Erano impegnati a fare progetti riguardo ai mobili che avrebbero potuto portare lì. Le voci erano lontane. Come quella di sua madre, quando lui metteva le orecchie sott'acqua nella vasca da bagno. Fece uno sforzo per riuscire a sentire quello che dicevano. Finché…

toC. toC. toC.

Si voltò a guardare la porta. Il rumore vibrava tra i denti, come il gesso sulla lavagna. Tornò a guardare i suoi amici. Non sentivano niente. Continuavano a parlare di come avrebbero portato la corrente per giocattoli e gadget. Delle batterie, magari? I frigoriferi possono andare a batterie?

toC. toC. toC.

Si spostò di qualche centimetro verso la porta. Vi accostò l'orecchio. All'inizio udì solo silenzio. Poi una voce, chiara, così come quelle dei suoi amici erano confuse.

christopher. psst. qui fuori.

Il cuore prese a martellargli nel petto. Andò alla finestra. Allungò il collo, ma non riusciva a vedere niente.

toC. toC. toC.

Christopher si alzò sulle punte dei piedi, cercando di vedere la persona fuori dalla casetta, ma udì soltanto la voce smorzata, attraverso la porta.

christopher. è tutto okay. sono io. apri.

Deglutì con uno sforzo e andò verso la porta. Non voleva aprire, ma doveva sapere se c'era davvero qualcuno. O se era solo un altro scherzo della sua immaginazione. Era al di fuori del suo corpo? O era fuori di testa?

Aprì.

La luce fuori era accecante. Ma vide comunque il viso. Le cicatrici che correvano su e giù, di mille tagli. Un giovane con un'anima antica. O un uomo in là con gli anni con il cuore giovane. I suoi occhi erano di un azzurro incredibile. E il volto era bellissimo.

Era l'uomo gentile.

«Sei reale», disse, in preda allo stupore.

«Ciao, Christopher. Che piacere conoscerti, finalmente.»

Gli porse la mano. Il bambino l'afferrò e la strinse. Aveva la pelle morbida, e liscia. Come il lato fresco del cuscino.

«Ci resta soltanto un'ora di luce», gli disse. «Andiamo a lavorare.»

Christopher si voltò a controllare se i suoi amici avessero notato il cambiamento. Lo vedevano, l'uomo gentile? Avvertivano la porta aperta? Sapevano che c'era tutta un'altra parte, rispetto al bosco, e al mondo intero? La loro conversazione rimaneva invariata. Non vedevano niente. Solo una casetta sull'albero costruita da quattro paia di piccole mani. Seguì l'uomo gentile fuori, e chiuse la porta.

Scese la scaletta di assicelle simili a dentini da latte. E continuò ad andargli dietro attraverso la radura, e nel mondo immaginario.

36

«Cosa ti è successo alle dita?» chiese Kate a Christopher, quando passò a prenderlo.

Erano nel parcheggio del campo da golf a tre buche, con i suoi amici e le loro mamme. Il sole era tramontato, finalmente. L'aria era fredda, frizzante. Come un dente sensibile.

«Niente. Mi sono entrate delle schegge», le rispose.

«Usando un bob di plastica?»

«Un bambino della nostra scuola ci ha fatto usare il suo slittino di legno.»

Sua madre lo guardò un momento, in silenzio. «Sospetto» era una parola troppo forte per descrivere quello che Christopher vide nei suoi occhi. Ma ci andava abbastanza vicino.

«Chi?»

«Kevin Dorwart. Siamo insieme all'appello», disse senza battere ciglio.

E questo pose fine alle domande, momentaneamente. Come sapeva sarebbe successo. Perché dal mondo immaginario aveva portato con sé qualcos'altro, insieme alle schegge e al ricordo della conversazione che il suo corpo aveva avuto con i suoi amici, nella casetta sull'albero. La sua mente vi era rimasta un'ora soltanto, ma da quando era tornato da questa parte sentiva un certo...

Prurito.

Un prurito al naso che non passava grattandolo, perché non era veramente sul naso. Era nel cervello. E «prurito» non era nemmeno il termine giusto. Perché un prurito non comprende solletico, sussurri e irritazione. Un prurito non si lascia dietro dei pensieri. Pensieri simili alle schede didattiche che usavano a scuola.

2 + 2 = 4

La capitale della Pennsylvania è… Harrisburg.

Ma quelle erano diverse. Mentre guardava i suoi amici e le loro mamme, il prurito faceva girare in fretta le schede, come l'uomo a cui aveva visto fare il gioco delle tre carte in strada.

La madre di SpecialEd è…

La madre di SpecialEd è… un'ubriacona.

Le mamme di Mike e Matt stanno…

Le mamme di Mike e Matt stanno facendo terapia di coppia con un consulente.

«Christopher, stai bene?»

Si voltò. Le mamme lo stavano fissando. Preoccupate. Rivolse loro un sorriso rassicurante.

«Sto bene. Ho solo un po' di mal di testa», disse. «Voglio andare ancora con il bob.»

«Sì. Possiamo?» chiesero gli altri.

«Spiacente, si sta facendo tardi», disse Kate.

«Infatti. Salutatevi, bambini. A casa ho una bottiglia di vino con il mio nome scritto sopra», aggiunse Betty.

Si salutarono e Christopher salì in auto. Si puntò le bocchette dell'aria sul viso e lasciò che il calore gli sciogliesse il freddo delle guance, rosse come mele mature. Guardò sua madre e la vide corrugare la fronte.

«Ehi, mamma. A che cosa stai pensando?»

«A niente.»

Mamma sta pensando…

Mamma sta pensando… alle schegge che ho nelle dita.

Quando l'auto entrò nella loro via, Christopher si sentì percorrere da un brivido. Si ricordò delle cose che aveva visto dalla parte immaginaria. Era una specie di specchio a senso unico, che permetteva di spiare la gente nella parte reale.

E di scoprire cose.

Provò a distrarsi da tutto ciò che vedeva guardando le case, ma l'unico effetto era quello di rendere il prurito più insopportabile. Superarono la vecchia costruzione all'angolo. Sua madre gli disse che una giovane coppia l'aveva appena comprata. La moglie stava pitturando la porta rossa.

La casa all'angolo è…

La casa all'angolo è…

Niente. Aveva un vuoto mentale. Non c'era risposta. Solo il prurito, l'irritazione. Mamma imboccò il vialetto. Premette il pulsante del telecomando per l'apertura automatica del garage, e si sforzò di sorridere.

Mia madre è…

Mia madre è… preoccupata per me.

La guardò mettere la minestra sul fuoco. Brodo di pollo, con i tagliolini piccoli che lui adorava. E sandwich al formaggio cotto sulla piastra. Come quelli che un tempo preparava a suo marito.

Mio padre aveva…

Mio padre aveva… delle voci nella testa. Come me.

Il sussurro e l'irritazione durarono ancora un po', fino a svanire. Aveva una lieve emicrania e qualche linea di febbre. Ma niente di grave. Stava bene nella cucina accogliente, che pian piano veniva invasa dal profumo della minestra e del formaggio alla piastra. Quando la mamma gli chiese se volesse guardare gli Avengers o Bad Cat, le rispose che non gli andava di guardare un film. E nemmeno la TV.

«Allora che cosa ti va di fare?»

«Possiamo guardare il mio album di quando ero piccolo?»

Lei sorrise, sorpresa. Non lo guardavano da anni. E forse quella era la serata perfetta. Con il tetto coperto di neve e la minestra che cuoceva.

«Naturalmente. Come mai ti è venuto in mente, tesoro?»

«Non lo so.»

E per una volta non lo sapeva sul serio. Non aveva idea del perché il suo album di foto d'un tratto gli sembrasse così interessante. Voleva soltanto dargli un'occhiata. Così, quando fu pronta la minestra, e il formaggio era ormai dorato alla perfezione e croccante, Kate andò a prenderlo.

Mia madre sa…

Mia madre sa… che sono diverso dal bambino di prima.

E si misero seduti sul divano nuovo.

Mia madre sa…

Mia madre sa… che non dovrei essere tanto intelligente.

Con un bel fuoco che ardeva nel camino.

Mia madre sa…

Mia madre sa… che le sto nascondendo delle cose.

«Questo formaggio alla piastra è delizioso, ma'», le disse, per farla sorridere.

«Grazie, tesoro», rispose lei, con un sorriso forzato.

Christopher avrebbe tanto voluto trasmetterle il potere che aveva portato con sé dalla parte immaginaria. Avrebbe tanto desiderato che anche lei potesse vedere i pensieri che giocavano a nascondino tra le parole delle persone, e che potesse capire quello che davvero stava succedendo nella sua testa.

Non posso dirtelo…

Non posso dirti… che cosa sta accadendo, mamma.

Ti…

Ti spaventerebbe a morte.

L'uomo gentile gli aveva detto di fare attenzione. Più tempo passava dalla parte immaginaria, più cose avrebbe saputo una volta tornato nella parte reale. Ma quel potere avrebbe avuto un prezzo. All'inizio le emicranie. E poi le febbri. E poi conseguenze peggiori. Gli aveva fatto promettere di stare lontano dalla casa sull'albero per qualche giorno, per riprendersi.

Non voleva formarlo e addestrarlo troppo in fretta.

Così, Christopher appoggiò la testa sulla spalla di sua madre, e provò a dimenticare ciò che aveva visto di là. L'uomo con la divisa da Girl Scout, vicino ai cespugli nella strada senza uscita. L'altro uomo arrotolato nel tronco cavo vicino al ponte. Per fortuna era giorno, e le persone immaginarie dormivano. L'uomo gentile gli aveva detto che di notte il mondo immaginario si sveglia.

E diventa molto, molto spaventoso.

«Quindi, non venire mai qui senza di me. E non venire mai di notte. Promettimelo.»

«Lo prometto, signore.»

Adesso i suoi occhi erano rivolti all'album, ma la mente tornò al tramonto. Erano passate solo due ore, ma sembrava un tempo lontano quanto la sua vita di prima, in Michigan. Quando il sole era scomparso oltre l'orizzonte, l'uomo gentile lo aveva riportato alla casa sull'albero. Si era scusato per non avergli risposto per tutto quel tempo, ma non aveva potuto correre rischi, perché le persone immaginarie cominciavano ad avere sospetti su di lui. Gli aveva suggerito di essere molto cauto, se faceva un brutto sogno, perché gli incubi erano la parte immaginaria che sondava il terreno per capire se la gente sapeva della sua esistenza. Quindi, se in un sogno la situazione si faceva particolarmente paurosa, Christopher avrebbe dovuto correre in strada.

Lei non può prenderti, se rimani in strada.

«Lei chi?»

«Meno cose sai di lei, meglio è. Non voglio che ti trovi.»

Allora aveva chiesto all'uomo gentile di accompagnarlo nella parte reale, ma lui gli aveva risposto di no, perché non poteva. Aveva un lavoro da fare. E poi gli aveva scompigliato i capelli e aveva chiuso la porta.

In un attimo, nell'aria fredda era tornato l'odore dello zucchero filato. E Christopher era tornato nel suo corpo, dalla parte reale. Aveva visto SpecialEd che teneva la porta aperta.

«Dai, Chris. Sono quasi le sei. Faremo tardi.»

«Già», gli aveva fatto eco Mike. «Dobbiamo tornare al campo da golf.»

«Non vogliamo finire di nuovo in punizione», aveva detto Matt.

Christopher li aveva seguiti fuori. Era stato l'ultimo a uscire dalla casa sull'albero. Aveva chiuso la porta alle sue spalle, bloccandovi dentro il mondo immaginario, come in una bara. Quindi era sceso dalla scaletta di assicelle simili a dentini da latte. Quando erano giunti a terra, aveva guardato il sacchetto bianco di plastica appeso al ramo basso.

E aveva sorriso.

Perché non era solo.

«Christopher, tutto okay?» gli aveva domandato Matt.

«Che vuoi dire?»

«Stai perdendo sangue dal naso.»

Christopher aveva sollevato una mano a toccarsi le narici. E, quando aveva riportato le dita nel suo campo visivo, come zampe di coniglio, aveva visto le macchie rosse.

Il potere…

Il potere… avrà un prezzo.

«Non è niente. Sto bene. Andiamo.»

E poi si era inginocchiato per lavare via il sangue con la neve bianca, pura.

«Christopher, dormi?» gli chiese adesso sua madre.

Seguì la sua voce, che lo riportò al presente. Non avrebbe saputo dire quanto tempo fosse passato, ma era già arrivata all'ultima pagina dell'album.

«No, sono sveglissimo.»

Poi le chiese di tornare all'inizio, e di riguardare le vecchie foto. Era l'unica cosa che calmasse il prurito al cervello.

Non aveva idea del perché.

37

Ambrose aprì l'album di foto.

Era l'una di notte. La stanza era silenziosa. Aprì la finestra e ascoltò la neve che cadeva, fuori. Era a malapena udibile. Una persona che non aveva gli occhi velati da una garza probabilmente non sarebbe riuscita a sentirla. Lui la sentiva, però. Fiocchi bagnati e pesanti che si posavano sul suolo come piume. David adorava giocare nella neve. Oh, sì, il suo fratellino amava uscire a giocare quando nevicava.

Strinse l'album al petto.

Gli tornò in mente quella volta che David lo aveva supplicato di portarlo con lo slittino al campo da golf a tre buche. «Sei troppo piccolo», gli aveva detto. Ma David sapeva essere persuasivo. E quella volta l'aveva spuntata. Erano andati a fare scivolate sulla collinetta. David si era messo il suo berretto preferito, quello da sci con il logo dei Pittsburgh Steelers, con una nappina gialla in cima. Era prima dell'Immacolata Ricezione, quando gli Steelers erano una squadra di football terribile. Ma Ambrose aveva vinto il berretto a Kennywood e l'aveva regalato al piccolo. Ed era ancora il suo preferito. Insieme al guantone che gli aveva comprato. L'odore lo ricordava ancora.

Si alzò dal letto.

Ripensò alle discese lungo il ripido pendio del campo da golf. Il vento che trasformava le loro guance in mele rosse, come quella che aveva spaventato David quando aveva guardato Biancaneve. Erano andati sullo slittino tutto il giorno, con la neve che si insinuava sotto le manopole di David, facendogli venire male ai polsi per il freddo. Quando finalmente erano tornati a casa, aveva il naso incrostato di moccio congelato. Mamma e papà erano fuori, così Ambrose aveva preparato la cena per tutti e due: piselli nella stagnola e patate schiacciate grumose. Si erano seduti e avevano cenato insieme, guardando gli Steelers che perdevano con i Bears.

«Dannazione, Steelers», aveva commentato Ambrose.

«Dannazione, Steelers», l'aveva imitato il fratellino.

«Frena la lingua. E togliti quel cappello, mentre mangiamo.»

David aveva obbedito, e aveva sorriso quando il suo fratellone gli aveva scompigliato i capelli. Ambrose stava invecchiando e, con il passare degli anni, diventava sempre più difficile ricordare dettagli riguardo a David. Ma certe cose non le avrebbe mai dimenticate.

I capelli.

Ricordava ancora il colore. Non proprio neri. Non proprio castani. Una chioma perfetta, al punto che fargli un brutto taglio sarebbe stato impossibile. Si rammentò di sua madre, che gliene aveva tagliata una ciocca per incollarla sulla prima pagina del suo album. Stava orgogliosamente accanto al braccialetto dell'ospedale, con il nome D. OLSON. Accanto alle piccole impronte di mani e piedi. Erano attaccati con quel nastro adesivo trasparente che ingialliva con il tempo.

Ambrose non riusciva a credere che quella ciocca di capelli, presa dall'album, fosse finita in una busta di plastica di quelle in cui la polizia conserva le prove; era in viaggio verso un laboratorio di medicina legale di Pittsburgh, per avere la conferma che lo scheletro rinvenuto nel bosco di

Mission Street appartenesse veramente a David. Se davvero era così, finalmente Ambrose avrebbe potuto seppellire il suo fratellino, dopo cinquant'anni. Sua madre e suo padre non avevano mai acconsentito a celebrare il suo funerale.

Avevano continuato a ripetere che un giorno David sarebbe tornato a casa.

Per anni Ambrose aveva tentato di realizzare il loro sogno. Lo aveva cercato ovunque. Per anni, aveva creduto di vederlo in altri bambini. A volte era stato costretto a distogliere lo sguardo per non fissarli, passando per un maniaco. Alla fine, però, aveva compreso che non sarebbe più tornato a casa. Sapeva che David era stato rapito da qualcuno, come succede ai bambini. Non per chiedere un riscatto. No, per qualcosa di molto più malvagio e perverso. Aveva guardato mamma e papà mentire a loro stessi, dicendo che David era stato preso da qualche famiglia senza figli. Non da un mostro alla guida di un furgoncino. O da qualche pazzoide che girava filmini. E neppure da qualche vigliacco che aveva bisogno di far fuori un essere più piccolo e indifeso per sentirsi grande. Poi, Ambrose era stato costretto a sostituire la guerra dei suoi, a casa, con un'altra all'estero. Nell'esercito. Aveva visto cose peggiori di un bambino scomparso. Aveva visto villaggi pieni di bambini, devastati dalle bombe. Ragazzine vendute per pagare il riso e uomini disgustosi disposti a comprarle. E, quando era tornato dal fronte, e sua moglie gli aveva chiesto dei figli, le aveva risposto di no, perché non si sentiva in grado di sopportare di nuovo tanto dolore. Non era riuscito a proteggere il suo fratellino. E per questo non sarebbe mai riuscito a perdonarsi. E non meritava un figlio suo.

Si tolse le bende e strizzò gli occhi nella foschia. Guardò il suo riflesso nel vetro della finestra e la neve che cadeva dietro. Osservò la testa calva. E la striscia solitaria di capelli grigi che gli avvolgeva il cuoio capelluto sopra le orecchie, come la stola di visone della signora Collins. David non aveva mai visto i suoi capelli diventare grigi. Non li aveva mai visti cadere e lasciarsi dietro una traccia sul cuscino, ogni mattina, come aghi di pino. Non aveva mai sentito sua moglie mentire, dicendogli quanto fosse ancora bello.

Fissò l'album.

Girò le pagine, e riguardò ancora una volta le foto del suo fratellino che cresceva. Un neonato senza denti, un bimbetto che cominciava a gattonare e a camminare, e poi a correre, e andava a sbattere sempre contro il tavolino del salotto, al punto che l'ospedale era diventato «il negozio dei punti di sutura». Vide David in braccio a Babbo Natale. Sorridente sotto l'albero decorato, quando aveva ricevuto il guantone da baseball dal suo fratellone. Quello che odorava di cuoio nuovo.

«Ambrose, andiamo a fare qualche lancio?»

«Sta nevicando.»

«Non importa.»

Ambrose continuò a voltare le pagine. Ancora e ancora. Cercando di vedere il più possibile. Gli occhi non stavano guarendo. Presto avrebbe perso la vista del tutto. L'oculista lo aveva avvertito: forse sarebbe diventato cieco entro Natale. Ma, finché fosse riuscito a mettere a fuoco strizzandoli, avrebbe guardato quell'album. E avrebbe ricordato quante più cose possibili sul suo fratellino. Non le pazzie dell'ultimo periodo. Non le emicranie. Le febbri. L'abitudine di parlare da solo. E di bagnare il letto. Gli incubi che alla fine erano talmente spaventosi e realistici che non era più riuscito a distinguere tra sonno e veglia.

No.

Avrebbe ricordato il David immortalato in quelle fotografie. Il bambino che adorava il vecchio berretto degli Steelers, e che doveva andare a fare lanci nella neve perché amava il guantone che aveva ricevuto da suo fratello

Ambrose. Il bambino che lo supplicava di portarlo ovunque, e che custodiva nel cuore ogni minuto che trascorreva con lui. Il bambino che gli si sedeva accanto dal barbiere, e sorrideva quando questi fingeva di fargli la barba e gli diceva: «David... hai proprio una bella testa di capelli».

Arrivò in fondo all'album. L'ultima foto ritraeva David a otto anni. E poi c'erano decine di pagine che sarebbero rimaste vuote per l'eternità. Cinquant'anni prima erano bianchissime. Adesso erano gialle e percorse da crepe come la pelle delle sue mani. Ambrose andò a letto e adagiò la testa sul cuscino. Si tolse la dentiera, che mise nel bicchiere sul comodino insieme con una compressa di Efferdent per lavare via i suoi peccati. Il sibilo dell'acqua aveva un effetto calmante su di lui, come la pioggia che batteva sul tetto durante un temporale. Al primo tuono, David avrebbe aperto la porta della sua stanza.

«Ambrose, posso venire nel tuo letto?»

«Sono solo tuoni.»

«Ho fatto un brutto sogno.»

«Un altro? Okay, vieni.»

«Grazie!»

Ricordò il sorriso dipinto su quel visetto. La finestrella al posto degli incisivi. Sembrava così sollevato all'idea di poter dormire con lui. Il guantone da baseball lo usava come cuscino.

«Ambrose... andiamo nel bosco, domani.»

«Adesso dormi, David.»

«Voglio farti vedere una cosa.»

«Ho diciassette anni. Non vado nei boschi come un bambino.»

«Ti prego. È una cosa speciale.»

«Okay. Che cos'è?»

«Non posso dirtelo, sennò loro mi sentono. Devi vederlo con i tuoi occhi. Per favore!»

«Va bene, vengo con te. Adesso dormi.»

Ma non ci era mai andato. Nonostante le continue suppliche di David. Perché non aveva voluto incoraggiare le sue folli stupidaggini. Non aveva idea di che cosa facesse, là. Non aveva idea di cosa accadesse in quel bosco. Ma qualcuno sì. Qualcuno aveva messo un registratore con il pianto di un neonato inciso su un nastro, sulla loro veranda, e aveva portato via il suo fratellino.

E poi qualcuno lo aveva sotterrato vivo.

Una rabbia primitiva lo prese. Una rabbia giovane, inesauribile tornò a impossessarsi della sua mente, come una vecchia canzone che passava per radio. Vide i volti dei quotidiani che lo accusavano di aver ammazzato suo fratello. I compagni di scuola che lo evitavano. L'esercito nemico che gli sparava addosso. Sua madre, sul letto di morte, che diceva che David stava per tornare a casa. Suo padre, sul letto di morte, che non diceva nulla perché il cancro gli aveva devastato il cervello, più di quanto non avesse fatto il rifiuto di accettare quello che era successo. Rivide il dottore che gli comunicava che sua moglie era passata a miglior vita. Il giudice che dichiarava che non era più in grado di prendersi cura di se stesso. Il burocrate che faceva palloni con la gomma da masticare, che poi scoppiavano, che alla fine gli revocava la patente. Il governo incapace di risolvere il problema dei profughi in Medioriente. E quel Dio che permetteva che accadesse tutto questo, per un motivo noto soltanto a Lui.

E assumevano tutti lo stesso volto.

Il volto della persona che aveva ucciso suo fratello sotterrandolo vivo.

Ambrose fece un respiro profondo. Poi buttò fuori l'aria e fissò il soffitto attraverso le nuvole che gli velavano gli occhi. Aveva finito di piangere. Aveva finito di compatirsi. Aveva finito di fare il vecchio debole che aspettava solo di diventare cieco, per poi aspettare di morire. Se era ancora in vita, c'era una ragione. E non avrebbe sprecato quell'opportunità. Avrebbe scoperto che cos'era successo al suo fratellino, fosse stata l'ultima cosa che avrebbe fatto.

E lo sarebbe stata quasi sicuramente.

38

CHI uccise David Olson?

A questo pensava lo sceriffo mentre percorreva il Fort Pitt Tunnel, finché la violenza della bufera non rischiò di far alzare gli pneumatici dal ponte. In vita sua, non aveva mai visto nevicare così. Due giorni, e non accennava a smettere. Era come se la Terra ce l'avesse con loro; oppure Dio aveva un gran bisogno di farsi uno shampoo Head & Shoulders, per combattere tutta quella forfora. C'era la siccità in Africa, una crisi in Medioriente e la Pennsylvania occidentale partecipava al sorteggio per diventare il prossimo Polo Nord.

Che diavolo stava succedendo?

Lo sceriffo parcheggiò fuori dalla stazione di polizia. Guardò il vecchio edificio grigio doveva aveva trascorso i suoi appassionati vent'anni, e poi i trenta, con un po' meno entusiasmo. L'edificio in cui aveva messo tante persone malvagie dietro le sbarre, e dove un sacco di innocenti giacevano senza vita su un freddo tavolo di metallo, nell'ufficio del medico legale.

Innocenti come David Olson.

La chiamata era arrivata un'ora prima. Il suo amico Carl aveva eseguito il test del DNA fuori dall'orario di lavoro, per fargli un favore. I capelli conservati nell'album di foto avevano il DNA dello scheletro rinvenuto nel bosco. Dunque, i resti appartenevano a David Olson. Lo sceriffo sperava che la conferma finale avrebbe donato un briciolo di conforto ad Ambrose. Aveva visto uomini adulti piangere, in passato, ma gli era venuto un nodo in gola davanti alla reazione dell'anziano: il veterano di guerra con il volto rigato dalle lacrime, che scendevano dagli occhi velati che non sarebbero mai guariti.

«Soffrì molto? Aveva fratture?» gli aveva chiesto.

«No, signore.»

«Lo avevano ferito… in qualche altro modo?»

«Modalità del decesso a parte, non presentava altri segni di violenza, signor Olson.»

«Modalità del decesso… come morì il mio fratellino?»

All'inizio, lo sceriffo non aveva risposto.

«Sono un soldato, sceriffo. L'unica cosa che non reggo sono le stronzate. Mi dica la verità.»

«Venne seppellito vivo, signore.»

Anche senza vedere nitidamente i suoi occhi, non avrebbe mai dimenticato l'espressione sul suo volto. Confusione, che si era allargata sulla fronte, e che poi era sfociata in una rabbia incandescente. Nel corso degli anni aveva portato cattive notizie a tante famiglie. Quelle parole erano sempre le più difficili da pronunciare. Gli era capitato di tornare nella vecchia centrale grigia dopo essere stato da una madre single a Hill District. O da una bella coppia facoltosa a Squirrell Hill. E la reazione era più o meno sempre la medesima. Quel miscuglio di incredulità, dolore, senso di colpa e disperazione.

Tranne per la bambina con lo smalto sulle unghie. Perché sua madre era morta.

Incontrò Carl nella caffetteria dell'atrio, per recuperare la ciocca di capelli di David e il rapporto con i risultati del test, e per disporre il trasferimento dei resti all'impresa di pompe funebri.

Si sedettero nel loro angolino preferito, quello sotto l'immagine del titolare che dava la mano alla leggenda degli Steelers, Terry Bradshaw. La prima volta che si erano seduti sotto quello scatto, Carl gli aveva parlato per tutta la pausa pranzo di una ragazza cattolica che aveva conosciuto al *Metropol*, nello Strip District. E avevano riso delle ragazze come fanno i giovani (e come non fanno mai gli anziani). L'autografo era sbiadito, come i colori della foto, e la fanciulla super sexy del *Metropol* era diventata la donna cattolica in sovrappeso che aveva dato tre figli a Carl, e aveva reso la sua vita un inferno felice. Lo sceriffo sorrise, mentre ascoltava l'amico che si lamentava all'idea di trascorrere un altro Natale con la suocera, a Homestead.

«Però sa cucinare una mediocre zuppa di funghi. Vuoi unirti a noi?» chiese Carl.

«No, grazie. Troppe cose da fare.»

«Andiamo. Hai lavorato il Giorno del Ringraziamento. Non trascorrere un altro Natale da solo.»

Lo sceriffo mentì, dicendo di essere stato invitato da uno dei suoi vice. Ringraziò il vecchio amico e tornò alla sua auto, già coperta da un nuovo strato bianco alto un paio di centimetri.

Da dove arrivava tutta quella neve?

Mentre avviava il motore, lasciando che i tergicristalli pulissero il parabrezza, la sua mente si calmò. Guardò la busta delle prove, la ciocca di capelli e il rapporto ufficiale, prima di posare tutto sul sedile del passeggero.

E poi partì.

Sapeva dove stava andando. Faceva la stessa cosa ogni volta che andava in centro. Sarebbe passato davanti all'ospedale dove aveva portato la bambina con lo smalto sulle unghie. Anche con la bufera e con le strade in quelle condizioni pessime. Vi sarebbe passato davanti perché lo aveva promesso a Dio.

La parte logica del suo cervello sapeva che non faceva nessuna differenza se parcheggiava di fronte al Mercy Hospital, o se guardava o meno quell'albero di Charlie Brown che vi stava davanti. Ma, in un raro momento in cui si era sentito sopraffatto dal dolore, aveva fatto un patto con Dio: se fosse passato di lì, la bambina sarebbe stata in paradiso. Quindi, avrebbe continuato.

Se non era riuscito a salvarle la vita, poteva provare a salvarle l'anima. Le doveva almeno questo.

Parcheggiò di fronte al Mercy Hospital. Fissò l'albero per quasi un'ora. Il tubo di scappamento sputava nuvole nell'aria gelida. Il tergicristalli e lo sbrinatore trasformavano i grossi fiocchi di neve in rivoli d'acqua. Allungò una mano ad afferrare il rapporto su David Olson, che aveva messo sul sedile accanto alla busta con la ciocca di capelli.

Chi aveva lasciato la carrozzina sulla veranda?

La domanda era intrappolata nella sua testa come una mosca in un vasetto. Qualcuno aveva pianificato tutto. Qualcuno si era dato un gran da fare per pulire una carrozzina e lasciarla lì senza nemmeno un'impronta. Quella non era opera di qualche ragazzino che voleva fare uno scherzo. Qualcuno aveva preso David per fargli delle cose orribili.

Ambrose gli aveva detto che non c'erano stati sospetti. Né sui vicini, o sugli insegnanti, e tanto meno sui genitori degli amici di David, perché David non aveva amici.

Era un bambino strambo e solitario che passava il tempo a leggere in biblioteca. Allora, le persone gentili del quartiere lo definivano «fuori», o «speciale» o «toccato». Adesso a David sarebbe stato diagnosticato un disturbo dello spettro autistico, o psicotico, a seconda del medico. Quale che fosse stata la diagnosi, non forniva l'unica cosa di cui lo sceriffo aveva bisogno per risolvere il caso.

Un movente.

David Olson non era stato ritrovato in un fosso. Sul fondo di un ruscello. Il suo corpo contorto era stato rinvenuto sotto le radici di un albero. Dove era stato seppellito vivo. Quindi, se era stato assassinato, chi cazzo l'aveva sotterrato?

Perché non erano stati gli alberi.

39

CHRISTOPHER fissò gli alberi.

Sdraiato sul letto, guardava la luna attraverso i rami spogli. Era troppo spaventato per dormire. O per sognare. Non voleva che le persone immaginarie curiosassero nei suoi incubi per capire se sapeva della loro esistenza.

Così si mise a leggere per rimanere sveglio.

Per ben tre volte, durante la notte, andò alla sua libreria con la carta con le anatre. Le parole entravano dentro di lui, placando la sua mente, e lo distraevano dal prurito. E dalla paura.

E dalla febbre.

Era iniziata lentamente. Solo qualche goccia di sudore sulla nuca. E poi aveva cominciato a sentire tanto caldo, al punto che si era dovuto togliere i pantaloni del pigiama per poi stendersi sopra la coperta a leggere con le gambe ossute completamente nude.

Al mattino, aveva quasi finito *Il signore degli anelli.*

La febbre raggiunse il picco nell'istante in cui varcò l'ingresso della scuola. Guardò i bambini, tutti tristi per la fregatura di aver avuto soltanto tre giorni di neve. Si ricordò di sua madre che diceva a Jerry che «fregatura» non era una bella parola.

Jerry sta...

Jerry sta... cercando mia madre.

Christopher sentì scendere il silenzio nei corridoi. Il prurito gli martellava le orecchie. Le schede con le informazioni giravano sempre più velocemente nella sua testa, come una bicicletta che cambiava rapporto.

Il portinaio...

Il portinaio... sta parlando con la moglie.

Non parlo spagnolo, ma so che cosa dice.

«Il divorzio è peccato. Non rinuncerò alla custodia di mio figlio.»

«Salve, Christopher», disse una voce.

Si voltò e vide la signorina Lasko che sorrideva piacevolmente.

La signorina Lasko...

La signorina Lasko era in coda alla clinica.

«Ti senti bene, Christopher? Non hai una bella cera», gli disse lei.

«Sto bene, signorina. Grazie.»

La signorina Lasko...

La signorina Lasko si è sbarazzata del suo bambino.

«Allora vieni. Stiamo andando tutti nell'auditorium per l'esame di Stato.»

La signorina Lasko...

La signorina Lasko, uscita dalla clinica, è andata subito al bar.

La seguì nell'auditorium. Si sedette al suo posto – i posti erano in ordine alfabetico – mentre gli insegnanti distribuivano il test. Avrebbero dovuto sostenerlo la settimana prima, spiegò la signora Henderson, ma la neve aveva mandato a monte il calendario scolastico. E disse ai ragazzi che avrebbero dovuto completare tutti i lavori in sospeso durante l'ultima settimana prima delle vacanze. Non dovevano sentirsi sotto pressione. Da quell'esame dipendevano i finanziamenti da parte dello Stato, ma lei e i suoi colleghi erano davvero orgogliosi dei loro progressi quest'anno.

La signora Henderson sta...

La signora Henderson... sta mentendo.

La scuola ha bisogno...

La scuola ha bisogno... di quei soldi.

Una volta distribuito il compito a tutti gli studenti, Christopher tirò fuori la sua matita numero 2 e si mise al lavoro. Il prurito passò, e a quel punto restavano solo le risposte. Bellissime risposte tranquille. Riempì i cerchietti fila dopo fila, fino a quando sembrarono stelle nel cielo. Stelle cadenti che erano anime o soli (o figli). In quel momento, non riusciva a sentire i pensieri degli altri. I bambini erano troppo concentrati sul test. Niente pensieri. Niente prurito. Solo le risposte del test, che per lui avevano l'effetto di un bagno caldo. La sua mente era il lato fresco del cuscino.

Christopher finì il test e si guardò intorno. Tutti gli altri erano ancora a pagina cinque. Lui era l'unico ad aver già finito.

Fino a quando anche SpecialEd non posò la matita.

Seguito da Mike.

E da Matt.

I quattro si guardarono e si scambiarono un sorriso. Fieri del fatto che quattro tra gli allievi più tardi fossero passati tra i primi, chissà come.

«Se avete finito, mettete la testa sul banco, per favore», li istruì la signora Henderson.

Christopher obbedì. I suoi pensieri andarono alla casa sull'albero. All'uomo gentile. E all'addestramento che li attendeva. La sua mente si allontanò fluttuando, come le nuvole nel cielo. Come le pecore che contava quando non riusciva a prendere sonno, dopo la morte di papà.

Fa' almeno riposare gli occhi.

Come tuo padre, nella vasca da bagno.

Come gli dicevano le voci.

Fa' riposare gli occhi e dormirai per sempre.

«Christopher!» gridò una voce. «Che cosa ho detto?»

Alzò la testa dal banco e guardò verso la parte anteriore dell'aula. La signorina Lasko lo stava fissando, severa, il che era strano perché non si arrabbiava mai con gli studenti. Nemmeno quando rovesciavano la pittura a lezione.

«Christopher! Vieni alla lavagna, ho detto!»

Lui si guardò intorno. Tutti gli altri bambini lo stavano fissando. Sembravano voler dire qualcosa...

L'hai sentita, Christopher.

Dai.

Non abbiamo tutta la giornata.

...ma non potevano, perché le loro bocche erano cucite.

Con lo sguardo cercò i suoi amici, ma SpecialEd dormiva sul suo banco. Anche M&M's avevano messo giù la testa. Allora guardò di nuovo la signorina Lasko, che incurvò l'indice facendogli segno di raggiungerla. C'era dello sporco sotto le sue unghie. Indossava un girocollo a forma di cappio a cui era appesa una chiave d'argento. Il cuore prese a battergli più forte. Sapeva che cos'era successo.

Mi sono addormentato. Oh, Dio. Sto sognando.

«Christopher, se non vieni subito alla lavagna, le persone riunite in questo auditorium non avranno scelta: dovranno mangiarti vivo», lo informò l'insegnante, calma.

Vai in strada.

Si voltò. A ogni uscita c'era un insegnante di guardia. Che aveva occhi e bocca cuciti. Nessuna via di fuga.

«Christopher, vieni immediatamente qui!» sibilò la signorina Lasko.

Non voleva andare da lei. Voleva uscire da lì. E così indietreggiò, rispetto alla lavagna. Ma ogni volta che provava ad allontanarsi di un passo, in qualche modo andava verso di lei. Andava tutto al contrario. Si fermò. E respirò, tranquillo.

Indietreggiò di un passo.

E i suoi piedi lo portarono verso la lavagna.

«No!» gridò.

Indietreggiò di due passi.

E si avvicinò di due passi.

Si fermò. E rifletté: «Okay. Oggi funziona tutto al contrario. Quindi, se vado verso la lavagna, i piedi mi faranno allontanare».

Fece due passi verso la lavagna.

E avanzò di quattro.

Poteva fare quello che voleva, non aveva nessuna importanza.

Continuava ad avanzare verso la parte anteriore dell'auditorium.

«Aiutatemi! Per favore!» gridò.

Christopher guardò tutti i bambini, sperando che qualcuno gli desse una mano. Avevano le bocche cucite, ma con gli occhi gli sorridevano. Proseguì lungo il corridoio centrale. Fila dopo fila, gli studenti lo guardavano e sibilavano.

Non fare casino con il test.

Non mandare a rotoli la curva dei progressi.

Andò alla cattedra, dove c'era la signorina Lasko, con gli occhi truccati in modo pesante ma del colore giusto. Qualcosa non quadrava, però. Non aveva il solito odore di sigarette. Sapeva di pelle bruciata. Sorrise e gli porse un gessetto perfetto. A forma di dito.

«Tieni, Christopher», disse, passandosi le unghie luride sui capelli castani.

E glielo diede.

«E adesso scrivi alla lavagna.»

«Che cosa vuole che scriva?»

«Lo sai.»

Il gesso stridette sulla superficie nera, quando cominciò:

NON MI ADDORMENTERÒ PIÙ IN CLASSE.

Si voltò a guardare la maestra. Che tirò fuori un paio di forbici.

«Non è quello che devi scrivere, Christopher.»

«Cosa vuole che scriva?»

«Lo sai.»

Christopher si girò, e la vide andare verso gli alunni seduti in prima fila. Si inginocchiò davanti a Jenny Hertzog e, con le forbici, senza far rumore, tagliò il filo che le chiudeva la bocca. Jenny allentò le mascelle. E cominciò a salivare. Come i neonati quando mettono i primi dentini. Dentini da latte.

MI DISPIACE AVER PRESO SONNO IN CLASSE.

«Non è questo che devi scrivere, Christopher.»

«Signorina, per favore, io non lo so che cosa vuole che scriva», la supplicò.

«Sì, invece. Sta per suonare la campanella della pausa pranzo. Qualcuno vuole venire ad aiutarlo, alla lavagna?»

Alzarono tutti la mano, e aprirono la bocca per dire «Io! Io! Io» Ma non uscì una sola parola. Solo il verso di tanti neonati che piangevano perché volevano il latte della mamma.

Il latte di una mamma è sangue senza globuli rossi.

Il latte è sangue. I neonati vogliono il tuo sangue.

«Grazie, bambini. Tu. Tu con la felpa rossa. Perché non lo aiuti?» chiese la signorina Lasko.

Da una piccola manica rossa usciva una mano. Christopher non riuscì a scorgere il viso dello studente. Vide solo la maestra che si spostava lungo la prima fila, scucendo tutte le bocche. Zac, zac, zac. I neonati gridavano, volevano il sangue.

Christopher si girò verso la lavagna. Era disperato. Il gessetto tremava nella sua mano. Sapeva di non poter rivelare nulla della casa sull'albero o dell'uomo gentile, o dell'addestramento nel mondo immaginario. Così cominciò a scrivere furiosamente. Tutto quello che gli passava per la testa.

MI DISPIACE CHE LEI BEVA FINO A ADDORMENTARSI, SIGNORINA LASKO.

«NON È QUESTO CHE DEVI SCRIVERE, CHRISTOPHER!» sibilò lei.

Poi si spostò da Brady Collins. Zac. Zac. Zac.

MI DISPIACE PER IL BAMBINO DELLA SIGNORINA LASKO. IN CIELO.

«Non è lì il mio bambino», fece lei, con una voce da neonata. «AIUTATE CHRISTOPHER A SCRIVERE QUELLO CHE DEVE!»

Il ragazzino con la felpa rossa lo raggiunse alla lavagna. Vide una manina afferrare un gessetto per poi cominciare a scrivere. Con lo sguardo percorse tutto il braccio fino al viso di un bambino, che si voltò a guardarlo con un sorriso. Gli mancavano gli incisivi. E gli brillavano gli occhi, mentre scriveva a caratteri grandi, in stampatello:

CHI TI STA AIUTANDO?

«Non ci serve sapere altro, Christopher. Scrivilo, da bravo bambino, e uscirai di qui vivo», lo incoraggiò l'insegnante, con un sorriso allegro.

Poi passò alla seconda fila. E continuò a tagliare i fili che chiudevano le bocche, con le forbici. Zac. Zac. Zac.

«Non so di che cosa stiate parlando.»

«Sì che lo sai», insisté la signorina. «Sta per suonare la campanella della pausa pranzo. Tic toc.»

Il bambino con la felpa rossa trascinò il gesso sulla lavagna, facendolo stridere mentre ripeteva la medesima frase.

CHI TI STA AIUTANDO?

«Nessuno! Lo giuro!»

La signorina Lasko raggiunse l'ultima fila, e tagliò l'ultimo filo. Zac. Zac. Zac.

«Ora, chi di voi vuole mangiarlo per primo?!» strillò.

«Oh! Io! Io! Io!» squittirono i maialini.

Christopher si voltò verso il bambino con la felpa rossa. Disperato.

«Come faccio a svegliarmi?» sussurrò.

Lui non disse nulla. Si limitò a voltarsi, a guardarlo con gli occhi che brillavano e a sorridere. Con la finestrella al posto degli incisivi. La stessa che aveva visto allo scheletro. Christopher sentì rizzarsi i peli della nuca.

Quella *cosa* era David Olson.

«David, ti prego, aiutami a svegliarmi», lo supplicò.

David Olson si bloccò, scioccato nel sentirlo usare il suo nome.

«Ti prego. Conosco il tuo fratello maggiore, Ambrose.»

Il ragazzino sembrò sconcertato. Batté le palpebre, e per un attimo i suoi occhi smisero di brillare. Non era una *cosa*. Era un bambino. Aprì la bocca e provò a parlare, ma la lingua biforcuta scattò fuori attraverso la finestrella, come un serpente. E uscì soltanto un sibilo.

«Non so che cosa stai cercando di dirmi», gli disse Christopher, sottovoce.

David Olson andò alla lavagna. E a grandi caratteri, in stampatello, scrisse:

SUONA.

La campanella suonò. Christopher si girò. Vide la folla dei bambini correre verso di lui a tutta birra. Mostrando i denti. Corse verso l'uscita; nel corridoio c'era di guardia la signora Henderson, con una pila di libri della biblioteca.

«Il signor Henderson non mi ama più, Christopher. Esce sempre la sera.»

Lasciò cadere i volumi e lo afferrò per un braccio. Aveva lo sguardo perso, disperato.

«Perché mi trova tanto brutta? Christopher, aiutami!»

Brady Collins e Jenny Hertzog arrivarono come razzi. Ululavano come cuccioli che devono prendere il latte dalla madre. Christopher si liberò con uno strattone e corse fuori dall'auditorium. Ma la signora non si mosse. Rimase dov'era, a guardarsi nell'anta della vetrina piena di trofei e fotografie delle classi accumulate nel corso di svariati decenni.

«Quand'è che mi sono venuti i capelli grigi? Quand'è che sono diventata così vecchia, e orribile?» disse, mentre il branco le saltava addosso, digrignando i denti. Erano assetati. Famelici.

Christopher corse per tutto il corridoio, cercando un'uscita. Un modo per arrivare in strada. Gli bastava questo. Svoltò l'angolo e vide la porta in lontananza. Su entrambi i lati c'erano file e file di armadietti. Dalle fessure si vedevano degli occhi che sbirciavano fuori. Sussurri e mormorii giungevano da dietro i telai di metallo. Fece uno scatto verso l'uscita. Le maniglie degli armadietti cominciarono a tintinnare.

E le ante ad aprirsi.

Come coperchi di tante bare.

Christopher provò a superarli il più velocemente possibile. Corse. Per raggiungere la porta. Per arrivare in strada. E stava per aprirla quando...

Un armadietto si aprì. E una mano lo trascinò nell'oscurità.

Lui fece per urlare. La mano gli tappò la bocca.

no. è una trappola.

Era l'uomo gentile.

D'un tratto, la porta d'ingresso si spalancò. Fuori c'era la signorina Lasko, che rientrò correndo. In qualche modo era riuscita a tornare. E adesso camminava per i corridoi con la faccia sporca di sangue.

«Chrissssstopher», sssussurrò. «Il tuo amico è qui, adesso? Io credo di sììì.»

non metterti a urlare. è così che riesce a scovarti.

Christopher guardò attraverso i fori dell'anta. L'insegnante andò verso altri armadietti, e bussò con le nocche insanguinate.

Bum. Bum. Bum.

«Ambarabà. Ciccì. Coccò.»

Bum. Bum. Bum.

«Tre civette sul comò.»

Bum. Bum. Bum.

«Che facevano l'amore.»

Bum. Bum. Bum.

«Con la figlia del...»

Silenzio.

Christopher rimase immobile, senza respirare, aspettando che aprisse l'anta. Ma non lo fece. Andò nella palestra, dall'altra parte del corridoio, e sparì dietro una porta. L'uomo gentile aspettò un momento. Poi mise giù Christopher e gli sussurrò:

dobbiamo arrivare in strada.

Il bambino aprì l'armadietto.

L'intero corridoio era invaso da studenti. Troppo bassi per essere visti dalle fessure per l'areazione. Che lo indicarono e urlarono subito: «DOTTORE!»

La porta della palestra si aprì di scatto. Christopher vide l'insegnante tornare nel corridoio. Ma era tutta sbagliata. Gli occhi brillavano di una luce verde, come se portasse delle lenti a contatto dall'effetto ultra artificiale. Non era una sfumatura naturale. Era verde vomito. Verde come un braccio rotto. Lo fissò e sorrise, rivelando una dentatura canina.

«NON SEI IN STRADA!» esclamò, con una risata fragorosa.

E gli si lanciò contro.

Christopher cadde giù, nel corridoio. Non riusciva a rialzarsi.

A ogni passo udiva un clic orripilante, mentre il collo di lei cominciava a rompersi. Sembrava quello di una giraffa, che cresceva dalle spalle una vertebra alla volta. I bambini si separarono come le acque del Mar Rosso, mentre lei continuava ad andare verso di lui, un clic malato dopo l'altro. Sentì il tanfo del suo alito. Caldo, rancido. Non c'era più la signorina Lasko. C'era solo questa donna, nella sua vera forma. Coperta di ustioni. I capelli arruffati, da pazza. Attorno al collo aveva un cordino a cappio a cui era attaccata una chiave d'argento.

Si lanciò su Christopher, affondandogli le unghie nel collo. D'un tratto, l'uomo gentile balzò fuori dall'armadietto. I due si scontrarono e finirono a terra.

«Lo sapevo che eri tu!» sibilò lei.

Fu in quel momento che Christopher si rese conto che era una trappola. Ma non era destinata a lui. La signora alzò le unghie sporche e afferrò l'uomo gentile. I bambini saltavano su e giù. Ululavano. Tutti, tranne David Olson, che si tenne il più lontano possibile, in fondo al corridoio, e poi si infilò in un armadietto. Si nascose. L'uomo gentile placcò la donna. Questa aprì la bocca, scoprendo i denti canini, affilati come lame. Era più forte. Più veloce. Le brillavano gli occhi. Gridava, leccava, sibilava. Sss. Sssss!

L'uomo gentile guardò Christopher.

Stava per dire qualcosa.

«SMETTI DI AIUTARLO!» strillò la signora che sibilava, affondando i denti nel collo dell'avversario.

40

CHRISTOPHER stava già urlando quando aprì gli occhi.

Alzò lo sguardo e vide il viso della signorina Lasko, che correva verso di lui. Non c'era tempo da perdere. Scattò in piedi e le diede una spinta.

«Lasciatemi stare!» strillò.

«Christopher, calmati!»

«Mi ucciderete!» fece lui, afferrandola per un braccio. La fronte gli divenne rovente per la febbre, e subito il calore gli percorse il braccio e le dita, che divennero dei piccoli forni accesi attraverso il tessuto della camicetta di cotone dell'insegnante.

«Christopher, smettila! Mi stai facendo male», gridò lei.

«La prego! Non gli permetta di mangiarmi!»

A farlo svegliare, alla fine, furono le risate.

Diede un'occhiata all'auditorium. Gli alunni erano seduti ai banchi, impegnati a sostenere il test. Non avevano più le bocche cucite. Anzi, adesso erano spalancate, e ridevano di lui.

«La prego! Non gli permetta di mangiarmi!» lo prese in giro Brady Collins.

«Sta' zitto, Brady!» lo rimproverò SpecialEd.

«Se vogliono mangiarsi qualcuno, è SpecialEd il più succoso», notò Jenny Hertzog.

Gli altri risero ancora più forte. Christopher si voltò di nuovo verso l'insegnante. Aveva le unghie pulite. Niente più sporcizia. Niente più occhi verde vomito. La signora che sibilava era sparita. Quella era la vera signorina Lasko. Ed era…

Terrorizzata. Da lui.

«Christopher, hai avuto un incubo. Per favore, lasciami il braccio.»

Obbedì. Svelta, lei sollevò la manica e guardò la pelle, dove cominciavano a formarsi delle vesciche. Riportò lo sguardo sul bambino, che sembrava addirittura più spaventato di lei.

«Mi dispiace, signorina Lasko.»

«Non ti preoccupare. È solo un'ustione da sfregamento. Andiamo in infermeria.»

«Non ne ho bisogno», fece lui. «Sto bene, adesso.»

«Meglio far vedere il collo.»

Non capì a che cosa si riferisse, finché non notò le macchioline di sangue sulla camicetta della maestra, che avevano la forma delle sue dita. Abbassò gli occhi sulle unghie della mano, e vide la carne viva. Poi si toccò il collo. Il punto in cui la signora che sibilava l'aveva graffiato era lo stesso in cui – apparentemente – si era strappato via la pelle, da solo.

«Andiamo», disse ancora l'insegnante, gentile.

Nell'istante in cui Christopher si alzò dalla sedia, scoppiò un'altra risata collettiva. Cominciò con qualche risolino beffardo da parte dei bambini che occupavano i banchi attorno al suo. Pochi istanti dopo, si era diffusa all'intero auditorium, e i ragazzini lo indicavano e bisbigliavano. Christopher si guardò i pantaloni e la vide.

La macchia di urina.

Si era allargata sui pantaloni di velluto a coste, che da marrone rossiccio erano diventati marrone scuro. Se l'era fatta addosso davanti all'intera scuola. Guardò la maestra che, svelta, distolse l'attenzione dal lieve dolore al braccio per guardare quegli occhi mortificati. Lo prese per mano e lo accompagnò in infermeria.

La signorina Lasko mette…

La signorina Lasko mette… la vodka nel thermos.

La signorina Lasko usa… gomma da masticare per coprire l'odore di alcol.

Christopher si sdraiò sul lettino duro di plastica, in infermeria. Gli faceva male la testa, aveva la fronte bollente per la febbre. Cercò di leggere la temperatura sul termometro al di sopra del suo naso, ma gli si incrociarono gli occhi. Distingueva a malapena i numeri sempre più alti....

37. 37,5. 38.

Guardò l'infermiera, che si stava occupando dell'ustione al braccio della signorina Lasko. Lentamente, spalmò una crema sulle vesciche, e poi avvolse la zona con della garza.

«Tenga il braccio fasciato», le disse. «Le vesciche spariranno tra un paio di giorni.»

Il termometro emise un bip. L'infermiera tornò da lui, e glielo sfilò dalla bocca.

«Trentotto e nove», lesse. «Resta qui. Telefoniamo a tua madre.»

L'infermiera pensa...

L'infermiera pensa... che mi sono fatto male al collo di proposito.

Insegnante e infermiera si spostarono nell'ufficio adiacente, per chiamare sua madre. D'un tratto, Christopher si fece prendere dal panico. Se la mamma avesse saputo che era malato, non gli avrebbe mai permesso di uscire di casa. Niente scuola. Niente casa sull'albero. Non avrebbe avuto modo di aiutare l'uomo gentile. Ma non si trattava solo della febbre. La mamma avrebbe visto la chiazza di urina sui pantaloni di velluto a coste, e i tagli sul collo. Gli avrebbe fatto delle domande. Domande a cui non sarebbe mai stato in grado di rispondere. Perché adesso la signora che sibilava lo stava tenendo d'occhio.

«Mi scusi, signorina Lasko... Posso andare a darmi una pulita, ai servizi?» chiese.

«Ma certo, vai pure.» Gli sorrise.

La signorina Lasko sta...

La signorina Lasko sta pensando alla vodka nel thermos.

La signorina Lasko è... sempre ubriaca a scuola, sempre sempre sempre.

Sgattaiolò nel corridoio e corse al bagno dei maschietti al primo piano. Non c'era nessuno. Niente ragazzini che giocavano a centrare gli orinatoi. Finalmente solo. Alzò lo sguardo verso l'orologio appeso alla parete. Il test non sarebbe finito prima di cinque minuti. C'era tempo. Svelto, si tolse i pantaloni e aprì il rubinetto dell'acqua fredda. Immerse i pantaloni e cominciò a strofinarli. Aggiunse un po' di sapone. Provò a eliminare la macchia di urina. Ma non voleva venire via. Sfregò, ancora e ancora. Lavava e sciacquava, lavava e sciacquava, con movimenti maniacali. Ma non c'era niente che funzionasse. I pantaloni si bagnavano sempre di più. E intanto le sue guance diventavano sempre più rosse. Era paonazzo per la vergogna.

Non funziona. Mamma vedrà i pantaloni.

Vedrà il collo.

Non mi permetterà di andare alla casa sull'albero.

Doveva tornare là, lo sapeva. Promessa o no, doveva trovare l'uomo gentile prima che la signora che sibilava lo uccidesse. E se fosse stato già troppo tardi? Se l'uomo gentile fosse stato come le foglie del bosco in autunno? Una volta che i rami fossero rimasti spogli, se ne sarebbe andato. E lui, Christopher, sarebbe rimasto solo.

Guardò l'orologio. Gli rimanevano due minuti. Chiuse il rubinetto e strizzò i pantaloni. Quindi li tenne vicino all'asciugamani. Premette il pulsante e lasciò che l'aria calda li riempisse come i palloncini del Balloon Derby. Si guardò allo specchio e srotolò il collo del dolcevita per coprirsi, come faceva quando aveva paura dei vampiri. Premette ancora il pulsante dell'asciugamani e vide il marrone scuro schiarirsi un po'. Ma le chiazze bagnate non si stavano asciugando rapidamente come aveva sperato.

Serve più calore.

Dove posso trovarlo?

Chiuse gli occhi e sentì la febbre salirgli alla fronte. Visualizzò il bosco di Mission Street. I rami erano spogli, a parte quelli dei sempreverdi, come gli abeti. Alberi di Natale tutti in fila.

Ed erano in fiamme.

Guardò l'orologio. Due minuti erano passati mentre lui si era abbandonato al suo sogno a occhi aperti, ed era ancora in mutande, i pantaloni sotto l'aria. Erano talmente caldi, gli scottavano le mani. Brady Collins e la sua cricca scelsero proprio quel momento per entrare in bagno, mentre Christopher stava cercando di infilarseli.

«No, quelli li prendiamo noi!» esclamò Collins, strappandoglieli dalle mani.

«Ridammeli, Brady.»

«'Ridammeli, Brady'», lo prese in giro quest'ultimo, imitato dagli amici che si lanciarono in un coro di «Vi prego, non mangiatemi!»; «Vi prego, non uccidetemi!» Avanzarono, e con una spinta spedirono Christopher fuori, nel corridoio, dove cadde a terra davanti a Jenny Hertzog e a un gruppetto di bambine, che scoppiarono a ridere.

«Avevo sentito parlare di gente che ha l'acqua in casa, ma questo è ridicolo», lo prese in giro.

Jenny Hertzog ha paura...

Jenny Hertzog ha paura... della stanza del suo fratellastro.

«Brady, dalli a me!» gridò la ragazzina. «Acqua in casa! Acqua in casa!»

Brady l'accontentò, e lei se li infilò sotto la gonna. Christopher sentì il viso farsi bollente per la febbre. Ebbe a malapena il tempo di pensare, prima che il prurito gli facesse pronunciare quelle parole.

«Perché non dormi in camera tua, Jenny?»

Lo disse in modo innocente. Come un bambino che chiede alla mamma perché il cielo è azzurro. Ma Jenny smise di ridere. I suoi occhi si ridussero a due fessure. Sentì gli sguardi di tutti spostarsi da Christopher a lei, in attesa di una risposta. Lo fissò, gli occhi che ardevano d'odio.

«Vaffanculo», gli disse.

Brady fece qualche passo verso di lui, e lo bloccò contro un armadietto. Il prurito di Christopher tornò, e gli fece uscire queste parole dalla mente.

Brady Collins ha paura...

Brady Collins ha paura... della cuccia del cane.

«Che cosa c'è nella cuccia, Brady?» gli chiese.

Il ragazzino si fermò. Lo guardarono tutti, mentre diventava rosso in viso per l'imbarazzo. Christopher osservò quei bambini. Vide che erano spaventati. E, in qualche modo, non riuscì a prendersela con loro. In qualche modo, sapeva che avevano più paura di lui.

Brady non disse nulla. Si limitò a fulminarlo con un'occhiata assassina.

«È tutto okay, Brady. Andrà tutto bene», gli disse Christopher.

L'altro lo colpì sulla bocca. E non fu un pugno leggero. Non voleva essere un avvertimento. Era reale. Ma la cosa più strana fu che... quando lo colpì, non sentì davvero male. Sentì piuttosto solletico. Brady però non aveva intenzione di fermarsi. Era furioso, voleva ucciderlo. Si lanciò su di lui con entrambi i pugni alti, pronto a causargli danni seri. Christopher non si mise in guardia. Rimase dov'era, semplicemente, aspettando di incassare.

Una statua che aspettava l'impatto di una piuma.

Brady prese lo slancio, preparandosi a sferrare un altro pugno con tutta la forza che aveva, quando all'improvviso qualcuno gli assestò un cazzotto alla mandibola. Si voltò e vide SpecialEd.

«Levagli le mani di dosso!» gli ordinò quest'ultimo.

Gli occhi di Brady si accesero di rabbia. Mike spuntò da dietro la folla con il fratello minore, per spalleggiare l'amico.

«Fatti indietro, Collins!»

E, pochi secondi dopo, era scoppiata una rissa.

La gang di Brady e Jenny era numericamente superiore – tre bambini per ciascun membro del quartetto – ma ciò non influì granché su quello che avvenne dopo. SpecialEd e M&M's si misero schiena contro schiena, come gli Avengers. Brady si lanciò prima su SpecialEd, menando pugni. Mike afferrò lo zaino e lo fece oscillare, colpendolo allo stomaco. Brady cadde sul pavimento di fronte a Jenny, che saltò addosso a Mike e gli morsicò una mano. Matt la prese per i capelli e la trascinò a terra. Tutti mordevano, scalciavano, strillavano.

Era guerra.

Christopher osservò la scena in silenzio, la testa che gli pulsava a causa della febbre, che doveva avere lo stesso effetto della loro rabbia. Dopo un momento si costrinse ad alzarsi. E poi, con calma, si avvicinò alla mischia. Allungò una mano e afferrò un braccio di Brady con le dita febbricitanti.

«Andrà tutto bene», gli disse ancora sottovoce.

Il calore attraversò il suo braccio, procurandogli un solletico... era come avere tanti piccoli aghi che dai polpastrelli toccavano la punta del gomito.

Aghi che divennero roventi.

«Smettila! Mi fai male!»

Christopher lo guardò negli occhi. Era terrorizzato. Lo lasciò andare, e Brady vide le piccole vesciche che gli aveva lasciato. Allora lui si spostò verso Jenny Hertzog, che stava graffiando il viso di Matt. Aveva infilato le dita sotto la benda, quando l'afferrò per il braccio.

«Andrà meglio, Jenny. Vedrai», le assicurò.

Il calore gli schizzò nei polpastrelli e attraversò il tessuto della camicia a maniche lunghe della ragazzina, che si strinse il braccio destro, dolorante. Si strofinò le vesciche, urlando.

Poi Christopher si chinò per aiutare i suoi amici a rialzarsi.

«Andiamo, ragazzi.»

SpecialEd ed M&M's accettarono l'offerta. Dalle mani di lui, il calore passò alle loro braccia, sulle quali però non si formarono vesciche. Anzi, l'effetto fu calmante, come quello del Vix VapoRub massaggiato sul petto quando si ha il raffreddore. Salì ai volti, tingendo le guance di rosa. Il cervello di SpecialEd divenne leggero ed effervescente, come una bibita gassata. Il braccio di Mike acquisì improvvisamente più forza. Matt avvertì una sorta di solletico all'occhio. La fronte di Christopher stava cuocendo. Il dolore era accecante.

«Che succede, qui?» si udì una voce dalla porta.

Christopher alzò gli occhi e vide la signora Henderson, la bibliotecaria, che arrivava di corsa. Il prurito faceva arrivare le informazioni nella sua mente pulsante a una velocità vertiginosa.

La signora Henderson è... triste.

Il signor Henderson... non la ama più.

Il signor Henderson... esce sempre, la sera.

Il signor Henderson... non rientra mai prima di colazione.

Si voltò verso la donna e sorrise.

«Andrà tutto bene, signora Henderson, ha la mia parola.»

L'ultima cosa che in seguito avrebbe ricordato sarebbe stata il momento in cui le afferrò il braccio con una mano. Fece del suo meglio per trattenere il calore, che però fuoriuscì come acqua da un gavettone pieno di fori di spillo. Pochi secondi dopo, sentì il liquido bagnargli i polpastrelli. Ritrasse le dita e lo vide.

Perdeva sangue dal naso, a fiotti.

41

Quando la madre di Christopher arrivò a scuola, Betty era fuori intenta ad aspirare una sigaretta dell'ultimo minuto prima di subire la riunione fuori programma genitori-insegnante. La signora Henderson, impaziente, era accanto a lei.

«Le altre mamme sono già nell'ufficio della preside», osservò.

L'accenno non proprio sottile sfuggì completamente alla madre di SpecialEd, che fece un ultimo, lungo tiro e poi spense la Capri con il tacco del suo stivale Ugg.

«Bella merda, da non credere», disse alla madre di Christopher, l'alito ancora dolce per lo Chardonnay che aveva bevuto a pranzo. «Ho dovuto interrompere il mio massaggio.»

«Dov'è mio figlio?» chiese Kate alla bibliotecaria.

«In infermeria con gli altri bambini, signora Reese. Potrà vederlo tra poco», le rispose lei, apparentemente grata di avere una persona in grado di smuovere Betty.

La seguirono nell'ufficio della preside, dove si sedettero accanto alle mamme di Mike e Matt, e alla signora Collins che stava urlando contro di loro da quindici minuti. Queste alzarono gli occhi e sorrisero, vedendo arrivare i rinforzi.

«... e allora come spiegate le ustioni sul suo maledetto braccio?» disse la signora Collins.

«Signora, comprendo il suo turbamento», le disse la preside Small.

«Lei non capisce un accidenti. Quando gli avvocati di mio marito avranno finito con questa scuola, si renderà conto di quanto sia turbata.»

«Intende far causa alla scuola perché suo figlio ha provocato una rissa?» replicò Betty.

«Mio figlio non ha provocato un bel niente. È stato suo figlio», disse lei, indicando la madre di Christopher.

«Signora Collins...» ribadì la preside, ferma, «gliel'ho già spiegato una volta. Christopher si era bagnato i pantaloni, e Brady lo stava prendendo in giro, portandoglieli via.»

«E questo dà il diritto a quel ragazzino di bruciargli il braccio?» sibilò la signora.

«Io ero presente, signora Collins», le spiegò la bibliotecaria, con gentilezza. «Quando Christopher li ha afferrati, stava cercando di mettere fine alla rissa.»

«Mio figlio non fa a pugni, signora Collins», disse infine Kate.

Sulla stanza scese il silenzio. Tutte le altre videro la signora Collins valutare mentalmente le varie opzioni. Poi, una voce squarciò la tensione.

«Permettimi di tradurtelo, Kathleen Collins», intervenne Betty. «Tuo figlio è un piccolo sociopatico che ha provocato una rissa e mi ha rovinato il massaggio in profondità.»

Grazie a Dio, Kate riuscì a non ridere, altrimenti avrebbe perso immediatamente il lavoro. Ma le mamme di M&M's non avevano il suo problema, e si lasciarono andare a una risata così fragorosa che anche Betty si lasciò contagiare, e in breve un coro sguaiato invase la stanza. La signora Collins diventò paonazza, ma i suoi occhi rivelavano ciò che pensava sul serio. La sua famiglia era abituata ad averla vinta. Non esistevano problemi di cui non potessero sbarazzarsi con un mucchio di soldi, o con le amicizie giuste. Ma avere un «figlio problematico» era tutt'altra faccenda. E il silenzio che seguì la loro risata fu assordante.

«Allora devo le mie scuse alla signora Reese», disse infine. «Ne parleremo più diffusamente questa sera, al lavoro.»

«Signora Collins, è molto gentile da parte sua, ma non è necessario.»

«No, invece. Lo è. Ne parleremo alla fine del suo turno», ribadì la donna, in tono amabile.

«Mi farò sostituire. Questa sera voglio rimanere a casa con mio figlio.»

«Temo che mia madre stia passando un brutto momento. Ha decisamente bisogno dell'assistente migliore del piano. E lei è la numero uno.»

«Ma Christopher ha la febbre.»

«E mia madre ha l'Alzheimer.»

Tornò il silenzio, allorché le altre realizzarono che, a causa delle loro risate, Kate si era vista affibbiare il compito più odioso, alla casa di riposo, e proprio nel periodo delle vacanze.

«E dai, Kathleen. Non fare la stronza. Sono stata io a fare la battuta. Punisci me», intervenne Betty.

«Non si tratta di una punizione. Semplicemente, non tutte possiamo permetterci di stare a casa quando i nostri figli hanno il raffreddore.»

La signora Collins aspettò per capire se Kate Reese avrebbe risposto qualcosa, dandole un motivo per licenziarla. Ma lei non ribatté. Perché la vincita alla lotteria era servita a saldare i debiti vecchi, ma non li avrebbe mantenuti in futuro. Aveva un mutuo. Il lavoro le serviva. Doveva provvedere a suo figlio.

«Kathleen», riprese Betty. «Com'è possibile che tu sieda al primo banco, in chiesa, e non riesca a sentire la dannata parola di Dio?»

«Sento più di quello che credi tu.»

Dopo un altro, teso minuto di «lei ha detto questo, lei ha detto quest'altro», tutte le madri furono condotte in infermeria, per recuperare i rispettivi pargoli e riportarli a casa. Quando Kate vide la signora Collins trascinare Brady nel parcheggio, le si strinsero le viscere. Era abituata a detestare i bambini con il moccio al naso che se la prendevano con Christopher, ma questa era una sensazione diversa. Quello che vide era un ragazzino pieno di rabbia e violento, che veniva spinto nella Mercedes dalla madre, una donna piena di rabbia ed esasperata.

«Sali, maledizione», disse lei.

«Mamma... sono stati loro a cominciare. Te lo giuro su Dio», si giustificò Brady.

E, per Dio, se fosse stata più ingenua, Kate gli avrebbe creduto. Naturalmente sapeva che Brady era troppo piccolo e troppo bambino-carino-che-frequenta-il-catechismo per fare veri danni, ora come ora. Ma povere le belle ragazze che – una dopo l'altra – si fossero appartate con lui sul sedile posteriore della sua auto, alle superiori. Ragazze come Jenny Hertzog, sul pick-up del fratellastro. Ragazze che scorgono qualcosa che vale la pena di salvare e che non si accorgono che il ragazzo in questione non vuole essere salvato. Ragazze che non sono disposte ad ammettere che certi ragazzi sono felici di trattarle come merde perché loro sembrano assolutamente felici così. Una volta si era ritrovata a guardare una fotografia di Jerry da bambino. Era grazioso, con lo sguardo innocente. E poi era cresciuto, e aveva sviluppato l'abitudine di prendere a pugni chi era più piccolo di lui. Rabbrividì, allorché intuì la triste verità: persino i mostri sono adorabili da piccoli.

Adesso si voltò a guardare Christopher, che aveva coperto i pantaloni di velluto a coste con il suo giaccone, e il collo fasciato con il dolcevita, come faceva quando, da piccolo, aveva paura dei vampiri. Le avevano detto che si era addormentato durante il test statale, e che aveva avuto un incubo che l'aveva terrorizzato al punto che si era fatto la pipì addosso, e si era dilaniato il collo con le unghie.

Proprio come aveva fatto dopo la morte di suo padre.

Allora, non si era limitato al collo. Aveva rimediato un livido sul braccio. Da sonnambulo, era andato a sbattere contro un muro ed era finito al pronto soccorso. Kate era riuscita a racimolare il denaro sufficiente per farlo vedere da diversi psicologi, che avevano avuto approcci differenti. La morale, comunque, era stata la medesima: Christopher aveva bisogno di tempo per affrontare il trauma della morte del suo papà.

Dopotutto, era stato lui a trovare il corpo.

C'era voluto un po', ma alla fine gli incubi erano cessati. E con essi anche gli episodi di autolesionismo. Kate non aveva idea del perché stessero ricominciando, adesso. E qualunque suo tentativo di ottenere una risposta sincera rimediava un monosillabo. O, al massimo, un «Non lo so».

Aveva un milione di interrogativi, ma doveva lavorare. E, vedendo come era ridotto, al momento suo figlio non avrebbe retto a un terzo grado. Così, prese la decisione strategica di concedergli spazio, e gli fece solo la domanda a cui sapeva che avrebbe risposto volentieri.

«Ehi… prima che cominci il turno… che ne dici di un bel gelato?»

Il suo sorriso quasi le spezzò il cuore.

Christopher non poteva immaginarlo, ma sua madre si era già data parecchio da fare per cercare di capire che cosa gli stesse succedendo. E aveva fatto anche cose che si era ripromessa di evitare, in qualunque circostanza. Aveva frugato in camera sua, in cerca di indizi. Un disegno. Una lettera. Un diario. Qualunque cosa. Ma aveva trovato solo la foto di suo padre sulla libreria foderata con la carta con le anatre, e i libri che Christopher sembrava aver già letto e riletto diverse volte.

Dal momento che la ricerca si era rivelata infruttuosa, Kate Reese si era infilata un giaccone ed era uscita. Aveva attraversato il cortile dietro casa e si era fermata al confine con il bosco di Mission Street. Aveva fissato gli alberi. Aveva guardato la brezza baciare i rami.

E si era inoltrata nella foresta. Senza incespicare. Sapeva esattamente dove stava andando. Non avrebbe saputo spiegare perché ci avesse impiegato così tanto tempo. Forse per paura. Forse perché era stata troppo concentrata su altro. Dopotutto, lo sceriffo le aveva assicurato che la zona era sicura. E le aveva detto che la morte del fratellino di Ambrose, che pure era stata una tragedia inenarrabile, era avvenuta tanto, tanto tempo prima.

Questo, tuttavia, non impediva che potesse ripetersi.

I suoi piedi non ci avevano messo molto a trovare il sentiero. Aveva superato il ponticello e il tronco cavo, finché non aveva raggiunto il folto del bosco.

La radura.

L'albero.

La casa.

Era rimasta attonita. Quando suo figlio le aveva detto di aver costruito una casa sull'albero, si era immaginata una stamberga con più buchi della dentatura del suo prozio. Ma quella era straordinaria. Perfetta in ogni dettaglio. La pittura. Il lavoro di carpenteria. Quella era l'opera di una mente ossessiva.

Ossessiva come quella del suo defunto marito.

Con lui doveva essere sempre tutto a posto, altrimenti erano problemi seri. E grazie al cielo era stato una persona gentile per natura, perché la sua energia maniacale non si era mai sfogata su di lei.

Ma su qualcosa si era sfogata.

Aveva fissato la casa. L'albero. La radura.

«C'è qualcuno?» aveva chiesto, ad alta voce.

Silenzio. Un silenzio immobile, che respirava. Aveva aspettato per cogliere un guizzo, un battito di ciglia.

«Non so se tu sia qui oppure no», aveva detto. «Se ci sei, però, lascialo stare, cazzo.»

Era rimasta lì ancora un momento, per far sapere a qualunque cosa ci fosse dall'altra parte del vento che la sua rabbia superava di gran lunga la paura. E poi era tornata a casa, senza voltarsi nemmeno una volta.

Era andata subito al computer e si era collegata a Internet. Due mesi prima avrebbe liquidato come ridicola la frase che aveva digitato nel motore di ricerca, ma, dopo aver messo insieme la casa sull'albero di Christopher al suo improvviso talento per la matematica e la lettura, si era scoperta a scriverla comunque.

Genio improvviso.

Ogni briciolo di esitazione era evaporato nell'istante in cui aveva visto i risultati.

Che erano quasi un milione. Aveva studiato alcuni casi, e si era quasi diagnosticata una forma di pazzia quando aveva trovato alcune potenziali ragioni per quel «miracolo». Tumori. Cisti. E poi quella che le aveva procurato un attacco d'ansia che non l'aveva mollata per ore.

Psicosi.

Aveva già contattato tutti i pediatri in città, dopo essere stata online, ma non avevano un buco. Era il periodo delle influenze, le avevano risposto tutti. Quindi, avrebbe dovuto aspettare un paio di settimane. Ma adesso, mentre guardava Christopher divorare il suo cono alla vaniglia da 31 gusti, era di nuovo al telefono per chiedere un appuntamento più vicino. L'avevano messa in attesa, e il suo intuito di mamma intanto le urlava nell'orecchio.

Aiutalo, Kate. È nei guai.

Mentre ascoltava l'orribile versione di *Blue Moon* di Muzak, le tornò in mente una cosa che suo marito le aveva detto subito dopo uno dei suoi attacchi peggiori.

Ci sono due tipi di persone che riescono a vedere cose che non ci sono, Kate. Chi sono?

E poi, con voce sommessa, aveva concluso la battuta.

I visionari e gli psicopatici.

42

Quando arrivò la telefonata, quel pomeriggio, Mary Katherine era seduta in camera sua, spaventata a morte. Le vacanze di Natale erano dietro l'angolo, e lei era dolorosamente alle prese con la sua domanda di ammissione al Notre Dame. Inoltre, aveva il turno serale alla casa di riposo. Aveva fatto volontariato abbastanza a lungo da ottenere il suo certificato per il college. Ma si sentiva in colpa al pensiero di aver assistito gli anziani soltanto per quello, perché, se era realmente così, non era vero volontariato. E, se non lo era, Dio l'avrebbe punita non facendola entrare al Notre Dame, dove avevano studiato suo padre e sua madre, e suo nonno e sua nonna, e così via. Quindi aveva deciso di continuare ad aiutare gli anziani, per dimostrare che non lo faceva solo per il college, così Dio le avrebbe dato una mano. Era un piano assolutamente ragionevole. C'era un solo problema.

Lei odiava gli anziani.

«Non fraintendermi», sussurrò a Gesù, mentre pregava. «Alcuni sono carini. Il signor Olson è gentile e divertente. E la signora Epstein mi ha insegnato a preparare i biscotti alla cannella e anche delle cose che si chiamano palline di matzà. Ma è difficile concentrarsi su di loro con la madre della signora Collins che strilla: 'Moriremo tutti' con tutto il fiato che ha in corpo, per quattro ore di fila. Quando c'era Doug ce la facevo, ma poi lui ha mollato. Ha già completato le domande per il MIT e la Cornell. Gli ho chiesto se volesse prendere in considerazione l'idea di venire al Notre Dame con me, e lui mi ha risposto di sì, che la userà come opzione di riserva se le altre due non dovessero andare. Lo avrei ucciso. So che è sbagliato chiedertelo, ma devo entrare al Notre Dame. Ce la farò?»

Aspettò, ma non arrivò nessun segno. Solo il vento che soffiava tra gli alberi fuori dalla finestra della sua camera. Mary Katherine pensò ancora al turno alla casa di riposo. Le si rivoltò lo stomaco, si sentiva in colpa perché non aveva nessuna voglia di andarci. Quelle persone… erano così vecchie. E puzzavano. E i dementi la spaventavano. A volte, si fermava a guardare l'atrio, e pensava… «Gesù ama ciascuno di loro. Ogni singola anima.»

«Come ci riesci, Gesù? Come fai ad amare tutti?» chiese. «Dammi un segnale.»

Quando il suo cellulare squillò, lasciò andare un gridolino.

«Pronto?» disse, quasi aspettandosi che ci fosse Lui, dall'altra parte (e sperando che avesse buone notizie).

«Mary Katherine, ciao.» Era la signora Reese. «C'è qualche possibilità che tu possa badare a Christopher, questa sera?»

La ragazza valutò le sue opzioni. Fare da babysitter al simpatico Christopher, o ascoltare la madre della signora Collins che urlava della «strega» che avrebbe ucciso tutti il giorno di Natale.

«Mi dispiace, signora Reese, ma sono di turno a Shady Pines», rispose tristemente.

«Posso coprirti io. Ho bisogno che qualcuno venga subito a casa mia. Ti prego. Mi salveresti la vita.»

«Allora volentieri! Sarei felice di badare a suo figlio!» disse Mary Katherine, raggiante.

Si annotò l'indirizzo e riagganciò. Sapeva che Gesù avrebbe notato che aveva anteposto gli anziani a Christopher. Il fatto che la signora Reese avesse bisogno di lei come babysitter era una circostanza al di fuori del suo controllo. E la signora Reese conosceva meglio di lei i bisogni di quelle persone. Quindi, era una soluzione che accontentava tutti. Mary Katherine dimostrava il suo rispetto nei confronti degli ospiti di Shady Pines facendo la babysitter anziché la volontaria. E inoltre avrebbe potuto approfittare di quelle ore per lavorare alla sua domanda di ammissione.

Interpretò tutto questo come un segnale assolutamente positivo.

Mentre andava a casa della signora Reese, esaminò svelta il lato della strada per assicurarsi che non ci fossero cervi. Sentiva di aver preso la decisione giusta. Dopotutto, Christopher era il bambino scomparso che aveva portato in salvo, e padre Tom diceva che, in alcune culture, una volta che salvi una vita, ne sei responsabile. Tuttavia, la cautela non era mai troppa.

«Gesù, se sto sbagliando, fammi investire un cervo.»

Cervi non se ne vedevano, così accese la radio per godersi il resto del tragitto in auto. Avrebbe voluto ascoltare del rock cristiano, ma Doug aveva lasciato la manopola sulla stazione 102.5, WDVE. C'era un pezzo dei Doors, e la metteva a disagio ammettere quanto le piacesse.

This is the end, my only friend, the end
Of our elaborate plans, the end.

Arrivò alla casa prima che la canzone fosse finita, senza incontrare nemmeno un cervo.

«Christopher ha la febbre», le spiegò la madre. «Quindi non ha il permesso di alzarsi dal letto. Capito?»

«Non si preoccupi, signora Reese. Ho seguito dei corsi di primo soccorso e sono una bagnina. Non lascerà quel letto.»

«Ma mamma, è ancora chiaro», supplicò Christopher. «Non posso uscire?»

Con un freddo «No» e un affettuoso «Ti voglio bene», Kate diede un bacio al figlio e uscì dalla sua stanza. Mary Katherine la seguì di sotto, e poi nel garage, dove la signora le elencò i numeri da chiamare in caso di emergenza, le istruzioni e le regole.

«Gli ho dato soltanto un po' di Tylenol. Puoi dargli dell'Advil tra un paio d'ore, con la cena. Con un po' di fortuna, prenderà sonno. Se così non fosse, lui deve andare a dormire alle venti e trenta. Non permettergli di tirare un solo minuto dopo le ventuno.»

«Non si preoccupi, signora Reese. Sono rigida sugli orari. Non la deluderò.»

Dopo che Kate se ne fu andata, Mary Katherine tornò al calduccio, in casa. Attraversò cucina e salotto, cercando di stabilire quale fosse il posto migliore in cui mettersi a lavorare alla sua domanda. Una volta deciso per il tavolo della cucina, posò i libri e andò al frigorifero.

Mentre afferrava il cartone del latte, pensò al saggio da inoltrare al college. Volevano che scrivesse di un eroe, ma non riusciva a scegliere quale. Mamma e papà? Troppo ovvi. I personaggi politici erano un rischio eccessivo. Sarebbe stato grandioso scrivere di Gesù ma, dal momento che il Notre Dame era un istituto cattolico, temeva che sarebbe stato il soggetto di un numero esagerato di candidati. D'altronde, se non Lui, chi? Papa Francesco? Giovanni Paolo II?

La Vergine Maria.

L'idea le venne dal nulla. La madre di Gesù. Ma certo. Che scelta ispirata. Sarebbe stata perfetta!

Finì di versare il latte e riavvitò il tappo sul cartone. Guardò la fotografia della bambina scomparsa, Emily Bertovich. Poverina. Chissà se l'avrebbero mai trovata. E se avrebbe presentato domanda a qualche college. E chi erano le sue babysitter.

Quel pensiero le gelò il sangue.

Si fermò e diede un'occhiata alla casa. D'un tratto, ebbe una brutta sensazione. C'era troppo silenzio. E faceva troppo caldo. Come se ci fosse qualcun altro. L'orologio a cucù segnava ticchettando i secondi, marciando verso le sedici. Tic, tic, tic.

«Ehilà?» fece. «C'è qualcuno?»

Aspettò una risposta. Non arrivò. Allora riportò lo sguardo sul cartone del latte. Emily Bertovich la fissava. Sorridente, con la finestrella al posto degli incisivi. Il cuore cominciò a martellarle nel petto. Non avrebbe saputo dire che cosa non andasse, ma sentiva che un problema c'era. Come il ginocchio di suo padre, che annunciava l'arrivo di un temporale un'ora prima del tizio del meteo.

«Christopher? Se sei tu, farai meglio a tornartene a letto», avvertì.

Il silenzio era assordante. Svelta, rimise Emily Bertovich nel frigorifero, al freddo. E poi attraversò in fretta la cucina, la sala da pranzo. Ma non c'era niente. Solo quella sensazione. Stava per salire al piano di sopra, per controllare le camere, quando diede un'occhiata al cortile sul retro, attraverso le porte scorrevoli. Ed eccolo, in piedi nella neve, che la fissava.

Un cervo.

L'orologio batté le sedici. Cucù. Cucù. Cucù. Cucù. La ragazza sentiva che qualcosa non andava. E corse di sopra fino alla camera di Christopher.

«Christopher!» esclamò. «Christopher, rispondimi!»

Aprì la porta, e vide che il bambino non era nel suo letto. La finestra era aperta, la tenda fluttuava mossa dalla brezza. Mary Katherine corse al davanzale e mise fuori la testa.

«Christopher, dove sei?» gridò.

Abbassò lo sguardo e vide la scia di piccole impronte nella neve.

Superavano il cervo.

Ed entravano nel bosco di Mission Street.

43

QUALCOSA lo stava osservando.

Non appena si chiuse dietro la porta della casa sull'albero, lo sentì. Un grande occhio. Che lo soffocava come una coperta. Che osservava e si spostava. Cercava qualcosa.

Una preda.

Sapeva di aver corso un rischio tremendo venendo nel mondo immaginario da solo. Aveva promesso all'uomo gentile di non farlo, ma non aveva avuto scelta. Lui era imprigionato da qualche parte. O forse era già morto. Doveva trovare delle informazioni. Una prova. Un indizio. Qualunque cosa. Ma non aveva idea di cosa lo aspettasse al di là di quella porta.

Non venire mai qui dentro senza di me. E mai di notte.

Si voltò verso la finestra e vide il sole basso nel cielo. Non aveva molto tempo, prima che facesse buio. Ora o mai più, si disse. Appoggiò l'orecchio alla porta. All'inizio gli sembrò tutto okay. Poi udì un rumore lieve.

sCratch. sCratch. sCratch.

Veniva da sotto l'albero.

sCratch. sCratch. sCratch.

Guardò di nuovo verso la finestra. Vide dei cervi che strisciavano nella radura, lasciandosi dietro delle tracce nella neve bianca. Andavano verso l'albero e grattavano con gli zoccoli.

sCratch. sCratch. sCratch.

«Ricorda, Christopher», lo aveva messo in guardia l'uomo gentile. «I cervi lavorano per lei.»

Stavano annusando la base dell'albero, alla ricerca di qualcosa. Di cibo, forse. Di lui. Gli restava soltanto un'ora di luce. Doveva trovare il modo di aggirarli. Vide un maschio masticare una foglia staccata dal ramo basso. Proprio accanto a qualcosa che attirò la sua attenzione.

Il sacchetto bianco di plastica.

Christopher era talmente abituato a vederlo, dalla parte reale, che non vi badò. Ma c'era qualcosa di diverso, di là. Il sacchetto era più in basso del solito. Come un pesce che fa incurvare la canna da pesca. Evidentemente pesava.

Perché... perché...

Dentro c'è qualcosa.

Il suo cuore saltò un battito. L'uomo gentile doveva avergli lasciato qualcosa. Ne era sicuro. Che cos'era? Una mappa? Un indizio? Doveva sapere. Aspettò che i cervi avessero soddisfatto la fame (o la curiosità) e lasciassero la radura.

E poi, lentamente, aprì la porta.

Scese veloce la scaletta di assicelle. Dentini da latte inchiodati al tronco. Gli scarponcini atterrarono sul terreno friabile, e in punta di piedi raggiunse il sacchetto. Vi infilò una mano, e tirò fuori quello che gli aveva lasciato il suo amico.

Un biglietto di Natale.

Davanti c'era Babbo Natale che sgridava Rudolf, la renna dal naso rosso, che trainava la slitta nella neve.

COSA SIGNIFICA CHE HAI DIMENTICATO
GLI OCCHIALI?!

Snap.

Si voltò. I cervi erano tornati. Il maschio con le corna ramificate lo stava fissando, ma aveva le orecchie ritte come se fosse in ascolto per avvertire la presenza di un predatore. Il vento gli sferzò i capelli, e poi morì come un uccello in volo. Trattenne il fiato, aspettando una reazione da parte degli animali. Che però non ci fu.

Perché loro non mi vedono.

Abbassò di nuovo lo sguardo sul biglietto d'auguri. Su Babbo Natale che urlava a Rudolph.

COSA SIGNIFICA CHE HAI DIMENTICATO
GLI OCCHIALI?!

Era questo l'indizio. Christopher guardò la casa e vide che il suo corpo era ancora là. Per i cervi, lui era ancora nella casetta, dalla parte reale. Era solo un bambino che giocava per i fatti suoi.

Là dentro, invece, era invisibile.

«Più tempo trascorrerai nel mondo immaginario, più diventerai potente», gli aveva detto l'uomo gentile. «Ma questa potenza avrà un prezzo.»

Aspettò che i cervi passassero oltre e poi, senza far rumore, aprì il biglietto. Sperava di trovare un messaggio dall'amico, ma trovò solo il messaggio prestampato…

QUANDO NON VEDI LA LUCE…
SEGUI IL TUO NASO!

Christopher si incamminò.

Lasciò la radura e si addentrò nel bosco. Trovò il sentiero, sgombro e liscio. Lo seguì fino a raggiungere il tronco cavo vicino al ponticello. E lì vide l'uomo che vi stava dentro, come un maiale avvolto in una coperta. Stava dormendo. Gli occhi guizzavano sotto le palpebre. Piagnucolava come un bambino.

«Ti prego, fallo smettere. Io non lo sto aiutando.»

Christopher si guardò intorno, per vedere se la signora che sibilava fosse nei paraggi. Ma non vide nessuno. Così, in silenzio, indietreggiò dall'uomo nel tronco e cominciò a correre. Uscì dal bosco, gli scarponcini che facevano cic ciac sul sentiero sporco di fango, finché non raggiunse il vicolo cieco davanti a casa.

Scrutò la strada, cercando un indizio. Nella luce ormai debole del tardo pomeriggio, la sua via aveva la tonalità dei vecchi negativi della foto di suo padre. Era il suo quartiere. Ma la sinistra era a destra. E la destra era a sinistra.

E il sole era una lampadina che si lascia dietro una traccia, dopo che l'hai guardata a lungo.

Stava guardando il mondo dall'altro lato di uno specchio a senso unico.

Vide Mary Katherine che correva nel giardino dietro casa. Era in preda al panico.

«CHRISTOPHER!» gridava. «DOVE SEI?»

Mary Katherine sta... guardando i cervi.

Mary Katherine non sa... che i cervi stanno osservando lei.

La ragazza entrò di corsa nel bosco, superando gli animali. Cristopher si voltò verso la strada e vide l'uomo con la divisa da Girl Scout. Era un sonnambulo, e girava e girava come acqua che scende in uno scarico. Si contorceva, piagnucolava.

«Ti prego, fallo smettere. Io non lo sto aiutando.»

Christopher non sapeva dove andare, cosa fare. Si stava facendo buio. Mary Katherine l'avrebbe trovato. Il tempo a suo disposizione si stava esaurendo. Aprì di nuovo il biglietto.

QUANDO NON VEDI LA LUCE...
SEGUI IL TUO NASO!

Alzò gli occhi e vide le nuvole che si muovevano in cielo. Per un attimo gli tornò in mente un bel volto fatto di nubi. Sentì il vento nei capelli. E, al di sotto del vento, appena percepibile, si sentiva il profumo dei sandwich con il formaggio alla piastra.

QUANDO NON VEDI LA LUCE...
SEGUI IL TUO NASO!

Veniva dalla casetta di legno sull'altro lato della strada.

Christopher si voltò in quella direzione e vide l'anziana in soffitta. Camminò fino al vialetto. Cauto come un topo. Non sapeva se ad attenderlo ci fosse un indizio, o una trappola, oppure la signora che sibilava, ma l'istinto faceva muovere i suoi piedi. Aprì la porta d'ingresso. La famiglia era a tavola per la cena, nonostante fosse ancora presto, dalla parte reale. Sentì il profumo della minestra di pomodori e dei sandwich al formaggio lasciati ad abbrustolire in padella.

«Credi che mamma ne voglia un po'?» chiese la moglie.

Le parole inondarono la sua mente. Barcollò. Il prurito era molto più forte, dalla parte immaginaria. Come carta vetrata avvolta intorno al trapano del dentista.

Comprese all'istante: il marito odiava la madre della moglie. Voleva che morisse, così avrebbero potuto avere di nuovo una vita. Non era cattivo. Ma si domandava che cosa sarebbe successo se avesse solo finto di portare da mangiare alla «cosa in soffitta». Non l'avrebbe mai fatto, naturalmente. Ogni tanto, però, mentre guardava una partita degli Steelers, si chiedeva quanto avrebbe impiegato la suocera a morire di fame, concedendo loro un po' di pace.

«Pensi che mamma ne voglia un po'?» ripeté la moglie, frustrata.

«Sicuramente avrà fame», disse il marito. «Vuoi che le porti su qualcosa?»

«No. Lo faccio io, così come faccio tutto il resto in questa casa», sbuffò la moglie.

Mi sono offerto. Che cosa cazzo vuoi da me? chiese il marito, in silenzio.

Dio, perché non mi chiede semplicemente di farlo con lui? pensò lei.

La moglie andò in cucina. Christopher salì in soffitta, senza far rumore. L'anziana era girata verso la finestra, seduta su una sedia di vimini. Dondolava avanti e indietro, avanti e indietro. Come un metronomo sopra un pianoforte. Guardava le nuvole, fuori. Grugniva, frustrata, mentre litigava con un fascio di cartoncini che teneva tra le mani.

Erano biglietti di Natale.

Seppure sgomento, Christopher non se ne andò. Era

un altro messaggio dall'uomo gentile, sicuramente. Andò verso la donna. Il biglietto in cima era vecchio e ingiallito. I colori e l'inchiostro erano sbiaditi.

TROPPO SPESSO SOTTOVALUTIAMO
IL POTERE DI UN TOCCO...

Toccò la spalla dell'anziana. Accadde tutto in un istante: chiuse gli occhi e avvertì l'ictus che si era portato via metà del suo cervello, togliendole quasi completamente la capacità di parlare. Vide che era stata giovane, un tempo. E bella. Le guardò le mani, ora menomate dall'artrite. Frastagliate come i rami dell'albero al centro della radura. Gliele afferrò, e le tenne strette. Il calore del suo corpo sembrò passare a lei. La lasciò andare. E l'anziana mosse le dita quasi fossero ali di farfalle che si stavano svegliando e uscivano dal bozzolo. D'un tratto si ricordò che sapeva suonare il pianoforte e del bel ragazzo nel salotto di sua madre che si complimentava con lei per la scelta del brano. *Blue Moon*. Dopo, durante la loro luna di miele, avevano trovato un piano in quel grande hotel alle Cascate del Niagara, e gliel'aveva suonato ancora. Adesso sorrise. Le dita erano abbastanza rilassate da girare la pagina del biglietto.

UN ABBRACCIO, UN SORRISO, UNA PAROLA
GENTILE, POSSONO STRAVOLGERE UNA VITA.

Sotto, Christopher lesse un messaggio personale.

Su, va' da tua madre. Subito.
Ha bisogno di te.

In quel momento, la figlia dell'anziana entrò nella stanza con il formaggio alla piastra e la minestra, su un vassoio.

«Ricordi quando tuo padre ti regalò questo biglietto?» chiese la madre, sorridendo.

«Sì, mamma. Ne abbiamo parlato proprio ieri. Non ti ricordi?»

«Suonai il pianoforte per lui. Il tuo papà era un ragazzo bellissimo. Andammo a nuotare nell'Ohio, insieme.»

Con delicatezza, la donna le tolse il biglietto dalle mani.

«Ehi, mamma», disse, piacevolmente sorpresa, «mi sembra che le tue mani stiano molto meglio. E scandisci le parole in modo molto più chiaro. Come ti senti?»

«C'è qualcuno in questa stanza», disse l'anziana.

«Okay, mamma. Non agitarti, adesso.»

«Su, va' da tua madre. Subito! Ha bisogno di te!» gridò la donna.

«Mamma, ti prego, calmati», la supplicò la figlia.

«Va' da tua madre! Ha bisogno di te! Adesso! Subito!» ripeté la donna, strillando.

«Gary! Aiuto!» urlò la moglie al marito, al piano di sotto.

Se il primo biglietto gli aveva suggerito di seguire il suo naso, il messaggio del secondo era inconfondibile. Doveva andare da sua madre, a Shady Pines. Mentre il marito correva di sopra, in soffitta, Christopher uscì indietreggiando dalla stanza e, dopo poco, infilò la porta d'ingresso.

Guardò il suo quartiere, e a stento trattenne un urlo quando le vide. D'un tratto, le strade erano piene di persone. Tutte immobili come cassette delle lettere. Lungo i margini dei cortili. Una donna in abito blu. Un uomo con un cappello giallo. Di un giallo sbagliato. Nauseante.

Avevano gli occhi cuciti.

Alcuni con delle cerniere.

Altri con del filo.

Proprio come i ragazzini nel suo incubo.

Le persone-cassette tenevano tutte in mano un cordino. Tutte. Un filo che portava alla persona successiva, e via così. Per tutta la via, fin dove Christopher riusciva a spingere lo sguardo. Da dove venivano? Dove andavano?

Non venire mai qui dentro senza di me. E mai la notte.

Christopher alzò gli occhi al cielo. Il sole era sceso

sull'orizzonte. Era basso, come il sacchetto bianco di plastica appeso al ramo. Aveva forse quarantacinque minuti prima che tramontasse. Doveva arrivare da sua madre, ma non poteva arrivarci correndo. Non sapeva guidare l'auto. Gli serviva un mezzo di trasporto. Esaminò il quartiere, e i suoi occhi alla fine si posarono su…

Su una bicicletta.

Di quelle a tre velocità. Che di solito avevano un cestino davanti. Ma questa era più vecchia, arrugginita. E stava tutta sola nel bel mezzo di un vialetto.

Alla casa all'angolo.

Corse verso la bici. Passò accanto a una coppia che stava in mezzo alla strada. Dormivano, come due manichini, e si baciavano, il sangue che colava dalle bocche. E sussurravano.

«Ti prego, fallo smettere. Noi non lo stiamo aiutando.»

Christopher afferrò la bicicletta, ma si fermò quando vide la targhetta sul manubrio.

D. OLSON

La casa all'angolo è…

La casa all'angolo è…

Quella in cui viveva David Olson.

Deglutì a fatica. Sapeva che poteva trattarsi di una trappola. Forse era un messaggio. La signora che sibilava forse lo stava aspettando per tendergli un'imboscata. Ma l'istinto gli gridava di andare dalla mamma, a Shady Pines, prima del tramonto.

Cominciò a pedalare. Risalì la via, veloce, inserendo la prima marcia. Quando iniziò a scendere, mise in seconda, poi in terza. Il ritmo aumentava, guadagnava velocità. Era diretto verso la superstrada. Le gambe diventavano più forti a ogni rotazione, e mentre filava lungo la via vedeva sempre più persone-cassette lungo i bordi della carreggiata. Bambine gemelle, un asiatico di una certa età, e una donna mediorientale che sembrava pelle e ossa per via della fame.

Avevano occhi e bocche cuciti.

Camminavano come sonnambuli. Almeno per ora.

La notte, il mondo immaginario si sveglia. E a quel punto diventa davvero spaventoso.

Christopher pedalava. E la velocità aumentava. All'inizio non se ne rese conto. Pensava soltanto al fatto che di lì a poco avrebbe fatto buio, e a sua madre che aveva bisogno di lui, alla casa di riposo. Ma d'un tratto rivolse uno sguardo alla strada, che a quel ritmo era una macchia confusa, e non capì. La collina non era tanto ripida. La bicicletta non era proprio leggera. Ma non era mai andato così veloce in tutta la sua vita. Imboccò la Route 19. Le auto sfrecciavano lungo la superstrada, nella parte reale.

E lui viaggiava accanto a esse.

Il marciapiede scorreva a una velocità accecante. L'aria gelida gli entrava negli occhi, facendoglieli lacrimare. Sentiva una potenza attraversargli le gambe. Davanti a lui c'era una vecchia Mustang piena di adolescenti. La raggiunse. E poi l'affiancò. Infine la superò, muovendo le gambe come se tutto il loro sangue scorresse nelle sue vene. Lasciò la superstrada e scese lungo la via che portava a Shady Pines. Il sole stava inseguendo l'orizzonte, e altre persone-cassette orlavano la strada.

Quasi formassero un guardrail.

Non ho molto tempo.

Nascose la bicicletta un po' più in giù e percorse l'ultimo tratto di corsa. Guardò attraverso la finestra, per essere sicuro che non fosse una trappola. E poi si introdusse non visto nell'edificio, aprendo la porta con un…

Crrrreak.

In punta di piedi, superò il lungo corridoio. Arrivò nel salotto. Un'infermiera stava suonando il pianoforte in un angolo. La canzone era *Blue Moon*. Diversi anziani giocavano a scacchi e a dama.

«Li ho trovati, signor Olson», disse una voce femminile.

Christopher la conosceva. Era quella di mamma. Si girò. E la vide salire dalle scale che portavano nel seminterrato, con una scatola.

«Erano nel magazzino, esattamente dove aveva detto lei», spiegò sua madre all'anziano.

Christopher la guardò andare verso Ambrose Olson, che era seduto su una sedia a dondolo nel salotto. Gli diede una vecchia scatola da scarpe. L'anziano aprì il coperchio e tirò fuori un mazzetto di cartoncini, o così gli parve, fermato da un vecchio spago bianco.

Biglietti di Natale.

Una brezza fredda spazzò la casa di riposo. Christopher udì qualche anziana ospite che si lamentava con le infermiere della temperatura, avvolgendosi negli scialli. Vide Ambrose tirar fuori dalla busta il primo biglietto. Davanti c'era un'immagine di Babbo Natale che urlava a Rudolph, la renna dal naso rosso.

COSA SIGNIFICA CHE HAI DIMENTICATO
GLI OCCHIALI?!

La stanza divenne immobile. Christopher guardò Ambrose aprire il biglietto ingiallito, dai colori sbiaditi. Lo stesso che aveva trovato nel sacchetto bianco di plastica.

QUANDO NON VEDI LA LUCE...
SEGUI IL TUO NASO!

E un messaggio personale, scarabocchiato...

Mi dispiace se ogni tanto ti faccio paura.
Non lo faccio apposta.
Buon Natale.
Ti voglio bene, David.
PS: Grazie del guantone da baseball.
Ma grazie soprattutto dei libri.

Non era l'uomo gentile a dargli degli indizi.

QUANDO NON VEDI LA LUCE...
SEGUI IL TUO NASO!

Era David Olson.

«Che cos'è?» chiese una voce. «Ha sentito qualcosa?»

Christopher lanciò un'occhiata lungo il corridoio, mentre la signora che sibilava entrava nel salotto. David Olson le avvolgeva le spalle come una stola di visone. Era il suo cucciolo. Un piccolo demone con una finestrella al posto dei due incisivi mancanti. Era terrificante.

Mi dispiace se ogni tanto ti faccio paura.
Non lo faccio apposta.

«Che bella calligrafia», commentò sua madre.

Buon Natale.
Ti voglio bene, David.
PS: Grazie del guantone da baseball.
Ma grazie soprattutto dei libri.

«Grazie», disse Ambrose, richiudendo il biglietto. «David amava leggere.»

Christopher sentì il cuore che cominciava a martellargli nel petto. Spostò il peso da un piede all'altro. Il pavimento scricchiolò appena. La signora che sibilava si voltò.

«Che cosa c'è? Chi c'è?» chiese in un sussurro.

Guardò Christopher, che si pietrificò come un cervo davanti ai fari di un'auto.

COSA SIGNIFICA CHE HAI DIMENTICATO
GLI OCCHIALI?!

Lo guardava, ma non riusciva a vederlo.

Con gli occhi, la signora che sibilava percorse l'intera stanza. Annusò l'aria. Percepì qualcosa.

«Sei qui?» sussurrò. «Sei qui dentro, Christopher?»

Il bambino cominciò a indietreggiare, per uscire dal salotto. A piccoli passi, uno dopo l'altro. *Non devo respirare. Non devo permetterle di sentirmi.*

«Di' qualcosa. Non ti farò niente», sussurrò.

Christopher guardò fuori. Il sole stava tramontando. Aveva pochissimo tempo, prima che facesse buio. Le persone-cassette orlavano entrambi i lati della strada, adesso. La signora che sibilava andò a mettersi accanto a sua madre.

«Stai guardando, Christopher?» chiese, calma.

Christopher sentì il sangue pulsargli nelle tempie. Sapeva che era una trappola. Mamma era l'esca. Si fermò nel corridoio, e si accovacciò. Pronto a saltarle addosso se le avesse fatto qualcosa. La vide sussurrarle qualcosa all'orecchio. E vide mamma che se lo grattava, distrattamente.

«Se non esci allo scoperto, tua madre morirà», sibilò.

Poi contrasse le labbra e soffiò sul collo di sua madre, che fu percorsa da un brivido e allungò una mano verso il termostato. Il cuore gli martellava nel petto.

«Pronto? Ora guarda questo, Christopher.»

La signora Collins piombò nella stanza, furiosa come una serpe.

«Suo figlio provoca delle ustioni sul braccio al mio, ma per lei non è sufficiente», urlò addosso a sua madre.

«Mi scusi, signora Collins, ma non so di cosa stia parlando.»

«Ha lasciato mia madre sola nella sua stanza. E lei è uscita di nuovo!»

«Mi dispiace. Dovevo aiutare il signor Olson. I volontari sono andati a casa. Siamo a corto di personale, questa sera», rispose Kate Reese, stancamente.

«Se avesse un dollaro per ognuna delle sue scuse, sarei io a lavorare per lei!»

«Perché non c'era lei a controllarla, signora Collins?» sbraitò Ambrose. «Quella è sua madre, dannazione.»

Christopher sentì crescere la rabbia nella stanza, sempre di più.

«Questo è solo l'inizio, Christopher...» La signora che sibilava sorrise. «Non si fermerà... continuerà... ancora e ancora... E adesso guarda questo!»

Improvvisamente la madre della signora Collins piombò nel salotto, sulla sua carrozzina.

«Mamma, grazie a Dio», esclamò la figlia.

L'anziana si alzò sulle gambe storte. Puntò gli occhi sul viso di Christopher.

«Oh, ciao. Sei qui. Puoi vedermi», urlò.

«Chi può vederti?» volle sapere la signora che sibilava.

«Il bambino. È proprio qui.» Indicò. «Tutti pensano che dica stupidaggini. Ma lui lo sa. Sa tutto.»

La signora che sibilava si chinò a sussurrarle qualche parola all'orecchio.

«Morirete tutti.»

«Moriremo tutti», ripeté l'anziana.

«È tutto a posto, signora», la tranquillizzò la madre di Christopher. «Si calmi.»

«La morte sta arrivando. La morte è qui. Moriremo tutti, il giorno di Natale!» strillò l'anziana.

«Mamma, torna in camera tua!» sbraitò la signora Collins. «Signora Reese, venga a darmi una mano!»

Ma l'anziana non voleva smettere. Continuava con la sua cantilena. Urlando con tutto il fiato che aveva in corpo.

«La morte sta arrivando. È qui. Moriremo il giorno di Natale!»

La signora che sibilava si spostò e si voltò verso Christopher. Sorrise.

«Sono sorpresa, non hai fatto il minimo rumore», disse. «Ma non è questo il motivo per cui ti ho mostrato queste cose. Dovevo trattenerti fin dopo il tramonto.»

Il sole sprofondò sotto l'orizzonte. David Olson scivolò giù dal collo della signora.

Christopher sentì la stanza diventare fredda attorno a lui. Il profumo di zucchero filato lasciò il posto all'odore del sangue. Si voltò verso la signora che sibilava, che sorrise.

«Perché la notte possiamo vederti, amico. Eccoti qui. Ma che bel bambino.»

E si mise a correre verso di lui.

«Non sei sulla straaaaaaada!» strillò.

Christopher corse verso la porta d'ingresso. La signora che sibilava gli saltò addosso proprio mentre apriva la porta, e i suoi occhi venivano colpiti dalla luce di una torcia.

«CHRISTOPHER! GRAZIE A DIO!» esclamò Mary Katherine, aprendo la porta della casa sull'albero.

La torcia del cellulare lo accecò per un momento. Christopher non sapeva dove si trovasse. Afferrò la ragazza per un braccio, pensando che fosse la signora che sibilava. Il calore della febbre passò dalla sua fronte ai polpastrelli.

«Ahi!» strillò Mary Katherine. «Smettila! Così mi bruci!»

Il bambino si guardò intorno e si rese conto di non essere più nella casa di riposo. Era di nuovo nella casa sull'albero. Non era la signora che sibilava che stava tentando di afferrarlo. Era Mary Katherine. Le lasciò andare il braccio. Lei si tolse il giaccone e arrotolò la manica del maglione. La pelle era rossa, e vi comparvero delle vescichette minuscole.

«Scusa», le disse Christopher.

«Dove diavolo sei stato?» gli chiese lei, arrabbiata e spaventata, mentre si massaggiava l'ustione.

«Non riuscivo a dormire, così ho pensato di venire qui a giocare.»

«Be', ti saresti potuto cacciare in un mare di guai, lo sai?»

«Mi dispiace. Puoi perdonarmi?»

«Soltanto a Dio spetta il perdono. Ma lo farebbe, quindi sì, ti perdono. Andiamo. Ti riporto a casa. Dobbiamo occuparci del tuo naso.»

Christopher vi portò entrambe le mani, per asciugarselo, e vide il sangue, bagnato e rosso sui polpastrelli. Era paonazzo in viso, febbricitante. Gli facevano male le articolazioni. E il prurito lasciò il posto a un'emicrania accecante. Non si era mai sentito così male, in vita sua. Nemmeno con l'influenza. Pensò alla velocità che aveva raggiunto sulla superstrada. All'invisibilità. Alla lucidità che sopraggiungeva con il prurito. Se quei poteri lo facevano stare tanto male, dalla parte reale, non pensava di essere in grado di sopportare molto altro.

Prima che lo uccidessero.

Con delicatezza, Mary Katherine lo aiutò a scendere dalla casa sull'albero. Sentiva le articolazioni scricchiolare a ogni passo. Christopher alzò gli occhi al cielo. La luce non c'era più. Vide una stella cadente. Un altro sole. Un'altra anima.

Quando arrivò a terra, diede un'occhiata al sacchetto bianco di plastica appeso al ramo basso. D'istinto lo aprì, ma dentro non c'era niente. Nessun biglietto di Natale. Nessun messaggio nascosto. C'era soltanto quel prurito. Christopher pensò alla scia di briciole di pane che lo aveva condotto a Shady Pines, e all'ultima riga del messaggio di David.

PS: Grazie del guantone da baseball.

Si rammentò di tutte le volte che aveva sentito quell'odore di cuoio. Ogni tanto in camera sua. Ogni tanto sull'autobus. Più ci pensava, più si rendeva conto di quanto fosse stato presente. La stagione era finita da un pezzo. Non ricordava di aver visto dei bambini con dei guantoni. Solo palloni da football e armi giocattolo della Nerf. Eppure, l'odore di cuoio era nell'aria intorno a lui.

Scusa se ogni tanto ti spavento.
Non lo faccio apposta.

Christopher chiuse gli occhi. Lasciò che il prurito gli divorasse la mente. Vide la scia di briciole di pane che si allungava davanti a lui. Lo spazio tra le parole. I pensieri che giocavano a nascondino. E lo guidavano lungo il sentiero. Il primo biglietto che gli diceva **SEGUI IL TUO NASO**, e lo mandava dalla signora nella soffitta, il cui biglietto recava un altro messaggio: *Su, va' a trovare tua madre. Subito. Ha bisogno di te.* E poi c'era la bicicletta nel vialetto di David Olson, che gli aveva permesso di arrivare a Shady Pines nel preciso istante in cui la mamma aveva dato ad Ambrose il biglietto del fratellino. PS: Grazie del guantone da baseball. E l'ultimo pezzetto del puzzle…

Ma grazie soprattutto dei libri.

Il prurito si calmò. Christopher aprì gli occhi. Sentiva il sangue sgorgare copioso dal naso, ne sentiva il sapore sulle labbra. Ma non gli importava. Perché finalmente aveva afferrato quel pensiero che aveva giocato a nascondersi. David non era un demone. Era un bambino che gli faceva avere dei messaggi. E c'era soltanto un posto in cui un ragazzino avrebbe lasciato un biglietto destinato a un suo coetaneo. Anche se a separarli c'era mezzo secolo. L'unico posto in cui ogni bambino di Mill Grove andava a prendere dei libri da leggere.

La biblioteca della signora Henderson.

Mary Katherine spostò il raggio della torcia sul sentiero. Vide un paio di cervi pietrificati dalla luce.

«Oh, Dio. Odio i cervi», disse Mary Katherine, facendosi il segno della croce. «E adesso come usciamo da questo posto?»

Fu Christopher a condurla fuori dalla radura. In lontananza, si udivano le ruspe che sradicavano gli alberi. Il signor Collins aveva vinto la sua battaglia in tribunale. I lavori erano ripresi. Esattamente come aveva immaginato. A breve, avrebbe abbattuto quasi tutti gli alberi, marciando verso la casa sull'albero.

«Ma questa casa che cosa fa, esattamente?» aveva chiesto all'uomo gentile.

hai costruito un portale che dà accesso al mondo immaginario.

Non sapeva se il suo amico fosse stato catturato, o se stesse subendo torture.

Non sapeva se fosse vivo o morto.

Tutto quello che sapeva era che, finché non fosse stato ritrovato, non ci sarebbe stato nessuno a proteggere il mondo dalla signora che sibilava.

Tranne lui.

44

SpecialEd si svegliò. Si grattò il braccio e fissò l'albero fuori dalla finestra della sua camera. Era coperto di neve. Il peso faceva incurvare i rami, che sembravano sorrisi malati.

Un sorriso malato, Eddie. Ecco che cos'è un'espressione accigliata. Solo un sorriso che si è sentito male.

Glielo diceva sempre la nonna, prima di diventare pelle e ossa, e morire. Chissà perché gli era venuta in mente adesso. Era come se fosse lì, nella stanza con lui. Aveva l'odore di un vestito vecchio. E sussurrava.

Da' retta alla nonna.

Si alzò dal letto.

Non sentì il freddo del parquet. Andò alla finestra. La aprì e guardò la neve che si era accumulata sul davanzale. La raccolse nella mano e ne fece una palla. Perfettamente rotonda. Perfettamente liscia, come la Terra. Per qualche motivo non gli gelò le mani. Anzi, era gradevole al tatto. Come lo zucchero filato di Kennywood messo nel freezer.

Non mangiare troppo, Eddie. Ti si rivolterà lo stomaco. Da' retta alla nonna.

SpecialEd chiuse la finestra. Non si era reso conto del viso che era diventato gelido, all'aria. Ma adesso aveva le guance rosse, e voleva un bicchiere d'acqua. Non quella del bagno. Voleva quella della cucina. Percorse il corridoio. Superò suo padre che dormiva nella stanza degli ospiti. La palla di neve gli si stava sciogliendo in mano, e piccole gocce d'acqua cadevano sul pavimento di legno, come una scia di briciole di pane. Superò anche mamma, che dormiva nella camera padronale.

«Perché dormite in due letti diversi?» le aveva chiesto una volta.

«Perché tuo padre russa, tesoro», gli aveva risposto, e lui le aveva creduto.

Scese al piano di sotto. Andò in cucina e si versò un bicchiere d'acqua. Usò il suo preferito. *Hulk... bevi!* c'era scritto sopra. Lo vuotò in un sorso. Aveva ancora sete. Ne bevve un altro. E poi un altro. Aveva la sensazione che gli stesse venendo la febbre. Ma non stava male. Aveva solo caldo. Mancava l'aria, in quella cucina.

Non respiro, Eddie. Va' fuori. Da' retta alla nonna.

SpecialEd aprì la porta scorrevole e rimase fermo sulla soglia, riempiendosi i polmoni di quell'aria fresca, che per un attimo si portò via la sensazione di chiuso. Non gli sembrava di stare come la nonna, con i tubi infilati nel naso, che gli faceva promettere che non si sarebbe messo a fumare come lei. Adesso si chiese se fosse stata seppellita viva e le fosse mancato il respiro dentro la bara. Stava battendo contro il coperchio, in quel momento? Uscì nel cortile sul retro e si sedette sull'altalena che pendeva dalla vecchia quercia, come una decorazione natalizia. Com'è che le chiamava le decorazioni, la nonna? C'entrava una vecchia canzone di Billie Holiday che le piaceva tanto.

Strange Fruit, Eddie.

Rimase seduto lì, a pensare a lei, mentre compattava la palla sempre di più. La posò ai piedi della vecchia quercia. E poi ne fece un'altra. E un'altra. E un'altra. Pensò che magari gli sarebbero tornate utili per difendere Christopher e la casa sull'albero. Perché la gente si prende cose che non le appartengono. Gente cattiva come Brady Collins.

Un uomo deve proteggere i suoi amici, Eddie. Da' retta alla nonna.

Quando SpecialEd ebbe terminato l'ultima palla, abbassò lo sguardo e si rese conto di aver creato una piccola radura attorno al vecchio albero. L'erba era verde, e così gelata diventava croccante. Sopra, c'era una montagnola di palle, che ricordavano i proiettili di cannone che aveva visto quando erano andati in gita d'istruzione a visitare i luoghi della Guerra d'Indipendenza.

Le guerre le vincono i buoni, Eddie.

Non ricordava dove l'avesse sentito, ma era abbastanza sicuro che il termine «fanteria» avesse la stessa radice di «infante». Così come sapeva che «kindergarten» derivava dal tedesco «kinder», bambino, e «giardino». Quindi, ogni singolo soldato di fanteria era stato l'infante di qualche mamma.

Sì, aveva senso.

SpecialEd tornò dentro. Chiuse la porta scorrevole, lasciando fuori il freddo. Guardò in cucina e vide l'anta della credenza lievemente aperta. Stava sempre così? Oppure l'aveva appena aperta qualcuno? Di una fessura? Come il coperchio di una bara, con un occhio che sbirciava fuori per vedere i vivi. Una persona morta che cerca di rammentare il sapore del cibo, perché gli scheletri non hanno la lingua. Pensò a quando dovevano tirar fuori la lingua alla nonna, che vomitava a causa del cancro. Non riusciva a parlare. Così, scriveva quello che voleva dire su dei foglietti di carta.

Mi manca il sapore della torta di mele, Eddie.

Mangiane un pochino per me, Eddie. Da' retta alla nonna.

Andò al frigorifero. Si tagliò una grossa fetta di torta. Guardò il cartone del latte, con la fotografia della bambina scomparsa. Emily Bertovich. Chiuse lo sportello e fissò il test di lettura tenuto fermo da quattro calamite, come Gesù in croce. Per la prima volta aveva fatto un compito abbastanza buono da meritare di passare dal cassetto delle cianfrusaglie al frigorifero. La sua prima A. Sorrise, e richiuse.

Prima di tornare di sopra, a letto, andò nello studio di suo padre. Aprì la porta e fu investito dall'odore di tabacco da pipa e scotch, che negli anni aveva intriso le pareti. Andò alla scrivania di legno. Il secondo cassetto era chiuso a chiave, così tolse il primo. E poi infilò la mano nel buco e tirò fuori una piccola custodia di cuoio che aveva l'odore di un guantone da baseball nuovo. Facendo molta attenzione, la posò sul piano e la aprì. Guardò all'interno, e sorrise, quando finalmente la vide.

La pistola.

SpecialEd la prese. La calibro .44 era pesante, nella sua mano. Senza dire una parola, controllò il caricatore e vide che aveva un colpo in canna. La tenne come i suoi eroi nei film. La luna si rifletteva sul metallo come il luccichio di un occhio.

Portala di sopra, Eddie.

Andò su e si fermò fuori dalla camera padronale, a guardare sua madre che dormiva. Poi superò papà, nella stanza degli ospiti. Notò che non russava affatto. Non aveva idea del perché gli avessero mentito.

Raggiunse la sua stanza. Guardò la vecchia quercia all'esterno. L'albero con il sorriso malato. Si sedette sul letto a mangiare la torta. Quando ebbe finito, pulì la coperta facendo cadere le briciole sul pavimento. Poi mise la pistola sotto il cuscino e vi appoggiò la testa. Guardò l'orologio: le due e diciassette. Chiuse gli occhi e pensò al primo film degli Avengers. Pensò agli Avengers che si mettevano in cerchio e vincevano la guerra. Perché loro erano i buoni. E solo i buoni vincono le guerre.

La guerra sta arrivando, Eddie. Un uomo deve proteggere i suoi amici. Da' retta alla nonna.

45

L'OROLOGIO segnava le 2:17.

Brady Collins era seduto con le ginocchia al petto, la schiena appoggiata alla fredda parete di legno. Qualcosa lo tormentava. Come il prurito sul braccio. Continuava a grattarsi le vesciche che gli aveva lasciato Christopher, ma non c'era modo di farlo passare. E così si grattava, e intanto ripensava a quella giornata. Sua madre era andato a prenderlo in infermeria, dopo essere stata dalla preside, e lo aveva portato a casa. Lo aveva rimproverato per aver fatto a botte con dei volgari arricchiti come Christopher e SpecialEd. E, sempre urlando, gli aveva proibito di mettere ancora in imbarazzo la sua famiglia in quel modo. Era un Collins, dannazione. Una volta a casa, gli aveva detto di togliersi il giaccone e lo aveva spedito nella cuccia, nel cortile sul retro. Non era tanto male, in estate, ma adesso era inverno. L'aveva scongiurata di ripensarci, ma la sua risposta era stata che avrebbe dormito come un essere umano quando avesse imparato a comportarsi come tale. Stava lì dentro da allora. E tutto a causa di Christopher e SpecialEd. Quei due perdenti gli avevano scatenato addosso un'altra volta l'odio di sua madre. E non poteva più sopportarlo. Non poteva più dormire nella cuccia. Doveva fare qualcosa per convincerla a volergli bene. Tremante, sfilò le braccia dalle maniche e le incrociò davanti al petto, dentro la camicia. Il calore del torace cominciò a scaldarle, ma non riusciva a liberarsi del prurito. Continuava a grattarsi, e a grattarsi, e intanto pensava, pensava. E il pensiero era uno. Sempre lo stesso. Quei due cazzoni gliel'avrebbero pagata cara per aver indotto sua madre a odiarlo così.

L'orologio segnava le 2:17.

Jenny Hertzog si svegliò nel suo letto. Pensò che ci fosse qualcuno, nella sua stanza. Sentiva respirare. O era il vento? Scott, il suo fratellastro, doveva essere entrato di nascosto... Invece no, una rapida occhiata alla camera le confermò che era sola. Guardò la porta, aspettandosi di vederlo entrare. Scott era andato a prenderla a scuola, quel pomeriggio, perché la madre di lui, la sua matrigna, era al lavoro. L'aveva supplicato di non dire a suo padre che era stata di nuovo coinvolta in una rissa. Perché, se l'avesse saputo, avrebbe potuto decidere di non mandarla al campo estivo. E il campo era l'unica cosa che le permettesse di allontanarsi da Scott. Così, quando questi le aveva risposto che avrebbe dovuto ballare per lui, per comprare il suo silenzio, non aveva avuto scelta. Le aveva fatto togliere i vestiti. Era rimasta nuda, eccezion fatta per la benda che le fasciava il braccio sinistro, dove si era ustionata. Prudeva tantissimo. Continuava a grattarlo, ma non passava. Era come avere degli insetti che strisciavano sulla pelle. Si alzò e andò alla porta. Tolse la sedia da sotto il pomello. E poi scese le scale e andò in cucina. Tirò fuori un coltello dal cassetto. Lo usò per grattarsi un pochino, e poi passò davanti alla stanza di Scott. Per un attimo pensò di piantarglielo nel collo. E quel pensiero fermò il prurito, per un attimo. Tornò in camera sua e lo mise sotto il cuscino. Nel caso il fratellastro fosse andato da lei, come la notte prima. Le aveva detto che i pantaloni del pigiama erano troppo corti, mentre li gettava nell'angolo. Da «acqua in casa, acqua in casa».

L'orologio segnava le 2:17.

Matt si tirò a sedere sul letto e si grattò il braccio. Avrebbe dovuto essere al settimo cielo per la notizia, invece no. Dopo la scuola era andato dall'oculista con le sue mamme. Erano furiose, per il fatto che fosse stato coinvolto in una scazzottata, ma, dopo che Mike aveva spiegato che avevano soltanto preso le difese di Christopher, si erano calmate un pochino. Era andato dall'oculista per l'occhio pigro, e il dottore gli aveva dato la bella notizia: teoricamente avrebbe dovuto portare la benda fino all'estate successiva, perché l'occhio smettesse di essere così pigro, ma in qualche modo era già andato a posto. «Un miracolo», aveva osservato. Avrebbe dovuto mettersi a fare le capriole, sapendo che Jenny Hertzog non avrebbe più avuto una scusa per chiamarlo «pappagallo pirata». Ma qualcosa non andava. Pensò a Christopher, che lo aveva afferrato per un braccio. A come il calore fosse penetrato nella carne e la sensazione di solletico fosse salita da lì fino all'occhio. Non lo avrebbe mai confidato ai ragazzi.

Lo avrebbero preso per matto. Ma, mentre si grattava,

riusciva solo a pensare che il suo amico lo avesse curato, in qualche modo. Questo pensiero lo spaventava. Perché sapeva che, se qualcuno lo avesse scoperto, avrebbe potuto tentare di uccidere Christopher.

E così si ripromise di continuare a portare la benda, a scuola, per non destare sospetti. Avrebbe incassato le prese in giro di Jenny Hertzog per tutta la vita, pur di garantire la sicurezza del suo amico. Doveva tenere Christopher al sicuro. Aveva la sensazione che il mondo intero dipendesse da questo.

L'orologio segnava le 2:17.

Mike era seduto, a letto. Il prurito lo stava facendo diventare matto. Si alzò e andò in bagno, alla ricerca di quella lozione rosa che avevano usato le loro mamme quando lui e Matt avevano avuto la varicella. Ma non la trovò. C'erano solo le vitamine di sua madre. Quelle che la rendevano felice. Uscì dal bagno e andò nel seminterrato, dove nessuno poteva sentirlo. Accese il televisore e mise su il suo film preferito, *The Avengers*. Qualunque cosa, pur di non pensare al prurito. Si divertì parecchio, e il fastidio se n'era quasi andato... ma poi accadde qualcosa. A metà del film. Thor si fermò e si mise a parlare con lui. Rimasero lì tutta la notte. Era così simpatico. Gli disse che Brady Collins era pericoloso, e che Jenny Hertzog stava per fare una cosa spaventosa. Gli disse anche di proteggere SpecialEd e Matt.

Ma soprattutto Christopher. Perché lui, Mike, era quello forte. E la guerra era vicina. E dovevano vincere i buoni, questa volta. Altrimenti i cattivi avrebbero preso il controllo del mondo. Mike si svegliò sul divano. E non seppe dire se fosse stato tutto un sogno.

L'orologio segnava le 2:17.

La signorina Lasko era seduta nel bar di Mt. Lebanon. Chiudeva alle due, ma conosceva bene il titolare, e lo aveva supplicato di non cacciarla. Non poteva tornare a casa. Si grattò il braccio, e per un attimo le tornò in mente sua madre, nel periodo in cui vivevano in città. Sua madre si grattava in continuazione, fino a quando non prendeva la sua medicina. Lei la chiamava «la medicina del prurito di mamma». Perché, nell'istante in cui se la iniettava nel braccio, smetteva di avvertirlo. Non ci pensava da anni. Adesso guardò le bottiglie e i bicchieri vuoti che aveva di fronte. Ne contò diciassette, un numero che di solito l'avrebbe fatta tornare a casa in taxi, con un black out. Invece quella sera, per quanto bevesse, una bottiglia dopo l'altra, uno shot dopo l'altro, non riusciva a ubriacarsi. Continuava a sentire quel prurito, ancora e ancora. E pensava. E se non fosse più riuscita a prendersi una sbornia? Oh, Dio. Perché non si ubriacava? Ripercorse gli eventi della giornata, e la sua mente andò a Christopher. Sapeva che era folle. Era del tutto assurdo credere che un bambino potesse impedirle di avvertire gli effetti dell'alcol, semplicemente toccandole un braccio. Ma quell'idea non voleva andarsene, esattamente come il fastidio. E doveva trovare la sua versione della medicina di mamma. Doveva sbronzarsi, prima che la sobrietà la facesse uscire di senno.

L'orologio segnava le 2:17.

La signora Henderson era seduta in cucina. Nella sua cucina perfetta. La cucina dei sogni. Vi aveva dedicato anni. Anni in cui era andata alla ricerca di tutti i ninnoli. Di tutti gli oggetti antichi. Non era una donna ricca, ma aveva gusto. E per decenni ogni domenica era andata a esplorare il mondo delle vendite di quartiere e dei mercatini delle pulci, dove aveva scovato pezzi per dieci dollari, che da Christie's sarebbero stati battuti per migliaia di bigliettoni. A poco a poco, un oggetto alla volta, aveva creato la casa perfetta per sé e per il marito. Era il lavoro della sua vita. Di giorno insegnava ai bambini a leggere e ad amare i libri. E la sera si dedicava alla creazione del loro nido perfetto. Ma adesso suo marito non c'era mai. Erano le due e diciassette del mattino, e lui era ancora fuori, da qualche parte. Così, la signora Henderson se ne stava lì seduta a fissare la porta d'ingresso. A fissare la piccola targa antica, con la scritta BENVENUTI A CASA e le tendine perfette appese al bastone d'ottone. Fissava, e si grattava, e intanto pensava al giorno in cui si era fidanzata, in cima alla ruota panoramica di Kennywood. Allora, il signor Henderson non riusciva a toglierle le mani dal posteriore. Lei gli diceva di «no», sul sedile posteriore della sua auto, anche se il suo corpo urlava «sì». Perché non era quel genere di ragazza. I giovanotti non sposano quelle, le diceva sua madre. Ma la sua pelle prudeva, ogni volta che la baciava. Bruciava per lui. Come adesso. Come il primo anno da maestra alla scuola elementare di Mill Grove. Non avrebbe mai dimenticato quel bambino. Quel piccolo tesoro con l'aria spaventata. Così intelligente. Che tristezza, quando era scomparso. Perché le veniva in mente proprio adesso? Non ne aveva idea. Ma pensare a lui servì a calmare il prurito. E servì a fermare le domande sul perché suo marito avesse smesso di toccarla. Invece, le fece ricordare che quello sarebbe stato il suo ultimo anno di insegnamento. Sarebbe andata in pensione e avrebbe vissuto una vita meravigliosa con lui. Sì. Suo marito prima o poi avrebbe varcato quella porta. Prima o poi gli sarebbe venuta fame, e avrebbe avuto di nuovo bisogno della sua cucina calda e accogliente.

46

L'OROLOGIO segnava le 2:37.

Mary Katherine era sola, in camera sua. Era sveglia da venti minuti, ormai. Per via del prurito al braccio. Aveva provato a spalmarsi una crema, ma non aveva funzionato. Aveva anche bevuto un bicchiere d'acqua, perché talvolta il prurito è sintomo di disidratazione. Ma nemmeno quello aveva sortito alcun effetto. La pelle continuava a prudere.

La cosa strana era che le piaceva.

La pelle era calda. Morbida e silenziosa come le lenzuola di seta, al cui contatto il prurito era piacevole. Lo stesso prurito gradevole che aveva provato quella volta in cui Doug si era scordato di radersi, e le aveva dato un bacio sulla guancia. L'aveva irritata, ma le era piaciuto, e una parte di lei sperava che se la facesse crescere di nuovo. Una volta ci aveva provato, quando avevano messo in scena *Il violinista sul tetto*. Come tutti i ragazzi del cast. Con risultati più o meno tragici. Perché i ragazzi erano ragazzi?

Perché non potevano semplicemente darsi una mossa e diventare uomini?

Sdraiata sul letto, con la camicia da notte di cotone, diede un'occhiata alla stanza. Fuori tirava il vento. Un po' più forte del solito. Immaginò che si insinuasse nella sua camera e soffiasse sul prurito, facendolo diffondere in tutto il corpo. Immaginò che si spostasse giù per l'avambraccio, fino al polso, fino alle dita.

Cinque piccole dita della mano destra.

Le prese e cominciò a spostare il prurito. Centimetro per centimetro. Cominciò dal braccio, e poi lentamente portò le dita pruriginose alla spalla, al collo, alla bocca. E lì si fermò. Se le passò sulle labbra, avanti e indietro. Erano secche e screpolate, dopo la camminata attraverso il bosco di Mission Street.

Ogni volta che le sfiorava, il prurito diventava più caldo e morbido e forte, tutto insieme. Era così che immaginava una vera barba sulla sua pelle. Una vera barba, appartenente a un uomo vero. Un uomo come lo sceriffo, che aveva mentito per lei, la notte del ritrovamento di Christopher. Mary Katherine tirò fuori la lingua e si leccò la punta delle dita. Lentamente, se ne infilò uno in bocca. E poi lo spinse più in profondità, e ne aggiunse un altro, e un altro. Immaginò di essere baciata dallo sceriffo. Immaginò di prenderlo…

SMETTILA.

Si tirò su a sedere. Il prurito lasciò il posto al bruciore. Che cosa diavolo stava facendo? Era sbagliato. Avrebbe commesso un peccato pensando a Doug in quel modo, perché non erano sposati. Ma… lo sceriffo? Disgustoso. Mary Katherine non aveva mai fatto sesso, Non si era mai masturbata, perché sapeva che quell'atto avrebbe condotto a pensieri impuri. Conosceva le regole… Pensarlo equivale a farlo. Così le aveva insegnato la signora Radcliffe al catechismo, negli ultimi dieci anni.

PENSARLO EQUIVALE A FARLO.

Si inginocchiò ai piedi del letto e pregò Dio di liberarla da quei pensieri peccaminosi. Era in ginocchio di fronte a Lui. Stava usando la bocca per pronunciare le Sue parole. Ma il prurito peggiorò. Lo sentiva sotto il cotone della camicia da notte. La pelle dei seni sentiva il prurito delle dita. Non c'era che un sottile strato di cotone a separarli. Non era peccato strofinare la camicia da notte. Giusto? Era solo cotone. Non era il suo corpo. Quindi, questo poteva farlo. Non sarebbe stato peccato. Così si alzò, e strofinò il tessuto. I seni li accarezzò solo incidentalmente. Attraverso il cotone ruvido. Come una barba. Come la barba corta e ispida dello sceriffo, mentre la prendeva e la metteva sul letto, e…

SMETTILA.

QUESTA È UNA PROVA.

Si alzò. Adesso provava dolore al petto. Si fece rossa in viso. Si disse che era tutto okay. Si stava solo toccando la camicia da notte. Non i seni. Non aveva fatto niente di male. C'era andata vicina, ma non era andata fino in fondo. Non ancora. Però Mary Katherine era ancora terrorizzata. Doveva uscire dalla sua stanza, prima che le venisse qualche pensiero che l'avrebbe spedita dritta all'inferno. Doveva andare fuori. Ecco. Sì. Le serviva un po' d'aria fresca, che avrebbe placato quel calore.

Andò al guardaroba e si tolse la camicia da notte. Indossava solo un paio di mutandine. La corrente in camera si muoveva sulla sua pelle come una sfilza di piccoli baci. Il vento le soffiava sul collo. Ovunque la sfiorasse, le veniva la pelle d'oca. Perché aveva il permesso di toccarla, mentre lei non poteva toccarsi? Ma non lo stava facendo. Però voleva. Lo voleva tanto. Voleva infilarsi le dita pruriginose nelle mutandine, e…

«Smettila, Mary Katherine!» si ordinò, in un sibilo. «Pensarlo equivale a farlo! Smettila!»

Doveva uscire di lì. Doveva coprirsi. Dimenticare di avere un corpo. Si infilò un maglione bianco, il più pesante che aveva, e una salopette di jeans, e poi calzettoni spessi e scarponcini. Uscì dalla sua camera e passò in punta di piedi davanti a quella dei suoi, per poi scendere al piano di sotto. Uscì, ma fuori si gelava. Per fortuna sua madre aveva parcheggiato nel vialetto. Non era autorizzata a guidare dopo la mezzanotte. Ma non era un peccato restarsene seduta in macchina, giusto? Giusto.

Entrò.

Il freddo del sedile attraversò gli indumenti pesanti. Le

fece venire di nuovo la pelle d'oca, e i capezzoli si indurirono come sassolini sotto la salopette. Pensò a delle mani calde sui suoi seni. A due corpi che strisciavano sul sedile posteriore. Ai finestrini che si appannavano.

QUESTA È UNA PROVA. SMETTILA.

Ma non poteva. Aveva preso fuoco. Non ce la faceva più. Tirò fuori il cellulare e chiamò.

«Pronto?» rispose Doug, mezzo addormentato.

«Doug! Sei a casa?» gli chiese, disperata.

«Certo che sono a casa. Sono quasi le tre.»

«La chiave è sotto lo zerbino?»

«Sì.»

«Allora vengo lì.»

«Ma domani ho il compito...»

Mary Katherine chiuse la telefonata. Mise in moto. Sapeva che sarebbe finita in guai seri, se i suoi genitori l'avessero scoperto, ma non sapeva che altro fare. Doveva liberarsi di quei pensieri. Doveva farsi passare quel prurito.

Andò a casa di Doug, attenta a scorgere i cervi sul lato della strada. Parcheggiò davanti. Prima ancora che avesse avuto il tempo di scendere dall'auto, lui era già sulla veranda. Si avvicinò in vestaglia e doposci, facendo scricchiolare la neve sul prato a ogni passo.

«Che cosa diavolo stai combinando, Mary Katherine?»

«Entriamo.»

«Sei pazza? I miei ci sentiranno. Che succede?»

«Ho bisogno del tuo aiuto, Doug. Prega con me.»

«Per che cosa?»

«Tu fallo e basta. Per favore.»

«Okay.»

Gli aprì la portiera. Doug entrò e rabbrividì. Si presero le mani e chiusero gli occhi, in preghiera. Lei aveva voglia di parlare. Voleva dirgli del prurito sulla pelle, e di tutti i suoi pensieri impuri. Ma non poteva. Perché dirlo equivaleva a pensarlo, e pensarlo equivaleva a farlo. E farlo significava investire un cervo e trascorrere l'eternità all'inferno.

Ma le mani di Doug erano così calde.

E poi aveva un profumo buonissimo.

«Che stai facendo, Mary Katherine?» chiese Doug.

Mary Katherine aprì gli occhi e si rese conto di aver infilato una mano sotto il sedile del passeggero, e di averlo fatto scorrere indietro, per fare posto e andare a mettersi davanti a lui. Si inginocchiò e gli aprì la vestaglia. Allungò una mano verso i boxer, e glieli abbassò fino alle caviglie. Poi guardò giù e lo vide. Non ne aveva mai visto uno, prima. Non dal vero. Solo dei disegni a lezione di educazione sessuale.

E invece adesso ce l'aveva lì.

«Cosa stai facendo?» le chiese sottovoce.

Lei non disse una parola, perché non ne aveva. Aveva solo il calore del suo corpo e il prurito e la vergogna, terribili ma nel miglior senso possibile. Lentamente, portò la mano verso di lui. *Smettila. È un test.* Lo toccò. *Pensarlo equivale a farlo.* Cominciò a muovere su e giù le sue cinque dita, che le prudevano. Su e giù. Su e giù. Non riusciva a credere che stesse accadendo. Non sapeva che cosa la stava possedendo. Ma lo voleva. Voleva che lui la afferrasse. Che fosse un uomo. Dio, Doug, fa' l'uomo. Guardò verso casa sua. Le luci si accesero.

«Oh, Dio. Mia madre è sveglia.»

Ma lei non smise. Glielo prese in bocca. Era duro come un diamante. Il prurito si fermò. E con esso le voci. Le parole. Non sapeva che altro farci, a parte tenerlo in bocca. Ma apparentemente non era poi così importante. Perché tre secondi dopo lui lo tirò fuori, e venne sul suo maglione.

Rimasero entrambi in silenzio.

Guardò Doug, che era pieno di desiderio e disgusto, di vergogna e confusione. L'espressione sul suo viso la terrorizzò. Si rese conto che in quel momento Doug non aveva idea di chi fosse. E lei nemmeno. Il ragazzo si tirò su i boxer e si chiuse la vestaglia.

«Devo andare», disse.

Uscì e tornò in casa di corsa. Mary Katherine non sapeva che fare. Non riusciva a credere a quello che era appena successo. Era stata la nonna a regalarle quel maglione bianco. Per il suo sedicesimo compleanno. Era morta, adesso. E quindi aveva visto quello che aveva appena fatto. E con lei anche Gesù. Il maglione era sporco. Lei era sporca. Come Debbie Dunham, o qualunque altra ragazza a scuola. Era rossa in viso per la vergogna. Si voltò a guardare la casa, mentre Doug varcava la porta senza voltarsi a salutarla.

Mise in moto e se ne andò.

Accese la radio per distrarsi. Era sintonizzata su una stazione religiosa, la preferita di mamma. Il prete le aveva detto che Gesù l'amava e avrebbe lavato via i suoi peccati. Peccati come il sesso. L'adulterio. Cambiò stazione. Parlavano tutte di Dio. Dio la stava osservando. Dio vedeva tutto quanto.

Un cervo passò di corsa davanti alla macchina.

Mary Katherine pigiò sul freno e gli pneumatici slittarono. Il cervo guardò i fari e si paralizzò. Lei si mise a strillare. L'animale era sempre più vicino, illuminato dal raggio di luce.

«TI PREGO, DIO! NO!» gridò.

Si fermò a un paio di centimetri dall'animale.

Lo guardò, attraverso il parabrezza. Lui fissava lei. E un attimo dopo fu raggiunto da una femmina. E da un cerbiatto. Era una famigliola, come Maria e Giuseppe che andavano in cerca di un riparo quando lei era vicina al parto. Il battito del suo cuore accelerò. Se avesse investito un cervo, sarebbe andata all'inferno. Era un avvertimento da parte di

Dio. Le aveva dato un corpo quale vascello del Suo spirito, e non il contrario. Avrebbe fatto meglio ad abbandonare quei pensieri peccaminosi. E a tornarsene a casa. Subito.

Ma i cervi le bloccavano il passaggio.

Non aveva scelta, doveva fare inversione. Tranquilla, inserì la retromarcia. Si infilò in un vialetto e ripercorse la strada da cui era venuta. Avrebbe impiegato più tempo ma, se all'incrocio avesse svoltato a sinistra, sarebbe arrivata a casa prima che i suoi si accorgessero della sua assenza.

All'incrocio, però, c'erano altri cervi a bloccare la strada.

Si fermò allo stop, in folle. Dallo specchietto retrovisore, vide che la famiglia di cervi l'aveva seguita. Ovunque guardasse, c'erano animali. Le stavano impedendo di tornare a casa, lasciandole libera soltanto una strada: quella che conduceva al bosco di Mission Street.

Mary Katherine avanzò. Raggiunse il cantiere del signor Collins. Girò l'auto e li vide: decine di cervi che avanzavano lentamente verso di lei. Minacciavano di graffiare la carrozzeria con le corna. Mary Katherine suonò il clacson.

«Lasciatemi stare!» urlò.

Niente. Non si sparpagliarono. Non corsero via. Invece, piano piano, continuavano ad avvicinarsi. Mary Katherine non ebbe scelta. Aprì la portiera e scese nella notte gelida. Gli animali la rincorsero. Scavalcò la recinzione e atterrò sul terreno fangoso. Loro si fermarono fuori e infilarono le corna tra le maglie metalliche.

Si incamminò nel bosco di Mission Street.

Non avrebbe saputo dire se fosse un sogno o la realtà. Pregò che fosse un sogno. Pregò di svegliarsi nel suo letto e di non aver mai avuto quei pensieri. Di non aver mai preso l'auto dopo la mezzanotte. Di non aver mai preso in bocca il membro di Doug. Pregò che fosse tutto un incubo orribile, e pregò di essere ancora una ragazza che meritava di essere amata.

Sentì altri cervi nel bosco, che correvano dietro di lei e si sparpagliavano come scarafaggi sul pavimento fresco della cucina. Non aveva una meta, cercava un sentiero familiare. Superò un frigorifero abbandonato e infilò un tunnel. Le cadde il cellulare. Il tunnel era buio, la neve scioltasi faceva rumore sotto i suoi piedi. Si chinò e cercò il telefono. Lo prese. Non accadde niente. Pregò di avere un po' di luce. Lo asciugò nella salopette. E all'improvviso l'apparecchio prese di nuovo vita.

Fu allora che vide i cervi.

Decine.

Nella miniera di carbone.

«Ahhhhh!» urlò.

Mary Katherine si mise a correre. Si fece luce con il telefono, finché non raggiunse la radura, illuminata dalla luna.

Vide la casa sull'albero. Ripensò a quando vi aveva trovato Christopher, quella sera. L'aveva afferrata per un braccio, e il calore era passato dalle sue dita alla pelle di lei, formando quelle minuscole vesciche. Erano calde. E sarebbe stata calda anche la casetta. Sì. Ecco dove doveva andare. Sarebbe stata al caldo, e al sicuro dai cervi. Corse alla casa, proprio mentre gli animali raggiungevano la radura. Salì la scaletta di assicelle. Aprì la porta e diede un'occhiata all'interno. Vuota. Si girò e vide gli animali che la circondavano come squali in una vasca.

E poi cominciò a pregare.

E recitò il Padre Nostro con gli occhi rivolti alla magnifica distesa di stelle oltre le nuvole. Una stella cadente attraversò il cielo. Si ricordò di quando la signora Radcliffe aveva detto che ogni stella cadente era un'anima che ascendeva al cielo. Quel pensiero la calmò. Si rivide bambina, al catechismo, dove ascoltava tutte quelle lezioni su Gesù. Dio, amava Gesù con tutto il cuore. Era piccola, e non sapeva dell'esistenza di un corpo capace di fare cose sporche. Non sarebbe stato bellissimo essere ancora quella bambina? Pura nelle azioni e nei pensieri? Mormorò la preghiera del Signore e, dopo l'ultimo verso, si fece il segno della croce.

«E liberaci dal male. Amen.»

Mary Katherine chiuse la porta.

In quell'istante, si sentì meglio. Ora che era calma, tranquilla, si rese conto che non era troppo tardi. Dio avrebbe potuto farle investire un cervo, ma non l'aveva fatto. Si era limitato a darle un avvertimento, e l'aveva guidata alla casa sull'albero. Per rammentarle di amare come ama una bambina. Perché i bambini non vanno all'inferno.

sCratch sCratch sCratch

Sentì i cervi fuori, ma non potevano raggiungerla lassù. E aveva ancora qualche ora prima che si svegliasse sua madre. Quindi poteva puntare la sveglia sul cellulare e aspettare che se ne andassero. Così sarebbe potuta tornare a casa senza correre rischi. Sì. Avrebbe fatto così. Avrebbe dormito nella casa sull'albero. E, al mattino, sarebbe stata al sicuro come una bimba tra le braccia della mamma.

sCratch sCratch sCratch

Ignorò i cervi e puntò la sveglia due ore dopo. Appoggiò la testa sul pavimento della casetta, e d'un tratto si sentì comoda e al calduccio come una bimba in un pigiama. Al caldo e al sicuro, come se Gesù la stesse tenendo abbracciata da dietro, come nei film. Mentre le diceva che era perdonata. E amata. Si raggomitolò e, mentre si abbandonava al sonno, sognò di udire la voce di Gesù, che le sussurrava all'orecchio. E la sua voce era dolce.

Quasi come quella di una donna.

47

Christopher si tirò a sedere sul letto. Guardò fuori dalla finestra e vide il bosco di Mission Street mosso dal vento. I rami spogli che ondeggiavano avanti e indietro come braccia in una chiesa, in adorazione. Sentì il prurito, che si muoveva con la brezza.

Aspettava che la città si svegliasse.

Fece un respiro profondo e tentò di calmare la sua mente. L'ultimo viaggio nella parte immaginaria aveva reso il prurito molto più forte. Ma con esso era sopraggiunto anche il dolore. Ormai si era abituato ai mal di testa e al sangue dal naso.

La febbre però lo spaventava un po'.

Il calore si levava dalla sua pelle come vapore dall'asfalto dell'autostrada. La temperatura saliva fino a quando la città non andava a dormire. Gli sembrava di sentire le luci che si spegnevano. I televisori che diventavano scuri. E, con il silenzio, la temperatura scendeva un pochino. Il prurito cessava. E tutti quei pensieri, simili a schede didattiche, smettevano di invadergli la mente perché la città dormiva. Ma sapeva che, al suo risveglio, avrebbero ricominciato come un martello pneumatico. E non poteva permetterlo. Quel giorno doveva concentrarsi su una cosa soltanto.

Doveva trovare il messaggio che gli aveva lasciato David Olson, a scuola.

Quanto al fatto di arrivarci, be', era un altro paio di maniche.

Non aveva idea di quanta febbre avesse, ma sapeva che era sufficiente a indurre sua madre a tenerlo a casa. Così, si trascinò giù dal letto e percorse il corridoio. Superò in punta di piedi la camera di lei, che dormiva, e raggiunse il bagno, dove salì sul lavabo, aprì l'armadio dei medicinali e tirò fuori la boccetta di aspirine che mamma teneva sulla mensola in alto. Aveva dato fondo alla scorta in cucina già da tempo. Prese anche le altre confezioni: Aleve, Advil, Tylenol e qualunque altro farmaco con la dicitura «non provoca sonnolenza». Dopo aver svitato i tappi di sicurezza, prese cinque compresse di ciascun tipo per evitare i sospetti che avrebbe suscitato vuotandone una. Quindi, le rimise al loro posto e, sempre in punta di piedi, tornò in camera sua.

«Tesoro? Che cosa fai?» chiese la voce.

Christopher si voltò e vide sua madre che dormiva.

«Ho fatto un brutto sogno», mentì.

«Cosa hai sognato?»

«Che eri andata via. Volevo essere sicuro che fossi ancora qui.»

«Io sarò sempre qui», sussurrò. «Vuoi dormire con me, stanotte?»

Sì.

«No, grazie. Sto meglio, adesso.»

«Okay. Ti voglio bene», fece lei, e poi si girò e si rimise a sognare.

Christopher tornò nella sua stanza e aspettò che facesse giorno. Avrebbe letto qualcuno dei suoi libri, per ingannare l'attesa, ma la verità era che li aveva imparati tutti a memoria. Erano simili a schede didattiche, nella sua mente. Le pagine giravano come generazioni, dalla nascita alla morte. Dal principio alla fine. Dagli alberi alla carta.

All'alba, sopraggiunse il prurito. E con esso il dolore. Sentì il quartiere che si svegliava. I vicini che si stiracchiavano e sbadigliavano. Gli giunse il profumo del caffè che veniva versato, udì i cereali che venivano sgranocchiati. Si ricordò che suo padre amava il caffè e le ciambelle con sopra lo zucchero. Pensò al suo funerale. Alle lapidi che si estendevano a perdita d'occhio. E si interrogò su quelle tombe. Se ogni anima che aveva vissuto occupava una tomba, alla fine...

...non avrebbero coperto la Terra intera?

Mezz'ora prima che suonasse la sveglia della mamma, Christopher tritò tutte e trenta le pastiglie, riducendole in polvere finissima, che mangiò come fosse una caramella Pixy Stix acida.

Scese in cucina.

Mise il tappo nella vasca del lavello e aprì l'acqua, piano. Tirò fuori dal freezer i due contenitori per il ghiaccio, che fece scrocchiare come si fa con le nocche, e rovesciò i cubetti nell'acqua. Riempì nuovamente i contenitori e li rimise nel congelatore, per non lasciarsi dietro nessuna traccia.

Quindi si tolse la maglia del pigiama e si immerse – testa, collo e spalle – nell'acqua ghiacciata. Avrebbe voluto urlare, ma si costrinse a rimanere giù fino a che non ebbe contato fino a venticinque. Poi tirò fuori la testa, prese un respiro profondo e lo rifece. E poi ancora. E ancora.

Il freddo gli penetrò nella pelle come una moltitudine di aghi, finché le membra non gli si intorpidirono, ma anche allora non osò smettere. O faceva così, o sua madre l'avrebbe portato dal dottore. Non c'era un piano B. Christopher conosceva un sacco di bambini che si fingevano malati per evitare la scuola. Gli venne in mente quando SpecialEd gli aveva mostrato come ingannare un termometro con una lampadina e un termoforo. Solo che non aveva mai pensato di diventare il primo ragazzino della storia a fingersi in forma per andare a lezione. Quando suonò la sveglia (grazie a Dio, mamma schiacciava sempre il tasto per rimandarla di qualche minuto), si asciugò alla svelta con uno strofinaccio, tolse il tappo e tornò di sopra di corsa per rimettersi a letto, e fingere di farsi svegliare da lei.

«Ehi, come ti senti?» gli chiese.

«Molto meglio», le disse, fingendo di aprire gli occhi

in quel momento. Non era una bugia. Le trenta pillole cominciavano a fare effetto. Tecnicamente, si sentiva meglio davvero.

«Bene. Come hai dormito?»

«Come un ghiro. Non vedo l'ora di andare a scuola. Oggi è martedì, ci sono i tacos», annunciò, vivace.

E poi si preparò per il momento della verità. Sua madre gli mise d'istinto la mano sulla fronte. Sentì i capelli ancora lievemente umidi, per via dell'acqua. E lui pensò di aver rovinato tutto.

Finché non la vide sorridere.

«Credo che la febbre sia passata. Facciamo un altro controllo.»

Gli infilò il termometro sotto la lingua. Lui abbassò gli occhi, quando il display digitale emise un bip.

Trentasei e sei.

«Spiacente, amico. Temo che dovrai andare a scuola.»

Un miracolo.

Mia madre vuole…

Mia madre vuole… invitare lo sceriffo per Natale.

Mia madre non lo farà… a causa mia.

«Mamma?» le chiese. «Dove va la gente che non ha famiglia, a Natale?»

«Dipende. Qualcuno va da amici. Altri in chiesa. Perché?»

«Perché vorrei che persone come il signor Ambrose e lo sceriffo avessero un posto dove festeggiare, quest'anno.»

«Un pensiero carino. Vuoi invitarli qui?»

«Sì.»

«D'accordo. Adesso sbrigati, però, o arriverai in ritardo.»

Mia madre è…

Mia madre è… tanto felice in questo momento.

Si aprirono le porte dello scuolabus.

Nell'istante in cui salì, le voci cominciarono a prendere velocità. Vide gli studenti che lo fissavano come un animale allo zoo. Per quei bambini era solo quello che si era pisciato addosso davanti a tutta la scuola.

Ma, per lui, loro erano tutt'altra cosa.

Il ragazzino rosso di capelli... si mette i vestiti di sua madre.

La bambina con l'apparecchio... non mangia quanto dovrebbe.

Quella piccolina con gli occhi marroni... è preoccupata per la sua famiglia in Medioriente.

Stanno soffrendo. Il mondo intero presto soffrirà, Christopher.

Devi trovare il messaggio di David Olson.

Passò accanto all'autista, il signor Miller. Notò il tatuaggio che aveva sul braccio. Quello dei Marines. Sentì che si stava preparando alle vacanze. E ogni volta pensava agli uomini che aveva ucciso in un deserto, da qualche parte.

Il signor Miller pensa...

Il signor Miller pensa... di non meritare di vivere.

«Signor Miller?»

«Va' a sederti!» sbraitò l'uomo.

«Mi scusi. Volevo solo ringraziarla, perché ci accompagna sani e salvi a scuola.»

Lui rimase un momento in silenzio. Christopher sapeva che era la frase più carina che gli avessero detto negli ultimi cinque anni. Di sicuro, la più gentile che avesse sentito da quella massa di mocciosi. Punto. Gli avrebbe detto grazie, subito, ma temeva, aprendo bocca, di scoppiare in lacrime e di perdere per sempre la sua autorità su quei ragazzini. Così, disse l'unica cosa che gli venne in mente.

«È il mio lavoro. Quindi, smettila di distrarmi e mettiti a sedere», sbraitò ancora.

Christopher annuì e andò al suo posto. Quel gesto lo aiutò. Gli calmò la mente, tanto che riuscì ad arrivare a scuola senza pensare a ogni singola famiglia all'interno di ogni singola abitazione. Quando lo scuolabus si fermò davanti all'entrata, sorrise.

«Buona giornata, signor Miller», disse.

«Anche a te, figliolo», rispose l'uomo, burbero.

Il signor Miller non…

Il signor Miller non si toglierà la vita, questo Natale.

Guardò davanti a sé, verso i bambini che entravano nell'edificio con i giacconi pesanti, e i berretti. Erano centinaia. Centinaia di piccoli, nati da centinaia di genitori. Ciascuno di loro era l'eroe della propria vita. Tutte quelle voci, tutti quei segreti e quei pensieri. Christopher fece un respiro profondo e chinò la testa. Provò a concentrarsi su David Olson, ma le voci attraversavano la sua mente, pruriginose. Si sentiva in una gabbia di battuta, con una macchina che gli sparava addosso palle da baseball. Le chiacchiere erano perlopiù innocenti. Rod Freeman era preoccupato per il suo test. Beth Thomas si chiedeva che cosa ci fosse per pranzo. Ma di tanto in tanto spuntava un pensiero violento. Un ricordo. Una fantasia. Qualcuno si domandava dove fosse Brady Collins. Perché Jenny Hertzog fosse assente. Dove fossero finiti SpecialEd ed M&M's. Christopher vide la signorina Lasko che arrivava dal corridoio. Si stava grattando il braccio. Non aveva affatto una bella cera.

La signorina Lasko…. non ha dormito la notte scorsa.

La signora Lasko si è… spogliata con il barista perché non riesce a ubriacarsi.

«Signorina Lasko, si sente bene?»

«Certo, Christopher. Sono solo un po' fuori fase, tutto qui», disse, ma dalla voce sembrava avere la bocca piena di sciroppo. Parlava in modo lento, troppo lento.

«Forse dovrebbe andare a casa.»

«No. A casa è peggio», gli rispose.

La maestra gli accarezzò la testa e passò oltre, mentre i corridoi venivano invasi da un'ondata (Acqua in casa! Acqua in casa!) di studenti. Padre Tom diceva che Dio si era adirato e aveva allagato il mondo. Christopher adesso vedeva quei bambini che nuotavano contro corrente, le voci che si mescolavano insieme in un rumore bianco, come quello delle onde dell'oceano. Era così che Lui aveva creato il suono degli oceani? Aveva preso semplicemente miliardi di voci e le aveva portate in mare? L'energia si muoveva attraverso l'acqua immobile. Attraverso la carne altrimenti morta. Tutte quelle persone erano connesse tra loro.

Come le persone-cassette.

Christopher lottava strenuamente con le voci, ma il suo cervello non poteva più fermarle. Così, fece l'unica cosa che poteva fare. Si arrese. Lasciò vagare la mente e le voci lo trasportarono, come un surfista su un'onda. Centinaia di voci che lo spingevano al largo. Che lo facevano muovere per i corridoi di scuola come il sangue che scorreva nelle loro vene. A lezione di scienze, il signor Henderson diceva che il nostro corpo è composto per il settanta per cento di acqua. Come la Terra. Siamo tutti connessi.

Come le persone-cassette.

Seguì le voci che correvano lungo il corridoio verso la biblioteca, superando gli armadietti che stavano l'uno accanto all'altro come tante piccole bare. La biblioteca era deserta, la mattina. C'era soltanto la signora Henderson. Non appena la vide, Christopher si preoccupò. Era in piedi sulla scrivania, e stava sistemando un pannello di polistirolo del rivestimento del soffitto. Era pallida, la pelle resa lucida da uno strato sottile di sudore. Il bambino sapeva che si sentiva malissimo. Proprio come la signorina Lasko.

La signora Henderson... ha aspettato in cucina tutta la notte.

Il signor Henderson... è rientrato all'ora di colazione.

«Si sente bene, signora Henderson?» le chiese.

Lei non rispose subito. Abbassò lo sguardo sul bambino, grattandosi il braccio. La pelle era rossa, infiammata. Come se si fosse tolta degli strati. Scese dalla scrivania. Stordita.

«Sì, Christopher. Sto bene. Grazie dell'interessamento.»

Aveva una voce strana. Lenta, distante. Era confusa.

«Sicura di stare bene? Non sembra.»

Christopher sollevò una mano a toccare la sua.

Subito, smise di grattarsi. La bibliotecaria guardò il suo visetto. Per un attimo, si scordò che il marito non l'amava più. Lei aveva ancora i capelli rossi. Si erano sposati alla caserma dei pompieri. Si erano aiutati, negli anni del college. Allora, lei non poteva certo sapere a quanti bambini avrebbe insegnato. Per cinquant'anni, classe dopo classe, attraversando il tempo così come l'energia attraversa le onde dell'oceano. Aveva aiutato migliaia di studenti a diventare persone migliori. Ciascuno dei quali le aveva tolto un capello rosso, finché non le erano diventati tutti grigi. Li avevano tenuti stretti, come facevano loro con i cordini dei palloncini del Balloon Derby, ogni anno. E lei non riusciva a smettere di pensare a come fosse cominciato tutto quanto, quel primo anno. Con la sua prima classe. E con quel primo allievo. Le sfuggiva un sorriso, quando le tornava in mente quel ragazzino. Che andava a chiederle un libro nuovo. E poi un altro ancora. E un altro. C'era sempre da sperare, con bambini come lui.

«Lo sai, Christopher? Mi ricordi una persona», disse adesso. «Com'è che si chiamava, già?... Ho passato la notte a cercare di ricordarlo.»

Il locale divenne improvvisamente freddo e il prurito cominciò a salirgli sul collo.

«David Olson», disse lentamente. «Ecco. Dio, ci penso da ieri sera. Stavo diventando pazza.»

Trasse un sospiro. Parlava ancora lentamente, come

se tutto il suo corpo si trovasse sott'acqua. Ma provò un enorme sollievo, ora che le era tornato in mente il nome.

«Amava i libri. Proprio come te.»

«Quali libri?»

«Oh, cielo. Tutti. Ne prendeva in prestito uno dopo l'altro», continuò lei, d'un tratto persa nei suoi ricordi. «'Signora Henderson, ce l'ha *L'isola del tesoro*? E *Lo Hobbit*?' Li leggeva in un giorno. Scommetto che, se non fosse scomparso, avrebbe letto ogni singolo volume presente in biblioteca.»

Il suo viso cambiò bruscamente, al ricordo di quel fatto. Christopher vide tornare le rughe attorno agli occhi e alla bocca. Rughe profonde che aveva guadagnato con una serie di finti sorrisi.

«Sai, quando scomparve, c'era un libro che aveva appena restituito nel bidone dei volumi resi. Non ebbi cuore di reinserirlo. Sapevo che, se l'avessi fatto, lui sarebbe andato via per sempre. Oddio, suona strano adesso, vero? Lasciai la dicitura 'in prestito' fino alla fine dell'anno, sperando che tornasse. Ma non accadde. E, quando facemmo l'inventario, fui costretta a registrare la restituzione.»

«Che libro era?» chiese Christopher, la voce bloccata in gola.

La signora Henderson mise la mano su quella di Christopher. La sentì così calda, e asciutta. D'un tratto si sentì splendidamente. Serena.

«*Frankenstein*», rispose, sorridendo. «David lo prese in prestito una decina di volte. Era il suo preferito. Non ho mai avuto il coraggio di sostituirlo.»

Si interruppe un momento. E gli occhi le si colmarono di lacrime.

«Quella sera cominciavano le vacanze estive. Mio marito mi fece una sorpresa, portando a casa il nostro primo televisore a colori. Aveva risparmiato tutto l'anno per comprarlo. Guardammo la TV seduti insieme sul divano, per tutta l'estate. Vecchi film. Partite di baseball. Persino *Frankenstein*. Faceva parte di un doppio programma. E, durante la visione, pensai a David, con la testa appoggiata sul petto di mio marito. E capii quanto fossi fortunata per il semplice fatto di essere viva.»

«Lo è ancora, signora Henderson», le disse lui, sommessamente.

«Grazie, Christopher. Dillo al signor Henderson.»

Poi, gli lasciò andare le mani. Batté le palpebre due volte e diede un'occhiata alla biblioteca, quasi si fosse resa conto all'improvviso di essersi messa a piangere di fronte a uno studente. In imbarazzo, si scusò e corse in bagno a ritoccarsi il trucco.

Christopher era solo.

Solo momentaneamente, sapeva. Sentì le voci chiuse nelle aule dell'appello che turbinavano intorno a lui. Centinaia di alunni impegnati a fantasticare, o a seguire le rispettive lezioni. Insegnanti con peccati e segreti impegnati a trasmettere loro le proprie conoscenze. Lui era un'isola nell'occhio del ciclone.

Proprio come la casa sull'albero, al centro della radura.

Si calmò e, sulle gambe che gli cedevano, si mosse il più rapidamente possibile per raggiungere il computer. Cliccò sul motore di ricerca per individuare la collocazione del libro di David Olson. Cominciò a digitare, svelto…

F-R-A-N-K-E-N-S-T-E-I-N

Scoprì in quale sezione si trovava. Andò agli scaffali e trovò una vecchia edizione con la copertina rigida, malconcia e consumata da quegli stessi anni che avevano tolto il rosso dai capelli della bibliotecaria. La aprì, facendo una crepa nel dorso, e diede un'occhiata al frontespizio. Non c'era niente. Nessun appunto. Nessuna annotazione. Girò pagina. Poi passò alla successiva. E a quella dopo. Niente. Solo qualche sottolineatura. Christopher non capiva. Era certo che David Olson gli avesse lasciato un messaggio in quel libro.

Altrimenti perché sarebbe andato in biblioteca? Perché aveva ascoltato la storia della signora Henderson? Doveva esserci un messaggio lì dentro, da qualche parte… invece nulla, tranne qualche parola sottolineata.

Tornò al frontespizio. Guardò meglio, pensando che magari David avesse utilizzato inchiostro invisibile. Magari temeva che la signora che sibilava trovasse i messaggi, e aveva deciso di nasconderli, in qualche modo. Si fermò e studiò con attenzione i passaggi sottolineati. Erano strani. Non si trattava di frasi complete. Erano parole. A volte, lettere all'interno di una parola. Tornò al frontespizio.

Frankenstein di Mary Shelley.

Aveva sottolineato She. Lei.

Sfogliò le pagine fino a trovare la sottolineatura successiva… pensa.

La temperatura si alzò. Avvertiva una presenza nella stanza. Si girò, per controllare se qualcuno lo stesse osservando. Ma era solo. In silenzio, riportò l'attenzione sul libro e girò le pagine fino a trovare cos'altro aveva evidenziato dopo Lei pensa.

Le tre successive: che tu stia.

…leggendo.

…in questo momento

…non

…trascrivere queste parole

…oppure

…lo scoprirà

C-h-r-i-s-t-o-p-h-e-r.

Ammutolì. E si bloccò. Sapeva che la signora che sibilava lo stava tenendo d'occhio, in quel momento, dalla parte immaginaria. E così fece del suo meglio per fingersi immerso nella lettura, mentre sfogliava quelle pagine di cui leggeva solo le parole sottolineate da David Olson. E il messaggio era il seguente:

Lei pensa che tu stia leggendo in questo momento. Non trascrivere queste parole oppure lo scoprirà, Christopher. Ti sta guardando, mentre leggi. È sempre in ascolto. Non puoi parlare dei tuoi piani ad alta voce, altrimenti ucciderà tua madre. Non metterti in contatto con il mio fratellone, Ambrose. Lo ammazzerebbe all'istante, se dovesse scoprire che ti stavo aiutando.

Continuò a girare le pagine, alla velocità della luce.

So che avrai delle domande, ma non possiamo parlare direttamente, perché capirebbe che mi sono messo contro di lei. Scusa se ti ho spaventato, negli incubi, ma devo dimostrarle la mia lealtà. Ti lascerò degli indizi ogni volta che potrò, ma, se vogliamo sconfiggerla, devi salvare LUI. Lui è l'unico che possa aiutarci. Io lo chiamavo il soldato. Per te è l'uomo gentile. È stato messo qui per combattere contro la signora che sibila. Senza di lui, il tuo mondo è condannato.

Christopher pensò all'uomo gentile. Al soldato.

Quando lo vedi, digli che la signora che sibila ha trovato il modo. È già cominciata. Hai visto una parte, ma non hai visto altre cose. Ma si sta diffondendo al di fuori del

bosco. Oltre i confini della città. Sta acquistando forza, senza lui a tenere sotto controllo il suo potere. E, quando sarà il momento, manderà in frantumi lo specchio tra il mondo immaginario e il tuo. E ne rimarrà soltanto uno. Lei non sa che io so, ma posso dirti QUANDO ogni cosa verrà rivelata.
La morte sta arrivando.
La morte è qui.
Morirete il giorno di N-a-t-a-l-e.

Le parole volarono attraverso la mente di Christopher. Alzò gli occhi verso il calendario. Martedì, 17 dicembre. E poi li riabbassò sul libro.

Il soldato è la nostra ultima possibilità. Se possiamo tirarlo fuori dal mondo immaginario e riportarlo in quello reale, allora potrà fermarla. Altrimenti, tutto è perduto. Farò quello che posso per aiutarti, ma tu devi salvarlo, e devi farlo da solo. Lo tiene incatenato in casa mia. Vacci di giorno. Bada a non fare il minimo rumore. Lei farà un test per capire se sei lì. NON FALLIRE. Se ti becca, non ti lascerà mai più tornare nel tuo mondo.

Christopher, io sono qui da 50 anni. Non voglio che tu faccia la stessa fine, rimanendo intrappolato com'è successo a me. Quindi, ti prego, fa' attenzione. E, se trovi il modo di tirare LUI fuori da qui, PER FAVORE, PORTATEMI CON VOI.

Il tuo amico,
David Olson.

Christopher continuò a girare le pagine fino ad arrivare alla fine. Non c'erano altre sottolineature. Nessun'altra parola. Rimise il volume al suo posto e, con nonchalance, uscì dalla biblioteca. Quindi andò al suo armadietto, prese il giaccone e si infilò nel bagno con gli «orinatoi da mira», al primo piano, dove c'era una finestra aperta che i ragazzini di quinta usavano per marinare la scuola. Non sapeva se l'avesse sentito, o se l'avesse letto nella mente di qualcuno. Di una sola cosa era certo: nessuno l'avrebbe visto andare via, e sarebbe tornato in tempo per la campanella finale. Dopotutto, erano solo due ore di cammino dalla scuola all'albero.

E, da lì, dieci minuti per la casa di David Olson.

48

La casa era più piccola di come la ricordasse.

Ambrose non ci tornava da quando si era trasferito a Shady Pines, ma quella mattina, svegliandosi, qualcosa l'aveva costretto ad andarci. Era più che una sensazione. Era più che dolore. Semplicemente, sapeva di dover rivedere quella vecchia casa prima che gli occhi lo abbandonassero per sempre.

E ci doveva andare quel giorno.

Lo avrebbe fatto subito, se non fosse stato per il funerale. Aveva dedicato giorni a organizzarlo. Non avendo eredi, il denaro non era un problema. Suo fratello non aveva certo avuto il meglio dalla vita, quindi, dannazione, aveva fatto in modo che l'avesse da morto. Aveva acquistato la bara e la lapide più sfarzose, senza scadere nella volgarità:

il buon gusto era una qualità che sua madre aveva sempre considerato al di sopra di ogni altra.

«La classe non si compra», amava ripetere.

«Nemmeno la vita», aveva riflettuto lui, ad alta voce.

Kate Reese e lo sceriffo avevano partecipato alla funzione. Lo sceriffo era stato così gentile da recarsi personalmente da Ambrose per comunicargli che il test del DNA aveva dato riscontro positivo. Quando gli aveva riportato la busta con la ciocca di capelli di David, l'anziano lo aveva guardato strizzando gli occhi, e aveva fatto no con la testa. Si erano fissati un momento. Soldato e poliziotto.

«La tenga in quella busta, sceriffo. Risolveremo questo caso.»

Ecco. E il poliziotto aveva annuito, rimettendosi la prova in tasca.

«Sceriffo», gli aveva detto Ambrose, infine, «verrebbe al funerale di mio fratello?»

«Ne sarei onorato, signore.»

Ambrose si era sforzato di comportarsi da buon cattolico. Aveva ascoltato il sermone di padre Tom sulla pace e il perdono. Aveva mangiato l'ostia, all'Eucaristia, che aveva lo stesso sapore del polistirolo vecchio. Aveva fatto appello alla sua forza di volontà e aveva aiutato a portare la bara, e al diavolo la schiena e le ginocchia artritiche. Si sarebbe spezzato in due piuttosto che permettere che David venisse deposto sottoterra senza di lui. Padre Tom aveva pronunciato ancora qualche parola, sulla tomba. Ambrose aveva messo una rosa sulla lapide.

Ma non c'era pace. Non c'erano lacrime.

Solo questa sensazione di inquietudine.

La sensazione che non fosse finita.

Che il suo fratellino non fosse in pace.

E lui aveva avvertito la necessità di tornare alla sua vecchia casa. Subito.

Un'automobile la possedeva ancora, ma a causa dei problemi di vista gli era già stata revocata la patente. Per fortuna, Kate Reese si era offerta di accompagnarlo, dal momento che viveva nel suo vecchio quartiere. Ambrose le fu grato per essere lì, perché un'altra sensazione aveva cominciato a farsi spazio dentro di lui, via via che si erano avvicinati alla vecchia casa.

Una sensazione che non era molto diversa dalla paura.

Non aprire la porta. Non è un bambino vero! Tuo fratello diceva la verità!

Mise un piede sulla vecchia veranda. Suonò il campanello. Mentre aspettava, abbassò lo sguardo sul punto esatto dove aveva trovato la carrozzina. Sentiva ancora quel pianto di neonato. E poi la polizia che parlava con suo padre.

Non abbiamo trovato impronte sul registratore, signor Olson. Né sulla carrozzina.

E allora chi ce l'ha messa, lì?!

E sua madre, a lui.

Perché non hai tenuto d'occhio il tuo fratellino?!

Si voltò a guardare di nuovo il quartiere, per liberarsi di quel disagio interiore. Per un attimo, gli tornò in mente l'estate prima che David cominciasse a stare male. I papà lavoravano alle loro auto nei vialetti, con i figli. Barry Hopkins stava tentando di trasformare la vecchia e merdosa Dodge del '42 in un mezzo decente. La strada era sicura. Ci si preoccupava per gli altri. Gli uomini ascoltavano la partita dei Pirates alla radio, mentre le donne si tenevano occupate in soggiorno, giocando a bridge, bevendo vino bianco e gin. L'estate seguente, dopo la scomparsa di David, la gente non passava più tanto tempo nei vialetti di casa. I bambini non erano quasi mai fuori. E, quanto al bridge, se si giocava ancora, nessuna famiglia invitava mai gli Olson. E questo aveva ferito profondamente sua madre; del resto, Ambrose sapeva che le persone sono terrorizzate dall'idea che disgrazie e tragedie possano essere contagiose. Tuttavia, sarebbe stato carino se sua madre non avesse perso anche le amiche, oltre al suo bambino.

«Salve. Posso aiutarla?»

Ambrose si voltò e vide una donna giovane. Doveva avere trent'anni, forse. D'aspetto gradevole, bella. D'istinto, si tolse il cappello e avvertì l'aria gelida sulla testa calva.

«Sì, signora. Perdoni il disturbo. Un tempo vivevo qui con la mia famiglia. E, ecco...»

Le parole gli morirono sulle labbra. Avrebbe voluto chiederle di dare un'occhiata, ma adesso che era lì non era più così sicuro di voler entrare. Una morsa gli strinse il petto. C'era qualcosa che non andava, in quel posto. Kate Reese venne in suo aiuto.

«Il signor Olson voleva chiederle se fosse possibile dare un'occhiata alla casa. Salve, mi chiamo Kate Reese, vivo in fondo alla strada», aggiunse, indicando un punto oltre il pendio.

«Ma certo. Prego, si accomodi, signor Olson. Casa mia è casa sua. O forse dovrei dire, casa sua è casa mia», scherzò la donna.

Ambrose si sforzò di sorridere e la seguì dentro. Quando la porta si fu richiusa alle sue spalle, d'istinto si girò verso l'angolo per appendere giaccone e berretto. Ma naturalmente l'appendiabiti di sua madre non c'era più. E con esso la carta da parati. E lei.

«Lo prende un caffè, signore?» gli domandò la nuova proprietaria.

Il caffè non gli andava, ma voleva rimanere solo per radunare i pensieri. Così accettò una tazza di Vanilla Hazelnut (qualunque cosa fosse), e la ringraziò per la sua gentilezza. La signora Reese andò in cucina con la giovane, che disse di chiamarsi Jill, e cominciarono a chiacchierare del valore delle proprietà del quartiere.

Ambrose attraversò il soggiorno. Il camino c'era ancora, ma la moquette era stata tolta, rivelando il parquet sottostante. Si rammentò che allora avere la moquette ovunque significava godere di una certa posizione sociale. Quanto era stata orgogliosa mamma, quando l'aumento di papà aveva permesso loro di affrontare quella spesa. Era certo che Jill fosse altrettanto fiera del suo legno, perché aveva imparato che il vecchio era tornato di moda. Si chiese se un giorno, quando Jill fosse stata anziana e avesse venduto la casa, sarebbe tornata in voga la moquette, e se la nuova coppia di acquirenti avrebbe riso del buffo parquet dei vecchi proprietari.

Adesso sentì il pavimento cigolare alle sue spalle.

Si voltò in fretta, aspettandosi di vedere Jill con il caffè. Ma non c'era nessuno. Solo la casa vuota, e il rumore del suo respiro. Notò che la donna aveva scelto di mettere il divano nell'angolo a ovest. Sua madre aveva preferito quello a est, per la luce della sera. Allora, le famiglie vivevano nel soggiorno. Senza televisore. Gli tornò in mente il giorno in cui suo padre aveva portato a casa il primo apparecchio in bianco e nero. Per mamma, era stato l'annuncio della fine del mondo.

Ambrose, guardiamo un film stasera?

Certo, David. Trovane uno bello.

Il suo fratellino prendeva la guida TV e si metteva a studiarla. Questo accadeva anni prima che la gente potesse guardare quello che voleva a qualunque ora. I bambini dovevano faticare, per scovare qualcosa di decente, e in qualche modo questo aumentava la sacralità delle pellicole. David leggeva la guida da cima a fondo, cercando di trovare un bel titolo, che piacesse al suo fratellone. Era stato così che Ambrose aveva visto *Dracula*, *L'uomo lupo*, *La mummia* e, naturalmente, il preferito di David, *Frankenstein*. Lo aveva riguardato ogni volta che ne aveva avuta la possibilità. Doveva aver preso in prestito il libro un centinaio di volte. Alla fine, Ambrose aveva ceduto e aveva deciso di regalargli una copia tutta sua, per Natale, ma per qualche ragione David voleva leggere solo quella della biblioteca. Così, gli aveva preso un guantone da baseball.

Alla fine del film, di solito David dormiva. Lui lo prendeva in braccio e lo portava a letto, di sopra. Questo finché David non aveva cominciato ad avere incubi molto più spaventosi del mostro di Frankenstein.

Ambrose sentì scricchiolare il pavimento del piano di sopra. Non gli andava di salire. Ma doveva vedere un'ultima volta quella stanza. I suoi piedi cominciarono a muoversi prima che avesse preso coscienza di quello che stava facendo. Afferrò la balaustra e costrinse le ginocchia a scordarsi dell'età.

Poi, cominciò a salire.

Il ritratto di famiglia, che mamma aveva acquistato a rate da Sears, non c'era più. Al suo posto c'erano fotografie di Jill e del marito in gita.

Ambrose, ho paura.

Calmati. Non c'è niente nella tua stanza.

Arrivò in cima alle scale e percorse il corridoio. A ogni passo, il parquet scricchiolava. Si fermò fuori dalla stanza di David. La porta era chiusa. I ricordi lo sommersero, come un'onda. David che strillava, tirava calci e urlava dietro quella porta.

Non farmi andare a letto! Ti prego, Ambrose!

David, non c'è nessuna strega in camera tua. Adesso smettila, o spaventerai la mamma.

L'aprì. La vecchia cameretta del fratellino era vuota. Silenziosa. Ed era già stata allestita come nursery. Sentì l'odore della pittura fresca, gialla. Del legno e del cartongesso utilizzati per i lavori di restauro. Guardò la culla posizionata contro la parete. La parete su cui David disegnava. La tappezzeria non c'era più. E con essa erano spariti i disegni terrificanti dei suoi incubi. Niente più deliri farneticanti da parte di un bambino con disturbi mentali. Solo una tenera nursery per la favola felice di Jill e suo marito, in luogo della vecchia cameretta piena di follie disegnate a pastelli.

Mamma, ha bisogno di uno psichiatra.

No. Ha solo bisogno di una bella notte di sonno.

Papà, è rimasto nascosto sotto il suo letto per due giorni! Non fa che parlare da solo!

Gli insegno io a comportarsi come un uomo!

Ambrose guardò nell'angolo, dove un tempo c'era la sua libreria. Quella su cui teneva i volumi di *Frankenstein* e dell'*Isola del tesoro*, della biblioteca. Si ricordò di quanto il suo fratellino faticasse a leggere, da piccolo. Quando ancora non esisteva un termine come dislessia. «Lento», così dicevano di David. Ma lui aveva continuato a esercitarsi, ed era diventato un divora-libri.

Quando aveva lasciato la casa, non aveva sopportato di portare con sé quella vecchia libreria, che aveva venduto a un antiquario. Avrebbe dato tutto quello che aveva per riprendersela, adesso. L'avrebbe messa nella sua stanza, a Shady Pines, e in cima avrebbe riposto l'album del fratellino.

Creakkkkkk.

Ambrose si fermò. Era la tavola del pavimento, dietro di lui. Si voltò, svelto. La porta alle sue spalle era chiusa. Ma non era stato lui.

«Jill? Signora Reese?»

Non c'era nessuno. Ma d'un tratto avvertiva qualcosa, nella stanza. Come vento sulla pelle. Piccoli sussurri sui peli della nuca.

«David?» mormorò. «Sei qui?»

La temperatura scese all'improvviso. Alle sue narici giunse l'odore del vecchio guantone da baseball. Strizzò gli occhi, per vedere attraverso le nubi che gli offuscavano la vista. Le cataratte che trasformavano il bianco degli occhi in un parabrezza percorso da crepe. Era solo questione di tempo, ormai. Sarebbe diventato cieco e non avrebbe più visto la carta da parati sostituita dalla pittura. La moquette sostituita dal parquet. La vecchia libreria che aveva lasciato posto alla culla. La sua famiglia rimpiazzata da quella di Jill. Il suo fratellino che aveva lasciato il posto al loro bambino. Il bambino che piangeva sulla veranda.

Fammi uscire, Ambrose! Fammi uscire!

Sentiva la presenza di David in quella stanza.

«Mi dispiace», disse in un sussurro.

Ambrose, ti prego!

«David, mi dispiace», ripeté.

Ambrose sentì la corrente che spazzava le tavole del pavimento. Il vento ululava fuori dalla finestra, da cui David era uscito per non tornare mai più. Seguì l'aria che soffiava lungo le fessure tra le assi. Raggiunse l'angolo della camera. L'angolo un tempo occupato dal letto di David. L'angolo dove il suo fratellino leggeva *Frankenstein* e copriva la parete di disegni orribili, che sua madre aveva nascosto con la tappezzeria giurando che stava bene, assolutamente. Fletté le ginocchia artritiche e si lasciò cadere nell'angolo. E fu allora che la sentì.

La tavola smossa.

Tirò fuori il coltellino dell'esercito e infilò la lama nella fessura. La fece scorrere da una parte e dall'altra, per allargarla. E riuscì a ricavare lo spazio sufficiente per fare leva. Rimosse la tavola e, quando lo vide, si irrigidì. Era lì, nascosto in quell'intercapedine.

Il vecchio guantone da baseball di suo fratello.

Lo tirò fuori dal nascondiglio. E lo strinse al petto, come un bimbo perduto. Fece un respiro profondo. L'odore di cuoio si diffuse nelle sue membra, portando con sé dei ricordi. E si accorse che aveva uno spessore esagerato.

C'era qualcosa nascosto all'interno.

Fece un altro respiro veloce, e lo aprì come una vongola. All'interno, trovò un libriccino avvolto accuratamente nella plastica. Un quadernetto rilegato in pelle. Era tenuto insieme con una cinghia e chiuso da un piccolo lucchetto con la chiave. Non l'aveva mai visto prima, ma era quasi certo di sapere che cosa fosse, perché suo fratello gliene aveva parlato. Era il segreto più segreto di David.

Quello che aveva tra le mani era il suo diario.

49

In strada, Christopher guardava la vecchia casa degli Olson. L'uomo gentile era lì dentro, da qualche parte. Doveva salvarlo. Dalla scuola, era andato dritto nel bosco. Entrare nella casa sull'albero era stato un po' come entrare nella cabina telefonica dei vecchi film di Superman. Era un posto in cui poteva cambiare. Chiusa la porta e passato nella parte immaginaria, si era sentito subito meglio. Febbre e mal di testa se n'erano andati, lasciando il posto alla lucidità e a un potere notevole.

Ma la signora che sibilava poteva essere ovunque.

Si accovacciò e guardò Ambrose nella vecchia cameretta di David. In mano aveva un guantone da baseball. David era accanto a lui, e cercava di mettergli una mano sulla spalla. Ma l'anziano non poteva saperlo.

David…

David… ci sta aiutando.

Bada a non fare il minimo rumore. Lei farà un test per capire se sei lì. NON FALLIRE.

Christopher salì sulla veranda. In silenzio. Guardò attraverso le piccole aperture ai lati della porta. L'ingresso era deserto. Ma magari la signora lo stava aspettando. Poteva essere accovacciata al di là della porta. Tentò di controllare la paura rammentando a se stesso che era invisibile, di giorno, quando varcava la soglia della casa sull'albero. Ma lei lo aveva visto nell'incubo che aveva avuto a scuola, ed era successo di giorno. Non riusciva a comprendere la differenza. Aveva bisogno dell'uomo gentile, per farsi spiegare le regole. Doveva trarlo in salvo. Adesso.

Se ti becca, non ti lascerà mai più tornare nel tuo mondo.

Rimase in ascolto per un minuto ancora. Poi, svelto, aprì la porta cercando di fare meno rumore possibile. La chiuse e rimase dov'era, nel caso la signora che sibilava l'avesse sentito. Il soggiorno era silenzioso. La pendola era nell'angolo. Secondi preziosi passarono scanditi dal tic-tac, tic-tac.

Christopher attraversò la stanza deserta in punta di piedi. Il parquet scricchiolò sotto i suoi passi; allora si inginocchiò e prontamente si tolse le scarpe, che legò e si gettò attorno al collo a mo' di sciarpa. Rimase con le sole calze ai piedi. Una corrente spazzava il pavimento. Sentiva il vento che acquistava velocità, fuori. C'erano delle persone-cassette in fondo al vialetto.

Erano bambini che giocavano a saltare la corda con i cordini che stringevano in mano.

Avevano gli occhi cuciti.

Si spostò verso le scale. E guardò su, verso il piano superiore, aspettando di vedere se lei sarebbe apparsa. Stava per mettere il piede sul primo gradino, quando una voce lo fermò.

«La scuola è eccellente», disse.

Restò di sasso. Sapeva bene a chi apparteneva.

«Ha scelto un ottimo posto per tirar su una famiglia.»

Sua madre.

Andò veloce verso la cucina e vide la mamma seduta a un tavolino con un'altra donna.

Si chiama... Jill.

Ha acquistato questa casa con il marito... Clark.

Stanno provando ad avere un bambino.

«Clark e io ci stiamo lavorando... al fatto di mettere su famiglia.»

«Un lavoro piacevole, se capisce che cosa intendo», scherzò sua madre.

Jill rise e le versò una tazza di caffè fumante.

«Un po' di latte?»

«Grazie, volentieri.»

Jill e Clark... erano quasi riusciti ad avere un bambino, l'anno scorso.

Lei l'ha perso. Ma hanno tenuto la culla.

E hanno cambiato il colore delle pareti, così che possa andare bene sia per una femminuccia, sia per un maschietto.

Jill portò il cartone del latte in tavola. Christopher vide la fotografia della bambina scomparsa, Emily Bertovich. Era immobile, in quello scatto. Sorrideva, con la finestrella tra i denti. D'un tratto, gli occhi della ragazzina sfrecciarono oltre la spalla di lui. Il sorriso lasciò il posto a un'espressione terrorizzata. E poi, in un batter d'occhio, Emily si voltò e corse via, uscendo dalla foto.

Christopher rimase pietrificato.

Alzò gli occhi verso le finestre della cucina, in cui si rifletteva la stanza.

La signora che sibilava era proprio dietro di lui.

Era salita dal seminterrato con una ciotola per cani che odorava di cibo marcio. Era lì, il cordino a cappio con la chiave attorno al collo, l'orecchio teso e pronto a cogliere qualcosa nell'aria. Aspettò. In ascolto. Christopher trattenne il fiato.

La signora che sibila non può…

La signora che sibila non può vedermi.

Quest'ultima era ancora in attesa. Esplorava, con l'udito. Un minuto dopo si ritenne soddisfatta. La guardò andare al lavello e gettare la scodella nell'acqua putrida. Fece un rumore metallico orribile, da far accapponare la pelle.

«Che cos'era?» chiese sua madre.

«La casa. Rumori di assestamento», le rispose Jill.

Le due continuarono a chiacchierare, del tutto ignare di quello che stava accadendo intorno a loro. La signora che sibilava si sedette proprio vicino a Jill, mentre metteva un cucchiaino di zucchero nel caffè. Le toccò il braccio. Immediatamente, Jill avvertì prurito e prese a grattarsi.

«Dio, questo freddo. Mi uccide la pelle.»

«Non lo dica a me. Per quanta crema idratante usi, non è mai abbastanza.»

La signora che sibilava piantò lo sguardo sul viso di sua madre. Lentamente, si mosse nella sua direzione. Christopher avrebbe voluto mettersi a urlare: «MAMMA! ESCI DI QUI! TI PREGO!» ma sapeva che poteva trattarsi di un test. Quindi, in silenzio, dalla parte immaginaria si allungò a prenderle la mano sinistra. Chiuse gli occhi e pensò, il più intensamente possibile.

Mamma. Va' via di qui. Ora.

Il calore cominciò a salirgli alla fronte. Fuori, si levò il vento. La signora che sibilava alzò subito lo sguardo. Sapeva che qualcosa era cambiato, ma non sapeva che cosa.

MAMMA. VA' VIA DI QUI. ORA.

La testa cominciò a cuocere. Dita e braccia erano candeline che si scioglievano su una torta di compleanno.

La signora che sibilava si lanciò verso la mano destra

di sua madre, quella che reggeva la tazza. D'un tratto Kate la fece inclinare, bruciandosi con il caffè.

«Ahi!» strillò.

«Tutto bene?» chiese Jill, mentre afferrava uno strofinaccio.

Kate andò al lavello e mise la mano sotto il rubinetto, facendo scorrere l'acqua fredda sulla bruciatura.

«Mi faccia vedere. Oh, le serve una medicazione», osservò Jill.

La signora che sibilava rimase lì, in cucina, aspettando una reazione. Christopher non disse nulla. Seguì semplicemente Jill al lavello, per coprire il rumore dei suoi passi, e poi afferrò la mano di mamma, in acqua, chiuse gli occhi e pensò, sperando di farle arrivare il suo pensiero.

MAMMA! VA' VIA DI QUI! ORA!

D'un tratto, Kate guardò l'orologio.

«Dio, davvero si è fatta quest'ora?» chiese allarmata.

«La prego, lasci che le metta una garza», disse Jill.

«No, sto bene, grazie. Devo riportare il signor Olson a Shady Pines, se voglio arrivare in tempo per l'autobus di mio figlio.»

Si alzò, lasciando Christopher senza fiato, con la fronte che grondava sudore. Jill la seguì nell'ingresso.

«Be', perché non viene a cena con suo figlio, qualche volta?»

«Ne sarei felice», rispose Kate, prima di chiamare dal fondo delle scale. «Signor Olson! Mi rincresce metterle fretta, ma devo riportarla alla casa di riposo. Mio figlio sarà a casa presto.»

Christopher osservò Ambrose, mentre scendeva dal piano di sopra, con il guantone da baseball. Il fratellino, David, lo seguiva, giocando a campana sulla sua ombra.

«DAVID! CHE COSA STAVI COMBINANDO?» strillò la signora che sibilava.

Lui non rispose e tornò di sopra, spaventato. Christopher guardò in silenzio Ambrose e sua madre che ringraziavano Jill, prima di uscire. Si avviarono all'auto. Lontano dalla signora che sibilava. Lontano dal pericolo.

Jill tornò in cucina con la sua tazza di tè, seguita dalla signora che sibilava. Non aveva un momento da perdere. Silenzioso come un topo, in punta di piedi raggiunse la porta del seminterrato. Svelto, la aprì e la infilò. Gli giunse la voce di Jill.

«Clark, potresti passare a prendere una confezione di Lanacane? Devo avere un'allergia, o qualcosa del genere. Non riesco a smettere di grattarmi. Oh, hai poi chiamato la ditta di disinfestazioni? Nel seminterrato c'è ancora una puzza tremenda.»

Era buio. In cima alla lunga scala, Christopher strizzò gli occhi per vedere che cosa ci fosse sotto, ma non distingueva nulla. E tutto taceva. Ma sapeva che, qualunque cosa ci fosse, doveva essere orribile.

Lo sapeva dal tanfo.

Il tanfo di cibo andato a male pervadeva l'aria, unito all'odore di cuoio dei guantoni da baseball, e di centinaia di anni di «spari» che avevano mancato l'orinatoio. La signora che sibilava era andata di sopra con una ciotola per cani piena di cibo marcio. Cibo per un prigioniero?

O per un animale, forse.

Sentì un rumore provenire da sotto, come di anelli di una catena. Guardò giù dalla scala di legno. Aperta. Aperta, così che mani sconosciute potessero afferrarlo.

«Uomo gentile… sei là sotto?» sussurrò.

Silenzio. Ma non si fidò. Qualcosa non andava, e a dirglielo era un'orribile sensazione che avvertiva nelle ossa. Fece un passettino per dare un'occhiata più da vicino, ma per poco non scivolò. Abbassò lo sguardo sui suoi piedi, e vide una chiazza bagnata sulla parte inferiore dei calzini.

Sangue. Era sangue.

Una scia di sangue percorreva l'intera scala, come un fiume. Gli venne un conato di vomito, ma si trattenne. Sarebbe scappato via subito, ma la signora che sibilava, in cucina, gli bloccava la via di fuga.

Non gli restava che andare giù.

Lentamente, scese le scale. Nell'oscurità. Le tavole scricchiolavano sotto i suoi piedi. Rischiò di scivolare sul sangue, ma si tenne alla ringhiera. Fece un altro gradino. Sentiva un respiro superficiale. Strizzò gli occhi, nel tentativo di scorgere eventuali presenze nel locale. Non distinse nessuna sagoma. Solo buio. E quel tanfo. Di marcio, e di metallo… come di rame. Che si faceva più pungente a ogni passo.

Arrivò in fondo.

Mise i piedi sul pavimento di cemento freddo. Allungò una mano a cercare l'interruttore, ma la luce non funzionava. Gli parve di sentire qualcuno che respirava, nell'angolo. Brancolò, avanzando a tentoni, la vista che tentava di adattarsi. Fece un altro passo alla cieca.

E fu allora che inciampò nel corpo.

Era l'uomo gentile. Aveva i ceppi ai polsi e alle caviglie. E nuotava nella pozza di sangue da cui proveniva la puzza.

«Ehi?» fece ancora, sottovoce.

L'uomo gentile non si mosse. Christopher si girò, nell'oscurità. Le sue mani trovarono due secchi appoggiati al muro. Uno serviva da gabinetto. Il secondo conteneva acqua pulita, e un vecchio mestolo, che afferrò. Prese la testa dell'uomo tra le mani, e la sollevò, mise il mestolo nel secchio andando a prendere l'acqua fresca sul fondo, e lo accostò alle labbra screpolate dell'amico. Provò a fargli bere qualche sorso, ma l'uomo gentile rimase immobile.

L'uomo gentile sta…

L'uomo gentile sta… morendo.

Non sapeva che cosa stava facendo, ma d'istinto allungò le mani e le posò sulle ferite dell'amico. Chiuse gli occhi. Immediatamente arrivò l'emicrania, e la febbre dalla fronte gli scese lungo le braccia fino ai polpastrelli. Sentì il sangue scendergli dal naso e gocciolargli sulle labbra. Sapeva di metallo. Era il sangue dell'uomo gentile. La febbre salì eccessivamente e fu costretto a staccarsi. Prese il secchio per lavare le ferite. Ma non c'erano più. Sotto le due dita sentì solo la pelle, perfettamente guarita.

E in quel momento l'uomo gentile lo afferrò.

«Lasciami stare! Smettila di torturarmi! Non te lo dirò mai!»

Il suono della sua voce avrebbe dovuto far accorrere la signora che sibilava, ma l'uomo gentile era talmente debole che risultò a malapena udibile.

«Ehi, è tutto a posto. Sono io, Christopher», lo rassicurò, sussurrando.

«Christopher?» fece lui. «Che cosa ci fai, qui? Ti avevo detto che non saresti mai dovuto venire, senza di me.»

«Dobbiamo tirarti fuori di qui. Dev'esserci pure qualcosa con cui forzare quei lucchetti.»

«Christopher, presto farà buio. Lei riuscirà a vederti. Devi andartene da qui. Ora.»

«Io non me ne vado senza di te.»

Il silenzio ostinato dell'uomo in catene risuonò nell'aria. Finché non cedette e si lasciò andare a un sospiro.

«Il tavolo.»

«Dove? Non riesco a vedere niente.»

«La luce è proprio sopra. Tira il cordino per accenderla.»

Gli prese la mano e, con delicatezza, lo indirizzò nel seminterrato buio. Christopher strisciò carponi fino a raggiungere il tavolo di metallo. Andò a tastoni. Con le dita, cercò di leggere gli oggetti presenti sul piano, come un non vedente con un libro in Braille. Il suo cervello impiegò un momento a processare tutti quei profili, quegli angoli, quelle punte, e a capire che cosa fossero.

Coltelli e cacciaviti.

Tutti sporchi di sangue.

La signora che sibila…

La signora che sibila… ha torturato l'uomo gentile.

Salì sul tavolo. Si mise in piedi nel sangue bagnato. E si alzò a cercare la lampadina. Dopo un istante la trovò. Da lì pendeva un lungo cordino, come il cappio con la chiave attorno al collo della donna. Lo tirò e il seminterrato fu inondato da una luce gialla, malata.

Quello che vide quasi lo fece urlare.

Là sotto non c'era un locale finito. Niente poltrona sacco, o perline di legno. Solo il pavimento di cemento. Un tavolo di metallo. E quattro pareti coperte da seghe, coltelli e cacciaviti. Ogni singola superficie grondava sangue.

Quella era una stanza delle torture.

L'uomo gentile era in un angolo, incatenato come un animale. Sudicio, insanguinato, coperto di lividi. La pelle si era squarciata e rimarginata più volte, forse una decina. Strizzò gli occhi, alla luce, quasi si stesse svegliando da un incubo. Era uno sguardo che Christopher aveva già visto… quando era andato al canile, in Michigan, con Jerry. Certi cani erano stati picchiati per così tanto tempo che non sapevano più fare altro, a parte ritrarsi con un sussulto.

Svelto, scese dal tavolo. Afferrò un coltello e un cacciavite e andò di corsa a consegnarli all'amico, che cominciò ad armeggiare con il lucchetto dei ceppi che gli bloccavano i polsi. Gli tremavano le dita, per il dolore.

«Come hai fatto a trovarmi?»

«David Olson.»

«David? Ma lui sta con… lei.»

Il modo in cui pronunciò quel «lei» gli procurò un brivido lungo la schiena.

«No. Ci sta aiutando. Vuole che riporti entrambi di là, nella parte reale.»

La notizia si diffuse sul viso dell'uomo, che registrò prima confusione, e poi speranza. Era pallido e tirato, di un pallore mortale a causa di tutto il sangue perso. Ma per la prima volta Christopher lo vide sorridere.

La signora che sibilava gli aveva cavato dei denti.

In quel momento, riuscì a liberarsi un polso. Il cacciavite scivolò dalla mano insanguinata e scivolosa, e cadde sul pavimento con un clangore metallico. Un asse scricchiolò sopra di loro, in cucina. La signora si fece immobile, le orecchie tese per cogliere eventuali rumori provenienti dal seminterrato.

«Sì, dottor Haskell», disse Jill. «Può consigliarmi un dermatologo? Ho questo prurito che non passa.»

Christopher raccolse il cacciavite e lo restituì all'uomo gentile.

«Ce la fai?» gli chiese, sottovoce.

«Sì», gli rispose lui, debole.

Mentre lavorava ai lucchetti, il bambino si girò a guardare il locale, alla ricerca di una via di uscita. Alla fine, i suoi occhi si posarono su una finestrella sporca, coperta da una tendina, dalla parte opposta a quella in cui si trovavano. Era a un'altezza di tre metri almeno. Troppo, anche per l'uomo. Avevano bisogno di qualcosa su cui salire. Di una sedia. Di una libreria.

Di un tavolo di metallo.

Corse al tavolo coperto di sangue e cominciò a spostare gli strumenti posandoli sul pavimento, senza fare rumore. Quando ebbe sgombrato il piano da qualunque oggetto potesse cadere, si rimise le scarpe per un attimo. Prese degli strofinacci zuppi di sangue e li gettò sotto le gambe, per renderle silenziose.

E poi aspettò di udire la voce di Jill, che avrebbe coperto eventuali cigolii.

«No, dottore. È cominciato all'improvviso. Non so che cosa sia.»

Christopher trascinò faticosamente il mobile da una parte all'altra del seminterrato, spostandolo un poco a ogni parola.

«Non credo sia allergia. Non in dicembre.»

Ogni centimetro era una sofferenza, come cavarsi un dente.

«C'è in giro qualche forma che dà questi sintomi?»

Gli strofinacci lasciavano righe di un rosso intenso sul cemento. Christopher spinse il tavolo contro la parete, lasciando con le mani delle piccole impronte nel sangue.

«Per caso è periodo di influenze? Di solito danno eruzioni cutanee?»

Christopher corse dall'uomo gentile, che era riuscito ad aprire tre lucchetti.

«Bene, la ringrazio, dottor Haskell. A domani, allora», concluse Jill, mettendo fine alla telefonata.

Il bambino la sentì tornare in salotto. Ma il pavimento della cucina scricchiolava ancora. La signora che sibilava stava aspettando lì. Disperato, l'uomo gentile armeggiò con l'ultima serratura alla caviglia, forzandola con il cacciavite.

«Non ci riesco», sussurrò, delirante per il dolore. «Lasciami qui, e va' via.»

«No!» fece Christopher deciso mantenendo la voce bassa.

«Finché è giorno sei invisibile. Puoi fuggire.»

«Io non ti abbandono.»

Afferrò il ceppo che gli aveva stretto uno dei polsi con le mani nude. Sentì calore alla fronte. La forza gli passò tra le dita: cominciò a spaccare gli anelli quasi scompigliando le carte di un mazzo per mescolarle. Distrusse il ceppo attorno alla caviglia e lo posò delicatamente a terra. L'uomo gentile era senza parole.

«Come ci sei riuscito? Soltanto lei può fare cose del genere», mormorò.

«Non lo so. Dai, andiamo.»

Lo sistemò con la schiena appoggiata contro la parete. Sembrava frastornato. Sul punto di svenire. Gli spruzzò un po' d'acqua fresca sul viso e la guardò gocciolare sul collo sudicio come una colata di fango.

«Non mi reggo in piedi», disse l'uomo gentile.

«Sì, invece. Tirati su.»

Gli afferrò la mano e lo fece alzare. Gli tremavano le ginocchia, ma mise una mano sulla spalla del bambino per sostenersi.

Utilizzandolo come gruccia, zoppicò fino alla finestra.

Arrivò al tavolo. Christopher saltò su e si voltò. Gli prese la mano per aiutarlo a salire, e per poco non scivolò sul sangue che rendeva il piano sdrucciolevole. L'uomo gentile scostò la tenda. Vide decine di persone-cassetta che stavano di guardia attorno alla casa, i loro fili come folli corde da bucato che servivano a far asciugare il mondo.

«Le sue guardie», sussurrò.

Christopher unì le mani per fargli la scaletta.

«Sono troppo grosso.»

«Non per me.»

Appoggiò il piede sul gradino fornitogli da Christopher, piuttosto scettico, come se non riuscisse a credere che quel bambino potesse reggere il suo peso. Finché Christopher non lo sollevò. Allora cominciò a salire lungo la parete centimetro per centimetro, fino a raggiungere il davanzale, che afferrò con la punta delle dita. Usò le poche energie che gli restavano per tirarsi su. Quindi, aprì la finestra lurida e lasciò entrare l'aria fresca. Trascinò il busto attraverso l'apertura e, a metà, si accasciò. Ansimava come un cane abbandonato in un'auto.

«Tirati su!» lo supplicò Christopher.

Lo afferrò per i piedi, sporchi di sangue, e spinse la parte inferiore del corpo fuori, con tutta la forza che aveva.

E poi scivolò. Allargò le braccia, cercando di mantenere l'equilibrio e trovare un appiglio con i piedi, ma la forza era troppa, e finì a terra.

Tirandosi dietro il tavolo di metallo.

Clang!

Dal pavimento soprastante giunse uno scricchiolio. Christopher si tirò su, incespicando. Il tavolo era sottosopra, come uno scarafaggio morto con le zampe all'insù. Impossibile arrampicarsi sulle gambe.

«Resta qui, David», disse la signora che sibilava, di sopra.

«Sta arrivando», fece l'uomo gentile. «Coraggio, ce la puoi fare!»

Il bambino alzò lo sguardo verso la finestra. Tre metri da terra. L'amico si allungò, dall'alto. Lui corse. Spiccò un salto. Le loro mani, insanguinate, si incontrarono un momento, ma erano scivolose e la presa non tenne. Christopher cadde di nuovo sul pavimento.

«Spegni la luce!» mormorò l'altro.

La signora girò il pomello della porta.

Il ragazzino afferrò il cordino che pendeva dalla lampadina. L'uomo gentile richiuse le tende. In un istante, fu il buio.

La porta in cima alle scale si aprì.

La luce che proveniva dalla cucina si riversò nel seminterrato. Christopher strisciò come un topo e andò a nascondersi sotto i gradini.

La signora scese.

Creak. Creak. Creak.

Christopher aveva il cuore che gli martellava nel petto. Non c'erano nascondigli.

Guardò le scarpe di lei, sporche di sangue, attraverso le fessure nelle tavole.

Creak. Creak. Creak.

Trattenne il fiato. Il sangue gli faceva pulsare le tempie. I piedi arrivarono a livello dei suoi occhi. Christopher infilò una mano tra gli scalini e si preparò. Un secondo. Due secondi. Tre secondi. Quattro.

Divora la paura, o sarà lei a divorare te.

Afferrò i piedi della signora e li tirò indietro con uno strattone. Lei cadde giù dalle scale, e batté la testa sul pavimento insanguinato.

«AHHHH!» sibilò.

Aveva solo pochi secondi. Uscì come un razzo da sotto la scala e scavalcò le braccia tese di lei, che le sollevò e lo fece inciampare. Con un urlo, Christopher atterrò sui gradini, sopra di lei. La signora provò ancora ad afferrarlo. Gli sporcò i pantaloni di sangue, mentre si arrampicava su di lui quasi stesse scalando un muro.

«Eccoti qui!» disse in un sibilo.

Christopher le sferrò un calcio. L'adrenalina gli scorreva nelle vene, come il sangue del mondo. La colpì al petto. E la fece cadere all'indietro. Finì contro la parete e strillò. Lui corse in cima alle scale e si voltò. La signora era già in piedi, e stava salendo i gradini, veloce. Più veloce di qualunque cosa avesse mai visto. Chiuse la porta, facendola sbattere.

BOOM.

La signora vi si lanciò contro, come un animale in gabbia.

Christopher si puntellò tra battente e muro.

«Impianti idraulici Mill Grove?» disse intanto Jill, al telefono. «Potete venire subito? Credo di avere un guasto alle tubazioni.»

BOOM. BOOM.

I talloni affondavano nel pavimento. La signora afferrò

il pomello, che cominciò a girare, ma lui sollevò una mano verso la serratura, allungando le dita sopra la testa.

«PREPARATI A MORIRE!» sibilò lei.

Christopher si allungò più che poté. Sentì i tendini della spalla lacerarsi, come una caramella morbida. Ma la serratura era troppo lontana. Non ci arrivava. Con la forza delle gambe, stava tentando di tenere chiusa la porta. Ma lei era troppo potente. E i muscoli cominciavano a cedere.

BOOM. BOOM. BOOM.

All'improvviso, Christopher vide una mano sporca di sangue salirgli lungo il braccio. Urlò. Finché la mano non passò oltre e non fece scattare la serratura.

Era l'uomo gentile.

Era pallido e tirato. Gli occhi gli brillavano; era esausto, sfinito dal dolore.

«Andiamo», gli disse.

BOOM. BOOM. BOOM.

«DAVID, DOVE SEI?»

La voce della signora riecheggiò nella casa. L'uomo gentile si accovacciò e guidò Christopher attraverso la cucina. Jill era al fornello e stava preparando degli hot dog in una pentola capiente. Invece no, non erano hot dog.

Erano dita.

«DAVID!»

Christopher si voltò, e vide David Olson arrivare dal soggiorno. La signora continuava a picchiare contro la porta. David sussultò. Terrorizzato, allungò la mano verso la serratura. Christopher stava per correre a fermarlo, ma l'uomo gentile lo afferrò per la spalla.

«Lei non deve sapere che David ci ha aiutati. Lo ucciderà», gli disse in un sussurro.

Giusto. Il bambino annuì e seguì l'amico all'esterno.

«Batterà le strade, per prime. Seguimi.»

Zoppicando, lo guidò attraverso i cortili dietro le case.

Un cervo enorme corse fuori da una cuccia, ululando come un pazzo contro di loro. Fece un balzo, puntando alla gola dell'uomo gentile, ma la catena lo tirò indietro, e atterrò sul terreno coperto di fanghiglia, piagnucolando.

«Cane da guardia», commentò l'uomo. «Andiamo.»

Christopher gli stava dietro. Strisciarono nel cortile posteriore di una casa. Passarono accanto a un'altalena, realizzata con uno pneumatico. Udì uno scalpiccio di piedi.

Si voltò e vide Jenny Hertzog.

In camicia da notte.

Che moriva di freddo.

Si chiese se sarebbe mai riuscita a credere a quello che stava accadendo nel cortile che usava come nascondiglio. Poco dopo, il freddo divenne insopportabile: la vide aprire la porta sul retro ed entrare silenziosamente in cucina. L'uomo gentile gli fece un segno e Christopher la seguì. All'interno la casa era buia, e c'era fumo. Jenny raggiunse l'ingresso in punta di piedi, cercando di non farsi sentire. La matrigna era nel soggiorno. Dormiva. La Marlboro rossa ancora fumante era nel posacenere. In TV c'era un talk show pomeridiano. Stavano facendo dei test di paternità.

«Tu SEI il padre», annunciò il presentatore.

Jenny salì le scale senza svegliare la donna. Superò la camera del fratellastro. Piano. Ce l'aveva quasi fatta, quando la porta si aprì. Lui era più grande. Con una bruttissima acne. E l'apparecchio, su cui si passava di continuo la lingua.

«Jenny, non eri a letto. Dove sei stata?» le chiese.

Lei alzò le spalle.

«Credevo stessi troppo male per andare a scuola. Sono rimasto a casa per prendermi cura di te», le disse.

Lei si paralizzò.

«Quindi, lascia che lo faccia. Quella camicia da notte ti sta troppo corta. Acqua in casa. Acqua in casa.»

«Sta' zitto, Scott», replicò alla fine, con aria di sfida.

«Non usare quel cazzo di tono con me, puttanella. Vieni qui.»

Sconfitta, la ragazzina andò in camera sua, chiudendosi dietro la porta. Christopher vi appoggiò l'orecchio, ma non sentì nulla a parte la musica che stava ascoltando il ragazzo. Una vecchia canzone. *Blue Moon*. Christopher afferrò il pomello, deciso ad aiutare Jenny.

«Non farlo. È una trappola», gli disse l'uomo gentile.

Troppo tardi. Il ragazzino aveva già aperto: all'interno c'erano una dozzina di cervi. Che mostravano i denti. E che si lanciarono verso la porta. Svelto, l'uomo gentile la richiuse con violenza.

BUM. BUM. BUM. BUM. BUM.

Lo portò di corsa dall'altra parte della casa e aprì la porta laterale. E lì videro...

...una cesta per neonati.

La reggeva un uomo-cassetta. Due grosse zip gli chiudevano gli occhi, ma i punti neri sulle labbra erano abbastanza lenti da permettergli di lanciare l'allarme. Aprì la bocca e lanciò un richiamo che sembrava il pianto di un neonato.

«Waaaaaaaaa!»

L'uomo gentile prese Christopher per mano, lo trascinò fuori oltre l'uomo-cassetta, verso la strada. Corsero insieme: attraverso la porta, nel prato. La signora che sibilava arrivò di corsa dal vialetto, inseguendoli. David Olson le stava dietro come un cagnolino.

«FERMATELO!»

La sua voce rimbombò nella strada. Le persone-cassetta si allargarono a ventaglio, nel quartiere. Avanzavano a tentoni, alla cieca, le braccia tese. Cercavano di acciuffare il prigioniero fuggito. Formarono un muro solido, lungo la via. Bloccando entrambe le direzioni.

«Non possiamo farcela!» esclamò Christopher.

«Tieniti a me.»

L'uomo gentile fece appello a tutte le sue forze e, proprio quando stavano per finire addosso al muro di persone-cassetta, fece un salto. Scavalcarono la catena e atterrarono sani e salvi sull'asfalto.

«SMETTILA DI AIUTARLO!» fece la signora, maledicendo l'uomo gentile.

Quindi, balzò dietro di loro e tentò di afferrarlo. Ma lo mancò. Finì sulla strada e i suoi piedi cominciarono a fumare e a bruciare. La sua pelle si liquefaceva e rimaneva sul manto stradale, quasi fosse una sostanza chimica fuoriuscita da qualche parte. Si staccò dall'asfalto e si trascinò sul prato. Urlava di dolore, come un cervo investito da un'auto.

«Sarà guarita in un minuto», disse l'uomo gentile. «Sbrigati.»

Corse lungo la via, con Christopher. Superarono le persone-cassetta, ciascuna delle quali reggeva il cordino di quella accanto, per chilometri e chilometri: non si vedeva la fine di quella fila. Christopher avvertiva l'energia del suo amico, attraverso la pelle. Il potere di guarigione si diffondeva nel suo corpo, come elettricità statica su un maglione di lana. L'uomo abbassò le palpebre: i bulbi oculari si muovevano avanti e indietro come se stesse sognando. Pochi istanti dopo, spiccò un balzo oltre le persone-cassetta.

«Come ci sei riuscito?» volle sapere il bambino.

«Te lo insegnerò.»

Lasciarono la strada e sparirono nel bosco di Mission Street. L'uomo gentile lo condusse per un sentiero, mentre dietro di loro arrivavano i cervi, di gran carriera. Che mordicchiavano loro i piedi. Un branco di gatti con due topi. L'uomo girò bruscamente a sinistra, oltre il ponticello. L'uomo che dormiva fece capolino dal tronco cavo.

«Sono qui!» strillò, nel sonno.

L'uomo gentile scavalcò il tronco e guidò Christopher lungo un sentiero stretto cosparso di rami secchi, morti. I cervi rimasero incastrati in quel collo di bottiglia. L'uomo del tronco cavo strillò, mentre i cervi gli leccavano la faccia, quasi fosse sale, annegandolo nella saliva prima di divorargli la carne.

«Non guardarli», lo avvertì l'uomo gentile.

Lasciarono il sentiero e attraversarono di corsa la radura. Diretti all'albero. Lì l'uomo collassò a terra, sforzandosi di prendere fiato. Era sfinito.

«Abbiamo solo pochi secondi. Lei sa che mi hai aiutato, adesso. Farà di tutto per riportarti qui.»

«Allora vieni con me», disse Christopher.

«Non posso. La signora che sibila possiede l'unica chiave. Non posso andare via, senza. E nemmeno David può farlo.»

Uno strillo potente si levò quando la signora raggiunse il bosco e cominciò a batterlo a tappeto.

«E allora prendiamoci quella chiave. Io sono invisibile, adesso. Posso pensare io a lei», propose il bambino.

«Ascoltami», sbraitò l'amico, «per quanto tu possa diventare forte, lei lo è di più. E la prossima volta che ti afferra, non ti lascerà scappare. Quindi, resta concentrato. Non abbandonarti a fantasticherie, non addormentarti. Io lavorerò con David, per procurarmi la chiave. Aspetta che sia io a dirti quando potrai tornare da questa parte senza correre rischi.»

«Ma io sono venuto qui per salvarti.»

«E l'hai fatto. Adesso vai.»

L'uomo gentile lo afferrò e lo spinse sull'albero. Assicella dopo assicella. Dentino dopo dentino. Arrivò alla porta proprio quando la signora balzava nella radura con David e i cervi.

«SMETTILA DI AIUTARLO!»

L'uomo gentile scese con un balzo e scappò nell'ombra.

La signora corse verso l'albero. Christopher si trascinò dentro la casa e, svelto, chiuse la porta.

Pochi secondi dopo, l'aria che sapeva di zucchero filato lasciò il posto a quella gelida di dicembre. Aprì la porta, e guardò la radura. La signora che sibilava non c'era più, così come il resto delle persone immaginarie. Era tornato nella parte reale.

E aveva salvato l'uomo gentile.

50

NELL'ISTANTE stesso in cui tornò dalla parte immaginaria, Christopher comprese quanto gli fossero costati i nuovi poteri. Aveva distrutto le maglie della catena e adesso provava un dolore pulsante alle mani; e, dopo lo sforzo fatto per sollevare l'uomo gentile fino alla finestra, sentiva male alle spalle, come se si fosse strappato i legamenti.

Ma la cosa peggiore era l'emicrania.

Era come avere un coltello che premeva sugli occhi, attraverso le palpebre. E che lo costringeva a camminare. A fare un passo dopo l'altro.

Doveva continuare.

Doveva tornare a scuola.

Scese dalla scaletta e afferrò il sacchetto bianco di plastica, che era appeso al ramo basso. Se lo mise in tasca, tanto per essere sicuro. E poi rifece la strada zoppicando nella neve, concedendosi una sola pausa.

A casa di Jenny Hertzog.

Andò alla porta, suonò il campanello e poi scappò via. Sapeva che sarebbe bastato a svegliare la madre di Scott e a regalare un altro pomeriggio di pace a Jenny.

Arrivò a scuola cinque minuti prima della fine delle lezioni. Rientrò nella toilette dei maschi attraverso la finestra aperta. Poi, aspettò che suonasse la campanella e che gli studenti invadessero i corridoi, fuori dall'aula dell'appello.

«Dove sei stato tutto il giorno?» gli chiese la signorina Lasko, sospettosa.

«In classe, sempre. Non se lo ricorda?»

Christopher sorrise e le toccò la mano, dolcemente. Lasciò che una piccola onda di calore passasse dalle sue dita a quelle di lei.

«Sì. Sì, sei stato in classe tutto il giorno. Ottimo lavoro, Christopher.»

Gli fece una carezza sulla testa, e il suo cervello assorbì le lezioni dell'intera giornata, come una spugna.

La signorina Lasko andrà...

La signorina Lasko andrà dritta al bar, subito dopo il lavoro.

Christopher tornò a casa con lo scuolabus, e si sedette dietro il signor Miller, l'autista.

Il signor Miller ha chiamato... la sua ex moglie.

Il signor Miller passerà... il Natale con i suoi figli.

«Salve, signor Miller.» Gli sorrise.

«Siediti. Non distrarmi!» sbraitò l'uomo.

Tornò a casa, dove sua madre lo stava aspettando con del pane caldo e brodo di pollo. Badò a non toccare il pane, perché sapeva di dover restare sveglio fino a quando l'uomo gentile non gli avesse fatto sapere che la via era libera.

Il braccio di mamma...

Il braccio di mamma è ancora dolorante per via del caffè ustionante della signora che sibila.

«Com'è andata la scuola, oggi?» gli chiese.

«Tutto bene.»

Non posso dirlo...

Non posso dirlo a mamma, perché la signora che sibila mi sentirà.

«Che cos'hai imparato?»

«Non molto», le rispose, e poi le riferì qualche particolare di quanto aveva appreso dalla signorina Lasko.

Mamma non sa...

Mamma non sa... che sono disposto a tutto per proteggerla.

Quella sera, quando lei andò a dormire, Christopher sgattaiolò di sotto, in cucina. Prese il cartone del latte e si versò un bel bicchiere. Guardò la foto di Emily Bertovich, cercando un segno qualunque che gli facesse capire che la signora che sibilava lo stava guardando.

Ma vide soltanto quella ragazzina che sorrideva.

La rimise giù e, con calma, cercò nella credenza, dove trovò una confezione di biscotti Oreo. Ne mise qualcuno su un piatto di carta. Poi prese del pane bianco in cassetta, tagliò il prosciutto e si preparò un sandwich con lattuga e maionese. Ripulì tutto e scese nel seminterrato, in punta di piedi.

Era asciutto, e pulito. La caldaia nell'angolo manteneva il locale caldo e accogliente. Christopher non pensava affatto che l'uomo gentile sarebbe mai venuto lì. Sarebbe stato il primo posto in cui la signora sarebbe andata a cercarlo. Ma voleva che fosse tutto pronto, nel caso fosse successo. E la verità era che, senza di lui, aveva paura. Non gli andava di rimanere sveglio tutta la notte da solo.

Con il bicchierone di latte, i biscotti e il sandwich, andò al divano. Si ricordò di quando lasciava dei biscotti per Babbo Natale. Sua madre preparava dei deliziosi dolcetti a forma di fiore, al burro d'arachidi, al centro dei quali metteva un cioccolatino Hershey's Kiss. Il calore dell'impasto lo faceva fondere solo un po'. Gli stampava due baci sulle guance e gli chiedeva: «Dove sono i miei baci?» E lui rideva, e poi metteva i biscotti su un piatto, con un bicchiere di latte, e li lasciava sotto l'albero per Babbo Natale.

D'un tratto si rammentò di un Natale in cui si era svegliato molto presto. Fuori era ancora buio. E, anche se la mamma lo aveva avvertito di non alzarsi, altrimenti Babbo Natale avrebbe saputo che era stato cattivo, non era riuscito a trattenersi. Aveva chiesto un peluche di Bad Cat e doveva sapere a tutti i costi se gliel'aveva portato. Aveva percorso in punta di piedi il corridoio del loro appartamento vicino alla ferrovia, e aveva infilato la testa nel soggiorno.

Ed era stato allora che aveva visto suo padre.

Che mangiava i biscotti e beveva il latte.

Lasciato lo spuntino per Babbo Natale, era andato al guardaroba e aveva tirato fuori una grande federa bianca, nascosta dietro le lenzuola. E da quella aveva estratto tanti regali, che aveva messo sotto l'albero. L'ultimo era bello grosso, avvolto nella carta di Bad Cat. Poi era andato in cucina e aveva finito i biscotti. Uno dopo l'altro, in silenzio. E aveva rifatto il corridoio per tornare a dormire.

L'indomani mattina, Christopher aveva scelto di scartare per primo proprio il pacco grande.

«Che cosa pensi che sia, Christopher?» gli aveva chiesto sua madre.

«Non lo so», aveva risposto lui, sommessamente.

Aveva strappato la carta: dentro c'era il peluche che tanto desiderava.

«Non è un bellissimo regalo, da parte di Babbo Natale?» gli aveva domandato papà.

Christopher aveva annuito, obbediente, anche se adesso sapeva che era stato suo padre l'unico a mettere i pacchetti sotto l'albero. Più tardi, quel giorno, era andato in chiesa, e aveva sentito i bambini parlare eccitati di quello che avevano ricevuto da Babbo Natale. Non se l'era sentita di rovinare tutto agli altri. Non aveva mai detto a nessuno che Babbo Natale era un amico immaginario. Aveva finto per il resto della giornata e aveva sorriso quando mamma aveva scattato una foto a papà, di fronte al vecchio albero di Natale. La fotografia che stava nella cornice d'argento in cima alla sua libreria, al piano di sopra. Era stato l'ultimo Natale che lui aveva trascorso con loro. Era morto nella vasca da bagno una settimana dopo. L'anno successivo, nello stesso periodo, mamma aveva preparato i biscotti con il cioccolatino al centro. «Dove sono i miei baci?» gli aveva chiesto, mettendoli sotto l'abete. La mattina seguente, erano spariti insieme con il latte, e al loro posto c'erano i regali. Christopher non aveva più un papà, ma aveva sempre Babbo Natale.

Adesso lasciò lo spuntino sul tavolino di servizio e si diresse verso la valigia. La aprì e guardò i vestiti vecchi, che conservavano un po' di quell'odore di fumo di tabacco. Suo padre aveva avuto un maglione preferito, che era caldo ma non grattava la pelle. E anche un paio di pantaloni di cotone, lisci, che dopo tanto tempo erano diventati morbidi come quelli di un pigiama. Prese gli indumenti, un sacco a pelo e un cuscino, e li mise sul divano. Poi, senza far rumore, si sforzò di pensare il più forte possibile, così che l'uomo gentile riuscisse a sentire.

Non so se sarai al sicuro, venendo a nasconderti qui. E so che non posso parlarti ad alta voce perché lei potrebbe essere in ascolto. Ma spero che tu senta i miei pensieri. Ti ho preparato qualcosa da mangiare perché immagino sarai affamato, dopo esserti nutrito di cibo per cani per tutto questo tempo. Fingerò di averlo dimenticato qui, se lei ci stesse osservando. E ti lascio anche un sacco a pelo, così potrai riposare un po' sul divano.

Vi adagiò i vestiti di suo padre.

Questi erano del mio papà. Non so se ti vanno, ma so che

i tuoi sono coperti di sporcizia e sangue. Quindi spero che vadano bene, così starai meglio. Oh, un'ultima cosa.

Christopher infilò una mano in tasca e tirò fuori tutte le compresse di aspirina che aveva.

Ho sempre mal di testa, adesso, quindi devo prenderle di continuo. E fanno anche abbassare un po' la febbre. Ma ho visto come ti ha ridotto, quindi voglio che le tenga tu, per far passare il dolore. Te ne porterò altre, domani. So che devi guarire, così potrai rubare la chiave con David, e fuggire.

Tirò fuori anche il sacchetto di plastica bianco. Lo posò sopra il maglione, dove sarebbe dovuta stare la testa, e poi lo coprì con un cuscino. Così. Quindi andò verso le scale, ma prima di tornare di sopra si voltò a osservare il piccolo letto che aveva preparato per la convalescenza dell'uomo gentile. Guardò i biscotti e il latte per il suo Babbo Natale reale. Per il suo amico immaginario reale.

51

QUALCOSA era cambiato. Lo sceriffo lo percepì. Era nel bosco di Mission Street sin dal primo pomeriggio. Si era recato sulla scena del crimine per la centesima volta, quando d'un tratto aveva avuto l'impressione che l'ambiente intorno a lui si fosse destato. I roditori nascosti nelle tane improvvisamente si erano messi a fare rumore, quasi stessero scavando. Gli uccelli erano volati via dai rami, come se qualcuno avesse fatto fuoco con un'arma che soltanto loro potevano sentire. La temperatura si era abbassata di colpo, e l'aria si era fatta gelida come se qualcuno avesse lasciato una finestra aperta e una corrente avesse cominciato a soffiare sul mondo.

Se David Olson venne sepolto vivo, allora chi lo sotterrò? Perché di sicuro non furono gli alberi.

Si scrollò di dosso quell'inquietudine e si rimise al lavoro. Percorse il sentiero su e giù, alla ricerca di indizi. Naturalmente il caso era vecchio di mezzo secolo, quindi si rendeva conto di non avere una scena fresca. Nessuna traccia di rapimento. Nessuna buca nel terreno. Nessuna botola. Ma forse avrebbe scovato qualcosa d'altro. Un'idea. Un'intuizione. Qualche spiegazione ragionevole che gli avrebbe consentito di consegnare alla pace David Olson, come aveva fatto Ambrose quella mattina.

Ma non si era imbattuto in niente.

Se non in quella strana sensazione.

Superò il punto dov'era stato rinvenuto il corpo di David. Guardò la terra rivoltata dallo scavo e ripensò al funerale, e a quando era stato accanto ad Ambrose e a Kate Reese. Era successo solo quella mattina, eppure gli sembrava che fossero trascorsi anni. Padre Tom aveva fatto un discorso molto bello. Ambrose aveva insistito per aiutare a portare la bara del fratellino. Lo sceriffo doveva concederglielo: non gli venivano in mente molti altri anziani che lo avrebbero fatto, con due ginocchia artritiche.

Giunti al cimitero, avevano calato la bara nella tomba. Mentre il sacerdote parlava, lo sceriffo si era guardato intorno. Aveva udito a malapena le parole «amore» e «perdono» e «pace». Era riuscito soltanto a pensare alle migliaia di lapidi con generazioni di famiglie, i cui componenti erano distesi l'uno accanto all'altro. Mariti. Mogli. Madri. Padri. Figlie. Figli. Aveva pensato a tutta quella gente. A tutti i pranzi di Natale, ai regali, ai ricordi. E poi gli era venuto il più strano dei pensieri.

Dio è un assassino.

Non avrebbe saputo dire da dove fosse venuto. Non conteneva minacce. Né malizia. Non era sacrilego. Era solo un pensiero che si muoveva silenzioso, come le nuvole che si erano radunate sopra il cimitero. Una aveva la forma di una mano. Un'altra di un martello. E un'altra ancora gli era parsa un uomo con la barba lunga.

Dio è un assassino.

Gli era capitato di arrestare omicidi. Alcuni lo avevano scongiurato di credere alla loro innocenza, o lo avevano maledetto, o avevano urlato che era tutto un enorme malinteso. Alcuni erano rimasti semplicemente seduti, immobili come statue, calmi, a volte coperti dal sangue delle loro vittime. Erano quelli che facevano più paura. Tranne i peggiori, ovviamente. La donna che aveva ammazzato la propria figlia. La bambina con lo smalto sulle unghie. E non con un coltello, o con una pistola. Ma con la sua negligenza.

Se Dio venisse arrestato per omicidio, che cosa farebbe di Lui la gente?

Aveva guardato le tombe e aveva pensato alla bambina con lo smalto sulle unghie. Il suo era stato l'ultimo funerale a cui aveva assistito, prima di quello di David. Era stato l'unico a presenziare alla funzione, a parte il prete. Non aveva sopportato l'idea che venisse seppellita nella scarna bara di pino fornita dalla città. Così, aveva utilizzato una parte dei suoi risparmi e le aveva comprato la migliore che si era potuto permettere con il suo salario di onesto poliziotto.

Dopo, era tornato nel suo appartamento, e si era seduto. Avrebbe tanto voluto prendere il telefono e chiamare sua madre, ma lei se n'era andata anni prima. Avrebbe voluto portar fuori suo padre a bere qualcosa, ma se n'era andato anche lui, e così la zia, che era morta subito dopo il suo diploma. Era figlio unico. Ed era l'unico della sua famiglia ancora in vita.

Dio si era preso tutti gli altri.

Se Dio venisse arrestato per omicidio, la gente chiederebbe la pena di morte?

Aveva riaccompagnato Ambrose e Kate dopo il funerale, ed era andato dritto al bosco. La risposta alla morte di David era lì dentro. Ne era certo.

Aveva parcheggiato l'auto civetta e aveva superato le ruspe dell'impresa Collins. Il giudice (che era anche compagno di golf del signor Collins da una trentina d'anni) aveva concesso un'autorizzazione «temporanea» alla ripresa dei lavori, a patto che non alterassero la scena del crimine.

Il permesso «temporaneo» era durato il tempo sufficiente per consentire alla squadra di muratori di rimettersi in pari. Fortuna loro. La guardia aveva detto allo sceriffo che, da quando era finita la bufera, avevano disboscato una zona enorme e avrebbero terminato per Natale.

Se David Olson venne sepolto vivo, allora chi lo sotterrò?

Perché di sicuro non furono gli alberi.

La guardia gli aveva spiegato che tutte quelle ruspe avevano smosso una notevole quantità di terra. E gli operai continuavano a trovare strane cose sepolte là intorno. Un vecchio seghetto, di quelli che gli Amish ancora usano. Martelli e chiodi arrugginiti. Delle vanghe rotte, una perfino con il manico bruciato. Attrezzi risalenti al Seicento, quando l'Inghilterra aveva ceduto uno Stato intero – la Pennsylvania – a William Penn, per ripagare un debito. Almeno cento anni prima che la miniera di carbone entrasse in attività.

Osservò la collezione di utensili antichi. Seghe, martelli e vanghe. E in quel momento gli venne un'idea. Lo sentì. Un prurito nella mente. Fastidioso, come quando prende la schiena.

A che cosa erano serviti quegli attrezzi?

Spostò la domanda da una parte all'altra del cervello. C'era una risposta, lì.

Per costruire?

Imboccò il sentiero stretto.

O per seppellire?

Raggiunse la radura.

O per ammazzare?

Tutto era immobile. Come se il bosco stesse trattenendo il respiro. Alzò lo sguardo. E la vide. La casa. Appollaiata sull'albero antico.

Se David Olson venne sepolto vivo, allora chi lo sotterrò?

Perché di certo non furono gli alberi.

Si avvicinò e guardò in su. Il sole si riversava attraverso le nuvole soprastanti, accendendo la brina sui rami di una luce dorata. E in quell'istante arrivò quel pensiero, limpido come il sole.

Se Dio fosse arrestato per omicidio, la gente chiederebbe la pena di morte.

Guardò la casa. Il vento soffiava tra i suoi capelli come un sussurro.

Ma non potrebbero mai ucciderlo. Così, invece, decisero di crocifiggere il Figlio.

Un cervo si avvicinò.

Gesù morì per i nostri peccati?

O per quelli di Suo Padre?

Tenne stretto quel pensiero come un fumatore l'ultimo fiammifero.

Non condannarono a morte Gesù come martire.

Lo giustiziarono in quanto complice.

Sentiva la risposta sulla punta della lingua.

Gesù ci perdonò per averLo ucciso.

Suo Padre no.

Si fermò. Sapeva che, tra un secondo, avrebbe visto chiara davanti a sé la connessione tra le varie cose. David Olson. I vecchi utensili. Il bosco di Mission Street. La radura. Le nuvole. Erano tutte avvolte insieme, come le radici attorno allo scheletro del piccolo Olson. Un secondo ancora e avrebbe saputo com'era morto davvero.

E fu allora che udì il pianto di un neonato.
Che proveniva dalla casa sull'albero.

52

«Ehi!» disse a gran voce. «Sono lo sceriffo di Mill Grove.»
Aspettò per vedere se qualcuno là dentro avrebbe riconosciuto la sua autorità. Nessuna risposta. Solo quel pianto.
Sfoderò la pistola e andò verso la casa. Provò a chiedere rinforzi, ma la radio gli restituì soltanto rumori statici. Forse si era addentrato eccessivamente nel bosco. Forse dipendeva dalle nubi fitte.
O forse il motivo era un altro.
Raggiunse l'albero. Abbassò gli occhi e notò delle impronte che potevano essere state lasciate solo dai piedi di un bambino. Erano fresche. Come se qualcuno fosse appena stato lì. Toccò l'albero. Non sembrava corteccia. Sembrava... la pelle morbida di un neonato.
Il neonato era dentro alla casetta. E piangeva.
«Chi c'è lassù?» chiese con autorità.
Non ricevette risposta. Solo il vento. Che sembrava un sibilo. Il pianto salì di tonalità. Qualcuno aveva abbandonato lì il figlioletto? Aveva visto di peggio. Alzò gli occhi verso la scaletta di piccole assicelle inchiodate al tronco. Rinfoderò la pistola e cominciò ad arrampicarsi. Fece qualche scalino. Il piccolo strillava.
Ambrose era a casa con la sua ragazza.
Sentirono piangere un neonato.
Qualcuno aveva lasciato una carrozzina sulla veranda.
E dentro non c'era nessun bambino.
Si fermò. L'addestramento di anni di carriera gli urlava

di continuare a salire quella scaletta, per soccorrere il neonato. Ma l'istinto gli diceva di fermarsi. Si sentiva come un cane che reagiva a un fischietto invisibile. Ecco che cos'era quel pianto. Un fischietto per cani. Un campanello che annunciava che la cena era in tavola. Un'imboscata.

Era sbagliato, e lo sapeva.

C'era qualcosa di malvagio, in quel luogo.

Se i suoi sottoposti avessero fatto quello che cominciò a fare lui adesso, li avrebbe senz'altro sospesi. Ma non era uno sciocco. Ridiscese a terra. Doveva allontanarsi dall'albero. Dal bosco. Da qualunque cosa fosse quel fischietto per cani. Fu allora che udì la voce.

«Papà.»

Subito, il sangue gli si gelò nelle vene.

Era la bambina con lo smalto sulle unghie.

«Papà.»

La voce era la stessa di quel giorno in ospedale. Il giorno prima che morisse. Gli aveva toccato la mano con le piccole dita e aveva sorriso con i dentini rotti, chiamandolo così.

«Papà.»

Salì. Giunse in cima alla scaletta. Guardò attraverso la finestra. Dentro non c'era niente. Solo delle piccole impronte sul pavimento di legno.

«Papà, aiuto.»

Doveva essere dietro la porta. Sfoderò la pistola con una mano, mentre con l'altra raggiungeva il pomello.

«Papà, aiutami, ti prego.»

Lo sceriffo spalancò la porta.

E la vide, nascosta nell'angolo.

La bambina con lo smalto sulle unghie.

I dentini non erano rotti. E nemmeno il corpicino. Era un angelo. Con una chiave intorno al collo.

«Ciao, papà. Non hai più finito la storia. Ti va di leggermela?» chiese, con un sorriso.

Lo sceriffo sorrise, e gli occhi gli si colmarono di lacrime. «Ma certo, tesoro.»

«Allora vieni dentro.»

Fece per andare verso di lui. Lo afferrò per la mano e, gentile, lo aiutò a entrare.

La porta si richiuse alle spalle dello sceriffo.

Questi si guardò intorno. La casa non era più vuota. Sembrava quella vecchia stanza d'ospedale. La bambina con lo smalto sulle unghie salì sul letto. Si infilò sotto le coperte, che si tirò su fino al mento del visetto minuto.

«Il libro è sul comodino.»

Quando lo sceriffo vide il libro, ebbe una spiacevole sensazione. Si rammentò che sua madre non le leggeva mai nulla. Non aveva il permesso di andare a scuola. Quindi, quel volume di fiabe che le aveva letto in ospedale era stato l'unico che avesse ascoltato nella sua breve vita. Quello che le aveva letto la notte in cui era morta. Si era addormentata prima che avesse avuto il tempo di terminare l'ultimo racconto. Non aveva mai sentito la conclusione.

«Voglio sapere come va a finire», gli disse adesso. «Comincia da qui.»

Indicò un punto su una pagina. Lo sceriffo si schiarì la gola e cominciò.

«'Nonna, che occhi grandi che hai!'»

«'Per vederti meglio, cara.'»

La bambina con lo smalto sulle unghie chiuse gli occhi. Quando lo sceriffo giunse alla fine, si rese conto che si era addormentata. Nemmeno questa volta aveva sentito il finale. Le toccò i capelli, e sorrise. Spense la luce. E poi la guardò dormire, finché non crollò anche lui, sulla sedia accanto al letto.

Quando si svegliò, non ricordava nulla della casa sull'albero che somigliava alla stanza d'ospedale. Non ricordava di aver letto la favola di Cappuccetto Rosso. Non aveva idea del perché si fosse addormentato là dentro. L'unico vago ricordo era quello della bambina con lo smalto sulle unghie che lo chiamava «Papà».

Uscendo dalla casa sull'albero, alzò gli occhi al cielo. Le nuvole se n'erano andate. Il giorno aveva lasciato il posto alla notte. E la luna era un sorriso sghembo. Credeva di aver dormito al massimo un'ora.

Quando guardò l'orologio, però, vide che erano le due e diciassette minuti.

Scese la scaletta e i suoi stivali colpirono il terreno coperto di neve con uno scricchiolio, come di ossa spezzate. Diede uno sguardo alla radura e constatò che i cervi se n'erano andati da parecchio. Erano rimasti soltanto lui e il chiaro di luna. Era solo con i suoi pensieri.

Perché non l'ho salvata?

Riattraversò il bosco. Tenne d'occhio il sentiero e vide gli anni di trascuratezza. Vecchie lattine di birra arrugginite. Condom. Bong realizzati con orsetti di plastica porta miele pieni di resina di marijuana, che i ragazzi coltivavano nei seminterrati. Con cose decisamente peggiori. Cose che facevano uscire di testa le persone. Persone come lei. La madre della bambina con lo smalto sulle unghie. Cose che le avevano fatto commettere atti orribili sulla figlia.

Avrei dovuto salvarla.

Infilò le mani congelate nelle tasche, mentre attraversava il bosco. Il freddo gli mordeva le orecchie. Si insinuava nel suo cervello. Se il vicino avesse sentito l'odore che proveniva dall'appartamento un giorno prima, forse ce l'avrebbe fatta. Perché Dio non gliel'aveva fatto sapere un giorno prima? Gli venivano in mente almeno un centinaio di persone che avrebbero meritato di morire più della bambina. Un migliaio. Un milione. Sette miliardi. Perché Dio aveva ammazzato lei, anziché qualcun altro? E poi la risposta arrivò. Fredda e silenziosa. Dio non aveva ucciso lei al posto di altre persone. Alla fine, uccide tutti.

Perché Dio è un assassino, papà.

53

BRADY Collins si svegliò nel suo letto. Sua madre lo aveva finalmente fatto uscire dalla cuccia, quando al risveglio quella mattina aveva scoperto di avere una brutta febbre che gli aveva impedito di andare a scuola. Gli aveva chiesto se fosse pronto a comportarsi da essere umano, e lui aveva risposto di sì. Avevano fatto colazione tutti e tre, a tavola. Suo padre si era lamentato di «quello stronzo dello sceriffo» che stava facendo tardare i lavori al progetto del bosco, e dei prestiti che presto avrebbe dovuto saldare. Se il progetto fosse andato a monte, sarebbero andati in bancarotta. «Quindi vuoi dirmi perché spendi tutti quei cazzo di soldi, Kathleen?» Mentre suo padre inveiva contro quello stagno che per lui rappresentava il mondo intero, Brady aveva finito di mangiare e poi aveva trascorso il resto della giornata a letto. Aveva dormito sempre, tranne quando si era dovuto alzare per una lunga pipì che odorava di aspirina per bambini. Poi era tornato a letto e aveva dormito a pranzo e a cena. Adesso si era svegliato in un bagno di sudore. La febbre era passata, ma il prurito al braccio era più insopportabile che mai. Lanciò un'occhiata alla sveglia, per vedere che ore fossero. La data era giusta: 18 dicembre. Ma l'ora no. Un'ora non può avere più di sessanta minuti. Forse dormiva ancora. Forse non era uscito da quell'incubo. Quello in cui sua madre lo attirava lontano dalla strada e lo uccideva, mentre SpecialEd rideva. Percorse il corridoio ed entrò nella camera dei suoi genitori. Stavano dormendo. Erano molto più carini, nel sonno. Il comodino di papà era sommerso da carte e documenti di lavoro. Quello di sua madre era sotto una montagna di inviti e ringraziamenti. C'era anche il tagliacarte. D'argento sterling. Costava un sacco di soldi. Mamma aveva licenziato la vecchia governante, con l'accusa di averlo rubato. Ma poi era saltato fuori che l'aveva perso. E quando era ricomparso, una settimana dopo, non aveva ridato il posto alla donna, perché la nuova veniva dal Medioriente e lavorava di più per meno soldi. Le persone disperate lo fanno, aveva detto parlando con un'amica, al telefono. Brady prese il tagliacarte. Guardò la luna riflessa sulla superficie. Sembrava una fila di denti, in una bocca sorridente.

Lo infilò nella cintura dell'accappatoio. E poi si mise in ginocchio e prese la mano di sua madre. Il prurito al braccio si fece più violento. La mano divenne calda e morbida, come il suo sorriso, nei momenti in cui gli dimostrava di volergli bene. Se la mise sulla testa, fingendo che lo stesse accarezzando, mentre gli diceva quanto era bravo. Sei un bravo bambino, Brady. Una sensazione decisamente migliore rispetto a quando, negli incubi, lo uccideva, ripetendogli sempre la medesima frase. Mentre SpecialEd rideva.

«Sei un cagnolino cattivo, Brady. Qualcuno dovrebbe sopprimerti.»

2:17

SpecialEd tirò fuori la pistola da sotto il cuscino, perché il sogno l'aveva spaventato a morte. Lui e i suoi amici erano in strada a giocare a baseball, con dei guantoni nuovi. Ma le auto arrivavano sempre più veloci e i cervi continuavano a inseguirli.

Sua madre allungava un braccio per tirarlo via dalla carreggiata ma, nell'istante in cui l'afferrava, Brady Collins e Jenny Hertzog saltavano fuori dal nulla, e la pugnalavano. Il sangue scorreva in un rivolo sull'asfalto, e Brady cacciava fuori la sua linguetta da serpente e cominciava a leccarlo, come un cane con l'acqua del gabinetto. SpecialEd si era svegliato in quel momento. Madido di sudore. La febbre era scesa. Per tutto il giorno, per quante volte avesse girato e rigirato il cuscino, aveva continuato a sentire la fronte rovente. Ma adesso sentiva soltanto il prurito al braccio. Guardò le cinque camere vuote e si grattò la pelle con la canna. Per quanto la grattasse, continuava a prudere. E lui continuava a pensare. A una cosa.

Una pallottola non basta, Eddie. Da' retta alla nonna.

Si alzò dal letto e scese al piano di sotto, in punta di piedi. Andò nello studio, prese una poltrona di pelle e appoggiò l'orecchio contro il metallo freddo della cassaforte in cui suo padre teneva le armi. Cominciò a girare la rotella, provando combinazioni di tre numeri: 1-1-1: 1-1-2; 1-1-3. E così per tutta la notte. Perché la guerra era vicina e i buoni dovevano vincere. Allo spuntar dell'alba, abbandonò i tentativi – a 2-1-6 – e andò da sua madre, che dormiva nella camera padronale. Da sola. Fu così felice di vederla viva. Le prese la mano. Dalle sue dita, il prurito passò a quelle di lei. La madre aprì gli occhi, lentamente. Lo guardò con aria assonnata, e sorrise: «Che cosa c'è che non va, Eddie?»

«Niente, mammina. Mi sento molto meglio.»

«Sono felice. Ti voglio bene. Ti ho lasciato una fetta di torta nel frigo.» Lo accarezzò sulla testa, abbassò le palpebre e si rimise a dormire. SpecialEd aspettò che fosse caduta in un sonno profondo. E poi le diede un bacio sulla fronte e le sussurrò, all'orecchio: «Mamma, qual è la combinazione della cassaforte di papà?»

2:17

Jenny Hertzog era in piedi sopra il fratellastro, che dormiva. La febbre che l'aveva tenuta a casa da scuola era passata. Era rimasto solo il prurito, che era arrivato fino al coltello che stringeva nella mano. Fissava il fratellastro. Si era arrabbiato, dopo che quel pomeriggio qualcuno aveva suonato per scherzo il campanello svegliando sua madre e impedendogli di trastullarsi come avrebbe voluto. La luce della luna rendeva il suo viso pallido e molle. L'acne sembrava una costellazione furiosa. Jenny pensò che il sangue gli avrebbe donato. Avrebbe potuto prenderne un po' e usarlo per tingergli le guance di rosso, come le puttane nei film che amava guardare sul computer. O come i clown. Premette delicatamente la lama sul palmo della sua mano, a metà. Lui si girò appena, nel letto, ma non si svegliò. Jenny chiuse gli occhi e spinse il prurito giù, lungo il braccio, attraverso il coltello, e nella pelle del ragazzo. Mentre si faceva strada nelle mani luride del fratellastro, lei pensò al suo bel sogno. Mamma era ancora viva. E suo padre non aveva mai sposato quella donna orribile, con quel figlio ancora più orribile. Nel suo sogno, vedeva la mamma correre nel cortile dietro casa, inseguendo Christopher. Correva con quel bambino da compagnia, ma lui era troppo veloce e scompariva in fondo alla strada. Lei lo inseguiva, ma non riusciva a stargli dietro. Così tornava nel cortile e scalava il muro rivestito di edera fino alla stanza di Jenny. Aveva un profumo così buono. Chanel N° 5. Prendeva in braccio la bambina e la ascoltava, mentre le raccontava della scuola e delle lezioni di danza. Poi le spiegava che non doveva pugnalare il suo fratellastro, Scott. Perché presto sarebbe scoppiata una guerra. E avevano bisogno di avere dalla loro parte quanti più soldati possibili. Lei le chiedeva se avrebbe potuto ucciderlo, dopo. E mamma le spiegava che non ce ne sarebbe stato bisogno. Le sarebbe bastato alzare gli occhi alla luna che fissava la Terra e recitare una breve preghiera.

«Lavalo via, Dio. Lavalo via con un'alluvione. Acqua in casa.»

2:17

La signora Henderson aveva lo sguardo fisso sull'orologio, nella sua cucina calda e accogliente. Il signor Henderson era finalmente rientrato. Senza una spiegazione. Senza scusarsi. Tuttavia, era a casa. Così gli aveva preparato il suo piatto preferito, come aveva fatto più di mille volte negli ultimi cinquant'anni. Lui non ci aveva fatto caso. Non gli importava. Gli aveva chiesto se si ricordasse che giorno era. Aveva aspettato che rammentasse il momento in cui aveva sollevato il velo che copriva il suo bel viso giovane. I capelli rossi che le scendevano sulle spalle, la prima notte di nozze. Aveva aspettato che si ricordasse che era il loro anniversario. Ma non era accaduto.

Perché lui non ti ama più.

Aveva provato a baciarlo, come quella notte, ma l'aveva spinta via. Lei si era messa a piangere, quando le aveva detto che non le andava più di baciarla. Lo aveva baciato per l'ultima volta e nemmeno se n'era resa conto, così da poter custodire gelosamente quel ricordo. Gli aveva regalato cinquant'anni. Adesso andò al piano di lavoro della cucina. Si guardò nel vetro della finestra. Era più che brutta, ormai. Era invisibile. Suo marito si era preso la sua giovinezza, e adesso detestava la pelle di serpente che era rimasta. Quello era l'ultimo anno di insegnamento, per lei. Alla fine, avrebbe perso tutto. Scuola. Lavoro. Marito. Bambini. Le sarebbero rimaste soltanto quelle pareti. Cominciò a grattarsi la testa. Dio, non smetteva di prudere. Perché prudeva tanto?

Andò a mettersi dietro a suo marito. Aspettò per vedere se si sarebbe voltato. Se avrebbe detto qualcosa. Ma lui andò avanti a mangiare come se niente fosse. Emetteva i suoi versetti di apprezzamento, mentre masticava. Dio, quel suo modo di masticare. Odioso. Quei gemiti che faceva quando mangiava il suo piatto preferito. Non ricordava che aveva chiesto a sua madre di insegnarle a prepararlo? E che quella giovane donna bellissima, con una meravigliosa chioma di capelli rossi, aveva sgobbato come una dannata schiava per imparare a cucinare alla perfezione quello che lui continuava a masticare come un maledetto cane? Credeva forse che gli uomini che frequentava avrebbero imparato a preparargielo così?

Farai meglio a voltarti. E a chiedermi come mi sento.

Il signor Henderson non si voltò. I pensieri della signora Henderson erano talmente forti che proprio non capiva come potesse non udirli.

Se adesso prendi quel giornale, ti farò ricordare il momento in cui mi hai sollevato il velo dal viso.

Il signor Henderson prese il giornale.

Okay, l'ha fatto. Vediamo come vanno gli Steelers, mentre tua moglie piange dietro di te. Be', la vuoi sapere una cosa? Non piange più. Te ne sei accorto? Hai idea di quello che sta succedendo alle tue spalle? Pensi che la tua moglietta timida e introversa se ne stia qui a mendicare quelle briciole che tu chiami amore? Be', girati, e vedrai com'è, realmente. Girati, e scoprirai che non sono invisibile. Sono una BELLA DONNA, CAZZO, E MERITO IL TUO FOTTUTO RISPETTO.

«Tesoro?» sussurrò dolcemente.

«Che c'è, adesso?» si lagnò il signor Henderson.

E poi si voltò, e sua moglie gli piantò il coltello da cucina nel collo.

54

Mary Katherine si svegliò nel suo letto, in un bagno di sudore. La febbre era passata, ma non si sentiva bene. Anzi, semmai stava peggio. Era gonfia. Le facevano male le articolazioni. I seni erano doloranti. Il prurito al braccio la stava facendo diventare matta. E aveva un po' di nausea. Probabilmente perché era rimasta tutto il giorno a letto a dormire, senza mangiare.

O forse era stato quello che aveva sognato.

Nel sogno, era ancora a tre giorni prima. E non le era successa nessuna delle cose orribili che invece le erano capitate. Stava facendo da babysitter a Christopher. Lo trovava nella casetta sull'albero. Tornava a casa. Questa volta, però, quando quei pensieri peccaminosi si affacciavano alla sua mente, non faceva fantasie sullo sceriffo. Non prendeva in bocca l'arnese disgustoso di Doug. Non si svegliava nella casa sull'albero senza ricordarsi come ci fosse arrivata. Non rientrava alle otto del mattino, per trovare i suoi genitori furiosi in soggiorno. E non doveva sostenere due giorni di compiti con la febbre a 38,8 per aver trascorso la notte al gelo in mezzo al bosco. Nel sogno, non accadeva nulla di tutto questo.

Perché la Vergine Maria la fermava.

Nel sogno, era di nuovo nella sua stanza. Quando arrivavano i pensieri sporchi, sentiva bussare alla finestra. Si voltava e vedeva una donna che fluttuava, al di là del vetro.

«Ti prego, lasciami entrare, Mary Katherine», sussurrava.

«Come sai il mio nome?»

«I tuoi genitori ti hanno dato il mio», le rispondeva la donna.

«Credevo mi avessero chiamata come la Vergine.»

La donna non diceva nulla. Sorrideva, semplicemente,

e aspettava che il suo cervello facesse due più due. Mary Katherine studiava il suo viso. Non le sembrava un angelo. Non somigliava affatto a quei dipinti e a quelle statue che da tutta la vita vedeva nelle chiese. Non era truccata. I capelli non erano perfetti. Era una donna comune. Dignitosa nella sua povertà. Con le vesti sporche, per aver partorito in una mangiatoia. Era reale.

«Ti prego, apri la finestra, Mary Katherine», le sussurrava.

Lei andava alla finestra e, lentamente, faceva scattare la serratura. Quando i battenti si aprivano, l'aria gelida di dicembre investiva la sua camicia da notte bianca, di cotone. Il freddo le faceva venire la pelle d'oca su tutto il corpo.

«Grazie. Si gela là fuori. E nessuno voleva aiutarmi», le diceva sottovoce la donna.

Poi si accomodava sulla sedia di vimini bianca, tremante. Mary Katherine prendeva la coperta di scorta che teneva ai piedi del letto, e gliela dava. Lei le prendeva le mani. Le sue erano di ghiaccio, ma le aveva trasmesso un prurito caldo alle dita.

«Che cosa fai, qui?» le chiedeva.

«Sono qui per salvarti, Mary Katherine.»

«Da che cosa?»

«Dall'inferno, naturalmente.»

«Oh, sì, ti prego. Come faccio a evitare di andarci?»

La donna sorrideva e apriva la bocca. Ma, quando parlava, non uscivano parole. Mary Katherine udiva solo il pianto di un neonato.

In quel momento si era svegliata.

Adesso si tirò su a sedere. Per un momento, la sua mente fu occupata da quel sogno. Ma di lì a poco fu inondata dal ricordo di tutto quello che aveva fatto. Gli orribili pensieri di sesso, il coso di Doug dentro la sua bocca. Lei che si svegliava nella casa sull'albero e tornava in tutta fretta a casa, dai suoi, che non erano mai stati così delusi dal suo comportamento. Adesso sentì il viso bollente per la vergogna. E quella sensazione allo stomaco sembrava permanente.

Aveva voglia di vomitare.

Corse in bagno. Sollevò il coperchio del water e vi si inginocchiò davanti, quasi fosse un altare. Vomitò, ma era un conato asciutto. Non aveva niente nello stomaco. Ma lo sentiva sottosopra. Dopo un attimo, la nausea passò.

Ma il sapore c'era ancora.

Dall'armadietto dei medicinali tirò fuori il collutorio. Riempì il tappo fino all'orlo di liquido blu, che poi si mise in bocca come il nonno, quello irlandese, faceva con il Whiskey Sour a Natale. Il Listerine era un oceano freddo e blu.

Poi, cominciò a scaldarsi.

Prima le scaldò la lingua, come il prurito al braccio. Le vennero le lacrime agli occhi, mentre i secondi diventavano minuti, ma non voleva smettere. Non poteva. Il collutorio bruciava da morire, ma non aveva il coraggio di sputarlo. Lo tenne in bocca, mentre supplicava Dio di portarsi via tutto. Di bruciare quel saporaccio che aveva sulla lingua, come un ricordo che veniva ammazzato dal tempo.

Fammi dimenticare.

Fammi tornare bambina.

Fammi dimenticare l'affare di Doug.

Fammi dimenticare che mi è piaciuto.

Alla fine la carne ebbe la meglio e sputò il liquido con un sussulto di dolore. Uscì dal bagno e percorse il corridoio, fino alla camera padronale. Guardò i suoi, che dormivano nel letto matrimoniale. Avrebbe voluto strisciare in mezzo a loro, come faceva quando era piccola. Si inginocchiò accanto a papà e gli prese la mano. Chiuse gli occhi e gli chiese perdono. Il prurito si mosse attraverso di lei, e passò nella mano del genitore, che fece un movimento, poi si girò e cominciò a russare.

Passò il resto della nottata a scrivere il suo saggio sulla madre di Gesù per la domanda d'ammissione. Pensava che, se fosse stata accettata, i suoi l'avrebbero perdonata.

La mattina, mamma scese a preparare la colazione. Mary Katherine cercò di coinvolgerla in una conversazione, ma lei era troppo delusa per parlare. L'unica cosa che le disse fu che aveva il permesso di andare a scuola, e di fare volontariato a Shady Pines. E poi sarebbe dovuta tornare subito a casa.

«Niente amici. Niente Doug. Niente di niente.»

«Sissignora. Mi dispiace», disse lei. «Dov'è papà?»

«A letto. Non si sente bene, questa mattina.»

Mary Katherine prese l'autobus per andare a scuola. Alzò gli occhi al cielo e vide le splendide nuvole che fluttuavano sopra di lei. Per un attimo ricordò una canzoncina che la signora Radcliffe aveva insegnato ai bambini del catechismo.

Le nuvole ci diedero pioggia,
Dio ci diede il diluvio.
Maria ci diede suo figlio.
Gesù ci diede il Suo sangue.

Quando arrivò a scuola, Doug era fuori ad aspettarla. Era l'ultima persona con cui le andasse di parlare, in quel momento. Il solo fatto di vederlo le fece venire voglia di vomitare. Così, sgattaiolò verso l'entrata laterale per evitarlo, e aspettò dieci interi minuti sotto le scale mentre il mondo passava sopra la sua testa.

Quando suonò la campanella, corse lungo il corridoio. Era in ritardo per la lezione della prima ora. Era stata così presa dalla sua vita, negli ultimi tre giorni, da essersi completamente scordata del compito di storia. Era l'ultimo, prima delle vacanze di Natale. Aveva bisogno di un voto che le facesse mantenere la sua media altissima. Ne aveva bisogno per entrare al Notre Dame. E aveva bisogno di essere ammessa per avere il perdono dei suoi genitori.

Cercò di concentrarsi sul test, ma riusciva solo a notare i dolori che provava in varie parti del corpo. Il prurito al braccio era insopportabile. E non capiva perché i seni le facessero così male. Era quello che succedeva alle ragazze dopo che avevano fatto sesso orale per la prima volta? Non lo sapeva. Ma non osava cercarlo su Internet, perché i suoi monitoravano la cronologia. E non poteva usare il computer della biblioteca, perché l'amministrazione controllava tutto, da quando dei ragazzi erano stati beccati a scaricare video e immagini pornografiche l'anno prima. Avrebbe voluto avere un consulente a cui rivolgersi, ma i consulenti erano destinati alle ragazze con problemi o con una pessima reputazione. Come Debbie Dunham. E lei non aveva mai avuto problemi. Finora.

Ebbe di nuovo la sensazione di dover vomitare.

In qualche modo riuscì a terminare il compito e a trascinarsi fino alla fine delle lezioni, saltando il pranzo e scacciando i messaggi di Doug quasi fossero mosche fastidiose. Dopo la scuola tornò a casa, dove la accolse un silenzio gelido. I suoi le rivolsero la parola solo per comunicarle che sarebbero andati in chiesa.

«Vuoi venire con noi o vuoi marcire all'inferno?» le domandò suo padre.

Mary Katherine rimase in silenzio durante tutto il tragitto. Si sedette sulla panca dura, obbediente, nonostante il disagio fisico. Non aveva idea del perché padre Tom stesse celebrando la messa la sera del giovedì, ma non osò fare domande. Era stata in quell'edificio cinquantadue domeniche ogni anno (e la vigilia di Natale e Natale, il Venerdì Santo e il Mercoledì delle Ceneri, senza contare il catechismo), da quando era al mondo. Eppure si rese conto di non aver mai visto davvero le persone che andavano lì la sera, quando tutti gli altri erano in casa, al sicuro. Ignorava persino la loro esistenza. Però c'erano. Alcuni erano vestiti come senzatetto. Alcuni bisticciavano tra loro. Alcuni sembravano un po' matti. O malati. Così, prestò particolare attenzione all'omelia di padre Tom. Quando chiese all'assemblea dei fedeli di pregare per i profughi in Medioriente, prima che scoppiasse un'altra guerra, chiuse fuori tutti i pensieri che infuriavano nella sua testa: Notre Dame, Doug, mamma e papà... e pregò per la liberazione di quella povera gente.

Alla professione di fede, vide la signora Radcliffe con il cestino per le offerte. Si ricordò di tutti quegli anni di catechismo. La signora che diceva ai suoi quant'era brava. Una bambina giudiziosa. Ecco, voleva tornare a essere quella bambina. Quella con il vestito bianco, che riceveva la Prima Comunione. Quella che imparava dalla catechista che l'ostia era il corpo di Cristo e il vino il Suo sangue. Quella che diceva ai maschietti di smetterla di prendere in giro la signora Radcliffe, quando per l'ennesima volta strofinava i seni enormi sulla lavagna e per il resto della lezione aveva due perfetti fanali di gesso bianco sulla camicetta.

Quando arrivò da lei con il cestino, adesso, le diede tutto il denaro che aveva con sé.

«Grazie di avermi parlato di Dio, signora Radcliffe», le disse sorridendo.

La donna non ricambiò.

Si limitò a grattarsi il braccio.

Cominciò il rito dell'Eucarestia. Padre Tom guidò i fedeli nel Padre Nostro. Mary Katherine si alzò con i suoi genitori, per ricevere la Comunione. Ma d'un tratto avvertì un'orribile sensazione allo stomaco. Arrivò in cima alla fila. Di fronte al sacerdote, allargò le braccia.

«Il corpo di Cristo», fece lui.

Mary Katherine si portò l'ostia alle labbra. Si fece il segno della croce e la masticò come aveva fatto almeno cinquantadue volte l'anno, da quando aveva nove anni. Ma questa volta l'ostia non era insipida come polistirolo.

Sapeva di carne.

Smise di masticare. Alzò gli occhi e vide che i suoi la stavano fissando. Avrebbe voluto sputare tutto, ma non osava. Andò dalla signora Radcliffe, che reggeva il calice con il vino. Normalmente non lo prendeva, ma doveva lavare via quel gusto. La donna glielo passò. Lei si fece il segno della croce e bevve. Ma non sapeva di vino.

Sapeva di sangue.

Si sforzò di sorridere, si fece il segno della croce e corse alla toilette. Andò al lavabo e sputò la carne e il sangue. Quando guardò giù, però, vide solo l'ostia e il vino.

D'un tratto sentì salire il contenuto dello stomaco. Corse nel bagno dei disabili. Era sempre il più pulito. Si mise in ginocchio e vomitò le uova che aveva mangiato a cena, la sera prima. Rimase lì un momento, a riprendere fiato. E poi tirò lo scarico e andò al lavabo.

Si asciugò il sottile strato di sudore che era comparso sulla fronte con una salvietta di carta ruvida. E poi frugò nella borsa alla ricerca dei Tic Tac alla menta, per togliersi quel sapore schifoso dalla bocca. Non ne trovò, ma vide un assorbente interno nascosto sul fondo.

E in quell'istante si rese conto di avere un ritardo.

Si bloccò. Pensò ai dolori che sentiva in tutto il corpo. Ai seni sensibili. Alla nausea tremenda che l'aveva tormentata tutta la mattina. Allo stomaco ribaltato. Se non avesse saputo che era impossibile, avrebbe pensato a una gravidanza. All'inizio quel pensiero la terrorizzò, ma la sua mente ritrovò subito la calma. Non poteva essere incinta.

Dopotutto, era vergine.

E le vergini non possono rimanere incinte.

Lo sanno tutti.

55

Fuori il vento ululava. Le luci cominciavano a spegnersi. E per gli anziani era quasi ora di dormire. Ambrose aveva dedicato ogni minuto alla lettura del diario del fratello, da quando l'aveva trovato. Diverse volte aveva desiderato smettere, ma non se l'era concesso. Gli occhi riuscivano a reggere quelle informazioni, ma non era altrettanto sicuro del cuore.

Il sentimento che provava era più che colpa, o rimpianto. Aveva provato l'una e l'altro, negli ultimi cinquant'anni. No, dipendeva dal diario in sé. Ogni cosa gli ricordava David. Aveva il suo odore. Al tatto, era lui. E, naturalmente, conteneva la sua calligrafia.

Avrebbe potuto paragonarlo ai muri di un manicomio.

Molti bambini hanno una scrittura a zampa di gallina, ma David avrebbe meritato il primo premio, quando la sua mente aveva cominciato a cambiare. Usava una combinazione di maiuscole, minuscole, corsivo e stampatello talmente strana che Ambrose dovette ammettere di non aver mai visto niente del genere. Era tutto un po' scombinato. Proprio come David. Ambrose si era aspettato di terminare la lettura in un paio d'ore. Ma, in qualche modo, da un giorno era arrivato a due, e non era nemmeno a metà. Ogni pagina era talmente piena di schizzi, disegni e geroglifici che leggere le frasi era impossibile.

Doveva cavarle fuori.

Tuttavia, se c'era un indizio, là dentro, lui l'avrebbe trovato. Si stropicciò gli occhi stanchi e riaprì il quaderno. Si formò una crepa nel dorso di pelle.

E continuò a leggere.

1° aprile

Ambrose oggi ha detto che era troppo occupato per venire nel bosco, ma va bene così. È nella squadra di baseball dell'università e ha delle cose importanti da fare. Vorrei solo potergli mostrare la mia casa sull'albero. Ci ho messo così tanto a costruirla, da solo. Ma forse è questo che la rende speciale. Quando ci entri, puoi andartene in giro per la città. Ma non è proprio la nostra città, è una copia. Le persone pensano di essere sole, ma non è vero. Le persone immaginarie sono sempre con loro. Certe sono molto simpatiche. Altre sono molto cattive. Ma nessuna di loro può vedermi, quindi è tutto okay. Alla luce del giorno sono invisibile come l'aereo di Wonder Woman. Quindi, sono al sicuro finché non fa buio. È allora che la donna con i piedi ustionati può trovarmi. Fa sempre questo rumore, come un sibilo. Vorrei soltanto che Ambrose vedesse tutto con i suoi occhi.

13 aprile

Sto diventando un supereroe. Quando sono dalla parte immaginaria, riesco a saltare molto in alto, se mi concentro. Ma poi, quando me ne vado, mi sento male. Oggi mi sono svegliato con un terribile mal di testa. Pensavo che quelli fossero passati. Invece no, e adesso mi è venuta anche la febbre. Mia madre comincia a preoccuparsi, ma non posso dirle quello che sta succedendo, perché credo che la donna con i piedi bruciati mi osservi.

Quindi ho fatto finta di stare bene. Ma non so se è vero. Comincio ad avere paura.

23 aprile

Ho problemi a dormire perché sto tanto male. E mi
spaventano gli incubi. Per molto tempo ho pensato
che fossero miei, ma adesso ho la sensazione
di avere quelli di tutta la città.
La gente sogna cose terrificanti. Sono tutti così infelici.
La donna con i piedi bruciati continua a trovarmi.
Ho paura di andare a dormire, stasera.

3 maggio

I cervi hanno ricominciato a osservarmi. Lavorano
per lei, per la donna con i piedi bruciati. Lo so.
Voglio dire la verità ad Ambrose, così potrà aiutarmi.
Ma so che mi prenderà per matto.
E so che lei è in ascolto. Voglio scappare,
ma non posso lasciare mio fratello.

9 maggio

Non voglio più dormire. Gli incubi sono stati così spaventosi che li rivedo anche da sveglio. Non ricordo quanti ne ho avuti, finora. Parecchi, ogni notte, perché continuano a svegliarmi. Sono sempre diversi, ma il finale è il medesimo. Qualcuno cerca di ammazzarmi. Di solito è la donna con i piedi bruciati. Ma a volte lo fa fare ad altri. La scorsa notte è stata la peggiore. Ero sulla strada, perché lei non ci può camminare senza ustionarsi. Così, ha finto di essere la mia mamma per attirarmi sul prato. E, quando ha visto che non ci andavo, ha mandato fuori Ambrose con un coltello. Non riuscivo a rialzarmi. E la signora che sibila gli ha ordinato di pugnalarmi. Era così reale che, quando mi sono svegliato, ho dovuto andare a prendere il guantone che mi ha regalato a Natale, per rammentarmi che mi vuole ancora bene. L'ho tenuto con me tutta la notte e stamattina ho chiesto ad Ambrose se gli andava di fare qualche lancio. Mi ha detto di sì! E abbiamo giocato per cinque minuti interi! Ha detto che aveva troppo da fare con gli esami e che non poteva più giocare, ma che giocheremo di più in estate. Sarebbe fantastico. È importante avere qualcosa da attendere con impazienza.

Ambrose chiuse il diario. Voleva andare avanti, ma le cataratte non gli consentivano di leggere nemmeno un'altra parola. Chiuse gli occhi per far passare il bruciore e per lubrificarli un pochino. Al buio, percepiva il mondo intorno a lui attraverso gli altri sensi. Il vento faceva frusciare i rami degli alberi. La signora dall'altra parte del corridoio tossiva. Il termosifone ronzava. Per il resto, Shady Pines era immersa in un silenzio soprannaturale. Gli faceva pensare di essere seduto nella tana di una volpe. La calma non era mai tale. Serviva solo ad attrarre la tempesta.

Aprì gli occhi e guardò il vecchio guanto da baseball sul comodino. D'un tratto ebbe paura, tanta, e capì di non voler restare da solo. Si tirò su, sulle ginocchia artritiche, e uscì dalla stanza con il diario. Arrivato nel salotto, andò al suo solito posto vicino al camino. Si sedette sull'ampia poltrona, e diede un'occhiata a tutti quei volti anziani nella stanza. Il signor Wilcox e il signor Russell che giocavano a scacchi. La signora Haggerty che faceva una nuova calza a maglia per il primo Natale della nipotina. Un gruppetto di zitelle che guardavano un reality trash.

Ambrose tirò fuori una lente d'ingrandimento e aprì il diario.

Gli bruciavano gli occhi, ma doveva sforzarsi e leggere un'altra pagina. Li strizzò e si concentrò per decifrare la calligrafia tormentata del suo fratellino.

20 maggio

Non so se sono sveglio o se sto dormendo, in questo momento. La testa mi fa un male cane. La mia famiglia pensa che la mattina mangi i miei cereali, invece è una scodella piena di aspirine, che copro con il latte perché non notino la differenza quando le mastico.

Ma non serve. Il dolore è costante. Mi vergogno tanto. Ieri ero talmente triste che volevo morire. Così sono andato nella casa sull'albero, sono uscito per portarmi al centro della radura e ho aspettato che facesse notte. Sapevo che la donna con i piedi bruciati sarebbe riuscita a vedermi, allora, e che mi avrebbe ucciso una volta per tutte. Ma, appena prima del tramonto, un uomo è uscito dal suo nascondiglio e mi ha salvato. Mi ha lanciato di nuovo dentro la casa sull'albero, un attimo prima che la donna con i piedi bruciati mi attaccasse. Invece, ha dilaniato lui.

21 maggio

Sono tornato nella casa e ho cercato l'uomo che mi aveva salvato. L'ho trovato vicino al torrente, dove si stava lavando i tagli che aveva sulle mani. Sembrava che fosse stato frustato mille volte. È stato un tale sollievo trovare qualcuno disposto a parlare con me. Ha detto che capiva la mia tristezza di ieri, ma che devo essere forte. Mi ha confidato di essere un soldato, che ha promesso al padre di proteggerci tutti da lei. E che mai e poi mai si arrenderebbe. Quindi, non posso mollare neanch'io. Gli ho chiesto che cosa sa della donna con i piedi bruciati.

Ha detto che governa il mondo immaginario.

22 maggio

Ha cominciato a mettere in atto il suo piano. Nessuno, dalla parte reale, riesce a vederlo, ma è così. Ho provato ad aiutare la gente a vedere le cose come sono davvero, ma gli altri bambini mi credono pazzo. Stavo tornando a casa da scuola a piedi, perché non avevo più voglia di sorbirmi le loro prese in giro sullo scuolabus. Sono andato nella parte immaginaria, passando attraverso la mia casa sull'albero. Ho visto una donna che urlava al figlio, sulla veranda. Lo ha picchiato con tanta violenza. Non sapeva che era la donna con i piedi bruciati, che sibila, a muoverle il braccio e a sussurrarle all'orecchio.

1° giugno

Si sta diffondendo ovunque. Il soldato e io abbiamo cercato di proteggere le persone dal mondo immaginario, ma non sta funzionando. La donna che sibila è molto più forte di noi. E la sua potenza aumenta di giorno in giorno. Un po' come quella cosa di cui ho sentito parlare a lezione di scienze. L'insegnante ci ha detto che, se mettiamo una rana nell'acqua bollente, lei sa che deve saltare fuori. Ma, se la si mette in acqua fredda, e si alza la temperatura poco per volta, non riesce a capirlo fino a quando non è già troppo tardi. E così, muore. In questo momento, in città pensano a una forma influenzale, ma è qualcosa di molto peggio. Chiederei ad Ambrose di aiutarmi, ma so che in fondo al cuore anche lui mi crede matto. E spero davvero che abbia ragione lui, spero di essere un bambino malato di mente che se ne va nel bosco e parla da solo... perché, se tutto questo è reale, in questo momento il mondo è in una pentola d'acqua fredda, e il calore sta

già aumentando. E io sono l'unico sulla faccia della
Terra che possa fermare tutto quanto.

«Infermiera!» chiamò una voce.

Ambrose chiuse il diario e guardò la stanza intorno a lui. Vide la signora Haggerty che smise di lavorare alla calza per la sua nipotina, per portarsi una mano alla fronte e sentire se le era venuta la febbre. L'infermiera arrivò di corsa.

«Che cosa succede, signora Haggerty?»

«Ho l'influenza.»

«D'accordo. Lasci che la metta a letto, cara.»

Ambrose studiò le altre persone nel salotto. Il signor Wilcox e il signor Russell si allentarono il collo dei maglioni e chiesero di abbassare il riscaldamento. La signora Webb cominciò a grattarsi il collo, che era coperto da un sottile strato di sudore, come olio spray sul fondo di una padella. Sentì una delle zitelle tossire, mentre guardava con le amiche un reality trash. Lagne e richieste d'acqua, Advil e pezze fresche si diffusero in tutta la stanza.

La gente si stava sentendo male.

Tutti, tranne la madre della signora Collins.

La quale lo stava fissando, dalla sua carrozzina. Ambrose sentì il salotto diventare freddo intorno a lui. Una brezza gli alzò i peli sulla nuca, facendogli il solletico. Come un sospiro.

«Quella donna è proprio accanto a te e ti sta sussurrando qualcosa all'orecchio», disse. «Riesci a sentirla?»

«Che cosa sta dicendo, signora Keizer?»

Lei fece un sorriso da Stregatto e si spinse lungo il corridoio accompagnata da uno squeak. Squeak. Squeak.

«La morte sta arrivando. La morte è qui. Moriremo tutti il giorno di Natale.»

56

Lo spettacolo di Natale avrebbe dovuto essere grandioso.

Era quello che dicevano tutti alla madre di Christopher. Era una fiera tradizione che univa Shady Pines e la Scuola Elementare di Mill Grove, che risaliva all'epoca in cui ancora non avevano cominciato a chiamarlo «Spettacolo d'inverno» per ragioni legali. L'ultimo venerdì prima di Natale, la scuola mandava dei bambini a cantare canzoni «invernali» (o di festa) e a preparare biscotti per gli anziani. E questi ultimi assegnavano loro dei premi per il Balloon Derby. La regola era che il palloncino che fosse arrivato più lontano, entro la data dello spettacolo, avrebbe meritato il più ambito, ma tutti quanti avrebbero ricevuto qualcosa. Ormai si sapeva che in realtà erano regali di Natale o di Hanukkah, ma la scusa del derby era un bel modo per aggirare la separazione tra Chiesa e Stato.

«In pratica è come tenere Dio lontano da Dio, dannazione!» amavano scherzare le infermiere.

Non aveva importanza da quale parte del corridoio si trovassero: tutti gli ospiti amavano lo spettacolo perché era una distrazione dagli scacchi e dai programmi della TV. I bambini lo amavano perché li faceva uscire da scuola. Ma nessuno lo adorava più dello staff, perché per qualche ora benedetta gli anziani avrebbero smesso di lamentarsi.

Nella vita, non ci sono molte situazioni in cui risultano soddisfatte tutte le parti coinvolte.

E questa era una delle migliori a Mill Grove.

«Ha sentito la notizia, signora Reese?» chiese un'infermiera alla donna, nel suo inglese stentato.

«Come?»

«La signora Collins... ha chiamato per avvisare che è

a letto con l'influenza. Non si farà vedere per tutto il giorno. Un miracolo di Natale!»

Per il resto della mattinata, a Shady Pines furono tutti eccitati come i bambini la notte della vigilia. La madre di Christopher fece del suo meglio per partecipare al clima festoso. Poiché era l'ultimo giorno di scuola per Christopher, prima delle vacanze «d'inverno», aveva in mente di prenderlo dopo lo spettacolo e portarlo a vedere qualunque film avesse scelto… e al diavolo il suo buon gusto. E poi avrebbe dedicato l'intero weekend a decorare la casa in vista del Natale.

Peccato che non riuscisse a scrollarselo di dosso.

Quel senso di inquietudine.

«Salve, signora Reese.»

Kate si voltò e vide Mary Katherine varcare la soglia. Sembrava spaventata. Niente di nuovo, certo. La povera ragazza era sempre così ombrosa, così schiacciata dai sensi di colpa, così incredibilmente cattolica che talvolta recitava il Padre Nostro prima del dessert, pensando che la preghiera del ringraziamento prima di cena non fosse sufficientemente lunga. Ma quel giorno la sua espressione era diversa. Era funerea.

«Ti senti bene, tesoro?» le chiese.

«Oh, sì. Sì, sto bene.»

Invece non stava bene per niente. Quella poverina sembrava sul punto di scoppiare in lacrime.

«Sicura? Con me puoi parlare.»

«Sicura. Ho solo lo stomaco un po' sottosopra. Nient'altro.»

«Allora va' a casa. Hai già avuto il tuo certificato. Non sei obbligata a venire ancora qui come volontaria. Nessuno ti giudicherà, sai?»

«Sì che lo faranno.»

Ciò detto, Mary Katherine la salutò con un rapido cenno e si infilò nella stanza della signora Keizer, per cominciare il suo turno. Kate l'avrebbe seguita, ma fu distratta dal rumore che sentì arrivare dal salotto.

«Sono qui! Sono arrivati i bambini!» gridavano le voci.

L'eccitazione si diffuse nella stanza mentre gli scuolabus entravano nel parcheggio. Entro pochi secondi si aprirono le porte e le insegnanti fecero del loro meglio per far mettere gli studenti in fila indiana. D'istinto, Kate cercò quelli che conosceva, ma non riuscì a individuarli nel mare di cappelli di lana lavorati a maglia, o di berretti degli Steelers.

La prima persona a varcare la soglia fu la signorina Lasko. La madre di Christopher aveva avuto modo di vederla una sola volta, nell'ufficio della direttrice, quando il figlio aveva fatto a cazzotti con Brady Collins. Erano passati solo pochi giorni, ma la ricordava in salute, piena di vita, con un bel colorito rosa. Il cambiamento la sciocco.

La signorina Lasko era pallida e tirata. Le borse sotto gli occhi erano così nere che sembrava l'avessero presa a pugni. Aveva un'aria talmente esausta che non doveva aver chiuso occhio da quel primo incontro. Sembrava stanca come…

Come Christopher.

«Signorina Lasko, sta bene?» le domandò.

«Oh, sì. Grazie, signora Reese. Ho solo una lieve emicrania.»

Fu allora che Kate se ne accorse. L'insegnante puzzava come una che si era scolata una bottiglia di vodka e che aveva tentato di coprire l'odore con il colluttorio alla menta. La madre di Christopher conosceva quell'odore. L'odore che aveva accompagnato la sua infanzia. Che le aveva letto le favole della buonanotte. E che l'aveva riempita di botte ogni volta che aveva rovesciato qualcosa.

Era pronta a dire alle colleghe della maestra di matematica di suo figlio che quest'ultima era ubriaca fradicia.

Solo che la signorina Lasko non lo era.

Non era nemmeno alticcia.

Sembrava una persona in astinenza.

La maestra tornò a guardare i bambini che stavano entrando nella casa di riposo. E batté le mani per ottenere la loro attenzione.

«Bene bambini», disse. «Andiamo nel salotto.»

Kate guardò gli studenti salire a fatica i gradini della veranda. Finalmente individuò Christopher e i suoi amici, in quel mare di berretti da neve. Sembravano soldati. SpecialEd era accanto a suo figlio, si guardava intorno per assicurarsi che la via fosse sgombra. Mike era un paio di metri più indietro, per scongiurare attacchi ai fianchi. Matt era davanti, come un ricognitore.

Stavano giocando all'esercito.

E Christopher era il loro re.

Vide Matt entrare nella stanza per primo, per assicurarsi che fosse sicura. Quindi, rivolse un cenno a SpecialEd, che scortò Christopher all'interno. Mike si voltò e percorse con lo sguardo la scena intera.

Aveva visto lo sceriffo fare la stessa cosa, al loro primo appuntamento. Era stata testimone di quel bisogno istintivo di assicurarsi che la via fosse libera.

Ma non l'aveva mai visto fare da un bambino di sette anni.

Alla fine, lo sguardo di Mike trovò il nemico. Brady Collins e Jenny Hertzog stavano guardando Christopher, per poi sussurrare qualcosa ai loro amici. Kate avrebbe sorriso di quel comportamento assurdo, ma si innervosì vedendo la serietà di entrambe le parti nel ricoprire il proprio ruolo. Non sembrava affatto un gioco.

Sembrava una guerra.

Nel salotto, la signorina Lasko si sedette al vecchio pianoforte verticale e cominciò a scaldare le mani suonando le scale. Di tanto in tanto si fermava per grattarsi il braccio. All'inizio, Kate pensò che fosse un sintomo dell'astinenza.

Fino a quando non cominciò a grattarsi anche SpecialEd.

E dopo di lui Matt. E Mike.

Tutti, tranne Christopher.

Kate notò che anche Brady e Jenny si stavano grattando le braccia. Così come alcuni dei loro amici. E un paio di insegnanti. Aveva visto malattie e sfoghi diffondersi nelle scuole, in passato. Ma quello che osservava adesso era assurdo.

«Ehi, bambini... come vi sentite?»

«Bene, signora Reese. Stiamo bene», le rispose per primo Mike.

«Sicuri? Continuate a grattarvi le braccia.»

«Sì... credo che... Matt e io probabilmente abbiamo toccato dell'edera velenosa, o qualcosa del genere.» Il ragazzino alzò le spalle.

A dicembre? pensò Kate, ma se lo tenne per sé. Invece, gli toccò la fronte.

«Ma tu scotti. Volete che chiami le vostre mamme?»

«No. Sono malate. È meglio se stiamo qui.»

«Anche mia madre», fece SpecialEd.

Normalmente, la madre di Christopher avrebbe pensato a un'epidemia di influenza. La stessa che aveva fatto venire la febbre alta a suo figlio solo qualche giorno prima. Ma non c'era niente di normale in quella situazione. Tutti quei bambini sembravano indisposti. Soprattutto Christopher.

«Christopher, tu stai bene?» gli chiese, preoccupata.

«Sì, sto bene, mamma.»

D'istinto, gli mise la mano sulla fronte. Quello che sentì la scioccò. Quando aveva controllato, quella mattina, le era parso che la febbre fosse passata. Le era sembrato addirittura fresco. E adesso bruciava. Non volendo fare una scenata davanti a tutta la scuola, non disse nulla. In quel momento, però, decise che non sarebbero andati a vedere nessun film. Avrebbe messo Christopher a letto, a riposo e poi lo avrebbe fatto visitare da ogni medico della zona dei tre Stati fino a quando non ne avesse trovato uno in grado di dirle che accidenti era a farlo stare così male.

«Okay, tesoro. Raggiungi i tuoi amici», gli disse.

Christopher e la sua banda si spostarono vicino al piano, mentre la signorina Lasko cominciava a suonare il primo pezzo. Era una lunga introduzione musicale, che accompagnava il suo discorso sulla fiera tradizione dello «Spettacolo d'inverno» (che strizzava l'occhio a Natale e ad Hanukkah).

«Signore e signori, bambini e bambine, siamo lieti di essere qui a Shady Pines. Io sono la vostra direttrice musicale, la signorina Lasko. Presto distribuiremo i premi per il Balloon Derby, ma prima... coraggio... tutti sul tetto!»

Sul tetto della casa in tutta fretta,
la squadra di renne di Babbo zampetta;
un carico di giocattoli giù per il camino
Natale fa la gioia di ogni bambino.

Il canto dei bambini attirò tutti gli anziani nel salotto. Tutti, eccetto Ambrose Olson, che aveva a malapena lasciato la sua stanza da quando era stato a visitare la vecchia casa della sua famiglia, subito dopo il funerale di David. L'infermiera del turno di notte disse che era rimasto sveglio a leggere, per poi crollare in un sonno profondo quando si era fatto giorno.

Aveva chiesto esplicitamente di essere svegliato per lo spettacolo. Aveva detto di non volersi perdere i bambini per nessun motivo al mondo. Ma per qualche ragione, quando erano andate nella sua camera, le infermiere non erano riuscite a destarlo. Probabilmente era esausto, dopo aver trascorso la notte in piedi.

Oppure aveva l'influenza.

Per la bimba una bambola che tante cose può fare,
aprire e chiudere gli occhi, piangere e sghignazzare.

Mentre risate e canti si diffondevano nel salotto, la madre di Christopher vide arrivare Mary Katherine con la signora Keizer, in carrozzina. L'anziana sembrava molto più agitata del solito.

«Tu hai qualcosa che non va», disse alla ragazza.

«La prego, signora Keizer», la supplicò lei.

«Hai un cattivo odore. Sei diversa.»

«C'è suo nipote Brady. Ora le trovo un buon posto, così potrà sentirlo cantare», si offrì la giovane.

«È sporca! Questa ragazza è sporca!» gridò l'anziana.

Kate tolse la carrozzina dalle mani di Mary Katherine e la spinse nel corridoio.

«Signora Keizer. Non m'importa se sua figlia è la proprietaria, qui. Lei non si rivolge a nessuno in quel modo. Men che meno a una volontaria. Mi ha capito?»

L'anziana rimase in silenzio un momento, e poi le sorrise.

«È tutto sbagliato. Lo sente anche lei», le disse, calma.

Kate guardò la donna, malata di Alzheimer. E le venne la pelle d'oca.

Oh! Oh! Oh! Tutti su.
Oh! Oh! Oh! Tutti su.
Sul tetto a zampettare con le renne!
E giù per il camino con le strenne.

Kate si diede una scrollata per liberarsi dei brividi. Mise il freno alla carrozzina e raggiunse Mary Katherine al tavolo con il punch e i biscotti.

«Quella donna è malata, Mary Katherine. Non sa quello che dice».

«Sì che lo sa», rispose la ragazza.

«Che cosa c'è che non va, tesoro? Con me puoi parlare.»

La giovane rimase in silenzio. Kate sapeva che doveva portarsi dentro un segreto terribile. Ne aveva avuti anche lei, durante l'infanzia e l'adolescenza; fin troppi. Stava per chiederle di andare in cucina per confidarle cosa la turbasse tanto.

E poi accadde.

Non aveva idea di come fosse cominciato, ma SpecialEd e Brady Collins erano al centro del salotto, fronte contro fronte.

«Stagli lontano, Brady!»

«Vaffanculo, ciccione!»

All'improvviso, Brady Collins sferrò un montante e lo colpì al viso. SpecialEd cadde a terra pesantemente. Mike e Matt furono subito al suo fianco, mentre Jenny Hertzog gli saltava sopra. Il ragazzino la spinse all'indietro e si lanciò su Brady.

«Tocca un'altra volta Christopher e ti uccido, cazzo!»

Kate corse dal gruppetto.

«RAGAZZI! SMETTETELA SUBITO!» gridò.

Ma non ne volevano sapere. Continuarono a picchiarsi, a mordersi, a bloccarsi a terra. Tutti tranne Christopher, che era seduto, paralizzato dal mal di testa.

«SIGNORINA LASKO… MI AIUTI!» urlò Kate.

Tentò di staccare gli amici di suo figlio da Brady e Jenny, ma loro continuavano a lottare e a mordere come cani. Lanciò un'occhiata all'insegnante, che se ne stava seduta tenendosi la testa tra le mani, come un'ex alcolizzata che non ha abbandonato i vecchi comportamenti.

«Piantatela di fare tanto rumore! Mi scoppia la testa!» strillò.

In quel caos, nessuno fece caso all'anziana.

Nessuno, tranne Christopher.

* * *

Lui era sul pavimento, immobile. Il prurito era più forte di qualunque cosa avesse mai sentito. I pensieri volavano attraverso la sua mente a una velocità vertiginosa, al punto che non aveva speranza di starvi dietro. Non udiva voci. Tranne una.

Ciao, bambino.

Guardò lungo il corridoio. Vide la signora Keizer che lo fissava dalla sedia a rotelle. Si tolse la dentiera e si alzò sulle gambe filiformi. Fece un passo e urinò sul pavimento. Christopher avrebbe voluto mettersi a urlare, ma quella voce continuava a raggiungerlo.

Non esistono persone matte.

L'anziana zoppicò fino a lui. Sorrideva, ma c'era qualcosa di sbagliato nel suo sorriso. Non aveva denti. Come i neonati. Christopher voleva alzarsi, ma era inchiodato a terra da quella voce.

Sono solo persone che ti osservano.

Per lei.

«Chrissstopher...» sibilò. Si rimise la dentiera, ma la parte superiore la mise sotto, e quella inferiore sopra.

Lei è molto arrabbiata.

Il bambino voleva urlare, ma non trovava la *sua* voce. C'erano solo quel sussurro, e il prurito, e la vecchia che si avvicinava. Le gambe deboli le cedettero, così si mise in ginocchio e continuò carponi. Come un cane.

Le hai portato via l'uomo gentile.

L'anziana grattava il pavimento, strisciando. Christopher lanciò un'occhiata ai suoi amici, e vide Jenny Hertzog affondare le unghie nel viso di Matt, cercando di ficcargliele negli occhi. Brady Collins e la sua banda stavano prendendo a calci nello stomaco SpecialEd. Mike sbatté a terra Brady.

Lo rivuole.

Gli occhi dell'anziana avevano lo sguardo folle della demenza senile.

Dicci dov'è.

Christopher non riusciva a muoversi. Era inchiodato al pavimento. Il prurito si fece sempre più violento, finché lui d'un tratto non fu più lì. Christopher era tutti gli anziani presenti nella stanza. Era i loro acciacchi, i loro dolori, il loro cancro, le loro malattie, il loro Alzheimer, la loro pazzia. L'anziana strisciava verso di lui, sbavando come un cane sdentato.

«Dicci dov'è!» urlò, forte.

Gli afferrò le mani con le dita fragili. Christopher la guardò negli occhi. E vide un'anziana che gridava frasi senza senso. Peccato che non fossero senza senso. Come i neonati, che sanno che cosa vogliono dire, quando nessun altro li capisce.

«La morte sta per arrivare! La morte è qui! Moriremo tutti il giorno di Natale!»

Dalle mani, Christopher trasferì il prurito alla pelle dell'anziana. La vide seduta nella sua stanza, che guardava fuori dalla finestra, le nuvole in cielo. Per anni. La riportò indietro nel tempo a prima che la nebbia fosse calata sulla sua mente. Tornarono all'ultimo giorno in cui era stata ancora in possesso delle sue facoltà. Sembrava così sollevata. Come quando si mette del ghiaccio su un'articolazione gonfia. Qui però si trattava della sua testa. La nebbia si sollevò. Guardò Christopher.

«Dove sono?»

«In una casa di riposo.»

«Mi chiamo Keizer?»

«Sì, signora.»

«E mio nipote Brady è in mezzo a quei bambini?»

«Sì, signora.»

«Da quanto sono malata?»

«Da otto anni.»

«Scusa se ti faccio tanta paura.»

«Non mi sta facendo paura», le rispose.

Poi, Christopher spinse il prurito nella mente dell'anziana, in profondità. Cominciò a perdere sangue dal naso, a fiotti. I bambini smisero di azzuffarsi, quando videro quella donna distesa su di lui. Sulla stanza scese il silenzio. Kate corse verso di loro.

«Signora Keizer, lasci stare mio figlio!»

«Certo, certo», fece lei. «Le chiedo scusa, signora Reese.»

E lasciò andare Christopher. Lo staff intero la fissò. Da otto anni l'anziana era tormentata dall'Alzheimer, e ora, d'un tratto, era lucida e felice.

Era un miracolo.

Christopher guardò sua madre. Aveva la faccia coperta di sangue, dal naso al collo. Piantò gli occhi nei suoi.

«Mammina», disse. «Io… sto morendo, credo.»

57

KATE era talmente in panico, quando entrò al pronto soccorso, che non lo notò subito. Concentrata su ciò che doveva fare, non badava a quello che aveva intorno. Aveva ignorato tutti i semafori rossi e gli stop, nel tragitto in auto. Aveva visto i cervi ai lati della strada ma non aveva rallentato. Suo figlio perdeva sangue dal naso a fiotti e aveva la febbre alta, così alta che, quando l'aveva toccato, le erano venute delle piccole vesciche sulle mani.

E parlava da solo.

Non erano frasi complete. Solo poche parole. Parole in fila, come formiche a un picnic. Lei aveva pregato che fosse solo un vaneggiamento dovuto alla temperatura e nulla di più grave. Ne aveva avuto uno, da ragazza. Era andata a camminare con uno zio e aveva infilato una mano sotto una roccia. Era stata morsa da un serpente, e per due giorni non era riuscita a distinguere la realtà dalla finzione.

«Coraggio, tesoro», aveva continuato a ripetergli.

Ma poi Christopher aveva smesso di borbottare. Delirava. L'unica frase di senso compiuto era...

«Niente sogni.»

Era entrata nella zona carico/scarico dell'ospedale ed era corsa dentro, tenendo in braccio il bambino come un fagotto di panni da lavare. Adesso si diresse subito al banco dell'accettazione, dove l'infermiera Tammy la ascoltò attentamente, le chiese la tessera dell'assicurazione e le disse di accomodarsi in sala d'attesa.

«Va bene. Va bene. Quanto dovrà aspettare per vedere un dottore?»

«Dieci ore.»

«Che cosa significa 'dieci ore'?»

L'infermiera le indicò la sala. Kate si voltò, svelta. E solo allora se ne accorse.

Non era rimasta una sola sedia libera.

Sapeva che il pronto soccorso era un luogo frequentato da disperati. Quando ancora non aveva l'assicurazione sanitaria, era stata costretta ad andarci anche lei. Aveva visto coppie in ansia che si lamentavano. Povera gente che piangeva e implorava di essere visitata immediatamente. Ma adesso la polizza l'aveva. Non era in una metropoli. Era in una cittadina.

E non aveva mai visto niente del genere.

La stanza era strapiena. I padri stavano in piedi, appoggiati alle pareti, per lasciare il posto a mogli e figli. Gli anziani erano seduti sul pavimento.

«Mi dispiace, signora Reese», continuò Tammy. «Molti dottori e infermieri oggi non sono venuti perché malati. Io devo occuparmi perfino dell'accettazione. Lo visiteremo il prima possibile.»

«Qual è l'ospedale più vicino?»

«La situazione è la stessa ovunque, signora. Natale è periodo di influenze. La prego, vada a sedersi.»

Kate avrebbe voluto urlarle contro, ma davanti a sé vide una donna stanca che non aveva nemmeno una bella cera. Non se la sarebbe presa con una delle poche che si erano presentate al lavoro, quella mattina. Così, mandò giù la rabbia e annuì.

«Grazie», disse.

«Di nulla, signora Reese», le rispose la donna, prima di tornare al telefono. «Scusa, papà. Non posso venire via. Siamo a corto di personale. Lo compro io il MerLOT per la festa di domani.»

Kate cominciò a camminare avanti e indietro, lungo le file di sedie, aspettandosi che almeno una persona cedesse la sedia a un bambino che stava male. Il fatto che nessuno ci arrivasse la fece innervosire parecchio. Erano tutti troppo impegnati ad allentarsi colletti e baveri per dare sollievo alla febbre. O a grattarsi le braccia. Vide un uomo che teneva una benda premuta sul viso.

«Quel maledetto cervo è balzato proprio davanti al mio camion», disse al ragazzo che aveva vicino.

Superò una persona vittima di un accoltellamento. Una casalinga che si era addormentata all'improvviso nel giardino dietro casa, e al risveglio accusava sintomi da congelamento. Due tizi coinvolti in una rissa da bar per colpa di una «donna indiana» che si era vantata di reggere l'alcol più di chiunque, e che li aveva fatti ubriacare, per poi dire loro che sarebbe stato divertente se si fossero presi a botte per decidere chi dei due sarebbe andato a letto con lei. E, per qualche motivo che nessuno dei due sapeva spiegare, avevano rotto le bottiglie di birra e avevano cominciato a darsele.

Quando si erano feriti con il vetro, si erano svegliati da quella follia.

«Mia madre la visitate SUBITO!»

La signora Collins era con Brady e sua madre al banco dell'accettazione. La signora Keizer era priva di sensi, su una sedia a rotelle. Il viso della figlia aveva un pallore mortale. Nonostante la fronte imperlata di sudore, si rifiutava di togliersi la pelliccia e i gioielli. Si grattava il collo sotto la collana, mentre continuava a inveire contro l'infermiera Tammy.

«Guardi là», sibilò, «lo vede che cosa dice quel cartello sopra la porta? Dice PRONTO SOCCORSO COLLINS. Sono io Collins. Quindi, se non trova un letto a mia madre ora, sa che cosa ci sarà scritto domani? AFFITTASI.»

Kate non credeva affatto che quella donna avesse compreso che cosa stava accadendo. La sua mente andò a Maria Antonietta, dopo il fallimento della dieta a base di brioche. Due uomini piuttosto corpulenti si alzarono in piedi e andarono verso di lei, mentre due anziani si affrettavano a occupare le sedie lasciate libere.

«Perché non aspetta il suo turno, signora?» disse uno degli uomini alla signora Collins.

Lei girò la testa e li fulminò con un'occhiata, per nulla intimorita.

«E voi perché non vi costruite il vostro cazzo di ospedale?»

Un brusio si diffuse nella stanza. Nessuno sapeva che cosa aspettarsi, ora.

La madre di Christopher vide la loro rabbia diffondersi come un'eco. Per un attimo, si domandò se l'eco a un certo punto morisse davvero, o se diventasse semplicemente impossibile da sentire. Come un fischietto per cani. Magari era sempre presente. Sempre intorno a loro. Per l'eternità.

«Le stronze come lei mi fanno venire da vomitare...» disse uno dei due.

Il figlio della signora Collins, Brady, andò dritto verso

di loro. Erano grossi tre volte lui, ma la rabbia gli toglieva ogni paura.

«Lasciate in pace mia madre!» esclamò.

La presenza di Brady calmò i presenti quanto bastava perché i sorveglianti accompagnassero i Collins in una stanza comoda e pulita, lontano dalla folla furibonda. Senza più quell'obiettivo su cui concentrarsi, i pazienti in attesa cominciarono a prendersela l'uno con l'altro. I due energumeni arrabbiati tornarono al loro posto e ordinarono ai due anziani di sloggiare. Uomini o donne, non aveva importanza. Alla fine, le signore più anziane trovarono un po' di spazio sul pavimento, da cui guardavano le giovani con i figli malati. Giudicandole apertamente. Dicendo che avrebbero dovuto fare di più per i loro bambini. E le giovani ribattevano.

«Non venite a dirmi come devo crescere mio figlio.»

«Non parli in quel tono a mia moglie.»

«Farà meglio a sedersi, o la faccio sedere io.»

«Alzate quel televisore.»

«No, abbassatelo. Sono stanco di sentire quelle stronzate sul Medioriente.»

«Badi al linguaggio, ci sono dei bambini.»

«Altrimenti, vecchio?»

Tutte le persone presenti in quella sala stavano cedendo alla collera. Come Jerry.

Fuori arrivò l'ambulanza, e i paramedici entrarono di corsa con un uomo che era stato pugnalato alla gola dalla moglie, la sera prima. La donna gli aveva fasciato la ferita con le tende della cucina ridotte a brandelli e aveva aspettato a chiamare la polizia. Lui scalciava come un matto. Kate indietreggiò, coprendo gli occhi a Christopher perché non fosse costretto ad assistere a quella scena orribile. Il bambino era ancora febbricitante e borbottava tra sé e sé.

«Lei è qui. Come? Okay.»

«Tieni duro, Christopher», gli sussurrò lei. «Ti farò vedere da un dottore, te lo prometto.»

Si mise nell'angolo, così da poter vedere chiunque fosse andato verso di loro. Con Christopher in braccio, aspettava che qualcuno lasciasse loro una sedia. Non voleva cedere all'autocommiserazione.

Quella non sopravvive. Le persone sì.

Così, invece, prese a contare le sue fortune, perché aveva cose di cui essere grata, e nient'altro. Alzò gli occhi verso il televisore, e fu felice di non trovarsi in un campo profughi in Medioriente. Quella gente avrebbe dato tutto ciò che aveva per trascorrere dieci ore in quella sala d'attesa, con macchinette che distribuivano cibo e bevande.

E invece, probabilmente, vedeva la fine del mondo ormai vicina.

58

Papà.

Quando squillò il telefono, lo sceriffo si chiese quando si fosse addormentato di nuovo. Gli succedeva da quando aveva lasciato il bosco di Mission Street. Aveva superato il cantiere Collins e poi era tornato in centrale. Aveva lasciato l'autopattuglia per il suo pick-up Ford, allo stesso modo in cui il signor Rogers si sarebbe sfilato i mocassini per le scarpe da tennis una volta arrivato a casa.

Ma lo sceriffo non era andato a casa.

Riusciva a malapena a tenere gli occhi aperti, ma si era costretto a portare i vecchi attrezzi che aveva trovato nel bosco al suo amico Carl, in centro. Sapeva che avrebbe potuto affidare l'incarico a un suo sottoposto, ma qualcosa gli aveva detto che andavano consegnati il prima possibile.

Una voce, forse poteva definirla così.

Sbrigato il suo compito, si era ritrovato fuori dal Mercy Hospital. Aveva fissato il luogo in cui aveva detto addio alla bambina con lo smalto sulle unghie. Lei gli aveva toccato la mano e lo aveva chiamato «Papà». Era rimasto a fissare l'albero di Natale di Charlie Brown per ore, o così gli era parso.

Si era addormentato in macchina.

Dio è un assassino, papà.

Al suo risveglio si rese conto di stare da schifo. All'inizio pensò che fosse colpa dell'influenza, ma non era indolenzito. Nessun dolore. Niente gonfiore alle ghiandole. Se era influenza, era in assoluto la più strana che Dio gli avesse fatto venire. Perché un'influenza normale non faceva cuocere la pelle con la febbre, risparmiando il resto del corpo, a parte una piccola zona della mano tormentata dal prurito. In ogni caso, tutto quello che desiderava era trascinare la sua carcassa a casa e riposare. Suo nonno gli aveva dato una ricetta grandiosa per ogni malanno. «Butta giù qualche bicchierino di Scotch, avvolgiti in cinque coperte e suda. Per dieci ore è l'inferno, ma poi è tutto passato.»

Stava appunto per andare a comprare da bere, quando gli squillò il cellulare. Abbassò gli occhi a guardare il display, sperando che fosse Kate Reese. Ma era la centrale. Si diede una scrollata per svegliarsi del tutto e prese la chiamata. Aveva detto al suo vice di avere l'influenza e di telefonargli solo in caso di emergenza.

L'emergenza però era già cominciata.

Il suo vice lo informò che metà dipartimento si era dato malato. A peggiorare le cose, la bibliotecaria della scuola elementare aveva accoltellato il marito. C'erano state un paio di scazzottate nei bar. Alcuni incidenti d'auto. Era come se l'intera città si fosse alzata con il piede sbagliato, quella mattina.

«Abbiamo bisogno di lei quanto prima, sceriffo.»

Era l'ultima cosa che aveva voglia di fare.

«Arrivo», rispose.

Mentre dal centro tornava a Mill Grove, notò il traffico tremendo. Gli fece tornare in mente i lunedì mattina, quando era bambino. Ogni volta che gli Steelers vincevano, la domenica, la gente si metteva in strada felice. «No, prego... Dopo di lei, signore...» Se perdevano, però, si mostravano il dito medio a vicenda, e pigiavano sui clacson. Questo a dimostrazione di quanto la città amasse la sua squadra. Il traffico del lunedì mattina viveva e moriva con i Pittsburgh Steelers.

Ma quel giorno era venerdì.

E gli Steelers avevano infilato una serie di vittorie.

All'arrivo in centrale, la febbre era ormai insopportabile. Il sudore gli scendeva in rivoli lungo la schiena. Ma qualunque speranza di mandar giù un goccio di Nyquil e di schiacciare un pisolino fu infranta nell'istante in cui varcò la soglia. Non riusciva a credere alla quantità di gente che si trovò davanti. Mill Grove era una cittadina tranquilla. Ma uno sguardo a quella stanza gli fece quasi pensare di trovarsi a Hill District la vigilia di Natale.

Durante le ore successive si occupò di qualunque cosa, dalla bibliotecaria che aveva accoltellato il marito a una serie di incidenti d'auto che coinvolgevano dei cervi. Spegneva un incendio, e un istante dopo ne scoppiava un altro. Furti. Risse da bar. Atti vandalici. Il titolare di un'armeria chiamò per denunciare un furto con scasso durante la notte. I ladri non avevano neppure tentato di aprire la cassa. I soldi erano tutti lì. Avevano preso pistole e fucili.

Era come se la cittadina stesse impazzendo.

Aveva visto abbastanza nella sua carriera da sapere che,

quando le cose cominciavano ad andare male, la morte di solito era dietro l'angolo. Ma fortunatamente nessun incidente era risultato fatale. L'influenza non aveva fatto vittime tra bambini e anziani. E, anche se i cervi avevano fracassato qualche macchina, nessuno era rimasto ucciso. Nemmeno il marito della bibliotecaria, accoltellato. La lama aveva tagliato la gola e reciso le corde vocali. Il signor Henderson non sarebbe più stato in grado di parlare, ma respirava ancora.

Era un miracolo.

Alla fine del primo turno, lo sceriffo era un morto in piedi. Per quante aspirine buttasse giù, non riusciva a tenere sotto controllo la febbre. Aveva già abbandonato le speranze di trovare una lozione che calmasse il prurito alla mano destra, che lo faceva impazzire. Sapeva che, se non fosse riuscito a riposare un po', la settimana seguente sarebbe stato fuori gioco. E non poteva mettersi in malattia la settimana di Natale. Così, aspettò una piccola diminuzione di quella frenesia per sgattaiolare nel suo ufficio. Bevve un po' di Nyquil, lasciando scivolare il denso sciroppo alla ciliegia giù per la gola. Spense la luce, si distese sul divano e abbassò le palpebre.

Rimase così dieci minuti buoni, senza riuscire a mettersi comodo. Aveva sudato, per la febbre, e i vestiti erano umidi e appiccicaticci. Girò e rigirò il cuscino, ma se c'era un lato fresco non riusciva a trovarlo, dannazione. Per la disperazione, lo scaraventò sul pavimento e appoggiò la testa direttamente sulla seduta in pelle.

Si costrinse a rimanere sdraiato e a farsi venire gli occhi pesanti. Ma non servì a nulla. Diede un'occhiata all'ufficio e si ritrovò a fissare la bacheca con il poster della bambina scomparsa, Emily Bertovich. Si chiese se i colleghi di Erie avessero nuovi indizi. O se fossero talmente distratti da influenze, ospedali, risse e incidenti da non riuscire a trovarli. Così come lo era lui, al punto di non capire chi avesse sepolto… sepolto… come si chiamava? Quel ragazzino. Il fratellino dell'anziano. Gli sarebbe venuto in mente. Aveva soltanto bisogno di dormire un po'. Come si chiamava? Era un bel bambino. Con la finestrella al posto degli incisivi. Proprio come la bambina con lo smalto sulle un…

Papà.

Quando squillò il telefono, non avrebbe saputo dire per quanto tempo avesse dormito. La febbre si era alzata, e sentiva martellare la testa, dietro gli occhi. Abbassò lo sguardo sul display e subito si rianimò. Era Kate Reese.

«Pronto?» rispose.

«Ehi», fece lei, ma il tono era preoccupato.

«Cosa succede?»

«Sono in ospedale, Christopher ha l'influenza.»

«Sì, è in giro. Anch'io mi sono svegliato con la febbre.»

«Davvero?» Sembrò allarmata.

«Tranquilla. Ho fatto qualche telefonata agli ospedali della zona. Non è fatale. Passi l'inferno, quando ce l'hai, ma non ha conseguenze.»

Si aspettava che la notizia la rassicurasse, ma intuì che doveva esserci dell'altro. Il suo silenzio era come il prurito alla mano.

«Potresti mandare un agente al pronto soccorso?»

«Perché?»

«La gente qui è esageratamente…» Kate fece una pausa, cercando l'aggettivo più adatto a descriverla «… arrabbiata.»

«Conosci qualcuno che non odi gli ospedali?»

«Vuoi continuare a fare il condiscendente, o pensi di ascoltarmi?» ribatté lei, secca.

«Ti ascolto», le rispose, incassando il rimprovero.

«Sono stata al pronto soccorso di diversi ospedali, anche in posti molto più miserabili. Qui è diverso. Abbiamo rischiato la rissa più volte. La gente sembra fuori di sé. A volte la presenza di un'autopattuglia parcheggiata dall'altro lato della strada è già sufficiente a far rallentare gli automobilisti… capisci che cosa intendo?»

Lo sceriffo annuì. Suggerimento intelligente.

«D'accordo. Mando subito qualcuno», le disse. «E ti raggiungo lì non appena riesco a lasciare la centrale.»

«Grazie», fece lei, finalmente sollevata. «Devo tornare da Christopher. Buona serata, Bobby.»

Il suo nome di battesimo non aveva mai avuto un suono così dolce.

«Anche a te, Kate», le disse e chiuse la chiamata.

In realtà non aveva un uomo da mandare là, ma disse comunque all'agente impegnato a smistare le chiamate di far passare una pattuglia dal pronto soccorso. Il desiderio di proteggere quella donna era fortissimo, quasi primitivo, e non avrebbe saputo darvi una spiegazione. Sapeva solo di dover proteggere Kate Reese e suo figlio.

Come se la salvezza del mondo intero dipendesse da questo.

Quando emerse dal suo ufficio, notò che la centrale era addirittura più affollata di quella mattina. C'erano stati altri incidenti, risse e litigi tra vicini. L'influenza si era diffusa ulteriormente. I detenuti in cella erano febbricitanti. Li avrebbero trasferiti, ma gli ospedali erano al completo.

Passò dalle celle per dare un'occhiata ai danni di quella giornata. Vide qualche tizio che si leccava le ferite dopo una scazzottata al bar. Un paio di uomini arrestati per essersi rifiutati di scendere dall'auto o di mostrare la patente quando erano stati fermati per eccesso di velocità. O per guida pericolosa. O per omissione di soccorso. E tutti gli urlarono contro. La loro collera era sconcertante. Ma non era niente in confronto a quello che vide nell'ultima cella.

Quella dove c'era la signora Henderson.

L'anziana aveva un viso dolcissimo. Gli riuscì impossibile credere che la sera prima avesse piantato un coltello nella gola del marito. In quel momento, a separarla da un'accusa di omicidio di primo grado, era il consorte che lottava tra la vita e la morte, in terapia intensiva.

La donna alzò lo sguardo e sorrise, gentile.

«Mio marito è ancora vivo?» gli chiese.

«Sì, signora. Sta tenendo duro.»

«Bene. Spero che ce la faccia.»

Lo sceriffo annuì. Lei sorrise.

«Perché ho tanta voglia di accoltellarlo di nuovo.»

E tornò a leggere la Bibbia.

Lo sceriffo sapeva per esperienza che le feste tirano fuori i lati estremi delle persone. Alcune avvertono una profonda connessione con sentimenti come l'amore e la carità, mentre altre si sentono omicide o suicide. Dal suo punto di vista, nel periodo natalizio l'oscurità era comune quanto Babbo Natale.

Ma questo era diverso.

Questo era spaventoso.

Scese al piano di sotto. Sapeva di non poter contare sull'influenza per evitare di sporcarsi le mani di sangue. E non gli piaceva l'idea di Kate e Christopher circondati da quella strana epidemia, in ospedale. Quindi, voleva dare un'occhiata ai piani di emergenza che aveva approntato quando aveva cominciato a lavorare lì. Doveva assicurarsi che fossero pronti. Per cosa? Esattamente, non lo sapeva.

Ma qualcosa gli diceva che avrebbe dovuto prepararsi al peggio.

Continuò a scendere. Fino all'archivio. Disse alla signora Russo di procurargli tutto quello che aveva sulle epidemie influenzali del passato, mentre lui dava un'occhiata alle procedure di emergenza. Sapeva di dover tenere aperta la Route 19, in qualunque circostanza. Se la strada era percorribile, la polizia aveva accesso alla cittadina e la gente poteva lasciarla. Chiusa quella via, Mill Grove si sarebbe ridotta a un'isola. La piccola città era come il corpo di una persona. Le strade erano arterie e vene che pompavano il sangue verso il cuore, e da esso in giro per le membra.

Ma in quel caso il cuore era il bosco di Mission Street.

D'un tratto si ricordò che stava indagando su qualcosa accaduto là dentro, quando era scoppiata l'epidemia. Che cosa aveva avuto in mente di fare? Gli ci volle un momento, per ricordare. Gli attrezzi. Giusto. Quei vecchi utensili. Li aveva portati al suo amico Carl. Perché pensava che potessero avere qualcosa a che fare con... con... Già, come si chiamava quel bambino? Il fratellino dell'anziano. Quello che era scomparso. Ogni volta che faceva uno sforzo per ricordare il suo nome, il prurito alla mano tornava a farsi sentire e la fronte gli si imperlava di sudore. Dio, stava davvero male. Gli sarebbe venuto in mente.

Adesso il piano per le emergenze. Doveva concentrarsi. Aveva un'epidemia di influenza per le mani, non poteva dedicare tutto il suo tempo a un caso di mezzo secolo prima, rimasto irrisolto, che aveva coinvolto il fratello minore di Ambrose Olson. Come si chiamava? Oh, giusto, il nome era...

Papà.

Non avrebbe saputo dire quando aveva ceduto di nuovo al sonno, ma fu la signora Russo a svegliarlo. Bobby guardò il piano di emergenza. Era bagnato del sudore della sua fronte. Stava così male da non badare nemmeno a salvare le apparenze. Si era addormentato sul lavoro. Per una cosa del genere avrebbe sospeso qualunque agente, lasciandolo senza paga.

«Sceriffo, forse dovrebbe andare a casa», gli disse la donna.

Avrebbe tanto voluto farlo, ma non poteva. Era il cane che sa dell'arrivo di un temporale molto prima del suo padrone.

«Grazie, signora Russo. Sto bene. Mettiamoci al lavoro», le rispose.

Si sedettero e passarono in rassegna le epidemie passate. La peggiore era stata quella di spagnola, nel 1918, ma ce n'erano state altre. Un insediamento Amish era stato colpito così duramente, nell'Ottocento, che i pochi membri sopravvissuti avevano lasciato la città e si erano trasferiti in diverse zone dell'Ohio. E ce n'era stata un'altra, minore, subito dopo la Guerra d'Indipendenza.

Ma a catturare l'attenzione dello sceriffo fu l'episodio più recente. Era avvenuto in estate, non in inverno. La gente era stata molto male, ma non era morto nessuno. Si fermò. Il prurito e la febbre ripresero a dargli il tormento, ma questa volta non si sarebbe lasciato distrarre. Lesse il contenuto del fascicolo dall'inizio alla fine. Non trovò informazioni utili, per via del modo in cui il dipartimento aveva trattato l'emergenza, all'epoca. Ma qualcosa di interessante lo scovò.

L'influenza era scoppiata lo stesso anno in cui era scomparso un ragazzino.

David Olson, così si chiamava.

Non riuscì a ricordare perché, esattamente, ma quel nome gli diceva qualcosa.

59

Christopher non ricordava se stesse dormendo o fosse sveglio. Si guardò le gambe. Non capiva perché fossero tanto corte. Né perché indossasse un camice da ospedale. O perché si trovasse in una stanza d'ospedale. Si guardò le mani, aspettandosi di vedere quelle rugose di una vecchia. Quelle della signora Keizer. E invece no.

«Perché ho le mani da bambino?» si domandò a voce alta.

Dopo tutto, dal giorno dello spettacolo di Natale, avrebbe giurato di essere la signora Keizer. Per quale motivo, però, non lo sapeva. Le aveva solo toccato il braccio. Forse erano le medicine che gli avevano dato. Comunque, la vita di lei gli scorreva davanti agli occhi, sotto le palpebre, come un filmino.

Sono una bambina. Sono una studentessa con voti eccellenti. Andrò al college. Guarda quel ragazzo, là, in palestra. Come ti chiami? Joe Keizer? Io Lynn Wilkinson. Piacere. Sì, sono libera sabato sera. E anche il prossimo. Mi guardo le mani. Oh, mio Dio. Mi sta mettendo un anello di fidanzamento al dito. Ci teniamo per mano, in chiesa. Non sono più Lynn Wilkinson. Sono la signora Keizer, adesso.

Christopher si tirò su a sedere. Guardò verso la finestra e vide il riflesso di un bambino. Quando chiudeva gli occhi, però, il riflesso lasciava il posto al filmino della signora Keizer.

Joe! Joe! Sono incinta! È una bambina! Chiamiamola Stephanie, come mia madre. Okay. Bene. Kathleen, come la tua. Kathy Keizer, vieni subito qui! Aspetta che tuo padre veda quello che hai fatto. Joe, smettila. Sta gelando. Lasciala entrare in cucina. D'accordo, allora. Joe, smettila! Mi stai facendo male. Joe, ti prego. Nostra figlia è un'adolescente. Sta per diplomarsi. Sta per sposarsi. Non sarà più Kathy Keizer. D'ora in poi sarà la signora Collins. Joe, è incinta! Joe, avremo un nipotino! Bradford Wesley Collins III! Che nome regale. Joe, che c'è che non va?! Joe! Joe! Svegliati! Joe!

Christopher aprì gli occhi e vide la bella donna che usciva dal bagno. Come si chiamava? Oh, sì. Era la signora Reese. Giusto, Kate Reese.

«Riesci a sentirmi, Christopher?» chiese lei.

Girò il cuscino dal lato fresco, per farlo stare meglio, Christopher chiuse gli occhi, e il suo viso preoccupato fu sostituito dai ricordi della signora Keizer. Che scorrevano tremolando come una vecchia pellicola a ogni battito di ciglia.

No, Brady. Il nonno è morto. Lo so. Manca anche a me. Eravamo sposati da quaranta… quaranta… Dio, quant'era? Quarant'anni e un po'. Ce l'ho sulla punta della lingua. Dio, perché non riesco a ricordarmelo? Non mi sento bene. Non so più dove ho messo il mio… il mio nome. Perché dice che mi chiamo Lynn Keizer? Da quando? Non ricordo di essermi sposata. No, si sbaglia. Non mi chiamo Keizer. Io… mi chiamo… mi chiamo… Lynn… non me lo ricordo. Lei chi è? Kathleen chi? Chi è quel bambino con lei? Non è mio nipote. Io non lo conosco. Infermiera! Qualcuno mi ha rubato i ricordi! E il nome! Non ditemi di calmarmi! Non sapete che cosa sta succedendo? Non capite? La morte sta arrivando. La morte è qui. Moriremo il giorno di Natale!

La signora Reese gli accostò una cannuccia alle labbra, per farlo bere. Avvertì il sapore di succo di mela ghiacciato. Il più buono che avesse mai assaggiato. Lo adorava, anche più dei Froot Loops. Ma alle anziane non piacciono quei cereali. Quindi non era un'anziana, giusto? Era un bambino, con delle mani da bambino.

«Bravo, tesoro. Come ti senti, Christopher?»

Si chiamava Christopher. Giusto. La signora Reese non era un'infermiera. Era la sua mamma. Erano in ospedale, insieme. Il dottore aveva una cartella in mano. Pensava che il problema fosse la febbre, ma lui sapeva che non si trattava di questo. Aveva avuto l'Alzheimer per un paio di giorni. Tutto qui.

«Come stai, figliolo?» gli chiese.

«Bene.»

«Davvero, Christopher?» volle sapere sua madre.

Voleva dirle la verità. Voleva dirle che sentiva ancora il dolore dell'anziana. La sua malattia gli devastava le articolazioni. Non sapeva se sarebbe stato in grado di camminare. Quanto a stare in piedi... Ma non poteva, con il dottore presente.

Che si stava grattando il braccio.

«Sì, mamma, sto bene.»

Il medico gli posò lo stetoscopio sul petto. Il metallo freddo gli toccò la pelle, trasferendo a lui il prurito. Tutto ciò che aveva appreso alla facoltà di medicina passò nella mente di Christopher. Il dottore pensò che a scuoterlo fosse stata la temperatura dello stetoscopio. Lo scrollò e glielo posò di nuovo sul torace.

Non capisco. I polmoni sono a posto. Il battito è regolare. Ho fatto tutti i test e i valori sono nella norma. Non ha febbre, stando al termometro, ma questo ragazzino sembra... in fin di vita.

Christopher si sforzò di sorridere. Non potevano sapere quanto stesse male. Essere malati significava prendere farmaci, prendere farmaci significava cedere al sonno e con il sonno arrivava la signora che sibilava. Ma il prurito era così prepotente da farlo impazzire. Non sapendo dove metterlo, fece un respiro profondo e lo spedì nei polmoni.

«Bel respiro, piccolo», gli disse il medico, gentile.

Il prurito si diffuse nelle membra di Christopher, portando con sé tutte le persone che il dottore aveva visitato quel giorno. Con le loro febbri e le emicranie. Sentì la lama che penetrava nel collo del signor Henderson. Cinquant'anni di matrimonio gettati via in una coltellata.

Ti ho preparato mille cene, con questo coltello!

L'influenza era ovunque, ma non si trattava di questo. Era la signora che sibilava. Ne era certo. Sua madre gli diede un altro sorso di succo di mela freddo. Aveva il sapore del sangue del signor Henderson, che colava sul tavolo della cucina. Gli venne voglia di vomitare, ma non poteva. Non lo avrebbero mai lasciato uscire. E lui doveva andarsene.

«Delizioso, mamma. Grazie.»

Avvertiva la presenza della signora che sibilava nella stanza. Che osservava tutti. Che giocava con loro quasi fossero marionette manovrate da fili. Fili, come quelli delle persone-cassetta. Come quelli del Balloon Derby. Sta cominciando a penetrare nella mente delle persone, per usare i loro occhi. L'occhio gigante sta diventando sempre più grande. Il male è dentro al dottore, adesso. Si sta grattando il palmo. Quello in cui teneva i libri di testo all'università.

«Signora Reese, dal punto di vista fisico suo figlio non ha niente.»

«Dottore, gli senta la fronte...»

«Il termometro dice trentasette.»

«Vuol dire che non funziona...»

«Gli abbiamo misurato la febbre con tre termometri diversi. Non possono essere tutti rotti. Non ha la febbre.»

«Si potrebbe cucinare un uovo sulla sua fronte.»

«Signora Reese, suo figlio non ha febbre.»

Christopher sentì sua madre diventare sempre più ostile. Ma mantenne una voce controllata.

«E il sangue dal naso?»

«Non è emofiliaco, signora Reese.»

«Ma non smette di sanguinare...»

«Abbiamo fatto gli esami. Non è emofiliaco.»

«Allora che cos'ha?»

«Non lo sappiamo.»

La rabbia della donna stava aumentando. Come quella di tutti.

«Non lo sapete? Lo avete bucato e infastidito per tutto il giorno... e non lo sapete, cazzo!»

«Signora Reese, la prego, si calmi.»

«No che non mi calmo, merda. Fategli degli altri test.»

«Già fatto. Sangue. PET. Elettroencefalogramma.»

La signora che sibila sta...

La signora che sibila sta... diventando più forte.

«Fategliene altri, cazzo!»

«Li abbiamo fatti tutti e non ha niente, signora Reese!»

«MA LO GUARDI!»

Indicò il bambino, e Christopher si vide attraverso i suoi occhi. Pallido come un fantasma. Il naso incrostato di sangue. Voleva dirle che la signora che sibilava adesso era lì, e che faceva in modo che le persone si odiassero. Ma non ebbe il coraggio, perché...

«Signora Reese, c'è un passato di disturbi mentali in famiglia?»

...avrebbe corso il rischio di passare per folle.

«C'è una storia di disturbi mentali in famiglia?» ripeté il dottore.

La stanza si fece silenziosa. Il bambino guardò sua madre, seduta e immobile. Non rispose. Il medico sembrò grato per quel momento di tranquillità. Fece per dire qualcosa, la voce esitante, quasi passasse in punta di piedi da una sillaba all'altra.

«Signora Reese, glielo chiedo perché ho assistito tante volte al manifestarsi di malattie psicosomatiche, nell'infanzia. Quando non riesco a trovare una causa medica, di solito il motivo è che ce n'è una psichiatrica.»

Christopher guardò la madre. Il suo viso era privo di espressione ma, mentre le teneva la mano, vide un lampo di quel suo filmino privato. Era in ginocchio. Che puliva la vasca. Con le mani arrossate dal Clorox. Il sangue di suo marito non se ne voleva andare. Così lei si trasferiva. E poi continuava a farlo.

«Mio figlio non è pazzo», disse.

«Signora Reese, mi ha detto lei che si è scorticato il collo, a scuola. L'autolesionismo è uno dei segnali...»

«Ha avuto un incubo. Succede, ai bambini.»

Il dottore tenne a freno la lingua. Per un attimo.

Lui pensa... lui pensa... che io abbia qualcosa di grave. Ha visto la schizofrenia nei bambini. Si può manifestare anche a un'età inferiore alla mia. Lui... lui... lavora per la signora che sibila. Ma non lo sa.

«Signora Reese, sto cercando di aiutare suo figlio. Non di fargli del male. Potrei far venire subito lo psichiatra infantile, che farebbe una rapida valutazione. Se dovesse escludere il disturbo mentale, ripeterò i test medici. Affare fatto?»

Il silenzio rimase sospeso sulla stanza. Dieci secondi che parvero un'ora. Ma alla fine Kate Reese annuì. Il dottore ricambiò e fece una rapida telefonata al collega. Quando riattaccò, provò a dare una svolta ottimistica alla situazione.

«Lo so che in questo momento vede tutto nero, signora Reese, ma guardi il lato positivo. Suo figlio non ha nulla, fisicamente.»

Si grattò il palmo e sorrise.

«Grazie a Dio.»

60

MARY Katherine guardò il ritratto di Gesù appeso alla parete e recitò una preghiera.

Sapeva che sarebbe rimasta in punizione a vita, se i suoi l'avessero sorpresa a uscire di casa, ma non aveva altra scelta. Non aveva più il permesso di usare l'auto. Non le veniva in mente nessuna scusa valida per andare in farmacia. Ma non riusciva a togliersi dalla testa le parole della signora Keizer.

«Hai un cattivo odore. Sei sporca. Questa ragazza è sporca!»

Si tirò su i jeans, sotto la camicia da notte. Quando li abbottonò, notò che le stringevano in vita. Sperò di aver messo su peso, semplicemente. *Ti prego, Dio, dimmi che sto solo ingrassando un pochino… è così, vero?* Si tolse la camicia e si infilò il giubbotto con l'iniziale della scuola, che aveva ottenuto come flautista della banda.

Andò al letto e mise il cuscino sotto le lenzuola, per creare l'illusione di essere ancora sdraiata. Quindi prese il maialino salvadanaio, quello che le aveva regalato nonna Margaret prima di morire. Voleva smettere di usarlo. Non era più una bambina, in fondo. Ma era l'ultima cosa che aveva ricevuto dalla nonna, quindi si sentiva in colpa all'idea di metterlo da parte.

Tirò fuori tutti i soldi, monete incluse.

Li mise insieme a quelli guadagnati come babysitter.

Aveva all'incirca quarantatré dollari.

Sarebbero stati sufficienti.

Uscì dalla sua stanza. Percorse il corridoio e si fermò fuori dalla porta dei suoi genitori. Ascoltò il silenzio che proveniva dall'interno, finché non sentì suo padre russare, e poi scese, prese le chiavi dall'anello sotto il ritratto di Gesù e uscì nel vialetto. Accese la station wagon. Piano. Non aspettò che il motore si fosse scaldato. Quasi le si congelarono le mani, a contatto col volante, ma un istante dopo la febbre aveva già scaldato il rivestimento in pelle.

Non sapeva dove andare. Il Rite Aid vicino al South Hills Village era da escludere, perché avrebbe potuto incontrare qualcuno che la conosceva. Debbie Dunham lavorava al Giant Eagle con la farmacia aperta fino a tarda notte. Non poteva rischiare di farsi vedere.

Decise quindi di prendere la Route 19.

E di allontanarsi da Mill Grove.

Percorse i Liberty Tunnels e vide le luci del centro, alla sua sinistra, e il carcere a destra. Aveva guidato su quel ponte per recarsi al Mercy Hospital, quando era morta la nonna. Le aveva lasciato una montagna di soldi che non aveva mai visto né toccato. Erano per il Notre Dame, aveva detto papà. A disposizione non aveva che quel salvadanaio. Non conosceva nemmeno il cognome da nubile della nonna. Perché le veniva in mente così spesso? Ormai non pensava quasi più a lei. E si sentiva molto in colpa, per questo.

Prese la Highway 376 e l'uscita di Forbes Avenue, per Oakland, dove c'erano i college. La Pitt e la Carnegie Mellon University. Non la conosceva nessuno, là. Guidò finché non trovò una farmacia aperta ventiquattr'ore su ventiquattro, parcheggiò e rimase seduta in auto, fissando l'edificio per cinque minuti abbondanti, per verificare che dentro non ci fosse nessuno di sua conoscenza. Non vide nulla, a parte le telecamere di sorveglianza. Così, si infilò un berretto di lana spessa e un paio di occhiali da sole, che conservavano l'odore di una gita di famiglia a Virginia Beach. Era tutto talmente semplice, allora. Il caldo, il sole. E i suoi genitori non ce l'avevano con lei. E lei non aveva fatto ancora nulla di male.

Le porte automatiche la videro arrivare e si aprirono come le fauci di una balena.

Entrò. Il cuore le martellava nel petto. Non aveva idea del reparto in cui doveva cercare. Non si era mai trovata in quella situazione.

«Posso aiutarti? Cerchi qualcosa, ragazzina?» le domandò la commessa.

«No, grazie. Non serve.»

Il cuore prese a batterle ancora più forte. *Lo sa. Lo sa.*

Fece del suo meglio per aggirarsi tra le corsie con nonchalance. Si fermò e guardò un sacchetto natalizio pieno di caramelle. Poi dei biglietti d'auguri. E poi si fermò davanti alla libreria e diede un'occhiata ai titoli. Quando passò davanti ai farmaci per il raffreddore, notò che lo scaffale era stato ripulito. L'influenza doveva essersi diffusa ovunque, ma non si soffermò su quel pensiero. Alla fine trovò quello che stava cercando proprio accanto agli assorbenti interni.

Il test di gravidanza.

Non sapeva quali fossero le marche migliori. E non osava chiedere. Così, prese i tre più costosi. Avrebbe voluto rubarli, in modo da non farlo sapere alla signora dietro al bancone. Ma non poteva aggiungere un altro peccato a quelli che aveva già commesso. Si sentì in colpa per il solo fatto di aver preso in considerazione il furto.

Pensarlo equivale a farlo.

Andò al bancone. La donna guardò i test, e poi lei. Il suo sorrisetto teso diceva già tutto.

«Fortuna che non hai bisogno di farmaci antinfluenzali, tesoro. Siamo senza. È la stagione, siamo sotto Natale.»

Mary Katherine annuì e cercò di ribattere qualcosa, ma sapeva che, se avesse parlato, sarebbe scoppiata a piangere.

«Che ne pensi della partita di oggi degli Steelers? Credo che faranno il botto, quest'anno.»

La ragazza annuì di nuovo e guardò la donna. Era così gentile. Quasi come la nonna.

«Grazie, cara, e tanti auguri di Buon Natale.»

«Buon Natale anche a lei, signora.»

Batté i tre test e li mise in un sacchetto. Mary Katherine le diede il totale in monete da venticinque e dieci centesimi, e in banconote spiegazzate. Non aspettò il resto.

Quando uscì dalla farmacia, dei ragazzi del college accostarono con una rombante Ford Mustang. Sentì le loro storie sulle ultime conquiste. La «stupida puttana» della Kappa. E la «cagna in calore» talmente ubriaca che l'avrebbe data a chiunque. Mary Katherine tornò svelta alla station wagon di sua madre e chiuse tutte le portiere. Si tolse berretto e occhiali e aprì la prima confezione. Il foglietto illustrativo era scritto a caratteri troppo piccoli perché riuscisse a leggerlo nell'abitacolo buio, ma non osava accendere la luce, qualcuno avrebbe potuto vederla. Doveva trovarsi un posticino appartato. Così, mise in moto l'auto e ripercorse il tragitto appena fatto, in direzione Mill Grove.

Strada facendo, pensò a tutte le volte che era tornata da casa della nonna, la sera della vigilia. Rideva, sulle note di *Grandma Got Run Over by a Reindeer*. Lo speaker alla radio faceva terminare il pezzo, e poi annunciava che era stata avvistata una slitta appena fuori dal Polo Nord. Lei diceva a suo padre di sbrigarsi, per essere a casa prima dell'arrivo di Babbo Natale. Se non fosse stata a letto, lui si sarebbe arrabbiato e avrebbe saltato la loro abitazione.

Ti prego, papà. Fa' in fretta.

Mary Katherine passò di nuovo davanti al carcere, attraversò i Liberty Tunnels, Dormont e Mt. Lebanon fino ad arrivare a Mill Grove. Lasciò la Route 19 e percorse le strade di periferia fino a trovare un posticino perfettamente appartato.

Proprio fuori dal bosco di Mission Street.

Diede un'occhiata attraverso il parabrezza appannato per assicurarsi che non ci fosse in giro nessuno. Vide solo la recinzione che custodiva le ruspe e le attrezzature dell'Impresa Edile Collins, ma non c'erano uomini di guardia. Niente telecamere. Era al sicuro.

Prese il foglietto. Lo spiegò con cura e lo lesse da cima a fondo, fino a dove cominciava la traduzione in spagnolo. Quando realizzò che cosa avrebbe dovuto fare, non riuscì a crederci.

Fare pipì su un bastoncino?

Per poco non si mise a piangere. Era davvero disgustoso. Perché tutto ciò che riguardava il corpo femminile era tanto umiliante? I ragazzi rimanevano asciutti e puliti, le ragazze dovevano tollerare il fatto di sporcarsi, fingendo che non fosse così.

Hai un cattivo odore. Sei sporca.

Mary Katherine era a casa della nonna, quando aveva avuto il ciclo per la prima volta. Aveva pensato di essersi tagliata, là sotto. Non sapendo che fare, aveva usato della carta igienica e, quando questa si era rivelata insufficiente, era andata nel bagno di mamma e aveva rubato un assorbente interno.

Si era vergognata come una ladra. Quando l'aveva inserito nella vagina, si era messa a piangere. Una parte di lei era convinta di commettere peccato. E, quando poi lo aveva rimosso, non era riuscita a credere ai suoi occhi. Non c'era quel liquido azzurro che si vedeva negli spot, versato su carta assorbente. C'era sangue. Grumoso. Che l'aveva disgustata. Era così sporca.

Sei sporca. Questa ragazza è sporca!

Aprì la portiera. L'aria era gelida. Si abbassò i jeans, e nel farlo sentì quanto le stringevano la pancia. Piegò le ginocchia e si accovacciò accanto alla macchina. Lasciò andare la vescica. Urinò sullo stick. E intanto la sua mente correva.

È tutto okay. Hai soltanto fatto sesso orale, una volta e basta. Non puoi essere rimasta incinta così. Non è possibile, giusto? Nessuna è mai rimasta incinta attraverso la bocca. Non funziona in quel modo, Mary Katherine, lo sai dal corso che hai seguito a scuola. Non eri rimasta incinta nemmeno quando Doug ti aveva toccato i seni. È la stessa cosa. Giusto? Giusto.

Se sbaglio, Dio, fammi investire un cervo mentre torno a casa.

Accese il telefono per avere un po' di luce. Guardò il bastoncino. Se si fosse tinto di blu, avrebbe saputo di essere incinta. No, se fosse rimasto bianco. Le istruzioni dicevano che occorrevano alcuni minuti. Ogni secondo sembrò durare un'eternità.

Non farti prendere dal panico. Sì, un po' di sperma è finito sul tuo maglione, ma non si ha una gravidanza così. Non funziona in questo modo. Giusto? Anche se l'avessi toccato, e fossi andata in bagno ore dopo. Si può rimanere incinte così? No, naturalmente. Ho seguito il corso, a scuola. Non succede così. Lo sai.

Dio, se mi sbaglio, fammi investire un cervo mentre torno a casa.

Diede un'occhiata al cantiere. Gli alberi ondeggiavano mossi dalla brezza. E il braccio le prudeva tantissimo.

Si tirò su i jeans per coprire le gambe congelate e tornò in auto. Non si prese nemmeno la briga di spegnere la luce. Rimase seduta lì, lo sguardo fisso sul bastoncino. E intanto si grattava il braccio. Aspettava. E pregava.

Ti prego, Dio. Fa' che sia bianco. Fa' che non sia incinta. Giuro che non ho fatto nulla. Non mi sono toccata. Ci ho pensato. E so che pensarlo equivale a farlo, ma non l'ho fatto! Mi sono trattenuta! Ti prego, Dio, aiutami! Fa' che sia bianco. Giuro che andrò in chiesa più spesso. Giuro che continuerò a fare la volontaria a Shady Pines fino alla fine dell'anno. Che andrò a confessarmi da padre Tom. Che dirò ai miei genitori che questa notte sono uscita di nascosto. Ti prego. Farò qualunque cosa. Ma ti prego, fa' che sia bianco.

Mary Katherine abbassò gli occhi.

Era blu.

Cominciò a singhiozzare.

Era incinta.

61

Aripiprazolo.

Kate aveva in mano la boccetta del farmaco prescritto a Christopher. Non era nemmeno in grado di pronunciarne il nome. Ma, dopo aver passato un'ora con il bambino, lo psichiatra infantile le assicurò che era il primo da provare. Era stato impiegato su ragazzini e adolescenti. Aveva dato eccellenti risultati.

«Che cos'è?» chiese.

«Un antipsicotico», spiegò lui.

«Christopher non ha disturbi psicotici.»

«Signora Reese, comprendo come si senta in questo momento, ma suo figlio si è rifiutato di parlare con me per un'ora perché...» guardò gli appunti ed enfatizzò la citazione «'...la signora che sibila ci ascolta'. Tratto malattie mentali nei bambini da tre decenni e posso aiutare suo figlio. Ho solo bisogno del suo supporto.»

Kate fece del suo meglio per rimanere attenta mentre il dottore sussurrava pacatamente parole come «schizofrenia», «disturbo bipolare» e «depressione clinica», per lasciarle intendere che la sua lealtà a Christopher era un bene, ma che negare un potenziale problema non lo era affatto. Era ancora convinta che lo specialista si sbagliasse.

Finché non la riportò nella stanza da Christopher.

L'immagine che si trovò davanti la scioccò. Suo figlio era seduto sul letto, pallido come un fantasma. Era quasi catatonico, batteva lentamente le palpebre e si leccava le labbra secche. Gli occhi erano neri come pezzetti di carbone. Non sembrava che stesse guardando lei: piuttosto, il suo sguardo sembrava fisso su qualcosa alle sue spalle. La trapassava. E trapassava anche il muro dietro di lei. Con la mente, Kate andò subito al padre di Christopher. Aveva conosciuto un bell'uomo, in salute. E un bel giorno, dopo cinque anni, tornando dal lavoro lo aveva sorpreso a borbottare tra sé e sé. Avrebbe dato qualunque cosa per trovargli il farmaco giusto. Forse, se avesse avuto a disposizione allora quello che le stava proponendo il dottore per Christopher, adesso avrebbe avuto ancora un marito e…

Christopher avrebbe ancora un padre.

«A cosa serve?» chiese odiando ogni singola parola che uscì dalle sue labbra.

«Aiuta a controllare episodi maniacali. È efficace anche nell'impedire comportamenti autolesionisti o aggressivi e repentini cambiamenti d'umore. Se l'aripiprazolo non dovesse funzionare, possiamo provare con altri farmaci. Semplicemente, credo che sia un buon primo passo, perché gli effetti collaterali sono lievi.»

«Quali effetti collaterali?»

«Il più comune nei bambini è la sonnolenza.»

Lo psichiatra si grattò la mano e scrisse la ricetta, quindi dimise immediatamente Christopher. Kate tentò disperatamente di farlo restare in ospedale. Voleva un altro test. Una spiegazione diversa. Ma c'erano centinaia di persone in sala d'aspetto, adesso, e non potevano tenere occupato un letto per un bambino pazzo (e per la madre che consideravano altrettanto schizzata, a giudicare dalla loro espressione).

Mentre uscivano, Kate ebbe un sussulto vedendo quanto la situazione fosse peggiorata. L'edificio era pieno oltre i limiti di capacità, ogni stanza era stipata di persone, la gente cominciava a formare delle file nei corridoi. Chiese all'infermiera che spingeva la carrozzina di Christopher se avesse mai visto nulla del genere. Lei le rispose di no, ma che per lo meno non era morto nessuno, finora.

«Un miracolo», commentò, nel suo accento stentato.

Raggiunsero il parcheggio e l'infermiera se ne andò con la sedia a rotelle.

Kate Reese era sola, ora.

Fece sedere Christopher al posto del passeggero, davanti, e andò subito al Giant Eagle per acquistare il farmaco prescritto. La farmacia dell'ospedale si trovava all'esterno, per qualche ragione. Il traffico era psicotico quanto lo era Christopher, stando ai dottori. I clacson suonavano con una frequenza tale che sembravano anatre in uno stagno.

Quando finalmente arrivò al supermercato, Christopher stava così male che riusciva a malapena a muoversi. Gli diede un bacio sulla guancia, che sembrava andare a fuoco. Quindi aprì la portiera per lasciar entrare l'aria fredda di dicembre, sperando che facesse abbassare quella febbre che – le avevano assicurato i medici – non aveva.

«Ce la fai a camminare, tesoro?»

Il bambino non rispose. Guardava fisso attraverso il parabrezza e batteva le palpebre. Così, lo aiutò ad alzarsi e lo portò in braccio all'interno del supermercato, come un bimbo piccolo. Era troppo grande per stare sul seggiolino, quindi lo adagiò nel carrello, dopo aver steso il suo giaccone sul metallo duro. Poi si diresse di corsa al reparto farmacia e consegnò la ricetta al farmacista.

«Ci vorrà qualche minuto», disse stancamente l'uomo, grattandosi la mano.

Kate sapeva che probabilmente sarebbero rimasti chiusi in casa per un po', così fece un rapido giro tra le corsie del Giant Eagle, con l'idea di acquistare provviste sufficienti per alcune settimane.

Ma non c'era quasi niente.

Aveva già visto negozi di alimentari ripuliti, in passato. Aveva viaggiato abbastanza, nel Paese, per sapere che cosa succede quando una comunità viene messa in allerta per via dell'arrivo di un tornado o di un uragano. A volte, si domandava se le catene di supermercati non facessero pressioni ai notiziari locali, chiedendo di annunciare tempeste per muovere le merci in magazzino.

Ma non aveva mai visto nulla del genere.

Advil, Tylenol, aspirina. Lozioni per eruzioni cutanee e prurito. Zuppe pronte, frutta secca, pesce e carne in scatola.

Tutto sparito.

Se non avesse saputo che non era possibile, avrebbe pensato che la città si stava preparando a una guerra.

Prese quello che trovò. Carne di manzo essiccata, scatole di minestre Lipton, cereali. Almeno, Christopher poteva avere i suoi Froot Loops. Andò ai banchi frigoriferi. Comprò dei formaggi perché si conservano bene e del latte. Le fotografie di Emily Bertovich tenevano d'occhio tutto quanto. Prese due confezioni da un litro e mezzo e l'ultimo contenitore senza manico.

Diede un'occhiata veloce al carrello, per essere sicura che Christopher fosse a suo agio. Vide che stava bene, e poi si rese conto di non poter dire lo stesso della gente nel supermercato. Erano tutti nervosi. Litigavano per le poche cose rimaste. Urlavano agli addetti alle scorte per la scarsità delle merci. Kate badò a tenere la testa bassa. Quando ebbe riempito il carrello, tornò in farmacia a ritirare il farmaco di Christopher. Il farmacista era nel bel mezzo di un'accesa discussione con un anziano.

«Ho chiesto se avete dell'aspirina in magazzino.»

«Quello che abbiamo è esposto.»

«Può controllare nel?…»

«Quello che abbiamo è esposto», lo interruppe il farmacista.

«Ho bisogno della mia aspirina anticoagulante!»

«A chi tocca?»

L'anziano se ne andò, fumante di rabbia. Kate notò che si stava grattando la gamba. Riportò l'attenzione sul farmacista, che la guardò con un'espressione che voleva dire

«Che idiota, da non credere, eh?» mentre metteva le pillole di Christopher in un sacchetto bianco di carta.

«Deve prenderle a stomaco pieno o vuoto?» chiese Kate.

«Legga la posologia. Il prossimo!»

Pagata la medicina, si diresse con il carrello alle casse. C'era una fila lunghissima, e una sola cassa aperta. La cassiera era una ragazzina adolescente, molto graziosa. Un uomo con ai piedi degli scarponi sporchi di fango si stava lagnando, impaziente.

«Sono in coda da venti minuti. Perché non aprite un'altra cazzo di cassa?»

«Mi dispiace, signore. Sono tutti in malattia», gli rispose l'adolescente.

«Allora magari potresti aumentare un po' il ritmo, piccola...»

«Ehi, perché non la lascia in pace?!» fece un tizio corpulento, dietro di lui.

«Perché non va a farsi fottere?»

«Perché non prova a mandarmici, cazzo?»

Una guardia si mise in mezzo per fermare la schermaglia. Kate rimase immobile, aspettando che passasse la burrasca. Il tizio davanti a lei si voltò e cominciò a guardare alcune delle cose che aveva messo nel carrello. I suoi occhi trovarono il latte, e un sorriso si allargò sul suo volto.

«Bei contenitori», disse.

Kate sapeva come comportarsi con gli uomini pericolosi. C'era soltanto un modo per trattare un tipo del genere.

«Ehi, pisellino. Prova a toccare una cosa qualunque, vicino a mio figlio, e ti spezzo quelle fottutissime mani.»

Lui la guardò dritto negli occhi.

«Stronza.»

«Fiera di esserlo», le disse, con la sua espressione più imperturbabile.

Alla fine lui si voltò, fremente di rabbia. Kate lanciò

un'occhiata alla guardia. Badò a rivolgergli un sorriso civettuolo, per assicurarsi che rimanesse nei paraggi. E, finalmente, arrivò il suo turno. La ragazzina passò gli articoli, e intanto Kate seguì con lo sguardo il tizio dei contenitori del latte, che andava verso la sua 4x4. La ragazzina tossì. Sembrava essersi presa l'influenza anche lei. Vide il cartellino con il nome: DEBBIE DUNHAM.

«Serata difficile, Debbie?» le chiese.

«Infernale», le rispose la giovane, e non c'era traccia di umorismo nella sua voce. «Il prossimo!»

Kate aspettò all'interno del supermercato che tutti gli uomini in fila se ne fossero andati, a bordo dei rispettivi pick-up. Sapeva che il tizio del latte poteva essere tornato indietro ad aspettarla. Per sorprenderla lontano dalle telecamere. Dalla luce. Si era già trovata in quella situazione. L'aveva sperimentato sulla sua pelle.

Ma aveva imparato la lezione.

Per tornare da Giant Eagle, normalmente avrebbe impiegato dieci minuti, ma in qualche modo il traffico era peggiorato nell'intervallo che aveva trascorso nel supermercato. C'era una coda di quasi cinque chilometri. Tanti automobilisti cominciarono a suonare il clacson. Sentì finestrini che si abbassavano, voci che gridavano nella notte.

«Dai! Andiamo!»

«Non ho tutta la serata, cazzo!»

Quando finalmente arrivò all'inizio della coda, comprese che la causa era un unico incidente.

«Si fermano per curiosare», pensò, ad alta voce.

Un cervo era andato a sbattere contro un pick-up. Era incastrato nel finestrino dal lato del guidatore. Sembrava averlo incornato di proposito, per uccidere l'uomo. Questi era accasciato, mentre i paramedici gli medicavano la ferita alla testa. Un corno gli aveva trapassato la mano, come un paletto. Dopo un attimo, l'automobilista alzò gli occhi. Il suo cuore smise di battere per un attimo, quando si rese conto che era il tizio del latte. Sapeva che lui non poteva vederla, al buio, ma ebbe comunque la sensazione che la stesse trapassando con lo sguardo, mentre pensava a quella parola.

Stronza.

Superò svelta l'incidente, e decise di non tornare sulla Route 19. Non poteva rischiare di rimanere invischiata in un altro ingorgo. Così, per raggiungere il loro quartiere prese le strade secondarie.

Superarono la vecchia casa degli Olson, all'angolo. Christopher appoggiò la testa al finestrino freddo, e il calore della sua fronte fece spannare il vetro. Passarono tra la casetta di legno e la loro abitazione. L'anziana era seduta in soffitta, e dormiva.

Kate imboccò il loro vialetto e parcheggiò nel garage. Scese, svelta, e girò attorno all'auto per andare ad aprire a Christopher.

«Andiamo, tesoro. Siamo a casa.»

Lui non si mosse. Stava guardando oltre il parabrezza. L'unico segnale di vita era la lingua, che leccava le labbra secche, screpolate. Kate si chinò e lo prese in braccio. Erano passati anni dall'ultima volta che l'aveva portato dentro così. Era così piccolo, allora. E adesso stava così male.

Non piangere, cazzo.

Entrò e lo portò di sopra, in camera sua. Gli tolse i vestiti che aveva indossato per lo spettacolo di Natale. Dio, quanto tempo era passato? Due giorni? Due e mezzo? Sembrava un secolo. Erano talmente sudati, per via della febbre, che dovette staccarglieli come la pelle da un serpente. Lo portò in bagno e lo lavò come faceva quando ancora entrava nella vasca del lavello, in cucina.

Voleva levargli di dosso l'odore di ospedale. I germi. La follia. Lo strofinò da capo a piedi, e poi gli infilò il pigiama che adesso preferiva. Quello con Iron Man. Per qualche ragione aveva smesso di portare quello di Bad Cat un mese prima.

Lo mise sotto le coperte. Tornò in bagno e prese gli antidolorifici dall'armadietto dei medicinali. Credeva di averne una scorta per settimane. Invece, scoprì di avere due dosi di Tylenol e una di Advil per bambini.

«Christopher, hai preso le medicine per conto tuo?»

Lui era disteso sul letto, lo sguardo rivolto al cielo fuori dalla finestra. Non disse nulla. Kate immaginò che gliel'avesse tenuto nascosto. Da quanto tempo stava male? E perché fingere di non essere malato per andare a scuola? Di solito i bambini non facevano il contrario? Lo mise seduto e gli diede il Tylenol. Sentì il cuscino già bollente, dove aveva appoggiato il collo, e d'istinto lo girò. Lo adagiò sul lato fresco.

«Tesoro, adesso vado a preparare la cena, così potrai prendere la tua pastiglia. Tu riposa, d'accordo?»

Christopher rimase lì. Senza parlare. Immobile. Kate scese svelta al piano di sotto. Aprì una scatola di minestra Lipton, pollo e tagliolini, la sua preferita da sempre. «Mi piacciono i tagliolini piccoli, mammina.»

Smettila, Kate.

Scosse la testa. Non si sarebbe concessa le lacrime. *Sii forte. La debolezza non serve.* Aggiunse un po' di verdure surgelate per le vitamine. Impostò il timer del microonde a cinque minuti. Poi tirò fuori pane, burro e formaggio. Cominciò a preparare i sandwich alla piastra. «A me piacciono belli scuri, mammina.»

Smettila subito.

Mentre la cena cuoceva, estrasse dal sacchetto la boccetta di aripiprazolo. Lesse rapidamente il foglietto illustrativo. Poteva essere preso a stomaco pieno o vuoto, indifferentemente, ma lui stava talmente male che non avrebbe corso il rischio di vederlo vomitare l'unica cosa che forse poteva aiutarlo. L'unica in grado di far tacere le voci. «Papà non c'è più.» «Che cosa vuol dire che non c'è più, mammina?»

Smettila di piangere, dannazione.

Ma non poteva. Non poteva impedire ai suoi occhi di versare lacrime, non più di quanto Ambrose Olson potesse evitare che venissero offuscati da nubi. Si costrinse a leggere tutto quanto. Andò agli effetti collaterali nei bambini. Spossatezza. Sonnolenza.

«Dormirà. Ne ha bisogno», si rassicurò.

Emicrania. Nausea. Naso chiuso. Vomito. Mancato controllo dei movimenti, tremori e rigidità muscolare.

Tuo figlio è pazzo come lo era tuo marito.

Prese a calci l'armadietto. Buttò fuori tutto dalla cucina. Era sveglia da quasi due giorni, ormai. Non si era concessa di dormire. Aveva tenuto stretto il suo bambino, che sbavava, perché nessuno sapeva che problema avesse.

Dannato sistema sanitario. Un branco di avidi pronti a dar via il letto di un ragazzino per spillare migliaia di dollari al giorno all'assicurazione di un'altra persona, per quello stesso posto, senza dargli nessuna fottutissima risposta.

Smettila di piangere, maledetta stronza!

DIN.

Il timer. Kate si diede un'occhiata intorno, confusa. Erano già passati cinque minuti da quando lo aveva impostato. Dov'erano volati? Tolse la minestra dal fornello. Girò i sandwich e vide che erano della sfumatura perfetta. Li mise su un vassoio, con una compressa di aripiprazolo. E riempì un bicchiere di latte, per mandare giù tutto. Emily Bertovich la fissò dal frigorifero, mentre chiudeva lo sportello. Si asciugò il viso, per nascondere ogni traccia del pianto, e poi andò di sopra, pronta a imboccare Christopher come quando era piccolo.

Arrivata nella sua stanza, tuttavia, non lo trovò.

«Christopher?»

Silenzio. Mise giù il vassoio con la cena e la medicina. Corse alla finestra della camera da letto. guardò la neve, nel cortile sul retro. Non c'erano impronte. Solo un paio di cervi che mangiavano le piante sempreverdi del bosco oltre la recinzione.

«Christopher!» gridò.

Corse in bagno, la mente tormentata da immagini di suo marito. Ricordi che teneva sottochiave, come un estintore chiuso in una teca di vetro. Rompere in caso di emergenza. Il giorno in cui Christopher era scomparso. Il giorno in cui era rincasata e aveva trovato il marito nella vasca da bagno, muto, e il suo bambino che piangeva, lì accanto.

Aprì la porta. Non c'era. Andò in camera sua. Nell'altro bagno. Non era nemmeno lì. Corse di sotto. Nel salotto. Stava guardando la TV? No. Era uscito nel cortile dietro casa? No. Era andato in garage? No. In cucina? Nel giardino anteriore? Niente, sembrava essere scomparso.

«Christopher Michael Reese! Vieni subito fuori!»

Silenzio.

Lanciò un'occhiata alla porta del seminterrato. Era aperta. Scese le scale di corsa, al buio. Svoltò l'angolo e accese le luci al neon. E lo vide: il suo bambino, in ginocchio davanti al divano. Non era catatonico. Era sveglissimo.

E stava parlando tra sé e sé.

«Che cosa sei riuscito a scoprire?» sussurrò al sofà.

Kate non riuscì a dire nulla. Si avvicinò. Abbassò lo sguardo e vide, adagiati sul divano, la vecchia giacca di suo marito con un vecchio paio di pantaloni. Un sacchetto bianco di plastica fungeva da testa. Uno spaventapasseri, piatto e terrificante.

«Christopher, con chi stai parlando?»

«Sicuro che vada bene?» chiese lui al sacchetto.

Un istante dopo, si voltò e sorrise a sua madre.

«Questo è il mio amico, mamma. L'uomo gentile.»
E poi si portò un dito alle labbra.
«E adesso shhhh. O la signora che sibila saprà che è qua sotto.»

62

Kate strinse la compressa nella mano che le tremava. Guardò il suo bambino che borbottava tra sé e sé, seduto al tavolo della cucina. Aveva ricominciato a perdere sangue dal naso. La pelle era di un pallore spettrale, sembrava che nel corpo non gli fosse rimasto più sangue. Aveva tentato di farlo tornare di sopra senza il sacchetto di plastica bianco, ma lui si era messo a strillare come un pazzo e aveva scalciato e menato fendenti con tutta la furia dei bambini piccoli. Alla fine aveva ceduto e gli aveva concesso di prenderlo con sé. E adesso forzò le labbra a incurvarsi in un sorriso rassicurante, come un pesce vincitore di una competizione, con due ami in bocca.
«Ti prendo un po' di latte, tesoro. Ti sentirai meglio, grazie alla medicina.»
Christopher sussurrò qualcosa al sacchetto.
«Lei è ancora qui? Sta per arrivare?»
Tuo figlio è pazzo come lo era tuo marito. Non hai fatto niente di sbagliato, Kate. Non è colpa tua. Devi solo affrontare il problema.
Devi soltanto amarlo.
Afferrò il bicchiere. E cercò di mantenere la mano ferma.
«Andrà tutto bene», rispose calma.
Gli infilò la compressa in bocca e gli porse il bicchiere del latte. Aspettò di vederlo inghiottire. Lui tenne tut-

to in bocca per dieci secondi, espirando con le poche forze che gli restavano.

E poi sputò la pastiglia sul pavimento.

«Mamma», disse in un mormorio a malapena udibile, «l'uomo gentile dice che non posso prendere questa medicina. Ti prego, non darmela.»

Christopher è pazzo, Kate. Dagli l'antipsicotico. Lo aiuterà.

«Christopher, andrà tutto bene. Fidati della mamma. Io ti aiuterò.»

Kate prese la boccetta. Premette sul tappo con chiusura di sicurezza, che si crepò un pochino per via della pressione. Si fece cadere un'altra compressa nel palmo. Guardò il suo bambino, che stava sussurrando sottovoce.

«Mamma, ti prego. Devi credergli. Non farmi dormire.»

Vuoi che lo portino via, Kate? Che lo chiudano in un istituto psichiatrico?

«Prendi la medicina, tesoro.»

«No!» strillò lui.

Christopher spinse via il bicchiere. Il latte freddo si rovesciò sul tavolo e sui jeans di Kate, che si infuriò.

«Dannazione, Christopher! Sto cercando di aiutarti!» sibilò.

Si odiò per aver ceduto alla collera. Per aver urlato. Per non aver capito prima che stava male. Si rialzò, svelta, e riempì nuovamente il bicchiere. Si voltò e vide il suo bambino che sussurrava qualcosa al sacchetto. Il naso che perdeva sangue. Non si disturbava nemmeno a pulirsi.

«Lo so che non glielo posso permettere, ma pensa che sia pazzo. Che posso fare?» mormorò.

Guardalo, Kate. Questa cosa lo sta uccidendo.

Si avvicinò a suo figlio. Sarebbe stata costretta a fargli inghiottire la pastiglia con la forza e a tenergli la bocca chiusa finché non avesse deglutito chiedendo del latte.

Era l'unico modo. Aveva perso un marito. Non avrebbe perso suo figlio.

«Non farmela prendere, mamma», la supplicò.

«Christopher, devi prenderla. Ti aiuterà a dormire.»

Lui si voltò verso il sacchetto.

«Per favore. Aiutami! Dimmi cosa devo dirle!»

Si farà del male. Dagli la medicina.

«Tesoro, non c'è nessuno, lì! Prendi la medicina. Andrà tutto bene.»

«No!» gridò lui al sacchetto. «Pensa già che sia matto. Se glielo dico, non mi vorrà più bene.»

Kate si bloccò.

«Io ti vorrò sempre bene, tesoro. Puoi dirmi tutto.»

«Mamma...» Christopher alzò gli occhi verso di lei. La paura gli faceva tremare la voce. Gli occhi gli si colmarono di lacrime. Gli scesero lungo il viso, come acqua su una padella rovente. «L'uomo gentile vuole che ti dica una cosa.»

Non ascoltare, Kate.

«Quale cosa, Christopher?»

Il bambino fece un respiro profondo e si voltò a guardare il sacchetto bianco di plastica, come se avesse bisogno di forza. Poi annuì e parlò sommessamente.

«Mamma... lo so che la birra non si serve on the rocks. So che nella tua famiglia erano tutti tremendi con te, tranne uno zio. Zio Robbie è morto quando tu avevi dieci anni. Degli uomini lo hanno picchiato perché non voleva far finta di nulla.»

Glielo ha detto suo padre, Kate. Dagli la pastiglia.

«Al suo funerale hai promesso che, se mai avessi avuto un figlio, gli avresti creduto. Sempre. Nessuno ti dava retta, quando eri piccola. Hai parlato con tua madre, tua zia e tua nonna, ma nessuna ha fermato quello che stava accadendo. E, quando eri piccola, eri talmente arrabbiata che pensavi di poter chiudere gli occhi e distruggere il mondo.

Ma non hai mai provato a farlo, perché non sapevi dove saresti andata a vivere, dopo.»

È stato suo padre a dirgli queste cose. Lo sai. Sii forte.

Kate avvertì una corrente elettrica nella casa. Sentì odore di ozono. Come un fulmine. Due nuvole che si urtavano. Avvertì un brivido alla nuca. Il suo bambino era elettrico come un palloncino strofinato contro un maglione.

«Va tutto bene. La supereremo, tesoro. Hai la mia parola.»

«Hai incontrato papà quando sei scappata di casa. Gli hai chiesto di picchiarti, perché pensavi che senza botte non c'era amore. Lui non l'ha fatto. Invece, ti ha abbracciato forte. E tu hai pensato che non avresti più smesso di piangere.»

Tuo marito era pazzo, Kate. È stato lui a raccontargli tutto. Dagli la compressa.

«Mamma... so che papà si è tolto la vita nella vasca da bagno. So che hai sofferto molto, e che hai cercato di nascondermelo. Continuavi a trasferirti per allontanarti dal sangue, che però non se ne voleva andare, e così tu non potevi mai fermarti. Eri tanto triste quando hai incontrato Jerry. So che ti picchiava, mamma. So che mi hai portato via per proteggermi. Nessuno l'aveva mai fatto, per te.»

«Come fai a sapere tutte queste cose, tesoro?» gli chiese, alla fine.

«Me le ha dette l'uomo gentile.»

Che cazzo di problema hai, Kate? È pazzo. Dagli la medicina!

«Mi ha chiesto di costruire un portale per il mondo immaginario, per aiutarlo. Perché la signora che sibila sta per mandare in frantumi il vetro che divide la loro parte dalla nostra. Dobbiamo fermarla, mamma! È pericolosa. Ero in cucina con te e Jill. Tu hai pensato che fosse stata lei a rovesciare il caffè, ma è stata quella signora. Vuole che io dorma. Vuole che la conduca dall'uomo gentile, e poi mi ucciderà perché sono troppo potente.»

Vuoi perdere un altro uomo? Vuoi restare sola di nuovo?

«Ma, ogni volta che passo nella parte immaginaria, sto male. Per questo perdo sangue dal naso. Non è mio. È tuo. È quello di papà, in quella vasca da bagno. È della signora Keizer.

«Mamma, ti prego! Ho sentito l'ustione sulla tua mano. Ho sentito tutti gli acciacchi di tutti gli anziani, allo spettacolo. Della gente in ospedale. Sento tutti i loro dolori. La loro gioia. Le cose che so sulla gente mi stanno uccidendo!»

Lo hai sentito? Lo stanno uccidendo. Dagli quella pillola!

Kate si fermò. Afferrò suo figlio per le spalle e lo guardò dritto negli occhi.

«Che cosa sai della gente, tesoro?»

«Tutto.»

Con quella parola, Christopher si abbandonò su di lei e scoppiò a piangere. Kate lo tenne stretto; il suo bambino era troppo debole per opporre resistenza, adesso. Era l'opportunità che stava aspettando.

Dagli la medicina, Kate.

Lo strinse: era scosso da singhiozzi convulsi. Tremante per la mancanza di sonno. Le passò davanti tutta la sua vita di madre: tutti i cuscini girati dal lato fresco. Tutti i sandwich con il formaggio alla piastra, cotti come piacevano a lui.

Dagli quella pastiglia, Kate! Altrimenti significa che sei una madre terribile!

Kate si bloccò. E ascoltò di nuovo quella voce.

Sei una pessima madre, Kate. Adesso fagliela prendere!

E fu allora che si rese conto che non apparteneva a lei. Sembrava la sua. Era quasi perfetta. Il tono. La negatività, che le apparteneva. Da anni si portava dentro un monologo interiore che diceva cose spietate.

Ma...

Lei non era una madre terribile. Al contrario, era fantastica. Fare da mamma a Christopher era l'unica cosa che le fosse mai riuscita bene. E qualche stronza stava imitando quasi alla perfezione la sua voce per convincerla del contrario. Qualcosa voleva che Christopher assumesse quel farmaco. Qualcosa voleva che suo figlio dormisse. Qualcosa voleva suo figlio.

«Chi è che parla?» chiese ad alta voce. «Chi c'è?»

Nella stanza regnava il silenzio, ma c'era qualcosa, lo sentiva. Qualcosa di insidioso.

«Mamma, adesso mi credi?» sussurrò Christopher.

Kate abbassò gli occhi sulla boccetta che aveva ancora in mano. Con un unico movimento, la vuotò nello scarico del lavello.

«Sì, tesoro. Ora, va' a preparare le tue cose. Ce ne andiamo da questo cazzo di posto.»

63

Mary Katherine varcò il portone della chiesa. Era tardi e non c'era nessuno. L'unica fonte di illuminazione era la luce del lampione filtrata dalla vetrata colorata, oltre a qualche candela accesa dalle persone che tentavano di tenere in vita le rispettive famiglie attraverso la fede. Per il resto, era buia. Immerse le dita nell'acqua santa e percorse la navata centrale fino in fondo. Si fece il segno della croce e si sedette sui banchi solitamente riservati ai Collins. Loro però non erano lì, adesso. C'erano soltanto lei, Mary Katherine, e Dio.

E il bambino.

Ricacciò quel pensiero. Ricordava a malapena di aver guidato fin lì. Tornò con la mente al primo test che si era tinto di blu. Sapeva che una gravidanza era impossibile, quindi si era convinta che fosse difettoso. Sì, era una spiegazione molto più razionale, rispetto all'esistenza di una vergine incinta. Aveva aperto violentemente la seconda scatola e aveva letto le istruzioni alla luce del telefono. Per quel marchio, due linee significavano che il test era positivo. Una, no. Si era accovacciata e aveva fatto pipì sul secondo bastoncino e aveva aspettato come una detenuta di fronte alla commissione per la libertà condizionale. I minuti successivi le erano parsi durare un'eternità. Aveva atteso la linea singola. Una sola.

Dio, ti prego. Fa' che ne esca una sola.

Con le due linee erano arrivate anche le lacrime. Aveva strappato immediatamente la terza scatola e aveva letto d'un fiato le istruzioni. Il segno più (+) significava che era incinta. Il meno (-) che non lo era, e pertanto si sarebbe potuta destare da quell'incubo per tornare alla sua vita come se nessuna di quelle cose fosse successa. Aveva trovato la bottiglia d'acqua di sua madre nel kit d'emergenza e aveva bevuto. E aspettato. Dopo aver urinato sul terzo e ultimo stick, aveva guardato il test – il test di Dio – e aveva promesso di impegnarsi nello studio. Di farsi ammettere al Notre Dame. Di sposarsi. Di costruirsi una carriera. Di avere dei figli da suo marito, come ogni donna della sua famiglia, da generazioni. Ma aveva supplicato il Signore di far comparire il segno meno (-). Aveva pregato più di suo padre durante gli incontri di Notre Dame e Steelers, in cui il quarterback realizzava un passaggio lungo, alla fine, confidando che un compagno prendesse la palla e la convertisse in touchdown. Com'è che lo chiamavano?

Hail Mary pass. Passaggio dell'Ave Maria. Tentativo disperato.

Aveva abbassato gli occhi e aveva visto il più (+), tanto simile alla croce che portava al collo. E aveva pianto. Il test di Dio valeva per tre. Per il Padre, il Figlio e lo Spirito Santo. Avrebbe avuto il pancione, alla consegna del diploma. Non avrebbe mai sopportato di guardare le foto di quella giornata. E, una volta che la commissione per le ammissioni l'avesse saputo, non l'avrebbe certo accettata al college.

Non avrebbe saputo dire per quanto tempo fosse rimasta seduta lì al freddo, a piangere nascondendo il viso tra le mani, ma quando infine si era alzata, aveva le ginocchia indolenzite come al termine della recita della passione. In qualche modo era riuscita a rimettersi in macchina e a guidare fino alla chiesa. E adesso si inginocchiò, chiuse gli occhi e pregò con tutto il cuore.

Dio, ti chiedo scusa. Non so che cosa ho fatto, ma so di aver commesso un errore. Ti prego, dimmi di che cosa si tratta, e proverò a rimediare. Lo giuro.

Silenzio. Le ginocchia affondavano nel gradino. Si grattò il braccio. Non riusciva a smettere. Il telefono vibrò, segnalando un messaggio in entrata. Il rumore la spaventò. Proprio non immaginava chi potesse scriverle a quell'ora. Forse Doug si era svegliato. O magari i suoi genitori avevano trovato il letto vuoto. Tirò fuori il cellulare. Il mittente era SCONOSCIUTO.

Diceva così... Hai pisciato su uno stick, puttana.

Mary Katherine sentì il cuore balzarle in gola. «Umiliata» era un aggettivo troppo debole. Qualcuno l'aveva vista dal bosco.

Un'altra vibrazione... Ehi, Vergine Maria, sto parlando con te.

Li cancellò. Voleva far sparire tutto. Voleva far sparire anche se stessa.

Dio. Ti prego. Non capisco perché stia succedendo tutto questo. Qualunque cosa abbia fatto per sconvolgerTi tanto, prometto di rimediare. Dimmi soltanto che cosa fare. Ho solo bisogno che parli con me.

Ancora il telefono. Ho detto che sto parlando con te, puttana.

Mary Katherine si bloccò. Diede un'occhiata alla chiesa. Non c'era nessuno. D'un tratto avvertì una tremenda sensazione di paura, alla bocca dello stomaco. Si ficcò il cellulare in tasca. Un'altra vibrazione. Due. Alla fine, non riuscì a trattenersi. Guardò.

Perché non rispondi?

Credi che non sia alla tua altezza?

Rispose... chi sei?

Vibrazione... lo sai chi sono.

Il telefono tacque. La chiesa divenne improvvisamente fredda.

Poi, di nuovo... Ti sto guardando, in questo momento.

La ragazza strillò. Si guardò intorno, ma non vide che la statua di Gesù, i santi bloccati per sempre nelle vetrate istoriate. D'un tratto, l'istinto le disse di uscire da quella chiesa. Di salire in macchina. E subito. Si alzò dal banco senza farsi il segno della croce. Corse lungo la navata fino all'ingresso. Qualcosa non andava. Sentiva il pericolo tutt'intorno a lei. Aprì il portone.

E si trovò di fronte la signora Radcliffe.

Mary Katherine urlò. La signora si stava grattando un braccio. Aveva gli occhi iniettati di sangue. La fronte madida per la febbre.

«Che cosa ci fai qui, Mary Katherine? Sono quasi le due.»

«Mi scusi, signora Radcliffe, stavo andando via.»

La donna andò verso di lei. Sempre grattandosi il braccio.

«Hai qualcosa di diverso.»

«Sono solo nervosa per l'ammissione al college. Ero venuta a dire una preghiera. Buon Natale.»

Mary Katherine fece un sorriso forzato e corse nel parcheggio. Non le importava più di che cos'avrebbero fatto i suoi genitori. Doveva solo tornare a casa. Salì in macchina e girò la chiave nel blocchetto dell'accensione. Guardò nello specchietto retrovisore e vide la signora Radcliffe entrare in chiesa. Non aveva idea di cosa ci facesse lì a quell'ora. Forse era triste. Forse voleva accendere una candela per la sua famiglia. Di una cosa era certa: per qualche ragione, era uscita di casa scalza.

Partì.

Lei lo sa, Mary Katherine. Si ricorderà di quando hai vomitato dopo aver ricevuto la Comunione. Sei incinta, hai le nausee mattutine, e l'ostia aveva il sapore della carne di Gesù. Questo è cannibalismo, sei rivoltante.

La voce interiore era spietata. Guardò il tachimetro. Trenta chilometri orari. Il cuore le batteva all'impazzata. Doveva arrivare a casa. Al sicuro. Premette sull'acceleratore.

Ti ha vista bere il vino. Pensi davvero di aver bevuto il sangue di Cristo? Questo fa di te un vampiro. Che follia. La chiesa non ammetterebbe mai cannibalismo e vampirismo. La chiesa è bella. Non ha alcun senso.

Guardò di nuovo nello specchietto e vide il campanile farsi più piccolo. Non se ne accorse, ma stava viaggiando a poco meno di cinquanta chilometri orari. La voce dentro la sua testa si fece più forte, come se qualcuno avesse alzato il volume del televisore.

Non è colpa di Dio, se sta accadendo tutto questo. È tua. Sei tu che hai pensato al sesso. Non ha importanza se non l'hai fatto. Conosci le regole... pensarlo equivale a farlo. Quindi, non sei affatto vergine. Sei una sgualdrina.

Il cellulare vibrò. Il messaggio diceva soltanto... Sono ancora qui, troia.

Si grattò il braccio. Non riusciva a smettere di grattarsi e di chiedersi chi fosse a scriverle. Guardò il cielo. Le nuvole fluttuavano sopra di lei. L'indicatore del tachimetro saliva, poco per volta. Cinquantacinque. Doveva arrivare a casa. Sessanta.

E adesso vuoi il Suo perdono? Dopo che hai vomitato il Suo corpo e il Suo sangue? Dopo che hai preso in bocca il coso di Doug? Dopo che te ne sei fregata degli anziani perché l'unico tuo interesse era entrare al Notre Dame? Dopo tutto questo, pensi che Dio abbia scelto te? Coraggio, Mary Katherine. Perché non lo chiedi a Lui?

«Dio», disse sottovoce, «sto per dare alla luce il Tuo bambino?»

Vibrazione. Solo un emoticon sorridente, che le rideva in faccia. Guardò ai lati della strada. I cervi cominciavano a strisciare fuori dagli alberi e ad attraversare i cortili. Settantacinque chilometri orari. Si dimenticò del messaggio e continuò a pregare.

«Se te lo chiedo, Dio, è perché... ehm... perché sto facendo dei pensieri molto brutti. Non riesco a smettere di immaginarmi mentre mi getto giù da una rampa di scale. Voglio andare a sbattere contro qualcosa con il ventre per avere un aborto. E non voglio più avere queste immagini nella mia mente. Quindi, dimmelo e basta. Se porto in grembo Tuo figlio, fammi investire un cervo.

Il telefono vibrò. Il messaggio non conteneva parole. Solo l'emoticon di un neonato sorridente. Mary Katherine cominciò a iperventilare. Vide la strada davanti all'auto. I cervi si stavano radunando. Ignorò un segnale di Stop. Un altro, e un altro ancora. Novanta all'ora.

«Ti prego, solo per questa volta. Dimmelo. Perché continuo a pensare di uccidermi. Non lo farei mai, ma pensarlo equivale a farlo. Così, l'ho fatto. L'ho fatto? Mi sono appena suicidata? Sono morta? Ho peccato, adesso? Sono dannata per l'eternità? Se è così, fammi investire un cervo.»

Mary Katherine superò a tutta birra un semaforo rosso. Oltrepassò un cartello che fissava il limite di velocità a quaranta chilometri orari. Non riusciva a scrollarsi di dosso il suo peccato. Non riusciva a seminarlo. Non importava a che velocità andasse. Non riusciva a espiare il suo peccato. Abbassò gli occhi sul tachimetro. Centodieci.

«Dio, ti prego, ho bisogno che Tu mi dica subito se sto per avere il Tuo bambino, perché continuo a pensare di abortire. Ed è un peccato mortale. Ma questo pensiero non vuole andarsene e, se ci penso, è come se lo facessi. E non voglio farlo. Non voglio fare del male a Tuo figlio. Ti prego! Ti prego, aiutami! Dio, se vuoi che abortisca, fammi investire un cervo. Se vuoi che mi uccida. Se vuoi che muoia! Se vuoi che dia alla luce il Tuo bambino! Dammi un segno, e lo farò. Farò qualunque cosa per Te, mio Signore.»

Vide il semaforo rosso, più avanti. I cervi osservavano la sua auto dal lato della strada. Anziché rallentare, pigiò più forte sull'acceleratore. Arrivò all'incrocio proprio mentre scattava il verde. Centoventi all'ora. Centoquaranta.

Il telefono vibrò un'ultima volta. Stai per morire, troia.

Quando arrivò a centosessanta, Mary Katherine sentì calare il silenzio sul mondo. Non aveva idea del perché lo stesse facendo, ma era come se fosse qualcun altro a premere sull'acceleratore. E a prendere il suo telefono. E a digitare furiosamente un messaggio all'estraneo che la stava tormentando.

«CHI DIAVOLO SEI?» scrisse.

Rimise giù il telefono.

Era a centonovanta.

Non vide il cervo in tempo.

64

Kate corse per le stanze, gettando alcune cose essenziali in una valigia. Cibo. Vestiti caldi. Batterie. Acqua. Tutto il resto poteva lasciarlo dov'era. Potevano sempre tornare in seguito, per altro. Ma, quando la situazione diventava pericolosa, sapeva che la cosa più saggia da fare era scappare. E quello che stava succedendo era più che pericoloso. Qualcosa stava facendo impazzire Mill Grove.

E stava uccidendo suo figlio.

«Usciamo tra un minuto!» urlò lungo il corridoio.

Il vento ululava, fuori. Aprì la porta scorrevole del guardaroba, afferrò tutti gli indumenti invernali che trovò e li ficcò nella sua valigia. Stava per chiuderla, quando vide l'unico abito firmato che possedeva, quello acquistato all'outlet. Che aveva indossato all'appuntamento con lo sceriffo.

Lo sceriffo. Non puoi abbandonarlo.

Di nuovo quella voce. Che imitava la sua. Cercava di rallentarla.

«Lo chiamerò dall'auto», disse forte, per essere sicura che fosse un suo pensiero.

Passò oltre il vestito e le scarpe con il tacco e prese una sciarpa spessa, stivali, guanti e mille dollari in contanti nascosti in bella vista in una finta bomboletta spray. Buttò tutto in valigia, e poi fece il corridoio e raggiunse Christopher in camera sua. Lo trovò seduto sul letto. La valigia era ancora vuota. Non aveva preso vestiti. Solo la fotografia di suo padre.

E il sacchetto bianco di plastica.

«Che cosa stai facendo?!» gli chiese.

«Mamma, l'uomo gentile dice che non dovremmo andare via. Accadrà qualcosa di brutto.»

«Digli che mi dispiace, ma noi ce ne andiamo.»

«Ma, mamma…»

«Non si discute!» gridò lei.

Cominciò a riempire anche la sua valigia, mentre Christopher teneva il sacchetto bianco all'orecchio, quasi fosse una conchiglia, e ascoltava. Dopo un momento, annuì, e si voltò verso sua madre.

«Dice che, quando hai alzato la voce, la signora che sibila ti ha sentita. Non ti permetterà di portarmi via, mamma!»

«Sta' a vedere!» gridò lei.

Il ramo di un albero graffiò la finestra.

«Sta venendo qui!»

Fuori, il vento ululava. Di nuovo, un ramo sfiorò il vetro e fece un rumore simile a quello delle unghie di un bimbo.

«Adesso ce ne andiamo, Christopher!»

Chiuse la valigia e l'afferrò con la mano destra. Poi prese suo figlio con la sinistra. Il bambino lanciò uno sguardo al sacchetto di plastica.

«Non puoi aiutarci, se lei ti prende. Scappa!»

Aprì la finestra e lo gettò fuori. Il vento lo prese e lo fece volare come un aquilone. C'erano cinque o sei cervi, nel giardino sul retro, che smisero immediatamente di mangiare e si diedero all'inseguimento. Dal piano di sotto giunse un rumore sordo.

«Lei è alla porta d'ingresso, mamma!»

Kate lo prese in braccio e scese le scale di corsa. Tirò fuori le chiavi dell'auto e aprì la porta che comunicava con il garage. La temperatura, in casa, si abbassò di dieci gradi. Aprì la macchina e mise Christopher sul sedile del passeggero.

«È in casa, è entrata!»

Dei sassi colpirono il portellone del garage, sollevati dal vento che soffiava sempre più forte.

Gettò le valigie nel baule, accanto al kit di emergenza stradale e alle borse di Giant Eagle che non aveva scaricato. Quindi, andò al posto del guidatore e premette il pulsante che apriva il portellone.

«Mamma, lei è qui, è nel garage!»

Kate si voltò ma non vide nulla. Guardò lui. Aveva le palpebre cadenti.

«Mamma, ho tanto... sonno.»

«No!» gridò lei. «Resta sveglio. Mi senti? Resta sveglio finché non saremo abbastanza lontani da questo posto!»

Girò la chiave. Si udì un rumore stridente. L'auto non voleva mettersi in moto. Ritentò. Questa volta, il motore partì. Il portellone si alzò. Kate inserì la retromarcia e poi si girò per guardare attraverso il lunotto posteriore.

Fu allora che vide l'anziana della casetta di legno.

«Dove lo sta portando?» strillò.

Corse addosso all'auto, cercando di aprire la portiera del passeggero. Kate premette il tasto della chiusura centralizzata.

«Dov'è mio marito? Nuotavamo insieme nell'Ohio. Era un così bel ragazzo!»

Mise le mani sul finestrino di Christopher. Kate premette sull'acceleratore e percorse il vialetto. La figlia dell'anziana uscì di casa e corse al suo finestrino, inseguendo l'auto come un cane. Kate accelerò e percorse la via a tutta velocità. Jenny Hertzog uscì di casa, anche lei di corsa.

«Smettila di venire in camera mia! O ti affogo!» strillò.

Kate superò l'abitazione di David Olson, all'angolo. Jill era fuori con suo marito Clark. Avevano spostato la culla dalla stanza di sopra alla veranda. Clark la teneva abbracciata, mentre lei piangeva, scossa da singhiozzi furiosi.

«Ti avevamo chiesto un figlio! Dov'è il nostro bambino?!» strillava.

Lasciò il quartiere. Lasciò tutta quella follia. Il bosco di Mission Street. E guardò l'indicatore del serbatoio: quasi vuoto. Sapeva che, se il supermercato era stato razziato, la situazione alla stazione di servizio non sarebbe stata molto diversa. Guardò Christopher, accanto a lei. Gli si stavano chiudendo gli occhi.

«No, tesoro! Lei vuole che tu dorma! Combattila!»

Abbassò il finestrino. L'aria era gelida. Le fece venire male alle nocche, ma servì allo scopo. Christopher spalancò gli occhi. Superarono il distributore nei pressi della scuola elementare, ma la coda arrivava alla Route 19. I clienti arrabbiati strombazzavano e si urlavano insulti. Doveva trovarne uno che non fosse lungo le vie più frequentate. Si ricordò di due stazioni vicino al Kings Restaurant, in McMurray Road. Solo la gente del posto le conosceva. Svoltò vicino alle scuole superiori e andò in quella direzione. Una era chiusa. L'altra era praticamente deserta.

Un miracolo.

Entrò. Scese dall'auto e andò alla pompa. Passò la tessera. Rifiutata. Tirò fuori la Visa. Rifiutata. L'American Express. Idem. Aprì la finta bomboletta ed estrasse cinque banconote da venti. Corse dentro al negozio. C'era un ragazzino al telefono.

«Dov'è la festa?» stava chiedendo a un amico. «Debbie Dunham è già arrivata?»

Kate afferrò una confezione di Coca-Cola e l'ultima bottiglia d'acqua. Gettò i soldi sul bancone.

«Pompa sette», disse. «E voglio anche una tanica.»

Il ragazzino mise in funzione la pompa e le diede l'ultima tanica da quattro litri, rossa. Stava uscendo di corsa, quando lo sentì ridere al telefono.

«Quella è proprio una troia.»

Arrivò alla macchina e diede una lattina di Coca-Cola a Christopher.

«Bevila, tesoro. Ti aiuterà a rimanere sveglio.»

Lui sollevò la linguetta e prese un sorso. Kate cominciò a fare rifornimento. Tirò fuori il cellulare. Chiama lo sceriffo e avvisalo, si disse. Avvisa tutte le mamme, e Ambrose, e Mary Katherine, e le amiche a Shady Pines.

Guardò il telefono.

Nessuna tacca. Nessun servizio.

Avrebbe riprovato strada facendo. Fino al West Virginia. Riempì il serbatoio e lo chiuse. Poi riempì anche la tanica rossa. Sapeva che probabilmente non avrebbe fatto altre tappe tanto presto. La mise nel baule e tornò al volante.

«Mamma? Sto dormendo o sono sveglio?»

«Sei sveglio, amore. Non dormire. È quello che vuole lei.»

«Mamma, non so dove sono.»

«Lo so, ma lo so io. E non ti perderò di vista.»

Kate mise in moto. Uscì dalla stazione di servizio e si immise in strada. Il vento aveva abbattuto un albero in Fort Couch Road, così fece inversione di marcia e si diresse a ovest. Passò davanti alle scuole superiori. C'era una scorciatoia per l'autostrada. Poteva prendere quella ed essere in West Virginia in meno di un'ora.

«Bevi la tua Coca-Cola.»

«Già fatto.»

«Lo so che hai sonno, ma devi combatterlo!»

«Ho solo bisogno di mettermi a dormire sul sedile posteriore.»

«Saremo in West Virginia entro un'ora, e là potrai dormire per giorni.»

«La signora che sibila non mi lascerà mai andare via, mamma.»

«Rimettiti la cintura di sicurezza!»

«Non preoccuparti. L'uomo gentile ha detto che mi avrebbe trovato. Non sarò solo.»

Era troppo debole per spostarsi dietro. Chiuse gli occhi. Kate lo scrollò, frenetica.

«NO! SVEGLIATI! DEVI SVEGLIARTI!»

Afferrò la bottiglia d'acqua e gliene versò un po' sulla testa. Lui aprì gli occhi di scatto. Gli diede un'altra Coca-Cola. Aveva le braccia deboli, non riusciva a tenere la lattina.

«Mamma.»

«Che c'è, tesoro?»

«Lei curverà per evitare il cervo.»

«Come?»

«Non prendertela con lei. Doveva andare così.»

Le toccò la mano e, con calma, si voltò verso il finestrino, proprio mentre un cervo si lanciava di fronte all'auto di Mary Katherine. La ragazza sterzò per evitarlo, e Kate vide i fari andare verso suo figlio. Fissò i due cerchi di luce. Sentì il solletico che lui le aveva lasciato sulla mano, mentre il tempo si fermava.

Christopher aveva ragione.

Era già tutto scritto.

Vide tutte le coincidenze legate insieme, come popcorn su un filo attorno a un albero di Natale. Avrebbe potuto scaricare la spesa, invece era ancora nel baule. Avrebbe potuto perdere le chiavi, invece le aveva in tasca. Un secondo qui. Due minuti là. Avrebbe potuto trovare coda al distributore. O scoprire che il carburante era esaurito. Oppure la sua carta avrebbe potuto funzionare, evitandole di tirar fuori i contanti dalla bomboletta.

Ma non era andata così.

Perché «quella cosa» non aveva voluto fermarla.

Aveva voluto che si mettesse in strada.

Che si trovasse in quel punto preciso.

Alle due e diciassette in punto.

Quando la macchina di Mary Katherine sterzò per evitare il cervo…

…e si schiantò contro la portiera del passeggero.

PARTE QUINTA

Nel sonno

65

«CHRISTOPHER, è un vero piacere rivederti», disse la voce.

Il bambino aprì gli occhi. Era in un letto d'ospedale. Sopra di lui c'era un'infermiera, che canticchiava tra sé e sé. Stava preparando la spugna per lavarlo. Gli occhi erano familiari, ma aveva una mascherina chirurgica bianca davanti al viso.

La voce calma parlò ancora. «Questo è tutto. Non avere paura.»

Christopher non capiva da dove venisse. Diede un'occhiata alla stanza. La porta del bagno era chiusa. Si mise in ascolto, ma non riuscì a dire se venisse da dietro la porta. Quello che sentiva era un respiro? Qualcuno che grattava?

«Oh, non sono in bagno. Sono quassù, amico.»

Guardò in alto e vide Bad Cat che lo fissava dal televisore. Era uno dei suoi episodi preferiti. Quello in cui Bad Cat usa l'idrante per trasformare la via in un parco acquatico. Ma era tutto sbagliato. L'idrante non gettava acqua.

Gettava sangue.

«Ciao, Christopher. Diamine, ne è passato di tempo. Mi sei mancato un sacco. Come stai, amico?»

Bad Cat gli sorrise. Aveva i denti affilati come lamette, sporchi di carne. Christopher provò a tirarsi su, ma era immobilizzato. Si guardò polsi e caviglie. Erano legati alle sponde di una barella con dello spago per palloncini.

«Non opporre resistenza. Stiamo cercando di aiutarti. Ci serve solo sapere dov'è lui, bello.»

Christopher si fece prendere dal panico. Diede un'occhiata alla stanza, cercando una via di fuga. Le finestre erano sbarrate. Si trovava nella parte immaginaria? Stava avendo un incubo? Dov'era? Come ci era arrivato?

«Spiacente, Christopher. Non ci piace tenerti rinchiuso, ma non possiamo più lasciarti scappare, finché non lo ritroviamo. Diamine, no che non possiamo.»

Il ragazzino guardò il pavimento. C'erano impronte insanguinate. Di tutte le forme e le dimensioni. Appartenevano a uomini. Donne. Perlopiù a bambini. A quanto pareva, la gente era andata a osservarlo come si fa con un animale allo zoo.

«Dicci solo dov'è lui, e sei libero.»

Christopher riportò gli occhi sul televisore. Bad Cat schioccava la lingua e faceva lo stesso rumore delle carte fissate ai raggi di una bicicletta. Tic toc. Tic toc. Poi, in qualche modo, spinse gli artigli fuori dall'apparecchio e cambiò canale. Adesso vide se stesso, sullo schermo. Legato al letto. l'infermiera immerse la spugna nel secchio. Quando la tirò fuori e la strizzò, vide che sgocciolava sangue come un cuore ferito. In TV, la porta si aprì. E Bad Cat si avvicinò al suo letto.

«Ehi, amico», gli disse, chinandosi su di lui. «Sai dove ti trovi? Dove pensi di essere?»

Christopher credeva di essere dalla parte immaginaria. Giusto? C'era già stato. Ma come ci era arrivato? O forse era un brutto sogno? O entrambe le cose? O nessuna delle due?

«Dove mi trovo? È questo che ti stai chiedendo, amico. Lo sento dal tuo odore. Non ti sei addormentato, quindi non stai sognando. No, no, no. Non sei entrato nella tua casa sull'albero. Eppure, sei qui. Sì, sì, sì. Esistono quattro modi per entrare. E tre per uscire. Ne conosci due. Noi di più. Lei ha la chiave. Ma dov'è la porta?»

Bad Cat gli mise una zampa sulla fronte e cominciò ad accarezzarlo, come se fosse Christopher il gatto di casa, e non il contrario.

«Ti dirò come andartene, amico. Ma prima devi dirmi dov'è lui», gli disse, facendo le fusa. «Quattro vie d'accesso. Tre vie d'uscita.»

La mente di Christopher si mise a correre. La casa sull'albero, un incubo. Erano le prime due vie d'accesso alla parte immaginaria. Quali erano le altre? Si sforzò di ricordare com'era arrivato lì, ma tutto quello che ricordava era una luce molto forte. E delle urla.

«Questa è la tua ultima possibilità, amico. Non vogliamo farti del male. Diavolo, no. Ma se non ci dici dove si trova, dovremo estrarre le parole dal tuo corpo.»

«Non lo so.»

«Io credo di sì, bello.»

«No! è scappato!» fece Christopher, supplichevole.

«No. L'hai aiutato tu a fuggire. C'è una bella differenza. Stava andando da qualche parte. Deve averti detto dov'era diretto.»

«Non lo so.»

«Pensaci bene, Christopher. Avrete senz'altro organizzato un incontro. Dove, amico?»

Non avevano nessun piano. Ma doveva farsi venire in mente qualcosa, e alla svelta. Così, mentì.

«A scuola.»

«Sei un pessimo bugiardo, bello.»

«Non sto mentendo!»

Bad Cat abbandonò il suo sorriso. Si lasciò andare a un sospiro profondo, rassegnato.

«Infermiera, per favore, lo prepari per l'intervento.»

Il televisore si spense e si portò via anche Bad Cat. L'infermiera prese la spugna insanguinata e cominciò a strofinargli braccia e petto.

«La prego, signora. Mi aiuti», le sussurrò.

Lei non rispose. Continuò a canticchiare. Terminò la spugnatura di sangue, quindi tolse il fermo alla barella e la spinse lungo il corridoio.

«Dove stiamo andando?» le chiese. «Dove mi trovo? Sono nella parte immaginaria?»

Lei non rispose. Canticchiava e basta. *Blue Moon.* Spingeva la barella, le ruote giravano. Una era storta, come un piede equino. Squeak squeak squeak.

Superarono una stanza. Il signor Henderson si tirò su a sedere, nel letto, tenendosi la gola insanguinata, cercando di urlare. Ma dalla sua bocca non uscirono parole. Solo sangue: sgorgava dalla ferita formando delle bollicine, che fluttuavano nell'aria come palloncini, finché non scoppiavano emettendo dei gridolini. D'un tratto, l'impianto audio si svegliò, come una vecchia radio alimentata da corrente. Ci fu un'interferenza insopportabile, e poi la voce spaventosa riecheggiò nel corridoio.

«Tic toc, amico. Ci sei quasi», fece Bad Cat.

L'infermiera continuava a spingerlo. Squeak squeak squeak.

«Questa è la tua ultima possibilità, bello. Oh, diamine, lo è davvero. Dicci dov'è, e noi non ti porteremo nella stanza successiva.»

«Dove stiamo andando?»

«Oh, proprio non lo vuoi capire, amico. Conto fino a tre. Pronto? Uno. Due.»

L'infermiera spinse la barella oltre una porta. Squeak squeak squeak.

«Tre!»

La porta si aprì. Christopher rimase accecato. Si guardò intorno: era circondato da facce che gemevano e sbavavano, perse nel bagliore di una luce molto forte. Lentamente, i suoi occhi si adattarono, e vide che appartenevano a bambini. Bambini senza denti. Seduti in cerchio, come alla fine del girotondo. La zona all'interno era sgombra, illuminata da un lampadario sospeso sopra un tavolo di metallo freddo, pieno di strumenti.

Era una sala operatoria.

Un medico lo stava aspettando, vestito di tutto punto, il viso coperto da una mascherina bianca. Non riusciva a vedergli gli occhi. L'infermiera spinse Christopher al centro del cerchio e i bambini lo circondarono. I loro occhi brillavano.

Christopher si voltò, terrorizzato. I bambini cominciarono a urlare e a saltare su e giù come scimmie allo zoo. «Dicci dov'è, Christopher!» dicevano, ma erano senza denti e le parole che uscivano dalle loro labbra avevano un suono orripilante.

«Disssiii do èèèèè, chriiiitoooer!»

L'infermiera lo portò al centro della sala e bloccò le ruote accanto al tavolo di metallo. Il dottore sollevò la mano, chiedendo silenzio. I bambini obbedirono. Lentamente, andò verso Christopher. Le sue scarpe riecheggiavano a ogni passo nella sala silenziosa. Alzò il bisturi, d'argento scintillante.

«Christopher», disse, con la voce di Bad Cat. «Non vogliamo farti del male, bello, ma ci serve un verme per prendere il pesce. Dicci dove si trova e tutto scomparirà. Non vogliamo essere costretti a farlo. Oh, diamine, no che non lo vogliamo.»

Il ragazzino diede un'occhiata al tavolo e vide che c'era disteso David Olson. Aveva gli occhi chiusi. Dormiva? Oppure era morto? Lei aveva scoperto che aveva aiutato l'uomo gentile a fuggire? Questa era la sua punizione? David sarebbe stato torturato?

«Christopher, il tempo sta per scadere. Quindi, se non ci dici dov'è, ti taglieremo la lingua. Chissà, magari comincerà a parlare, amico.»

Christopher esaminò le facce dei presenti, sperando di trovare i suoi amici. Sua madre. L'uomo gentile, giunto a salvarlo. Ma era solo.

«Oh, nessuno può aiutarti», disse il dottore. «Finché non ci dici dov'è lui.»

La parte bianca dei suoi occhi cominciò a cambiare, come se qualcuno vi stesse versando della pittura nera.

«Quindi, usa la lingua, o te la taglieremo.»

«Io non lo so dove si trova. Lo giuro!»

Il dottore sospirò. «D'accordo. Infermiera… il gas, per favore.»

La donna annuì, e avvicinò la bombola. Afferrò la mascherina e aprì la valvola, che rilasciò il vapore con un lungo e sibilante hsssssssssss. Fece per mettergliela davanti alla bocca. Christopher girò la testa.

«NO! Non mi addormenterete!» strillò.

«Questo gas non ti farà dormire, Christopher. Ti renderà ultra sveglio. Vogliamo che tu senta tutto.»

Gli sbatté la maschera su bocca e naso. I bambini saltavano e urlavano. Christopher trattenne il respiro, lottando per liberarsi. Il medico aspettò, paziente, che respirasse il gas. Il viso del ragazzino divenne rosso. I polmoni sembravano sul punto di collassare. Non poteva reggere un altro secondo.

Inspirò, profondamente.

Il gas gli arrivò nei polmoni. Pochi secondi dopo era completamente SVEGLIO e vigile! Aveva gli occhi sbarrati, come se avesse ingurgitato un milione di Pixy Stix. Provò a fermarsi, ma non fece altro che immagazzinare altro gas, al punto che il cuore sembrò pronto a esplodere. Ma avvertì anche qualcos'altro. Il gas gli fece venire in mente qualcosa. Odorava… odorava di…

Vecchi guantoni da baseball.

Tornò a guardare la stanza, e fu allora che la vide.

Sua madre.

Indossava gli stessi vestiti che aveva quando si erano messi in macchina. *Giusto, la macchina. Ecco dov'ero.* Aveva un taglio sulla fronte. Frammenti di vetro del parabrezza tra i capelli. In seguito all'incidente. E adesso stava strisciando sul pavimento come un soldato. Superando i bambini che urlavano come scimmie. Sfruttando l'ombra proiettata dai loro corpi per evitare la luce.

Il dottore stava per abbassare il bisturi sulla sua gola, quando lei balzò in piedi e si lanciò verso di lui.

«Giù le mani dal mio bambino!» strillò.

Si scontrò con l'infermiera e strappò il bisturi dalla mano del chirurgo, piantandoglielo poi nella spalla. Lui gridò, mentre il camice bianco si tingeva di sangue rosso scuro. Kate sbloccò la barella. I bambini le si lanciarono addosso cercando di impedirle la fuga, ma lei fu più veloce e la spinse fuori dalla sala operatoria.

«Stai bene, tesoro? Sei ferito?» chiese a Christopher.

«Sto bene. Devi arrivare in strada!»

«Cos'è successo? Che cosa volevano?»

«Vogliono sapere dove si trova l'uomo gentile.»

«E dov'è?»

Svoltò l'angolo. Seguì i cartelli verso l'uscita. Fece una brusca svolta a destra e attraversò il pronto soccorso. Christopher vide Mary Katherine che veniva accompagnata nel parcheggio su una carrozzina, dalla parte reale. Era coperta di sangue.

«Dov'è l'uomo gentile?» gli chiese ancora sua madre.

«Non lo so, è scappato.»

Christopher guardò la barella che veniva portata dentro. Vide il suo corpo, privo di sensi. Aveva un brutto taglio sul braccio. Un livido sulla tempia.

«Dove dovreste incontrarvi?» gli domandò lei.

«Non lo so!»

«CHRISTOPHER! DOVE POSSIAMO TROVARLO?!»

Il bambino guardò i paramedici che entravano con l'ultimo paziente. E quello che vide lo confuse. Sopra c'era sua madre. Con gli stessi vestiti che indossava quando erano montati in auto per scappare. Aveva un taglio sulla fronte. E dei frammenti di parabrezza tra i capelli. Il ricordo dell'incidente riaffiorò. Il vetro che andava in frantumi. Il metallo che si contorceva. Le grida di sua madre, mentre lui perdeva conoscenza.

Dunque è così che sono arrivato da questa parte, vero?

Si era rifiutato di prendere la pillola che lo avrebbe aiutato a dormire. Non era andato nella casa sull'albero. Quindi, la signora che sibilava aveva usato un terzo modo, per farlo passare di là. E questa volta si era portato dietro sua madre. Erano entrambi in auto. Erano rimasti coinvolti in quell'incidente. Ed erano arrivati in ospedale privi di conoscenza. Ma, se era davvero così…

Perché mia madre è sveglia, nella parte reale?

La vide. Debole. Insanguinata. La mano che si allungava a toccare il suo bambino, il corpo che tentava di raggiungerlo nonostante le ferite. Poi, quando crollò sfinita dal dolore, una domanda orribile balenò nella mente di Christopher. Se sua madre era sveglia, dalla parte reale, chi c'era dietro di lui, in quella immaginaria?

«Mamma?» disse mentre cominciava a venirgli la pelle d'oca, «come sei arrivata qui?»

Si girò indietro e la vide.

La signora che sibilava. E sorrideva.

«Credo che dovremo tagliarti la lingua.»

66

Kate aprì gli occhi. All'inizio non riuscì a vedere chiaramente. C'era una luce molto forte sopra la sua testa. Aveva la vista annebbiata. Batté le palpebre un paio di volte, finché non capì di trovarsi in un letto d'ospedale. Un pulsiossimetro sull'indice la collegava a un monitor. E aveva un ago da flebo nel braccio. Era un po' intontita per via degli antidolorifici che le avevano somministrato.

Lentamente, si tirò su a sedere. Una serie di attacchi di nausea le fecero salire lo stomaco in gola. Era debole, ma non c'era tempo per questo. Doveva arrivare da Christopher. Gettò i piedi oltre la sponda del letto e si alzò sulle gambe malferme. Avvertì all'istante l'aria fredda sulla schiena, lasciata scoperta dal camice dell'ospedale. Allargò le braccia per ritrovare l'equilibrio. E fu allora che sentì la fitta.

I ricordi le tornarono frammentati come un puzzle. Il suo corpo che andava a sbattere contro la portiera del guidatore. Le costole che si fratturavano. Le tronchesi idrauliche che li estraevano dall'auto. Suo figlio privo di sensi sull'ambulanza che viaggiava a sirene spiegate.

«La prego, si sieda, signora Reese. È rimasta coinvolta in un bruttissimo incidente», disse la voce.

«Mio figlio. Dov'è mio figlio?!» chiese all'infermiera.

«In terapia intensiva. Ma lei deve riposare.»

«Dov'è il reparto di terapia intensiva?»

«Primo piano ma, signora, lei ha bisogno...»

Senza dire un'altra parola, Kate si strappò la flebo dal braccio, ignorò la fitta al fianco e uscì nel corridoio.

«Signora Reese!» la chiamò l'infermiera.

Kate trovò l'ascensore e salì al primo piano. Quando le porte si aprirono, ebbe uno choc. L'unità di terapia intensiva era gremita all'inverosimile. La sala d'aspetto aveva sedie per dieci persone. Ce n'erano almeno quarantacinque.

«Christopher Reese», disse all'infermiera in accettazione. «Sono sua madre.»

«Stanza duecentodiciassette», le rispose lei, grattandosi il braccio.

Il ronzio con cui la porta venne sbloccata le ricordò una vespa arrabbiata. Kate aprì e s'incamminò lungo il corridoio. Vide che i letti erano tutti occupati. Vittime di pugnalate. Di colpi di arma da fuoco. La follia, l'ira o qualunque cosa fosse quella che si era abbattuta sulla città si era data da fare, mentre lei dormiva. Si trascinò fino alla stanza duecentodiciassette, in fondo. Aprì la porta senza bussare.

E lo vide.

Il suo bambino era disteso sul letto d'ospedale. Aveva un brutto taglio al braccio. E un centinaio di tagli su tutto il corpo, per via dell'esplosione del vetro. Aveva gli occhi chiusi. Un tubo enorme gli usciva dalla bocca, ed era collegato a una giungla di monitor. Delle macchine respiravano al posto suo. Mangiavano per lui. Monitoravano ogni cosa, dal cuore al cervello. Vide un'infermiera che inseriva dei numeri nella sua cartella, fermandosi solo una volta per grattarsi una spalla.

«Che cos'ha?» le domandò.

L'infermiera si voltò. Spaventata. Kate studiò il suo viso: per un attimo si domandò chi fosse quella donna, e poi, intuito che si trattava della madre, assunse un'espressione impassibile, e le parlò quasi fossero in chiesa.

«Mi lasci chiamare il dottore, signora.»

Svelta, uscì. Kate andò verso il letto. Quando prese la mano di Christopher nella sua, le parve di toccare una stufa rovente. Gli sentì la fronte. Doveva avere almeno quarantuno di febbre. Diede un'occhiata ai monitor, e vide la temperatura sepolta tra tutti quei numeri e quelle lucine.

Stando alle macchine, aveva solo trentasette.

Prese una scodella colma di ghiaccio dal comodino. Se lo versò sulle mani, che poi posò delicatamente sulla fronte del bambino. Si sciolse subito, quasi l'avesse versato sull'asfalto bollente. La sua pelle tramutava il ghiaccio in acqua, che evaporava rapidamente. Ne prese ancora e glielo mise sotto le ascelle, sul collo, sul petto.

«Signora Reese», disse la voce.

Kate si voltò e vide il dottore sulla porta. Il viso era coperto da una mascherina chirurgica.

«Dottore, deve svegliarlo!»

«Signora Reese, si sieda, la prego.»

«No! Lui deve rimanere sveglio. Deve svegliarlo ora!»

Il medico si abbassò la maschera. Non era bravo come l'infermiera a adottare un'espressione impassibile. Qualunque notizia stesse per darle, non era buona.

«Signora Reese, mi dispiace, ma ho già tentato di tutto. Non ha funzionato nulla. Non riusciamo a rianimarlo.»

«Perché no?» chiese lei, in preda al panico.

«Suo figlio è cerebralmente morto, signora.»

Quelle parole le atterrarono sul petto e per un attimo le tolsero il fiato. Poi, con uno scatto, dal terrore tornò alla rabbia.

«Al diavolo se lo è! Dobbiamo rianimarlo. SUBITO!»

«Signora Reese, lei non capisce...»

«No, è lei che non capisce. Qualcuno si è preso il mio bambino!»

Il medico rivolse una rapida occhiata agli inservienti nel corridoio, che entrarono nella stanza senza far rumore.

«Qualcuno ha preso suo figlio? Che intende dire, signora Reese?» le domandò il medico, pacato.

Era sul punto di parlargli della signora che sibilava, che voleva che Christopher dormisse. E del suo amico immaginario, l'uomo gentile, che si presentava come un sacchetto di plastica bianco. Quando notò che il medico si grattava l'orecchio in modo ossessivo. Il viso madido di sudore per la febbre. Avvertì la presenza degli inservienti alle sue spalle. Dopo, sarebbe arrivata la sicurezza.

Passerai per pazza, Kate.

Si soffermò su quel pensiero, per essere sicura che la voce fosse la sua, e non quell'altra, falsa.

Passerai per pazza.

Era la sua. E aveva ragione. Scrutò i volti delle persone presenti. Aveva già visto suo marito suscitare la medesima reazione. Quello strano miscuglio di calma e tensione. I sorveglianti pronti a intervenire se il paziente fosse stato giudicato instabile, o pericoloso. Si stavano grattando tutti quanti, quasi fossero in una fumeria d'oppio. Dottore. Infermiera. Inservienti. E adesso anche la sicurezza. Tutti in attesa di avere una scusa per piombare su di lei.

Realizzò che Christopher era di nuovo in ospedale. Privo di conoscenza. Esattamente dove lo voleva la signora che sibilava. E se quest'ultima era tanto potente da fare in modo che fosse così, allora poteva facilmente manipolare un dottore costringendolo a ricoverare una madre addolorata perché ricevesse una «valutazione» psichiatrica.

«Chi è che avrebbe preso suo figlio, signora Reese?» ripeté lui.

«Nessuno. Mi scusi. Sono solo...» Si finse incapace di parlare per quanto stava soffrendo.

L'atmosfera nella stanza si rilassò all'istante, come se un sergente invisibile avesse detto «Riposo».

«Possiamo comprendere, signora Reese», le disse, gentile. «So quanto sia difficile. La prego, si prenda tutto il tempo che le serve. E poi potremo discutere dei passi successivi.»

Kate sapeva a che cosa si riferiva. Consulente del dolore, avvocato, un pezzo di carta, una penna e un funerale. Una volta che avesse apposto la sua firma sulla linea tratteggiata, il Dottor Brutta Sensazione avrebbe staccato la spina di tutte le macchine che tenevano in vita suo figlio. Non le avrebbe mai creduto riguardo al fatto che Christopher non era cerebralmente morto. Che si era semplicemente perduto. Che si trovava esattamente dove la signora che sibilava voleva che fosse.

«Scusi se ho perso le staffe», rispose pentita. «So che avete fatto tutto ciò che era in vostro potere.»

«Non ce n'è bisogno, signora Reese. Comprendiamo perfettamente. Le concediamo un po' di privacy. Si prenda tutto il tempo di cui ha bisogno.»

Tutti lasciarono la stanza, incluso un tizio corpulento della sicurezza, che si grattò la coscia con il manganello, guardandola come avrebbe guardato una bella pignatta. Quando fu rimasta sola, diede un bacio al suo bambino sulla fronte rovente e sudata e gli sussurrò all'orecchio, così che nessuno – nemmeno la donna che sibilava – potesse sentire.

«Christopher, ti tirerò fuori di lì. Te lo prometto.»

67

Ambrose aprì gli occhi. Per un attimo, non ricordò dove fosse. Non rammentava di essersi addormentato, ma l'aveva fatto. Diverse volte. Perché diavolo dormiva tanto? Certo, schiacciare qualche pisolino era normale per un uomo della sua età, ma questa situazione alla Rip van Winkle era ridicola. L'ultima cosa che ricordava era di aver dormito durante lo spettacolo di Natale.

Si svegliò qualche ora dopo, per cena. Ma, quando arrivò in sala da pranzo, non trovò nessuno. Due e diciassette, diceva l'orologio. E, chissà come, sul calendario c'era un'altra X, che cancellava un altro giorno trascorso.

Aveva dormito trentasei ore.

«Buondì, signor Olson», disse qualcuno. «Bentornato nel mondo dei vivi.»

Ambrose si voltò e vide l'infermiera del turno di notte aggiungere un'altra X sul calendario.

Sbagliato: aveva dormito sessanta ore.

«Buongiorno. A quanto pare mi sono perso la cena.»

«E la colazione. E il pranzo. E di nuovo la cena», scherzò lei. «Non si preoccupi. Le abbiamo messo uno specchio sotto al naso, per essere sicuri che respirasse. Perché non si va ad accomodare in salotto?»

Gli servì una scodella con lo stufato di manzo avanzato, che gli portò alla sua poltrona preferita, di fronte alla TV, mentre gli riferiva dei pettegolezzi di Shady Pines, a partire dallo spettacolo.

Apparentemente, Ambrose si era perso qualcosa di grandioso. Oltre ai soliti pezzi amati dal pubblico – *I Saw Mommy Kissing Santa Claus* e *Grandma Got Run Over by a Reindeer* – quell'anno lo show doveva essere stato sponsorizzato da una divisione infantile di wrestling. Si era scatenata una rissa epica, che si era conclusa con l'aggressione del figlio di Kate Reese da parte della signora Keizer. Il ragazzino aveva cominciato a perdere sangue dal naso, a fiotti, e la madre lo aveva portato in ospedale. E questo era niente.

«Che altro è successo?» chiese Ambrose.

«La signora Keizer… ha smesso di dimenticare le cose», gli raccontò l'infermiera, nel suo inglese stentato.

«Che intende dire?»

«Che non ha più l'Alzheimer. È un miracolo di Natale.»

Lo era?

Ignorò quel pensiero e il vento che soffiava forte e aprì il diario di suo fratello.

7 giugno

Abbiamo vivisezionato le rane, oggi a scuola. Ho messo la mano su un animale e ho avvertito ancora quello strano prurito. L'insegnante ha detto che probabilmente la rana stava solo dormendo, perché si è svegliata mentre era lì, sul tavolo. Ho finto che fosse così ma, quando sono uscito dalla casa sull'albero, ieri, ho visto un uccello sul sentiero per tornare a casa. Era a terra, morto. Aveva un'ala spezzata, e un serpente lo stava divorando. Ho scacciato via il serpente e ho preso tra le mani l'uccello. Ho chiuso gli occhi e mi è arrivato quello strano prurito, dalla parte immaginaria. L'ho riportato in vita. E il naso ha cominciato a sanguinarmi, copiosamente. Mi sono spaventato moltissimo. Perché so che il potere nella parte immaginaria è dolore in quella reale. Non puoi avere l'uno senza l'altro. Quindi, più creature faccio vivere, più vado incontro alla mia morte.

E il sangue che perdo dal naso è il sangue del mondo.

Ambrose avvertì un brivido corrergli lungo la spina dorsale. Ripensò alla storia dell'infermiera, a proposito di Christopher che aveva perso sangue dal naso dopo aver toccato la signora Keizer, com'era successo a David dopo che aveva preso tra le mani quell'uccello morto.

Mentalmente, prese nota di chiamare la signora Reese, al mattino, e poi tornò al diario. Ma non riusciva a tenere gli occhi aperti. Aveva la sensazione di essere drogato. Era come se qualcosa volesse impedirgli di leggere. Si ricordò di quella volta che i suoi commilitoni gli avevano messo una pasticca nel whisky e avevano riso quando lui si era tolto i vestiti e aveva rubato una jeep. Si era svegliato sentendo la collera del sergente e si era beccato un mese di cucina.

Questa volta, si destò in preda al terrore.

Udì un rumore, all'esterno. Lo stufato di manzo era freddo, davanti a lui: non l'aveva toccato. Era passata un'ora. Il televisore era ancora acceso, stava trasmettendo il notiziario locale. Parlavano dell'epidemia di influenza e dell'impennata subita dai crimini violenti.

Guardò attraverso la finestra e vide i cervi che correvano per la strada. Prese a respirare velocemente. C'era qualcosa. Qualcosa di malvagio. Girò la lente di ingrandimento e si sistemò gli occhiali con lente bifocale. Gli occhi erano asciutti e stanchi, ma doveva decifrare la calligrafia di David. Doveva arrivare alla verità.

12 giugno

Il soldato è preoccupato per me. Sto esagerando. Perdo troppo sangue. Dice che la gente dalla parte reale non dovrebbe avere tanto potere, quindi devo rallentare. Ma non posso. Stavo andando a scuola e ho toccato il braccio della signora Henderson. Ho sentito cuocere il cervello e ho perso sangue dal naso. In due secondi, ho appreso tutto quello che c'era da sapere su di lei. Ma non solo le cose che le erano successe; ho scoperto anche che cosa le accadrà in futuro. Ho visto che accoltellerà suo marito. Ho visto e rivisto quella scena. Loro sono anziani, in cucina, e la signora che sibila le fa afferrare il coltello per poi colpirlo alla gola. Ho urlato, e la signora Henderson mi ha chiesto cosa avessi. Ho mentito, perché, se le dicessi la verità, mi farebbe rinchiudere in manicomio.

Ambrose si interruppe. Quel nome l'aveva già sentito. Henderson. Non riusciva a collocarlo. Dove l'aveva sentito? Gli ci volle un momento per rivolgere lo sguardo al televisore, con Sally Wiggins che leggeva le notizie locali.

«...continuano le indagini su Beatrice Henderson, che ha pugnalato il marito nella loro cucina. Lavorava alla scuola elementare di Mill Grove come bibliotecaria...»

Gli si rizzarono i peli delle braccia. Di scatto, si girò. Gli parve di sentirsi addosso gli occhi di qualcuno. Ma il salotto era vuoto. Girò la pagina. La voce stava cercando di cullarlo di nuovo nel sonno. Resistette, e continuò a leggere.

15 giugno

Ieri notte non ho chiuso occhio, perché la mia mente lavora troppo. Ero così agitato che mi sono alzato e mi sono messo a leggere l'enciclopedia. Sono partito dal volume della lettera A alle 22:30, e alle 5:30 del mattino ho finito la zeta. La parte più spaventosa è stata la consapevolezza degli errori commessi da chi l'ha scritta. È buffo, quando la gente non si rende conto che la conoscenza non ha un fine particolare. Pensavano che il Sole ruotasse intorno alla Terra e quest'ultima fosse piatta. Ci fu un tempo, prima di Gesù, in cui l'umanità credeva che Zeus fosse Dio. Le persone venivano uccise, per aver avuto credenze diverse. Non sapevano che la signora che sibila era là, a suscitare in loro la paura delle nuove conoscenze. Non sapevano che lei c'è da sempre, e che induce le persone a odiare il prossimo, per motivi banali.

«... triste notizia dal Medioriente, dove questa sera quattro missionari cristiani sono stati attaccati mentre cercavano di portare cibo e provviste necessarie ai profughi...»

17 giugno

Continuo a perdere sangue dal naso. Mia madre non fa che portarmi da dottori, ma nessuno capisce che

problema abbia. Il soldato e io stiamo pensando a
come raccontare la verità ad Ambrose,
così che mi creda. Ho bisogno del suo aiuto.
Ho bisogno che sia lui a combatterla, se io dovessi fallire.
Ma non mi dà mai retta. Pensa che parli da solo,
quando parlo con il soldato. Pensa che sia svitato.

Ambrose si tolse gli occhiali e si strofinò gli occhi che gli bruciavano. D'un tratto aveva sonno, ma si prese a schiaffi, come faceva nell'esercito durante il turno di guardia. Niente gli avrebbe impedito di leggerlo. Aveva la sensazione che il mondo dipendesse da questo.

<u>21 giugno</u>

Non so più dove sono. Non so più che cosa è reale e
cosa è immaginario, ma non possiamo più aspettare.
La signora che sibila è ovunque, travestita da
influenza. Dobbiamo completare l'addestramento
ora, prima che prenda il controllo della casa
sull'albero. Ho chiesto al soldato perché desideri a tal
punto impadronirsene, e lui mi ha spiegato che cosa
mi sta facendo quella casa. Mi ha parlato del potere
che mi dà, che lei vuole per sé. Semplice. Questo
spiega quello che sto passando. Volevo dire tutto
ad Ambrose, ma non avrei sopportato di sentirmi
dare del pazzo un'altra volta. Così, ho aspettato che
dormisse e mi sono infilato nel suo letto.
E gli ho sussurrato all'orecchio, nel caso la signora
fosse in ascolto.
«Ambrose, devo dirti una cosa».
«Cosa?» ha chiesto lui nel sonno.
«Devo spiegarti che cosa fa la casa sull'albero.»
«Okay», mi ha detto. «Che cosa fa?»

Ambrose girò la pagina.

E fu allora che accadde.

All'inizio non capì. Le pagine erano talmente confuse da sembrare quasi grigie. Strizzò gli occhi più forte, ma le forme non c'erano più. I profili delle lettere erano scomparsi. Avvicinò la lente agli occhi, non cambiò nulla. Si tolse gli occhiali. Ancora niente.

Era diventato cieco.

«INFERMIERA!» gridò.

Sentì il pavimento scricchiolare accanto a sé. Passetti da bambino. Silenzio. Gli parve di cogliere il respiro di qualcuno, vicino alle orecchie. Non sapeva che cosa fosse, ma lo sentiva. C'era qualcosa nella stanza. Un piccolo sussurro che gli fece rizzare i peli della nuca.

«Chi è?»

Nessuna risposta. Silenzio. Chiamò ancora l'infermiera, e finalmente la sentì arrivare dal corridoio, dalla cucina. Voleva chiederle di leggere la riga successiva.

Finché non si fosse messa a tossire per l'influenza.

«Tutto okay, signor Olson?» gli domandò calma.

C'era qualcosa nella sua voce. Qualcosa di sbagliato. Se la signora Reese fosse stata al lavoro, si sarebbe potuto fidare, dandole il diario. Ma suo figlio Christopher era in ospedale, perché aveva toccato la signora Keizer e il naso aveva cominciato a sanguinargli…

Proprio come a David.

Doveva raggiungere Kate Reese. E lo sceriffo. Qualunque cosa fosse successa allora, stava accadendo anche adesso. E il diario di suo fratello forse era l'unico indizio su come impedirlo.

«Si sente bene, signor Olson?» chiese ancora l'infermiera, sospettosa.

L'anziano strinse il diario come il coach gli aveva insegnato a stringere il pallone da football, alle superiori.

Come se da esso dipendesse la tua vita, figliolo.

Lo posò sulle ginocchia e fece del suo meglio per usare un tono indifferente.

«Ho bisogno che mi accompagni in ospedale.»

«Perché, signore?»

«Perché le nuvole si sono prese i miei occhi.»

68

Lo sceriffo aprì gli occhi. Doveva essersi addormentato. Non aveva idea di dove fosse. Provò a dare un'occhiata alla stanza, ma non riusciva a vedere niente. Aveva sentito l'espressione «emicrania accecante» in passato, ma non aveva mai pensato che potesse avere un significato letterale. Dovette battere le palpebre per un minuto almeno, per liberarsi della nebbia.

Calmò la mente e provò a orientarsi con gli altri sensi. Era abbastanza sicuro di trovarsi nell'archivio, per via dell'odore di polvere. Doveva aver preso sonno mentre esaminava i documenti con la signora Russo. Ma non sentì alcun rumore.

«Ehilà? Signora Russo? è qui?»

Silenzio. Fece un altro sforzo per ricordare come fosse arrivato là sotto. Si rammentò di non aver lasciato l'ufficio per giorni, nonostante la febbre. Sapeva che, ogni volta che avesse provato a raggiungere Kate e suo figlio in ospedale, ci sarebbe stata un'altra emergenza. Un altro grave incidente. Un altro accoltellamento. Un'altra scazzottata.

Era come se il mondo stesse cospirando per tenerli lontani.

Era forse la persona più distante da qualunque tipo di

teoria della cospirazione, soprattutto quando quest'ultima comprendeva una cosa priva di fondamento come la coincidenza. Ma possedeva un istinto acuto, che gli permetteva di capire quando qualcuno si prendeva gioco di lui, e adesso gli stava urlando che era esattamente quello che stava accadendo. Troppe: erano troppe le coincidenze che gli impedivano di raggiungere Kate e suo figlio. Troppe cose lo distraevano dal suo lavoro, giù in archivio. C'era troppo rumore, che non gli consentiva di ricordare...

...quel nome... quel bambino... come si chiamava?

Non gli veniva in mente, ma l'istinto gli diceva che qualcosa non andava. La voce gli diceva che l'aveva dimenticato, ma lui sapeva di avere una memoria di ferro. Non era esattamente fotografica, ma ci andava abbastanza vicino, con le cose importanti. E questa lo era... in qualche modo, era importante per Kate Reese e Christopher, e...

...quel nome... quel bambino... si chiamava...

La mano destra ricominciò a prudergli. Dio, se prudeva. Vi posò lo sguardo, e i suoi occhi finalmente cominciarono a mettere a fuoco le cose. Alla luce fioca, vide che si era scorticato. La pelle era arrossata, spaccata. Aveva del sangue secco sulle unghie. Ma sul braccio c'era anche qualcos'altro. Nascosto sotto la manica. Ricordò vagamente di avere qualcosa

si chiamava... quel bambino si chiamava...

Tirò su la manica e vide le parole scritte in inchiostro nero.

David Olson

All'improvviso, ricordò che cos'aveva fatto. Aveva cominciato a scriversi indizi sul braccio. All'inizio con un normale pennarello, ma il sudore provocatogli dalla febbre lavava via tutto, come uno stormo di uccellini che cancellavano una scia di briciole di pane. Così, era passato all'inchiostro indelebile. Sollevò la manica un pochino di più.

David Olson è il nome del bambino.
Non addormentarti più. Chiama Carl per sapere degli attrezzi. ADESSO.

Compose il numero prima di prendersi il tempo per pensarci. Due squilli, e riconobbe la voce dell'amico, dall'altra parte.

«Carl, sono io.»

«Ma che diavolo...» fece l'altro assonnato. «Lo sai che ore sono?»

Lo sceriffo guardò l'orologio. Le tre e diciassette del mattino.

«Lo so che è tardi. Scusa. Ma è davvero importante», disse.

«L'hai detto anche l'ultima volta.»

«Come?»

«Mi hai chiamato un'ora fa.»

«Davvero?»

«Gesù Cristo, ma come sei messo? Mi hai chiamato un'ora fa per chiedermi di quegli attrezzi. Non posso continuare a farti favori. Domani è la vigilia di Natale, santo Dio!»

«Lo so. Perdonami. E riguardo agli attrezzi che mi dici?»

«Mi stai prendendo in giro? Non ricordi nemmeno cosa ti ho detto.»

«Ripetimelo e basta!»

Sentì che, all'altro capo del filo, Carl gli stava mostrando il dito medio.

«Okay, ma è l'ultima volta, quindi farai meglio a scrivertelo. Ho dato gli attrezzi al mio amico che lavora al museo. Risalgono a qualche secolo fa, ma non sono tipici dei minatori o dei contadini dell'epoca.»

«Che intendi dire?»

«Sembrano più utensili che avrebbe usato un bambino. E quella pietra grigia di cinque centimetri per dieci, non era affatto un sasso: è legno pietrificato.»

Lo sceriffo prese la penna e scrisse sul braccio, furiosamente.

Gli attrezzi appartenevano a dei bambini.

«Questo è quanto. Era l'ultimo favore. Non posso continuare a starti dietro, soprattutto in un momento come questo. Il numero dei casi che devo analizzare è raddoppiato nel giro di una settimana.»

Lo sceriffo smise di scrivere, per un momento.

«Che cosa vuoi dire?»

«Gesù Cristo, dobbiamo rifare la stessa conversazione che abbiamo fatto un'ora fa?»

«Ti chiedo scusa, Carl. Sto davvero male.»

«Come ti ho già detto», ripeté Carl, con la sua migliore imitazione dello stronzo sarcastico, «dev'esserci la luna piena o qualche strana sostanza nell'acqua, perché l'intera città si sta ammalando o sta impazzendo. Non torno a casa da due giorni. Mia moglie mi ha detto che, se non mi presento alla cena della vigilia, quest'anno non mi darà il regalo di Natale. Non posso perdermelo. L'unico pompino dell'anno.»

Lo sceriffo sorrise, senza volerlo.

«Be', apprezzo l'aiuto, Carl. Sei un brav'uomo.»

«Vallo a dire a lei. E adesso smettila di chiamarmi. Buon Natale.»

«Buon Natale anche a te.»

I due amici riagganciarono. Lo sceriffo prese il pennarello indelebile e cominciò a scrivere. Il prurito si diffuse a tutta la mano. Urlava per avere attenzione, ma lui non gliel'avrebbe data vinta. Non questa volta.

Il sasso era legno pietrificato.

In città epidemia di influenza o follia generale.

Proprio come...

Quando si svegliò, impiegò un momento a capire dove fosse. L'archivio. La signora Russo se n'era andata. Doveva essersi addormentato un'altra volta. La sua mente dovette lottare contro l'emicrania, ma alla fine ricordò che stava cercando di trovare un nesso tra quello che stava accadendo in città e quel ragazzino... il fratellino di Ambrose... già, come si chiamava?

quel nome... quel bambino... si chiamava...

La mano sinistra gli prudeva in modo insopportabile. Se la grattò, inutilmente, e poi si rese conto che l'uniforme era zuppa di sudore. A un certo punto, durante la notte, doveva essergli passata la febbre. Fece per tirare su la manica, e scoprì gli appunti che aveva scritto sul braccio con inchiostro indelebile.

David Olson è il nome del bambino.

Non addormentarti più. Chiama Carl per sapere degli attrezzi. ADESSO.

Gli attrezzi appartenevano a dei bambini.

Il sasso era legno pietrificato.

In città epidemia di influenza o follia generale.

Proprio come...

Alzò ulteriormente la manica, e vide che continuavano...

Proprio come l'anno in cui scomparve David Olson. L'ultima epidemia di influenza si risolse il giorno successivo alla sparizione di David. Fu lui in qualche modo a fermarla? E che cosa fece? Ci salvò?

Arrivò in cima al braccio. Lì gli appunti terminavano. D'istinto, passò all'altro. Staccò la manica bagnata dal braccio destro. Aveva scritto con la sinistra, quindi la calligrafia era approssimativa. Ma gli appunti continuavano.

Chiama Ambrose Olson!

La città sta andando in pezzi. Non hai tempo per certe stronzate.

Annuì, tra sé e sé. Quella storia era ridicola. Aveva più emergenze di quante ne potesse risolvere. Che diavolo stava facendo? Leggeva vecchi dossier e denunce di incidenti?

Non sei ancora andato da Kate e Christopher in ospeda-

le, e vuoi chiamare Ambrose Olson per dirgli qualcosa del fratello che è morto cinquant'anni fa? Che follia.

Tirò la manica un po' più su.

Smettila di ascoltare la voce nella tua testa. Ti sta mentendo. Ti sta facendo dimenticare.

Okay. Stiamo perdendo il lume della ragione. Devi essere delirante per aver scritto una cosa del genere.

«Chi è che parla?» chiese a voce alta.

Lo sai chi è. Sei tu e sembri un idiota che parla da solo.

Non sei un idiota. La voce ti distrae. Ti fa dormire.

«Chi c'è?»

La voce tacque. La temperatura nella stanza precipitò bruscamente. Lo sceriffo credette di udire un respiro. Si voltò. Non c'era nessuno. D'un tratto, provò una paura folle. Arrotolò la manica fin sopra il gomito.

Lo sai a che cosa servivano quegli attrezzi! Corri da Kate adesso. Quello che successe a David sta accadendo a Christopher. Corri subito!

Si svegliò nell'archivio. Non sapeva come avesse fatto a cedere di nuovo al sonno. Ma questa volta non diede retta alla voce nella sua testa. Non si lasciò distrarre da nessun mal di testa accecante. E non impiegò un minuto a ritrovare gli appunti. Abbassò gli occhi sul braccio. La manica era sopra il gomito. E già sapeva che doveva esserci un altro messaggio, sotto la camicia. Si gelava, là sotto. Trattenne il fiato, e arrotolò la manica fin sopra la spalla.

Troppo tardi, sceriffo. Li ho appena investiti con un'auto.

Stava già correndo, prima ancora che i piedi toccassero terra. Il cuore gli martellava nel petto, mentre attraversava la stanza di corsa. Sarebbero potute scoppiare altre cento risse, non gli importava. Come non gli importava se c'erano cento persone da chiudere in cella. Una sola emergenza meritava la sua attenzione. Sarebbe andato da Kate e da suo figlio. E insieme sarebbero andati da Ambrose. Perché, in qualche modo, erano gli unici ad avere informazioni su come impedire a quella follia, o influenza, o qualunque cosa fosse, di distruggere la città dall'interno. Corse su per le scale, superò l'ufficio principale e il manifesto di Emily Bertovich.

E fu allora che vide la signora Russo e quattro dei suoi uomini.

Tutti a terra, che perdevano sangue da ferite inferte da armi da fuoco.

Si guardò intorno. L'ufficio era vuoto. Nelle celle non c'era nessuno. Tutti i criminali se n'erano andati. L'istinto e l'addestramento presero il controllo del suo corpo. Corse dalla sua squadra. Prima, dalla donna.

Le sentì il polso. Grazie a Dio era viva. Con la stoffa della camicetta, le fece una fasciatura, e intanto afferrava la radio.

«Cinque agenti a terra. Ho bisogno di rinforzi!»

La radio gracchiò, ma nessuno rispose. Si scordò di correre da Kate e Christopher, e valutò le condizioni dei suoi.

«Ho bisogno di rinforzi in centrale! Qualcuno prenda la chiamata!»

Niente. Il rumore statico era sconvolgente. Sembrava un contatore Geiger che annunciava che la polizia era completamente fuori gioco. Da qualche parte, in fondo alla sua mente, lo sceriffo cominciò a fare progetti su come nominare nuovi agenti. Su come rintracciare i criminali; raggiungere Kate Reese; trovare Ambrose Olson. L'unica notizia positiva, in quella tragedia, era il fatto che la signora Russo e i quattro agenti distesi sul pavimento fossero ancora vivi.

«Salve, sceriffo», disse una voce alle sue spalle.

Si voltò di scatto. Vide la signora Henderson, con la pistola di uno dei suoi uomini. I suoi vestiti erano zuppi di sangue. I piedi nudi lasciavano piccole impronte cremisi.

«David Olson mi toccò il braccio, tanto tempo fa. Sapeva che avrei accoltellato mio marito», disse.

Lo sceriffo cercò riparo dietro una scrivania.

«Getti quella pistola!» le urlò.

La signora Henderson fece un altro passo verso di lui.

«La signora ha detto che posso fare in modo che mio marito mi ami ancora. Ha detto che mi porterà a fare un viaggio e, se così non fosse, posso accoltellarlo ancora. E poi ancora. E ancora.»

Lo sceriffo alzò la pistola.

«Signora Henderson, metta giù quell'arma!»

«Perché dovrei? Sceriffo, non finirà mai. Non capisce che cosa sta succedendo?»

«Getti quella dannata pistola, ORA!»

La signora, con calma, la posò sulla scrivania.

«Okay, sceriffo, ma non farà nessuna differenza. La signora l'ha preso in trappola adesso. E, morto lui, non finirà mai.»

«Di che cosa sta parlando?»

«Della criminalità. Ci faremo del male a vicenda finché qualcuno non metterà fine a tutto quanto. E qualcuno lo farà. Lo sa perché?»

Lo sceriffo rimase in silenzio. La signora Henderson sorrise.

«Perché Dio è un assassino, papà.»

Poi, la donna afferrò la pistola e corse verso di lui urlando. Lo sceriffo prese la mira e fece fuoco.

69

CHRISTOPHER era legato alla barella, in sala operatoria. La signora che sibilava gli sorrideva, mentre lui si dimenava come un pesce sul ponte di un peschereccio. Il suo trofeo. L'ambito premio. Si avvicinò a David Olson, privo di sensi sul tavolo di metallo accanto a lui. Gli accarezzò la fronte quasi fosse un cucciolo.

«Ci serve il verme, per prendere il pesce. La tua lingua servirà allo scopo.»

Christopher serrò la bocca.

«Aprila, Christopher.»

Il ragazzino la guardò, terrorizzato. Vide la chiave che portava al collo, seppellita sotto la carne come una macabra collana. La chiave che avrebbe permesso a tutti loro di fuggire.

«Ci sono quattro modi per entrare, tre per andare via», canticchiò lei. «Ne conosci due. Noi ne conosciamo di più. Ho io la chiave. Ma dov'è la porta?»

Abbassò la mano sinistra, squamosa, sul naso di lui, e glielo tappò con indice e pollice. Impedendogli di respirare.

«E adesso vediamo questa lingua. È per il tuo bene.»

Un minuto, due… e poi i polmoni non ce la fecero più. Christopher prese un'enorme boccata d'aria. La signora che sibilava gli ficcò la mano sinistra in bocca e afferrò la lingua. La destra tirò fuori il bisturi.

E Christopher le diede un morso.

«AHHHHHHHHH!» strillò lei.

Con i denti le staccò l'indice, quasi fosse un grissino. Sentì sapore di carne marcia. E sputò il dito sul pavimento. Lei si fissò il moncherino, da cui il sangue zampillava come acqua da una fontana. Si voltò a guardarlo. L'espressione sul suo viso era quasi stupita. O forse era paura? Si chinò a raccogliere il dito, che rimise al suo posto. Poi portò dito e mano alla fronte e sfruttò il calore per saldarlo. Come nuovo.

«Okay, Christopher. Vuoi tenerti la lingua. Bene. Tienitela.»

E, con violenza, gli chiuse la bocca con del nastro adesivo.

«Troveremo le risposte dove sono realmente nascoste», aggiunse, tamburellando con le dita sulla sua fronte. «Infermiera, la sega per ossa, per favore.»

Christopher gridò, sotto il nastro. Vide l'infermiera porgere alla signora che sibilava una sega di metallo scintillante, con tanti dentini da latte frastagliati. Si accese con un ronzio, acuto come quello del trapano del dentista. La lama era a pochi centimetri dal suo cranio. Chiuse gli occhi, preparandosi a morire. Ma, chissà perché, non aveva paura. Invece, provò quasi una sensazione di calma.

Mia madre è…

Mia madre è… con me, dalla parte reale.

La sentiva lì nella stanza, con lui. Aveva le mani sulla sua pelle. Cercava il lato fresco del cuscino.

Mia madre sta…

Mia madre sta… dicendo che mi tirerà fuori di qui.

E in quel momento le luci si spensero, lasciando l'ospedale al buio. Christopher si guardò intorno, ma non riuscì a vedere nulla. Sentì solo urlare. E rumore di passi che correvano. Il tonfo di un corpo che si scontrava con quello della signora che sibilava. La sega che veniva a contatto con la pelle di lei.

E poi, la voce dell'uomo gentile.

«Non preoccuparti. Ti ho preso», gli disse.

Christopher sentì la barella che cominciava a muoversi. Che sfrecciava nell'oscurità.

«PRENDETELO! STA SCAPPANDO!» urlò la signora.

«Non dire niente. Non darle una traccia da seguire.»

«SMETTILA DI AIUTARLO!» gridò la signora all'uomo gentile, dal buio.

La barella fece una brusca svolta a destra e sfrecciò lungo il corridoio. I bambini urlavano, dietro di loro. L'uomo gentile la pilotava quasi fosse uno skateboard, diretto verso una luce fioca sul fondo. Christopher sentì la sua mano delicata che strappava le cinghie di cuoio che gli bloccavano i polsi.

«Tirati su, figliolo. Ho bisogno dei tuoi occhi.»

Christopher si strappò il nastro adesivo dalle labbra e liberò le mani. Poi si mise seduto e si liberò le caviglie.

«Ora dimmi, che cosa vedi?»

Christopher strizzò gli occhi, per vedere in quell'oscurità, e in qualche modo riuscì a distinguere le forme. Uomini-cassetta e cervi. Acquattati nell'ombra. In attesa di tendere loro un'imboscata.

«Ci stanno bloccando l'uscita», annunciò.

«Ottimo lavoro, figliolo.»

L'uomo gentile girò la barella. Aumentò il passo e percorse un altro corridoio. I piedi colpivano il pavimento. Smack smack smack. Come il bacio di una nonna. Passò attraverso due porte, che oscillarono come imposte mosse da un vento burrascoso. L'uomo gentile si fermò e avvolse la sua cintura attorno alle maniglie. Le persone-cassetta si lanciarono di peso contro i battenti. La cintura si tese come una caramella gommosa.

Ma resse.

Entrarono nel reparto maternità, e d'un tratto la barella rallentò fino a procedere a passo d'uomo.

«Silenzio», sussurrò l'uomo gentile. «Non possiamo svegliarli.»

Christopher strizzò le palpebre e realizzò dove si trovavano.

Nel nido.

C'erano file e file di bimbi. Alcuni nell'incubatrice. Perlopiù dentro a culle di vetro. Dormivano tutti. L'uomo spingeva la barella quasi fosse una barca in una palude. Uno straziante centimetro alla volta. Il ragazzino vide un neonato muoversi, come se stesse avendo un incubo. Poi un altro. E poi cominciarono tutti a saltare come chicchi di popcorn in padella. Pop pop pop.

L'uomo gentile prese velocità. Altri neonati si mossero. Christopher sentì la stanza che si svegliava, intorno a loro. Presto, si sarebbero messi a piangere. Dando l'allarme. Come se fossero stati lasciati su una veranda. Uno aprì gli occhi. Si guardò intorno, al buio. Cominciò a piagnucolare. Poi toccò a un altro. E poi a un terzo. Christopher sentì la barella che accelerava. Che andava sempre più veloce. Che correva dall'altra parte. Il primo bambino cominciò a piangere.

«Waaaaaaa.»

Svegliò il suo vicino.

Il suono viaggiò come la pallina di un flipper, svegliando tutti i bambini, uno dopo l'altro. ora piangevano tutti.

«WAAAAAAAA!»

«L'allarme», osservò Christopher.

«No. Questa è la campanella della cena.»

Le luci si accesero e Christopher li vide. Quei neonati con gli occhi luccicanti, che li guardavano. Sbavavano dalle bocche munite di dentini aguzzi. E presero a strisciare fuori dalle culle. O a rompere le pareti delle incubatrici, quasi fossero gusci di serpenti.

Non restava che scappare.

L'uomo inclinò la barella, sollevandola su due ruote, e corse verso l'uscita. I bambini scesero dalle culle e si mossero sul pavimento come piccoli ragni. L'uomo gentile varcò la porta e puntò verso l'estremità del corridoio. Christopher alzò lo sguardo e vide uno scivolo per biancheria nel muro, come una bocca aperta. Sentì la barella prendere velocità. Altri tre passi rimbombanti e poi l'uomo gentile montò sopra con lui, come l'ancora di un team di bob.

«Reggiti.»

La barella filò verso il muro. Christopher si preparò

all'impatto. Lo sportello dello scivolo si aprì e, in un lampo, la barella passò oltre, e scivolò come una barca sull'acqua. Girando e svoltando nell'oscurità. Christopher urlò. In parte per la paura. In parte per la felicità. Come sulle montagne russe più toste. Guardò davanti a sé e vide qualcuno che ballava.

Un riflesso. Delle stelle. Sull'acqua.

«Preparati», lo avvertì l'uomo gentile, contraendo i muscoli.

Christopher si aggrappò a lui come faceva con sua madre, dopo un film di Dracula. L'acqua era sempre più vicina. E poi…

SPLASH!

La barella colpì l'acqua come un sasso lanciato per saltare sulla superficie. Creò un solco nel letto del torrente, e rallentò fino a fermarsi. L'acqua gelida ebbe un effetto calmante sulla pelle febbricitante. Per un attimo, pensò che quell'acqua fosse sua madre che gli passava dei cubetti di ghiaccio sulla pelle. Alzò gli occhi. Vide le stelle cadenti nel cielo nero e le pietre del ponte.

Erano tornati nel bosco di Mission Street.

«Che cos'era quello?» chiese.

«Tunnel di fuga», gli spiegò l'uomo gentile. «Dobbiamo farti uscire di qui. Ti vedono di notte.»

L'uomo gentile è…

L'uomo gentile è… terrorizzato.

«Ciao, Christopher», disse la voce.

Era l'uomo nel tronco cavo. Era in piedi. Sveglio. Gli occhi neri come carbone. Il viso era ancora pieno di cicatrici, dalla volta che un cervo se ne era cibato sotto lo sguardo del ragazzino.

«Ho sentito tanto parlare di te», disse.

E poi si lanciò su di lui.

«Fammi uscire di qui!» strillò.

L'uomo gentile afferrò Christopher per un braccio e corse. L'altro cadde e rotolò dietro di loro. L'uomo gentile fece una svolta brusca, imboccando un sentiero stretto, e il loro inseguitore stava per investirli, quando finì addosso a dei rami e rimase bloccato come una mosca in una ragnatela. L'uomo gentile fece saltare Christopher attraverso un piccolo spazio tra gli alberi, mentre le grida dell'altro riecheggiavano nel bosco.

«FAMMI USCIRE DI QUI!»

«Sta dando l'allarme. Ne arriveranno altri. Andiamo!»

Raggiunsero la radura. Corsero alla casa sull'albero.

«Come hai fatto a trovarmi?» chiese il ragazzino.

«Tua madre. Era lì con te. Ho seguito la sua luce. Aveva promesso di tirarti fuori di qui. Ed è quello che sto facendo.»

Lo aiutò a raggiungere l'albero. Era caldo, come una tazza del caffè di mamma.

«Ma... e tu?»

«Io non conto. Tu sì.»

«Per me conti.»

Gli andò vicino e lo abbracciò; l'uomo gentile sussultò, a quel contatto. Lo fece pensare ai soldati che sentendo i fuochi d'artificio riescono solo a ricordare il fischio dei proiettili.

«Sei il mio papà?»

«No. Non sono il tuo papà, Christopher. Adesso devi andare. Coraggio, va'!»

Il ragazzino annuì e salì la scaletta. Giunse sull'ultimo gradino e mise una mano sul pomello della porta. Lo girò.

Ma era chiusa a chiave.

«Christopher, basta indugiare.»

«Non sto indugiando. È chiusa a chiave.»

«Cosa?»

«La porta... è chiusa a chiave.»

«Oh, Dio!» esclamò l'uomo gentile.

Salì anche lui. Mise la mano sul pomello e provò a girarlo con tutta la forza che aveva. Non si mosse. Sbiancò in volto.

«NO!» strillò.

«Che cosa sta succedendo? Perché non si apre?»

«Sei ancora in ospedale, nella parte reale. Non puoi tornare nel tuo corpo. Non puoi svegliarti.»

La paura prese Christopher alla gola.

«Come?»

L'uomo gentile prese a battere contro la porta, fino a farsi sanguinare le nocche. Prese a pugni le finestre. Il vetro non si piegò nemmeno.

«È una trappola. Lei aveva pianificato tutto. Ti ha chiuso dentro.»

Alla fine, le braccia non risposero più. L'uomo gentile smise di sferrare pugni e si accasciò, le mani sporche di sangue.

«Ma... questo che cosa significa?» chiese Christopher.

Il suo amico si voltò, incapace di nascondere la disperazione.

«Che stai morendo.»

70

Biiiiiiiip.

Kate Reese spostò gli occhi dal bambino alle macchine che lo tenevano in vita. D'un tratto, delle luci rosse presero a lampeggiare, furiose.

Biiiiiiiip.

Prima che avesse il tempo di pronunciare una sola parola, accorsero infermiere e dottore.

«Che cosa sta succedendo?!» volle sapere.

«La pressione sta calando», disse il medico all'infermiera, ignorando lei. «Dieci cc di...»

E partì una raffica di termini medici, troppo veloci perché Kate potesse capire. Una cosa, però, la comprese perfettamente: la «gentile» richiesta del dottore...

«Portatela fuori di qui!»

«NO!» strillò lei.

Arrivarono gli inservienti.

«Non è necessario», intervenne l'infermiera Tammy. «La signora se ne stava andando. La prego, signora Reese.»

Kate si lasciò persuadere a seguirla nel corridoio, perché di lì a pochi secondi l'avrebbero trascinata fuori urlante e scalciante. Costole fratturate o no. Si ritrovò fuori dalla stanza di suo figlio: si concentrò, come se la sola forza di volontà potesse bastare a farle attraversare i muri.

«Se la caverà, signora Reese», le disse l'infermiera, gentile. «Un calo di pressione, tutto qui. Lo stabilizzeranno.»

Dopo tre minuti che sembrarono ore, il dottore uscì e ripeté quanto le aveva detto Tammy. Senza la stessa compassione, però.

«Signora Reese, finché suo figlio è ricoverato, la legge ci obbliga a rianimarlo, ma purtroppo devo dirle...»

Stacca la spina.

«...che non mostra segni di attività cerebrale. Non si risveglierà», concluse.

«Posso vederlo adesso?» chiese lei, ignorandolo.

Gli occhi del medico si ridussero a due fessure rabbiose.

«No, signora. Le infermiere stanno rifacendo il letto. Può tornare fra mezz'ora.»

«Mezz'ora per rifare un letto? Mi sta prendendo in giro?»

«...o tra quarantacinque minuti. A lei la scelta», intervenne l'inserviente, grattandosi il braccio.

Vuole una scusa per chiamare la sicurezza. Vuole farti perdere le staffe, Kate.

Kate notò lo sguardo di quell'ometto maligno. Avrebbe tanto voluto prenderlo a pugni, ma così si sarebbe fatta portare via. E avrebbe ucciso suo figlio. Quindi, mandò giù il «vaffanculo» che aveva sulla punta della lingua e si costrinse a fare un cenno affermativo con la testa.

«Grazie, dottore», disse.

Ti farò uscire di qui, Christopher. Te lo prometto.

Inserì la sveglia sull'orologio, così che suonasse trenta minuti dopo. Non si sarebbe voluta allontanare neppure per un secondo, ma non avrebbe sprecato quella mezz'ora, questo era certo. Ignorò il dolore al fianco e ripercorse il lungo tragitto attraverso la terapia intensiva. Giunta in fondo al corridoio, aspettò che le aprissero. Guardò un'infermiera, che sussurrò qualcosa a un inserviente. La fissavano. E intanto si grattavano, e i pensieri nuotavano nei loro occhi. *Quella è la donna orribile che non vuole staccare la spina al figlio. Abbiamo bisogno di quel letto per altre persone.* Vide il signor Henderson, il marito della bibliotecaria, in una stanza. Seduto sul letto, si teneva la gola.

La porta si aprì con un ronzio.

Kate passò per la sala d'aspetto. Ovunque guardasse, vedeva gente disperata: gridavano che al bar stavano finendo il cibo, litigavano per decidere che canale guardare, continuavano a fare zapping tra la CNN, che parlava del Medioriente, e un cartone animato di Bad Cat.

«Mio figlio vuole guardare questo!» gridò un uomo.

Vide un tizio prendere a calci con cattiveria il distributore di snack.

«Questa cazzo di macchina si è presa il mio ultimo dollaro!» urlò.

Gli sferrò ancora tre calci, finendo per spaccare il marchio Coca-Cola, si mise a sedere e pianse come un bambino.

«Mia moglie sta male. Ho finito i dollari», disse.

D'istinto, Kate fece per mettere mano al portafoglio, per aiutarlo, poi si rese conto di avere indosso solo la camicia da notte dell'ospedale. Il suo lato posteriore era scoperto. Avvicinò i due lembi con una mano, e con l'altra premette il pulsante per chiamare l'ascensore. Degli operai edili la guardarono, dal corridoio di fronte. Li vide percorrere le sue gambe con lo sguardo, quasi stessero assaggiando dei cibi in un negozio di alimentari.

«Ehi, dolcezza. Come ti chiami?» chiese uno di loro.

Lei fece per prendere il cellulare, ma non l'aveva con sé. Niente tasche.

«Aspetta, non andare via, bellezza!» le gridò, correndo verso l'ascensore.

La porta finalmente si aprì, Kate entrò e premette il bottone. 1.1.1.1.1.1.1.1.

«Cazzo te la tiri, stronza!» le urlò quello mentre la porta si richiudeva.

Quando ricominciò a respirare, Kate cercò di concentrarsi. Doveva pur esserci un modo per portare via Christopher. Diede un'occhiata all'orologio. Ventotto minuti ancora. L'ascensore si aprì. Tornò nella sua stanza, nell'ala est. I corridoi erano gremiti di persone. Non c'era una sola panca libera. O una sedia. Non c'era posto nemmeno sul pavimento. Le persone si grattavano le braccia. Sembravano tutte malate. E arrabbiate. E con istinti omicidi. E disperate.

«Che cazzo vuol dire che non ci sono cuscini?!» gridò una voce.

Kate raggiunse la sua stanza. Si tolse in fretta la camicia da notte e si rimise i suoi vestiti, ora strappati e sporchi del sangue di Christopher. Trovò il cellulare nella tasca del giaccone. Le restava ancora un po' di carica. Là dentro non c'era campo, però. Tornò nel corridoio. Continuò a camminare, cercando un punto dove il telefono prendesse. Superò la camera della signora Keizer. L'anziana era ancora priva di conoscenza, sul letto, e suo nipote Brady le leggeva qualcosa, seduto su una sedia.

«Per sentirti meglio, cara», lesse.

Ancora niente tacche.

Kate superò una stanza vuota che stavano preparando per il paziente successivo, mentre i portantini afferravano un uomo di mezza età che si era aggrappato al letto con tutte le sue forze.

«La mia assicurazione non è scaduta! Ho dei diritti!»

Ancora niente tacche.

Attraversò l'ingresso del pronto soccorso.

«Siamo seduti qui da quaranta ore, figlio di puttana!»

«Anch'io, testa di cazzo! Adesso siediti e aspetta il tuo fottutissimo turno!»

Uscì nel parcheggio.

Una tacca, finalmente.

Chiamò lo sceriffo. Uno squillo. Due. Magari lui avrebbe potuto chiedere un favore. Sarebbe riuscito a far accompagnare Christopher altrove, in ambulanza. Lontano da Mill Grove. Lontano dalla signora che sibilava. Diede un'occhiata all'orologio. Ventiquattro minuti.

Il telefono continuava a squillare. Tre squilli. Quattro. Cinque.

Sarebbero potuti andare via. Scappare in un posto sicuro. Avrebbe venduto la casa. L'assegno se lo sarebbe fatto spedire. E avrebbe speso tutti i suoi risparmi, fino all'ultimo spicciolo, per le cure mediche di Christopher.

Il mio bambino non morirà oggi.

Altri squilli. Sei. Sette. Otto.

La chiamata passò alla segreteria telefonica.

«Bobby», disse, «non so come dirlo a una casella vocale, quindi dovrai fidarti di me.»

Udì la sirena lamentosa di un'ambulanza. Si coprì le orecchie e gridò, al microfono.

«Devo portare via Christopher. Puoi procurarmi qualcosa? Un'ambulanza. Un elicottero. Pagherò. Non m'importa.»

L'ambulanza entrò strillando nel parcheggio. I paramedici saltarono giù.

«Ma voglio che tu venga via con me. Voglio che tu sia al sicuro. Perché sta succedendo qualcosa di brutto, qui. E in questo momento per mio figlio tu sei l'unica...»

Stava per dire «speranza», quando vide i paramedici tirare giù una barella, su cui era disteso lo sceriffo. Aveva gli occhi chiusi. La camicia tagliata, il torace un disastro di bende insanguinate. Respirava grazie a una maschera.

Kate rimase senza parole.

Continuò a guardare, inebetita, mentre il dottore del pronto soccorso correva dal paziente. In mezzo a tutte le loro grida, capì che c'era stata una sparatoria alla stazione di polizia. La signora Henderson, la bibliotecaria, era evasa e gli aveva sparato al petto. Avrebbe già dovuto essere morto, ma in qualche modo stava tenendo duro.

Kate lo seguì, ma gli inservienti la fermarono. Non le era concesso entrare nel reparto di chirurgia d'emergenza. Rimase un minuto in silenzio, attonita, prima di realizzare che la chiamata era ancora in corso, e che era ancora collegata con la segreteria di Bobby. Riagganciò e si sedette, lì fuori. Al freddo, il dolore alle costole era paragonabile a un mal di denti.

Non sapeva che fare. Così, d'istinto, cominciò a chiamare degli amici. Chiunque potesse darle una mano. I genitori di SpecialEd. Le mamme di Mike e Matt. Niente. Non riuscì a connettersi con la segreteria telefonica di nessun numero. I messaggi tornavano indietro. Idem le e-mail.

Era completamente sola.

Kate abbassò gli occhi sul telefono che aveva in

mano. L'ora le evitò qualunque forma di autocommiserazione. Quindici minuti, e poi avrebbe potuto rivedere suo figlio. Lanciò occhiate a destra e a sinistra cercando di farsi venire in mente che cosa fare, dopo. C'era qualcun altro da chiamare? Qualcuno a cui non aveva pensato? Guardò all'interno del pronto soccorso. Vide due uomini che litigavano per una sedia. In TV, la giornalista bionda diceva che gli incidenti erano triplicati rispetto al mese di dicembre dell'anno prima, ed era solo il ventitré.

«E adesso passiamo a notizie più liete. Mancano solo due giorni a Natale. E qual è stato il regalo più richiesto dai bambini? Il pupazzo di Bad Cat», affermò con un sorriso.

«Esatto, Brittany. E quello degli adulti? Un'arma da fuoco.»

Qualcuno cambiò, tornò sulla CNN.

«E adesso passiamo alle notizie dal mondo, e ai disordini sempre più violenti in Medioriente...»

«Sono stufo marcio di questa merda», commentò una voce. «Chissenefrega del Medioriente.»

«La mia famiglia viene da là, coglione!»

«Allora tornatene nel posto da cui sei venuto, e dà una mano.»

«I profughi sono disperati, Anderson. Pare che sia imminente un nuovo spargimento di sangue.»

Kate chiuse gli occhi. Non si rese conto che aveva cominciato a pregare finché non ebbe finito.

«Ti prego, Dio. Aiutaci.»

D'un tratto, percepì qualcosa. Non tanto una sensazione, quanto piuttosto un odore. Odore di guantoni da baseball.

Ambrose.

Il nome le arrivò dal nulla.

Ambrose Olson.

Quando sei in guerra, chiedi a un soldato. Chi l'aveva

detto? Jerry. Proprio lui, fra tutte le persone. Mentre, ubriaco, guardava un filmato sgranato degli Alleati che salvavano il mondo dalla rovina.

Ambrose potrebbe aiutarci.

Kate chiamò la casa di riposo. Mentre aspettava di sentire gli squilli, i paramedici portarono dentro gli altri agenti, tutti con ferite gravi. Per un istante, un pensiero agghiacciante attraversò la sua mente.

Non ci sono più poliziotti. Non c'è più legge.

«Shady Pines?» le rispose la voce all'altro capo del telefono.

«Sheila… sono Kate. Ho bisogno di parlare con il signor Olson.»

«Non c'è.»

«Che intendi dire?»

«Che è in ospedale.»

«Che cosa?»

«Scusa, devo andare. I Nativi diventano irrequieti, con questa dannata influenza.»

Clic.

Le ci vollero cinque minuti di conversazione con l'infermiera in accettazione al pronto soccorso per scoprire che Ambrose Olson era stato portato in tutta fretta in ospedale da Shady Pines, dopo aver perso la vista. Essendo conosciuto allo staff, si era visto assegnare un letto con trentanove ore di anticipo rispetto alle previsioni di attesa. Era a tre porte esatte dalla stanza di suo figlio, in terapia intensiva. Poteva essere il destino, lo sapeva. O una mera coincidenza. O forse era l'uomo gentile che li stava aiutando. Qualunque cosa fosse, decide di non metterla in discussione. Aveva bisogno di tutti gli amici che poteva trovare.

Anche di quelli immaginari.

Trovò Ambrose. Con gli occhi bendati. Con il diario del fratello stretto al petto. Bussò.

«Signor Olson?» domandò.

«Signora Reese? Grazie a Dio. Ho chiesto di lei in giro.»

«Di me?» disse lei, sorpresa, anche se a pensarci bene non lo era affatto. «Come mai?»

«Ho bisogno che finisca di leggermi il diario di mio fratello», le disse in un sussurro.

«Perché parla a bassa voce?»

«Promette di non ridere?»

«Non riuscirei a trovare niente di divertente, in questo momento», lo rassicurò. «Mi metta alla prova.»

Quando Ambrose ebbe terminato di raccontare l'esperienza di David con la casa sull'albero e la signora che sibilava, Kate si rese conto quasi subito che stava succedendo di nuovo. Ma questa volta a suo figlio. Si sedette e prese il diario.

Ambrose non poteva vederla, mentre gli leggeva quelle pagine ad alta voce, come una madre con il suo bambino. Ma, dopo quello che gli aveva detto dell'incidente d'auto, e dello sceriffo ferito da un colpo di pistola, si immaginò quella bella donna di neanche cinquanta chili come l'ultima candela la cui luce tremula continuava a brillare nell'occhio di un ciclone.

Ti prego, Dio, proteggila.

La preghiera giunse dal nulla. E lo sorprese. Ma, una volta che fu sicuro che fosse proprio la sua voce, raddoppiò l'impegno. Perché da qualche parte, nel profondo della sua anima, era convinto che, se fosse successo qualcosa a Kate Reese, il mondo sarebbe finito.

71

Che anno del cazzo.

A questo pensava Jerry mentre era a letto, sveglio. Guardò fuori dalla finestra. Mancava poco all'alba. L'alba del ventitré dicembre. Non riusciva a ricordare l'ultima volta che si era alzato così presto. Non gli succedeva dall'ultimo sogno. Di recente faceva questi sogni perversi. Era sempre in casa sua o nel suo quartiere, o stava prendendo delle costolette da Bone Yard, e vedeva Kate Reese. Ogni volta era lievemente diversa, ma sempre bella. E aveva una chiave intorno al collo. E un sorrisetto malvagio. Si lasciava fare di tutto, da lui. Poteva essere violento. Arrabbiato. Osceno. Odioso. Non aveva importanza. A lei piaceva. Lo adorava. E lo amava. Ogni sera andava a dormire per incontrarla nei suoi sogni. E poi, ogni mattina, al risveglio, si girava e vedeva il lato del letto vuoto… quello dove prima dormiva la vera Kate. E quella fottuta voce gli risuonava nelle orecchie.

Lei ti manca, Jerry.

Ogni mattina, la mente gli pareva la sua auto parcheggiata nel cortile dopo una sbornia: così come il prato sembrava il vialetto, i sogni sembravano la vita vera. Ma non lo erano. Kate Reese se n'era andata, e non sarebbe più tornata. Aveva provato a lasciarla andare tante volte, ma poi sentiva una cazzo di canzone, o vedeva una dannata ragazza con un paio di jeans tagliati, e si ricordava che questa volta era riuscito a ingannare una brava donna, e a farla innamorare.

Finché non ti ha piantato nel cuore della notte, Jerry.

Si girò nel letto. Non era di turno, quindi pensò di andare da *8 Mile.* I bar erano chiusi, ma conosceva un club after-hour che magari l'avrebbe fatto entrare dall'ingresso posteriore. Si sarebbe fatto un drink, e magari avrebbe rimorchiato una tipa facile. Okay, era mattina, ma 'fanculo. Non c'era più nessuna stronza a dirgli che cosa poteva fare. Venerdì aveva preso la paga. Che cosa gliene importava?

Si infilò i jeans e si mise al volante della sua Chevy. Venti minuti dopo era da *8 Mile.* Parcheggiò fuori dalla bettola tristemente famosa ed entrò. Il jukebox suonava una canzone strafica, *Hotel California* degli Eagles. Il locale era pieno di fumo di sigaretta. Era talmente denso che gli sembrò di camminare dentro a una nuvola. Si sedette e ordinò un gin tonic. Lanciò un'occhiata alla ragazza seduta al bar e non riuscì a credere alla sua fortuna.

Era Sally.

La conosceva dai tempi delle superiori. Era sempre stata una brava ragazza cattolica, finché un giorno non lo era più stata. Decisamente. Come tante cattoliche, era passata da zero a cento in sei secondi, una volta che il primo aveva infilato la chiave nel blocchetto dell'accensione. Un anno dopo si era fatta beccare a fare sesso con due giocatori di football – che si erano dati allegramente il cambio – sul sedile posteriore della Ford di suo padre. Da lì era diventata «Mustang Sally»; in realtà l'auto era una Ford Focus, ma «Ford Focus Sally» non suonava allo stesso modo. Quale che fosse il modello, Sally non era esattamente una cima, ma le piaceva ancora divertirsi. E lui aveva bisogno di divertirsi. Aveva qualche dollaro in tasca. Era libero. Ancora piuttosto giovane. Poteva prendere Sally, salire sulla sua vecchia Chevy e guidare fino ai casinò del West Virginia, dove avrebbe cancellato Kate Reese dal suo cervello.

«West Virginia!» esclamò Sally. «Sei pazzo? Nevica di brutto, là fuori. Ci sono dei casinò anche a Detroit. Perché cazzo dovremmo andare fin là?»

Bella domanda.

Poteva chiamarlo istinto. O presentimento. O semplicemente gin and tonic. Ma qualcosa gli diceva che la sua fortuna sarebbe cambiata, là. Qualcosa gli diceva che quello poteva essere il suo giorno fortunato, se soltanto avesse dato retta alla voce nella sua testa.

Non puoi perdere, Jerry.

«Ci vieni o no?» chiese a Sally.

Sì.

Un'ora dopo, la Chevy stava scivolando lungo un'autostrada imbiancata di neve. Era la tempesta peggiore dopo quella del Ringraziamento. Riscaldamento globale un cazzo. Ovunque guardasse un'auto era in panne, oppure era rimasta coinvolta nell'ennesimo incidente. Ma per lui il viaggio procedeva senza intoppi. Sally continuava a girare la manopola della radio come una ladra alle prese con una cassaforte. Top 40. Hip Hop. Una stazione di pezzi vintage trasmetteva *Blue Moon*. Cominciò a pentirsi di essersela portata dietro. Non sapeva fare altro che cazzeggiare con l'autoradio e lagnarsi delle colleghe che complottavano contro di lei. Lavorava da JCPenney, cazzo. Le donne non hanno di meglio da fare che fingere che al mondo importi di loro?

«Sally, scegli una fottuta stazione.»

«Okay. Okay. Coglione.»

Alla fine optò per una stazione di pezzi rock classici che stava trasmettendo *Hotel California*. Due volte in un giorno.

Gli parve di buon auspicio.

Arrivati al casinò, superarono il parcheggiatore, diretti al parcheggio fai da te. Sally gli lanciò un'occhiataccia, per questo. Ehi, scuuuuuusaaaaa se voglio risparmiare qualche dollaro. Attraversarono lo spiazzo gelido e il cielo sopra di loro si aprì grazie a un vento furioso che faceva turbinare la neve attorno alle loro teste... Sembrava il tornado di Dorothy. Quante volte aveva visto *Il mago di Oz*, il venerdì, quando c'era la serata film del cazzo, con Kate e quello strambo di suo figlio?

Lei ti manca, Jerry.

Ma la cosa non è reciproca.

Quella voce. Quella voce rompicoglioni. Gli diceva, va'. Bevi tutta la notte. Gioca. Mettiti in macchina. Va' a pescare con i ragazzi. E a caccia con i tuoi cugini. Ma niente ti toglierà quel pensiero dalla testa.

Lei è il meglio che tu possa avere, Jerry. E se n'è andata.

Sapeva che Kate Reese era là fuori, da qualche parte. Probabilmente con un altro. A cui concedeva il suo corpo. Che la toccava ovunque. Quella sensazione gli diede la nausea. Gli provocò una rabbia violenta nello stomaco. Doveva entrare nel casinò. Bere sul serio. E far tacere quella voce.

«Sally, datti una mossa, cazzo», urlò.

«Provaci tu a camminare su questa merda con i tacchi», sbraitò lei.

Le porte si aprirono su una nube di fumo di sigaretta, sospesa sul rumore delle slot e dei video poker. Sally doveva fare pipì. Ovviamente. Erano solo le dieci del mattino, ma Jerry si sedette al bar e buttò giù un doppio Tanqueray, con un goccio d'acqua tonica. Il drink gli procurò lo stesso bruciore di un allenamento fatto bene, ma ancora non bastava. Gli serviva una distrazione, se voleva sbarazzarsi di quella voce. Si diede un'occhiata intorno e scoprì che qualcuno aveva lasciato un quotidiano sul bancone.

Un giornale di Pittsburgh.

Di un paio di mesi prima.

Cercò la pagina sportiva, ma naturalmente qualche farabutto se l'era già presa. Così, sfogliò il resto di quel quotidiano da due soldi. La crisi in Medioriente non accenna a placarsi. Cristo. Viene ancora considerata una notizia? Ditemi quando finisce. Allora comprerò un giornale. E i profughi? Ho una mia idea. Alzatevi e cominciate a camminare verso nord. È così difficile arrivarci, cazzo? Chi è che se ne sta seduto quando il mondo tutt'intorno va a rotoli? Dei fottuti idioti, ecco chi.

Arrivò alla pagina della cronaca e lesse un titolo: «Bambini trovano uno scheletro nel bosco». Stava per abbassare lo sguardo sulla foto, quando arrivò Sally con il cerone sul viso e la vescica vuota.

«Dio, c'è un odore infernale, qui dentro.»

Jerry gettò il giornale e si buttò nel blackjack. Di solito non era il suo gioco, ma qualcosa gli diceva di sedersi e cominciare con piccole puntate. Una voce, forse. Divise una coppia di regine e si rammentò di quando Kate Reese gli aveva detto che il volto della regina sulle carte da gioco era il ritratto di Elisabetta. Ottenne due assi e si intascò cento dollari. Ordinò un gin tonic. Kate diceva che l'avevano inventato i soldati inglesi, in una guerra. L'acqua tonica in qualche modo preveniva la malaria.

Lei ti manca, Jerry.

Si sta scopando un altro, Jerry.

Ordinò altri due drink, mentre Sally obiettava che non era nemmeno mezzogiorno, e lui si stava già ubriacando. Ma non gli importava. Perché quella voce rompipalle aveva una nota diversa, quel giorno. Aveva un qualcosa che non sapeva indicare con precisione. Qualcosa che lo faceva sentire invincibile.

Così, decise di tentare.

Guardò le carte sul tavolo. Il banco gli servì un fottuto tredici. Ma per qualche motivo sapeva che sarebbe andata bene. *'Fanculo. Ci sono quattro otto nel mazzo, giusto?* Giocò, ed ebbe il suo otto. Un altro ventuno. Altri cinquanta dollari. Lo fece di nuovo con un dodici. E poi vinse ancora con un diciotto. Attorno a lui cominciò a radunarsi una folla di persone. Sapeva qual era il pensiero di tutti. Chi è questo bastardo con il berretto dei Lions, e con la puttana sciatta che deve aver imparato a truccarsi a un college per clown?

Ve lo dico io chi sono, stronzi.

Sono il figlio di puttana che oggi non può perdere.

La voce gli disse di puntare solo dieci dollari, alla mano successiva. E naturalmente sballò. L'istinto gli suggerì di giocarsi cinquecento verdoni, adesso. Blackjack. Una ragazza dietro di lui applaudì, un'indiana molto bella – indiana pellerossa, non di Bombay – con in mano la copia dello stesso, vecchio quotidiano di Pittsburgh, sotto le unghie lunghe e laccate di rosso. Jerry si domandò perché avessero tutti quel vecchio giornale, quando una voce lo riportò al presente.

«Blackjack!»

E andò avanti così per ore. Il pit boss del casinò provò a cambiare l'uomo al banco per interrompere la serie fortunata. Chiusero il tavolo e lo fecero spostare. Usarono sei mazzi invece di uno, pensando che magari stesse contando le carte. Ma, qualunque cosa facessero, non funzionava.

Non puoi perdere, Jerry.

Alle cinque del pomeriggio, Jerry si alzò sulle gambe ubriache e andò alla roulette. Sally gli disse di non sfidare troppo la fortuna, ma lui aveva smesso di ascoltare qualunque cosa, al di fuori della voce nella sua testa. Il primo numero che giocò fu il nove. Quando la pallina si fermò su quella casella, persino Sally si tappò quella cazzo di bocca. I tizi del bar gli dissero che avevano già visto quella serie di vittorie. Ma lui no, mai vista, nemmeno dove si puntava poco. Adesso però sembrava imbattibile. La voce gli disse di puntare venti sul nero. Dieci sul rosso. Di aspettare un giro. La pallina finì sul verde. L'indiana sexy si mise a cavalcioni della sedia accanto alla sua. Posò il giornale sul pavimento e agganciò le scarpe col tacco alle gambe della sedia, preparandosi ad assistere a una partita seria.

«Ti dispiace se leggo il giornale?» fece Sally, annoiata come una liceale che guardava il suo ragazzo giocare con i videogame.

L'indiana sexy glielo passò. Lei gli diede una scorsa. Niente su Hollywood. Solo una storia pallosa sul ritrovamento di uno scheletro da parte di quattro ragazzini, in un bosco della Pennsylvania.

«Oh, che carino questo bambino», commentò, indicando la foto. «Guarda, Jerry.»

«Sally, vuoi stare zitta, cazzo?» fece lui, mentre puntava i suoi soldi sul trentatré.

«Trentatré!» gridò la squaw.

Non puoi perdere, Jerry.

Lui chiuse gli occhi, mentre la pallina correva per la ruota. Nella sua mente, vedeva il volto di Kate Reese. L'appartamento vuoto, la mattina dopo la sua fuga. Che cos'aveva fatto di così terribile, quella notte? Le aveva mollato due pugni sugli occhi, ma le aveva chiesto scusa, ed era sincero. Quindi, che si fottesse, se non gli aveva creduto. Che si fottesse quella troia.

Lei ti manca, Jerry.

Vuoi trovarla.

«Quattro!» gridò l'indiana.

A mezzanotte, il pit boss chiamò il direttore, che offrì a Jerry una stanza con un sorriso da politico e una stretta di mano da pezzo di merda. L'indiana sexy si alzò e si congratulò con lui per la serie più fortunata di sempre. Aveva perso tutto il tempo, ma per qualche motivo aveva continuato a giocare, seduta accanto a lui. Tutto il giorno. Con una fornitura di patatine apparentemente infinita. Forse era un'altra spia del casinò. Oppure una prostituta. Sapeva soltanto che era sexy da far paura. Si alzò dal tavolo, lasciando il giornale ai suoi piedi. Lui lo prese, e la chiamò.

«Signorina? Scusi, ha dimenticato questo.»

Lei tornò indietro, e gli rivolse un sorriso, guardandolo con occhi lascivi.

«Jerry, lo sai che numero ottieni sommando tutti i numeri sul tavolo della roulette?» gli chiese.

«No. Perché non me lo dici a colazione?»

Non riusciva a credere di aver avuto le palle di farlo. E invece. L'invito era lì, sospeso nell'aria, come la nube di fumo di sigaretta. Pensò che Sally gli avrebbe cavato gli occhi con le unghie finte. Ma «Mustang Sally» era stranamente silenziosa. La sexy indiana gli fece un sorriso talmente largo che Jerry pensò non le sarebbero bastati i denti.

Non puoi perdere, Jerry.

Andarono tutti e tre nella suite offerta dal direttore e stapparono una bottiglia di champagne, anche quella offerta. L'indiana sexy accese il televisore, perché sarebbe stata «un po' rumorosa», disse. Erano circa le tre, e la TV locale cominciò a dare le notizie relativa all'area dei tre Stati. Jerry sentiva la giornalista che parlava bla bla bla del terribile incidente che aveva coinvolto il ragazzino che aveva vinto la lotteria per la mamma, a settembre, e che a novembre aveva rinvenuto lo scheletro nel bosco, ma non si voltò mai a guardare le immagini. Era troppo occupato a fissare le ragazze che si leccavano lo champagne l'una dall'altra, mentre il vento batteva sul lato delle grandi vetrate con vista sul centro di Wheeling. Jerry mise quanto più sesso possibile in quella nottata, ma, ogni volta che rallentava il ritmo, anche solo per un istante, la voce tornava.

Lei ti manca, Jerry.

Devi trovarla, Jerry.

Si svegliò un'ora prima dell'alba. Doveva aver dormito al massimo trenta minuti, ma per qualche motivo era sveglissimo. Bevve l'ultimo goccio di champagne, caldo e sgasato, per liberarsi del mal di testa lancinante. Aveva già sofferto i postumi di una sbornia. A volte quando era ancora sbronzo. Ma quest'emicrania era diversa. Sembrava avercela con lui… come se si fosse scopato sua moglie. Sentì Sally sotto la doccia, ma la ragazza indiana era andata via da un pezzo. Si aspettava che lo avesse derubato di tutto, o che si fosse presa un migliaio di dollari per i «servizi resi», se davvero era una professionista, invece non aveva portato via nemmeno una fiche.

Però, gli aveva lasciato quel vecchio quotidiano.

Lei ti manca, Jerry.

Tu vuoi trovarla, Jerry.

Si sta scopando un altro, Jerry.

Quella troia sta ridendo di te, in questo momento, Jerry.

Dopo la serie fortunata più incredibile di sempre, la voce era tornata, cattiva come un serpente. L'unica cosa che potesse fare, per togliersi Kate dalla testa, era leggere quel vecchio giornale. Diede una scorsa al meteo, che prevedeva un inverno stranamente mite. Ottimo lavoro, Kreskin. Stava per passare alla cronaca, quando pensò di saltare allo sport. Fortuna per lui, il quotidiano dell'indiana era intatto.

Era a metà di un articolo sui Pittsburgh Steelers, a caccia di un altro SuperBowl (provate a essere fan dei Lions, idioti), quando Sally uscì dalla doccia, piangendo disperatamente. Jerry si rese conto che la sbornia era passata e con essa se n'era andata la parte «Mustang». E la parte di lei bi-curiosa, qualunque essa fosse, non poteva reggere il confronto con l'educazione cattolica che aveva ricevuto a Flint.

«Oggi è la vigilia di Natale. Devo andare a casa.»

«Okay, Sally. Andiamo.»

Lasciò lì il giornale, a faccia in giù.

Mentre passava in mezzo alla nuvola di fumo di sigarette, attraversando il casinò per l'ultima volta, si guardò intorno alla ricerca dell'indiana sexy. Si rese conto di non sapere nemmeno il suo nome. Forse era stata un miraggio, come in quella canzone… *Hotel California*. Canticchiò la sua versione. *Welcome to the Hotel West Virginia. Such a shitty place. Such a shitty face.*

Le porte del casinò si aprirono e li vomitarono fuori. L'aria fresca era dolce. Pura, asciutta e pulita, come la luce della luna che faceva capolino tra le nuvole.

Attraversò il parcheggio, lentamente. Il vento gli investì il viso. E portò con sé un odore… Probabilmente non si era ancora ripreso dall'alcol, ma per qualche motivo gli venne in mente quando, da bambino, era andato a caccia per la prima volta.

L'odore dei boschi si mescolava a quello della polvere da sparo bruciata e a quello della birra. Non riusciva a smettere di pensare al vecchio compagno di mamma, che gli aveva insegnato a sparare. Quello cattivo, che gli aveva insegnato anche a non avere paura delle mazze da baseball, dandogliele sulla testa.

Si lagnò, quando vide la Chevy. Qualche idiota aveva messo uno di quegli stupidi volantini sotto il tergicristallo. Quando fu un po' più vicino, si rese conto che non era un coupon di Jiffy Lube, o una pubblicità di Compriamo-Auto-Vecchie. Era una serie di quattro bigliettini. Ciascuno di essi era attaccato a qualcosa che penzolava da uno spago. Il vento lo sollevò e Jerry vide quattro pezzi di gomma sgonfi, che schiaffeggiarono la fiancata dell'auto. Quattro palloncini scoppiati.

Diede un'occhiata.

Signore o signora,

Lei ha trovato un palloncino della Scuola Elementare di Mill Grove, lanciato in occasione del Balloon Derby. La preghiamo di contattarci non appena le sarà possibile, così che i nostri studenti possano sapere dove sono arrivati i loro palloncini. Grazie.

Jerry girò i bigliettini e vide dei nomi che non gli dicevano nulla. Matt qualcosa. Mike qualcosa. Eddie chissenefrega. Stava per gettarli via, quando il vento gli trapassò il giaccone con una raffica gelida. L'odore della battuta di caccia lo avvolse di nuovo. E quella vocina dentro la sua testa gli disse di dare un'occhiata all'ultimo biglietto, prima di buttarli via tutti. Gli tremavano le mani, quando la girò e lesse il nome.

Christopher Reese.

È la tua giornata fortunata, Jerry.

72

L'UOMO gentile guidò Christopher sotto una folta macchia di alberi e lungo un vecchio sentiero che portava tutti i segni del tempo. Spostò qualche cespuglio morto, rivelandogli una nuova pista, proprio dietro. Il ragazzino guardò le nuvole sopra il bosco. La luce intrappolata come in una lanterna. La signora che sibilava si stava diffondendo ovunque. Qualcosa di terribile stava per accadere.

Significa che stai morendo.

Le parole del suo amico gli riecheggiavano nella mente, quando giunsero al frigorifero abbandonato. Grosso e bianco come una «ghiacciaia» dei vecchi film che amava tanto sua madre. Le cromature arrugginite gli rammentarono la vecchia Chevy di Jerry, nel vialetto.

Jerry sta venendo qui...

Jerry sta venendo qui... per uccidere la mamma.

Doveva andarsene dal mondo immaginario. Doveva uscire e salvarla.

«Eccoci», sussurrò l'uomo gentile.

Aprì lo sportello del frigorifero con uno sqqqueak. Il fondo non c'era: al suo posto c'era un grosso rettangolo di terra.

«Che cos'è?» chiese Christopher.

«Il mio ultimo nascondiglio.»

Si mise in ginocchio e rimosse la terra, rivelando una botola. La aprì: Christopher vide una scala molto lunga, che portava a un locale che gli ricordò un rifugio antiaereo.

«Questo, lei non l'ha ancora scoperto», sussurrò l'uomo gentile. «Volevo risparmiarlo per un'emergenza. Devi rimanere nascosto finché non fa giorno.»

Christopher entrò. Il suo amico lo seguì e chiuse lo sportello, precedendolo di sotto. Quando giunsero in fondo, l'uomo gentile ripiegò la scala, come si fa con quelle che portano in soffitta. Le molle gemettero, via via che i gradini si chiudevano, lasciandoli là sotto nascosti. Poi accese una lampada al kerosene. E aprì un frigo portatile. Dentro c'erano bottiglie di acqua, Coca-Cola, frutta, formaggio e dolciumi.

«Dove hai preso tutta questa roba?» gli domandò il ragazzino.

«Dalla gente a dieta. I loro incubi sono sempre pieni di cibo. A loro non importa se lo prendi. Fidati: gli fai un favore.»

Christopher si riempì le braccia, come un avido carrello della spesa.

«Lascia stare i dolci», lo mise in guardia l'amico. «Rimarremo qui solo finché non farà giorno. Questo sarà il tuo ultimo pasto, per un po'. Dobbiamo farti uscire da qui entro mezzanotte. Dovrai essere in forze.»

A malincuore, rinunciò a una barretta Snickers per del succo di mela, e si sedette sul pavimento. Diede un'occhiata al rifugio. Era semplice, spoglio. Un lettino. Un armadietto. Dei vestiti. Un orologio appeso alla parete. Che però non misurava ore e minuti.

Misurava il trascorrere degli anni.

Christopher guardò il numero: 2.020. 24.240 mesi. 737.804 giorni di quel terrore. Di quella tortura. Poi guardò le cicatrici del suo amico. Sui piedi, sulle mani. Osservò la postura curva mentre camminava, dopo che tante volte, nel corso di secoli, gli avevano spezzato le ossa.

«Quanti anni avevi, quando ti ha preso?» gli chiese.

L'uomo gentile lo guardò, sorpreso dalla domanda.

«Non fu lei a prendermi. Venni come volontario. Mangia, adesso.»

Aprì una bottiglia d'acqua e bevve. Poi riavvitò il tappo e mandò giù, e l'acqua inondò il suo corpo malandato come un fiume freddo.

«Che cosa succede a mezzanotte?» chiese Christopher.

L'uomo gentile non rispose. Si portò semplicemente un dito alle labbra, e mimò la parola «Shhhhhh». Indicò la terra sopra di loro. Christopher si fermò e ascoltò le voci delle persone che lo cercavano, nel bosco.

«Chrisssstopher! Chrisssstopher! Dove sei?!»

L'uomo gentile si alzò. Teso, pronto.

«Ho perso la traccia del suo odore. Riesci a sentirlo?» si chiedevano.

Christopher guardò l'amico appostato vicino alla scala, pronto a colpire se fossero scesi là sotto. Tutto, nella sua postura, gli comunicava sicurezza. Lo avrebbe difeso fino alla morte, se era quello che gli avrebbe portato la notte. Aveva visto sua madre comportarsi così. Non sapeva che anche gli uomini potessero provare certi sentimenti, nei confronti dei bambini.

Alla fine, le voci passarono oltre, e fu silenzio. Christopher stava per dire qualcosa, quando l'uomo gentile si portò il dito alle labbra.

Poi prese un pezzo di carta e, con una matita, scarabocchiò in fretta queste parole:

SONO ANCORA LÀ SOPRA. È UN TEST.

Christopher gliela tolse di mano e scrisse a sua volta, restituendogli il biglietto.

Che cosa succede a mezzanotte?

Studiò il viso dell'uomo, serio e tormentato. L'uomo gentile fece no con la testa, in silenzio, e poi scrisse.

SPAVENTATO NON MI SERVI. HO BISOGNO CHE TU SIA FORTE.

Continuò, ma Christopher sentiva soltanto i suoi pensieri che giocavano a nascondino tra le parole.

L'uomo gentile ha…

L'uomo gentile ha… paura di dirmi la verità.

L'uomo gentile sa… che mi spaventerà a morte.

La temperatura nel rifugio scese di un paio di gradi. Christopher strappò il foglio dalle mani dell'amico e scrisse:

Se non me lo dici, te lo leggo nella mente.

L'altro sospirò, poi riprese il biglietto. Tracciò qualcosa a caratteri grandi, gli occhi fissi in quelli del ragazzino. Finì, e quest'ultimo lesse il messaggio a testa in giù.

DAMMI LA MANO.

Christopher scrutò i suoi occhi. Non tradivano nulla. Gli si rivoltò lo stomaco. D'un tratto non aveva più fame. Non aveva voglia nemmeno di dolci. Così, prese la matita e continuarono a passarsi bigliettini come due compagni di scuola.

E questo a che cosa serve?

SE VUOI LEGGERE NELLA MIA MENTE, TE LA APRO.

Christopher abbassò lo sguardo, mentre l'uomo gentile apriva le mani, quasi fossero libri. Studiò la pelle di quei palmi. Piena di tagli e cicatrici. Lavata innumerevoli volte. E sentì un peso sul petto. Le risposte a tutti gli enigmi. Quattro modi per entrare. Tre per uscire. Era tutto inciso lì, come su un palmare. Christopher scrisse ancora.

Che cosa succede a mezzanotte?

L'amico fece un respiro profondo e rispose con un'unica parola.

TUTTO.

Il ragazzino gli afferrò la mano.

73

ciao. christopher. respira. dobbiamo sbrigarci a fare questa cosa o il tuo cervello si cuocerà. queste sono le cose che ho visto nel corso dei millenni. non dovresti apprenderle così in fretta. mi dispiace, ma non si può evitare. respira. o morirai. respira!

Le parole dell'uomo gentile risalirono lungo il suo braccio come un prurito, e si diffusero in tutto il suo corpo come crepe in un parabrezza. Ebbe la sensazione che gli avessero tolto il fiato dai polmoni. Ma non era solo quello. C'era tutto il resto. I polmoni gli si congelarono per la paura. O forse era quella conoscenza? Lentamente, riprese fiato. Alzò gli occhi verso il viso dell'uomo gentile, rassicurante e amichevole.

ecco, christopher. adesso stai vedendo. solo, continua a respirare. non importa quello che vedi. non smettere.

Il ragazzino batté le palpebre e si guardò intorno. In qualche modo, si trovava in due posti contemporaneamente. L'occhio sinistro era ancora nel bunker con l'uomo gentile. L'occhio destro vedeva quello che quest'ultimo andava descrivendo. E non in parole. No, in immagini. Filmini, e ricordi incollati insieme come burro d'arachidi e gelatina. Aveva la sensazione che stesse succedendo tutto davanti a lui. Quello era il mondo come l'aveva visto l'uomo gentile. Ed era terrificante.

respira. christopher. è tutto okay. non può farti del male. respira.

Vide la signora che sibilava torturare persone nella parte immaginaria. Il sangue in strada. Il sangue del mondo.

era così, christopher. appena prima che succedesse l'ultima volta. lo vedi che cosa sta facendo. la rovina e la follia. guarda la strada, lo vedi il sangue… era così, e sarebbe stato così per tutti, finché non accadde una sorta di miracolo.

Nacque lui.

Christopher vide un bambino in una culla. Era David Olson. Non come sua madre o suo padre, o persino Ambrose, l'avevano conosciuto. Bensì, come lo vedeva l'uomo gentile. E come lo amava.

qui regnava il buio da decenni. lei stava trovando minuscole fessure nel vetro tra il lato reale e quello immaginario. trovava dei modi per insinuarsi strisciando in città tramite i suoi sussurri. e i sogni della gente. pensavo fosse finita, ormai, ma poi vidi qualcosa. una luce. era david. lo capii il giorno in cui venne al mondo. c'era qualcosa di diverso in lui. parlava quando la maggior parte dei bambini ancora strisciavano. faceva disegni quando i suoi coetanei reggevano a malapena un pastello. aveva difficoltà a leggere perché le lettere non stavano ferme davanti alla sua mente tanto attiva. si credeva stupido finché non realizzò di essere forse più intelligente di tutti gli altri. lo vidi crescere. guardai i suoi compagni che facevano i prepotenti con lui perché era speciale. non avevo mai visto un bambino più solo. ma era potente. e LEI lo sapeva. LEI lo voleva. io provai a tenerlo al sicuro finché potei, ma non ero alla sua altezza. lei lo attirò nel bosco, proprio come ha fatto con te.

L'uomo gentile udì un rumore sopra le loro teste, e si fermò. Per un attimo, il circuito fu interrotto e Christopher vide soltanto il bunker in cui si trovavano. L'amico alzò gli occhi e aspettò di sentire un altro passo. Ma era soltanto il vento, allora, afferrò di nuovo le mani di Christopher e gli diede accesso alla sua mente.

all'inizio provai ad aiutarlo. gli mostrai come la signora che sibila potesse assumere forme diverse. gli insegnai a rimanere sulla strada. gli dissi che poteva usare la casa sull'albero per spiarla, durante il giorno, come l'ho detto a te. ma lei era più intelligente. sapeva che cosa stavo facendo. aspettava solo il momento giusto per colpire.

La percezione di Christopher si divise in due. In un occhio, vide scendere l'oscurità davanti agli occhi dell'uomo gentile.

Nell'altro, vide la causa.

ero là quell'ultima notte. lei mi aveva catturato, però ero riuscito a fuggire. ma non in tempo. provai a salvarlo. david credeva di essere sveglio, ma stava camminando da sonnambulo lungo un sentiero che lei aveva sgombrato per lui. vidi la signora che sibila andare dai vicini degli olson. in famiglia c'era un nonno molto anziano. gli anziani sono le sue prede. quell'uomo non sapeva dove fosse, quindi certamente non aveva idea del perché si stesse infilando dei guanti per poi salire in soffitta e tirar giù una vecchia carrozzina. non sapeva per quale motivo registrò il pianto della nipotina su un vecchio registratore. o perché portò tutto sotto la veranda dei vicini e premette play, così che ambrose e la sua ragazza sentissero. la signora che sibila gli aveva promesso che avrebbe recuperato la memoria. il mattino dopo era morto.

Christopher vide l'anziano morto, in una bara. La famiglia che lo piangeva, prima di chiuderla. Cominciò a sentire le loro lacrime. Dovette ricacciarle nella mente, per rimanere con l'uomo gentile.

«Che cosa successe a David?» gli chiese attraverso le dita.

all'inizio non comprese. era già fuggito dal mondo immaginario attraverso la casa sull'albero. giorno e notte. ma questa volta la porta era chiusa. non capì che stava morendo. non riusciva a uscire. così provò a ricostruire la porta dalla parte immaginaria. ma non funziona così. seguì ambrose, lo supplicò di andare alla casa dalla parte reale. «aprimi, ambrose!» urlava. ma la signora che sibila sussurrava all'orecchio di suo fratello, portandolo nella direzione sbagliata. fu un gioco da ragazzi per lei.

Christopher sentì tutto, come se si stesse svolgendo davanti ai suoi occhi. L'angoscia di David. Il dolore di Ambrose. Per un attimo si immaginò nella stessa situazione. Mentre seguiva sua madre. Supplicandola di aprirle la porta della casa dalla parte reale. Guardandola piangere notte dopo notte, senza poterla toccare. Quasi sentì la sua sofferenza. Ed era insopportabile.

provai a dargli delle cose, per rendergli tutto più facile. cibo, acqua. gli mostrai il torrente dove fare il bagno. gli parlai dei posti sicuri in cui cercare riparo la notte. posti come questo. se una persona è a dieta, nei loro incubi ci sono fette di torta. ma per un bambino una fetta di torta è a cinque minuti da questo posto orrendo. così gli mostrai come divertirsi un po'. come sopravvivere. soprattutto la notte. ma alla fine lei mi scovò. mi torturò per anni per averlo aiutato. ma non fu nulla in confronto a ciò che fece a david.

«Che cosa gli fece?»

lo spezzò come si fa con un cavallo. E ne fece il suo cucciolo.

Christopher vide le lacrime sgorgare dagli occhi dell'uomo gentile. Sentì quel tormento di decenni. Il senso di colpa e la sofferenza lo invasero in un istante. Il suo cervello non era sicuro di poter reggere ancora. Finché, all'improvviso, le nuvole non si separarono, e l'oscurità scoprì alcune fessure attraverso cui far passare la luce. Le mani dell'uomo gentile divennero calde.

pensavo fosse giunta la fine, ma poi sei arrivato tu.

Nel suo occhio sinistro, Christopher vide il volto dell'uomo illuminato da un lieve barlume di speranza. Nel destro, vide il momento in cui sua madre era arrivata in città al volante del loro vecchio squalo di terra. In testa aveva la vecchia bandana. Lui era seduto davanti, al posto del passeggero. Ma brillava come fuochi d'artificio.

Sembrava una magia.

quando sei arrivato tu, è stato come se qualcuno avesse premuto l'interruttore della luce. era passato tanto tempo da david, quindi i miei occhi hanno impiegato un po' a adattarsi a te. ma poi ho battuto le palpebre, e tu eri lì. luminoso come il sole. la tua luce eliminava le ombre della signora che sibila. eri talmente potente, che lei ha avuto paura di te.

«Paura di me? Sono solo un bambino. Non sono potente, né forte.»

non sei potente perché sei forte, christopher. sei potente perché sei buono.

Christopher vide la sua luce diffondersi nel mondo immaginario. Vide l'uomo gentile che strizzava gli occhi. E poi sorrideva. Aveva gli occhi azzurri come il cielo.

io amo tutte le persone, christopher, ma non mi faccio illusioni su di loro. da qui si vedono i loro veri pensieri. i loro desideri segreti. i loro sogni. sono capaci di volere bene. ma sanno anche essere egoiste. crudeli. alcune sono pericolose, così come altre sono buone. ma nessuna è più buona di te. lei non può toccare la tua bontà. il bene la terrorizza. non lo può controllare. né prevedere. quindi, lo VOLEVA per sé. ha messo persone-cassette ovunque, per impedirci di aiutarti. potevo parlarti solo tramite messaggi nascosti. ma david… lei non si fidava che rimanesse in silenzio… quindi è stato lui ad avere il trattamento peggiore.

«Che cosa gli ha fatto?»

gli ha tagliato la lingua.

Christopher pensò alla lingua biforcuta. Pensò a tutti i messaggi che David aveva dovuto nascondere. E rabbrividì.

E, se non ti facciamo uscire di qui, succederà lo stesso anche a te.

Sentì arrivare le lacrime. Non sapeva più dire a chi appartenessero. Se a David. A se stesso. All'uomo gentile. A tutti e tre.

christopher, non abbiamo molto tempo, quindi ascoltami molto attentamente. ci sono quattro modi per entrare nel mondo immaginario. due li conosci già. la casa sull'albero, che puoi controllare, e gli incubi, su cui è lei ad avere il controllo. ce ne sono altri due, che non sono controllati da nessuno, a cui pertanto lei ricorre quale ultima risorsa. il coma e la morte.

Christopher vide tutte le parole dell'amico in fila davanti ai suoi occhi. Si vide mentre entrava nella casa sull'albero. Mentre aveva quell'incubo, a scuola. Mentre si rifiutava di prendere la pillola e faceva quell'incidente in macchina, in autostrada, in seguito al quale finiva in coma, come un uccellino dopo che è andato a sbattere contro il vetro di una finestra. Quando sentì la sua morte, per poco non lasciò andare la mano dell'uomo gentile. L'aria usciva dai suoi polmoni, e non tornava più. Come un cadavere strisciava nella terra. Per uscire. Per arrivare alla luce.

esistono tre vie di uscita. la prima è sempre la casa sull'albero, che lei ha chiuso a chiave. la seconda è il risveglio, che è molto più facile quando si tratta di un incubo, piuttosto che del coma. e poi c'è la terza.

Fece una pausa, mentre radunava i pensieri. Christopher lo sentì soppesare accuratamente ogni singola parola, per assicurarsi di non spaventarlo più del necessario.

«Qual è la terza via d'uscita?» gli chiese alla fine, in un sussurro.

dobbiamo uccidere la signora che sibila.

Christopher chiuse gli occhi, terrorizzato. D'un tratto, il bunker nell'occhio sinistro, e le parole nel destro, furono sostituiti da un'unica visione. La signora che sibilava. In piedi di fronte a lui. Che sorrideva mostrando la dentatura canina. Era la persona più spaventosa che avesse mai visto.

è l'unico modo per impossessarci della chiave che tiene sepolta nella carne attorno al collo. quella ti farà tornare dall'altra parte. ma dobbiamo farlo prima della mezzanotte.

Christopher aprì gli occhi e vide la domanda che aveva dato inizio a tutto quanto. Scritta frettolosamente sul taccuino, lì nel bunker. Non ebbe più nemmeno bisogno di ripeterla. Gli bastò pensare.

Che cosa succede a mezzanotte?

a mezzanotte il vetro tra il mondo immaginario e quello reale andrà in frantumi. tu morirai. la città impazzirà per la paura. e daranno la colpa a tua madre. daranno il tormento a lei, ad ambrose, allo sceriffo e ai tuoi amici. hai già visto accadere tante di queste cose. la città è come una rana immersa nell'acqua fredda. ma poi questa comincia a scaldarsi sul fuoco. e il calore è la signora. travestita da influenza. l'ho vista piantare semi di follia nelle orecchie delle persone. ho visto quei semi germogliare. e a mezzanotte il giardino sarà in fiore. le rane bolliranno. e il mondo reale annegherà nella sua ombra, come durante un'alluvione. che cosa succede a mezzanotte, christopher?

TUTTO.

L'uomo gentile gli lasciò andare la mano. Christopher batté le palpebre, aveva male agli occhi. Aveva visto accadere tutto quanto. La morte che si diffondeva in città. Le persone folli di paura, di rabbia, di odio. Che torturavano sua madre, Ambrose, lo sceriffo e i suoi amici. Senza sapere che la causa di tutto era lei. Non sapendo di essere soltanto pedine sul tabellone da gioco della signora che sibilava. L'uomo gentile ascoltò il bosco sopra di loro e, una volta certo che le persone immaginarie e i cervi fossero andati via, prese finalmente a parlare.

«Ricorda», disse con voce rassicurante. «Tutto questo non è ancora successo. Possiamo ancora fermarlo. So che sei spaventato. Lo sono anch'io. Più lei acquista forza, più io mi indebolisco. Un tempo riuscivo a mettermi in contatto con la gente dalla parte reale. Adesso urlo fino ad avere la gola in fiamme e l'unico che riesca a sentirmi sei tu. Ma amo troppo le persone per rinunciare alla speranza che possano essere salvate. Solo che non sono più in grado di farlo da solo. Ma possiamo unirci. Qualcuno morirà, questa notte. O la signora che sibila, o il mondo come lo conosciamo. So come lei immagina la fine. Ma ignora che abbiamo un'arma segreta.»

«E sarebbe?»

«Tu. La casa sull'albero ti ha trasformato in una creatura straordinaria. Non avevo mai visto nessuno della parte reale con la tua potenza. Nemmeno David. Quindi, se possiamo usare questo potere per salvarti da questo posto orribile, tu salverai tua madre e il resto della città. Allora, mi aiuterai?»

«Sì.»

L'uomo gentile sorrise. E gli accarezzò una spalla.

«Grazie, figliolo.»

Il ragazzino sorrise a sua volta a quell'amico dai denti rotti e il corpo massacrato.

«La casa sull'albero... in che cosa mi sta trasformando?»

L'altro rimase un momento in silenzio. Aveva un'espressione seria, solenne.

«Se te lo dico, devi promettermi di essere umile. Perché David non lo fu, finché non fu troppo tardi.»

«Lo prometto. Però adesso dimmelo: in che cosa mi sta trasformando?»

L'uomo gentile gli porse la mano ancora una volta. Christopher l'afferrò. E vide la risposta.

74

Mi sta trasformando In diO.

Kate Reese si fermò e guardò la calligrafia infantile sul foglio. Non riusciva a credere a quello che aveva appena letto. Tornò rapidamente alla pagina precedente, per essere sicura di aver compreso bene, prima di riferirlo ad Ambrose. Erano nella stanza di Christopher. Dopo che le infermiere avevano rifatto il letto di suo figlio. A leggere gli scarabocchi terrorizzati di David.

21 giugno

Non so più dove mi trovo. Non so cos'è reale e cos'è immaginario, ma non possiamo più aspettare. La signora che sibila è ovunque, travestita da influenza. Dobbiamo portare a termine l'addestramento prima che lei si impossessi della casa sull'albero. Ho chiesto al soldato perché brami di impadronirsene e lui mi ha spiegato che cosa mi sta facendo. Mi sta dando un potere che lei vuole per sé. Semplice. Èb riuscito a spiegare tutto quello che ho passato. Volevo dirlo ad Ambrose, ma non potevo permettere che mi desse ancora del matto. Così ho aspettato che si addormentasse e mi sono infilato nel letto con lui. E poi gli ho sussurrato queste parole all'orecchio, molto piano, nel caso lei stesse ascoltando.

«Ambrose, devo dirti una cosa.»

«Cosa?» mi ha chiesto nel sonno.

«Devo dirti che cosa fa la casa sull'albero.»

«Okay. Dimmelo», ha detto continuando a dormire. «Cosa fa?»

«Mi sta trasformando in Dio, Ambrose. La casa sull'albero ti trasforma in Dio.»

«Gesù Cristo», commentò Ambrose.

Kate si interruppe e lo guardò. Non poteva vedergli gli occhi, ma il resto del suo viso era pietrificato dal dolore. Si voltò verso il suo bambino, che era privo di conoscenza, accanto a lei.

Pensò a tutte le cose che sapeva. Che sentiva. Alle risposte perfette nei compiti. Al suo genio spontaneo. Al suo tocco capace di guarire.

«Continui a leggere, signora Reese.»

Kate girò la pagina e riprese, in un sussurro.

«Okay, stai diventando Dio. Rimettiti a dormire», ha detto mio fratello, e poi si è riaddormentato. Io ho continuato, gli ho spiegato che non stavo diventando Dio fino in fondo. Non posso creare o distruggere mondi, niente del genere. Ma so tutto e posso guarire le persone. Il soldato mi ha avvertito: se vado oltre, la mia testa finirà per esplodere. Ecco la spiegazione delle emicranie. È Dio che preme sul mio cranio come un pulcino contro il guscio dell'uovo. Mi ha fatto sentire bene dirgli tutto ad alta voce.

Gli ho dato un bacio sulla guancia e gli ho detto che gli voglio bene. So che dormiva e che non ha sentito. Ma è stato bellissimo fingere che stesse ascoltando senza prendermi per matto. Desidero credere che mi voglia tanto bene, perché so che fra tre giorni andrò nel bosco a uccidere la signora che sibila. Se non la fermo, manderà in frantumi il vetro tra i due mondi. Dipende tutto da me.

dOPo tuTTo, io SONO dio.

Kate sentì un brivido correrle lungo la schiena. Aveva l'impressione che qualcuno li stesse osservando. Normalmente non vi avrebbe badato, ma, dopo aver letto quelle pagine del diario di David ad alta voce, probabilmente non avrebbe più ignorato certe sensazioni. Pensava che la signora che sibilava fosse proprio lì. Che incombesse sul suo bambino privo di conoscenza come un gatto su un gomitolo.

«Si sente bene?» le chiese Ambrose.

«Sì. Mi serve solo un minuto.»

Kate abbassò lo sguardo sui fogli su cui aveva scritto i suoi appunti. Se gli inservienti li avessero visti, avrebbero richiesto un ricovero immediato di quarantotto ore per una «valutazione» psichiatrica. Parole scribacchiate velocemente. Un mondo immaginario popolato di signore sibilanti e di persone-cassetta con la bocca cucita e gli occhi chiusi da zip. Un mondo in cui adesso Christopher era intrappolato.

<u>22 giugno</u>

primA di uccidere la signora che sibila, dovevaMo fare un Bel po' di Ricognizione...

Kate impiegò un momento a comprendere gli scarabocchi illeggibili di David. Non aveva mai visto una calligrafia così inquietante. Nemmeno il suo defunto marito aveva scritto in quel modo. Non era la calligrafia di un ragazzino con problemi mentali. Ma di un ragazzino terrorizzato. Andò avanti a decifrare il messaggio, e poi sussurrò il contenuto ad Ambrose.

<u>22 giugno</u>

Prima di uccidere la signora che sibila dobbiamo andare in ricognizione, come fanno in quei film di guerra che piacciono tanto ad Ambrose. Il soldato teme che stia spingendo troppo con l'addestramento. Ha paura che il mio cervello non regga. Quindi non voleva che prendessi parte a questa missione, ma io l'ho fatto comunque. L'ho seguita, di giorno. L'ho vista insinuarsi negli individui che poi prendevano l'influenza e cambiavano. L'ho osservata mentre sussurrava nelle orecchie alle persone, costringendole ad avere paura della loro ombra. L'ombra è la gente senza luce, semplicemente. Questo posto comincia a fare paura. Anche di giorno.

La città sta per impazzire.

23 giugno

Ho chiesto al soldato che cosa mi accadrebbe se dovessimo fallire. All'inizio si è rifiutato di dirmelo perché non voleva spaventarmi. Ma adesso sono più potente di lui e gli ho dato il tormento finché non me l'ha detto. Diventerò il nuovo cucciolo della signora che sibila. Questa sera ci sarà l'ultima missione ricognitiva. Lui dice che non è sicuro, perché non sarò invisibile. Ma ho insistito, perché Ambrose è in pericolo, e io sono Dio, quindi non sarei mancato. Abbiamo scoperto il suo nascondiglio. Non riesco a crederci. Così vicino, per tutto questo tempo.

24 giugno

Il soldato è stato catturato dalla signora che sibila. Ho commesso un terribile errore. Pensavo di essere invincibile. E adesso sono solo. Che stupido. Sono passato nel mondo immaginario di notte, e lei mi ha usato per tendergli una trappola. Il soldato è venuto di corsa a salvarmi, ma le persone-cassetta gli sono saltate addosso, graffiandolo con le zip che hanno al posto degli occhi. Ho provato a salvarlo in tutti i modi che mi sono venuti in mente. Ma ogni volta che riuscivo a calmarmi e ad arrivare vicino a una risposta, sentivo che qualcuno aveva investito un cervo. O che aveva picchiato i figli. O aveva tentato il suicidio. Non sarei mai dovuto venire qui, di notte. Perché non l'ho ascoltato? Avrei dovuto essere umile.

Mi vergogno così tanto.

Lo sta torturando, in questo momento.

Lo sento strillare persino dalla parte reale.
Devo entrare e provare a salvarlo.
La colpa è solo mia.
Dio, ti prego, aiutami.
Ti prego, aiutami a sconfiggerla
e a salvare il mio fratello maggiore perché…

Kate girò la pagina e guardò il figlio privo di conoscenza sul letto. Le macchine respiravano per lui. Mangiavano per lui. Vivevano per lui. Il bip bip bip costante era l'unico segno di speranza. Riportò lo sguardo sul diario di David. I disegni folli. Gli scarabocchi terrorizzati. Ogni parola la convinceva sempre più che la sopravvivenza del suo Christopher, e del mondo intero, fossero ineluttabilmente legate. Che la follia di allora fosse la stessa di adesso. Pensò ai semi piantati dalla signora che sibilava. Alle parole sussurrate. Alle promesse fatte. E a quello che sarebbe successo a tutti loro se i fiori d'un tratto fossero sbocciati.

...il mondo IMmaginario
è QUasI qui.

75

SPECIALED aprì gli occhi poco prima dell'alba. Guardò in basso e si accorse di aver bagnato il letto. Gli era capitato spesso, ultimamente. Poi spostò lo sguardo sugli alberi, fuori, e per qualche ragione che gli sfuggiva si rese conto che c'era un solo posto in cui voleva andare quel giorno.

Da Chuck E. Cheese's.

Non aveva alcun senso. Era solo un ragazzino, ma persino lui sapeva che, per quanto fosse il paradiso dei videogame e dei robot animali, la pizza era appena un gradino al di sopra di quella della mensa. Ed era la vigilia di Natale. Andavano sempre dalla nonna la vigilia, anche se lei ormai non c'era più. Ogni anno. Ma non riusciva a toglierselo dalla testa. Doveva andare da Chuck E. Cheese's.

Da' retta alla nonna.

Andò nella stanza di suo padre e cercò di svegliarlo, ma lui si limitò a brontolare: «Non è nemmeno l'alba, Cristo santo. Tornatene a dormire». E SpecialEd uscì, ma non prima di avergli rubato il cellulare che stava sul comodino, come gli aveva detto di fare la nonna. Quindi, andò nella camera padronale. Sua madre era a letto, dormiva. A lui diceva che avevano stanze separate perché suo padre russava. SpecialEd sapeva che il vero motivo era che lei beveva troppo, e per questo i suoi avevano litigato, e lei aveva affermato di poter smettere in qualunque momento, e lui le aveva detto: «Dimostralo». E lei: «Fottiti». E lo aveva spedito a dormire nella stanza degli ospiti. Allora lui le aveva risposto: «Sei tu l'alcolizzata, vacci tu». Mamma si era messa a piangere e l'aveva spuntata, e così alla fine c'era andato papà, dopo che lei aveva continuato a bere da una fiaschetta che teneva in borsa, simile a una boccetta di profumo, per mettere a tacere la tristezza che si portava dentro.

Da' retta alla nonna.

«Mamma, puoi portarmi da Chuck E. Cheese's?» sussurrò.

Lei si abbassò la maschera da notte che la aiutava a mantenersi giovane.

«Tesoro, è la vigilia. Andiamo a casa della nonna.»

«Lo so. Solo che voglio tanto andare da Chuck E. Cheese's.»

«Cosa? Amore, scusami tanto, ma mi sembra una follia, cazzo. Rimettiti a dormire.»

«Potremmo fermarci a pranzare lì.»

«Chiedilo a tuo padre.»

«Già fatto. Ha detto okay.»

«Perfetto. Allora, va bene.»

Ma non andava bene per niente. Appena suo padre si svegliò, scoprì che aveva detto una bugia e gli comunicò che era in punizione. Soprattutto dopo che aveva fatto a cazzotti con Brady Collins allo spettacolo di Natale. Quando era troppo, era troppo. Il canale HBO che gli aveva fatto mettere in camera per festeggiare gli ottimi voti sarebbe rimasto spento. Per un mese.

«Ma papà! Tu non capisci! Io ci devo andare!» protestò.

«Smettila di comportarti da matto e vestiti. Si va a casa della nonna.»

Erano già in ritardo, perché suo padre non trovava il cellulare. Chiese alla moglie di chiamarlo, così da sentire la suoneria, ma nemmeno lei riusciva a trovare il suo. Non potevano sapere che li aveva presi tutti e due Eddie, per seppellirli nella neve, fuori. Gliel'aveva detto la nonna morta: doveva farlo se voleva andare da Chuck E. Cheese's.

Da' retta alla nonna.

Salirono sul SUV Ford, con l'adesivo COMPRA AMERICANO, e partirono. Il tempo era stato tremendo, durante la notte, e la strada che normalmente percorrevano era bloccata da alberi caduti e da una serie di incidenti. Uno sembrava particolarmente brutto. Una station wagon si era schiantata contro un'auto che somigliava vagamente a quella di Kate Reese. Betty pensò di chiamarla, per controllare che stesse bene. E fece per tirar fuori il cellulare.

Si era scordata di averlo perso.

Senza l'applicazione Mappe, dovettero affidarsi al vecchio GPS per trovare un percorso alternativo. Il padre di

SpecialEd digitò l'indirizzo, e la voce del navigatore disse loro di imboccare la Route 19. Il ragazzino sapeva che in realtà la signora che parlava era la nonna, che lo stava aiutando, e così si rilassò un pochino, sul sedile posteriore.

Guardò suo padre prendere la solita scorciatoia attorno a Bridgeville, per arrivare alla 19, ma questa volta un cervo attraversò la strada davanti a loro. Lui svoltò bruscamente per evitarlo, e non riuscì a schivare una buca profonda: i due pneumatici destri scoppiarono. Fortuna loro, si trovavano a breve distanza da una stazione di servizio. Il gestore li informò che la maggior parte dei suoi dipendenti erano a casa con l'influenza, e che avevano esaurito le ruote di ricambio. Se gli davano un paio d'ore, però, poteva chiedere a suo cugino di portargli delle gomme usate (per pochi soldi). Così, li invitò a mangiare qualcosa e a mettersi comodi. Grazie al cielo, la stazione di servizio si trovava accanto a un ristorante.

Il Chuck E. Cheese's.

Eddie, porta lo zaino. Avrai dei premi.

Quando entrò con i suoi nel ristorante, SpecialEd era felice. Non c'era quasi nessuno, perché era la vigilia di Natale, ma in un angolo stavano festeggiando un compleanno. Di due gemelli identici. Sua madre e suo padre gli diedero una carta prepagata da venti dollari e ordinarono una pizza e una caraffa di birra. Lui vagò tra gli scaffali dei giochi e si voltò a guardare il locale da sopra la spalla. Domandandosi perché fosse lì.

«Eddie», sussurrò la voce. «Eddie, psst. Sono la nonna.»

SpecialEd si girò e vide un robot di Bad Cat che gli sorrideva.

«Nonna?»

«Sì, Eddie. Ascoltami con molta attenzione», sussurrò Bad Cat. «Nel parcheggio è appena entrato qualcuno di molto brutto. Voglio che tu sia pronto, okay?»

SpecialEd annuì e dette un'occhiata all'ingresso del locale. La porta si aprì ed entrò un uomo piuttosto grasso, vestito come uno di quei clown che animano le feste di compleanno.

«Sta' lontano da lui, Eddie. La moglie lo ha appena lasciato. Da' retta alla nonna.»

Il ragazzino guardò il pagliaccio ciccione raggiungere i bambini che stavano festeggiando.

«CIAO, BAMBINI!» salutò a gran voce.

«CIAO, ZIO FELICE!» risposero loro.

Lui tirò fuori un palloncino.

«CHI VUOLE AIUTARE ZIO FELICE A FARE DEGLI ANIMALI CON I PALLONCINI?»

«IO! IO! IO!» gridarono in coro.

Il clown soffiò nei palloncini lunghi e stretti. Ne gonfiò uno. Poi un altro. E un altro ancora. E girò e rigirò i tre palloncini fino a ottenere un animale.

«CHE COS'È, BAMBINI? CHE COS'HA FATTO ZIO FELICE?»

«UN CERVO! HAI FATTO UN CERVO!» strillarono, entusiasti.

Quindi, il clown tirò fuori una pistola giocattolo. E la puntò contro l'animale.

«ESATTO! E ADESSO È ORA DI ANDARE A CACCIA DI CERVI!»

Premette il grilletto, e dalla canna spuntò una bandierina rossa con la scritta BANG!, che colpì il cervo facendo scoppiare i palloncini. I bambini risero come matti.

«NE FACCIAMO UN ALTRO, BAMBINI?» gridò il clown.

«SÌÌÌ!» risposero in coro.

«Va bene, ma questa volta ho bisogno di aiuto, perché è complicato.»

«Io voglio andare via», disse SpecialEd.

«Non puoi, Eddie. C'è un motivo se sei qui.»

Il ragazzino guardò il grasso clown prendere una manciata di palloncini e distribuirli ai suoi spettatori, che cominciarono a soffiare e a sbuffare come il lupo dei Tre Porcellini.

«OKAY, BAMBINI! RIDATELI A ZIO FELICE, ADESSO!»

«Eddie», sussurrò Bad Cat, «va' a nasconderti dietro il pilastro. Ora.»

SpecialEd obbedì. Era paralizzato dalla paura, mentre guardava quei ragazzini che si facevano in quattro per dare una mano al pagliaccio.

«OTTIMO LAVORO, MIEI PICCOLI AIUTANTI! ADESSO VEDIAMO CHE COSA SIAMO IN GRADO DI FARE QUANDO LAVORIAMO IN SQUADRA!»

Zio Felice cominciò a torcere e girare i palloncini, facendoli stridere l'uno contro l'altro come unghie su una lavagna. Ne ricavò una forma contorta, che poi mostrò quasi fosse una testa infilzata su una picca.

«CHE COS'HO QUI?»

«UN CLOWN!» gridarono in coro.

«ESATTO. ABBIAMO FATTO UN CLOWN! E A QUESTO PUNTO SI VA A CACCIA DI CLOWN!» urlò lui.

Infilò una mano nella borsa che aveva con sé e tirò fuori una pistola diversa che puntò contro la tempia del clown fatto con i palloncini.

Il pubblico smise di ridere.

«QUESTO CLOWN HA APPENA PERSO TUTTO, BAMBINI!»

SpecialEd lanciò un'occhiata a Bad Cat. Il robot non disse nulla. Sorrise, ma era un sorriso malato, un broncio capovolto.

«QUESTO CLOWN HA MANDATO A PUTTANE TUTTO QUELLO CHE HA PROVATO A FARE, BAMBI-

NI! E COSÌ ZIA FELICE LO HA LASCIATO! E ADESSO ZIO FELICE NON È PIÙ FELICE!»

Con un movimento rapido, spostò la canna della pistola alla sua tempia.

«ALLORA, CHE COSA DITE? METTIAMO FINE ALLA TRISTEZZA DI QUESTO CLOWN?»

I genitori non ebbero il tempo di reagire. L'arma fece fuoco e il proiettile penetrò nella testa del clown. I bambini si misero a urlare e si girarono dall'altra parte, mentre Zio Felice si accasciava sul pavimento. La sua borsa, invece, finì ai piedi di SpecialEd. Dentro c'erano un sacco di palloncini. E di proiettili.

«Eddie, devi farlo adesso. Non sta guardando nessuno», sussurrò Bad Cat.

Il ragazzino istintivamente si chinò e afferrò il maggior numero possibile di munizioni. Svelto, le ficcò nel suo zaino (quello di Hulk!), mentre i suoi genitori arrivavano di corsa. Si sentì particolarmente fortunato, perché quando finalmente era riuscito ad aprire la cassaforte di papà, non ne aveva trovati. C'erano solo i farmaci che Big Eddie diceva di non prendere, allo stesso modo in cui Big Betty diceva di non esagerare con l'alcol.

«Hai visto, Eddie?» fece Bad Cat. «Te l'avevo detto che avresti avuto qualche premio. Adesso potrai proteggere Christopher dall'orribile Brady Collins. Da' retta alla nonna.»

SpecialEd sorrise a Bad Cat, mentre i suoi occhi robotici si offuscavano. Poi chiuse la zip dello zaino dove c'erano oltre duecento pallottole.

76

«Brady», sussurrò la voce. «Psst.»

Brady Collins aprì gli occhi come un uccellino e vide la nonna seduta nel suo letto d'ospedale. Dormiva da quando Christopher l'aveva toccata allo spettacolo di Natale. I medici non erano stati in grado di dire se si sarebbe più svegliata.

«Nonna?» fece il ragazzino.

«Sì, tesoro.»

La sua voce era talmente asciutta e graffiante che gli provocò un prurito alla pelle.

«Come ti senti?»

«Molto meglio. Tua madre dov'è?»

«Al bar.»

«E tuo padre?»

«Al lavoro, probabilmente.»

«Bene. Quindi abbiamo un po' di tempo per parlare da soli.»

Accarezzò la sedia accanto al suo letto. Pat pat. Brady le andò vicino, lentamente, e si sedette.

«Guarda come sei diventato grande... Mi ricordo di te ancora bambino. La tua testolina mi stava in una mano. Non avevi i denti, come un vecchio. E adesso guardati, Brady... sei così cresciuto. Fammi vedere i muscoli.»

Brady gonfiò il bicipite. Lei lo toccò con le sue dita artritiche.

«Wow», mormorò. «Sei davvero forte.»

Brady sorrise, orgoglioso. Lei gli prese la mano nella sua, ossuta. E tutte e due cominciarono a scaldarsi, come una tazza di cioccolata calda.

«Anche il tuo papà è forte, Brady. Sai, ricordo quando sposò tua madre. Ero felice perché avrebbe avuto un marito di successo. A me non era andata così bene. Non era un brav'uomo. Tuo nonno era cattivo con tua madre. Spesso in inverno la costringeva a restare nel cortile sul retro. Lo sapevi?»

«No.»

«Io volevo fermarlo, ma era troppo grosso. Lei questo non lo sa. Pensa che non ci abbia nemmeno provato. Mi fa tanta tristezza. So che è dura con te, ma non biasimarla, okay? Se l'è passata molto peggio di quanto non lasci intendere.»

Brady non disse nulla.

«La odi ancora, non è così?»

Brady annuì.

«Lo so. Non è facile. Ma lei sta cercando di renderti forte. Quindi, non odiarla troppo, d'accordo? Odiare è pericoloso. È come quel ragazzo... Come si chiama? Il bambino con cui litigavi allo spettacolo di Natale.»

«SpecialEd.»

«Sì. Detestabile, vero?»

Brady annuì. La signora Keizer guardò nel corridoio e, quando fu certa che non stesse entrando nessuno, sussurrò: «SpecialEd tenterà di ucciderti. Lo sai, vero?»

«Non se lo uccido prima io.»

«Risposta intelligente, Brady», commentò orgogliosa. «Lo vedi che cos'ha fatto tua madre? Ti ha reso forte e coraggioso. Che sia lui quello odioso. Tu sei il buono. E questo vale anche per Christopher e i suoi amici.»

Brady sorrise. Il calore delle loro mani era un fuoco da campo.

«Nonna... Ti ricordi delle cose, adesso?»

«Sì, Brady. Ricordo tutto quanto, a parte il mio nome.»

«Che cosa vuoi dire? Tu sei la nonna.»

L'anziana rise, mostrando le gengive sdentate.

«Lo so che per te sono la nonna, ma non mi chiamo così. Quando mi sposai, divenni la signora Keizer. Ma non ricordo quale fosse il mio nome prima. Tuo nonno me lo rubò. Lo nascose da qualche parte, nel bosco. Ma me lo riprenderò. Tu mi aiuterai?»

«Certo.»

«Bene, Brady. Sei un bravo bambino... Bravo e forte.»

Lui sorrise. L'anziana si mise la dentiera e ricambiò.

«Vinceremo questa guerra, Brady. Da' retta alla nonna.»

77

«MATT, uccideranno tuo fratello», sussurrò la voce.

Matt aprì gli occhi. Era quasi l'alba della vigilia. E il suo corpo tremava tutto. Di recente faceva incubi terribili, ma quest'ultimo era stato il peggiore. Non sapeva se avrebbe mai più voluto dormire. Cominciò a farsi prendere dal panico, pensando magari di non essersi ancora svegliato. Non voleva che quei cervi tornassero...

«Ehi?» fece, al buio. «Mike?»

Silenzio. Si tirò su a sedere. Era fradicio di sudore. Era stato così per tutto il weekend, per quanto avesse girato e rigirato il cuscino. Era stato tormentato da quella febbre orribile; ma adesso era passata, finalmente. Restavano il sudore e l'odore di aspirina per bambini. Aveva di nuovo bagnato il letto.

«Mike?» disse ancora.

Niente. Si alzò e guardò le lenzuola. Erano bagnate di urina. Si sentì tremendamente in imbarazzo: non poteva farsi vedere così dal suo fratellone. Perciò, si tolse pigiama e biancheria, freddi e appiccicaticci, e andò in bagno a lavarsi. Quando fu pulito e asciutto, percorse il corridoio fino alla stanza di Mike. Aprì la porta e, in punta di piedi, raggiunse il letto.

«Mike?» sussurrò.

Il fratellone rimase immobile, sotto le coperte.

«Mike? Ho fatto un brutto sogno. Posso dormire con te?»

Silenzio. Lentamente, Matt tirò indietro le coperte, ma sotto trovò solo un sacco a pelo arrotolato e un guantone da baseball.

Mike se n'era andato.

Matt diede un'occhiata alla stanza, per controllare se ci fosse qualcosa fuori posto. C'era un poster degli Avengers, con il preferito di Mike, Thor. L'armadio era in disordine. Il pavimento era coperto di palline di plastica. Sotto il letto non c'era niente. Niente che non andasse. Ma comunque qualcosa non tornava. Era come la strada che vedeva nel suo incubo. C'era qualcosa di strano.

Matt uscì dalla stanza e raggiunse in punta di piedi quella dove dormivano le sue mamme. Pensò che Mike avesse avuto un incubo, come lui, e avesse chiesto di dormire in mezzo a loro. Ma le vide ai lati opposti del letto, da sole. Mike non c'era.

Scese al piano di sotto. In cucina, vide il cartone del latte sul piano di lavoro. Andò a toccarlo. Era caldo. Quindi era fuori dal frigorifero da almeno un'ora. Guardò la fotografia della ragazzina scomparsa. Emily Bertovich. Per qualche ragione, avrebbe giurato che lo stesse fissando.

Uscì dalla cucina e andò nel soggiorno. Vide una scodella di cereali lasciata a metà sul tavolino. Dentro c'era ancora il cucchiaio. Il televisore era acceso, su un vecchio cartone degli Avengers. Stava parlando Thor.

«Iron Man è nei guai, Capitan America», disse.

Lasciò il soggiorno e, nell'ingresso, alzò lo sguardo verso l'appendiabiti: il giaccone di Mike non era lì. La serratura di sicurezza della porta era aperta. Non riusciva a credere che fosse uscito. Erano ancora in punizione per la rissa allo spettacolo di Natale. Se avessero scoperto che era uscito, le mamme lo avrebbero messo in castigo per sempre. No, decisamente qualcosa non andava.

Matt aprì la porta.

L'aria era immobile, silenziosa. Era caduta parecchia neve durante la notte e, a giudicare dalle nuvole sopra di lui, per Natale avrebbero avuto una bufera addirittura più violenta.

«Mike?» chiamò sottovoce. «Sei là fuori?»

Ancora niente. Solo un cervo lo fissava dal prato dall'altra parte della strada. Matt si sentì invaso da un profondo senso di inquietudine. Svelto, si infilò giaccone e scarponcini, e nel farlo notò che quelli di suo fratello erano ancora lì. Li legò insieme e se li mise in spalla. Stava per uscire, quando qualcosa gli suggerì di tornare in cucina a prendere un coltello.

Una voce, forse.

Poi si incamminò lungo la strada. Nonostante la spolverata di neve che la copriva come zucchero a velo sopra una ciambella, credette di scorgere le impronte lasciate dai piedi nudi di Mike. Normalmente non avrebbe visto molto bene, per via dell'occhio pigro. Ma da quando Christopher gli aveva toccato il braccio, l'occhio aveva cominciato a migliorare. Dopo una settimana era guarito completamente. Ma non si era fermato a 10/10. La vista diventava sempre più acuta. Vedeva a chilometri di distanza. Come la nonna, che era presbite, e quando si toglieva gli occhiali riusciva a guardare i film del drive-in, a un chilometro e mezzo dalla veranda posteriore. Non li sentiva. Ma li aveva visti tutti, tutti i più famosi. Poi avevano chiuso il cinema. E lei era morta di cancro alla vescica. Non avrebbe saputo dire perché gli fosse venuta in mente, ora. Seguì le impronte giù per il lungo pendio.

Diretto al bosco di Mission Street.

Era coperto da una leggera nebbia mattutina. Come una nuvola in cielo. Abbassò la testa e continuò a camminare. Seguendo le orme del fratello. Via via che si avvicinava, l'occhio cominciava a prudere.

Matt impugnò il coltello con forza, quando entrò nel bosco. Seguì la traccia lungo il sentiero. Oltre il ponte e il ruscello, che per qualche motivo non era più gelato. Arrivò nella radura. Sentiva i cervi che lo guardavano attraverso gli spazi tra i sempreverdi, il respiro che si levava come vapore da un tombino. Attraversò la miniera di carbone. Da cima a fondo. Superò il frigorifero abbandonato, caldo come un falò. Alla fine arrivò alle ruspe del cantiere Collins, parcheggiate all'estremità opposta del bosco.

E lì trovò Mike.

Era accovacciato nel fango, scalzo, con un coltello in mano. Matt lo osservò, mentre tagliava lo pneumatico posteriore di una ruspa. Poi si spostò a quello anteriore e svitò la valvola. Lentamente, fece uscire l'aria con la lama. Senza far rumore, Matt gli andò vicino, arrivando alle sue spalle.

«Mike», lo chiamò con un sussurro.

Il fratello tolse il coltello dallo pneumatico.

«Mike, che stai facendo?»

Non gli rispose. Per un lungo momento.

«Oggi è la vigilia di Natale», disse alla fine. «Le ruspe arriveranno alla casa sull'albero, oggi.»

«E allora?»

«Se il signor Collins la abbatte, Christopher non potrà più uscire. Quindi, dobbiamo salvarlo.»

«Chi te l'ha detto?»

«Tu.»

Matt lo fece voltare e vide che aveva gli occhi chiusi. Era sonnambulo.

Con delicatezza, gli tolse il coltello dalla mano.

«Matt, dobbiamo finire», protestò lui nel sonno.

«Non ti preoccupare. Stenditi sul mio giaccone. Ci penso io.»

Il fratello fece come gli aveva detto. Posò la testa sul suo giaccone e cominciò a russare. Matt prese le scarpe e gliele mise ai piedi, ormai congelati. Poi, armato di entrambi i coltelli, si diresse alla volta delle ruspe dell'impresa edile, ed entro pochi minuti i veicoli erano tutti inutilizzabili. Se fosse stata una qualunque altra notte, con ogni probabilità si sarebbero fatti beccare.

Per loro fortuna, la guardia era a casa per via di quell'influenza che non perdonava.

78

«FIGLI di puttana!»

La signora Collins guardò il marito sbattere il cellulare sul tavolo del bar. Sua madre era ancora priva di conoscenza, di sopra, nella camera d'ospedale, e in qualche modo il lavoro del marito era riuscito a insinuarsi di nuovo nelle loro vite. Persino la vigilia di Natale.

«Cos'è successo?» sentì dire dalla sua stessa voce.

Mantenne un'espressione preoccupata, come si conveniva alla situazione, e finse di ascoltare mentre lui farneticava di qualche «stronzo» che aveva squarciato gli pneumatici di camion e ruspe. Lo sentì vagamente lagnarsi del fatto che avrebbero dovuto dissodare il terreno per quel «fottuto progetto del bosco di Mission Street» già un mese prima, ma che qualcuno ce l'aveva con lui. Non poteva permettersi tutti quei ritardi. Il capitale investito aveva raggiunto una situazione critica. I prestiti erano in scadenza. E lei avrebbe fatto meglio a smetterla di spendere tutti quei dannati soldi.

Bla bla bla bla bla.

Quante volte attaccava con quella discussione? Cinque volte al mese? Dieci, in periodo di ispezione? Avrebbe potuto accendere un registratore e risparmiarsi quella perdita di tempo. «Kathleen, chi pensi che paghi tutto questo? Perché di sicuro non è la tua dannata beneficenza!»

«Ma Brad, ho trasformato Shady Pines in un'attività fiorente.»

«Un'attività fiorente?! Quella casa di riposo non ti permetterebbe nemmeno di pagare le scarpe che porti!»

Quando abbiamo smesso con il sesso riparatore? si domandò lei. E lui come riesce a sopportare il suono della sua stessa voce? Dio, sta ancora parlando? Sì. Sta ancora parlando.

Kathleen Collins annuì e si grattò la pelle sotto la collana di diamanti. Quel prurito non voleva passare. Ne dava la colpa al fatto di dover stare lì in ospedale, in attesa che sua madre si svegliasse. Era sudata, appiccicaticcia, e non poteva fare un accidenti per sistemarsi i capelli in quel bagno orribile, anche se privato. E non sapeva per quanto ancora sarebbe riuscita a fingere di non odiare quell'uomo.

«Almeno mi stai ascoltando?!» sbraitò.

«Certo, Brad. È terribile. Vai avanti», gli disse.

Mentre lui continuava a blaterare, Kathleen si voltò e, da sopra la spalla, diede un'occhiata al locale pieno di persone sulle barelle. Avevano cominciato a trasferire i malati nella sala del bar, come i soldati in fin di vita in *Via col vento*. Pensò a sua madre, beata nella sua confortevole camera singola, che avrebbe potuto ospitare comodamente altri due letti. Si domandò perché i poveri non si alzassero da quelle barelle per ammazzarli. Lei lo avrebbe fatto. Non avrebbe sopportato quella merda nemmeno cinque minuti. E suppose che fosse proprio questo a fare di lei una donna ricca e di loro dei poveri stupidi senza speranza.

Per un attimo, si abbandonò alla fantasia: quelle persone si alzavano e marciavano verso il bar, strappando la lingua a suo marito. Dio, quanto avrebbe voluto che accadesse. Pregò in silenzio che si tirassero su e uccidessero quell'uomo, così avrebbe potuto smetterla di prenderlo in giro dicendo che il mondo intero voleva fotterlo, anche se un'occhiata distratta alla realtà e ai numerosi conti correnti sarebbe bastata a dimostrare l'esatto contrario.

Poi, quando avessero finito con lui, sarebbero potuti salire nella comoda stanza privata di sua madre, per strapparla giù dal letto con le lenzuola di cotone pregiato, che poi avrebbero usato per impiccarla. L'avrebbero impiccata con l'accusa di aver perduto quei ricordi che invece lei, Kathleen, non avrebbe mai dimenticato. La bottiglia d'acqua riempita di vodka. I debiti e la povertà. L'uomo violento che bagnava la figlia con la canna dell'acqua e la scaraventava nel cortile sul retro, in dicembre. E quella madre minuta e remissiva, che non faceva mai nulla per impedirlo, nonostante le numerose opportunità.

«Se vuoi essere un cane, sta' là fuori come un cane», diceva lui.

E mamma? Niente.

Grazie dei ricordi.

Da otto anni osservava la memoria di sua madre perdersi, un pezzetto alla volta. Da otto anni mandava avanti quella casa di riposo per garantirle quella cura e quell'assistenza che lei non le aveva mai dato. Perché? Perché è questo che fa un Collins, si disse adesso. I Keizer no. I Keizer marciscono sulle barelle in corridoio, mentre i Collins se ne stanno beati in una stanza privata. I Keizer si ammazzano con la vodka, mentre i Collins si arricchiscono vendendogliela. Adesso era una Collins. Quindi, per otto anni aveva fatto qualunque cosa per sua madre, e in cambio le chiedeva soltanto di morire. Così avrebbe potuto smettere di ricordare tutto quanto, per lei. Così non si sarebbe più dovuta sedere al suo fianco, nel salotto, a guardare talk show pomeridiani infiniti, in cui una parata senza fine di vittime venivano intervistate da presentatori di ogni sesso, colore o credo, sugli abusi subiti, mentre gli psicologi tra il pubblico blateravano di come i loro genitori dovessero aver subito abusi a loro volta. Così avrebbe potuto smetterla di guardare quella stupida gente che versava stupide lacrime.

Se quei bifolchi si fossero fatti tre mesi nei difficili panni di Kathy Keizer, avrebbero avuto qualcosa per cui piangere. Provate a essere il posacenere di vostro padre, pensò. A sentirvi dire che siete brutte ogni singolo giorno. A sentirvi dare delle grassone quando siete anoressiche. A trascorrere tutte le notti fuori, al gelo, bagnate fradicie, lo sguardo fisso sul rivestimento di alluminio della vostra casa... e vedete se riuscite a piegare e adattare la mente fino a trasformare quel rivestimento in un futuro radioso.

Visualizza la casa, Kathy. Abiterai in una casa più grande, un giorno.

Nella più grande della città, Kathy. E porterai una collana di diamanti.

E avrai un marito potente. Visualizzalo. E visualizza il vostro bel bambino.

E continuò. Ogni notte provate a conficcarvi le unghie nei palmi delle mani per impedirvi di morire congelati nel cortile dietro casa. Guardate vostro padre che beve in cucina, al caldo. E adesso venite a dirmi che quel bastardo alcolizzato aveva subito abusi a sua volta. Be', la volete sapere una cosa? Ci sono genitori che hanno usato violenza sui figli senza essere stati violentati. Nel grande disegno dell'uovo e della gallina, non esiste sempre una scusa per ogni cosa. Qualcuno dev'essere stato il primo. E per una volta... una sola volta in otto anni... Kathleen avrebbe dato un milione di dollari se sul divano di uno di quegli inutili talk show si fosse seduto un padre sincero.

«Mi sono svegliato e ho detto: 'Adesso la brucio con le sigarette'.»

«Perché? Perché i suoi avevano abusato di lei?» avrebbe domandato il presentatore.

«No. Perché ero annoiato.»

La signora Collins gli avrebbe spedito un assegno per ringraziarlo della sua onestà, e un altro lo avrebbe mandato ai suoi bambini, perché potevano capire com'era stata la vita di Kathy Keizer. Coraggio, esortò mentalmente, provate a essere me per un giorno. E vedrete se, alla fine, non sarete ridotti a una pozza sul dannato pavimento di Dio.

«Kathleen? Ma che diavolo ti prende?» le domandò suo marito.

Lei controllò l'orologio appeso sulla parete del bar. Chissà come, erano passati dieci minuti.

«Mi dispiace, tesoro. Non mi sento molto bene, tutto qui. Potresti ripetere l'ultima cosa che hai detto?»

«Ho detto che devo andare al cantiere per occuparmi di questo incubo. Lo so che è la vigilia di Natale, ma abbiamo una scadenza.»

Il signor Collins si preparò, certo che gli avrebbe aperto un altro buco per il solo fatto di aver ventilato la possibilità di abbandonare la famiglia la vigilia di Natale. Lei invece sorrise.

«D'accordo, caro. E quando tornerai a casa troverai la migliore cena della vigilia che si possa immaginare.»

«Ti senti bene, Kathleen?»

«Naturalmente», gli rispose con un sorriso misurato.

«Sicura?»

«Va' al lavoro. Mi troverai ad aspettarti.»

Poi, gli diede un bacio. Non avrebbe potuto essere più confuso nemmeno se, il giorno del loro anniversario, gli avesse fatto un pompino senza aver bevuto come minimo tre bicchieri di Chardonnay. La signora Collins era molte cose, per suo marito, ma «comprensiva» non era tra gli aggettivi che avrebbe usato per descriverla.

«Okay», le disse. «Chiamami, se hai bisogno di qualcosa.»

Lei annuì. E lui andò via. Non appena ebbe lasciato il bar, Kathleen abbassò gli occhi e si rese conto di essersi conficcata le unghie nei palmi così in profondità da farsi uscire il sangue. Non se n'era nemmeno accorta. Diede un'occhiata al locale, a tutti i pazienti non lavati sulle barelle.

La stavano fissando. Tutti quanti.

Sapeva che, senza suo marito lì, avrebbero potuto lanciarsi su di lei. Aveva studiato la storia abbastanza da sapere che cosa succede alle mogli degli uomini ricchi, durante una rivoluzione.

Sapeva che tutte quelle persone stavano cercando di intimorirla, piantandole gli occhi addosso. Ma non potevano capire.

No, non capivano che per lei erano solo un rivestimento di alluminio.

La gara di sguardi durò quasi un intero minuto. Quando anche l'ultimo paziente ebbe battuto le palpebre e abbassato gli occhi, la signora Collins uscì dal locale. Forse fu buon senso. O una voce dentro la sua testa. Comunque, qualcosa le disse che doveva portare a casa suo figlio. Aveva bisogno di un bicchiere di vino bianco e di un lungo bagno caldo. Non poteva lavarsi di nuovo nel bagno privato della stanza d'ospedale di sua madre. Così, tornò di sopra e trovò lei ancora priva di sensi e suo figlio che le leggeva un libro.

«Per vederti meglio, cara», stava dicendo.

«Brady, dobbiamo andare.»

«Voglio restare con la nonna», le rispose lui, in un sussurro.

«Nonna sta ancora dormendo.»

Brady puntò i piedi.

«No. La nonna è sveglia. Stavamo parlando.»

«Smettila di dire bugie. Prendi il giaccone.»

«Non sto mentendo.»

La signora Collins guardò sua madre, che dormiva profondamente nel suo letto. Sapeva che Brady faceva battute crudeli, ma non era mai caduto così in basso.

«Brady Collins, conto fino a tre. Al tre, finisci nella cuccia.»

Ma lui non accennava a muoversi.

«Giuro che stavamo parlando.»

«UNO.»

«Nonna, svegliati.»

«DUE», sibilò.

«Per favore, nonna! Non farmi andare a casa con lei!»

«TRE!»

La signora Collins afferrò il figlio per un braccio e lo costrinse a girarsi. Lo fissò dritto negli occhi.

«Prova a fare una scenata davanti a queste persone e ti lascio nella cuccia fino alla mattina di Natale, lo giuro.»

Gli occhi di Brady si fecero neri, mentre sosteneva il suo sguardo finché gli fu possibile. Alla fine, però, fece quello che facevano tutti, con sua madre. Incluso il marito.

Mollò per primo.

Appena furono usciti, Kathleen cominciò a sentirsi in apprensione. Non fu la camminata attraverso l'ospedale, anche se gli sguardi fissi da parte della feccia la sconcertarono non poco. Non fu nemmeno il tragitto in auto fino a casa, nonostante gli incidenti, gli alberi caduti e le code alla stazione di servizio, alquanto allarmanti.

No. Il problema era il suo ragazzo.

«Mamma, qual è il tuo nome?»

«Kathleen Collins.»

«No. Quello vero. Quello che avevi prima di conoscere papà.»

«Kathy Keizer. Perché me lo chiedi?»

«Così.»

Forse non era la madre più affettuosa del mondo, ma conosceva suo figlio. E Brady non faceva domande. Era uguale a suo padre, sotto quell'aspetto. In quel momento, però, si stava comportando da amicone. Ma in un modo strano. Calcolato. Le stava rivolgendo un sorriso finto. Il silenzio tra loro era solo travestito da tranquillità. Arrivati a casa, salirono il lungo viale che attraversava la proprietà. Le auto dei domestici non c'erano. Quando il gatto non c'è, i topi ballano, pensò Kathleen. Erano soli.

«Mamma, ti va un sandwich?»

«No, grazie. Mi serve soltanto un bagno. E tu… non stai forse dimenticando qualcosa?»

«Cosa?»

«Ho contato fino a tre. Non credere di prendermi in giro con la tua carineria. Conosci le regole. Se ti comporti come un cane, vieni trattato come tale. Fuori.»

L'aria in mezzo a loro era silenziosa. Alla signora Collins non piaceva punire il figlio. Era l'opposto di suo padre, da quel punto di vista. Non avrebbe mai bagnato Brady con la canna dell'acqua. E non lo avrebbe mai lasciato una notte intera in balia degli elementi. Inoltre, si era assicurata che avesse una cuccia, per stare al caldo. Ma le regole esistevano per una ragione. Doveva insegnargli a essere migliore di lei. Doveva dargli il suo rivestimento di alluminio su cui dipingere quello che sognava per sé. Era per il suo bene.

«Un'ora, Brady. O ne vuoi due?»

Lui rimase zitto. E continuò a fissarla. Avvolto in spire come un serpente.

«Una.»

«Bene. Allora va' fuori e restaci un'ora, mentre mamma si fa un bagno.»

«Okay, Madre.»

Kathleen si sarebbe aspettata un minimo di ribellione. Si sentì in colpa, quando lui non reagì. Forse non meritava la punizione, questa volta. Ma non voleva dargli una lezione sbagliata, facendolo finire su una barella in un bar. Giusto? Certo che no. Così, lo portò alla cuccia nel giardino sul retro, con i cervi che li guardavano. Gli permise di tenere il giaccone.

«Ti voglio bene, Brady», gli disse, prima di rientrare nella cucina calda, dove si versò il suo bicchiere di Chardonnay fresco.

Brady non rispose. Si sedette nella cuccia e la osservò, come si supponeva dovesse fare. La nonna gli aveva detto tutto ciò che sarebbe successo. Gli aveva detto che cosa voleva che facesse appena prima di chiudere gli occhi e fingere di dormire, per il bene di sua madre. Non voleva che quest'ultima si lasciasse distrarre da una cosa banale come la lucidità dell'anziana mamma.

«Brady, quando sarai fuori in cortile, puoi fare un grosso favore alla nonna?»

«Certo, nonna.»

«La prossima volta che ti spedisce in quella cuccia, fa' in modo che sia l'ultima. Questa famiglia ha bisogno di guarire, okay?»

«Okay, nonna.»

L'anziana gli aveva rivolto il suo ghigno sdentato.

«Grazie, Brady. Sei un bambino meraviglioso. So che

è stata dura. Vecchi e bambini sono invisibili al resto del mondo. Ma lo vuoi sapere un segreto?»

«Quale?»

«Questo ci rende imbattibili quando giochiamo a nascondino.»

Dopo che sua madre si fu ritirata al piano di sopra, per farsi un bagno, Brady entrò in casa e si diresse in cucina. Prese dal ceppo il coltello lungo, che afferrò con le piccole dita congelate. E salì le scale, piano, come gli aveva detto la nonna.

79

La signora Collins si mise pantofole e accappatoio e andò nella camera padronale. Aprì la porta e ammirò la bellissima stanza di marmo e vetro. Gli operai del marito ci stavano ancora lavorando e avevano lasciato qualche latta di pittura e mordente. Ma presto sarebbe stata di nuovo tutta sua.

Fece scendere l'acqua per un bel bagno caldo. Vi mise le scaglie di sapone alla lavanda e le guardò diventare schiuma. Mentre la vasca si riempiva, asciugò il vapore che si era formato sullo specchio, come un banco di nubi su un parabrezza. Guardò la collana di diamanti che portava al collo e provò un moto d'orgoglio al pensiero di come la piccola Kathy Keizer fosse riuscita a lasciare quel cortile dietro casa. Con la sola forza di volontà aveva trasformato quel rivestimento di alluminio in una magnifica stanza da bagno con il pavimento di marmo, e con quella stupenda vasca.

Visualizza la casa, Kathy. Abiterai in una casa più grande, un giorno.

Nella più grande della città, Kathy. E avrai un marito potente. Visualizzalo. E visualizza il vostro bel bambino.

Nuda, scivolò nella vasca. Non avrebbe saputo dire che cosa le diede la sensazione più gradevole, se l'acqua calda o il vino fresco. Si guardò i tagli sui palmi. Le chiazze di sangue rosso mela che la vasca trasportava nell'acqua come soffici nuvole vermiglie. Chiuse gli occhi e lasciò che l'acqua bollente le togliesse il freddo dalle ossa. Quel freddo del giardino dietro casa, che non era mai passato. Nemmeno durante le vacanze in famiglia alle Hawaii, quando provava a dimenticare le orribili bruciature di sigarette, e le cicatrici sui palmi, nascoste dal correttore. Era sempre lì.

Dio, quanto sei brutta, Kathy Keizer.

Non avrebbe ascoltato quella voce. Non quella sera. Non era più Kathy Keizer. Le tornò in mente il momento in cui il prete diceva al suo gregge di anime: «Vi presento il signore e la signora Collins». Da allora si era fatta chiamare Kathleen. La signora Collins.

Per lei, Kathy Keizer era morta, esattamente come suo padre.

Al ritorno dalla luna di miele in Europa, aveva avuto un solo scopo: costruire la casa dei suoi sogni. Suo marito avrebbe voluto andare a vivere a Deerfield, vicino alla Route 19 e al suo ufficio. Ma la nuova signora Collins non aveva passato tutto quel tempo a congelarsi in un cortile per acquistare una casa già «usata» da qualcun altro. Voleva che fosse tutto nuovo. Sarebbe stata elegante. Moderna. Di vetro e acciaio. Senza rivestimento di alluminio. Con un grande camino che le avrebbe scaldato le ossa. Uno splendido bagno in cui lavare via i brutti ricordi. Il marito aveva acconsentito a tutto, perché l'amava, allora. Per lui era bella come lo era la casa per lei.

Dio, quanto sei brutta, Kathy Keizer.

«Io mi chiamo Kathy Collins, maledizione!» sibilò forte.

Ascoltò l'eco della sua voce sul pavimento di marmo d'importazione. Il pavimento che aveva portato dal terzo viaggio in Italia e che suo padre non aveva mai visto. Chiuse gli occhi e si scontrò con quella voce. Lo aveva già fatto in precedenza e aveva sempre vinto.

Non riuscirai mai a coprire le cicatrici, Kathy Keizer.

Non riuscirai mai a scaldarti, Kathy Keizer.

Dio, quanto sei brutta, Kathy Keizer.

Anche mentre suo padre veniva seppellito, aveva sentito quella voce. Odiava l'uomo chiuso nella bara con tutto il cuore, ma si era assicurata di versare una lacrima per lui, perché era ciò che avrebbe fatto una Collins. Lo aveva guardato mentre veniva calato sottoterra, in pieno inverno. Sarebbe rimasto sepolto in un cortile freddo per l'eternità. Seppellito con tutti i suoi segreti, perché lei non avrebbe trasformato il suo passato in un talk show pomeridiano, per vendere pubblicità alle persone bloccate sulle barelle. Non sarebbe diventata un'altra dannata vittima che se ne andava in giro con l'idea che tutti i genitori violenti avessero subito violenza a loro volta. Non sarebbe mai finita sottoterra. Si sarebbe fatta cremare. Non avrebbe più avuto freddo. Mai più.

«Mamma?»

Aprì gli occhi e vide Brady in piedi sulla soglia.

«Che cosa ci fai, qui?!»

«Avevo freddo», le rispose.

Cominciò ad andare verso di lei.

«Che cos'hai dietro la schiena?»

«È un segreto.»

«Non è una risposta.»

«È l'unica che avrai da me, mamma.»

Avanzò di un altro passo.

«D'accordo, signorino. Vuoi rimanere nella cuccia tutta la notte? Se ti comporti da cane, come tale verrai trattato.»

«Sei tu il cane, mamma. La tua collana di diamanti non è che un collare. Sei soltanto la cagna di un uomo ricco.»

Fece un altro passo. Lei lo guardò negli occhi. Aveva già assistito a comportamenti testardi, ma questa volta era diverso. La stava spaventando. Qualcosa le diceva che quello sarebbe stato lo scontro finale tra lei e suo figlio. Qualcuno avrebbe abbassato gli occhi per primo. Era guerra.

E sarebbe stata lei a uscirne vincitrice.

«Signorino, porta i tuoi cazzo di piedi fuori di qui, o in quella dannata cuccia ci resterai una settimana. Mi hai capito bene?»

Brady non disse nulla. Si avvicinò. Il suo viso era calmo. Non aveva più paura di lei.

«Bradford Wesley Collins. Conto fino a tre.»

«Bene. Anch'io.»

Avanzò ancora. Kathleen Collins aveva fatto abbassare lo sguardo a chiunque l'avesse mai sfidata, ma sul viso del figlio vide una rabbia offuscata, tranquilla, che aveva già visto in passato. Era come se stesse sfidando il suo riflesso.

«UNO!» sibilò.

Brady la guardò con quel sorriso che sembrava un broncio malato.

«DUE!»

Brady tolse le mani da dietro la schiena.

«TREEEEEEE!» gridò il ragazzino.

Quindi, sollevò il coltello e si lanciò verso la vasca. Kathleen lo spinse via e saltò fuori dall'acqua. Aveva rinunciato a richiamarlo alla disciplina. Adesso si trattava di salvare la pelle. I suoi piedi toccarono il marmo liscio e scivolarono, facendola cadere. Finì lunga distesa sul suo marmo importato dall'Italia. Vide il figlio andare verso di lei, dominandola come un gigante. Cominciò a girarle la testa. Non sapeva nemmeno se fosse sveglia, o ancora nella vasca, addormentata.

«Mamma?» disse lui. «La nonna è dispiaciuta per quello che ti ha fatto il nonno, ma non dobbiamo più pensarci adesso, okay?»

Le toccò il braccio. Lei sentì il solletico che attraversava i suoi polpastrelli, quasi fossero le braci morenti di un falò. Brady le passò il coltello. Per un attimo pensò di usarlo per tagliargli la gola. O magari per pugnalarlo. Ma non era a questo che serviva. No, serviva a qualcos'altro. Brady aprì il cassetto in cui teneva i trucchi e tirò fuori i suoi preferiti. Ombretto. Correttore. Rossetto.

«La nonna dice che è ora di smetterla di sentirti brutta. Non sei più Kathy Keizer. Sei Kathleen Collins. Mi ha detto che devo farti sentire bella, okay?»

Le porse una mano per aiutarla ad alzarsi. Le girava ancora un po' la testa, ma lui l'afferrò delicatamente perché si mantenesse in equilibrio. Poi l'accompagnò al mobile da toeletta. Si guardarono nello specchio con le luci, come quelli delle star di Hollywood. Le mise la vestaglia di seta sulle spalle, per coprire le bruciature di sigarette.

«La nonna dice che non sei un cane, mamma. Da' retta alla nonna.»

Le mise le mani dietro il collo e le slacciò la collana di diamanti. Lei si guardò il collo lungo. La pelle era bella tesa, quando era ancora Kathy Keizer. Ma adesso era tutta rugosa. Cominciò a prudere, così si grattò. Ma non servì a niente. Anzi, peggiorò la situazione. Allora le venne un'altra idea. Prese il correttore e cominciò a colmare le orribili fossette a forma di diamante che le avevano lasciato le pietre.

«Ecco, mamma. È ora di cancellare Kathy Keizer.»

Kathleen vedeva ancora quel rossore orribile, così abbondò. Quando ebbe coperto ogni centimetro di pelle del collo, passò al viso. Doveva essere presentabile per Natale. Che cos'avrebbe pensato la gente? Era Kathleen Collins, adesso. Non poteva permettere a nessuno di vedere Kathy Keizer.

Dio, quanto sei brutta, Kathy Keizer.

Si mise il rossetto sulle labbra, ma era fuori posto. Non sembrava la signora Collins. Sembrava quella piccola, stupida Kathy Keizer, la prima volta che si era truccata e si era conciata come una passeggiatrice. Come una puttana. Come un clown. Sì, aveva la faccia di un clown.

«La nonna vuole che tu ti senta bella», disse Brady.

Kathleen si spalmò uno strato abbondante di correttore. E poi un altro, e un altro. Come burro sul pane. Ma non era ancora abbastanza. Frugò nel cassetto dei trucchi. Prese l'autoabbronzante e se ne versò una grossa quantità sui palmi. Dio, i palmi. Le cicatrici. Non appartenevano alle mani eleganti della signora Collins. Erano le mani di Kathy Keizer.

Dio, quanto sei brutta, Kathy Keizer.

Si spalmò l'autoabbronzante sulle mani. Sulle cicatrici. Sui ricordi. Ma non era abbastanza spesso. Vedeva ancora la bambina alla finestra, fuori dalla cucina calda. Prese l'ombretto, l'eyeliner. Ogni singola sfumatura di rossetto. Se li spalmò sul corpo. Ma non bastava. Le cicatrici erano ancora visibili. Si versò sulla pelle tutti i trucchi che aveva, ma Kathy Keizer non se ne voleva andare. Girava, vittima di un panico cieco, alla ricerca di altri trucchi.

Ma le restava solo la pittura.

Prese le latte degli operai e le aprì con il coltello di suo figlio.

Andò allo specchio e cominciò a dipingersi il viso. Un bella mano di bianco denso. Se lo versò sui capelli. Sul corpo. Non riusciva a calmare il prurito sotto il collo. Non si sentiva bella, per quanto colore si rovesciasse sulla pelle.

Perché sei brutta dentro, Kathy Keizer.

La voce era tornata. Non credeva di vincere, questa volta. E forse la voce aveva ragione. Ma certo. Aveva ragione. Dentro sono brutta e piena di cicatrici, pensò. È là che si nasconde Kathy Keizer. È là che dovrebbe andare la pittura.

«Mamma», fece Brady, calmo.

«Sì, Brady?»

«Ricordi la tua idea che là fuori ci fosse un genitore che ha commesso abusi sui figli, senza averne subiti a sua volta?»

«Sì?»

«Hai affermato che, se qualcuno lo avesse confessato, saresti morta contenta.»

«Sì», disse lei, mentre le lacrime lavavano via la pittura sulle guance.

«Be', io so per certo che è così», continuò lui, sommessamente.

Un immenso sollievo pervase Kathleen, che sorrise e mescolò la pittura con il coltello del figlio, come avrebbe fatto con una zuppa che si scaldava su un fornello. Poi, sollevò la latta e se la portò alle labbra. Forse stava dormendo. Doveva essere un sogno, perché altrimenti come avrebbe potuto spiegare gli occhi brillanti di Brady? Neri come il carbone nella calza della befana.

«Allora, mamma, vuoi sapere chi è stato il primo genitore non abusato che ha commesso abusi?»

«Sì, Brady. Dimmi chi è, ti prego.»

Brady si appollaiò sul piano di marmo, di fronte a lei. Quando la sua voce cambiò, le si gelò il sangue nelle vene come quando stava in quel vecchio cortile. Perché la conosceva. Era quella di suo padre. Che le parlò al rallentatore, come i suoi vecchi dischi a 45 giri fatti girare a 33.

«la riSposTa è diO.»

E poi Kathleen sollevò la latta e dipinse l'interno di Kathy Keizer.

80

Dovevano uccidere la signora che sibilava.

Dovevano procurarsi la chiave.

L'uomo gentile tirò giù la scala pieghevole e uscirono dal rifugio. Dal frigorifero. Alla luce del mattino Christopher era invisibile a tutti, tranne che al suo amico, ma non per questo aveva meno paura. Lei era rimasta in giro tutta la notte, nel mondo immaginario. Ad aspettare loro. A piazzare trappole. A prepararsi.

«Andiamo», disse l'uomo gentile. «Dobbiamo trovarla finché c'è luce. Non avremo una possibilità migliore di questa.»

Cominciarono dal bosco. Ripercorsero i loro passi. Il sentiero portava alla radura, dove c'era la casa sull'albero. L'uomo gentile salì la scaletta ancora una volta, per assicurarsi che fosse sempre chiusa a chiave. Sulla porta trovò due parole. Scritte con il sangue.

TIC TOC.

Provò a nascondere il terrore, ma Christopher lo percepì. Aumentava a ogni passo. E non dipendeva da ciò che trovarono, bensì da ciò che non trovarono.

Il bosco era completamente deserto.

Era come se il mondo immaginario si fosse improvvisamente svuotato. O nascosto dietro un angolo. Aspettando di colpire. La cercarono nel bosco per quasi un'ora, ma niente. Niente, a parte le impronte lasciate dai cervi, che seguirono finché non cominciarono a girare in circolo, come all'inizio della strada di mattoni gialli. Era tutto un trucco. Un gioco. Christopher lo sentiva a ogni passo: era lei che giocava al gatto col topo. Che giocava a nascondino come una bambina, nell'attesa che calassero le tenebre. Che arrivasse la notte. Così da poter urlare…

«Tana libera tutti!»

Lasciarono il bosco. Christopher seguiva l'amico, che camminava veloce tra i cespugli senza fare il minimo rumore. Le strade erano deserte. Niente persone-cassetta. Ma c'erano impronte fresche; migliaia, sul marciapiede. Piccole, di tacchi alti. Grandi, di scarpe, sandali o piedi nudi. Alcune di bambini. Alcune con un puntino in più, lasciato da un bastone. Alcune senza un piede. O senza le dita.

«Da dove vengono le persone-cassetta?» volle sapere Christopher.

«Sono sempre state qui. Sono i suoi soldati.»

«Magari possiamo far cambiare loro schieramento. O tagliare i fili che le legano insieme e liberarle.»

«Ci ho provato una volta. Recisi il filo che teneva chiusa la bocca di un bambina e della sua sorellina.»

«E che cosa accadde?»

«Tentarono di mangiarmi vivo.»

L'uomo gentile andava verso la casa di David Olson, all'angolo. Dentro non c'era nessuno. Né la signora che sibilava. Né David. Né le persone-cassetta. Solo delle parole scritte con il sangue sulla finestra della camera di David.

TIC TOC.

L'uomo gentile le fissò, severo. Christopher guardò quella stessa finestra da cui lei aveva portato via David cinquant'anni prima. Riuscì quasi a vederlo mentre da sonnambulo si inoltrava nel bosco. Per non fare mai più ritorno. L'uomo gentile non parlava, ma Christopher riuscì a sentire alcuni dei suoi pensieri, che gli fuoriuscivano dalla pelle come gocce da un rubinetto che perde. Parole piene di colpa e di tristezza. L'ultima volta che l'uomo gentile aveva tentato di uccidere la signora che sibilava, David Olson era morto. Avvertì il fardello che gravava sulle spalle dell'amico, come una croce.

Non posso...

Non posso... lasciare che succeda di nuovo.

L'uomo gentile guardò il sole che saliva nel cielo. Le nuvole si stavano facendo più scure e più vicine alla terra.

«Christopher, tra qualche ora la luce del giorno lascerà di nuovo il posto alla notte. Tu sei Dio, qui. Devi calmare la tua mente. Devi trovarla.»

Il ragazzino provò a localizzarla, tuttavia, ogni volta che chiudeva gli occhi, avvertiva solo la follia che continuava ad aumentare nella parte reale. A ogni battito di ciglia lo scenario cambiava, come in una proiezione di diapositive delle vacanze. Sentì la pallottola conficcarsi nel cranio del clown. Il sapore della pittura che scendeva nella gola della signora Collins. Si sentì addosso la camicia da notte intrisa di sangue della signora Henderson, mentre guidava l'auto dello sceriffo e ascoltava la radio. Non erano rimasti agenti che potessero arrestarla. Vide il sangue dello sceriffo che gocciolava a terra, in sala operatoria. Caldo e appiccicoso, come quello che sgorgava dalla ferita nella testa del clown. Vide i proiettili che rotolavano verso SpecialEd.

Sta caricando la pistola, pensò. Si sta preparando alla guerra. I suoi amici erano in pericolo. Doveva uscire da lì. Si accorse della mano dell'uomo gentile sulla spalla.

«Non lasciarti distrarre dalla parte reale. Respira e basta.»

Christopher prese un respiro profondo e finalmente avvertì la presenza della signora che sibilava. Ma non era in un posto solo. Era ovunque. Sussurrava nell'orecchio a tutti quanti.

Per un attimo pensò che stesse dicendo qualcosa anche a sua madre. Gli giunse il profumo di lei, e sentì la sua mano calda sul petto. La mamma era lì. Da qualche parte. La signora che sibilava stava avvelenando la città intorno a lei. Se non fosse uscito da lì, sua madre si sarebbe ritrovata circondata da tutti loro.

«Devo andarmene da qui, devo salvare la mia mamma», disse.

«Segui quel pensiero», lo incoraggiò il suo amico. «Segui tua madre.»

Il ragazzino obbedì. Chiuse gli occhi e la luce prese a danzare dietro le palpebre, come un ammasso di stelle. Quel pensiero risvegliò un ricordo, caldo e morbido come pane. Mamma che lo accompagnava, il primo giorno di scuola. Con il vecchio squalo. Loro che davano un indirizzo falso, così che fosse ammesso in quell'istituto prestigioso. A tanto arrivava l'amore di sua madre. Avrebbe fatto qualunque cosa per lui. Avrebbe dato la vita. Gli fluttuarono le palpebre. E rivide la sua scuola. Grande, luminosa.

«Hai appena mosso gli occhi. Che cos'hai visto?» volle sapere l'uomo gentile, ansioso.

«La mia scuola.»

«Andiamo.»

«Quindi la signora che sibila è nascosta lì?»

«Non lo so. So soltanto che dobbiamo andarci.»

L'uomo gentile si incamminò. Rapido, silenzioso. Sempre all'erta. Le orecchie in ascolto. Dava la caccia a lei. O forse veniva cacciato. Christopher lo osservò mentre si accovacciava dietro agli alberi e ai cespugli, studiava ogni centimetro della strada, cercando una trappola. Ma non c'erano trappole. Solo due parole, scritte con il sangue sulle porte delle case, sul marciapiede. Incise con un punteruolo sulle auto.

TIC TOC.

Lo guidò su per il pendio in cima al quale sorgeva la scuola. Andarono alla finestra del bagno dei maschi. L'uomo gentile appoggiò l'orecchio al vetro e ascoltò i rumori all'interno. Christopher credette di sentire qualcosa, dentro. Qualcosa di freddo, e di malvagio.

«Resta dietro di me», disse il suo amico. «Se è un'imboscata, potrai scappare.»

Aprì la finestra con un crrreak. Scavalcò il davanzale e atterrò sul pavimento di piastrelle fredde. Studiò il buio intorno a lui, come un soldato. Ascoltava con gli occhi. Vedeva con le orecchie. Dopo un minuto che sembrò lunghissimo, alzò gli occhi e con un cenno indicò a Christopher che la via era sgombra.

Scavalcò anche lui, e insieme attraversarono i servizi. Erano bui, si sentiva il gocciolio dei rubinetti che perdevano. L'uomo gentile aprì la porta e diede una sbirciatina al corridoio. Era vuoto, silenzioso. In punta di piedi, superarono gli armadietti di metallo. Immobili, freddi. Come bare verticali in un mausoleo. Christopher si ricordò di quel primo incubo. In cui i bambini andavano verso di lui per mangiarselo vivo. Notò qualcosa di familiare, in fondo al corridoio.

La biblioteca.

Andarono in quella direzione. Christopher sentì il cuore salirgli in gola. L'uomo gentile accostò l'orecchio alla porta, e ascoltò. Nessun rumore. Aprì, lentamente. Il locale era buio, apparentemente vuoto. Il ragazzino si ricordò di aver parlato con la signora Henderson, là dentro. Gli aveva raccontato di David Olson e del suo libro preferito, e poi era tornata a casa e aveva accoltellato suo marito. In punta di piedi, andò agli scaffali, a quello che aveva consultato più spesso. Dove c'era quel volume che conosceva bene.

Frankenstein.

Christopher aprì il libro e sorrise quando vide che cosa gli aveva lasciato il ragazzino, dalla parte immaginaria.

Un altro biglietto di Natale.

Lo fissarono entrambi, in silenzio. Era un altro messaggio. Un altro indizio. Davanti c'era l'immagine di una bella casa con una staccionata bianca coperta di neve. Christopher lo aprì, ma dentro non c'era un messaggio di David. Solo quello prestampato.

Oltre il fiume

E attraverso il bosco

Andiamo a casa della nonna.

Christopher lo guardò ancora. Perplesso. Non gli faceva suonare nessun campanello. Studiò l'illustrazione. La staccionata bianca. La porta rossa. Poi, si voltò per chiedere all'amico che cosa significasse. E in quel momento vide la sua espressione. Che gli fece tremare le dita dei piedi.

L'uomo gentile era terrorizzato.

«Che c'è che non va?» gli chiese.

«So dove sta andando.»

«Dimmelo», riuscì a dirgli, nonostante il groppo che gli chiudeva la gola.

L'amico si prese un momento, e poi sussurrò:

«Ti sei mai svegliato da un incubo così spaventoso da non ricordare nulla di quello che hai sognato?»

«Sì», disse Christopher, che già temeva dove avrebbe portato quella conversazione.

«C'è un posto, qui. Il posto in cui ti ha tenuto per sei giorni.»

Il ragazzino deglutì, a fatica, cercando di fare appello a tutto il suo coraggio. Si sforzò di ricordare quello che gli era accaduto. Non vide nulla.

«Okay, quindi sappiamo dov'è diretta», disse, cercando di sembrare molto più coraggioso di quanto si sentisse in realtà. «Possiamo ancora recuperare la chiave. Possiamo ancora ucciderla.»

«Tu non capisci. Non possiamo semplicemente percorrere il sentiero. È circondato dalle sue guardie. Sono centinaia. Forse migliaia.»

«Io sono invisibile. Posso farlo. Posso coglierla di sorpresa.»

«È esattamente quello che disse David», rispose l'uomo gentile, lucido. «Finché lei non trasformò la sua casa sull'albero nella porta posteriore di questo posto. Il suo scherzo malato. E un avvertimento per tutti noi.»

«David non ci avrebbe lasciato quell'indizio, se non ci ritenesse in grado di ucciderla», disse Christopher. «Dobbiamo procurarci quella chiave. Abbiamo forse un'altra scelta?»

L'uomo gentile annuì. Non c'era nulla di cui discutere.

«Andiamo», disse alla fine.

L'uomo gentile portò fuori Christopher. Le nuvole avevano bloccato il sole, tingendo il giorno di rosso. Rosso sangue. La temperatura era calata bruscamente. Un urlo poderoso si levò dall'orizzonte, colpendo il cielo come una palla da biliardo lanciata da una perfetta steccata, e sparpagliò le nuvole. Sembrava che mille persone avessero preso fuoco e stessero bruciando vive.

«Che cos'è?» chiese Christopher.

«Il suo esercito.»

Svelto, portò Christopher nel parco giochi della scuola. Il ragazzino guardò il campo di foursquare e quello di baseball. L'amico poggiò un ginocchio a terra.

«Christopher, ascoltami con molta attenzione, perché questa potrebbe essere l'unica opportunità di dirti quanto segue. Il mondo immaginario è come un sogno. E in sogno puoi fare qualunque cosa, giusto? Chiudi gli occhi, calma la tua mente e usa l'immaginazione. È così che funziona, qui. Se puoi vederlo con l'occhio della mente, puoi farlo. Puoi volare come Iron Man. Puoi essere più forte di Hulk. Più coraggioso di Capitan America. Più potente di…»

«Thor?» fece Christopher.

«Del martello di Thor. Quindi, se dobbiamo intrufolarci oltre il cancello, dobbiamo farlo in silenzio. Ci puoi provare?»

L'uomo gentile smise di parlare. Ma non di pensare. E Christopher sentì le parole tremare sulla sua pelle.

Puoi volare come Iron Man.

Annuì. Chiuse gli occhi e placò la sua mente. Il prurito strisciò sulla sua pelle come un esercito di formiche. La fronte gli divenne bollente, per la febbre. Sembrava il calore che faceva volare le mongolfiere. Con l'occhio della mente, si vide fluttuare come i palloncini del Balloon Derby. D'un tratto, l'aria si fece più sottile. Immaginò il mondo da un'altezza di tre metri. Sei. Stava volando come un palloncino.

Jerry ha trovato i palloncini!

Jerry ucciderà mia madre!

La voce gli squarciò la mente. Aprì gli occhi e vide che si trovava a sei metri da terra. Si fece prendere dal panico e cadde, atterrando con un tonfo sordo. L'uomo gentile lo tirò su.

«Scusa», disse il ragazzino.

«Non scusarti. L'addestramento non è stato sufficiente. È colpa mia. Troveremo un altro modo.»

Rimasero entrambi in silenzio per un momento. Christopher guardò l'orizzonte. Vide un uccello volare tra le nuvole. Un altro che cadeva. Si girò verso le altalene. Pensò al giorno in cui aveva visto per la prima volta faccia di nuvola, in cielo. Stava andando in altalena. Aveva saltato e i Pirates avevano vinto le World Series. Forse non era ancora in grado di volare come Iron Man.

Ma forse poteva atterrare come lui.

«E le altalene?» chiese.

L'uomo gentile le guardò e studiò la traiettoria.

«Quelle funzionerebbero. Andiamo.»

Christopher saltò su un seggiolino. Il suo amico su quello a fianco.

«Arriviamo alla signora che sibila finché c'è luce.»

Christopher annuì. L'uomo gentile infilò una mano in tasca e gli porse un fodero di cuoio morbido.

«Questa me la diede mio padre. Adesso è tua.»

Christopher lo aprì: all'interno c'era una lama d'argento, opaca. Non era una spada scintillante di quelle che si vedono nei film. Era comune. Come lui.

«Usala saggiamente, figliolo.»

Christopher annuì, e poi cominciarono a darsi da fare, muovendo gambe e braccia. Spingendosi sempre più in alto, come aveva fatto un centinaio di volte con Lenny Cordisco, in Michigan. Allora, arrivavano il più in alto possibile, e poi mollavano la presa e facevano un salto di un metro e mezzo nella sabbia. Ma adesso erano più in alto.

Adesso si trattava di saltare l'orizzonte.

Christopher guardò l'uomo gentile. Non aveva mai visto un'espressione tanto serena sul viso di nessuno. Era l'orgoglio di un padre, ma lui non era un padre. A parte mamma, Christopher non aveva mai avuto nella sua vita una persona che l'avesse guardato con tanto affetto.

«Chiudi gli occhi. Calma la mente.»

Christopher obbedì. Prese un respiro profondo e chiuse gli occhi, perdendosi dietro le palpebre. Immaginò di aggrapparsi alle catene, di sbattere le gambe e di dondolarsi una volta. Due. Tre.

Vai.

Con gli occhi della mente, si vide mollare le catene e lanciarsi come un proiettile di fionda attraverso l'aria, accanto al suo amico. Immaginò di vedere il mondo che rallentava, mentre salivano verso le nuvole. Sempre più su. La scuola era piccola come un modellino, sotto di loro. Vide tutto con l'occhio della mente. Il campo da baseball. L'autostrada, dalla parte reale. Le auto ribaltate. I cervi morti. Il sentiero della distruzione era quasi completo.

Vide il suo corpo colpire la nuvola, prima di sentirla.

La nuvola non era morbida come un cuscino. Sembrava vapore acqueo freddo, come quello dell'umidificatore che sua madre accendeva quando era malato. Chissà perché gli era venuta in mente lei. Doveva essere in ospedale con lui. Gli accarezzava i capelli e gli diceva che sarebbe andato tutto bene. Non vedeva l'ora di uscire e dirle delle nuvole.

«Sanno di zucchero filato freddo, senza zucchero, mamma.»

Continuavano a salire, sempre più in alto, i loro corpi che andavano oltre la linea delle nubi. Christopher guardò giù e le vide, grosse e belle, che si muovevano lentamente sopra la città. Si scontravano tra loro, come in una battaglia con i cuscini. E quando si scontravano, generavano un fulmine.

Entro pochi secondi, si scatenò una raffica di ozono morbido e caldo, accompagnato da un rombo di tuono. Cominciò a nevicare. Una nevicata delicata, che lavò via la paura.

Come una marea.

Christopher immaginò di salire ancora. Le stelle luccicavano come fiocchi di neve alla luce del crepuscolo. Per un attimo pensò che il paradiso dovesse essere così. Te ne stavi seduto su una nuvola. A guardare le stelle. Sentiva la mano calda di sua madre sulla fronte. Per sempre. Si ricordò di padre Tom, che spiegava che la Trinità era Dio sotto tre forme diverse. Così come l'acqua può essere acqua, ghiaccio, vapore.

O nubi.

Più che volare, nuotavano nell'acqua, in cielo. Era tutto uguale, adesso. La sua immaginazione era il limite del suo potere. Immaginò che fosse quello il motivo per cui la signora che sibilava aveva bisogno di bambini. Gli adulti non sono bravi a rammentare quanto possano essere potenti, perché a un certo punto, strada facendo, sono stati rimproverati per la loro immaginazione.

Pensarlo equivale a farlo.

«Preparati», gli disse l'uomo gentile.

Sentì che stavano cominciando a cadere, colpendo le nuvole a una velocità molto elevata.

Christopher non aveva idea di dove fossero arrivati. Né da quanto tempo fossero lassù. Il tempo si era perduto, nella sua immaginazione. Scendeva sempre più rapidamente. Sbucò dalle nubi e guardò giù. Avevano attraversato la città.

Erano sopra il bosco di Mission Street.

Ma il bosco sembrava diverso. Più grande, e più maligno in qualche modo. Il sole aveva sciolto la neve sulle cime degli alberi, ma la radura era ancora imbiancata. L'albero era al centro, come un puntino nero. Gli ci volle un momento per capire che cosa stava guardando.

Il bosco era un occhio gigantesco.

Che guardava il cielo e osservava le stelle cadenti. Anime che ascendono al cielo, o soli che muoiono. Un figlio che muore. La radura era il bianco dell'occhio, l'albero la pupilla. Pupilla, pupillo. Si dice anche dell'allievo preferito.

Continuavano a scendere. L'uomo gentile era più pesante e cadeva più rapidamente. Si stavano separando.

«Creerò un diversivo! Raggiungila prima che faccia buio!» disse l'uomo gentile, cadendo dal cielo. «Ricorda che cosa sei!»

Con l'occhio della mente, Christopher vide l'amico cadere violentemente sulla strada, mentre lui volava verso il lato del bosco che gli operai del signor Collins avevano già disboscato. Vide enormi cataste di tronchi attorno a una radura appena sgombrata. Sembravano denti estratti dalle gengive da mani furiose. Ceppi come lapidi. Che circondavano una grande radura di terra rivoltata, fango e attrezzature.

E in quel momento vide la signora che sibilava.

Stava al centro della radura melmosa, circondata da un centinaio di cervi. Non parlava. Toccava la testa a quegli animali, che si inchinavano quasi a adorarla. Intorno c'erano migliaia di persone-cassetta. Ciascuna delle quali reggeva lo spago legato alla persona successiva. La fila si allungava fin oltre l'orizzonte.

Era il suo esercito.

Christopher aprì gli occhi e precipitò. Il suo corpo colpì il terreno con un rumore tremendo. L'impatto gli tolse il fiato dai polmoni. Sentì il torace schiacciato e si sforzò di respirare come un pesce rosso che si dimena accanto alla sua boccia. Era sicuro che lo avessero sentito, ma i gemiti delle persone-cassetta affogarono il rumore. Christopher alzò gli occhi al cielo. Il sole baciava le cime degli alberi.

Era al centro dell'accampamento nemico.

L'uomo gentile non si vedeva da nessuna parte.

Gli restavano dieci minuti di luce.

81

Kate alzò gli occhi, quando il bambino si mosse improvvisamente nel letto d'ospedale. Gli occhi di Christopher guizzavano dietro le palpebre abbassate. Gli prese la mano e sperò con tutto il cuore e con tutta l'anima che le sollevasse. Che le mostrasse i suoi occhi perfetti. Gli occhi di suo padre. Ma la speranza se ne andò con il rumore delle macchine che tenevano in vita il suo corpo con un crudele bip bip bip. Si voltò verso la finestra e vide che il sole stava tramontando. Un brivido l'attraversò. Presto sarebbe scesa la notte, la notte spaventosa. E suo figlio sarebbe stato perduto, là dentro.

Si girò verso Ambrose. Aveva gli occhi bendati. Abbassò lo sguardo sul diario che aveva tra le mani. Tutto quello che aveva passato David, lo aveva vissuto anche il suo bambino. Il prurito. Le emicranie, le febbri. Entrambi avevano saputo rispondere a tutti i test. Erano stati tormentati dalla signora che sibilava. Quindi, qualunque cosa avesse fatto David, adesso stava per farla Christopher. Si sentì mancare quando voltò pagina.

Era l'ultima annotazione di David.

La temperatura nella stanza scese bruscamente. Il suo respiro gelava a contatto con l'aria. Per poco non le si fermò il cuore. La calligrafia era quasi illeggibile, ormai.

25 giugno

Ambrose, vado a uccidere la signora che sibila. Se leggi questo diario, significa che non ce l'ho fatta. Ma voglio che tu sappia com'è stato il mio ultimo giorno. Quando mi sono alzato, stamattina, mi sono sentito in pace. Lo so che sembra strano, ma è vero. Ho avuto la sensazione che la mia intera vita mi avesse portato a questo momento. Come se avessi vissuto otto anni con quest'unico scopo. So che cosa devo fare. Devo seguirla nella mia casa sull'albero. Non so che cosa troverò ad aspettarmi dall'altra parte. Quel posto è così spaventoso che dimentichiamo i nostri incubi. Ma, se non ci vado, credo che ogni cosa morirà. Non so se domani sarò vivo. Mi chiedo che cosa proverò.

Ambrose, dopo che avrai letto queste pagine, ti prego, non essere troppo duro con te stesso. Mi rendo conto che hai solo diciassette anni. Quindi non biasimarti per non avermi ascoltato, perché nemmeno io avrei creduto alle mie parole. Ecco cosa significa essere Dio, qui. Significa sapere cose. So che, se stai leggendo, non sei morto. E, quindi, che in qualche modo sono riuscito a tenerla dentro al mondo immaginario, lontano da te. E questo mi basta.

So che sei una brava persona. So che ti mancherò ogni giorno. Ma io ci sarò, Ambrose. Ti guarderò da qui. Mi assicurerò che nessun incubo riesca ad avvicinarti. Quindi, anche se ti sentirai triste, il sonno ti darà tregua. E, ogni volta che sentirai l'odore di un guantone da baseball, saprai che sono io. Ambrose, starò in guardia per te ogni giorno, finché non andrai in paradiso. Ti proteggerò sempre. Ti voglio bene, fratellone.

Kate dovette fare uno sforzo per decifrare l'ultima frase.

Sei Il mio miGLiore amICo.
DAVID

Chiuse il diario. Lei e Ambrose rimasero in silenzio un istante. Poi prese la mano dell'anziano, in cerca di sostegno, e si voltò a guardare la finestra. La parte inferiore del sole stava toccando l'orizzonte. Sarebbe tramontato entro pochi minuti, mentre il suo bambino era intrappolato nella parte sbagliata della notte. Se la storia era destinata a ripetersi, sapeva che la signora che sibilava lo stava conducendo lungo un vicolo cieco. Guardò suo figlio, disteso sul letto, con i tubi che gli uscivano dalla bocca. Avrebbe voluto mettersi a urlare. Urlare attraverso le macchine che lo tenevano in vita.

«Non seguirla, Christopher», pregò. «Non entrare nella casa di David.»

82

Il sole stava tramontando.

Christopher aveva dieci minuti.

Vide la signora che sibilava al centro del campo nemico, impegnata con i preparativi in vista della guerra. Le venivano portati i cervi. Lei sussurrava loro nelle orecchie. E poi li rispediva nel bosco. Alle loro posizioni.

Aspettavano che lo specchio tra i mondi andasse in pezzi.

Christopher strisciò nel fango per avvicinarsi. Era invisibile soltanto con la luce del giorno. Non avrebbe avuto una possibilità migliore di quella. Doveva impossessarsi di quella chiave seppellita nella carne attorno al collo della signora.

Sfoderò la lama d'argento opaco.

«Che cos'è stato quel rumore?» sibilò una voce lì vicino.

Il bambino trattenne il fiato. Guardò le persone-cassetta che si accoccolavano accanto alla signora che sibilava, come gattini sulla gamba della padrona. Erano di ogni forma e dimensione. Di ogni età e sesso, e colore. I suoi soldati. Si domandò chi fossero stati, prima di ritrovarsi in quella radura e di lasciarsi aprire le zip che chiudevano i loro occhi, così che lei li baciasse.

«Chrissstopher», dicevano le voci. «Ci sei?»

Persone-cassetta e cervi si radunarono nell'area intorno a lui, annusavano, giravano in cerchio. Pungolavano il terreno. Christopher si fece più piccolo che poteva. Si avvicinavano. Lui sollevò la lama d'argento. I cervi arrivarono al suo viso, e lo trapassarono con lo sguardo. Naso contro naso. Un passo ancora e lo avrebbero scoperto.

D'un tratto, dal campo si levò un grido. Si voltarono per vedere da dove fosse giunto quel trambusto.

Era l'uomo gentile.

Sanguinava. Stava cercando disperatamente di scappare. Di tenere a bada i cervi. Uno per uno. Finché un maschio non gli piantò le corna nelle mani e nei piedi, spezzandosele. Le più appuntite le lasciò per il petto. Lo trascinò di fronte alla signora che sibilava e lo depositò ai suoi piedi come un gatto che offre un topo alla sua padrona.

«NO!» strillò l'uomo gentile.

Un grido un po' troppo forte. Christopher comprese che era il suo diversivo. Il suo sacrificio. La signora lasciò il suo posatoio e andò verso di lui. Christopher strisciò nella loro direzione. Le persone-cassetta fecero alzare il suo amico. La signora che sibilava afferrò un corno spezzato e glielo strappò fuori dal corpo.

«LUI DOV'È?» urlò.

L'uomo gentile rimase in silenzio. Allargò le braccia. I cervi gli morsero i piedi. Le persone-cassetta lo graffiarono con le unghie. Christopher guardò, mentre l'amico sorrideva e incassava la sua punizione, sapendo che lui era lì, al sicuro e invisibile, per dare la caccia a lei. La signora che sibilava rimosse l'altro corno che gli spuntava dal petto. Lo strappò con violenza e lo gettò a terra. L'uomo gentile si piegò in due per il dolore. Christopher continuò a strisciare. Con la lama in mano. Doveva prendere la chiave. Salvare sua madre. Salvare il mondo.

«DOV'È IL BAMBINO?» sibilò ancora.

«Puoi farmi urlare, ma non mi costringerai a parlare.»

Lei non rispose. Si limitò a sorridere. Un sorriso contorto. Crudele. E maligno. Sollevò le braccia e tutte le creature nel campo spalancarono la bocca. Un urlo tremendo squarciò il cielo. Il suono era insopportabile. Christopher lasciò cadere la lama e si coprì le orecchie, mentre la signora che sibilava accennava un movimento con il capo, e tutti si mettevano in marcia.

Si addentravano nel bosco di Mission Street.

Il ragazzino raccolse la lama e seguì il corteo lungo un ampio sentiero. C'era una persona-cassetta a ogni albero. I cervi mordicchiavano loro le caviglie, per tenerle in riga. Delimitavano il percorso come guardrail lungo un'autostrada. Christopher guardò il cielo, tra gli alberi. Aveva forse tre minuti di luce. E poi sarebbe diventato visibile. Doveva prendere la chiave. Ora.

Poi guardò davanti a sé. L'uomo gentile doveva fare uno sforzo per camminare. Le carni straziate, perdeva sangue dalle ferite. Inciampò e cadde. I cervi lo morsicarono per farlo continuare.

L'esercito percorse un sentiero lungo e tortuoso, che il bambino non aveva mai visto prima. O forse sì? Non ne era sicuro. La sensazione gli ricordò i sogni che faceva sua madre, in cui all'improvviso il loro appartamento aveva tre stanze in più, di cui non si era mai accorta. Era lì con lui. Da qualche parte. In qualche modo, c'era.

Andavano verso il tunnel della miniera, che si apriva come una caverna gigantesca. L'impalcatura di legno ricordava le fauci di una creatura che scattavano. Clic clic clic. Gli zoccoli dei cervi. Clic clic clic. Christopher andò dietro di loro. O forse non era lui a seguirli, ma si stava facendo guidare? Non lo sapeva più. Poteva essere una trappola, ma non aveva nessun altro posto dove andare. Il corteo lasciò il tunnel attraverso un'altra uscita, che non aveva mai visto. Che rimaneva nascosta dalla parte reale. E quello che vide lo terrorizzò.

Un piccolo, bellissimo giardino.

Un giardinetto perfetto con fiori, erba e sempreverdi. Gli alberi erano talmente fitti che impedivano alla neve di arrivare a terra. La luce però ci arrivava. Ed era meravigliosa. Faceva insolitamente caldo per quella stagione. Una magnifica giornata di primavera, che però aveva l'aria frizzante e balsamica dell'autunno. Non aveva mai provato una simile sensazione di perfezione.

Il corteo si fermò.

La signora che sibilava era di fronte a un albero molto alto. Christopher guardò su e vide qualcosa... qualcosa di bello, di bianco... appollaiato sui rami dell'albero, a tre metri da terra. Una scala che scendeva e che sembrava fatta di dentini da latte. E una porta di un bel rosso vivace.

Era la casa sull'albero di David.

«David!» chiamò la signora che sibilava. «Vieni fuori!»

La porta si aprì. Sulla soglia apparve David Olson. Che strisciò giù dalla casa come un serpente e andò verso la donna. Lei gli accarezzò la testa, come a dirgli: «Bravo bambino». Si girò verso la folla e alzò una mano. Rullarono i tamburi. Le persone-cassetta trascinarono l'uomo gentile su per la scala. La signora li seguì.

L'ultimo a entrare fu David. Quando giunse sulla soglia, si voltò a guardare il bosco. Forse sapeva che lui era lì. Forse pensava che il messaggio non gli fosse arrivato in tempo. In ogni caso, aveva lo sguardo più triste che gli avesse mai visto.

«David! Vieni subito!» sbraitò la signora che sibilava.

Lui la seguì nella casa come un cagnolino ubbidiente e chiuse la porta.

Christopher guardò il cielo rosso attraverso i rami.

Gli restavano trenta secondi di luce.

C'erano ancora decine di cervi e persone-cassetta, attorno all'albero. Di guardia. Si preparavano alla battaglia. In adorazione. Non aveva tempo da perdere.

Corse alla casa.

«Che cos'era quel rumore?» sibilarono le voci.

Christopher non si fermò. Corse sempre più veloce. Doveva entrare prima che tramontasse il sole. Era l'unico fattore sorpresa che gli fosse rimasto. Aggirò le persone-cassetta. E scavalcò i cervi.

«Lui è qui? Dov'è?» urlavano le voci.

Corse fino ai piedi dell'albero. Afferrò la scaletta e cominciò a salire gli scalini che sembravano dentini da latte. La luce era sempre più debole.

Arrivò alla casa.

La finestrella di vetro era appannata per via del freddo. Non riusciva a vedere dentro. Non aveva idea di quello che ci fosse all'interno. Ascoltò. Niente, non udì nessun suono.

Girò il pomello. Lentamente, aprì la porta. Il battito del suo cuore accelerò. Lanciò un'occhiata all'interno. Non c'era nessuno. Solo una vecchia fotografia di Ambrose appesa alla parete. Le uniche altre decorazioni erano graffi lasciati dalle unghie. David che aveva tentato di uscire? Qualcosa che aveva provato a entrare. Le persone-cassetta e la signora che sibilava erano andate via da parecchio tempo. Di David Olson non c'era traccia. Nessun segno dell'uomo gentile. Che cos'era quella casa? Un portale? Una porta che dava accesso a un altro livello? Una trappola?

Mise un piede oltre la soglia.

Si girò a guardare l'orizzonte. Vide l'ultima falce di sole toccare la cima della Terra. Le nuvole fluttuavano come facce di un pubblico. Sentì l'intera città. Migliaia di rane che cercano di uscire dall'acqua bollente.

Entrò. Non aveva idea di quello che sarebbe successo quando avesse chiuso la porta e si fosse incamminato in quel luogo in cui gli incubi erano talmente spaventosi da venire completamente dimenticati.

Il mondo tacque. Christopher pensò che forse si stava avviando verso la sua morte. Ma non aveva scelta.

Chiuse la porta, mentre fuori il giorno lasciava il posto all'oscurità.

83

BiIp.

Kate era talmente concentrata sul diario che non sentì subito il rumore delle apparecchiature mediche a cui era collegato Christopher.

BiIp.

Lesse di nuovo l'ultima annotazione. Doveva esserci qualcosa che si erano lasciati sfuggire. Qualche indizio su come aiutare Christopher. David era andato nella sua casa sull'albero, quella notte. Era andato nel bosco. E nessuno l'aveva più rivisto. Che cosa gli era successo, là? Com'era morto?

biIp. biIp.

«Che cos'è quel rumore?» volle sapere Ambrose.

Kate lo guardò. Anche con le bende che gli coprivano gli occhi, poteva leggere la paura sul suo volto. Un peso tremendo le opprimeva il petto. Sentiva i battiti del suo cuore attutiti, quasi fosse sdraiata in una vasca da bagno. Il mondo era sott'acqua.

biIp. biIp. biIp.

Il terzo suono fu inconfondibile. Era cambiato qualcosa. Kate si voltò verso la macchina che controllava i valori del bambino, cercando con lo sguardo il motivo di quel segnale. Fu allora che se ne accorse: la temperatura di Christopher… si era alzata. Era rimasta costantemente sui trentasette gradi. Fino a quel momento.

Adesso era salita a 38,9.

Si raddrizzò sulla sedia. Prese la mano di suo figlio. Era bollente.

«Ti tirerò fuori di lì. Ti do la mia parola. Ma tu devi combattere per me. Combatti!» esclamò.

39,4.

Grazie a Internet e al panico dei primi periodi della maternità, sapeva che la temperatura al di sopra dei quaranta gradi è pericolosa. A 42 il cervello comincia a cuocere.

biIp. biIp. biIp. biIp.

40.

La porta si aprì. Medico e infermiera presero a muoversi rapidamente nella stanza.

«Signora Reese, abbiamo bisogno che ci lasci soli. Subito.»

«No», fece lei. «Posso dare una mano.»

«Sicurezza!» chiamò il dottore a gran voce.

Un istante dopo, le guardie erano lì. Kate pensò che fossero rimaste fuori ad aspettare quel momento. Ambrose le mise una mano sulla spalla, per calmarla.

«Non sarà necessario, dottore», disse. «Stavamo uscendo.»

«Col cazzo!» urlò Kate.

Ambrose le strinse la spalla e le sussurrò qualcosa all'orecchio.

«Non può aiutarlo con una camicia di forza.»

Kate guardò gli addetti alla sicurezza. Due ragazzoni con due pance ancora più grandi. Che si grattavano ossessivamente il viso, madido di sudore a causa dell'influenza. Uno era armato di spray al pepe. L'altro aveva un manganello.

«Il dottore vi ha chiesto di uscire...» ribadì il più grosso, inghiottendo quel «troia» che aveva sulla punta della lingua, e spingendo l'appellativo sostitutivo attraverso la bile che gli era salita in gola «... signora.»

Non c'era una cellula del suo corpo che non avesse voglia di opporsi, ma sapeva che avrebbero finito per rinchiuderla.

Dacci solo un motivo... signora troia.

«Certamente», disse con finta cortesia. «Chiedo scusa.»

E poi, con calma, uscì spingendo Ambrose sulla sua carrozzina. Nel farlo, lanciò un'ultima occhiata alla macchina che misurava i parametri vitali, su cui la febbre continuava inesorabilmente a salire.

40,5.

biIp. biIp. biIp. biIp. biIp.

41,1.

84

QUANDO scese la notte, qualcosa cambiò. Nessuno disse nulla, ma lo sentirono tutti. La temperatura calò bruscamente. Si levò il vento, silenzioso, che toccò come un sussurro il collo di mille persone.

è oRa

«Eddie, è ora. Da' retta alla nonna.» SpecialEd era seduto nella sua stanza, con la pistola del padre in mano. Guardò l'albero fuori, nel giardino sul retro, con un ramo incurvato che ricordava un sorriso malato. Caricala, Eddie. È ora di andare nel bosco, Eddie. Andiamo a casa di nonna, Eddie.

SpecialEd mise i colpi nel tamburo, un proiettile in ogni camera, clic clic clic.

Poi la gettò nello zaino insieme con il resto delle provviste che nonna gli aveva detto di preparare. Chiuse la zip del giaccone e aprì la finestra. Saltò fuori e afferrò il ramo ricurvo, che lo calò a terra come un serpente. Va' nel bosco, Eddie. Brady proverà a impadronirsi della casa sull'albero, Eddie. Non permettere che la prendano. Eddie. Brady. Eddie.

«Da' retta alla nonna.»

è oRa

«Mi hai sentito, Brady? È ora. Da' retta alla nonna», disse la signora Keizer.

Brady Collins provò ad aiutarla a tirarsi su, ma le articolazioni artritiche scattarono e lei ricadde sul suo letto d'ospedale.

«Brady, sono troppo vecchia per camminare fino al bosco, ma tu ricorda che cosa ti ho detto di fare, d'accordo?»

«Sì, nonna.»

Il ragazzino andò all'armadio. Si mise sciarpa e giaccone. Afferrò lo zaino, che aveva riempito di provviste mentre attendeva l'arrivo dell'ambulanza che avrebbe portato sua madre in ospedale. Aveva trovato il coltello da caccia di suo padre e una rivoltella che aveva fatto la Seconda Guerra Mondiale.

Adesso, chiuse lo zaino e andò verso il letto.

«Spero che tu riesca a ricordare il tuo nome da nubile, nonna.»

«Ci riuscirò, se vinceremo la guerra.»

Brady annuì. Le diede un bacio sulla guancia coperta di peluria e se ne andò. C'era così tanta gente che nessuno badò a quel bambino di otto anni con lo zaino in spalla. Uscì senza problemi e si incamminò per coprire il lungo tragitto fino al bosco. Avrebbe voluto dire addio a papà, ma lui era al capezzale di mamma, in terapia intensiva. Sperò che, quando lei si fosse svegliata, si sarebbe scordata di Kathy Kaizer. Se lo meritava. In fondo, si era sacrificata per distrarre il marito, impedendogli di abbattere il bosco entro la mezzanotte. Peccato, pensò, che tutto il resto non avesse funzionato.

Ma adesso è ora, Brady. Jenny. Brady.

è oRa

«Jenny?» sussurrò la voce. «È ora, Jenny.»

Sembrava quella di sua madre. Dolce, sommessa. Calda come una coperta. Jenny Hertzog infilò una mano sotto il cuscino e tirò fuori il coltello. Guardò il riflesso dei suoi occhi nel metallo, e sorrise quando immaginò la lama che scompariva nella carne del suo fratellastro. Poi percorse il corridoio fino a raggiungere la stanza di lui, e aprì la porta senza bussare. Lui era al computer, e si stava slacciando la zip dei pantaloni.

«Scott!» lo chiamò. «Scott?»

«Cosa cazzo vuoi?» sbraitò lui spaventato.

«Vado nel bosco. Vuoi venire?»

«Perché cazzo dovrei venire nel bosco con te?»

«Perché ti darò tutto quello che vuoi.»

Il fratellastro chiuse subito il computer. Jenny gli andò vicino e gli prese la mano. Dal suo braccio, il prurito passò a quello di lui. Com'era successo ogni notte, mentre lui dormiva. Per giorni, aveva respirato con la bocca così da non sopportare l'odore acre nella sua stanza. Di calzini, sudore e del farmaco per l'acne. Per giorni aveva toccato quella miserabile mano sudaticcia. Preparandosi a quella notte.

La guerra era giunta e la mamma le aveva detto che avevano bisogno di soldati. Ma le aveva anche promesso che, non appena i buoni avessero vinto, avrebbe avuto il permesso di tagliare la faccia a Scott e di fargliela mangiare. Finalmente avrebbe fatto sgorgare il sangue del suo fratellastro, in cui sarebbero annegati lui e tutto il fottuto mondo.

è oRa.

La signorina Lasko aveva il viso nella tazza del gabinetto quando sentì un sussurro dolce e bagnato sulla nuca. Era nella toilette delle signore, al bar, e stava cercando di vomitare. Non perché si sentisse male. No. Perché era ancora sobria. Aveva pensato che, se avesse vuotato lo stomaco e poi l'avesse riempito con una bottiglia intera di Jack Daniel's, se non altro sarebbe stata un pochino brilla. Ma non aveva funzionato. Si mise a piangere. Era passato così tanto tempo dall'ultima sbronza che non ricordava nemmeno la sensazione. Non che non avesse più assunto alcol. Al contrario, vi si affogava ogni sera. Ma quel dannato prurito non glielo faceva sentire. E adesso sentiva tutto il resto. La vita era diventata una spietata sbronza asciutta che le faceva ricordare tutte le cose tremende che aveva fatto. E tutte le cose tremende che erano state fatte a lei. E la situazione era degenerata al punto che si era ritrovata a mettersi in ginocchio davanti al gabinetto, pregando Dio di farla ubriacare ancora. E all'improvviso, con sua immensa gioia e con profondo sollievo, finalmente ricevette risposta. Una vocina le disse che sarebbe tornata a sentire gli effetti dell'alcol. Non doveva fare altro che recarsi in un «posticino fuori orario» nel bosco di Mission Street.

è oRa.

Andò avanti così per un'ora, circa. La gente in ogni parte della città smetteva di fare quello che stava facendo e si incamminava verso il bosco. Doug era nel bel mezzo della cena di Natale, quando sentì vibrare il telefono.

Lei ti tradisce, Doug. Non ti ha lasciato andare fino in fondo, ma agli altri ha permesso di fare tutto quello che volevano. Le è piaciuto da morire, Doug. È incinta, Doug. Aspetta il figlio di un altro. Ma il bosco curerà il tuo cuore spezzato. È ora.

Debbie Dunham si stava scopando l'addetto alla sicurezza nel parcheggio del Giant Eagle, dopo aver venduto tutte le scorte rimaste.

Smettila di fotterti quel tipo, Debbie. Il bosco farà passare il dolore. È ora.

L'anziana era seduta in soffitta, si dondolava sulla sua sedia.

Sappiamo che nuotavate nell'Ohio, insieme. Lui era un ragazzo bellissimo. Ed è qui, nel bosco. Vuole vederti, Gladyssss. È ora.

Mike e Matt erano a tavola con le loro mamme. La tradizione natalizia dei Gabrielson-Scott – cibo cinese e film – era cominciata con un giorno di anticipo. Terminata la cena, i ragazzini spezzarono i loro biscotti della fortuna.

Mike, se prendono la casa sull'albero, lei ucciderà tuo fratello.

Matt, aiutami, ti prego. Christopher è intrappolato. È ora.

Padre Tom stava preparando la messa di mezzanotte, quando la signora Radcliffe ebbe l'idea bizzarra di celebrare la funzione nel bosco di Mission Street. Lui non approvò. Disse che era un abominio. Così, il coro gli saltò addosso, e lo morsicò e lo pugnalò e lo lasciò sull'altare sanguinante, mentre cominciava a cantare. Un canto che non avevano mai provato prima, ma di cui in qualche modo conoscevano tutti la melodia.

è oRa.
è oRa.
è oRa.

Ma forse il pensiero più strano fu quello che si affacciò alla mente dell'infermiera Tammy, mentre si prendeva una pausa per fumare una sigaretta, di cui aveva un grande bisogno, dopo i giri in terapia intensiva. Un pensiero talmente strano che all'inizio credette dipendesse dall'aver lavorato settantadue ore filate, per via della carenza di personale. La settimana scorsa aveva visto più sparatorie, accoltellamenti e tentativi di suicidio di quanti gliene fossero capitati da quando si era diplomata a Pitt, quasi dieci anni prima.

Era cominciato tutto quando una donna aveva colpito il marito alla gola con un coltello. Poi Mary Katherine era andata addosso a Christopher e a sua madre, con l'auto. Lo sceriffo si era beccato una pallottola nel petto. Un clown si era sparato alla tempia. La signora Collins aveva deliberatamente ingurgitato un litro di pittura per interni. Ma c'erano state altre cose. Autisti ubriachi. Scazzottate nei locali. Incidenti. Il peggiore era quello che aveva coinvolto l'autista dello scuolabus, il signor Miller, che praticamente si era impalato sulle corna di un cervo mentre riportava il mezzo al deposito, dopo aver fatto scendere l'ultimo bambino per lo spettacolo di Natale. Una carneficina. Ma non era questa la parte più strana. No.

La parte più strana era il fatto che non fosse morto nessuno.

Non riusciva proprio a ricordare quando ci fosse stato l'ultimo decesso. In effetti, il medico legale diceva scherzando di sentirsi un po' in colpa, perché tutti gli altri stavano lavorando come matti, mentre il suo ultimo incarico era stato l'autopsia sullo scheletro di quel bambino rinvenuto nel bosco. Come si chiamava? David Qualcosa. Quando era successo? Un mese prima, forse. Un intero mese senza decessi. Wow.

È un miracolo di Natale.

L'infermiera Tammy diede altri tre avidi tiri e tornò dentro. Ma non prima di aver ringraziato Dio che a mezzanotte, finalmente, sarebbe finito il suo turno. Poche ore e poi sarebbe tornata a casa e si sarebbe gustata un buon calice di merLOT con suo padre. Poche ore a Natale.

Ma... se la gente non muore più, significa che si sta avvicinando la fine del mondo.

85

Mary Katherine aprì gli occhi. Guardò fuori, verso il tramonto, e provò una nausea terribile. Era la vigilia di Natale. Ma non sarebbe andata da zia Gerri a mangiare la sua zuppa di funghi. Non sarebbe andata in chiesa ad ascoltare la messa di mezzanotte di padre Tom. Aveva spinto l'auto a centonovanta all'ora. E in quel momento cruciale, quando il cervo si era buttato in mezzo alla strada di fronte a lei, non aveva pensato ad altro che a salvarsi. Per tenersi lontana dall'inferno, aveva girato il volante ed era andata a sbattere contro l'auto dove viaggiavano Christopher e sua madre.

Sei egoista, Mary Katherine. Sei così egoista.

La voce le divorava lo stomaco, mentre i ricordi tornavano come un'alluvione. L'impatto terribile. Le lamiere che si squarciavano, l'esplosione di vetri. Le pinze che aprivano le auto come barattoli di zuppa. I paramedici che estraevano Christopher e la signora Reese dai rottami. Erano delle persone così carine. Brava gente.

Sei andata addosso a un bambino per evitare l'inferno, Mary Katherine.

Mary Katherine avrebbe dato qualunque cosa per sostituirsi a lui. Ma non le era successo niente che una giornata di sonno non avrebbe potuto sistemare. Aveva la cintura e l'airbag. Stava bene. Avrebbe voluto che l'airbag la uccidesse. O che la cintura la strangolasse. Avrebbe meritato di morire in quell'incidente.

Meriti tutto quello che ti sta succedendo, Mary Katherine.

Alla fine, si costrinse ad abbassare gli occhi sul suo corpo. Vide la camicia da notte da ospedale. Il monitor dei parametri vitali agganciato all'indice. Il monitor cardiaco che faceva bip, bip bip. Quando l'avevano portata in ospedale, un'esausta infermiera Tammy le aveva detto di non preoccuparsi. E di riposare. Perché si sarebbe ripresa. Il dottore avrebbe potuto dimetterla subito.

Se non fosse stato per il bambino.

La porta si aprì.

«Mary Katherine?»

Sua madre entrò nella stanza. Corse da lei, in lacrime, e l'abbracciò, e la lasciò andare, e l'abbracciò ancora e ancora.

«Mamma, mi dispiace.»

Mary Katherine non poteva capire che sua madre non era in collera con la figlia diciassettenne perché era troppo sollevata al pensiero che quella figlia diciassettenne – che ricordava di aver allattato e cresciuto – non fosse morta in quell'incidente. Non poteva sapere che, per quanto un figlio si senta cresciuto, per i suoi genitori sarà sempre più piccolo.

«Grazie a Dio stai bene», disse. «Sia lodato Gesù.»

La ragazza guardò entrare suo padre. La mascella, serrata per la collera, dopo ore aveva cominciato a scrocchiare. Collera per la sua disobbedienza. Per la sua sconsideratezza. Per l'ammontare dei conti dell'ospedale e del premio dell'assicurazione, e della retta della Notre Dame, per cui adesso si sarebbero ritrovati indebitati fino al collo.

«Papà», disse. «Mi dispiace tanto.»

Era muto, come una statua. E non la guardava. Se ne stava lì, a grattarsi la testa. Da bambina, credeva che si fosse grattato via i capelli, come la gomma in cima a una matita. Aspettò che parlasse ma, quando non lo fece, gli chiese l'unica cosa di cui le importasse, in quel momento.

«Come sta Christopher?»

«È in coma», le rispose. «Rischia di morire, Mary Katherine.»

La colpa che aveva sentito fino a quel momento era stata solo una prova, che l'aveva condotta fin lì. La ragazza diventò rossa per la vergogna. Gli occhi le si colmarono di lacrime, le tremò la voce.

«Mi dispiace, papà. È tutta colpa mi...»

«Che cosa diavolo ci facevi per strada alle due del mattino?» la interruppe lui.

La voce di suo padre suonò diversa alle sue orecchie. Non l'aveva mai visto così infuriato. Lei rimase in silenzio. Guardò sua madre.

«Non guardare lei. Guarda me. Che cosa ci facevi in giro, Mary Katherine?»

Lei guardò suo padre negli occhi. Era terrorizzata.

«Sono andata in chiesa.»

Nell'istante in cui quelle parole uscirono dalle sue labbra, le si rivoltò lo stomaco. Non stava mentendo. Era andata sul serio in chiesa. Ma solo dopo aver acquistato tre test di gravidanza. Solo dopo aver fatto pipì su tre stick. Solo dopo aver letto tre risultati positivi. Padre. Figlio. Spirito Santo.

«Sei andata a pregare?» le domandò sua madre, mentre il suo sguardo si faceva più dolce.

«Sì, mamma», disse Mary Katherine.

«Per cosa?» volle sapere suo padre.

«Come?» Mary Katherine prese tempo.

Lui la fissò. Sempre più in collera.

«Sapevi che la tua famiglia stasera sarebbe andata alla messa di mezzanotte, ma hai dovuto prendere la macchina di nascosto nel cuore della notte per andare a pregare in chiesa?»

«Sì, papà.»

«PER CHE COSA?»

Mary Katherine era un cervo abbagliato dai fari di un'auto.

«Ecco...»

«VOLEVI. PREGARE. PER. CHE. COSA?» ripeté lui.

La ragazza guardò la madre.

«Tesoro, per favore. Per che cosa stavi pregando?» le chiese anche lei.

«Mammina...» disse, e d'un tratto le parve di avere dieci anni di meno. «Non so come sia successo. Devo aver fatto qualcosa di male, ma non so cosa. Forse l'ho pensato, perché pensarlo equivale a farlo, ma non sapevo che funzionasse anche così. Mamma, te lo giuro.»

«Dimmi solo per che cosa stavi pregando, cara. Qualunque cosa sia, troveremo una soluzione, insieme.»

Mary Katherine sentì arrivare le lacrime. Suo padre le afferrò la mano.

«SMETTILA DI PRENDERE TEMPO E RISPONDI A QUESTA CAZZO DI DOMANDA!» gridò. «PER CHE COSA STAVI PREGANDO?!»

«Papà, sono incinta.»

Con la verità arrivò il pianto. Sua madre la strinse a sé, mentre si abbandonava ai singhiozzi. Per un attimo, Mary Katherine pensò che forse sarebbe andato tutto bene. Sua madre l'amava ancora. Poteva ancora entrare al Notre Dame. E trovare un ottimo lavoro, grazie al quale avrebbe ripagato suo padre e aiutato Christopher con la sua riabilitazione. Lo promise ai suo genitori. Perché sua madre l'aveva perdonata. Perché, anche quando non meritava niente, aveva ricevuto amore.

«Da quanto tu e Doug fate sesso?»

«Non lo facciamo.»

«Cosa? Quindi vai a letto con qualcun altro?»

«No, papà.»

«Allora, chi è il padre?» chiese lui.

Mary Katherine rimase in silenzio. Sua madre le teneva la mano, dolcemente.

«Chi è il padre, tesoro?» le domandò a sua volta.

«Non lo so, mamma.»

«Non lo sai? Quanti ce ne sono stati?» intervenne il padre.

«Nessuno.»

«Di che cosa stai parlando?»

«Non ho mai fatto sesso.»

«Allora come fai a essere incinta?»

Mary Katherine non riuscì a guardarlo negli occhi. La confusione stava trattenendo la rabbia, come dita che cercavano di fermare una diga.

«Non lo so. Sto provando a dirvelo. Non so che cosa stia succedendo.»

«Dimmi chi è il padre!»

Mary Katherine si voltò verso sua madre.

«Non c'è un padre… è questo che sto cercando di dirvi. Non capisco come abbia fatto. Ti prego, aiutami, mamma.»

«Va tutto bene, tesoro. Non devi proteggere nessuno. Dicci soltanto chi è lui», la invitò sua madre, gentile.

«Mamma… non c'è nessun padre. La mia è un'immacolata concezione.»

Mary Katherine girò la faccia proprio mentre arrivava lo schiaffo del padre.

«Smettila con questa blasfemia! Con chi sei andata a letto?»

«Con nessuno, papà!» gridò lei, piangendo.

«Chi è il padre?»

«Sono vergine.»

«MARY KATHERINE!? DICCI IL NOME DEL FOTTUTISSIMO PADRE DEL BAMBINO!»

La ragazza si preparò, ma lui non la toccò più. Si limitò a un'occhiata di disprezzo assoluto, prima di uscire nel corridoio, fumante di rabbia. Mary Katherine cadde tra le braccia di sua madre e pianse così forte che le ci vollero alcuni secondi per accorgersi di una terribile verità.

Lei non ricambiava l'abbraccio.

«Mamma?» chiese. «Potrai mai perdonarmi?»

Cercò il suo sostegno. Ma lei non riusciva neppure a guardarla.

«Solo Dio può farlo.»

Avrebbe potuto sopportare le sberle di suo padre per tutto il giorno. Ma non avrebbe retto nemmeno per un secondo alla delusione di sua madre. Pochi istanti dopo, lui tornò con un medico che la ragazza non riconobbe.

«Ciao, Mary Katherine. Sono il dottor Green», si presentò. «Adesso ti somministriamo un leggero sedativo.»

Diede un'occhiata all'infermiera, che cominciò a pulirle il braccio con un batuffolo di cotone e del disinfettante.

«Serve solo per rendere più facile il trasferimento», continuò il medico.

«Quale trasferimento? Torno a casa?»

«No. Rimarrai qui per un po'.»

«Papà, che cosa sta succedendo?»

Suo padre non volle nemmeno guardarla.

«Mamma?»

Lei rimase in silenzio. Alla ragazza ci volle un altro momento per capire che tutti loro la credevano matta. Cominciò a opporsi, ma entro pochi secondi accorsero degli inservienti.

«Ti prego, mamma. Non lasciarglielo fare.»

«Ti daremo l'aiuto che ti serve, tesoro», disse sua madre.

«Mamma, è un'immacolata concezione. Me lo insegni da tutta la vita.»

Gli inservienti la afferrarono. Lei si dondolò all'indietro, per liberarsi, ma la loro presa era troppo forte.

«NO!» strillò. «VI PREGO!»

Il dottore tirò fuori una siringa.

«NON STO MENTENDO! GIURO SULLA MIA ANIMA! VI PREGO! STA SUCCEDENDO QUALCOSA DI TERRIBILE!»

Il dottore le infilò l'ago nel braccio. Dopo pochi secondi, le sue membra divennero molli, a causa del sedativo. E, appena prima di cadere in un sonno profondo, guardò sua madre.

«Mamma», disse calma. «Ti prego, non lasciare che mi prendano.»

La vide voltarsi, mentre quegli uomini la trascinavano fuori dalla stanza.

«Hai bisogno di aiuto, Mary Katherine», disse il dottore. «È ora.»

86

La signora Henderson guidò l'auto dello sceriffo fino alla scuola elementare. Tenne lo scanner acceso, per sentire se avessero dato il via a una caccia all'uomo. Ma niente. In effetti, la radio era muta da quando era scappata dalla centrale lasciando sceriffo e agenti sul pavimento, a dissanguarsi. Qualche ora prima quel silenzio l'aveva confusa. Poi, aveva provato euforia. Si era resa conto di aver sbrigato il suo compito. Almeno, la prima parte.

Non erano rimasti poliziotti a Mill Grove.

Arrivata alla scuola, parcheggiò l'auto al solito posto. Guardò il sole scomparire dal parco giochi. Un sole grande e bellissimo. Bellissimo come un figlio. Quel figlio che il signor Henderson non le aveva mai dato. Lui aveva sempre incolpato lei ma, quando si era rivolta a un medico, aveva avuto la conferma che il suo apparato riproduttivo non aveva nessun problema. Lui aveva fatto i controlli? Oh, no. Lui era troppo impegnato a scopare in giro. Dio. Quanto voleva accoltellarlo di nuovo. E poi ancora e ancora, senza mai ucciderlo. Voleva solo colpirlo per l'eternità, e vedere il suo sangue scorrere lungo lo scivolo del parco giochi. E poi oltre il campo da Four Square e le altalene.

Guardò dentro la scuola. I corridoi erano vuoti. Le porte erano chiuse a chiave. Così, tirò indietro la mano e spaccò la finestra della biblioteca con il pugno. Il vetro le tagliò le dita, ma non le importava. Finché era ancora in grado di impugnare un coltello, era tutto okay. Entrò dalla finestra e cominciò ad aggirarsi per la sala.

Era stata in prigione solo poco tempo, ma quel posto già le sembrava molto più piccolo di come lo ricordava. I tavoli, i banchi piccoli. Gli scaffali un pochino più bassi, così che manine più piccole potessero arrivare a parole più grandi. I progetti artistici della classe della povera signorina Lasko, alcolizzata. Piccole impronte delle mani, immerse nella pittura e trasformate in tacchini del Ringraziamento. Vide che uno era di Christopher.

Che peccato che stesse per accadergli quello che sapeva.

Salì sulla sua vecchia scrivania. Rimosse un pannello di cartongesso bianco dal soffitto e tirò fuori un'elegante valigia di pelle. L'aveva nascosta là sopra subito dopo la bufera. Non avrebbe saputo dire perché. Le era parso strano. Ma una vocina le aveva detto che le sarebbe potuta servire. E aveva aggiunto che era molto romantico nascondere una borsa da weekend nella biblioteca, nel caso il signor Henderson avesse voluto sorprenderla proponendole una gita.

Per settimane, si era immaginata che le dicesse: «Cara, voglio portarti in un piccolo bed and breakfast. Voglio ringraziarti di avermi dedicato gli ultimi cinquant'anni della tua vita. Peccato non aver già i bagagli pronti».

E lei gli avrebbe risposto: «Invece sì!»

E gli avrebbe mostrato la valigia. Lui sarebbe stato orgoglioso del modo perfetto in cui l'aveva preparata. E sarebbe stato commosso dalle premure della moglie. Si sarebbe reso conto che non avrebbe potuto amarla più di così, quando avesse visto che cos'aveva preparato.

1 cambio di vestiti

2 paia di slip

1 paio di scarponcini da escursionismo

E, naturalmente, un coltello da macellaio, nastro adesivo, corda, zip, filo, una decina di aghi per cucire e trecento metri di filo nero, in saldo da Jo-Ann Fabric.

La valigia perfetta per un weekend fuori porta.

La gita non c'era mai stata, naturalmente. I venerdì si erano susseguiti, ed erano passati, e il signor Henderson non le aveva mai chiesto di andare in un bed and breakfast per trascorrere un fine settimana a bere vino rosso, osservare gli uccelli e fare l'amore. Niente balletto. Niente sinfonia. Niente musical a Broadway all'Heinz Hall. Nemmeno una prima visione al cinema. Dio. Quanto voleva accoltellarlo. Tuttavia, era una fortuna che avesse preparato quella piccola valigia romantica, perché quelle cose le sarebbero servite, quella sera.

La signora Henderson scese dalla sua vecchia scrivania e disse addio alla biblioteca. Ci aveva trascorso cinquant'anni e sapeva che non l'avrebbe più rivista. Non con i suoi occhi, per lo meno. Superò gli scaffali e prese un libro come souvenir. Un libro per l'eternità. *Frankenstein*. La copia che aveva preso in prestito Christopher.

Signora Henderson, Christopher è al computer.

Signora Henderson, gli risponda.

Signora Henderson, prenda la copia di Frankenstein.

Signora Henderson, sottolinei queste lettere.

Signora Henderson, faccia in modo che pensino che David Olson li sta aiutando.

La voce le aveva promesso qualcosa, in cambio. Questa volta, suo marito l'avrebbe rispettata. Questa volta, l'avrebbe apprezzata. Questa volta, l'avrebbe amata. E poteva ancora succedere, se quella sera avesse fatto un buon lavoro.

La signora Henderson portò libro e valigia in infermeria. Si tolse i vestiti con cui l'avevano messa in prigione, sporchi di sangue, e si diede una sciacquata al lavabo. Pulì e medicò la ferita procuratale dal proiettile dello sceriffo nel fianco e le dita straziate dai vetri. E poi aprì la borsa e indossò dei vestiti puliti.

Ahhhh. Il cotone morbido e gli scarponcini robusti le diedero una bella sensazione. Si sentì di nuovo se stessa. La giovane di ventitré anni che era arrivata in quella scuola con tutta la sua passione e la sua istruzione. La giovane che avrebbe cambiato il mondo, uno studente alla volta. Partendo con quella prima classe, e con quel bambino speciale. David Olson. Per arrivare all'ultima. Con quell'altro ragazzino speciale. Christopher Reese. Si ricordò di quando era arrivato in quella scuola. Non era in grado di leggere nemmeno un libro per le prime classi. E adesso definirlo genio sarebbe stato riduttivo. Adesso, era quasi Dio. Troppe pretese nei confronti di un cervello e di un corpo tanto giovane. Peccato che di lì a poco avrebbe subito quello che sapeva.

Ma avevano tutti un lavoro da sbrigare.

La signora Henderson mise la copia di *Frankenstein* accanto al resto del bagaglio e tornò alla finestra rotta. Saltò fuori e alzò gli occhi verso la luna che stava sorgendo in cielo. Era piena. Grande e blu. Come immaginava sarebbe stata.

«Mi scusi, signora...»

C'era un bell'uomo appoggiato a un furgone parcheggiato dietro l'edificio. Non aveva idea di quando fosse arrivato.

«Sì?» fece lei.

L'uomo le andò incontro. C'era qualcosa di pericoloso, in lui. Il suo corpo si tese.

«Lavora qui?» le chiese.

«Perché vuole saperlo?»

Lui guardò la finestra rotta e la mano fasciata. Fece due più due e sorrise.

«Perché ho bisogno di sapere dove sono i documenti degli alunni.»

«Sono informazioni confidenziali», gli fece notare.

«Posso sempre ottenerle pestandola», replicò lui con un'alzata di spalle.

«Nell'ufficio della direttrice. In fondo al corridoio.»

«Grazie, signora.»

«Non c'è di che, Jerry», gli rispose.

«Come sa il mio nome?»

La signora Henderson sorrise e si allontanò senza soddisfare la sua curiosità. Passò accanto al furgone con la targa del Michigan e lasciò il parco giochi. Ma non prima di aver guardato ancora una volta le altalene. Per qualche motivo, immaginò Christopher che saltava da una di esse. E poi le sopraggiunse un pensiero. Sommesso come un sussurro.

Christopher era un bambino così carino. Era proprio un peccato che stesse per morire.

è oRa.

87

CHRISTOPHER aprì gli occhi.

All'inizio non capì. Nell'istante in cui chiuse la porta della casa sull'albero di David, si aspettò, riaprendola, di vedere di nuovo il bosco.

Invece no: era tornato a casa.

Nel suo letto.

Di notte.

Si guardò intorno. Sembrava tutto normale. Si voltò verso la vecchia libreria che odorava di guantoni da baseball. Quella che sua madre aveva riempito con i suoi libri. Ogni cosa sembrava perfettamente in ordine. La fotografia di papà era in cima, al sicuro. La porta del guardaroba era chiusa. Quella della sua camera era chiusa a chiave dall'interno. Era nel mondo immaginario. Era notte, e teoricamente di notte le persone immaginarie si svegliavano. Ma si sentiva al sicuro. Respirò, sollevato. Gettò via la coperta e si tirò su a sedere, preparandosi a gettare le gambe oltre il bordo del letto.

Fu allora che sentì respirare.

Da sotto il letto.

Rimase pietrificato. Guardò da entrambi i lati, aspettando di veder spuntare una mano. Un artiglio. Qualcosa che tentasse di afferrarlo e di trascinarlo sotto il letto, tirandolo per le caviglie. Ma non successe niente. La persona aspettava. E intanto respirava. Si leccava le labbra. Pensò di saltare e di scappare dalla sua stanza. Ma la porta era chiusa a chiave. Non per impedire a qualcosa di entrare. No: per tenere lui imprigionato.

Scccratch. Scccratch. Scccratch.

Quel rumore lo spaventò. Guardò la finestra. L'albero nel giardino sul retro si era avvicinato alla casa. Lo pneumatico dondolava come un cappio. L'albero allungò un ramo avvizzito verso il vetro. E grattò, avanti e indietro, come un dito con l'artrosi.

Scccratch. Scccratch. Scccratch.

Il respiro sotto il letto divenne più forte. Christopher doveva uscire di lì. Subito. Si alzò in piedi e si sollevò sulle punte. Guardò fuori dalla finestra: pensò di spiccare un salto, atterrare, e calarsi di sotto.

Ma il cortile era pieno di persone-cassetta.

Sembravano panni stesi ad asciugare, nella brezza. Accanto a loro, aspettavano un centinaio di cervi. Sdraiati sul terreno. Appostati nell'oscurità.

Sccratch. Scccratch. Scccratch.

Guardò frenetico la sua stanza, in cerca di una via di uscita. La porta era chiusa a chiave. Il cortile era invaso. Non aveva nessun posto dove andare. Calmò la mente. L'uomo gentile gli aveva detto che aveva dei poteri. Usali! si disse.

Vide una mano uscire da sotto il letto.

Saltò giù, proprio mentre la mano tentava di afferrarlo. Atterrò male e inciampò. Si girò e vide delle mani che strisciavano fuori da sotto il letto. Non erano attaccate a dei corpi. Dall'oscurità giungevano soltanto voci.

«VIENI QUI, CHRISTOPHER!»

Gli afferrarono piedi e caviglie, e cominciarono a tirarlo. Lui si contorse, muovendosi alla cieca, scrollandosi di dosso le mani, quasi fossero ragni. Si udirono degli strilli, mentre ricacciava le mani a calci nel buio. Si alzò a fatica e corse alla porta. Allungò una mano verso il pomello, per provare ad aprire.

Finché qualcuno non cominciò a girarlo dall'esterno.

«Lui ci sente?» sussurrò una voce.

Il ragazzino si paralizzò. Indietreggiò verso la finestra e guardò di sotto, nel cortile. Le persone-cassetta spostarono lo spago che le legava insieme dalla mano destra alla sinistra. E poi, come atleti di nuoto sincronizzato, sollevarono la destra per aprirsi le zip che chiudevano loro gli occhi, contemporaneamente. Il metallo luccicò alla luce della luna.

Si stavano svegliando.

Christopher tornò a guardare la sua stanza e notò che adesso la porta era aperta. Accanto al letto c'erano delle persone con le mani dietro la schiena. Sorridevano. Tra i denti avevano ancora le schegge del legno del battente.

«Ciao, Christopher», dissero.

Portarono le braccia in avanti. Terminavano in moncherini. Moncherini di carne arrotondati. Amputati e cauterizzati.

«Dove hai messo le nostre mani? Ladro!»

Corsero verso di lui. Christopher spalancò la finestra: i cervi giravano in circolo nel giardino, come piranha in una vasca. Se fosse saltato giù, lo avrebbero dilaniato. Non aveva nessun posto dove andare...

...nessuno, a parte il tetto.

Afferrò il davanzale del bovindo e si issò in alto, mentre le persone dietro di lui gli saltavano addosso. Fecero per afferrargli i piedi, ma le braccia li tradirono e scivolarono, finendo di sotto.

I cervi furono su di loro in pochi secondi.

Morsicavano. Strappavano. Affondavano gli artigli nella carne.

Christopher si arrampicò sul tetto e andò a nascondersi dietro il camino. La prima falce di luna blu si levò in cielo, mentre scendeva la notte. Guardò il quartiere. L'asfalto grigio della strada si stava tingendo lentamente di rosso. Il marciapiede sembrava bagnato. Come dopo la pioggia. Ma non era pioggia. Aveva un odore troppo simile a quello di un penny di rame. E scorreva lungo la strada quasi fosse uno scivolo acquatico, finendo nelle fogne.

La strada sanguinava.

Vide l'uomo con l'uniforme da Girl Scout.

Che si stava svegliando.

Aprì gli occhi. Doveva avere almeno quarant'anni, o forse cinquanta, anche se aveva un aspetto giovanile. Ma i suoi occhi erano innocenti. Ed era felice. Sbadigliò e si strofinò gli occhi per eliminare ogni traccia di sonno, come un bambino piccolo. Poi si alzò e cominciò a saltellare per la via, sollevando schizzi di sangue che gli imbrattavano le gambe nude. Continuava a fischiettare una canzone. *Blue Moon*. Si chinò ad allacciarsi le scarpe vicino ai cespugli.

Sempre fischiettando. Si allacciava le scarpe. E fischiettava. E allacciava.

Finché due mani non si allungarono ad afferrarlo.

L'uomo lanciò un urlo agghiacciante. Quando Christopher vide chi lo stava trascinando tra i cespugli, non riuscì a credere ai suoi occhi.

Era una copia di lui stesso.

Sembrava di avere davanti due gemelli identici. Il secondo però non indossava l'uniforme da Girl Scout. Portava un paio di occhiali senza montatura. E un fischietto attorno al collo. Era calvo, e i pochi capelli che aveva erano troppo radi per un riporto. Ma se lo faceva comunque. Mentre strappava la divisa all'altro, finalmente il ragazzino riuscì a comprendere che cosa stava urlando.

«FATEMI USCIRE DI QUI! VI PREGO!»

Vide un altro tizio che faceva jogging nella via. Un'auto sbucata dal nulla svoltò l'angolo e lo investì, facendolo finire sul prato. Si fermò con uno stridore di freni. Poi la portiera si aprì e rivelò che la persona al volante era lo stesso runner. Con in mano un fiasco. Quando vide quello che aveva fatto a se stesso, risalì in macchina e se ne andò. Poi, quello investito si diede una spolverata e si rialzò. E tornò di corsa in strada. Un attimo dopo, la medesima auto fece la curva e lo centrò di nuovo.

«VI PREGO, FATELO FERMARE!»

Christopher diede uno sguardo al quartiere. Ovunque si voltasse, vedeva persone che si facevano del male. Ancora, e ancora. Un uomo che tradiva la moglie con una vicina. Si stavano baciando. Le braccia intrecciate come candele che si scioglievano insieme. Non riuscivano a smettere.

«VI PREGO! VI PREGO! FATELO SMETTERE!» gridavano, il sangue che scorreva dalle loro bocche.

Le urla martellavano la mente di Christopher. Era come se qualcuno gli avesse messo delle cuffie in testa, alzando il volume a 10. Poi a 11. E a 12. E via così, all'infinito. Il cervello cuoceva. Era più di una febbre. E di un'emicrania. Andava oltre qualunque dolore avesse mai ritenuto possibile. Perché non era il suo dolore. Apparteneva al mondo intero. E non aveva fine. La sua mente correva in cerca di risposte, in mezzo a tutta quella follia.

Sono stato qui per sei giorni.

Guardò al di là di quel paesaggio insanguinato. Le persone-cassetta si allargavano a ventaglio attraverso il quartiere. Si arrampicavano su per i comignoli. Per le grondaie. Sui cavi. Rompevano vetri e porte mentre i cervi annusavano il terreno intriso di sangue. Cercavano di fiutare il suo odore, nell'ombra. Sentì delle urla dall'abitazione accanto.

«Basta! Non mi picchiare, mamma!» continuava a ripetersi una donna, con una voce da bambina piccola.

«Serve il bastone, se non vuoi che vengano su viziati!» si rispondeva con una voce da adulta, mentre si sfilava la cintura.

Udì le sue urla, mentre si colpiva senza sosta. Sentiva il cuoio sulla pelle. Calmò la mente, per quanto gli fu possibile. Cacciò le urla fuori dalle orecchie e pensò in fretta.

Devi procurarti la chiave.

Devi uccidere la signora che sibila.

Devi salvare l'uomo gentile.

Lo cercò nella sua testa, ma le grida tornarono più forti di prima. Proprio quando pensava che la sua mente si sarebbe spaccata in due, udì un profondo silenzio. Era come se qualcuno avesse premuto il tasto OFF in strada. Ogni singola persona si afflosciò, come un robot da Chuck E. Cheese. Tutte le persone-cassetta. E tutti i cervi. Christopher rimase appollaiato sul tetto di casa sua. E aspettò. Trattenendo il respiro.

Sta per arrivare qualcosa.

Che cosa?

D'un tratto, un suono familiare spezzò l'incantesimo.

Un furgoncino dei gelati imboccò la via. Suonava una canzone, ma dal piccolo stereo portatile le note giungevano distorte. Come quando un vecchio disco viene lasciato al sole.

Tutt'intorno al cespuglio di gelso,
La scimmia inseguiva la gente,
Pensava fosse uno scherzo,
Al monte di pietà va la donnola.

Si avvicinava sempre di più. Le porte delle case si aprirono e i bambini cominciarono a uscire. Strofinandosi gli occhi come talpe. Strizzando le palpebre per via del bagliore della luna. Si riversarono in strada e corsero verso il furgone. Indossavano vestiti di ogni genere. Alcuni sembravano usciti dai vecchi film che guardava con la mamma. Bambini con berretto e bretelle. Bambine con la gonna a ruota. Dei maschietti indossavano il copricapo tipico degli Amish. Delle femminucce portavano le trecce come le figlie dei Pellegrini. Andavano verso il furgoncino e cantavano la canzone con le loro lingue biforcute.

Un penny per un rocchetto di filo,
Un penny per un ago,
Ecco dove finiscono i soldi,
Al monte di pietà va la donnola.

Il furgoncino si fermò. Tutti i bambini lo accerchiarono, chiedendo il proprio gelato al grido di: «A me! A me! A me!»

«Okay, bambini», disse la voce. «Pagate.»

Christopher li guardò infilare le mani in tasca e tirar fuori due dollari d'argento. Si distesero sulla strada sporca di sangue e si misero le monete sulle palpebre chiuse. L'uomo dei gelati abbassò la mano scheletrica e bruciata per raccogliere il denaro. Quando ebbe preso tutte le monete, la mano tornò nell'oscurità del furgoncino e lanciò Popsicle, Screwball e Push-Up. Ma non erano gelati...

Erano zampe di cervo surgelate.

Tutt'intorno al cespuglio di gelso,
La scimmia inseguiva la gente,
Pensava fosse uno scherzo,
Al monte di pietà va la donnola.

La musica si bloccò, quasi fosse finita su un foglio di carta moschicida. I bambini avvolsero la lingua attorno ai gelati, come serpenti. Alcuni mangiavano Screwball che, invece della gomma, sul fondo avevano un bulbo oculare. Altri, un gelato alla vaniglia decorato da minuscoli dentini, al posto degli zuccherini. Solo un bambino non aveva soldi da dare al gelataio.

David Olson.

Si teneva a distanza dal gruppo. Tutto solo. Christopher non aveva mai visto un viso più triste in tutta la sua vita. David andò verso gli altri bambini, chiedendo a gesti di poter dare una leccata ai loro gelati. Loro lo spinsero via. Allora raggiunse il furgoncino, e alzò le mani per supplicare l'uomo di dargliene uno gratis. La mano scheletrica si allungò a cacciar via la sua. Poi il mezzo si mise in moto e si avviò lungo la via, portando con sé la sua musica orribile.

Un penny per un rocchetto di filo,
Un penny per un ago.

Quando il furgoncino se ne fu andato, la strada prese vita. Gli altri bambini circondarono David e presero a sibilare. Come un branco di lupi che circondano un cerbiatto. Mostrando i denti. Con gli occhi che brillavano. Christopher sentì la sua paura. Dallo stomaco, il panico salì in gola. Avvertì il martellio del cuore nel suo petto.

Ma non c'erano parole.

Per quanto si sforzasse, non riusciva a leggere i suoi pensieri. Ogni volta che ci provava, perdeva sangue dal naso, e i suoi occhi minacciavano di schizzare fuori dal cranio. Sentì la febbre incendiargli la fronte. Il sudore scendeva in rivoli come il sangue che scorreva lungo la strada, nei canali di scolo, scuri e pieni di voci.

Senza alcun avvertimento, i lampioni si accesero. La strada sembrava un vecchio parco divertimenti, nel momento in cui partivano gli scampanellii delle giostre. La luce illuminò qualcosa di viscido nell'ombra.

Era la signora che sibilava.

Era appollaiata sul tetto della vecchia casa di David Olson, come una gargouille. Sorvegliava il suo regno. Guardava la processione. I bambini camminavano in circolo e seguivano David come Dorothy dopo il tornado.

«Farai meglio a pregare, preda.»

I bambini parlavano all'unisono. Un coro di voci che ripetevano la stessa frase, come alla messa domenicale. David li affrontava e rispondeva con un sibilo. Gli altri indietreggiavano, spaventati e nervosi. La paura aveva l'unico effetto di aumentare il piacere della caccia. Si muovevano attorno a lui come una giostra, spingendolo lungo la strada nel vicolo cieco. I suoi talloni raggiunsero il limitare della carreggiata.

Non lasciare la strada.

Loro non possono prenderti, se resti sulla strada.

La signora che sibilava li seguì dai tetti. Osservava. Aspettava. Christopher si domandò perché non fosse intervenuta, dal momento che David era il suo cucciolo. Ma forse lo erano tutti quanti. Forse lui era solo il più piccolo della cucciolata, intendeva lasciare che gli altri lo sbranassero o lo lasciassero morire di fame.

Forse era la sua versione dei combattimenti tra cani.

O forse è tutta una trappola.

Per David. O per me.

Christopher guardò David Olson lasciare la strada e camminare nel campo con i bambini che lo seguivano ridacchiando. A cinquanta metri da lui, nascosta nell'ombra, vide la signora che si muoveva attraverso i cortili posteriori delle case ed entrava nel bosco da un altro punto. Come se stesse stanando la sua preda.

Meglio che ti metta a pregare, preda.

Sapeva che poteva essere una trappola, ma non aveva un'altra scia di briciole di pane da seguire. L'uomo gentile era imprigionato da qualche parte. David Olson era l'unico amico rimastogli in quel posto orribile. E avevano un solo modo per andarsene.

Dobbiamo uccidere la signora che sibila.

Dobbiamo impossessarci della chiave.

Si staccò dal comignolo e diede un'occhiata al cortile sul retro.

I cervi stavano mangiando gli ultimi brandelli di carne attaccati alle ossa delle persone. Non poteva scendere, o sarebbe diventato la portata successiva. Guardò la casetta di legno dall'altro lato della strada. Era un bel salto, ma era l'unica scelta a sua disposizione.

E ormai era allenato.

Chiuse gli occhi e calmò i suoi pensieri, caricando la sua immaginazione quasi fosse una pompa idrica. Con l'occhio della mente, corse il più rapidamente possibile verso il davanti della casa. Mise un piede sulla grondaia e saltò. Vide la strada sotto di lui, coperta di sangue che zampillava giù per il marciapiede. Atterrò sul tetto della casetta di legno, aprì gli occhi e indietreggiò nell'ombra. Per poco non scivolò sulle tegole ghiacciate. Guardò il bosco di Mission Street, che si innalzava davanti a lui. I rami ondeggiavano nella brezza, come braccia nell'aria. Svelto, abbassò lo sguardo per essere sicuro che il prato fosse sgombro. Poi scese dalla grondaia, atterrò con la leggerezza di una piuma e attraversò il campo più velocemente che poté. Si voltò a guardare la strada, mentre quel carnevale folle infuriava. Persone che continuavano a farsi del male. Le loro grida che cadevano come alberi in mezzo alla foresta, dove non era rimasto nessuno a sentirle.

Tranne Christopher.

Per un momento rimase in ascolto, per assicurarsi che non si celasse una trappola proprio dietro gli alberi. Controllò la tasca, tastando la lama opaca d'argento. E poi seguì David Olson nel bosco di Mission Street.

88

41,1.

biIp.

Kate era fuori dalla stanza di suo figlio. Avrebbe potuto rompere la finestra a mani nude, pur di arrivare da lui. Si ripromise che, quando la temperatura fosse salita oltre i quarantun gradi e mezzo, l'avrebbe fatto. Ma gli inservienti stavano a guardia della porta come due sentinelle, grattandosi le facce sudate e febbricitanti. E aspettavano solo un motivo per trascinarla via.

41,2.

biIp.

La porta d'ingresso ronzò come un nido di calabroni, e l'infermiera Tammy rientrò in reparto, il fumo di sigaretta aggrappato al camice come velcro. Kate l'avvicinò quando cominciò a lavarsi le mani, per poi spalmarvi una lozione dolce che la faceva puzzare come un posacenere profumato con la lavanda.

«Mi perdoni, infermiera...» le disse con tutta la gentilezza di cui fu capace. «Devo tornare da mio figlio, adesso.»

Tammy si stropicciò gli occhi stanchi e guardò attraverso il vetro. Il medico la guardò scuotendo la testa, deciso. Anche un bambino avrebbe capito che la risposta era un secco NO. E RIPORTA IL CULO QUI DENTRO.

«Mi dispiace, tesoro», rispose a Kate, sforzandosi di dare un tono gentile alla sua inflessione tipica della Pennsylvania occidentale.

Poi ebbe compassione di lei, e studiò i segni vitali di Christopher attraverso il vetro, con occhio esperto.

«Signora Reese, lo so che ha la febbre alta, ma non si preoccupi. Non morirà.»

«Come fa a saperlo?» le domandò Kate.

L'infermiera Tammy abbassò la voce a un sussurro, badando a non farsi sentire da nessun collega.

«Perché nessuno muore da più di un mese. E non riesco a immaginare che Dio possa voler ricominciare proprio dal suo bambino.»

«Che cosa?»

«Sì. Non ci sono stati più decessi dal giorno del ritrovamento dello scheletro di quel bambino, nel bosco. È un miracolo di Natale.»

«Gesù», commentò Ambrose.

La scelta della parola era adeguata, ma, dall'espressione, l'infermiera doveva trovare alquanto strano il tono dell'anziano.

«Sì, signore», disse, arricciando il naso. «Sia lodato Gesù Cristo.»

Quindi, Tammy entrò nella stanza di Christopher, lasciandoli soli. Il loro silenzio aveva un ritmo. All'istante, la mente di Kate passò dalla lotta per sopravvivere del suo bambino a una cosa che aveva una portata molto più ampia. Afferrò la carrozzina di Ambrose e cominciò a camminare per la terapia intensiva. La sensazione era palpabile. Nelle ore che avevano dedicato alla lettura del diario, il numero di persone che affollavano le stanze era triplicato. Non c'erano più barelle. Né letti. Soltanto urla e malattie. Quanti malati. Quante anime infuriate. Facce sudate. Pruriginose. Febbricitanti. Il prurito non si fermava. L'ospedale era vicino a un ammutinamento.

«Anche alla vista è brutto quanto sembra sentendolo?» chiese Ambrose dalla sua sedia a rotelle.

«Peggio. Lei è ovunque.»

Puoi essere una vittima o puoi combattere, Kate.

Si scrollò di dosso la sua paura e si concentrò. La paura non serviva a Christopher. L'azione sì. Insieme con le risposte. Non era più morto nessuno dal ritrovamento dello scheletro di David Olson. Forse il diario conteneva una risposta. Oppure il bosco dove l'avevano dissotterrato. E nessuno conosceva quel bosco meglio di Christopher o di…

O di Bobby. Lo sceriffo.

Non avrebbe saputo dire se fossero state quelle parole a condurre i suoi occhi verso la stanza di Bobby, o il contrario. Fatto sta che si ritrovò a osservare lo sceriffo nella sua camera in terapia intensiva.

«Lo sceriffo», disse Ambrose, come se il suo cervello avesse un ritardo di tre secondi rispetto a quello di Kate.

Lei abbassò lo sguardo sull'anziano. Forse era cieco, ma la mente era sveglia e acuta. Lo spinse nella stanza di Bobby, che giaceva sul letto spaventosamente pallido, con le labbra tremanti. Anche nel sonno. Gli si mise accanto e gli prese le mani. Le stesse che sudavano, al loro primo appuntamento. E che adesso erano congelate. Non per il freddo. No, per la perdita copiosa di sangue.

«Come sta?» chiese Ambrose.

Kate guardò le ferite al torace, ricucite da una mano esperta, anche se in modo frettoloso. Gli avevano sparato al petto da distanza ravvicinata. Un foro era appena sopra il cuore. Che però batteva ancora.

«È vivo.»

Guardò la flebo che gli iniettava morfina nel braccio. Quel braccio che era stato strofinato furiosamente dall'equipe chirurgica, ma dove erano ancora visibili i solchi delle parole scritte con inchiostro indelebile.

«C'è un messaggio sul suo braccio», disse.

«Quale?»

Kate vi passò sopra le dita, quasi fosse scritto in Braille, e le ripeté ad alta voce.

David Olson – bambino. Non addormentarti. Chiama Carl – ADESSO. Gli attrezzi – dei bambini. Sasso – legno. In città epidemia di influenza. L'ultima epidemia di influenza si risolse – sparizione di David. Fu lui a fermarla? Ci salvò?

D'un tratto sentirono delle grida provenire dal corridoio. Un uomo aveva fame e non capiva perché i pasti fossero riservati ai soli pazienti. Sentirono frasi come «Si calmi, signore», da parte delle infermiere, e «Aiutate mia moglie!» da lui. Alla fine si udì un rumore di qualcosa di metallico che finiva sul pavimento, e quel tizio che veniva trascinato fuori dalla sicurezza. Scalciante e urlante.

«Presto accadrà a noi», avvertì Ambrose. «Continui a leggere.»

Kate passò all'altro braccio, e decifrò tutte le parole sbiadite.

Chiama Ambrose! Smettila di ascoltare la voce – Ti sta mentendo – ti sta facendo dimenticare. Sai a che cosa

servivano quegli attrezzi! Corri da Kate – Quello che successe a David – sta succedendo a Christopher. Vai, subito! Troppo tardi, sceriffo. Li ho appena investiti con un'auto.

«Dovete uscire di qui», sussurrò la voce.

Per poco Kate non lanciò un urlo. Ma la voce apparteneva allo sceriffo. Con uno sforzo, stava tentando di svegliarsi. E quello che diceva si udiva appena.

«Non è sicuro qui. Non ci sono più poliziotti.»

Provò a tirarsi su a sedere, ma era troppo debole. Kate gli mise una mano sulla fronte, amorevole, e lo fece distendere di nuovo, con un sommesso shhh.

«Christopher è nella stanza qui accanto. Non ti lasciamo qui», gli assicurò.

Lo sceriffo si lasciò andare, tornando a fondersi con il letto. La morfina entrava in circolo goccia a goccia, come pioggia su uno stagno dalla superficie vitrea. Drip. Drip. Drip.

«Bobby», mormorò. «A che cosa servivano gli attrezzi?»

«Eh?» rispose lui.

«Gli attrezzi», ripeté Kate disperata, «a che cosa servivano?»

Bobby deglutì con fatica e si sforzò di vincere il dolore.

«Gli operai del cantiere hanno ritrovato degli attrezzi, e del legno pietrificato. Il mio amico Carl li ha analizzati. Ci sono decine di case sugli alberi, in quel bosco. I bambini le costruiscono da secoli.»

«E che cosa significa?» domandò Ambrose.

«Che David e Christopher non sono soli, là dentro», dichiarò Kate.

La donna rifletté. C'erano altri bambini. Non sapeva se fosse una cosa positiva, o negativa. Fu la voce di Ambrose a rompere il silenzio.

«E quelle case sono tutte nello stesso posto?»

«No», disse lo sceriffo. «Sono sparse in tutto il bosco. Perché?»

Il vecchio soldato arricciò le sopracciglia, sotto le bende. «Perché potrebbero essere collegate tra loro», osservò. «Forse lei le sta usando per costruire qualcosa di più grande.»

41,3.

bilp.

89

CHRISTOPHER avanzò in punta di piedi lungo il sentiero, piegandosi per evitare di pestare i ramoscelli. E i rami. Non era invisibile, di notte. Non poteva fare il minimo rumore. La signora che sibilava era in quel bosco, da qualche parte. Vedeva David un centinaio di metri più avanti. I bambini lo circondavano come un albero della cuccagna. Saltellavano, battevano le manine. Vedeva le sue impronte. Fango e sangue. Si ricordò di quando aveva seguito delle orme che lo avevano condotto nel bosco la prima volta. La sua nuvola gli strizzava l'occhio. Aveva seguito orme e nuvola, ed era scomparso per sei giorni.

Che cosa ho fatto qui, per sei giorni?

Che cosa mi ha fatto lei?

SNAP.

Un ramoscello si spezzò sotto il suo piede. I bambini si voltarono. David approfittò di quel momento di distrazione per scappare. Gli altri si girarono e lo inseguirono.

«Daaavvviiid», sibilavano.

David chinò la testa e corse più veloce. Cercando di lasciare indietro quelle voci.

«Looo saaaiiii doveeee seeeiii?»

David fece uno scatto. Due bambine gli si misero davanti.

«Oh, David. Sei tornato! Ti stavamo aspettando! È quasi finita!»

Lui strillò e girò bruscamente a destra. Christopher dovette fare uno sforzo per tenergli dietro. Lo vide superare il ponticello e saltare nell'acqua fredda nel tentativo di seminare le bambine. Tre persone-cassetta si tirarono su dall'acqua. Le cerniere sugli occhi erano aperte. Gemevano, allungavano le braccia verso di lui. David scavalcò le loro dita tese. Rancide, putrefatte. Atterrò vicino al tronco cavo. L'uomo che vi stava dentro buttò fuori la testa.

«Ciao, David! È quasi finita!»

David lo scavalcò proprio mentre due cervi sbucavano dagli alberi. Altri tre arrivarono sul sentiero. David svoltò di nuovo a sinistra. Altri tre. Girò a destra. Cinque. Si fermò. Era circondato.

«Lo sai dove sei, David?!»

D'un tratto, decine di persone-cassetta uscirono dall'ombra. Aprirono la bocca, cercando di strappare le cuciture. I cervi si fecero più vicini. Mostrarono i denti. Christopher raccolse un sasso. Non gli importava se così avrebbe svelato la sua posizione. Doveva aiutare David. Tirò indietro il braccio e si preparò a lanciarlo sul capobranco, mentre si avventavano sul bambino, mirando alla gola.

E fu allora che accadde.

Fu una frazione di secondo. Ma Christopher riuscì comunque a vedere ogni singola mossa. David chiuse gli occhi. Lo sentì placarsi. E poi percepì una variazione nell'aria, mentre la sua mente veniva invasa da pensieri immaginari. All'improvviso i rumori intorno a lui tacquero, come se la tranquillità mentale li avesse assorbiti al pari di una spugna. E a quel punto non restò che l'immaginazione. Christopher non riusciva a sentire i pensieri di David, ma il risultato glieli fece intuire.

David Olson si levò in volo.

Non era niente di ciò che si sarebbe potuto aspettare. Non stava volando sopra di loro come Superman. Non era un supereroe. Era solo un ragazzino che si era ritrovato sospeso nell'aria quasi stesse fluttuando su un pensiero. Aveva una nuvola invisibile al posto del mantello.

I cervi si scontrarono fra loro, incastrandosi per le corna.

Puoi volare come Iron Man.

Chiuse gli occhi e rilassò la mente. Non aveva il livello di addestramento di David, quindi non credeva di poter volare senza l'uomo gentile lì con lui. Ma provò comunque a immaginare di non avere peso. Provò a visualizzare se stesso mentre fluttuava nel vento come una foglia. O una piuma.

O come un sacchetto di plastica bianco.

Sentì i suoi piedi sollevarsi da terra per un secondo. Provò a ritrovare l'equilibrio, come un funambolo al circo. Questa fune però non era orizzontale.

Andava verso l'alto.

Con le palpebre serrate, Christopher si vide mentre superava un ramo. Poi un altro. Si arrampicava sull'albero con l'immaginazione, anziché con le mani. Si vide al di sopra delle cime che stavano sotto di lui come nuvole verdi e morbide. La luna era piena e luminosa, e blu. Il cielo, sopra, si riempì di stelle. Lo spazio si estendeva, largo e profondo, così come il tempo era senza tempo. Lo spazio profondo era l'oceano, e la Terra era una zattera di salvataggio. Le stelle non cadevano. Erano immobili.

Morivano.

Con gli occhi della mente, guardò in su e vide David che volava verso la radura. Immaginò di mettere un piede sulle cime degli alberi. Di corrervi sopra come se stesse correndo sull'acqua. E di prendere velocità. Le foglie cadevano come petali sotto i suoi piedi. La febbre si diffondeva nel suo corpo, come sussurri sulla sua pelle.

David Olson è...

David Olson è... terrorizzato.

Lo sentì: stava cominciando a cadere, davanti a lui. Era uguale agli uccelli a cui Jerry sparava, mentre erano in volo. Ma non fu un proiettile ad abbatterlo.

Fu qualcosa nella radura.

Christopher aprì gli occhi e si abbassò portandosi al di sotto delle cime degli alberi, per nascondersi. Si mosse silenziosamente, di ramo in ramo. Udì dei movimenti sotto di lui, sul sentiero. Qualcuno correva. Mormorava. Arrivò al margine della radura e si fermò. Con gli occhi perquisì il terreno, cercando segni della presenza di David, ma non vide nulla se non una traccia nel terreno dov'era atterrato. Qualche impronta. E poi, niente. Christopher guardò in su, e cercò di capire se si fosse levato di nuovo in volo.

E fu allora che lo vide.

All'inizio non comprese che cosa stesse guardando. Era andato lì tante di quelle volte, che dava per scontato di sapere quello che avrebbe trovato. C'era il sentiero invaso dall'erba. Il cerchio perfetto. E il vecchio albero avvizzito che sembrava una mano artritica.

L'albero c'era sempre.

Ma era gigantesco.

Come due grattacieli posti uno sopra l'altro.

Alla base dell'albero, adesso c'era una porta intagliata nel tronco. Con un grosso pomello e una serratura. Centinaia di persone-cassetta stavano ai lati dell'ingresso, di guardia. Tenevano qualcosa dentro. O fuori. Era una prigione? Che cos'era quel posto?

Christopher era senza fiato. Trovò la casa sull'albero che aveva costruito con SpecialEd, Mike e Matt, ma non era l'unica. Ce n'erano a centinaia appese sui rami enormi, ciascuna penzolante come un corpo in un cappio. Casette per uccelli. Un grande alveare arrabbiato.

Lo fissò, mentre da qualche parte nella sua pancia ricordava di esserci già stato. Era stato in una di quelle casette per sei giorni. Sei giorni in cui lo avevano grattato. In cui gli avevano mormorato cose. In cui lo avevano scaldato come un neonato in un'incubatrice. Un uovo pronto a schiudersi.

Lo sai dove sei?

90

41,3.

bilp.

Kate era seduta nella stanza dello sceriffo e intanto guardava suo figlio disteso sul letto, dall'altra parte del corridoio. Il suo cervello era a tanto così dal cuocere. Addetti alla sicurezza e inservienti le impedivano di andare da lui. O forse tenevano Christopher chiuso dentro. Ormai non lo sapeva più.

Lei, Ambrose e lo sceriffo erano immersi in quel silenzio denso di significato. Le loro menti viaggiavano veloci. La gente non moriva più. Impazziva a causa dell'influenza. No, non era l'influenza. Era lei. C'erano altri bambini nel mondo immaginario. Bambini che stavano costruendo qualcosa. Da centinaia di anni. Le loro case sugli alberi erano collegate. Inclusa quella di David. Inclusa quella di Christopher. Doveva pur esserci una risposta.

«Che cosa dice il diario?» chiese Bobby, la voce debole.

Kate lo aprì di colpo e diede una scorsa alle pagine.

«Lo abbiamo già letto da cima a fondo. Non c'è niente in proposito.»

«Nulla di nulla sulla gente che non muore, sceriffo. Nulla sugli altri bambini», concordò Ambrose.

«Posso vederlo?» chiese lo sceriffo.

Kate glielo passò. La rilegatura di pelle si crepò lievemente quando lo aprì per guardare quelle pagine sbiadite, fragili. Sentì il rumore della morfina liquida che cadeva goccia a goccia nella sacca della flebo.

Drip. Drip. Drip.

Bobby lo sfogliò, i suoi occhi sfrecciavano da una frase all'altra con la rapidità che poteva avere solo un professionista esperto. Dopo pochi minuti, guardò Ambrose.

«David era un bambino intelligente, giusto?» gli chiese.

«Sì, signore.»

«Allora perché la sua calligrafia era pessima? Non ha senso.»

Lo riconsegnò a Kate, chiuse gli occhi e sprofondò di nuovo nel sonno. Kate lo guardò. Guardò il suo corpo così debole e fragile. Non aveva idea di quali forze ci fossero in gioco, adesso, ma sapeva che lo sceriffo era lì per un motivo. E lo stesso valeva per Ambrose. E per lei. Aprì di nuovo il diario di David.

Drip. Drip. Drip.

Studiò quelle pagine, ancora e ancora. Senza leggere le parole. Limitandosi a guardare la calligrafia. Quella calligrafia paurosa, che la disturbava tanto.

dOPo tuTTo, io SONO dio.

Drip. Drip. Drip.

«Signor Olson, David aveva sempre scritto così male?»

L'anziano ci pensò un attimo, poi corrugò la fronte e fece cenno di no con la testa.

«No», disse. «Peggiorò quando cominciò a perdere la ragione.»

«Ma lui non stava diventando pazzo», commentò Kate.

Poi andò all'annotazione successiva, e notò la strana combinazione di maiuscole, minuscole, corsivo e stampatello.

primA di uccidere la signora che sibila il soldato ha detto che dovevaMo fare un Bel po' di Ricognizione...

«Che cosa significa, signora Reese?» chiese Ambrose.

D'un tratto, Kate sentì un brivido gelido sulla pelle. Un sussurro che le sfiorò l'orecchio come un insetto. Andò alla pagina precedente.

dOPo tuTTo, io SONO dio.

E tornò avanti.

primA di uccidere la signora che sibila il soldato ha detto che dovevaMo fare un Bel po' di Ricognizione....

Drip. Drip. Drip.

Continuò a passare da una pagina all'altra, concentrandosi solo sulle lettere maiuscole.

primA di uccidere la signora che sibila il soldato ha detto che dovevaMo fare un Bel po' di Ricognizione cOme nei film di guerra che ambroSE ama tanto... io l'ho sEgUita Nell'Arco di Tutta la gioRnAta. la vedevo andare aPPressO aLlA gente...

Quelle lettere componevano una frase:

AMBROSE È UNA TRAPPOLA.

91

Christopher si avvicinò all'albero.

Da qualche parte, in fondo alla sua anima, sapeva di essere già stato lì. Era stato trattenuto in una di quelle case per sei giorni, appeso come una decorazione natalizia a un ramo gigantesco. Che cos'aveva fatto? Che gli aveva fatto lei?

Lo sai dove sei?

Scrutò l'albero, cercando David. I suoi occhi sfrecciavano dal terreno al ramo. Da una casa all'altra. Ce n'era una verde. Una blu. Erano diverse. Per colore e stile. Appartenevano a epoche differenti. Una tenda indiana, una casetta con veranda, un fienile…

Quella con la porta rossa.

Aveva un aspetto familiare. Perché? Era lì che lo aveva portato lei? Finalmente trovò David Olson. Nascosto nell'ombra, appollaiato sul tetto della casa con la porta rossa. Sembrava sfinito. Gli sanguinava il naso, come se la sua immaginazione lo stesse spremendo come una spugna. Christopher si ricordò di tutte quelle volte che aveva lasciato il mondo immaginario. Di come ogni potere acquisito lì si fosse tramutato in sofferenza fisica, in quello reale. Gli tornò in mente l'avvertimento dell'uomo gentile.

Il potere ha un prezzo.

Guardò David, scarico come una batteria. Per David quello era il lato reale. Per David, quello era l'unico mondo. Si mosse piano e andò verso la finestra. Cervi e persone-cassetta si mossero, sotto. Christopher lo guardò aprire le tende.

L'uomo gentile era lì dentro.

Era stato picchiato, era malridotto. Disteso sul pavimento. Privo di conoscenza. David si avvicinò, lentamente. D'un tratto, un urlo orribile squarciò la radura. Il bosco prese vita intorno a loro. Le stelle sfrecciavano sopra le nuvole. Il cielo si accese e, quando le nuvole si spostarono, la luna illuminò la radura con una penetrante luce bianca. Fu allora che la vide.

La signora che sibilava.

Entrò nella radura, circondata da bambini piccoli. Strillavano come maialini che volevano il latte. Li guidò al grande albero. Christopher guardò la chiave che scintillava alla luce della luna. La chiave era ancora seppellita nella carne del collo.

Dobbiamo uccidere la signora che sibila.

Dobbiamo impossessarci della chiave.

«Davvviiddddd!» urlò.

Christopher sentì David voltarsi dal suo posatoio, d'un tratto terrorizzato. Qualunque idea di dare una mano all'uomo gentile venne rapidamente abbandonata. Corse via dalla casa con la porta rossa e andò a nascondersi nel folto del bosco.

Toccava a Christopher salvarlo.

Puoi essere più coraggioso di Capitan America.

Chiuse gli occhi e immaginò di cominciare a correre. I piedi toccavano le cime degli alberi e facevano piovere foglie. Non era mai stato così veloce in vita sua. Nemmeno in autostrada. Si vide correre verso l'albero gigantesco, cui cervi e persone-cassetta facevano la guardia. Non poteva fare rumore, o l'avrebbero visto. Se fosse saltato con tutte le sue forze, forse sarebbe riuscito a raggiungerlo. Se l'avesse mancato, cadendo a terra, lo avrebbero fatto a pezzi. Aumentò la velocità. La radura era proprio davanti a lui. Un passo. Due passi. Tre.

Salta.

Con gli occhi della mente, si vide sorvolare la radura come un proiettile lanciato da una fionda. Allungò il corpo più che poté. Vide un ramo basso, davanti a lui. Tese le dita. Sentì scrocchiare le nocche, clic clic clic.

Afferrò il ramo con le dita tese e aprì gli occhi. Una nocca andò fuori posto. Avrebbe voluto urlare, ma ingoiò il dolore. Allungò l'altra mano e si issò sul ramo, al sicuro. Rimise l'osso in sede.

Guardò giù. La signora che sibilava era sul terreno, sotto di lui. Vide gli aghi di pino cadere intorno a lei. La vide alzare gli occhi e sorridere, per poi voltarsi verso i bambini che la seguivano, con il capo chino.

«Eccolo. Arrampicatevi», sussurrò lei.

E loro cominciarono.

Christopher doveva arrivare all'uomo gentile. Salì, il più rapidamente possibile, nonostante le dita doloranti. Si issò sul ramo successivo. Sentì delle grida provenire dalla casa accanto: guardò attraverso la finestrella che si apriva nella porta verde e vide una donna che si metteva un cappio intorno al collo. Poi incrociava il suo sguardo. E correva verso di lui. «Aiutami!» strillava, mentre la fune le spezzava il collo. Pochi secondi dopo, se lo rimetteva e si impiccava di nuovo.

Christopher guardò giù. I bambini continuavano a salire, ridacchiando. Erano trenta rami più sotto, Si allargavano per tutto l'albero come ragnetti appena nati. Costrinse le dita a reggerlo e a portarlo su. Ramo dopo ramo. Casa dopo casa. Vide un uomo, attraverso uno spioncino, che continuava a pugnalarsi. «E adesso chi è che ride, puttana?» urlava a se stesso. Nella casa accanto, un altro mangiava una grossa fetta di torta. Non riusciva a fermarsi. Masticava e masticava, finché non gli si fratturava la mascella, e in bocca non gli restavano denti. Ma la torta non diventava più piccola. «Fatelo smettere! Vi prego!»

Lo sai dove sei?

La sua mente correva. C'era qualcosa di familiare in tutto questo. Che posto era? La dimora della signora che sibilava? La sua prigione? Il suo zoo?

Raggiunse la casa con la porta rossa. L'uomo gentile giaceva privo di sensi sul pavimento. Provò ad aprire, ma era chiusa a chiave. Si spostò svelto alla finestra su un lato. C'erano le sbarre.

«Ehi! Svegliati!»

I bambini erano venticinque rami più giù.

L'uomo gentile si mosse. Christopher infilò una mano tra le sbarre e toccò la mano dell'amico. Il calore cominciò ad aumentare, nella sua mente, e con un'unica scarica gli trasferì tutta l'energia di cui aveva bisogno. L'effetto fu una scossa.

E il dolore fu istantaneo.

Si diffuse in tutto il suo corpo, mentre teneva le mani su quella dell'uomo gentile, cercando di rianimarlo.

Ti prego! Svegliati!

Spinse i suoi pensieri nella mente dell'amico, cercando di farlo partire come si fa con una vecchia automobile.

Dobbiamo uccidere la signora che sibila!

Gli sentì il cuore. Batteva, lento. Poi più veloce. Più veloce.

Non posso farlo da solo! Ti prego!

D'un tratto le palpebre dell'uomo gentile si mossero. Aprì gli occhi con uno sforzo, e balzò su.

«È una trappola, Christopher. Scappa, corri!»

«No! Io non ti lascio qui.»

«Non puoi fare altrimenti! Devi ucciderla prima di mezzanotte!»

Il ragazzino guardò di sotto. I bambini erano quindici rami più giù.

«Riesci a liberarti?» sussurrò all'amico, senza fiato.

Lui corse alla porta. Sprangata.

«No. Devi ucciderla senza di me! Prendi la chiave!» gli ripeté spingendolo via. «Non puoi lasciarti prendere. Va'!»

Christopher guardò di nuovo giù. I bambini stavano salendo sull'albero come tanti ratti. Non aveva scelta. Doveva scappare. Lasciò l'uomo gentile e continuò ad arrampicarsi. Fino in cima. Finché non ebbe più un posto dove andare.

Tranne la sua casa.

Era là, sopra tutte le altre. Proprio in cima. Come l'angelo su un albero di Natale. Come si era spostata? Cioè… si era spostata? Che cos'era quel posto orribile?

Lo sai dove sei?

I bambini lo raggiunsero, chiassosi. Lo presero per i piedi. Afferrò il pomello della porta. La spalancò e guardò dentro. Ma non era più il posto che ricordava.

Sembrava il bagno della sua vecchia casa.

Che lentamente si riempiva di vapore.

Una figura era seduta nella vasca, immersa in quella nuvola.

«Ciao, Christopher», disse la voce.

Sembrava quella di suo padre.

92

Caro Ambrose,

spero che tu riesca a vedere questo messaggio. Devo nasconderlo perché mi controllano in ogni momento. E controllano anche te. Controllano tutti. Ma non è come pensi. È molto peggio. Non posso dirti quello che sta succedendo, altrimenti mi scopriranno e tu verrai torturato per sempre. Ti ho scritto quello che devi sapere e l'ho nascosto nell'unico posto che so per certo che non conoscono. Solo tu sai dove si trova. Una volta ci nascondevi le riviste. Ti prego, vacci subito, Ambrose, perché se stai leggendo queste parole significa che la fine del mondo è vicina. Se non sei lui, ti prego, dagli questo messaggio per me: AMBROSE È UNA TRAPPOLA. Non deve morire un altro bambino. Il mondo non deve finire. Quindi scappa adesso. Ti prego. Non c'è più tempo!

DAVID OLSON

Kate aveva fra le mani tremanti il diario che era riuscita a decifrare. Si voltò verso Ambrose e abbassò la voce a un sussurro disperato.

«Signor Olson, dove teneva...»

Ma il vecchio soldato era più avanti di lei.

«Nascondevo le riviste sotto la libreria di David.»

«Dov'è quella libreria, adesso?»

Corrugò la fronte. Si concentrò. Kate guardò nel corridoio. Gli inservienti li stavano tenendo d'occhio, sospettosi. Si spostarono nella stanza di Christopher, per discutere con il medico.

41,4.

biIp.

«LA PREGO, SIGNOR OLSON», gridò. «DOV'È QUELLA LIBRERIA?»

«Non lo so. L'ho venduta.»

«A chi? Dove?!»

Quando gli inservienti ebbero finito di confabulare con il dottore, questi si voltò a guardare Kate. E intanto sussurrò qualcosa agli uomini della sicurezza. L'illuminazione nella stanza li faceva sembrare dei fantasmi. Di un pallore malato, verdastri. La stavano fissando. In quel momento, si sentì paranoica come si era sentito suo marito, la notte prima di morire.

Sento delle voci, Kate! Falle smettere!

Le guardie annuirono e uscirono per andare da lei.

«Al negozio di antiquariato», fece Ambrose, quasi gli si fosse accesa una lampadina. «David l'aveva rovinata, ma la proprietaria del negozio conosceva mia madre. La prese per compassione.»

«Perché? In che senso l'aveva rovinata?»

«L'aveva rivestita con della carta con delle anatre stampate.»

Kate ammutolì. L'unico altro rumore nella stanza era il gocciolio della morfina nella flebo dello sceriffo. Drip drip drip.

«Signor Olson», gli chiese, con un filo di voce, «rimarrebbe con Christopher? Lo farebbe per me?»

«Certamente. Perché?»

«So dove si trova quella libreria.»

Lanciò un'occhiata al suo bambino, dall'altra parte del corridoio. Al suo corpicino martoriato. Alla sua povera mente febbricitante. Di quel passo, la temperatura avrebbe raggiunto i quarantadue gradi molto presto, ed entro mezzanotte il suo cervello avrebbe cominciato a cuocere. E la risposta stava dall'altra parte della città.

«Puoi avere quella che vuoi. *Perché proprio quella, tesoro?*»

«Perché ha l'odore dei guantoni da baseball.»

Si trovava in camera di Christopher.

93

La figura si tirò su a sedere nella vasca. Nascosta da nuvole di vapore.

Christopher rimase pietrificato. Diede un'occhiata al bagno. Era esattamente come lo ricordava. Lo specchio appannato. L'odore di Noxzema sulla pelle. La camicia di papà appoggiata sul lavabo. Il profumo dolce di tabacco.

«Lo sai dove sei?» gli chiese la voce.

Lui non riusciva a parlare. Scosse la testa. No.

«Ti piacerebbe saperlo?»

Annuì. Sì.

«Okay, ma è un segreto. Potrei finire nei guai. Allora vieni qui. Te lo sussurro all'orecchio.»

Christopher non si mosse.

«Non aver paura, tesoro. Non ti farei mai del male. Vieni qui.»

La figura diede una pacca alla vasca. Goccioline di sangue scendevano dai polsi sulla porcellana, in piccoli rivoli. Christopher voleva scappare, ma i suoi piedi si mossero senza di lui. Cominciò a camminare. Attraverso il vapore. Attraverso le nuvole.

«Ecco, tesoro. Vieni dal tuo papà. Tutto avrà un senso, tra poco.»

Christopher fece un passettino. Poi un altro. Un terzo. La figura allungò una mano verso di lui. La mano era calda e liscia, e aveva macchie di tabacco tra le dita.

«Ecco, Christopher. Vieni ad abbracciarmi.»

Christopher sentì una mano sulla spalla. La figura lo avvolse come una coperta.

«Dove sono, papà?» gli chiese.

Gli stava così vicino da sentire la nota di tabacco nel suo respiro.

«Sei lontano dalla strada.»

Christopher tornò a guardare nella vasca, mentre le nuvole si diradavano rivelando la figura sorridente. Era la signora che sibilava.

94

41,5.

biIp.

Kate guardò suo figlio, al di là del vetro. Suo figlio, che lottava tra la vita e la morte. Doveva aiutarlo. Doveva salvarlo. Doveva recuperare il messaggio lasciato da David sulla sua vecchia libreria, a casa.

Ma Mary Katherine le aveva distrutto l'auto.

I due uomini della sicurezza corsero al di là del corridoio e aprirono la porta della stanza dello sceriffo. Si grattarono le facce arrossate. Gonfi, sudati. Le bloccarono l'uscita. Un'infermiera, che Kate non aveva mai visto prima, entrò dietro di loro.

«Signora Reese, è tutto a posto?» le chiese.

«Sì. Nessun problema», mentì lei.

L'altra sorrise e tossì per via di quell'influenza che non era influenza. La guardò un po' troppo a lungo.

«Che cosa sta leggendo?» le chiese.

La domanda rimase sospesa nell'aria per un secondo carico di tensione. L'infermiera si grattò il braccio.

«Be', è piuttosto imbarazzante», intervenne Ambrose. «Sta leggendo un collage di lettere della mia defunta moglie. Alcune sono un po' osé. Dopo, se le va, me le può leggere ad alta voce. La signora Reese stava per andare a prendermi una cosa in auto.»

Poi, Ambrose infilò la mano in tasca e tirò fuori una chiave.

«Ricorda dove la parcheggio di solito, vero? È la vecchia Cadillac malconcia nell'angolo. Piena di graffi e ammaccature proprio come me.»

«Sì, signor Olson», disse Kate.

«Bene. Io starò con Christopher, mentre lei è via.»

Le passò la chiave, in cambio del diario di suo fratello.

«Grazie, signor Olson.»

«No, grazie a lei, signora Reese», rispose l'anziano soldato.

Kate prese la chiave e uscì dalla stanza, sgusciando tra le guardie dubbiose. Andò dritta alla porta del reparto, aspettando che le aprissero. Sussultò, a causa della fitta alle costole. L'effetto del farmaco stava passando, ma non c'era tempo per fermarsi, adesso.

Andiamo. Apritevi, dannazione.

Si voltò e vide l'infermiera spingere la carrozzina di Ambrose nella stanza di Christopher. Il suo bambino era disteso sul letto.

41,6.

biIP.

La porta si aprì con il ronzio di uno sciame di locuste. E Kate lasciò di corsa la terapia intensiva.

95

LA signora Henderson si sentì attraversare da un brivido. Un'orribile brezza fredda che dall'interno uscì verso l'esterno. Come un mal di denti. Sapeva di essere in ritardo. Ed era inaccettabile. Glielo disse la voce.

Inaccettabile.

Accelerò il passo. Superò le ruspe e le gru del cantiere, immobili come suo marito, in ospedale. Grosse e inutili masse di metallo, come quelle che tenevano in vita quel bastardo. I dottori non sapevano spiegare perché non fosse morto, ma lei sì. Sapeva che cosa significava tutto quanto. Sapeva che cosa sarebbe successo dopo. A tutti. Soprattutto a Christopher.

Parcheggiò l'auto dello sceriffo ed entrò nel bosco di Mission Street.

Non c'era mai stata prima, ma sapeva esattamente dove andare. Glielo diceva la voce. All'albero, a sinistra. Al masso, a destra.

Giù per il sentiero, signora Henderson.

Abbassò lo sguardo sul terreno. Vide orme di ogni forma. Tutte dirette nello stesso posto. Lo stesso in cui stava andando lei.

Si sbrighi. Deve sbrigarsi.

Sollevò le gambe stanche e si mise a correre. Le creava un certo disagio, perché ogni passo riapriva la ferita nel fianco. Ma, come dicevano i ragazzi, *niente dolore, niente guadagno*. Gli scarponcini fendevano neve e fango. Attraversò di corsa il tunnel della miniera di carbone, superando una decina di cervi che la seguirono saltellando come cuccioli. La voce risuonava sempre più forte nella sua testa.

Sbrigati! Non c'è più molto tempo.

La signora raggiunse la radura e si fermò.

Era bellissima. Più bella di suo marito il giorno del loro matrimonio. Più bella delle sue promesse. O della prima notte di nozze. Non aveva mai visto una bellezza simile in tutta la sua vita. C'era un vecchio albero magnifico e sui suoi rami la casetta più deliziosa.

Attorno c'erano centinaia di persone.

E regnava il silenzio, come in chiesa.

Alcune persone le conosceva dalla scuola: la signora Lasko, Brady Collins, Jenny Hertzog. C'erano alunni del passato, che da bambini adorabili erano diventati uomini calvi di mezza età in un batter d'occhio. Ma ce n'erano anche altre che non conosceva. Volti che forse aveva visto al negozio di alimentari, o alla stazione di servizio, o durante la sua breve permanenza in prigione. Di fatto, però, era come se conoscesse tutti, tanto era a suo agio.

Come tutti.

Attraversò la radura, e la folla si divise come le acque del Mar Rosso per lasciarla passare. Tutte le facce si voltarono verso di lei. Sorridenti. Erano tutti felici di vedersi. Era una giornata gloriosa. Non ci sarebbe stata più sofferenza. Non ci sarebbe stato più alcun dolore. In vita sua, non aveva mai visto lo spirito del Natale brillare così.

Andò dalla signorina Lasko, e le due donne si sorrisero e si salutarono con un cenno del capo, prima di mettersi a ridere di quella sciocca formalità. Poi si abbracciarono, come due sorelle che si erano perdute per tanto tempo. E in verità... non lo erano sul serio? Non erano tutti fratelli? La signora Henderson strinse in un abbraccio la signorina Lasko. Poi, entrambe posarono una mano materna sulla spalla di Brady Collins e Jenny Hertzog. Si sentivano tutti molto meglio. In quell'istante ebbero tutti lo stesso pensiero.

Qualcuno finalmente mi capisce.

La signorina Lasko sapeva che aveva finito di sentirsi sobria, come Brady Collins sapeva che non avrebbe più dormito nella cuccia e Jenny Hertzog che non si sarebbe più dovuta spogliare per il fratellastro. E, se qualcuno avesse detto il contrario... Be', la comunità poteva puntare i piedi, no? Se la madre di Christopher, o i suoi amici, o lo sceriffo o Ambrose Olson si fossero messi in mezzo, avrebbero potuto pugnalarli più e più volte. Il gruppo si sarebbe sbarazzato di chiunque non avesse compreso. E quando fosse scoppiata la guerra, avrebbero vinto.

Perché le guerre le vincono i buoni, sempre.

Si inginocchiarono tutti, e misero le mani sull'albero, insieme. Era caldo, come il sederino di un neonato. La serenità da cui si sentirono invasi era diversa da qualunque cosa avessero mai provato. Il lato fresco del cuscino, unito a un bagno caldo. In un attimo, la febbre passò. Il prurito alle braccia se ne andò. Finalmente erano tranquilli, in pace. La quiete prima della tempesta.

La pace prima della guerra.

«È ora», annunciò la signora Henderson.

Prese la sua borsa. Sentì la pelle morbida tra le mani. La zip fredda si aprì, come una colonna vertebrale che scattava. E tirò fuori il coltello da macellaio affilato.

«Posso darle una mano?» si offrì Brady Collins.

«Ma certo, Brady. Grazie. Sei molto gentile. Tua nonna sarebbe molto orgogliosa», gli rispose. «Perché non resti di guardia?»

Il ragazzino sorrise ed estrasse la sua pistola. Cominciò a camminare avanti e indietro, per proteggere i suoi da SpecialEd, che sapeva essersi nascosto da qualche parte, nel bosco.

«Anch'io», disse Jenny Hertzog, ansiosa.

«Ma certo, Jenny. Per questo sei qui, dolcezza.

Jenny sorrise, fiera, e infilò una mano nella borsa. Tirò fuori una decina di aghi da cucito e tutto il filo nero che riuscì a tenere nelle sue piccole braccia. Poi la signora Henderson si rivolse all'assemblea lì riunita, studiando quei volti ansiosi.

«Il mio fratellastro può essere il primo?» domandò Jenny.

«Sicura di non volerlo tenere per ultimo?» chiese la signora Henderson.

«Nossignora.»

«D'accordo, allora. Scott… mettiti davanti e al centro.»

Il fratellastro di Jenny si fece avanti e sorrise.

«Sissignora», disse, impaziente. «Che cosa posso fare?»

«Puoi sentire per l'eternità tutta la merda che hai fatto provare a Jenny, senza che nessuno possa mai mettervi fine. Come ti sembra?»

«Super», rispose lui.

Scott annuì, in trance, mentre la sua piccola sorellastra infilava un ago e lo passava alla signora Henderson. L'anziana le accarezzò la testa, gentile, e poi si spostò verso Scott. Serrò le labbra del ragazzo con la mano sinistra, e con la destra esperta cominciò a cucirle insieme, come aveva imparato al corso di economia domestica.

Nemmeno sentiva le sue urla agghiaccianti, attraverso il rumore bianco nella sua mente. Sorrideva, e ballava sulle note di un ricordo. Erano tempi più semplici, allora. Quando le ragazze seguivano economia domestica e i ragazzi officina. Quando gli uomini erano fedeli alle mogli, e non pensavano neanche lontanamente al divorzio. Quando i bei tempi andati erano i tempi nuovi. Era meglio. Ma le cose sarebbero tornate così. La vocina glielo aveva promesso. Questa volta, suo marito l'avrebbe rispettata. L'avrebbe apprezzata.

Le bastava fare la sua parte.

E preparare tutti affinché facessero la propria.

Mentre cuciva, alzò gli occhi verso la casa sull'albero. Era così bella. Suo marito era dietro quella porta. Quasi lo sentiva sussurrare.

«Tesoro, andiamo via per un weekend lungo.»

«Cosa?» chiese sorpresa.

«Voglio trascorrere un po' di tempo con mia moglie. Peccato non aver già preparato una valigia.»

«Ce l'ho io. L'ho fatta io! L'avevo nascosta in biblioteca. L'ho portata con me! È proprio qui!»

«Sei la moglie più fantastica che un uomo potrebbe mai avere.»

Questa volta l'avrebbero gettata nel bagagliaio della sua auto e si sarebbero messi in viaggio. Non aveva importanza la meta. Perché era di nuovo giovane. Aveva i capelli rossi. E un bel corpo. E sapeva che avrebbe vissuto quel giorno per l'eternità. Forse non avrebbe avuto nemmeno bisogno di accoltellarlo.

«Dove andiamo, caro?» gli chiese alla fine.

«Nella casa sull'albero, naturalmente. Qui dentro è bellissimo.»

Era a tal punto persa in quel sogno di un nuovo futuro da non accorgersi di aver già finito di trasformare Scott in una persona-cassetta.

«Scott, è la vigilia di Natale. L'albero è vuoto. Dobbiamo appendervi delle decorazioni.»

Jenny diede al fratellastro una lunghezza di corda, che la signorina Lasko aveva tagliato con il coltello da macellaio. Scott la prese e cominciò a salire la scaletta che sembrava fatta di dentini da latte. Raggiunse il primo ramo spesso e arrivò fino all'estremità. Poi annodò la corda al ramo e si avvolse l'altra estremità attorno al collo. Quando saltò, il collo si spezzò come un osso a forchetta, ma lui non morì. La signora Henderson lo sapeva. Nessuno sarebbe più morto.

«Quando potrò farlo annegare?» chiese Jenny.

«Non appena avremo vinto la guerra, Jenny», le rispose l'anziana con un sorriso. «Il prossimo!»

Si voltò verso la guardia del cantiere Collins, che pensava a tutti gli straordinari che avrebbe preso per aver sorvegliato la proprietà fino a tardi, la sera della vigilia. Mentre l'anziana gli chiudeva le palpebre con dello spesso filo nero, non sentì le sue urla, che furono coperte dai suoi pensieri tesi. Se una vita nel mondo dell'istruzione le aveva insegnato qualcosa, era il farsi andar bene quello che aveva a disposizione. Guardò le centinaia di concittadini che attendevano di essere trasformati. Sarebbe stata felicissima di cucirli tutti a mano, come aveva fatto con Scott, ma ahimè, erano già in ritardo sulla tabella di marcia. Era quasi mezzanotte. Dovevano farsi trovare pronti per il sacrificio di Christopher. Quindi, avrebbe rinunciato ad avere il controllo su tutto, lasciando che si cucissero mano e occhi da soli, mentre la signorina Lasko, Jenny e Brady giravano per distribuire aghi, cerniere, filo.

Altrimenti non ce la farò mai.

«Il prossimo!»

96

La signora che sibilava si tirò su dalla vasca. Era nuda. Cosparsa di fori di proiettile, coltellate e ustioni. Christopher urlò. Corse alla porta. La signora scese sulle piastrelle bagnate. Lui allungò una mano ad afferrare il pomello. Chiusa a chiave.

Era una trappola.

Lei lo prese da dietro. Lo sollevò, mentre si dimenava come un pesce. Aprì la porta con un calcio e lo lanciò sul ramo. Christopher provò ad allontanarsi strisciando, ma le mani gli restarono attaccate al ramo, come fosse carta moschicida. Si voltò, mentre lei usciva dalla casa sull'albero. Aveva indossato il vestito della domenica, striato di sangue, stracciato. Poi chiuse la porta dietro di sé. Lo studiò con gli occhi morti da bambola.

«Chrissstoppphherrrrr. Èèèèè oraaaaaaaaa», disse.

Lentamente, si incamminò sul ramo, verso di lui. Christopher si mise a gridare.

«NO! PER FAVORE!»

Lei sorrise e lo afferrò per le orecchie. Lo prese tra le braccia e scese lungo il tronco come un serpente.

H
S
S
S
S
S
S
S

Christopher diede un'occhiata alla radura, lì sotto. C'era il suo esercito al completo. Che lo fissava, in silenzio. Lei continuava a scendere. Sempre più. Superarono decine di case sull'albero. Le porte erano chiuse. Le tende tirate. Christopher non riusciva a guardare dentro, ma sentiva delle voci. Bambini che ridacchiavano. Un pomello cominciò a girare.

«Non ancora. Cogliamolo di sorpresa», sussurrò la vocina.

Il pomello si fermò. La signora che sibilava continuò a scendere, superarono un'altra casa. Con la porta rosa. Da dietro, giungevano dei respiri.

«Sarà un cucciolo stupendo», sussurrò una bambina.

Le sue unghie graffiarono la porta, quasi fosse una lavagna. Superò un'altra casa. Con le tendine bianche e blu, come il vestito di Dorothy.

«Lo sa dove si trova?» mormorò una voce maschile.

«Lo saprà presto», rispose una donna.

La signora che sibilava atterrò ai piedi dell'albero. Proprio di fronte alla grossa porta intagliata nel tronco. Fissò il suo esercito, trionfante. Sollevò le braccia di Christopher.

La folla esplose in un boato come a Times Square all'ultimo dell'anno. Il ragazzino udì dei tamburi in lontananza. Quattro persone-cassetta lo afferrarono per braccia e gambe, e lo bloccarono contro l'albero. Non era corteccia, quella che sentì, era carne. Sudata, calda. Si mise a urlare.

«Per favore! Non uccidetemi, vi prego!»

«Io non ti ucciderò», gli disse la signora, calma.

«Cosa vuoi farmi?» chiese, terrorizzato.

«Non te lo posso dire.» Sorrise.

Scavò nel proprio collo con le unghie lunghe e sporche e si strappò la chiave. Poi ficcò la mano nella carne dell'albero: sembrò frugare in un tritarifiuti. Sangue. Carne. Trovò la serratura, nella carne putrefatta dell'albero. Girò la chiave e fece scattare la serratura con un…

Clic.

Un coro di grida si levò dalle persone nella casa sull'albero, sopra. Le voci squarciarono la mente di Christopher, che con lo sguardo percorse la radura. Alla ricerca di una via di fuga. Le persone-cassetta stavano di guardia a tutti i sentieri in uscita.

«È ora! È ora!» urlavano.

La signora si rimise la chiave sotto la carne del collo, quasi stesse immergendo una mano nel cemento fresco. Un istante dopo, la piaga era guarita. La chiave era di nuovo al sicuro. Lei aprì la porta. Una luce si riversò dall'interno del tronco. Christopher la guardò. Un brivido freddo gli attraversò il corpo.

«Che cos'è questo posto? Dove mi trovo?» strillò.

«Pensavo te ne saresti ricordato», disse lei.

Il ragazzino avvertì l'energia che usciva dal tronco. L'elettricità statica di un milione di palloncini. Si rammentò di aver seguito le impronte. Dell'albero che sembrava fatto di carne. Sì, ricordava tutto. Era rimasto su quell'albero per sei giorni. A cuocere. Come in un'incubatrice. Era diventato intelligente. Era stato lasciato lassù per assorbire tutto quanto.

Ma non era mai entrato.

«Christopher», gli disse la signora che sibilava, «è per il tuo bene.»

Lo fece avanzare verso la luce. Era accecante. Dal tronco usciva un vapore che somigliava a delle nuvole bianche e morbide. Christopher urlò, piantando i piedi. Graffiò. Lei lo sollevò per le gambe, e allora prese a scalciare. Dalla luce giungeva un odore. Di cucina. Di coltelli arrugginiti. Di acqua della vasca da bagno di suo padre. Di ospedale.

«NO! NO!» urlò ancora più forte.

Affondò le mani nella carne dell'albero, calda come la pelle quando brucia per la febbre. La signora che sibilava gli liberò le mani con uno strattone. Christopher si divincolò, piantò i piedi ai lati della porta. In un attimo le persone-cassetta furono intorno a lui, come uno sciame. Resistette con tutte le sue forze. Le spinse via. Era troppo potente per loro. La signora lo afferrò con le mani piene di cicatrici, ruvide come carta vetrata. Lo strinse a sé e avvicinò il viso al suo, finché i loro nasi non si toccarono. Lo guardò dritto negli occhi. Furiosa, folle.

«È ORA!!!!!!!»

Christopher guardò la radura, in basso. Vide materializzarsi decine di impronte. Le persone erano invisibili ai suoi occhi. Ma c'erano. Le sentiva. Gli abitanti della cittadina, dalla parte reale. I loro occhi venivano cuciti, per la trasformazione in persone-cassetta. Il mondo urlava di dolore. Accecante. I confini tra i due mondi si stavano facendo confusi. L'immaginario e il reale. Il vetro stava per infrangersi.

Alzò gli occhi al cielo. Vide le stelle cadenti. Costellazioni che si dividevano come un puzzle lasciato cadere sul pavimento, finendo in un milione di pezzi. Mancavano sei minuti a mezzanotte. Sei minuti a Natale. Christopher chiuse gli occhi. Lasciò che la sua mente si calmasse. E sussurrò: «Dio, ti prego. Aiutami».

D'un tratto vide una nuvola all'orizzonte. Faccia di nuvola. Grande come il cielo. E in quell'istante una grande tranquillità investì le sue membra. Era come se qualcuno avesse premuto il tasto MUTO, mettendo a tacere l'ambiente intorno a lui: non c'erano più grida. Udiva solo il battito del suo cuore. I bip delle macchine dell'ospedale. Una voce portata dal vento.

«Christopherrrrr», sussurrava.

La signora che sibilava gli diede una spinta, e il piede sinistro di Christopher finì nella luce.

«Non entrare nella luce, Christopher. Combattila», gli disse il sussurro.

Non posso. È troppo forte.

Le braccia erano tanto pesanti. Anche il piede destro finì nella luce. Adesso aveva solo voglia di dormire. Aveva tanto sonno.

«Devi ucciderla entro la mezzanotte!» urlò il vento.

Non posso farcela da solo.

«Sì che puoi, un incubo è soltanto un sogno malato. Dillo, Christopher!»

«Un incubo è soltanto un sogno malato», ripeté ad alta voce.

Vide gli occhi di lei spostarsi.

«Con chi stai parlando?» gli chiese

«Dillo ancora!» sussurrò il vento.

«Un incubo è soltanto un sogno malato», gridò.

Lei si mise a strillare: «Con chi stai parlando?» e continuò a ripeterlo, ma lui non la sentiva. La sua voce si annullò. C'erano solo silenzio, e pace. L'aria era fresca, fragrante. Alle sue orecchie giungeva soltanto il sussurro del vento.

«E in sogno posso fare tutto quello che voglio!» gli disse quest'ultimo.

«E in sogno posso fare tutto quello che voglio», ripeté. «Perché qui dentro...»

Christopher abbassò le palpebre. Con gli occhi della mente si immaginò mentre cercava a tentoni, nell'oscurità dietro le palpebre, fino a trovare l'interruttore. Lo premette, e quello che apparve davanti a lui era molto più che conoscenza. Era potere. Crudo, furioso. Aprì gli occhi e guardò la signora che sibilava. La vide muovere gli occhi. Era terrorizzata.

«... io sono Dio», concluse.

La spinse via con tutta la sua forza e lei volò all'indietro, atterrando al margine della radura, un centinaio di metri più in là. Cervi e persone-cassetta assistettero alla scena, attoniti. Christopher si guardò le mani, come se appartenessero a qualcun altro. Non riusciva a credere di essere tanto potente.

La signora che sibilava si sedette. Folle di rabbia. O forse era sorpresa? I suoi seguaci si voltarono verso Christopher. Mille occhi lo fissavano pieni di odio perché aveva osato fare del male alla loro regina. Lui però non batté ciglio. Non scappò. Non si nascose. Lentamente, infilò una mano in tasca e tirò fuori il fodero di pelle. Poi lo aprì, rivelando la lama d'argento.

«Non sei in strada», disse calmo.

Guardò la chiave seppellita nella carne attorno al collo della signora che sibilava. Poi sollevò la lama sopra la testa e si lanciò su di lei.

97

KATE percorse l'autostrada come un razzo. Le ci erano voluti quindici minuti per raggiungere Shady Pines, dove Ambrose teneva la sua Cadillac malconcia. Quindici minuti nei quali aveva superato negozi in fiamme e si era dovuta nascondere dietro auto incidentate e abbandonate mentre uomini per nulla rassicuranti stavano acquattati nell'ombra. Non c'erano taxi. Né auto della polizia. Era sola, circondata da tutta quella violenza. E con le costole fratturate. Gli antidolorifici erano ormai un ricordo. Diede un'occhiata all'orologio del cruscotto.

Dieci minuti a mezzanotte.

Lasciò la Route 19 e rallentò fino a procedere a passo d'uomo. Si aspettava di vedere il suo quartiere pieno di lucine e decorazioni natalizie, con famiglie intente a celebrare la vigilia con un ultimo brindisi. I bambini inseguiti e portati a letto, con l'avvertimento che Babbo Natale avrebbe saltato la loro casa, se non fossero andati a dormire.

Ma non fu questo che vide.

Regnava un silenzio inquietante. I lampioni erano tutti spenti. Guardò entrambi i lati della strada. I cervi erano immobili come pali del telefono, gli occhi neri che brillavano al chiaro di luna. E la guardavano. In attesa.

Imboccò Hays Road.

Guardò dentro tutte le case. Le lucine lampeggiavano sugli alberi di Natale, facendo scintillare gli ornamenti. Nei salotti non c'era nessuno, però. Nessuno guardava i programmi speciali in TV. Non c'era un'anima.

Solo i cervi.

Entrò nel suo isolato. Superò la vecchia casa degli Olson all'angolo. Nessun segno di Jill e Clark. Superò l'abitazione degli Herzog. Non vide né la ragazzina, né il suo fratellastro. Non c'erano auto nel vialetto. Poi guardò la via che portava al bosco, e non vide nulla.

Però lo sentiva.

Sulla nuca. Non poteva ignorarlo. C'era qualcosa di terribile in quel bosco. Qualcosa che si stava espandendo. Che correva.

Avanzò.

Verso il suo vialetto.

Proprio in quell'istante, l'anziana che viveva sull'altro lato corse fuori dalla casetta di legno. Indossava una camicia da notte bianca. Di cotone e pizzo. Era scalza. Si buttò davanti alla sua auto e i fari le illuminarono il viso. Occhi e bocca erano cuciti con del filo nero. Kate urlò e pigiò sul freno. La vecchia gemeva, attraverso i punti...

«Eaaa uuuu coììì beeeel babiiinooo!»

...e fece un balzo verso il bosco, come un cervo che si sollevava sulle zampe posteriori. Kate guardò in quella direzione, per vedere se stesse arrivando qualcun altro. Ma non c'era nessuno. Soltanto quella sensazione. La morte sta arrivando. La morte è qui. Moriremo tutti il giorno di Natale. Guardò l'orologio.

Sei minuti a mezzanotte.

Sei minuti a Natale.

98

La signora Henderson cuciva il più rapidamente possibile, facendo volare le dita. Guardò la lunga fila di persone-cassetta che aspettavano pazienti che finisse. Poi alzò gli occhi verso il cielo notturno, attraverso i rami degli alberi, appesantiti da tutte quelle decorazioni fortunate. Scalciavano e torcevano il collo, procurandosi delle ustioni da sfregamento con le corde. Ma non moriva nessuno. Nessuno sarebbe più morto.

«Il prossimo», disse.

Mancavano sei minuti a mezzanotte, e restavano solo poche anime. Ce l'avrebbero fatta. Sarebbero stati tutti pronti! Lanciò un'occhiata alla signorina Lasko. La giovane insegnante stava cucendo gli occhi a Jill e Clark, due giovani adorabili che volevano riempire la casa sull'albero di bambini, quasi fosse un grembo materno. Avrebbero avuto quello che volevano, quella notte. Ciascuno di loro avrebbe avuto ciò che desiderava.

23:54

La signorina Lasko lo sentiva. Ogni volta che si passava la lingua sulle labbra, diventava più intenso. Il sapore di alcol.

Ma non alcol qualunque. Era il whisky che sua madre metteva su un cucchiaio di metallo, quando le stavano crescendo i primi dentini. Quello che le faceva passare il dolore alle gengive. Poi si trasformava in delizioso vino rosso, quando mamma la portava a fare la Comunione. Ne prese un sorso, ma quando inghiottì era diventato champagne. Mamma brindava al suo diploma. «Sei la prima ad andare al college, tesoro.» Adesso era nella casa sull'albero, ad aspettarla. Ci sarebbe stata una grande festa, per lei. Si sarebbe ubriacata di nuovo. Fino a sentirsi disperatamente intontita e felice.«Il prossimo», disse, quando ebbe finito con gli occhi di Jill.

23:55

Jenny Hertzog guidò Jill e Clark in fondo alla coda di persone che aspettavano ai piedi della scaletta, così che la signora Henderson potesse concludere il lavoro. Guardò in su, verso Scott, le cui gambe si muovevano a scatti sul ramo basso. Poi guardò la splendida casa sull'albero sopra di lui. Prese un respiro profondo con il naso, ma l'odore che sentì adesso non era più quello del bosco. Era quello di sua madre. Di profumo, lozione e lacca per capelli, della sua pelle morbida e calda. La sentì sussurrare: «Vieni, Jenny. Faremo un pigiama party. Prepareremo popcorn e guarderemo dei film nella tua stanza. Scott non ti darà più nessun fastidio. Sarai al sicuro per sempre».

«Il prossimo», disse l'anziana.

23:56

Restavano solo due persone, in fila. Debbie Dunham e Doug. Lui era triste, quando era arrivato nel bosco. Finché non aveva visto Debbie Dunham. Che gli aveva sorriso. Il sorriso più orribile e deliziosamente porco che avesse mai visto. «Che c'è che non va, Doug?» gli aveva chiesto. «Mary Katherine mi ha messo le corna», le aveva detto. Lei aveva annuito, comprensiva. «Le hanno messe anche a me, un sacco di volte», sussurrò. «Vuoi vendicarti?»

Il ragazzo era rimasto in silenzio. Aveva pensato a Mary Katherine, e aveva sentito crescere la tristezza nel suo ventre, così come in lei cresceva quel bambino che aveva avuto con qualcun altro. «Vuoi vedermi nuda, Doug?» gli aveva chiesto Debbie. Lui aveva annuito, sperando che riuscisse a distrarlo. L'aria era gelida, ma si era tolta l'uniforme di Giant Eagle. Lui aveva guardato il suo corpo nudo, fresco come un frutto bello maturo. E poi lei gli aveva dato un lungo bacio con quella lingua simile a un serpente. «Doug, non sei stanco di fare la cosa giusta per la ragazza sbagliata?» gli aveva domandato. Le sue parole erano dolci come il suo alito. E, quando aveva abbassato la mano e lo aveva accarezzato, la vergogna che Doug aveva provato si era fatta da parte, lasciando intravedere un'altra emozione, che si era nascosta dietro di essa. La rabbia. Tutti quegli anni passati a fare il bravo fidanzato. A rispettare Mary Katherine. A obbedire ai suoi desideri. Fingendo di toccarle per caso i seni da sopra il maglione, invece di fare quello che avrebbe voluto veramente. E poi scoprire che era stata tutta una menzogna. La brava ragazza in ginocchio, nella sua auto. La brava ragazza che si faceva sbattere da qualche sconosciuto. «Dobbiamo entrare in quella casa sull'albero, e allora potrai avere ogni centimetro del mio corpo», gli disse Debbie, che poi gli lasciò la mano mentre la signora Henderson le cuciva la bocca.

Finalmente, pensò Debbie. Finalmente aveva un bravo ragazzo che l'avrebbe trattata bene. Finalmente, pensò Doug. Finalmente aveva una cattiva ragazza che lo avrebbe trattato male. A mezzanotte sarebbero diventati l'uno possesso dell'altra, e lui avrebbe potuto dimenticare Mary Katherine. Per sempre.

«Tu sei il prossimo, Doug», disse la signora Henderson, mentre finiva gli occhi di Debbie.

23:57

Brady Collins guidò Debbie Dunham in fondo alla coda. Non aveva mai visto una ragazza nuda, ma tutto quello a cui riuscì a pensare fu che stava senz'altro congelando. Tante volte aveva sentito freddo nella cuccia. Brady Collins si tolse il giaccone e glielo diede. Era troppo piccolo, ma Debbie se lo avvolse attorno alle gambe congelate. Quella bella ragazza tutta nuda gli accarezzò la testa e provò a sorridergli, ma i punti glielo impedirono. Brady sentiva freddo, senza giaccone, ma non era preoccupato. Sua madre era lassù, nella casa sull'albero. Sentiva la sua voce che lo chiamava. «Brady, basta cuccia, vieni dentro. Mammina ti aspetta in cucina, al calduccio. Vieni, fa freddo. La tua mamma ti vuole bene.»

23:58

La signora Henderson mise l'ultimo punto sugli occhi di Doug. Poi abbassò ago e filo. Si guardò intorno e si rese conto di aver terminato il suo lavoro. Adesso toccava a loro quattro cucirsi occhi e bocca.

Si guardarono e sorrisero, orgogliosi. Avevano finito prima di mezzanotte. L'anziana passò ago e filo alla signorina Lasko. La giovane emise solo un gridolino mentre si chiudeva le labbra. Ma la donna non l'avrebbe udita comunque. Doveva aiutare Brady Collins e Jenny Hertzog con ago e filo.

Le mani piccole fanno un lavoro approssimativo.

Non appena ebbe finito con i bambini, non le restò che cucire se stessa. L'ago penetrò nella pelle come il coltello nella gola di suo marito. Le sue grida si levarono, come la prima notte di nozze. Dolore misto a piacere. Buffo che sua madre non le avesse mai detto quanto avrebbe sofferto, e quanto le sarebbe piaciuto.

«Ti sto aspettando, tesoro», la chiamò suo marito da dentro la casa. «Andiamo a farci quella gita, adesso.»

Con occhi e bocca cuciti, afferrò la prima assicella della scaletta. Il primo dentino da latte.

E cominciò a salire.

Subito seguita dall'assemblea.

Mancava un minuto a mezzanotte.

Un minuto a Natale.

99

bIIp.

Seduto sulla carrozzina, Ambrose ascoltava il rumore delle macchine che tenevano Christopher in vita.

bilp.

Aveva promesso a Kate Reese che non avrebbe mai lasciato suo figlio e, diavolo, era un uomo che manteneva la parola data.

Aiutalo, David.

Quel pensiero attraversò la sua mente, calmo e solenne. Non si era accorto che la porta alle sue spalle si era aperta.

bilp.

Ma avvertì un cambiamento nella temperatura.

«Chi c'è?»

Silenzio. Un respiro.

«Infermiera, è lei?»

biIP.

«Dottore? La mano di questo bambino è bollente come una padella sul fornello. Quanto ha di febbre?»

Un lungo momento di silenzio. E poi...

«Quarantuno e sette», sussurrò la voce. «Ma non sono il dottore.»

Ambrose corrugò la fronte. Cercò di rimanere calmo.

«Il suo cervello sta cominciando a cuocere. Chiami qualcuno.»

«Lo abbiamo già fatto, signor Olson.»

Ambrose si concentrò su quella voce. Non avrebbe saputo dire se appartenesse a un uomo. O a una donna.

«Tra quanto sarà qui il dottore?»

«Tra poco.»

Ambrose capì che quella persona gli stava girando intorno. Pit-pat: camminava sugli avampiedi. E poi udì un'eco appena percettibile. C'era più di una persona nella stanza.

«Tra quanto?» chiese ancora.

«Non lo so con sicurezza. L'ospedale è a corto di personale. Hanno tutti l'influenza.»

La voce era più vicina. Altri passi. Che gli giravano intorno.

biIp.

«Okay», disse tranquillo, mentre afferrava un lato del letto. «Capisco.»

Udì delle risate di scherno da parte di più persone, cinque o sei.

«Lui capisce.» «Okay.» «Lui capisce», dicevano ridacchiando.

«Mi pare che non siate affatto a corto di personale», osservò l'anziano.

Le risate cessarono, rivelando un suono familiare. Ssssssss.

Gas.

«Signor Olson», disse la voce.

Il sangue gli si gelò nelle vene. Finalmente capì a chi apparteneva.

«Sì, signora Keizer?»

«La morte finalmente è arrivata, Ambrose. Non può dire che non l'avevo avvertita.»

Di colpo, una decina di mani lo afferrarono. Alzò le braccia per difendersi, ma la folla lo bloccò. Sentì la plastica fredda della maschera sulla bocca. Il gas usciva dalla bombola sibilando come un serpente. Ssssss.

«Levatemi le mani di dosso, bastardi!» urlò.

Il vecchio soldato spinse via i suoi aggressori, agitando le braccia alla cieca. Afferrò una ciocca di capelli. A un altro graffiò gli occhi. L'esercito di mani lo inchiodò sulla sedia, che si inclinò facendolo finire a terra. La folla gli fu addosso in pochi secondi.

Si batté con tutte le sue forze, ma erano in troppi. Gambe e braccia gli cedettero. Era un vecchio. Cieco. Indifeso. Dovette fare appello alle ultime energie rimastegli per strapparsi la maschera dal viso. Ma una manciata di istanti dopo era di nuovo al suo posto. E a quel punto, poté solo aspettare che i suoi polmoni urlassero pietà.

«Adesso prenda un respiro profondo e faccia il conto alla rovescia, partendo da dieci», gli disse la voce.

Mancava un minuto a mezzanotte.

E lui prese un'enorme boccata d'aria.

Mentre il tracciato sul monitor che controllava i parametri vitali di Christopher diventava una linea piatta.

bIIIIII

100

CHRISTOPHER si lanciò sulla signora che sibilava.

Il suo esercito lo circondò come una ragnatela. I cervi tentavano di azzannarlo. Le persone-cassetta gli bloccavano il sentiero. I loro corpi crearono un ciclone, di cui lui era l'occhio.

«PRENDETELO!» strillò lei.

Il ragazzino guardò la chiave sepolta nella carne del collo. Brandendo la lama d'argento, spiccò un salto in aria. Atterrò su un cervo, piantando saldamente i piedi sul dorso dell'animale. Da lì saltò sulle spalle delle persone-cassetta. Provarono ad afferrarlo. Lui si mosse in fretta. Correva sempre più lontano, sempre più veloce. Sentiva il suo corpo cambiare a ogni passo. La luce dell'albero era rimasta con lui, in qualche modo. Le emicranie erano differenti. La febbre era conoscenza. Non riusciva a credere alla sua velocità.

«ADESSO! DOBBIAMO PRENDERLO ADESSO!» strillò la signora che sibilava.

I cervi si stringevano a cerchio tutt'intorno, da ogni direzione, ma erano troppo lenti. Christopher scivolò tra le loro zampe. Scavalcò le corna. Non riusciva a credere alla rapidità con cui gli alberi gli sfrecciavano accanto. Si sentiva al di fuori del suo corpo.

Ma il dolore c'era sempre.

A ogni passo lo sentiva aumentare. Come se due mani gli serrassero la gola, stringendo sempre di più. Cominciò a perdere sangue dal naso. Pensò a David, scarico come una batteria. Quanto aveva prima che il potere lo abbandonasse, lasciando solo il dolore? Era quasi mezzanotte. O uccideva, o sarebbe stato lui a morire.

La signora che sibilava era avanti, il suo sguardo seguiva la lama che teneva in mano. Per una frazione di secondo credette di cogliere un lampo nei suoi occhi. Coprì la chiave con la mano bruciata. Poi si voltò e si ritirò nel bosco. Christopher le corse dietro; abbassando lo sguardo, vide le sue orme sul sentiero di fango e sangue. Le seguì nel torrente e vicino al ponticello. L'acqua gli inzuppò gli scarponcini e gli fece gelare i piedi. Per un attimo pensò di avere freddo all'ospedale, dalla parte reale. Di avere freddo con indosso la camicia aperta dietro.

Lo sai dove sei?

Corse nell'acqua gelida. Il freddo gli intorpidì quasi subito le membra, che un attimo dopo sembrarono bollenti. Le gambe scottavano come la fronte. Saltò sulla riva e tornò sulle tracce della signora. In lontananza vedeva il lampione. E davanti a sé trovò un bivio: lanciò un'occhiata da entrambe le parti, per capire dove andare. All'improvviso le impronte erano sparite.

Si fermò. In preda al panico. Era un trucco. Un altro modo di ucciderlo prendendo tempo. Si guardò attorno, ma vide soltanto alberi. La signora che sibilava poteva essere ovunque. Era un bersaglio facile. Tese le orecchie, per cogliere un qualunque segno della sua presenza. Non sentì nulla. Solo il vento e il rumore del suo respiro.

Crack.

Guardò in alto, tra gli alberi. Vide centinaia di persone-cassetta che aspettavano zitte nell'ombra. Appese ai rami come ghiaccioli. Si girò per scappare via, ma loro saltarono a terra tutte insieme.

Era circondato.

Formarono uno sciame sopra il bosco, mentre i cervi correvano verso di lui. Christopher afferrò un ramo per tirarsi fuori. Salì di uno. Di due.

Ma la signora che sibilava era tra le fronde dell'albero, come un serpente. Gli afferrò una mano. Viscida.

Christopher urlò e cadde sul sentiero. I cervi gli furono subito addosso. Con i denti gli perforarono la pelle. Odoravano di ospedale. Di antisettico. Era troppo stanco per mettersi a urlare. Era giunto il momento della sua morte, e lo sapeva. Chiuse gli occhi di fronte all'inevitabile, quando all'improvviso si rese conto che i cervi venivano sollevati di peso e scaraventati via. Guardò su.

Era l'uomo gentile.

«LASCIATELO STARE!» gridò il suo amico.

I cervi provarono ad azzannarlo. Gli strapparono brandelli di carne dalle spalle. Il sangue gli colò sulla camicia. Sul braccio. Prese la mano di Christopher.

«VIENI CON ME!» urlò.

«NO!!!!!!!» strillò la signora che sibilava. «SMETTI DI AIUTARLO!!!!!»

Lei scese in picchiata dall'albero, proprio mentre i due si allontanavano di corsa. Cervi e persone-cassetta partirono all'inseguimento.

«Come hai fatto a scappare?» domandò il ragazzino all'amico, senza fiato.

«David.»

«Lui dov'è?»

«Sta portando qui i rinforzi. Ci sono altri che vogliono la libertà. Vieni!»

Corsero via insieme. Seguendo il sentiero. Il lampione era proprio di fronte a loro. Blu come la luna. Saltarono fuori dal bosco, atterrando nel campo. Proseguirono verso la strada. Christopher guardò avanti e vide il suo quartiere che adesso sembrava un circo.

Il mondo immaginario era completamente impazzito.

Vide le nuvole muoversi sopra la città come un incendio boschivo. La gente gridava, centinaia di persone. L'uomo con la divisa da Girl Scout si ritirò tra i cespugli. Un altro si rifugiò in un furgone. La coppia non smetteva di baciarsi. C'erano facce che non aveva mai visto prima. E le parole che urlavano erano sempre le stesse.

«Facci uscire di qui, Christopher. Per favore!»

I due continuarono a correre verso la strada. Le persone-cassetta si allargarono a ventaglio attraverso i cortili che bruciavano, formando un cerchio. La signora che sibilava passò tra gli alberi sferzandoli, mentre li rincorreva a una velocità accecante.

«RIDAMMELO!» sibilò all'uomo gentile.

Gli finì addosso proprio mentre lui lanciava il ragazzino oltre le persone-cassetta, in strada, verso la salvezza. Christopher atterrò nel vicolo cieco con un tonfo sordo, rimediando qualche escoriazione. Balzò immediatamente in piedi: vide l'amico che veniva fatto a pezzi dalla signora che sibilava. Le mani carbonizzate gli dilaniavano le carni, come artigli.

«Smetti di aiutarlo!» gridò la signora che sibilava.

L'uomo gentile la spinse via e strisciò fino alla strada. Lei scivolò sul marciapiede e il suo piede cominciò a fumare e a bruciare. La pelle liquefatta finiva sull'asfalto e veniva lavata via dal sangue. Tornò con un salto sul vialetto, strillando e imprecando. Poi, con un cenno chiamò i cervi, che si sdraiarono sul marciapiede come fiches sul tavolo della roulette. Lei vi saltò sopra e arrivò fino all'uomo gentile, che strisciava sulla carreggiata. Gli sollevò la testa e gli affondò i denti nel collo. La gola scricchiolò come un osso del desiderio che viene spezzato.

Lo stava mangiando vivo. Ora o mai più, si disse Christopher. Sentì il rintocco delle campane della chiesa. Dieci secondi a mezzanotte. Dieci secondi a Natale.

10

I cervi saltarono addosso all'uomo gentile. Lo azzannarono, lo morsero. Christopher sapeva di dover agire ora. Doveva uccidere la signora che sibilava. Guardò il suo corpo. Crivellato di colpi. Di pugnalate. Bruciato un centinaio di volte.

Era praticamente una cicatrice unica. Ma finora niente era riuscito a ucciderla. Finora.

9

Strinse la lama d'argento opaca. Chiuse gli occhi per fare appello ai suoi poteri, ma udì solo grida. Le voci gli straziavano la mente. Quelle delle persone che si facevano del male. Ancora, ancora e ancora.

8

Sentiva i due mondi che sanguinavano l'uno nell'altro. Il vetro in mezzo che si incrinava. Sua madre che correva in camera sua.

7

D'un tratto avvertì il fruscio del vento nella via. «Christopher, guardami.» Il ragazzino incrociò lo sguardo dell'uomo gentile.

Lo stavano facendo a pezzi, ma sul suo volto c'era un sorriso pacato. Non gli disse nulla. Ma lui sentiva i pensieri dell'amico sulla sua pelle e il grattare di quel sussurro.

La strada.

6

«Smetti di aiutarlo!» gridò la signora, mentre gli piantava le unghie negli occhi.

In strada finirà carbonizzata.

5

Le nubi si separarono, e Christopher vide la chiave scintillare sotto la carne del collo. Brillava come un diamante alla luce blu della luna.

4

L'uomo gentile scalciò via la signora che sibilava. Altre persone-cassetta rotolarono in strada per prenderla prima che toccasse l'asfalto.

Una mano però finì sul marciapiede e sfrigolò.

3

Christopher fissò quella mano. Poi chiuse gli occhi e calmò la mente. Un secondo durò un'eternità. Dio aveva costruito un fiume di salvezza in quell'incubo. E lui ve l'avrebbe battezzata.

2

Con l'occhio della mente corse verso di lei, mentre stava sopra l'uomo gentile. Vide i cervi che lo caricavano. Ma non aveva più importanza. Per quel che lo riguardava, si sarebbero potuti mettere a strisciare. Perché adesso sembrava tutto estremamente lento.

Puoi essere più sveglio di Tony Stark.

Christopher li saltò.

Puoi essere più forte di Hulk.

Scavalcò le persone-cassetta stese a terra.

Puoi essere più potente del martello di Thor.

1

Finì con tutto l'impeto di quello slancio sul corpo della signora che sibilava. Sentì le ossa di lei rompersi per l'impatto. La vide volare indietro, in aria, e atterrare sull'asfalto.

«NOOOOO!» urlò.

E Christopher restò a guardare, mentre cominciava a bruciare.

101

La casa era silenziosa e immobile.

Kate era pronta ad attraversarla di corsa, ma qualcosa non andava. Lo sentiva tutt'intorno a sé.

Cominciò a salire le scale. Lentamente. Senza far rumore.

Dove stai andando, Kate?

Negò quella voce. Riusciva a sentire il suo bambino. Che lottava per la vita. L'aria era fredda, come se una finestra del mondo fosse stata lasciata aperta. Era dentro casa. Era dappertutto. Doveva aiutare suo figlio. Christopher aveva bisogno di lei.

Arrivò alla sua stanza.

Che cosa stai facendo, Kate?

Guardò la vecchia libreria nell'angolo. Era rivestita di carta, come lo sarebbe stato un regalo di Natale impacchettato da un bambino. Tutto scotch, niente angoli.

Si avvicinò.

Hai abbandonato tuo figlio in ospedale. Che razza di madre sei, Kate?

Fissò la fotografia del suo defunto marito, in cima al mobile. La fissava anche lui. Bloccato nel tempo. Quasi le mancò il fiato. Il pericolo stava stringendo la morsa intorno al suo bambino. Lo sentiva, come l'aveva sentito quel giorno in cui aveva inghiottito una biglia. Lui si trovava nella stanza accanto, ma lei lo sapeva. Era corsa da lui, altrimenti sarebbe morto soffocato. Gli aveva salvato la vita.

Christopher sta morendo, Kate. Devi tornare in ospedale.

Prese la fotografia, e poi rovesciò la libreria sul pavimento. I libri finirono sparsi ovunque. La lancetta dell'orologio si spostò con un tic.

Dieci secondi a mezzanotte.

Strappò la carta con le unghie. Rimosse l'asse di legno

inferiore. E lì trovo delle parole scritte dalla mano di David. Non c'erano corsivo e stampatello insieme. Questa era la vera calligrafia del bambino. Ogni singola lettera era perfettamente chiara.

NON UCCIDERE

Che cos'è, Kate?

LA SIGNORA CHE SIBILA

Smettila, non leggere, Kate.

È L'UNICA COSA CHE TRATTENGA

Adesso dovresti proprio smettere, Kate.

IL DIAVOLO NEGLI INFERI

102

LO *sai dove sei?*

Christopher guardò la signora che bruciava, urla e strillava, in preda a quella che per lui era rabbia, mista a follia.

Ma c'era qualcosa di terribilmente sbagliato.

«Chi è lei?» chiese.

Era una domanda talmente semplice che per un attimo l'uomo gentile fu colto alla sprovvista. Si voltò verso Christopher, mentre lei continuava a gridare.

«Chi è lei?» ripeté.

«Lei è il male. Dobbiamo uccidere le persone malvagie.»

Un tuono rimbombò nel cielo. Le nuvole si scontrarono come carpe koi in uno stagno. Le persone-cassetta si strapparono i punti dalle bocche cucite, nel tentativo di dirgli qualcosa, ma alle sue orecchie giungevano solo i loro lamenti.

«Adesso prendi la chiave, figliolo», disse l'uomo gentile.

Lo sai dove sei?

Christopher strinse la mano attorno alla lama d'argento opaca. Guardò la signora che sibilava, mentre tentava di riportare le ossa rotte sul prato. Vide le ustioni da sfregamento attorno al collo. Quelle chimiche sul corpo.

«Ma una volta è stata una bambina. Da dove veniva?» volle sapere.

«Lei è nata qui.»

«Io non credo. Guardala.»

La indicò di nuovo. Gli occhi sembravano pieni di sofferenza. Non era collera. Né pazzia. Si stava trascinando disperatamente sull'asfalto. Tentava di raggiungere l'erba. E per qualche ragione, che Christopher non riusciva a comprendere, nessuno faceva nulla per aiutarla. Né le persone-cassetta. Né i cervi. Sembravano pietrificati, al bagliore del fuoco.

«Christopher, lo so che ti dispiace per lei, ma non lasciarti ingannare. Per secoli mi ha torturato, proprio come ha fatto con David. E proprio come farebbe con te e con tua madre. Ma l'hai fermata. Solo tu.»

Christopher guardò l'uomo gentile, che gli sorrideva attraverso i denti rotti. Pelle e vestiti erano straziati dopo secoli di tormenti. C'era una gentilezza speciale, in lui. Qualcosa che gli ricordava suo padre. Forse l'odore di tabacco della camicia. Non gli sembrava di averlo mai visto fumare, eppure se lo portava addosso.

«Non possiamo permetterle di togliersi dalla strada finché non sarà bruciata completamente, Christopher. Andiamo, figliolo. Devi prendere la chiave», disse, mettendogli una mano sulla testa.

Il suo tocco gli dava un tale conforto. Come il lato fresco del cuscino. Tutte le urla intorno a loro se ne andarono, l'aria divenne fresca, pulita. L'odore non era più quello di un incubo. Era quello di una foresta in inverno. Sapeva… sapeva di…

Di paradiso.

L'uomo gentile sorrise e lo condusse al di là della strada. La signora che sibilava allungava le dita verso il prato. Christopher si inginocchiò, bloccandole la via. Lei lo toccò, agitando le braccia, le dita piene di cicatrici ruvide sulla sua pelle.

«SMETTI DI AIUTARLO!» urlò all'uomo gentile.

«Non permetterle di lasciare la strada», disse quest'ultimo, calmo.

«Lei è ancora troppo forte. Ho bisogno del tuo aiuto.»

«No, figliolo. Devi essere tu. Soltanto tu. Tu sei Dio, qui.»

Christopher brandiva la lama. La signora continuava a bruciare, gli occhi resi folli dalla paura. Provò a strisciargli intorno, ma il suo corpo si accartocciò. Il ragazzino sapeva che non ce l'avrebbe mai fatta.

Ancora poco e sarebbe morta.

«Ci hai salvati, Christopher», gli disse l'uomo gentile. «Tuo padre sarebbe stato davvero orgoglioso di te. Adesso, prendile la chiave, ragazzo.»

Sentì le mani dell'uomo gentile sulle spalle. Lo massaggiavano. Sorrise. Portò la lama alla gola della signora. Stava per cavarle la chiave dalla pelle bruciata e piena di cicatrici, quando qualcosa catturò il suo sguardo.

Una figura d'ombra.

Che in quel momento uscì dal bosco.

Attraversò il campo con passo strascicato, inebetita, delirante. Mani e gambe le tremavano. La fissò, mentre metteva un piede sotto la luce del lampione.

Era David Olson.

Era cinereo. Gli vide i graffi sul collo. Il taglio sulla guancia. Il sangue che gli scendeva dal naso. I lividi sulle braccia.

«David!» esclamò, trionfante. «È finita! Sei salvo! Sei libero! Guarda!»

Gli indicò la signora che sibilava, che bruciava a contatto con l'asfalto. David aprì la bocca e srotolò la lingua biforcuta. Quello che uscì fu un grido talmente angosciato che Christopher non riuscì a trattenere un brivido. David corse dalla signora, le afferrò una mano e, disperato, tentò di trascinarla verso l'erba, chiedendo un enorme sforzo alle membra malridotte.

«David… che stai facendo?» chiese lui.

La stava tirando con tutte le sue forze, ma era troppo debole. Christopher guardò ancora gli occhi della signora, illuminati dalla luce del lampione. Per la prima volta si accorse che erano colmi di lacrime.

«Smetti di aiutarlo», supplicò.

D'un tratto realizzò che quelle parole non erano rivolte all'uomo gentile.

Stava parlando con lui.

Sentì le mani dell'uomo gentile sulle spalle. Lo massaggiavano. Le orecchie gli diventarono rosse. Il cuore cominciò a martellargli nel petto. Si voltò. L'uomo gentile indossava un abito grigio. Sembrava impeccabile. Non un segno sulla sua pelle. Non una cicatrice sul suo corpo. Gli sorrise, gentile, i denti intatti e perfetti. Portava un cravattino. E aveva gli occhi verdi… ogni tanto.

«cIao. Christopher.»

La sua voce era così piacevole. Come una calda tazza di caffè.

«Tua madre non correrà pericoli e adeSso andrà tutto bene, figliolo.»

Il ragazzino sentì un brivido sulla nuca.

«Chi sei, tu?»

«Che vuoi dire? Sono il tuo amiCo.»

«Ma sei… sbagliato.»

«Non badare ai miei vestiti. Hai spezzato la sua maledizione. EcCo. Lei diventa più piccola, io divento più grande. È così da sempre.»

Si avvicinò, le scarpe lucidissime lasciavano impronte nel sangue che ricopriva la strada. Ciascuna aveva dimensioni diverse. L'orma di una bambina. Di un uomo adulto.

Lo sai dove sei?

Christopher cominciò a indietreggiare, prendendo le distanze da quell'uomo. Le urla del mondo gli stavano spaccando i timpani. L'uomo con la divisa da Girl Scout veniva trascinato tra i cespugli. La coppia si baciava con tanta foga che i loro volti cominciavano a sanguinare. Le persone-cassetta erano tenute insieme dallo spago come operai in una catena di montaggio. E quelle grida. Non cessavano mai.

Quello non era affatto il mondo immaginario.

«Dove siamo?» chiese terrorizzato.

«È solo un sogno, chrIstopher», gli rispose l'uomo gentile, calmo.

«No, non è vero.»

«È un incubo. Un incubo è solo un sogno malAto.»

«Questo non è un incubo.»

Sentì la pelle bollente per la febbre. Il calore di quell'influenza che stava dentro ciascuno. Non era febbre. Era fuoco.

«Questo è l'inferno. Sono all'inferno.»

Si rammentò dei sei giorni trascorsi nel bosco. Quei sei giorni in cui era rimasto disteso su quell'albero, con l'uomo gentile che gli sussurrava, «Chrisssstopher. Chrisssstopher». E, mentre era lì, aveva assorbito quanta più conoscenza possibile, per il suo cervello di bambino. Era stato reso forte. E trasformato in un dio. O in un soldato. O in un assassino. Con uno scopo. Uccidere la signora che sibilava. Prendere la chiave. Liberare l'uomo gentile. Pensava di aver dormito. Che fosse solo un sogno.

Sono stato all'inferno per sei giorni.

«CerTo che no», disse, uscendo dalla mente di Christopher. «Questo è soltanto un incubo. Un incubo non è che una manciata di ore all'inferno. Quindi, dobbiamo tirarti fuori di qui. Adesso, prendi la chiave.»

Sorrideva, calmo e rassicurante. I suoi occhi no, però. Christopher indietreggiò verso la signora e David. Lui gli parlò con voce misurata.

«Dove stai andando?»

Avanzò, con passetti lenti.

«Quella chiave ci serve, figliolo. Vuoi che lo specchio tra i due mondi vada in pezzi? Vuoi dare alla signora che siBila la possibilità di uscire?»

Il ragazzino vide i pensieri che giocavano a nascondersi tra le sue parole. Non c'era nessuno specchio a separare i mondi. Non esisteva vetro che non si infrangesse. L'uomo gentile voleva soltanto fuggire attraverso la sua casa sull'albero. Per aprire la porta aveva bisogno che lei morisse e di avere la chiave che portava sepolta nella carne intorno al collo.

«Non è lei che vuole uscire. Sei tu.»

L'uomo si avvicinò di un altro passo. Il suo sorriso si gelò. Christopher guardò David Olson, che tentava disperatamente di trascinare la signora che sibilava. E poi guardò di nuovo gli occhi di lei, colmi di lacrime, delirante per il dolore.

«Smetti di aiutarlo.»

Christopher le afferrò la mano destra, ruvida dopo secoli di tormenti. Sentì la verità passare come un sussurro dalla mano di lei alla sua. Vide le torture che aveva subito dall'uomo gentile. Vide come lui avesse trasformato ogni sua parola in terrore. Per tutto quel tempo aveva cercato di metterlo in guardia, non aveva mai voluto spaventarlo. La luce dentro l'albero non era morte. Era vita.

Lei stava cercando di salvargli la vita.

Adesso provò a tirarla su, ma si portava addosso il mondo intero, di cui era protettrice. Per quanti sforzi avesse fatto, non sarebbe mai riuscito a riportarla sul prato, da solo. Così andò a mettersi al fianco di David, e insieme i due bambini cominciarono a trascinarla via dall'asfalto rovente.

«Non farlo, christopher. Ti pRego.»

L'uomo gentile sorrise. Ma il suo sorriso era malato.

«Attaccate!» strillò la signora che sibilava.

Al suo comando, centinaia di cervi si lanciarono sull'uomo gentile, mostrando i denti. Caricandolo come un esercito. Pronti a dilaniarlo.

Lui non si mosse.

Alzò una mano, semplicemente. Gli animali si fermarono all'istante e passarono dalla sua parte. Uno per uno. I denti scoperti. Ma non per mordere: no, si stavano inchinando a lui. Si strofinavano contro le sue gambe come gatti domestici. Christopher vide l'espressione della signora passare dalla speranza alla paura.

«Non sono il tuo esercito, mia cara. Sono il mio. Ti eri forse sCOrdata?»

L'uomo attraversò la strada, tranquillo. I cervi si girarono e lo seguirono, sempre mostrando i denti. Christopher e David stavano ancora lottando per spostare la signora.

«Torna qui prima che mi innervosisca, figlioLo.»

Il ragazzino trascinò la signora attraverso il fiume di sangue che scorreva sulla carreggiata. E che gli sgorgava dal naso. Le nuvole si scontrarono. Un fulmine squarciò il cielo. L'uomo gentile avanzava verso di loro, pochi centimetri alla volta.

«Torna qui, prima che mi veda costretto a picCHiarti.»

Christopher sentì il cuore accelerare. L'uomo si avvicinò ancora. Lui abbassò gli occhi e vide che le gambe del soldato erano sbagliate. Aveva delle zampe di cervo.

«Non voglio farlo. Non cosTringermi.»

Christopher mise i piedi sull'erba. La signora che sibilava chiuse gli occhi. Ancora pochi secondi e sarebbe spirata.

«Se la togli dalla strada, io ti farò del Male.»
Un altro passo.
«Salvala, e io ucciderò tua maDre.»
I due bambini trascinarono la signora sul prato. Subito, la sua pelle smise di bruciare. Si alzò sulle gambe tremanti, il corpo ancora straziato. Era tra i due ragazzini e l'uomo gentile. Una leonessa che proteggeva i suoi cuccioli. L'uomo gentile avanzò ancora, tremante di rabbia. I cervi dietro. Christopher vide le loro ombre, al bagliore della luna. Non erano più cervi. Erano cani da caccia. Con gli occhi che scintillavano. La signora che sibilava si voltò verso lui e David. Si strappò la chiave dalla carne e la mise nella mano di David, scossa da un tremito. E poi urlò.
«Portalo fuori di qui!»

103

La signora Henderson strisciò su per la scala che portava alla casa sull'albero. La ferita al fianco rallentava i suoi movimenti. Ogni passo era un tormento. Si sarebbe fermata, ma suo marito la stava chiamando dall'interno della casa.
Dai, tesoro. Andiamo a farci quel weekend fuori porta. Voglio mostrarti quanto ti amo.
La signorina Lasko le allungò la mano per aiutarla a salire più rapidamente. Dovevano sbrigarsi. Doveva aiutarla, perché dentro la casa c'era qualcosa ad aspettarla. Ne sentiva il sapore, freddo e pungente, che bruciava le labbra. Quella piacevole sensazione di farfalle che vibravano nel suo stomaco, e nel sangue. Il rossore che le saliva al viso.
Puoi ubriacarti di nuovo. L'alcol è là dentro che ti aspetta.
Brady Collins provava una profonda gratitudine. La si-

gnora Henderson lo aveva elogiato per l'ottimo lavoro che aveva svolto, tenendo le persone-cassetta in fila.

E adesso toccava a lui salire le scale. Sentiva sua madre, da dentro la casa. Era al calduccio in cucina, circondata dal profumo di minestra calda e di pane.

Esci dalla cuccia, Brady. Vieni dentro. Mamma ti vuole bene. Non avrai mai più freddo.

Attraverso i punti che le chiudevano gli occhi, Jenny Hertzog lo vide salire. Superò il primo ramo, da cui pendeva il suo fratellastro, che continuava a contorcersi. Jenny era felice, ma ancora si domandava perché Scott non morisse.

Alzò gli occhi e si accorse di udire la voce tenera di sua madre, che la chiamava. Il bosco aveva il profumo della sua vecchia camera da letto. Un eau de toilette dolce, mista a popcorn al burro.

Vieni dentro, Jenny. Faremo un pigiama party, io e te.

Prepareremo il popcorn, uccideremo il tuo fratellastro e guarderemo dei film.

E nessuno entrerà più in camera tua per farti del male.

Lo affogheremo insieme, nell'alluvione. Acqua.

Nei secoli dei secoli.

Le quattro anime passarono oltre i rami appesantiti da tutti quei corpi appesi come decorazioni natalizie. Dovevano solo arrivare alla casa. Entrare nella luce.

E poi sarebbero stati liberi.

104

La signora che sibilava bloccò l'uomo gentile, mentre David e Christopher correvano verso il bosco di Mission Street. Lui sorrise, i denti come piccoli pugnali. Lei si mise in guardia, ustionata e sofferente. Un animale avvolto in spire. Pronto a colpire.

«Non sono sulla strada», disse lei, sorridendo tra i denti rotti.

«Lui mi ha resto più forTe», fece lui, sorridendole.

Si girarono intorno. La signora sentì i cervi strisciare verso di lei. Sapeva che la finestra si stava chiudendo. Gli si lanciò addosso, urlando con tutto il fiato che aveva in corpo, le unghie pronte a cavargli gli occhi.

Lui non batté ciglio. Rimase fermo e aspettò l'impatto, quasi la considerasse una foglia che cadeva lentamente al suolo. Ruotò su se stesso e la colpì come avrebbe fatto con una mosca. Lei fece un volo all'indietro di una trentina di metri, e finì contro la porta di Christopher. Le schegge volarono come proiettili. Entro pochi secondi i cervi furono su di lei, mordendola e graffiandola.

E intanto l'uomo gentile si lanciava all'inseguimento dei due bambini, nel bosco.

David e Christopher correvano lungo il sentiero. David stringeva la chiave, lui la lama d'argento. Superarono il ponticello. Christopher sapeva che la radura era proprio di fronte a loro. Sentì la mano dell'altro bambino sulla sua. Che gli faceva lasciare la pista battuta.

«No! Dobbiamo arrivare alla radura!» strillò.

David fece no con la testa. Gli afferrò di nuovo la mano e scartò bruscamente a destra, attraverso i rami più fitti. Christopher si girò a guardare il sentiero, proprio mentre i cervi si riversavano dalla radura come formiche da una collinetta. Era un'imboscata. David lo sapeva. David conosceva tutti i nascondigli. Tutte le scorciatoie. Era lì da cinquant'anni.

I cervi balzarono all'inseguimento come cani dietro a conigli meccanici.

Christopher seguì David in mezzo agli alberi, fino a quando questi non si fecero così fitti che soltanto un bambino sarebbe riuscito a passare. Gli animali rallentarono. Erano troppo grossi, per seguirli, ma non si fermarono, si spinsero avanti fino a lacerarsi la pelle sfregando contro i rami.

D'un tratto, il cielo si fece scuro. Christopher udì i rami grandi spezzarsi come ramoscelli, alle loro spalle. Si voltò e vide due occhi verdi e assassini, in lontananza. Era l'uomo gentile: sradicava gli alberi per trovare loro due. Sentì la mano di David Olson prendere la sua. E trasferirgli il prurito. Insieme con la febbre. Ogni singolo pelo sul suo corpo si rizzò, quasi fossero aghi di pino.

I bambini chiusero gli occhi e calmarono le loro menti. Immaginarono di levarsi in volo. I cervi strillavano dietro di loro. L'uomo gentile si apriva il cammino a mani nude. Loro immaginarono di salire sempre più in alto. Sempre più velocemente. Tra le nuvole. Con il vento che soffiava loro tra i capelli.

Due razzi in viaggio verso la luna.

D'un tratto però David cominciò a sputacchiare. Il sangue gli sgorgava dal naso quasi fosse un aereo che perdeva carburante. Riuscì a stento a mettere la chiave tra le mani di Christopher.

Il potere ha un prezzo.

Christopher percepì il dolore attraverso la pelle del bambino. I tagli e le frustate sul collo. Vide tutto quanto dal suo punto di vista. L'uomo gentile che usciva dalla casa sull'albero. Che lo massacrava per farlo stare zitto. Quelli sul collo non erano tagli: erano morsi.

David cominciò a cadere.

Christopher fece appello a tutte le sue forze, ma a stento riusciva a tenersi in aria. Non sarebbe mai riuscito a sostenere anche David. Si raggomitolò attorno al corpo del bambino per attutire il colpo, e precipitarono insieme come due amichetti che facevano un tuffo a bomba in una piscina senz'acqua.

Caddero fuori dalle nubi, ed entrarono nel cielo sopra la radura. Christopher abbassò lo sguardo e vide l'occhio arrabbiato al centro del bosco di Mission Street. L'albero gigantesco stava al centro, simile alla pupilla di un pazzo. Fissava. Animato da una rabbia furiosa. I cervi si riversavano nella radura. Piccole vene trasformavano la neve bianca in un occhio iniettato di sangue.

I bambini atterrarono, e il colpo li lasciò senza fiato. Erano a una trentina di metri dall'albero. Dalla porta. Dalla vita. Christopher balzò in piedi, e tirò su anche David. Si misero a correre. L'uomo gentile arrivò facendosi largo tra gli alberi, spezzando rami quasi fossero ossa. E giunse al centro della radura.

«Ciao, bambini», disse.

I due si voltarono. David Olson aprì la bocca per urlare. Christopher si pietrificò. L'uomo sorrise. Era un sorriso così gentile.

«Christopher, scusa se ho perso le staffe. Non era mia intenzione. Ho solo bisogno di uscire di qui. Per favore.»

Sembrava talmente disperato. La voce era sommessa come un tuono.

«Sono qui da millenni. Non riesco a svegliarmi da quest'incubo. Sono qui. Ogni giorno. Ogni notte. Non dormo mai. Quindi, dammi quella chiave, e ti prometto che non farò del male a nessuno. Devo solo andarmene.»

Si mosse verso Christopher. A piccoli passi.

«Tu mi conosci. Ti ho salvato tante volte, Christopher. Ho dato una casa a tua madre. E l'ho fatto perché sei un bravo bambino, con un gran cuore. Non avevo mai visto nessuno come te. Puoi salvare il mondo da se stesso. Ti prego, Christopher.»

La sua voce sembrava così sincera. Le sue parole sembravano vere, e giuste. Lui l'aveva salvato. Aveva dato una casa alla mamma.

Era l'unico uomo che conosceva che non lo avesse mai piantato in asso.

«Sei il mio migliore amico», gli disse adesso.

Christopher si sentì al di fuori del suo corpo. Come in quei sogni che faceva dopo che suo padre era morto, in cui cadeva in mezzo alla strada e non era in grado di rialzarsi. In una mano aveva la chiave. Nell'altra la lama d'argento. L'uomo gentile fece un altro passo. Sempre con il sorriso.

«Così, Christopher. BraVo, figliolo.»

In quell'istante David gli strappò la lama. Recise un cordino invisibile e scaraventò Christopher contro l'albero. La corteccia era come carne. La carne del mondo.

«No!» urlò l'uomo gentile, che fece per lanciarsi alla carica.

David prese la chiave con le dita che gli tremavano. Portò la mano al tronco. La corteccia era resa scivolosa dal sangue. Il sangue del mondo. Penetrò la carne putrida dell'albero e trovò il buco della serratura. Infilò la chiave e la girò con un Clic. La porta cominciò ad aprirsi. La luce si riversò dall'interno dell'albero.

– La morte sta arrivando –

La signora Henderson salì la scaletta. Le persone-cassetta appena trasformate venivano gemendo dietro di lei, mentre suo marito la chiamava da dentro. «Sali, tesoro! Andiamo a fare quella gita! Apri la porta, cara. Ti sto aspettando, a letto. È ora.»

– La morte è qui –

Christopher guardò nella luce. Portò un piede al di là della soglia. Sentì qualcosa che veniva nella sua direzione, dall'altro lato. Non vedeva nulla, ma il rumore era assordante. Una folla che fuggiva precipitosamente. Venivano verso di lui. Le persone della parte reale. Volevano entrare nella casa.

Il confine tra i mondi si stava facendo sempre meno chiaro.

Se non fosse uscito, sarebbero entrati tutti quanti. La porta fra i due mondi sarebbe stata aperta. Gli strati fra Inferno e Terra si sarebbero fusi insieme in ACQUA ALTA! ACQUA ALTA!

– Moriremo –

La signora Henderson mise una mano sul pomello della porta. «Non c'è bisogno che mi accoltelli, tesoro. Entra nella camera d'albergo», disse suo marito, dall'altra parte della porta. «Ti amo come non ti ho mai amata.»

La signora Henderson lo girò.

– Il giorno –

L'uomo gentile corse all'albero. I suoi occhi erano esattamente come quello della radura. Christopher sentiva il freddo attorno a sé. La luce era vita.

«David, vieni con me!» gridò Christopher.

David scosse la testa, triste, e gli toccò la mano. I due bambini si guardarono negli occhi. In un istante, Christopher comprese. David non se ne poteva andare. Non aveva un corpo in cui tornare. David gli mise la chiave in mano, mentre l'uomo gentile correva all'albero, urlando con tutto il fiato che aveva in corpo.

– di –

La signora Henderson girò il pomello e aprì la porta. Guardò dentro la casa e vide SpecialEd, Mike e Matt che la aspettavano, accovacciati.

«Questa casa è nostra. L'abbiamo costruita noi», disse Eddie.

Poi tirò fuori la pistola del padre e le sparò in mezzo agli occhi.

La donna cadde all'indietro, trascinando con sé Jenny, Brady e la signorina Lasko.

– Natale –

David spinse Christopher nella luce, e chiuse la porta nell'istante in cui l'uomo gentile andò a schiantarsi contro l'albero. Christopher infilò la chiave dall'altra parte, e chiuse dall'interno.

Clic.

Era riuscito a fuggire dall'Inferno.

105

L'uOmo genTile fissò l'albero. quel momento durò un secondo sulla Terra. ma per lUi fu un'altra eternità. aveva viSto giusto. quel bambino era il bambino. non vedeva nulla di simile da duemila anni. aveva bisogno di lUi. sapeva che, una volta che l'avesse spezzato, sarebbe uscito. e sapeva come spezzarlo. sApeva come procurarsi la chiave. sArebbe stato libero. finalmente.

si girò verso il bosco mentre i cervi sciamavano su David Olson. i Suoi cucCioli morsicavano il bambino e lo trascinavano via come un topolino da offrire al padrone. glI afferrò il collo con lA mano e lo tenne sollevato, lasciando che si dimenasse come un impiccato. poi gLi tolse dalla mano la lama d'argento e se la miSe in tasca.

«ti avevo detto che cosa sarebbe accaduto se mi avessi tradito, david», dIsse.

lAsciò una parte di Sé a cucire gli occhi e la bocca del ragazzino. poi andò dalla signora henderson. la dolce signora henderson. era a terra, ancora stordita dal proiettile che le era rimbalzato sulla fronte. era fortunata che lUi avesse deciso di non fare più morire la gente, altrimenti non avrebbe più avuto la possibilità di rivedere il marito.

«alzati, cara», lE disse, imitando la voce del consorte. «possiamo ancora partire per quel weekend.»

«davvero?» chiese lei, speranzosa.

«certo, voglio dimostrarti quanto apprezzi la casa che mi hai dato. quel corpo che hai condiviso con me. prima però ho bisogno che tu faccia una cosa. okay, amore?»

lAsciò un'altra parte di Sé a sussurrare alla donna e andò da brady collins. sI trasformò nel profumo di una cucina calda.

«brady, alzati adesso. vieni dentro. non sentirai mai più freddo.»

«no?» chiese il ragazzino.

«certo che no. la tua mammina ti ama. ho soltanto bisogno che tu faccia una cosa per me. okay?»

lasciò una parte di Sé con brady, mentre lUi si tramutava nel profumo di una stanza sicura per jenny hertzog.

«vuoi affogare Scott nell'alluvione?» le chieSe, con la voce di sua madre.

...al tempo stesso diventava l'odore della camera di jenny, per il suo fratellastro.

«puoi avermi, scott», disse con la voce di jenny. «ho solo bisogno che tu faccia una cosa per me, prima.»

sCivolò su per il tronco gigantesco, diretto alla casa di christopher... l'ultima decorazione, e anche la più preziosa. gUardò attraverso la finestra e vide i tre bambini, i tre porcellini, accovacciati dietro la pistola del padre di specialed, ancora fumante nella sua piccola mano. saPeva che l'amore di christopher li proteggeva. era questo il rischio, quando prendevi qualcuno e lo facevi diventare dio. tuttavia, era sorpreso dalla piega che avevano preso gli eventi. si era dato parecchio disturbo per procurare dei proiettili a eddie. lo aVeva trasformato in una piccola sentinella zelante, che aveva il compito di tenere aperta la porta della sUa casa sull'albero. aperta, non chiusa. e adesso aveva un pRoblema. ma c'era una soluzione. la protezione di christopher non sarebbe durata per sempre, chi non si lasciava trasformare poteva essere ingannato. era così facile convincere i bambini a giocare alla guerra, quasi come gli adulti. la casa sull'albero sarebbe diventata sUa quando contava davvero. doveva solo continuare a sussurrare. e ad aspettare. e a sussurrare e ad aspettare.

«le guerre le vincono i buoni, eddie. da' retta alla nonna.»

«uccideranno tuo fratello, matt.»

«devi proteggere gli avengers, mike.»

lasciò una parte di sE sTesso fuori dalla casa sull'albero e scivolò di nuovo giù dalla scaletta.

h

s

s

s

s

sTrisciò attorno al resto della radura, lasciando tracce di Sé, simili a piccoli ciuffi di nuvole. sussurrando a ogni singola persona, come aveva fatto con mary katherine mentre guidava l'auto contro quella di christopher. o con la signora henderson, dicendole di sottolineare il libro. o con christopher, durante quei sei giorni in cui aveva dormito sull'albero. sei giorni in cui gli aveva accarezzato i capelli. sempre sorridente. sempre calmo. sempre gentile. toccava le braccia delle persone. quel lieve prurito. loro credono che sia la pelle secca. no. sOno iO. era lUi l'alcol sulle labbra della signorina lasko, un piacere così puro che lei aveva pianto quando l'aveva privata della possibilità di ubriacarsi. era lUi l'eStasi di debbie dunham, che precedeva la vergogna e la solitudine. era lUi il pensiero che infuriava nella mente di doug.

lei ti ha tradito, doug. è una sgualdrina e ti ha tradito.

vuoi una vergine? puoi averla, doug.

sai che cosa devi fare. sai dove devi andare.

era lUi la promessa di 72 vergini e hAhA la settantatreesima notte.

niente più vErgIni. Solo 72 mOgli infelIci e tempo. è oRa.

era lUi i ricordi, i sogni, i desideri segreti e i pensieri.

come lo era stato per secoli.

ma con christopher era diverso.

con christopher era meglio.

non l'aVeva capito subito. era trascorso troppo tempo. ma dopo pochi secondi gli era apparso chiaro. l'aVeva sentito di nuovo. e non era solo il ricordo di un odore. era un odore concreto, di aghi di pino freschi e bagnati come il sesso. non si sEntiva così vivo da decenni. dai tempi di david olson. lui avrebbe potuto portarlo fuori di lì. ma aVeva commesso degli errori e david gli era scivolato tra le dIta come sabbia. così aVeva dovuto andare in cerca di un altro bambino. e non via terra. ma nel tempo. aveva osservato il mondo reale attraverso il vetro. aspettando. sussurrando. aveva aspettato tanto. decenni, come i bambini aspettano lo scuolabus. e finalmente lo scuolabus era arrivato. quel giorno. con quel ragazzino.

l'uomo gentile riattraversò la radura. senTiva l'erba bagnata sui pIedi, la neve fredda che scricchiolava. era una scena gloriosa. suPerò il ponticello. l'uomo che aveva seppellito la prostituta nel tronco cavo strillava, mentre i cervi gli mangiavano ancora la faccia. e, di nuovo, gridava, «ti prego, fallo smettere! mi dispiace!»

uScì dal bosco.

diede un'occhiata al paesaggio. illuminato dalla luna blu. attraversò il campo viscido fino alla sTrada che aveva creato per bruciare lei. La strada gLi scaldò i piedi freddi. l'uomo con la divisa da girl scout uscì fuori dai cespugli e urlò. la coppia smise di baciarsi il tempo sufficiente per guardarLo attraverso la follia che avevano negli occhi.

«ti prego. ci dispiace!»

lUi sussurrava loro nelle orecchie. loro se ne dimenticavano. e continuavano a fare le corna ai rispettivi partner, e sentivano il dolore che questi provavano, morendo, a ogni bacio. esattamente come l'uomo che apriva la porta alla polizia e si sentiva dire che il suo bambino era stato ritrovato assassinato. dieci minuti di preoccupazione. dieci minuti di dolore devastante. trenta secondi di gioia quando il bambino viene al mondo. e poi dieci minuti di preoccupazione. dieci minuti di dolore devastante. per Sempre. secondo i sUoi conti, l'uomo che aveva ammazzato quel bambino aveva provato il dolore che aveva causato a quei genitori già un milione e trecentoquattordicimila volte. La gente pensava che alla fine si sarebbe abituata all'eternità. Non si rendeva conto che non ci si può abituare a qualcosa che non si ricorda di aver vissuto? Naturalmente la risposta era no. ma lUi pensava che a quel punto qualcuno avrebbe dovuto capire come funzionano le cose.

ogni giorno era il primo giorno, lì.

e presto sarebbe stato così anche sulla terra.

guArdò le persone-cassetta ai lati della strada. aspettavano il proprio turno di passare nell'eternità. non sapendo che cos'avrebbero visto quando le zip che le rendevano cieche sarebbero finalmente state aperte. la parte superiore di una nuvola. o quel posto. per Sempre.

e poi lA vide.

lei.

strisciò attraverso il prato. desiderava disperatamente raggiungere la casa di david, all'angolo. stava già guarendo. ci riusciva sempre. le ferite guarivano. lUi poteva renderla pazza, e trasformare tutte le sue parole di avvertimento in urla terrificanti. poteva pRendere tutti i suoi gesti materni, e grida come «scappa. lui è il male. non devi aiutarlo» e tramutarli in sibili e incubi e rabbia che terrorizzavano quegli stessi bambini che lei stava tentando di salvare. poTeva trasformare la sua gentilezza in paura, con la stessa facilità con cui poTeva prendere l'amore tra gli uomini e farlo diventare una guerra dell'umanità. ma, per quante volte l'avesse puGnalata, e perForata con un proiettile...

non l'aVrebbe uccisa.

e lEi lo teneva chiuso lì.

per l'eTernità.

erano in equilibrio come due bambini su un'altalena. l'energia tra loro era come il flusso e il riflusso di una marea. nessuno dei due era depositario del potere. semplicemente, lo incanalavano come la gravità della luna attraverso i fenomeni delle maree. certi decenni lei, altri lUi. tranne in quelle rare occasioni in cui lUi scovava un bambino ancora più raro. puro, gentile. pieno di fiducia. abbastanza intelligente da sapere tutto, tranne quel particolare che lUi aveva voluto tenergli nascosto, come un coniglio nel cappello che allunga il collo per prendere fiato.

chi di loro teneva veramente le fila.

aveva sentito molte storie nel corso dei secoli, e aVeva imparato dai suoi errori. alla fine, tRovava ironico che l'onestà fosse la scelta migliore. christopher era troppo sveglio e avrebbe trovato incongruenze, altrimenti. quindi, gran parte di quello che gLi aveva detto era vero. c'era davvero una cosa simile a uno specchio a senso unico, tra i mondi. un sistema per sussurrare alle persone dalla parte reale. La casa sull'albero era di fatto un portale tra i mondi. esistevano quattro modi per entrare e tre per uscire.

tuttavia

il mondo immaginario non era esattamente immaginario. il terzo sistema in realtà non richiedeva nulla di più della chiave, e nessuno avrebbe potuto definire malvagia la signora che sibilava, tra loro due.

se non lUi stesso.

adesso la sollevò, piena di fratture e sanguinante. lei gli sputò addosso, lo maledisse, lo fissò, occhi negli occhi. lUi tirò fuori la lama d'argento opaca. la aFfilò sui denti, come il rasoio di un barbiere su una cinghia di cuoio. gLiela piantò nel petto, poi la estrasse e la ferita guarì all'istante. lA conficcò ancora, e ancora, e ancora, come un picchio. sentiva le ossa andare in pezzi, la lama si offuscava finché l'argento non era più visibile. proprio come faceva lei. ogni volta. per Sempre.

«perché non muori, cazzo?» chiese con un sOspiro.

e poi lA baCiò.

lasciò una parte di Sé con la signora che sibilava, mentre lUi attraversava veloce la città, come una nuvola. camminò nei corridoi dell'ospedale, meravigliandosi delle pedine sulla scacchiera. non c'era nessuna coincidenza, ciascuno era dove serviva. tutte quelle persone malate. quanta rabbia. quanta influenza. tutto quel calore. rane che si dimenavano nell'acqua.

lo sapete perché non muore più nessuno?

camminò nei locali della casa di riposo e nella chiesa.

lo sapete che cosa significa?

sUperò i ficcanaso sulla Route 19. si sEdette al posto del passeggero di ogni auto. sussurrava, si strofinava addosso alla gente come se volesse accendere il fuoco sfregando insieme due legnetti.

non morite più.

lo sapete che cosa significa?

era rimasto isolato per duemila anni. nei quali aveva osservato. aspettato. testato la recinzione, finché non aveva trovato quella notte. quel ragazzino. per un attimo, rimise insieme tutti i pezzi in cui si era sMembrato. li richiamò dal Medioriente, dove l'ultimo colpo di quella guerra senza fine era appena esploso in europa, e dall'africa più nera, fino a quella cittadina fuori mano che nessuno avrebbe mai notato, in pennsylvania. Il posto perfetto in cui nascondere la sUa porta posteriore. non lo faCeva da decenni. guardò il cIelo attraverso il sUo occhio. oltre la luna blu, che se ne stava là come un gomitolo per far giocare un leone. fIssò suo Padre che sI nascondeva in mezzo a cento miliardi di stelle. cento miliardi di persone vissute e morte. perDeva sempre persone, per colpa di quel Padre. e di quelle stelle. gli veNivano portate via, quando morivano, perché diO è un assassino, papà.

ma voi non morite più.
lo sapete che cosa significa, sul serio?
Significa che le rane vivranno.
Bollendo.
Per sEMPre.
l'eternità non è altro che questo
l'assenza di morte
e presto sarò lÀ
per far comprendere a tutti voi

che l'inferno è giunto sulla terra
e adesso ha soltanto bisogno di un suo rE.

c'eRa quasi. lo saPeva. saRebbe uscito. da quel bosco. dall'ombra. dai brividi sul collo della gente. questa finalmente era la sUa possibilità di guardare negli occhi i figli di dio, e di presentarSi a tutti loro. aVrebbe preso possesso del piccolo pianeta blu di sUo Padre. avrebbe strappato il blu dai sUoi cazzo di occhi. quegli occhi pieni di nuvole, e per farlo gLi sarebbe bastato rendere possibile la morte di poche persone.

di christopher e di tutti quelli che amava.

camminò per la città diffondendo la sUa parola come influenza, con ogni mezzo. un sussurro. un accenno. un sogno dimenticato. un tocco da qualcuno di famiglia. la paura che tiene svegli gli anziani, la notte. la rabbia che ossessiona la gente. e, lentamente, negli ultimi mesi, anche attraverso i cartoni del latte, che il padre di emily bertovich aveva trasformato nella speranza di rivedere la sua bambina, spendendo una fortuna.

peccato che lUi sapesse che non sarebbe mai successo.

in ogni zona della città, le persone avevano ricordi, udivano mormorii da persone amate morte da tempo. chi veniva toccato da christopher se ne liberava con una scrollata. per loro era solo un sussurro o un avvertimento spaventoso. ma per tutti gli altri quel sussurro cresceva sempre di più, fino a urlare loro nelle orecchie. ciò che incolpavano. il motivo della loro infelicità, la ragione per cui le loro vite non funzionavano, mai. finalmente, qualcosa aveva un senso. finalmente, qualcosa spiegava tutti i problemi del mondo. quella era la risposta a tutte le loro preghiere. queste persone finalmente ammettevano a voce alta… di non sapere perché… sapevano solo che andava fatto per portare il paradiso in terra…

«dobbiamo uccidere quel bambino, christopher, e tutti quelli che ci ostacolano. perché lui è il nemico. questa è una guerra. e le guerre le vincono i buoni.»

sOrrise. era un sorriso talmente largo che quasi non gli bastarono i dentini da latte.

PARTE SESTA

Corri se vuoi salvarE la pelle

106

BIIP.

Christopher sollevò le palpebre.

Le batté per via della luce al neon. Cercò di capire dove fosse. I suoi occhi si posarono su una macchina che respirava per lui, mantenendolo in vita. Dentro e fuori. Su e giù.

Biip.

Quel suono gli giunse insieme con il dolore. Tutto il potere da cui era stato investito nel mondo immaginario si abbatté sul suo corpo come un'onda che si infrange. Non aveva mai provato una sofferenza simile. Era come se fosse stato investito da un'auto... perché in effetti era andata così. Gli facevano male gli occhi come se non li avesse più usati, dall'incidente... perché in effetti li aveva tenuti chiusi fino a quel momento. Era rimasto in quel letto d'ospedale, privo di conoscenza. Era stato a un passo dalla morte, ma era ancora vivo. Per ora.

Biip.

Deglutì a fatica. La sua gola sembrava carta vetrata. Un tubo gli spingeva aria fredda nella gola, come vomito di plastica dura. Doveva sfilarselo. Guardò intorno in cerca di aiuto, ma vide solo la tenda bianca attorno al letto. C'era il pulsante per chiamare l'infermiera di turno, alla sua destra. Si allungò per premerlo, ma qualcosa lo fermò.

La chiave della signora che sibilava era ancora nella sua mano.

Biip. Biip.

Udì delle voci smorzate fuori, nel corridoio. Sapeva che cosa stava succedendo. Lo sentiva intorno a lui, come uno sciame.

L'uomo gentile sta...

L'uomo gentile sta... dando inizio alla guerra.

Biip. Biip. Biip.

Il cuore cominciò a martellargli nel petto. Doveva farlo rallentare, o le infermiere avrebbero capito che era sveglio. Con il braccio destro, ancora livido e contuso, toccò il gel che teneva i sensori attaccati al torace.

Mia madre è... in casa.

Mia madre è... in pericolo.

Afferrò il tubo e se lo sfilò dalla bocca. Si girò e vomitò tutta l'aria che aveva nello stomaco. Avvertì un sapore acre, di bile. Acido e orribile.

Biip. Biip. Biip. Biip.

Tenne la pinza sul dito e portò le gambe oltre il bordo del letto. I piedi nudi toccarono le piastrelle gelide. Sistemò il cuscino sotto le coperte per dare l'idea di essere ancora lì, a dormire. Poi, lentamente, aprì la tenda. Vide che un'altra persona era stata portata nella sua stanza.

La signora Collins.

Era sdraiata, immobile. Aveva gli occhi chiusi. Il respiratore si muoveva su e giù per i polmoni, con un tintinnio che ricordava quello della pallina all'interno di una bomboletta di pittura spray.

Ssssss.

Voleva andarsene, e di corsa. Arrivare all'armadio. Prendere i vestiti. Uscire di lì. Ma aveva quel sensore sul dito. Se si fosse tolto la pinza, le infermiere sarebbero entrate di corsa. Aveva solo un modo per fargliela.

Doveva trasferire il sensore sul dito della signora Collins.

Lentamente, si strappò la fascia misurapressione che aveva sul braccio. Poi andò al suo letto in punta di piedi. Le voci erano appena fuori dalla porta. Aveva solo pochi secondi. Le allargò le dita e vi mise sopra l'indice. Non doveva fare altro che aprire la pinza e metterla sul dito di lei. Ma il passaggio doveva essere istantaneo. Prese un bel respiro. Ecco. La sua unica possibilità. Si tolse il sensore, mentre il cuore gli batteva forte.

Biip. Biip. Biip. Biip. Biip. Biip. Biip.

Lo mise sull'indice della signora Collins.

Biip. Biip.

Sssss.

Il volume delle voci fuori si stava alzando. Chiuse di nuovo la tenda attorno al letto e andò all'armadio. Ma non prima di aver preso il cellulare della donna dal suo comodino. Metà batteria. Niente campo. Nessun servizio. Si tolse in fretta il camice dell'ospedale e si infilò i propri vestiti. Il telefono finì in tasca, con la chiave.

La porta si aprì.

«Christopher? Sei sveglio?»

Guardò attraverso la fessura dell'armadio e vide l'infermiera Tammy che entrava con un vassoio di cibo. Andò al suo letto e, con delicatezza, tirò indietro la tenda bianca. Vide il cuscino sotto la coperta. Il trucchetto doveva essere piuttosto convincente. Posò il vassoio.

«Ho appena sentito mio padre, Christopher. Un cervo l'ha spaventato, nel cortile dietro casa, e lui ha lasciato cadere la bottiglia di merLOT. Si è rotta, e il negozio è chiuso. Adesso non potrà avere il suo vino per Natale. Ha fatto il turno di notte per farmi studiare, e tu gli hai portato via la cosa che preferisce.»

Dalla tasca estrasse un bisturi.

«Gliene avrei comprato dell'altro, ma ho dovuto fare

triplo turno. Hai fatto ammalare tutti. Mi hai fatto perdere il Natale. Devo rimanere qui a causa tua.»

Tammy abbassò il bisturi e colpì con violenza le lenzuola. Non vedendo sangue le sollevò, e scoprì il cuscino. Si voltò e sussurrò.

«Christopherrrr, dove sei?»

Biip. Biip. Biip. Ssssss.

Christopher si voltò a guardare la donna, a letto. Aveva gli occhi spalancati, adesso, e lo stava fissando attraverso l'apertura. La pittura bagnata risuonava dentro i suoi polmoni.

«Iiiiiiissssss»», gemette, cercando di far uscire il suo nome, Christopher, dal tubo del respiratore.

«Che cosa c'è, signora Collins?» chiese l'infermiera e si avvicinò al suo letto.

Mentre lei era di spalle, il ragazzino strisciò fuori dall'armadio senza far rumore e, in silenzio, uscì nel corridoio.

Era deserto.

Ma sapeva che non sarebbe rimasto così a lungo.

Sentiva le persone a letto.

Che si svegliavano per la caccia.

Le porte del reparto di terapia intensiva si aprirono. Christopher vide il signor Henderson che si tirava su, nel letto, e lo indicava. Urlò per dare l'allerta agli altri, ma dalla sua bocca non uscì alcun suono. Si portò le mani alla gola. Nel punto in cui lo aveva pugnalato la moglie. Cominciò a spingere macchine e attrezzature per svegliare l'intero piano.

Non c'era tempo da perdere. Christopher corse al ripostiglio delle scorte, in fondo al corridoio, e richiuse svelto la porta alle sue spalle mentre la gente nei corridoi cominciava a riversarsi nel reparto di terapia intensiva. Diede un'occhiata alla stanza, aspettandosi di trovarla vuota. Invece c'era una grossa sagoma nera, al centro del pavimento. Gli ci volle un momento per realizzare che cosa fosse.

Una borsa per cadavere.

Che si gonfiava e si sgonfiava come un sacchetto di popcorn nel microonde. Dentro c'era qualcosa. Respirava. Christopher era in trappola. Non poteva uscire. Perché il corridoio brulicava di gente.

«È da qualche parte qui in giro, dottore», sentì dire l'infermiera Tammy.

Gli serviva un nascondiglio. Sapeva che avrebbero guardato lì dentro. Non gli restava che un posto: la borsa. Si avvicinò e mise una mano sulla plastica. Aprì la zip. Dalla figura adagiata all'interno si levò un'ondata di calore. Notò delle macchie di sangue sul camice e una barba di cinque giorni.

Lo sceriffo.

Era pallido. Sembrava morto. Respirava appena. Gli toccò la mano. Il prurito fluttuò sulla sua pelle.

«Si svegli», gli sussurrò.

Lui non si mosse.

«Che cosa c'è lì dentro?» chiese l'infermiera Tammy.

I passi si fecero più vicini. Erano proprio fuori dalla porta. Non aveva nessun altro nascondiglio. Aprì del tutto la borsa e vi si infilò, mettendosi accanto allo sceriffo, e richiuse la cerniera. Sentì il battito dell'uomo. Il respiro superficiale.

«La prego, sceriffo. Si svegli.»

La porta si aprì. Entrò qualcuno.

«È qui dentro?»

«No, dottore.»

«Okay. Continuiamo a cercare.»

I passi uscirono dalla stanza e chiusero la porta. Christopher stava per aprire la sacca, quando si accorse di sentire ancora un respiro.

Erano ancora là dentro.

Dopo un lungo momento di silenzio, un uomo gemette.

«Ha ragione, signor Henderson. Quella borsa si muove», osservò l'infermiera Tammy.

I passi si avvicinarono.

«Ciao, Christopher. Sei lì dentro?»

Lui non respirò. Sentì che la sacca veniva sollevata da terra.

«È pesante. Lo sceriffo deve aver messo su venticinque chili, nell'ultima ora.»

Poi si sentì adagiare su un tavolo duro. Che cominciò a muoversi. Erano su una barella. Li stavano trasportando chissà dove.

Squeak. Squeak. Squeak.

«Andiamo, tutti. Portiamo Christopher dagli altri», disse Tammy,

Christopher sentì qualcuno premere il pulsante sul muro del reparto. Le porte di sicurezza si aprirono. Un mormorio percorse il corridoio. Christopher afferrò la mano dello sceriffo e si concentrò. Sentì la febbre scaldargli la fronte. Lasciò che il calore del suo corpo passasse all'uomo. Per guarire le ferite. E restituire un po' di vita a quel corpo.

Si svegli, sceriffo.

La barella entrò nell'ascensore.

«Potrebbe premere il tasto del seminterrato, signor Henderson?»

Henderson gemette attraverso le corde vocali recise. L'ascensore fece biip e cominciò a scendere.

La prego! Vogliono ucciderci!

La barella si fermò con uno squeak.

Una mano si abbassò e aprì la borsa. L'aria fresca gli investì i polmoni. Vide strumenti. Tavoli di metallo, e cassetti grandissimi che trasformavano la parete in un gigantesco schedario.

Era nell'obitorio.

107

KATE era in camera di Christopher, lo sguardo fisso sulla libreria appartenuta a David, che vi aveva scarabocchiato quelle parole terrorizzate.

NON UCCIDERE
LA SIGNORA CHE SIBILA
È L'UNICA COSA CHE TRATTENGA
IL DIAVOLO NEGLI INFERI

Sentì un formicolio sul collo. Una corrente elettrica che spazzava la casa. I peli delle bràccia le si rizzarono come se qualcuno stesse strofinando un palloncino contro un maglione invisibile.

cIao, kate. Ti ricordi di lui?

Si voltò verso la fotografia di suo marito. Senza vita, dentro la cornice d'argento. La fissava. Con quello stesso sorriso. In quella stessa posizione. Bloccato nel tempo.

Qualcosa però era cambiato.

La camicia di flanella si stava bagnando.

I polsi si stavano tingendo di rosso.

E lui andava verso di lei.

Ho io tuo marito, Kate.

Il sorriso non lasciava il suo volto. Camminava verso il vetro della cornice. Diventava più grande, nella foto. Poi allungava le braccia. Lo prendeva a pugni, disperato. Lasciami uscire! Lasciami uscire!

Ho anche tuo figlio.

Kate corse fuori dalla stanza. Giù per le scale. Doveva combattere quella voce. Doveva arrivare da Christopher. Passò davanti alle fotografie, mentre scendeva.

Hai lasciato morire tutti i tuoi uomini.

In tutte le foto suo marito andava verso di lei. Alzava

la mano per bussare. Con i polsi tagliati. Il sangue che colava lungo il vetro, all'interno.

Toc. Toc. Toc.

Kate si fermò. C'era qualcuno sulla veranda. Vedeva suo marito nelle foto, che batteva sul vetro, e intanto udiva quei colpi alla porta.

Toc. Toc. Toc.

Din don.

Si allontanò dall'ingresso. Doveva uscire di lì e arrivare dal suo bambino. Il pomello girò. La catena impedì a chiunque fosse fuori di aprire. Kate indietreggiò nel salotto, senza mai distogliere lo sguardo.

Finché non finì addosso a un corpo.

Si girò di scatto. E lo vide. In piedi, con una pistola in mano.

«Ciao, Kate.» Era Jerry.

108

I BAMBINI erano circondati.

Matt guardò la radura e vide la signora Henderson a terra. L'occhio pigro cominciò a bruciargli, come se il dottore vi avesse appena messo delle gocce. Lo stesso che Christopher aveva guarito. E con cui adesso vide l'ombra di un uomo che si muoveva nello spazio aperto, passando di persona in persona. Sussurrando.

I movimenti casuali del gregge iniziarono a uniformarsi. Le persone appese ai rami si liberarono dal cappio intorno al collo. Si lasciarono cadere al suolo come ghiande e si radunarono attorno all'anziana, che era distesa con uno squarcio profondo nella fronte, procurato dal proiettile di SpecialEd.

«Gesù. È ancora viva», commentò Mike.

«Impossibile», disse SpecialEd, andando alla finestra.

Osservarono in silenzio gli abitanti della città che la sollevavano, con delicatezza. Lei ringraziò con un cenno le persone-cassetta. Quindi, mise una mano sulla spalla a chi le stava più vicino e si tolse un filo dalle labbra come se stesse disfacendo un maglione. Poi, parlò con voce calma.

«Uccidete Christopher e riportatelo all'albero», disse.

Una metà del gregge si inoltrò nel bosco di corsa. L'altra metà si trattenne, in attesa del comando successivo. La signora ruppe il filo che chiudeva la bocca a Doug e Debbie Dunham.

«Andate da Mary Katherine. Sta ridendo di voi due. Fatela smettere.»

I due adolescenti annuirono e riattraversarono il bosco di corsa. Lei posò il coltello. Dal kit per cucito tirò fuori un ago sottile e del filo. Alzò gli occhi verso la casa sull'albero e guardò fissamente SpecialEd, mentre si ricuciva la ferita da arma da fuoco, che sembrava l'impronta del pollice che il sacerdote lasciava ai fedeli il mercoledì delle Ceneri.

E poi guidò la scalata.

«Oh, mio Dio», fece Matt.

SpecialEd controllò la pistola. Cinque colpi nel tamburo. Duecento proiettili nello zaino. Spalancò la porta e puntò. Come in un video game pazzoide, decine di persone stavano salendo sulla scaletta, mentre in centinaia aspettavano il loro turno. Il ragazzino fece fuoco. Rallentò la marea. I corpi caddero all'indietro. Ma nessuno moriva. Nessuno si fermava.

Matt osservò quella follia, l'occhio pigro in fiamme. Vedeva l'uomo d'ombra dappertutto. Sussurrava alla gente. La sua ombra si trasformava in una cucina calda. In una stanza d'albergo. In una casa da sogno. Nel ragazzo che finalmente ricambiava l'amore di una ragazza. Nella ragazza che diceva finalmente di sì a un ragazzo. Nel padre perduto da tanto tempo. Nel figliol prodigo. Sussurrava. Dovevano soltanto aprire quella porta. Impadronirsi della casa sull'albero. Fare del male a loro tre, che bloccavano loro la strada, e a quel punto sarebbero potuti essere felici.

Per sempre.

«Le munizioni non basteranno mai», dichiarò SpecialEd.

Matt guardò giù. Aveva ragione. Potevano anche usare tutti e duecento i colpi, ma i cattivi non si sarebbero fermati. Mike prese il martello e cominciò a scendere.

«Coprimi!» disse a Eddie.

«No, Mike!» gli urlò il fratello.

«Non possono salire senza una scala. Non permetterò che vi facciano del male.»

Scese rapidamente dieci gradini. La radura si allargava sotto di lui, ampia e selvaggia. Sollevò il martello, e poi lo abbassò di colpo e staccò la prima assicella dal tronco. Matt prese la pistola dalla mano di SpecialEd. Aspettò che la prima persona-cassetta allungasse una mano verso la gamba di Mike.

E poi sparò.

La persona-cassetta mollò la presa e cadde, portandone giù con sé delle altre, quasi fossero tessere del domino. Mike lanciò l'assicella in alto, a SpecialEd. Poi salì, e a ogni gradino staccava l'assicella inferiore. Le lanciava su. Portava la scaletta via con sé.

«Fatelo cadere dall'albero!» urlò la signora Henderson.

La gente nella radura prese a lanciare sassi. Tutto quello che trovavano. Colpivano Mike, ma nulla riusciva a fermarlo. Prese un'altra assicella. E poi un'altra. Arrivò all'ultima. Sotto di lui c'erano quattro metri. Nessuno sarebbe riuscito ad arrivare alla casa, da là sotto. Avrebbero potuto aspettare che arrivasse Christopher con i rinforzi. O lo sceriffo. Avevano vinto. Almeno finché Brady non estrasse la sua pistola.

Matt osservò con orrore l'uomo ombra che si attorcigliava attorno al ragazzino come la radice di un albero.

«Ecco, Brady», gli sussurrò la voce. «Vieni dentro, esci dalla cuccia.»

Lui alzò la pistola, mentre Mike rimuoveva l'ultima assicella.

«Fallo uscire dalla nostra cucina.»

Mike passò il martello al fratello minore.

«Non avrai mai più freddo.»

Brady Collins sparò.

l'uOmo gEntile sorrise, mentre la radura dava inizio al piccolo combattimento mortale per il possesso della casa sull'albero. gUardò il proiettile colpire mike alla spalla. gUardò il ragazzino cadere, e la signora henderson andare verso di lui con ago e filo. sUssurrò a Matt che suo fratello poteva ancora essere salvato. gUardò matt calare la scala di corda segreta e scendere nella nebbia. gUardò la sua espressione, nel momento in cui vide che il fratellone era stato trasformato in una persona-cassetta, che correva verso di lui con ago e filo. un minuto dopo, gUardò specialed che udiva delle urla in lontananza.

eddie.

«Matt? Sei tu?»

sì. mandami giù la scaletta.

«Parola d'ordine?»

latte al cioccolato.

gUardò specialed calare la scala. le corde che si tendevano. le mani che uscivano dall'oscurità. il viso del bambino allorché comprese che non era matt.

Bensì brady collins.

l'uOmo gEntile sorrise ai due cani che ringhiavano a un fischio invisibile. presto lI avrebbe mandati a darsi la caccia nel bosco. armati. due bambini che giocavano alla guerra. era talmente facile indurre gli uomini a uccidersi a vicenda, per un territorio che poteva appartenere soltanto al tempo. era così facile convincere tutti quanti che fossero loro i buoni.

poi, la casa sull'albero rimase vuota e incustodita. proprio come serviva a lUi. non poteva andare sulla terra. non con la signora che sibilava ancora in vita. ma il portale almeno era apertO.

gLi serviva soltanto christopher.

lui, e la chiave che aveva in tasca.

dOveva solo occuparsi di qualcun altro, prima.

109

«Gesù, aiutami.»

Mary Katherine era in ginocchio, lo sguardo rivolto all'unica finestra della sua cella imbottita. Aveva i piedi freddi, indossava una camicia da notte di cotone bianco. Era in ospedale.

No, sei in un istituto psichiatrico.

Mary Katherine si scrollò di dosso quella voce, che era con lei come un virus da quando i suoi genitori avevano permesso ai medici di trasferirla in psichiatria. Le avevano somministrato un sedativo, e si era svegliata in quella stanza dalle pareti imbottite. Bianche. Di tre metri per tre. Con una sola finestra. Stava morendo di fame.

Perché sei incinta. I tuoi genitori non ti hanno creduto.

Ti hanno lasciata qui, Mary Katherine.

Chiese a gran voce di portarle del cibo, e acqua. Il bambino nel suo ventre era affamato. Tirava calci allo stomaco. Ma non le rispose nessuno. Non arrivò nessuna infermiera. Nessun dottore. E tanto meno i suoi. Era sola.

«Gesù, ti prego, aiutami.»

Fissò la luna blu che splendeva attraverso la finestra. Poi si sollevò sulle punte dei piedi e diede un'occhiata alla città. C'erano degli incendi, all'orizzonte. Degli edifici in fiamme.

Stava accadendo qualcosa di terribile.

Sì, i tuoi genitori ti hanno messa in un manicomio, da cui non uscirai mai più.

La ragazza provò a respirare, nonostante il panico. Ricordò a se stessa che «istituto psichiatrico» significava protezione. Godeva di condizioni migliori della Vergine Maria nella stalla duemila anni prima, no? Avrebbe dovuto essere grata, giusto? Gesù l'aveva aiutata, no? L'amava, vero? Calmati, Mary Katherine. Calmati. Sei in una stanza di sicurezza.

Ti senti al sicuro?

Udì dei passi nel corridoio.

«Chi c'è?»

Aspettò una risposta. Che non arrivò. Il rumore si fece più forte.

«Ehi? Chi c'è?» gridò.

La persona si fermò appena fuori dalla spessa porta imbottita. Mary Katherine guardò il pomello. Che adesso girò. Pensò fosse il dottore. O l'infermiera con un'altra iniezione da farle nel braccio.

Voleva tanto mettersi a gridare. Poi, la porta si aprì.

Era sua madre.

Scoppiò in lacrime. Corse da lei, l'abbracciò. Nella sua mente, vide tutto quanto, perfettamente.

«Ho bisogno di mangiare, mamma. Il bambino ha tanta

fame. Ma giuro che non ho mai fatto sesso. Non so come ho fatto a rimanere incinta. Grazie di essere venuta da me. Grazie dell'aiuto. Grazie di avermi salvata. Grazie del bene che ancora mi vuoi.»

Ma le parole uscirono come un farfuglio incomprensibile, tra i singhiozzi. Sua madre probabilmente la prese per una pazza delirante, perché la strinse come si fa con il lato fresco del cuscino.

«Dobbiamo andare adesso, Mary Katherine», annunciò tristemente.

Finalmente, la ragazza trovò il fiato per formulare una domanda chiara.

«Dove mamma?»

«In chiesa. È ora.»

110

JERRY avanzò nella luce. Una bottiglia in una mano. Una pistola nell'altra.

«Perché sei scappata? Perché mi hai mollato?»

Kate indietreggiò. Lui finì l'ultimo goccio di whisky e, cauto, posò il vuoto sul piano di lavoro.

«Non voglio farti paura. Sono pulito adesso. Mi dispiace. Ehi, dov'è Christopher? Voglio fare qualche tiro con lui.»

La mente di Kate correva. Doveva andare via. Doveva tornare da suo figlio, in ospedale. Jerry tirò fuori quattro mazzette di banconote, tutte legate accuratamente con una fascetta di carta bianca.

«So che non mi crederai, ma hai la mia parola... ho smesso di essere un perdente. Posso prendermi cura di tutti e due. Ho vinto più di quarantunmila dollari. Li ho ancora quasi tutti. Mi sono comprato solo questa pistola.»

Toc. Toc. Toc.

Din don.

«Kate, sei lì dentro?» gridò una voce da fuori. Era la madre di SpecialEd.

«Betty! Sono qui!» urlò in risposta.

Jerry fece un passo verso di lei.

«Non aprire, Kate», le disse, biascicando. «Non scappare di nuovo. Ti chiedo scusa. Sono stato un pazzo. Me ne sono stato seduto qui per ore. Sono venuto con tutti questi pensieri che mi frullavano nella testa. Ma i palloncini mi hanno portato a scuola. L'ufficio della direttrice era stato messo a soqquadro, però sono riuscito a trovare il tuo indirizzo.»

Toc. Toc. Toc.

Din don.

«Aprimi! Sta succedendo qualcosa di brutto, in città!» strillò Betty.

Jerry le porse il denaro.

«Ti prego, Kate. Voglio essere un uomo migliore, per voi. Tuo figlio è fantastico. Posso essere il suo papà. Posso insegnargli delle cose. E, quando si comporterà male, potrò essere molto più gentile di quanto non fu mio padre con me.»

Jerry poteva contare su quarantacinque chili extra. Ma lei aveva un vantaggio. La donna che lui aveva conosciuto in Michigan non esisteva più.

Puoi essere una vittima, o puoi combattere.

Mise le mani in tasca. Dov'era lo spray al pepe? Nella sua borsa. Dov'era la sua borsa? L'auto. Aveva le chiavi dell'auto di Ambrose.

Il pulsante antipanico.

Jerry fece un altro passo. Lei premette il pulsante che

aveva in tasca. L'allarme scattò. Jerry si girò per guardare fuori. Lei lo superò di corsa e spalancò la porta.

La catena!

Non poteva uscire! Vide la madre di SpecialEd attraverso la fessura di otto centimetri circa. C'erano delle altre persone dietro di lei. Suo marito. Le madri di Mike e Matt.

«Dove sono i nostri bambini, Kate?» chiese Betty.

«Sì… ci siamo svegliati e Eddie era scomparso.»

«Anche Mike e Matt.»

«Io non lo so. Aiutatemi!» gridò.

«Aiutarti? Tuo figlio ha portato via i nostri. Dove cazzo è, Kate?»

«Sì, consegnaci Christopher prima che faccia ammazzare i nostri bambini», strillò Betty.

I genitori avanzarono verso la porta. Picchiarono, urlarono. Spinsero per spezzare la catena. Kate premette sul battente per tenerli fuori.

Jerry era lì, e la fissava.

Con la pistola in mano.

«Ti avevo detto di non scappare più da me e non hai ascoltato», disse, freddo, strofinandosi gli occhi iniettati di sangue. «Stai con un altro? È così? Ed è meglio di me? Quanto state insieme ridete di me? È questo che fate, mentre ti scopa? Stai ridendo di me, adesso? Smettila.»

Kate Reese sentì qualcosa sbattere contro la porta scorrevole che dava sul giardino posteriore. Si girò. Il prato dietro casa era pieno di persone che arrivavano dal bosco. L'anziana della soffitta era lì, con un grosso coltello da macellaio.

Tink. Tink. Tink. La lama sul vetro.

Jerry alzò l'arma.

«Esci dalla mia testa, Kate. Smettila di ridere di me. Chi diavolo credi di essere? Ho guidato fin qui dal Michigan solo per stare con te, e tu ti credi troppo superiore?! Vuoi qualcosa di cui ridere, eh, troia?!»

Jerry armò la pistola.

«Hai ragione, Jerry!» disse a gran voce. «Sono stata una stronza. Ti stavo mettendo alla prova. Ho fatto in modo che fosse impossibile trovarmi. Ma tu ci sei riuscito. Torniamocene in Michigan, adesso.»

«Cosa?»

«Non pensavo t'importasse di me, invece hai superato il test. Sei un vero uomo, Jerry. Voglio che mi riporti in Michigan, ma dobbiamo partire ora. Dov'è il tuo furgone?»

Toc. Toc. Toc.

Tink. Tink. Tink.

«Il furgone è fuori», le rispose, esterrefatto.

«Passiamo a prendere Christopher e torniamo a casa.»

«Mi stai mentendo.»

«Non ti sto mentendo. Ero furiosa con te. Mi avevi picchiata. Dovevo fartela pagare.»

La catena cominciava a cedere.

Nel vetro della porta scorrevole cominciavano a formarsi delle crepe.

«Questa è la tua ultima possibilità, Jerry. Se non mi porti via adesso, non mi avrai mai più.»

Le persone-cassetta fecero irruzione dalla porta scorrevole, le mani tagliate dai frammenti di vetro. L'anziana corse tra le schegge con il coltellaccio.

BANG!

Jerry le sparò a una gamba.

La catena della porta d'ingresso si ruppe. Betty cadde in avanti, gli altri genitori piombarono dentro dietro di lei. Kate afferrò la mano di Jerry e lo condusse in garage, chiudendo a chiave la porta dietro di loro. Premette il pulsante per l'apertura del portellone. Si preparò a correre.

La catena sollevò il portellone con un gemito dolente. Kate vide delle gambe sul vialetto. Il battito del suo cuore le rimbombava nelle orecchie. Christopher era solo in quella follia. Dalla sua sopravvivenza dipendeva quella del suo bambino. Doveva raggiungerlo.

«Jerry», disse, «portami a casa.»

Lui sorrise, mentre il portellone si apriva. La guidò in mezzo alla folla. BANG! BANG! BANG!

A un tizio sparò alla mano. Ad altri due nel petto. Kate vide la Cadillac di Ambrose nel vialetto. Aveva le gomme tagliate. Il parabrezza ridotto in frantumi. Corse al furgone del suo ex, parcheggiato più giù lungo la via, e aprì la portiera. Lui si mise al posto di guida.

«Metti in moto, Jerry», gli disse.

Jerry tirò fuori le chiavi, che gli scivolarono.

«Accendi il motore, cazzo!»

La signorina Lasko uscì correndo dal bosco. Lo sguardo folle per via della sobrietà forzata. Il furgone prese vita. Jerry inserì la prima e guidò dritto nel vicolo cieco. Non c'era tempo per la retro. Decine di persone-cassetta corsero verso di loro, capeggiate dall'insegnante. Jerry abbatté la cerchia intorno a loro. I pneumatici slittarono, e uscì dalla viuzza senza uscita lasciandosi dietro quella follia.

L'adrenalina abbandonò i loro corpi, e i due ex amanti si guardarono mentre Jerry rideva e rideva e rideva. Kate si appiccicò un sorriso sulla faccia, mentre la fitta al fianco tornava a tormentarla. Il suo sguardo cadde sulla pistola che Jerry stringeva in una mano.

L'ospedale era a dieci minuti da lì.

111

CHRISTOPHER osservò le persone, dal tavolo per le autopsie.

Tutti nell'obitorio lo fissarono. L'infermiera Tammy.

Il signor Henderson. Il dottore con il suo bisturi. Gli addetti alla sicurezza armati di pistola. Aspettavano tutti in fila, come in un supermercato, per assistere alla sua morte, inferta con mille tagli.

Diede un'occhiata intorno a sé in cerca di aiuto. I tavoli alla sua sinistra erano occupati da cadaveri. Gli uomini dello sceriffo. Degli anziani di Shady Pines. Avevano tutti gli occhi chiusi. E respiravano. Erano ancora vivi. Gli anziani cominciarono a mettersi a sedere. Lamentosi.

Christopher si girò verso il tavolo accanto al suo. Vide il tatuaggio sulla pelle simile a cuoio, un'aquila sbiadita. Le bende sugli occhi. Era Ambrose Olson. Sembrava che l'avessero pugnalato.

«Signor Olson! Si svegli!» gridò.

Gli afferrò la mano. Il sangue gli uscì a fiotti dal naso, mentre provava a guarirlo. Ma Ambrose era perso da qualche parte in un sonno profondo.

«Chrissstppppheerrrrr», sussurravano le voci alle sue spalle.

Avevano gli occhi cattivi per via del cancro. Li vide alzarsi in piedi. Uno dopo l'altro. I piedi raggrinziti che scendevano sul pavimento di piastrelle, freddo. Le anche che scattavano con un cicaleccio.

«Perché non ci lasci morire? Stiamo soffrendo.»

Andarono verso di lui. Sentiva i loro corpi. Le articolazioni che pulsavano. Le masse nere nei polmoni. Sentiva il loro alito sulla fronte. L'odore acido della vecchiaia. Vecchie dita che tenevano le palpebre sollevate, mentre le mani rugose lo strappavano via da Ambrose. E lo facevano girare così che guardasse la stanza.

«Come procediamo, dottore?» chiese l'infermiera Tammy.

«Lasciamo Christopher a loro.»

«Sì! Datelo a loro!» gridarono gli anziani.

Le guardie si spostarono verso la parete dove c'erano i freddi cassetti di metallo per le salme, su cui batterono con il calcio delle armi.

«Voi, là dentro! Sveglia!»

Gli anziani circondarono Christopher, e lo sollevarono dal tavolo.

«NO!» strillò lui.

Il bambino si oppose con tutte le sue forze. Afferrò la mano dello sceriffo con la destra. E quella di Ambrose con la sinistra. Si aggrappò a loro, disperato. Fece scorrere la sua energia nelle braccia di entrambi. L'elettricità ronzò all'interno delle lampade al neon. La stanza fu invasa da un odore intenso di ozono. Quello delle nubi che si scontrano.

Sceriffo! Deve svegliarsi!

Signor Olson! Possiamo ancora salvare suo fratello!

Gli anziani gli staccarono le dita, una alla volta, fino a fargli mollare la presa, e allora Christopher iniziò a scalciare. I cassetti cominciarono ad aprirsi. Le mani che graffiavano il metallo. I cadaveri all'interno. Che si dimenavano. E strillavano. «Lasciaci morire!» Il ragazzino vide un corpo nel cassetto centrale. Era coperto da un lenzuolo bianco.

Il gruppo lo spinse nel cassetto e lo chiuse a chiave. Dentro, era buio pesto. Le sue urla riecheggiavano sulle pareti di metallo freddo. Non vedeva niente, ma sentiva il cadavere lì dentro con lui. Si stava muovendo? Respirava? Allungò una mano dietro di sé e sentì la pelle delle mani che sbucavano dal lenzuolo. Erano fredde e senza vita. Niente elettricità. E quell'odore. Lo ricordava dal funerale di suo padre. Odore di morte, e talco. Era vivo? O morto? Christopher si concentrò. Doveva trovare un modo per uscire di lì. Abbassò le mani e si tastò le gambe.

Il cellulare.

Se n'era quasi scordato. Aveva il telefono della signora Collins. Era ancora nella sua tasca, accanto alla chiave della signora che sibilava. Lo accese. La luce si rifletté contro il cassetto, illuminandolo. Guardò alla sua destra e alla sua sinistra. Vide mani vecchie, raggrinzite. E nemmeno una tacca sul display.

La luce si spense.

Lo accese di nuovo. Guardò ancora giù. Adesso i palmi delle mani erano rivolti verso l'alto. Il cadavere si era mosso nell'oscurità. Lo schermò tornò buio. E lui lo accese ancora. Le mani si stavano muovendo.

Si contrassero. Le dita si sollevarono. Gli sfiorarono la nuca.

«Chrisssstopher», sussurrò la voce.

Lui strillò. Il cadavere si mosse.

«Come mi chiamo? Ridammi il mio nome, Christopher.»

Le mani della signora Keizer lo afferrarono per il collo. Christopher lottò con l'anziana, ma la sua morsa non era umana. Sentì l'aria lasciare il suo corpo, finché una voce non rimbombò nell'obitorio, tonante.

«NO! LUI È MIO!»

Scese il silenzio. Christopher sentì le mani della vecchia mollare la presa. Il cassetto si aprì con uno scatto e, lentamente, il bambino si ritrovò nella stanza. Alzò gli occhi e incrociò quelli che lo stavano fissando dal centro del pavimento. Iniettati di sangue, neri. Il viso era il ritratto del male.

Era lo sceriffo.

«Perché l'hai uccisa, Christopher?»

Il bambino era attonito. Lo sceriffo sembrava l'incarnazione stessa dell'odio. Aveva la pelle pallidissima, cerea. Il sussurro gli grattò la mano. Si era già scorticato. Voleva arrivare all'osso?

«Era solo una bambina. Perché l'hai uccisa?»

«Io non ho fatto niente, signore.»

«Perché l'hai ammazzato? Era solo un bambino», fece una voce.

Christopher si voltò. Vide Ambrose Olson alzarsi dalla barella. Gli occhi neri di rabbia.

«Io non ho ucciso David, signore! Possiamo ancora salvarlo!» supplicò.

Lo sceriffo e Ambrose si abbassarono e, con le braccia fortissime, lo tirarono su dal cassetto. Lottando per ritrovare la loro lucidità.

«Tu la uccidi ogni volta che vado a dormire. Non sopporto più di vederla morire. Devo fermarti prima che tu lo faccia ancora!» gridò lo sceriffo.

«Uccidi David ogni volta che vado a dormire. Non sopporto più di veder morire mio fratello. Dobbiamo fermarti prima che tu lo faccia ancora!» sibilò Ambrose.

Lo sceriffo tese la mano al gruppo.

«Qualcuno mi dia una pistola.»

La guardia gliela porse. Il signor Henderson afferrò la mano destra del bambino. Il medico e l'infermiera Tammy gli presero la sinistra. La signora Keizer uscì dal cassetto, le vertebre che si incurvavano facendola somigliare a un avvoltoio. Ambrose indietreggiò in mezzo alla folla e lo raggiunse. Davano le spalle all'uscita. Il resto dell'obitorio era dietro Christopher. Lo sceriffo sollevò l'arma.

«Lo hai voluto tu», dichiarò. «Tutto questo deve finire, adesso.»

Poi, armò la pistola e sparò quattro colpi. Christopher udì le pallottole sibilargli accanto alle orecchie, mentre volavano verso i bersagli: il dottore, Tammy, il signor Henderson e la signora Keizer. I quattro caddero addosso alla folla, bloccando loro il cammino. Lo sceriffo afferrò Christopher e lo portò oltre la porta. Svelto, Ambrose chiuse a chiave gli altri, poi si voltò verso il bambino e, gentile, gli mise una mano sulla spalla.

«Coraggio. Dobbiamo portarti fuori di qui.»

112

MARY Katherine era seduta sul sedile posteriore della Mercedes del padre, lo sguardo rivolto fuori dal finestrino. Regnava il silenzio. Le strade erano deserte. Le lucine di Natale lampeggiavano in ogni casa e in ogni vetrina. Ma non sembrava Natale. L'atmosfera era strana. Non si vedeva un'anima. C'era soltanto l'odore di quegli incendi in lontananza. Lo avrebbe espresso ad alta voce, ma i suoi non avevano detto una parola da quando l'avevano portata via dall'ospedale, e non aveva intenzione di dire la cosa sbagliata, con il rischio che facessero inversione di marcia e la riportassero indietro.

«Ci siamo», annunciò suo padre, calmo.

La Mercedes entrò nel parcheggio della chiesa.

La ragazza guardò l'edificio. Era particolarmente bello, quella notte. Un'oasi in mezzo a quel cielo scuro e inquietante. Natale era sempre un momento speciale per la famiglia. Per un giorno all'anno sua madre e suo padre si rilassavano. Mamma beveva il suo vino rosso. Papà il suo liquore allo zabaione, e si ubriacava abbastanza da darle un abbraccio.

L'auto entrò nel solito posto.

«Andiamo», disse sempre lui.

«Ma...» balbettò la ragazza.

«Ma cosa?» tagliò corto il padre.

Avrebbe voluto dire che indossava ancora la camicia da notte dell'ospedale. E avrebbe voluto chiedere un paio di scarpe, o un giaccone. Ma era talmente spaventata all'idea di smuovere le acque, che non disse nemmeno una parola, se non...

«Niente.»

I tre scesero dall'auto. Mary Katherine camminò dietro

i suoi genitori. Il parcheggio era freddissimo. Il marciapiede e la neve sporca le facevano gelare i piedi nudi.

La ragazza sapeva che qualcosa non andava, ma non voleva tornare in ospedale. Il suo unico desiderio era recuperare l'amore di mamma e papà. Così si concentrò sulla chiesa. Dall'interno non giungeva alcun rumore, nonostante il parcheggio fosse pieno di auto. Gli addobbi erano belli. Con la mente tornò a quando, da bambina, inventava storie sulle persone ritratte nelle vetrate istoriate. I suoi amici immaginari.

Arrivarono al portone.

Lo aprirono.

Mary Katherine guardò dentro. Era illuminata dal bagliore caldo e tenue delle candele. Vide l'intera congregazione riunita lì per la messa di mezzanotte. Ma non stavano parlando tra loro. Non stavano cantando con il coro. Non erano inginocchiati in preghiera.

Fissavano lei, e basta.

Mary Katherine cercò un volto amico. Riconobbe vecchi compagni del gruppo giovani. Ragazzi che conosceva dal catechismo, con i loro genitori. L'unica persona con cui ancora parlava era Doug, che sedeva accanto a Debbie Dunham. Le teneva la mano. Il suo viso aveva qualcosa di strano. Sembrava avere delle punture di ago, intorno alla bocca. No, decisamente qualcosa non andava. D'istinto Mary Katherine indietreggiò verso la porta.

Finché non si scontrò con qualcuno che stava alle sue spalle.

«Mary Katherine», disse la voce.

Si voltò e vide la sua insegnante di catechismo, la signora Radcliffe, che le rivolse un sorriso gentile.

«Non aver paura. Siamo qui per aiutarti. Ti abbiamo persino tenuto un posto.»

La ragazza annuì e si costrinse a sorridere. Non sapeva

che cosa dire. Così, andò verso il banco dove solitamente sedeva la sua famiglia, in seconda fila.

«No, non lì, cara», la corresse la donna. «Sull'altare.»

Mary Katherine si voltò verso i suoi, per avere un'indicazione. Suo padre aveva un'espressione severa. Sua madre distolse lo sguardo, nervosa. La signora Radcliffe la prese per mano e, con delicatezza, la portò all'altare. Aveva la pelle coperta di vescicole, per la febbre altissima.

«Mettiti in ginocchio, cara.»

Mary Katherine cercò con gli occhi sua madre, che non sopportava di guardarla.

«Per favore, inginocchiati, Mary Katherine», la supplicò.

La ragazza obbedì. Il buco che sentiva nello stomaco scese più in basso. La pelle cominciò a pruderle.

«Grazie, Mary Katherine. Ora... confessati», disse la signora Radcliffe.

Mary Katherine fece per alzarsi. Ma la donna la tenne giù, mettendole una mano febbricitante sulla spalla.

«Dove pensi di andare?»

«Nel confessionale», rispose.

«No. Lo farai qui», disse la signora.

«Ehm... okay, signora Radcliffe... ma dov'è... dov'è padre Tom? Deve sentire quello che confesso.»

«Non preoccuparti di lui. Puoi confessare i tuoi peccati a noi.»

La ragazza annuì. Era in pericolo. Terribilmente in pericolo. Alzò gli occhi verso la bella statua di Cristo sulla croce, come aveva fatto ogni domenica da che ricordasse.

«Confessa», disse la signora Radcliffe, gentile.

Mary Katherine deglutì. Il buco nello stomaco si allargò. Con la coda dell'occhio vide la signora Radcliffe portarsi all'entrata laterale della chiesa. Aprì la porta. Mary Katherine vide padre Tom disteso sul marciapiede fuori, al freddo. Era stato pugnalato più volte. Da ogni taglio si levava vapore, come dalla grata di una fogna.

«Chi è il padre, Mary Katherine?» chiese la donna, calma.

Poi quest'ultima strappò il cestino dell'elemosina dalle mani del sacerdote. E tornò in chiesa, facendolo passare tra le persone.

«Non lo so chi è il padre.»

Mary Katherine si girò verso la madre, che aveva un'espressione terrorizzata.

«Ti prego, diglielo, Mary Katherine», la scongiurò.

«Non posso dire qualcosa che non so.»

«Ti prego! Di' solo a queste persone chi è il padre!»

«Non lo so. Sono vergine.»

La ragazza si voltò di nuovo, mentre il cestino veniva fatto passare di mano in mano. Ma i fedeli non vi mettevano soldi.

Tiravano fuori qualcosa. Sassi.

«DIGLIELO! TI PREGO!» strillò sua madre.

«Mamma, io sono vergine. Come Maria.»

«Blasfemia!» urlò l'assemblea intera. «Confessa!»

«Fai un nome, Mary Katherine!» urlò sua madre.

«Mamma, non farmi mentire in chiesa. Ti scongiuro.»

«CONFESSA A NOI! NON A LEI!» gridò la signora Radcliffe.

La signora Radcliffe le girò la testa verso l'altare, con uno strattone. Mary Katherine era in ginocchio con indosso la camicia dell'ospedale. Schiena e posteriore esposti alla chiesa. Stava congelando, come Maria nella mangiatoia. Sotto portava soltanto un paio di slip. Udì i fedeli che si alzavano dai banchi per andare a mettersi dietro di lei. Il cestino passava di mano in mano. Ciascuno prendeva un sasso, quasi fossero mele.

«Oh, Gesù. Aiutami», pregò.

«Confessa!» gridò ancora la signora Radcliffe, che scagliò la prima pietra.

Colpì una vetrata istoriata, davanti a lei, mandandola in frantumi.

«CONFESSA!» le fece eco l'assemblea.

Quella parola veniva ripetuta come in una cantilena. Confessa. Confessa. Confessa. Mary Katherine si portò le mani sopra la testa, in segno di resa. Si voltò a guardare i fedeli. Armati di pietre. Padre Tom, fuori, sporco di sangue secco. Il gregge aveva preso il comando. I pazzi erano a capo del manicomio. Pronti a lapidarla.

«VA BENE! CONFESSO! CONFESSO!» strillò la ragazza.

Tutti si zittirono. E aspettarono. Mary Katherine si voltò verso sua madre.

«Mamma», disse con voce tremante, «sarei arrivata tardi, quella notte.»

Dopo aver ammesso la verità, Mary Katherine scoppiò in lacrime.

«Cosa?» chiese la madre.

«La sera che ho trovato Christopher... non sarei arrivata entro la mezzanotte. Ho mentito a te e a papà. Non volevo perdere la patente, così ho raccontato una bugia. Ma ho sbagliato. E questa è la punizione.»

«Non è questo il tuo peccato. Chi è il padre?» urlò la signora Radcliffe.

«Mamma, se non avessi mentito sul ritardo, voi mi avreste tolto la patente. E non mi sarei trovata su quella strada. Non avrei sterzato per evitare il cervo, investendo quel bambino in auto con sua madre. Ho fatto male a un bambino perché avevo paura di finire all'inferno. Sono stata egoista. QUESTO è il mio peccato. Ma ti giuro... non so chi sia il padre. Giuro sulla mia anima che sono vergine. Mi credi?»

Guardò la madre, tra le lacrime. Il viso di lei si addolcì, quasi stesse ricordando la bambina che aveva cresciuto. Fece sì con la testa.

«Sì, tesoro.»

«Papà?»

«Ti credo, Mary Katherine.»

La diga dentro di lei non resse più, mentre la congregazione si avvicinava, le pietre in alto, pronte a essere lanciate.

«DAN!» urlò sua madre.

L'istinto paterno tornò in un istante. L'uomo corse a proteggere la sua bambina, ma i fedeli gli saltarono addosso e lo pestarono a sangue.

«Lasciate stare la mia famiglia!» strillò sua madre, mentre veniva gettata a terra e bloccata.

Mary Katherine corse in loro aiuto, ma la signora Radcliffe e Debbie Dunham la presero e la misero di fronte alla croce.

«Doug», dissero sibilando, «è ora.»

Doug si alzò dal banco. I suoi occhi erano neri, distanti. Folli. Aveva due pietre in mano.

«Doug! Ti prego, aiutaci!»

Il ragazzo non disse nulla. Andò verso di lei. Mary Katherine guardò il fidanzatino, con gli occhi colmi di lacrime. Quel viso che amava da quando avevano undici anni. Vide i segni attorno alle labbra. Frammenti di filo che fuoriuscivano dalla pelle. Lui si coprì la bocca imbarazzato, finché non si accorse che non lo stava guardando come si guarda un mostro…

«Che cosa ti hanno fatto, Doug?» gli domandò preoccupata.

«Non ascoltarla. Ti ha fatto fare la figura dello stupido, Doug», gli disse Debbie Dunham.

«Devi lapidarla, Doug», sibilò la signora Radcliffe. «Lapida quella puttana!»

I fedeli parlarono con una sola voce. «Lapidala! Lapidala!» Tutti gli amici del catechismo e del gruppo giovani lo chiamavano per nome, incitandolo a colpirla. Doug, con il sasso in mano, guardò Mary Katherine negli occhi.

«Io ti amo, Doug», gli disse lei. «E ti perdono.»

Lui la guardò con gli occhi neri, palesemente vicini al pianto. Sollevò la pietra sopra la testa e la scagliò con tutta la forza che aveva.

Proprio al centro della fronte della signora Radcliffe.

«SCAPPA!» gridò.

Le mise in mano le chiavi della sua auto e si voltò per fermare la folla. Mary Katherine infilò la porta laterale e uscì nel parcheggio. C'erano così tante auto che non riusciva a trovare quella di Doug. Intanto, un urlo terrificante si levò dalla chiesa. Udì un fracasso di pietre che mandavano in pezzi i vetri colorati. Mary Katherine premette il pulsante e i fari della macchina si accesero: era in fondo al parcheggio.

Corse in quella direzione, i piedi nudi tagliati da sassi e ghiaia. Aprì la portiera e girò la chiave nel blocchetto dell'accensione. Inserì la marcia e partì a razzo, attraversando il piazzale. I fedeli la bersagliarono di pietre e mandarono in pezzi il parabrezza. Si portò in strada. Nello specchietto retrovisore vide la folla. Portiere che si aprivano. Fari che si accendevano come occhi brillanti, malati.

«Ti prego, Gesù», disse, «aiutaci.»

113

AMBROSE e lo sceriffo fecero il corridoio di corsa. Christopher, le membra intorpidite, era in braccio allo sceriffo. L'anziano udì le voci delle persone chiuse nell'obitorio alle loro spalle. Battevano contro le porte. E ruppero il vetro con le mani nude. Lo sceriffo strinse il ragazzino un po' di più, mentre correvano come Ambrose non aveva mai fatto in tutta la sua vita. A spingerlo era qualcosa di più della semplice paura. O dell'adrenalina. Gli era già capitato di fuggire per salvare la pelle. Ma questa velocità non apparteneva a lui.

Veniva da Christopher.

Un'ora prima, lo sceriffo era sdraiato su un letto d'ospedale con una ferita da arma da fuoco nel petto. Ambrose, zoppo e cieco, era disteso su un tavolo nell'obitorio. Adesso quest'ultimo si muoveva come un uomo che aveva la metà dei suoi anni e l'altro pompava sulle gambe quasi non si fosse mai sentito meglio. L'unica cosa con cui fossero entrati in contatto era la mano di Christopher. Era bastato un tocco, e adesso avrebbero potuto affrontare un esercito loro due soli.

Il bambino però sembrava in fin di vita.

«Ci serve una macchina! Mi segua!» gridò Ambrose.

Andò avanti per primo e aprì la porta per gli altri due. Ancora non riusciva a credere a quello che stava succedendo. L'ultimo suo ricordo era una maschera di plastica che gli veniva calata con forza sulla bocca. E poi aveva sentito la mano di un ragazzino sulla sua, che gli aveva trasmesso un calore che era salito lungo il braccio, e al collo, per arrivare finalmente...

Agli occhi.

Non c'era stato nessun intervento. Ma vedeva ancora aloni attorno alle luci, luminosi come in un'eclissi. Si sentì di nuovo un soldato, che perlustrava l'ospedale come un campo di battaglia in guerra. Mai avrebbe pensato che un giorno sarebbe stato grato di tutte quelle visite dall'oculista, ma ormai poteva quasi considerarsi una spia, per come conosceva quel posto. Le uscite posteriori. Le scorciatoie.

I corridoi del seminterrato che portavano alla lavanderia. Erano in inferiorità numerica, ma poteva convogliare le forze nemiche in un collo di bottiglia.

Lo aveva già fatto, in passato.

Condusse lo sceriffo e Christopher alla scala secondaria. Svelti, salirono al piano del garage.

Clic: la porta sopra di loro.

E sulla soglia comparve il signor Collins, con una pistola sparachiodi che aveva rubato dal cantiere. Dietro di lui c'erano molte altre persone.

Clic: la porta di sotto.

Quelli dell'obitorio, che guardarono su per la rampa di scale. Le mani straziate dal vetro che avevano dovuto rompere per uscire.

Ambrose salì, guidando i suoi. Dovevano arrivare per primi al piano del garage. Uno stridore terrificante rimbombò nella tromba delle scale, quando Collins cominciò a scendere a tutta velocità, mentre gli altri salivano.

Ambrose raggiunse il piano e forzò la porta d'emergenza. L'allarme risuonò in tutto l'ospedale. Percorsero il corridoio deserto, mentre le due folle si riunivano a formare una fila sola, alle loro spalle. Due fronti che si riducevano a uno. Il collo di bottiglia perfetto. Ambrose li condusse a una biforcazione. Stava per svoltare a destra, quando all'improvviso Christopher sussurrò: «A sinistra».

Lo sceriffo scartò bruscamente in quella direzione e l'anziano gli andò dietro. Si voltò e vide gli inseguitori schiantarsi nel corridoio. In qualche modo, il bambino sapeva. Ambrose lo guardò. Perdeva sangue dal naso e anche dagli occhi: lacrime rosse. Giunsero a un altro bivio.

«A destra», disse il ragazzino, con un filo di voce.

Ambrose obbedì. Christopher li guidò in un labirinto di corridoi secondari e porte di servizio, mettendo un po' di distanza tra loro e la folla di inseguitori. Finalmente raggiunsero l'entrata posteriore del garage. Chiusero la porta alle loro spalle.

Il parcheggio era vuoto.

Regnava un silenzio soprannaturale. I loro passi riecheggiavano contro i muri di cemento. D'istinto lo sceriffo cominciò a correre giù per la rampa d'uscita.

«Ci aspettano in fondo», disse il bambino.

«Allora andiamo sul tetto», suggerì Ambrose.

«Sono anche lì.»

«Ci serve un diversivo», dichiarò l'ex soldato. «Seguitemi.»

Partì. Spingendo al massimo gambe e polmoni. Attraversò di corsa il garage, sferrando calci alle auto, facendo scattare gli allarmi. Quante volte aveva fatto esplodere delle munizioni per creare un diversivo? Mai avrebbe pensato di farlo ancora. Soprattutto con una Ford. Li condusse nel reparto maternità, lasciandosi dietro una scia di antifurti che suonavano. Fecero il corridoio, superando il nido. I neonati piangevano. Giunsero alla prima biforcazione.

«Da che parte, Christopher? Sinistra o destra?»

Christopher chiuse gli occhi. Non gli servivano più. Adesso sentiva soltanto la rabbia delle persone, una febbre che rendeva la sua pelle incandescente. Le urla gli straziavano la mente, così come la folla straziava le auto urlanti nel parcheggio, mentre li cercava. La testa gli pulsava per il dolore, sembrava quasi che il sangue volesse rompergli le vene per uscire. Mondo immaginario e reale erano la stessa cosa per lui, adesso. Non sapeva dove fosse.

«Da che parte, Christopher?» urlò ancora lo sceriffo.

Il ragazzino aprì gli occhi ma non vide che uno spazio buio e furioso. Le voci erano troppe, ora. Corpi che correvano nel parcheggio. Altri sparsi nell'ospedale. I vari gruppi di persone erano tumori nei corridoi intorno a loro. L'oscurità era troppo fitta, non sapeva che direzione prendere.

«Ci sta lasciando», sentì dire da Ambrose.

«Christopher, riesci a sentirci?» chiese lo sceriffo.

Lui non era in grado di parlare. Non poteva guidarli attraverso quell'ira... era troppa. Erano avvolti dalle tenebre. Non c'era più luce, nel mondo.

Eccetto una.

In mezzo a tutto quell'odio, avvertì una luce. Calda, gentile. Stava viaggiando a tutta velocità verso l'ospedale.

Era sua madre.

Poteva seguirla.

«Mia madre sta venendo per noi. Andate al pronto soccorso», sussurrò.

«Ma...» lo mise in guardia Ambrose.

«Fidatevi di me.»

Si fidarono. Fecero inversione e tornarono nel ventre della bestia. Christopher sentiva la luce farsi sempre più vicina. La mamma stava arrivando. Sentì il signor Collins piombare nel reparto maternità, dietro di loro. Svoltarono l'angolo ed entrarono al pronto soccorso. Era inondato di gente furibonda, perché era lì da una settimana in attesa di un letto che non si sarebbe mai liberato. I distributori di snack e bevande erano macerie sparse sul pavimento. Le persone le passavano al setaccio. Cercavano cibo. Bevande. E vendetta. Quando videro Christopher, nel pronto soccorso si levò un urlo primordiale, e tutti quanti si lanciarono all'inseguimento.

I tre uscirono nel parcheggio esterno, ghiacciato. La bufera infuriava sopra di loro. Anche il cielo era arrabbiato, pieno di nubi. Facce gigantesche che gemevano.

«Signor Olson! Attento!» gridò Christopher, quando la signora Keizer si avventò su di loro.

«Aiuta mia figlia a scordare il suo nome!» strillò l'anziana.

Poi sollevò un bisturi. Ambrose allungò un braccio e l'afferrò, prima che riuscisse a colpire il bambino. La signora Keizer scivolò sul ghiaccio e atterrò sull'anca, che si ruppe come un osso del desiderio. Dall'altra parte si levò un grido. Era la signora Collins, che sibilava con i polmoni rivestiti di pittura.

«Guarda che cos'hai fatto a mia madre! Ridalle il suo nome!»

Lo sceriffo si voltò, mentre la donna li caricava dalla direzione opposta spingendosi su una sedia a rotelle. Faceva scorrere le mani sulle ruote, veloci, e d'un tratto balzò in piedi e cominciò a correre. Alzò la mano che brandiva un bisturi. Lo sceriffo fece una smorfia quando la lama gli si conficcò nel fianco. Lasciò andare Christopher e cadde in ginocchio. La ferita sanguinava copiosamente. La signora Collins avanzò verso il bambino. Tossiva e sputava una poltiglia bianca. Niente poteva fermarla.

Niente… a parte la madre di Christopher.

Kate Reese allungò una mano verso il volante e fece girare il furgone di Jerry sul ghiaccio nero. Andarono addosso alla signora Collins, che fece un volo all'indietro attraverso il parcheggio. Kate spalancò la portiera del passeggero e corse da suo figlio.

«Aiutami, Jerry!» urlò.

Jerry lasciò il motore acceso e saltò fuori. Corse dietro a Kate. Aveva ricaricato la pistola e l'aveva in mano. Sparò a tutti, per coprire Kate mentre correva a salvare il suo bambino. Lo prese in braccio e lo portò al furgone, seguita da Ambrose e dallo sceriffo. Lo adagiò sul sedile del passeggero e si mise al volante, mentre i due uomini saltavano sul cassone, con Jerry. Il signor Collins guidò la folla fuori dall'ospedale e corse verso il finestrino del passeggero, da Christopher, puntando la sparachiodi.

Bang.

L'ultima pallottola lasciò la pistola dello sceriffo. Collins cadde all'indietro, accanto alla moglie e alla suocera. Il furgone accelerò sul ghiaccio nero e Kate portò suo figlio lontano dall'ospedale.

«Stai bene?» gli chiese.

Christopher alzò gli occhi e le sorrise. Lei non poteva sapere di essere avvolta dalla luce di cento miliardi di stelle.

114

Lo sceriffo si voltò a guardare, mentre tutte le persone all'interno dell'ospedale si riversavano nel parcheggio, come un serpente a sonagli avvolto in spire che si allungava. Si rigirò, e vide Kate Reese che teneva il volante con la mano sinistra, suo figlio con la destra; lo sguardo al suo bambino, che era malato e debole.

«Tieni duro», gli disse.

Kate aprì il vano portaoggetti: c'era una scatola di munizioni. La passò dietro allo sceriffo. Senza dire nulla. Si limitò a rivolgergli un cenno attraverso lo specchietto retrovisore. Lui ricambiò e la osservò riportare lo sguardo sulla strada.

Giurò a se stesso che, se fossero usciti vivi da quella situazione, avrebbe chiesto a quella donna di sposarlo.

D'un tratto, sentì Ambrose Olson fasciargli strettamente il fianco, dov'era stato colpito dal bisturi. Sussultò. Stava battendo i denti.

«Sente freddo?» gli domando l'anziano.

«No, a dire il vero ho caldo», rispose lo sceriffo.

«Sta per avere uno choc.»

Ambrose frugò nel cassone e trovò una tuta e una vecchia giacca da carpentiere.

«E lei?»

«Io sto bene.»

Lo sceriffo sapeva che non stava mentendo. Ambrose avrebbe dovuto essere congelato, con indosso solo la camicia dell'ospedale, ma per qualche motivo non sentiva freddo. Per qualche motivo, mentre il mondo intorno a loro impazziva, lui e Ambrose erano immuni da quella follia. Non avrebbe saputo dire se a proteggerli fosse Christopher, o David.

O magari tutti e due.

In entrambi i casi provava solo caldo, grazie agli indumenti puliti e al senso di lealtà che lo legava al ragazzino che sedeva davanti, al posto del passeggero, e a sua madre, al volante. Ambrose non disse nulla del fratellino che non era riuscito a salvare. E lui non disse nulla della bambina con lo smalto sulle unghie che lo chiamava papà. Ma sapeva che si capivano. Nonostante i rispettivi fallimenti, avrebbero salvato Christopher e sua madre.

O sarebbero morti provandoci.

«Ciao, Christopher», disse la voce.

Lo sceriffo osservò il bambino, che alzò gli occhi verso Jerry, accovacciato nel cassone, il mento appoggiato al piccolo divisorio. In mano aveva una pistola.

«Il gatto ti ha mangiato la lingua?» chiese, ridendo. «Non preoccuparti. Ho sistemato le cose con tua madre. Saremo una famiglia. Noi tre ce ne torniamo nel Michigan, adesso. Giusto, Kate?»

Lo sceriffo vide il bambino deglutire a fatica.

«Giusto, Jerry, ce ne torniamo nel Michigan», disse lei mentre il suo corpo si tendeva.

Jerry sorrise. Si voltò verso la folla che li seguiva a bordo di tante auto. E poi guardò lo sceriffo, che tremava sotto la coperta, e Ambrose con la camicia dell'ospedale.

«Ehi, Kate, quello chi è?» chiese.

«Il signor Olson», rispose lei distrattamente.

«No. Non il vecchio. Lui… chi è?» Indicò lo sceriffo con l'arma.

«Lo sceriffo.»

«Oh. Come mai lo conosci?»

«Ci ha dato una mano.»

«Perché?»

«Perché è il suo lavoro.»

«Mmm», fece Jerry, con un sorriso contorto. «Viene spesso a trovarvi?»

Lo sceriffo percepì il silenzio che seguì. Inquietante. Nero.

«No, Jerry», rispose lei.

«Christopher, lo sceriffo viene spesso a casa vostra?»

«Lascialo fuori da questa storia.»

Jerry sorrise silenzioso. Poi si voltò verso i due uomini.

«Bella famiglia, eh?»

I due annuirono. Lo sceriffo riconobbe subito il viso del tizio che viaggiava sul cassone con loro. Ricordò di aver indagato su di lui, come sospettato, quando Christopher era scomparso per sei giorni, a settembre. Ricordò le violenze domestiche. Gli abusi. Quello era l'animale che picchiava la donna di cui era innamorato. Guardò la pistola nella mano destra di Jerry. La sua era ancora scarica.

«La migliore», disse. «Lei chi è?»

«Jerry. Il fidanzato di Kate.»

Lo sceriffo gli porse la mano. Jerry spostò l'arma dalla destra alla sinistra. I due non smisero di fissarsi. Non batterono ciglio.

«E lei?» domandò Jerry sospettoso.

«Ambrose Olson», rispose l'anziano, spingendo la mano nel mezzo, come un rappresentante infilerebbe un piede per tenere aperta una porta.

«Non parlavo con te, vecchio. Ce l'avevo con lui.»

«Sono lo sceriffo Thompson.»

E poi prese la mano di Jerry. Si scambiarono una stretta.

«Se la scopa, sceriffo?»

Prima che Jerry avesse il tempo di capire che cosa l'avesse centrato, il polso dello sceriffo lo colpì alla gola. Cadde sul cassone, contorcendosi per il dolore. Furioso, afferrò la pistola e si tirò su.

«Lo sapevo che ci andavi a letto, Kate!» urlò.

E poi lo sceriffo vide il riflesso degli occhi di lei, nello specchietto.

«Addio, Jerry», disse.

Frenò di colpo. Il furgone si fermò, ma Jerry no. Andò a sbattere contro l'abitacolo. E si piegò in due.

«Stronza di merda!»

Un'altra frazione di secondo, e Kate accelerò. Lo sceriffo guardò Jerry cadere giù, finire sull'asfalto e rotolare lungo un lato della carreggiata.

Il convoglio dell'ospedale lo superò, decine di auto lanciate all'inseguimento. La quiete era passata.

Stava arrivando la tempesta.

115

KATE guardò il cielo, mentre una raffica di vento furioso distribuiva le nuvole sopra la città. Faceva volare gli alberi, e i rami sembravano braccia amputate che bloccavano la strada davanti a loro. Dovette curvare bruscamente a sinistra, entrando nel cortile di una casa. Le auto dietro di loro si incastrarono tra gli alberi, rallentando l'inseguimento. La sua mente stava correndo. Doveva arrivare alla Route 19.

Accese la radio, cercando disperatamente una stazione che desse informazioni sul traffico.

«...violenta bufera di neve nell'area dei tre Stati...»

«...Bad Cat in 3D ora in video, perrrrfetto come regalo dell'ultimo minuto per Natale...»

«...*Blue Moon, I saw you standing alone*...»

«...quella che è stata definita la Guerra dei profughi, nel Medioriente...»

«...informazioni sulla viabilità locale al quindicesimo minuto di ogni ora...»

Fermò la manopola e alzò il volume.

«Traffico congestionato nel Fort Pitt Tunnel. Lavoro eccellente. Non possiamo lasciare che scappino. Stanno tentando di arrivare alla Route 19. Quindi, occhi aperti nei dintorni della scuola superiore.»

Kate fece inversione, svelta, e si allontanò dall'istituto. Doveva pur esserci una via libera. E lei doveva trovarla.

«Hanno fatto inversione», annunciò la voce alla radio. «Si stanno allontanando dalla scuola.»

Kate guardò nello specchietto retrovisore, e vide le auto di nuovo sulle loro tracce, lanciate a tutta velocità sul furgone. Non sarebbe mai riuscita a seminarle.

«Spegni i fari, mamma», le disse Christopher, la voce debole.

«Che cosa?»

«Non preoccuparti. Ti dirò io dove andare.»

Senza nemmeno un istante di esitazione, Kate spense le luci. La voce dello speaker gracchiò: «Li abbiamo persi. Forse ci stanno sentendo. Passate sull'altra stazione».

La radio tacque. Christopher chiuse gli occhi e cominciò a descrivere quello che vedeva. Sua madre riusciva quasi a visualizzarlo. Un gigantesco labirinto di strade piene di auto, che davano loro la caccia come i fantasmini in Pac-Man. Jerry che si asciuga il sangue delle escoriazioni rimediate in seguito alla caduta. Chiede un passaggio alla carovana. Deciso a ritrovare lei, Kate. E ad ammazzarla davanti agli occhi dello sceriffo.

«A sinistra», disse Christopher, tossendo sangue nella mano.

Kate obbedì. Poi fece una brusca svolta a destra. Qualunque indicazione le desse suo figlio, la seguiva ciecamente. Guardò nello specchietto. Stavano cominciando a seminare la folla che li inseguiva. Stava funzionando. Potevano farcela. Riportò lo sguardo sul parabrezza. I suoi occhi si abituarono al bagliore della luna blu. Premette l'acceleratore a tavoletta, vedendo i cervi che cominciavano ad andare verso la carreggiata, da cortili e vialetti. Da dietro gli alberi, e i cespugli. Aspettando l'ordine di colpire.

Un cervo sfrecciò davanti al furgone.

Kate frenò di colpo e gli pneumatici slittarono sulla neve. Controsterzò, si raddrizzò e accelerò verso la Route 19. La rampa d'accesso era proprio davanti a lei. C'era ancora una possibilità.

«Va' dritta, mamma. Accelera», disse Christopher.

I cervi correvano nei cortili. Kate spinse il motore al massimo, cercando di arrivare alla rampa prima che venisse invasa da quegli animali. La lancetta del tachimetro saliva. Il vento ululava. La strada intera cominciò a riempirsi di auto che convergevano tutte su quell'unico incrocio.

Pigiò con tanta forza sull'acceleratore che pensò che avrebbe sfondato il pavimento con il piede. Sfrecciarono verso la rampa, ma le altre automobili li batterono sul tempo. E si scontrarono in un'esplosione di vetro, lamiera e carne.

La via di fuga era bloccata.

«E adesso dove andiamo, Christopher?!» chiese al bambino.

Lui rimase in silenzio.

«Dobbiamo raggiungere la Route 19. Dove andiamo?!»

«La superstrada non c'è più.»

Fu un duro colpo, per tutti. Senza quella strada, la cittadina era praticamente ridotta a un'isola. Erano bloccati a Mill Grove. La mente di Kate prese a correre, veloce. Doveva pur esserci un modo per andarsene, utilizzando le strade statali. Sarebbero potuti arrivare in una città vicina. La situazione sarebbe stata migliore a Peters Township, o a Bethel Park, o a Canonsburg.

non gLi permetterò mai di andare via, kate.

Si scrollò di dosso quella voce e continuò a guidare. La neve cadeva, e rendeva le strade lisce come vetro. Ovunque andasse, trovavano una nuova strada senza uscita. Un'auto abbandonata. Un albero caduto. Strade trasformate in parcheggi. Ovunque si dirigesse, finivano per tornare in posti che conosceva fin troppo bene.

Stavano andando verso il loro quartiere.

Verso il bosco di Mission Street.

lo ucciderò, kate.

«Dove andiamo, Christopher?!»

«Non c'è nessun posto, mamma», le rispose lui, con un filo di voce.

«Sì che c'è!»

Christopher le toccò la gamba con la mano: scottava come se avesse la febbre a quarantadue.

«Lui non mi lascerà mai andare via, mamma.»

I cervi galoppavano come cavalli con in groppa fantini invisibili. A decine correvano per i prati. Erano troppi. Kate si rifiutò di accettare l'inevitabile.

E cioè che i cervi avrebbero superato l'auto.

ucciderò tuo figlio, kate, adesso.

Sfrecciò verso l'incrocio. Un branco di cervi li caricò, davanti al furgone. E altre decine li caricarono da dietro.

Non avevano una sola possibilità di riuscire a fuggire. Era finita.

Non sarebbero mai sopravvissuti.

116

Mary Katherine pigiò sul pedale dell'acceleratore. Il motore raggiunse il massimo dei giri. Non c'era una marcia superiore. Non poteva andare più veloce di così. Guardò nello specchietto. L'assemblea dei fedeli la stava inseguendo. Strombazzavano. I sassi ancora in mano.

«Gesù, ti prego, salvaci», gridò.

Un cervo corse fuori dal bosco. Mary Katherine strillò. Scartò a sinistra, mancandolo di pochissimo. Mancando di pochissimo l'inferno. Nel cuore adesso aveva solo terrore.

«Dio, perché sta succedendo tutto questo?»

Le voci portate dal vento gemevano, mentre dal cielo continuava a cadere la neve. Il mondo era prossimo alla fine. Lo sapeva. Sì, era la fine. Svoltò bruscamente, diretta verso la Route 19. La superstrada che non aveva mai avuto il permesso di percorrere. Un altro cervo si fiondò davanti alla macchina. Girò a destra, sgommando, e anche questa volta lo mancò di poco.

«Dio, perché permetti che accada?»

Altri due cervi corsero in strada, impedendole l'accesso alla Route 19. Dio non le avrebbe concesso di fuggire, questa volta. I suoi peccati erano troppo gravi. L'avrebbe costretta a investire un cervo. L'avrebbe costretta all'inferno. Diede gas e risalì la collina. La luna blu era sospesa sull'orizzonte come un occhio infuriato.

«Che cosa ho fatto per meritare una cosa del genere?»

Cominciò come un seme oscuro, nel suo cuore. Tutte le domande che non aveva mai osato rivolgersi. Tutti i dubbi che le erano sorti…

«Ho detto la verità a mia madre. Che altro ho fatto? Niente. Lo so che l'ho pensato, ma non è vero che pensarlo equivale a farlo. Non è giusto. Perché Tu ci dai dei corpi se poi non possiamo usarli? E perché non possiamo neppure pensare di usarli? Io non capisco. Ho confessato tutti i miei peccati. E ancora non basta?»

Le auto volavano dietro di lei. I clacson suonavano. Vide i cervi strisciare fuori da dietro le case, su entrambi i lati della strada. Corrugò le labbra in una smorfia di collera.

«E allora che accidenti è tutto quello che sta accadendo? Scusa, ma perché fai queste regole che nessuno può seguire? Perché ci sottoponi a tutti questi test che possiamo solo fallire? Be', la vuoi sapere la mia opinione? Credo che, quando Eva diede un morso a quella mela, non commise affatto il peccato originale. Fosti TU!»

Era talmente furiosa che non riusciva più a fermarsi. A ogni parola si sentiva più cattiva. Al tempo stesso, provava una sensazione inebriante.

«Non avresti dovuto cacciarla dal paradiso terrestre! Lei Ti amava! Tu eri suo Padre! Quando ami qualcuno, non lo metti alla prova. Ti fidi di lui. Gli parli. E Tu invece con me non parli mai! Te ne stai lì in silenzio, e fai parlare solo me. Lasci che sia io a fare tutto il lavoro, mentre Tu non fai niente! E io dovrei stare in pena per TE?!»

Mary Katherine alzò gli occhi al cielo. Le nubi sembravano facce arrabbiate.

«Ho fatto tutto quello che mi hai detto! Ho creduto a tutto quello che mi hai detto! Ti ho pregato ogni giorno e, per dirmi grazie, hai fatto in modo che i miei genitori mi portassero alla mia lapidazione?! Mi hai fatto mettere in ginocchio davanti a Te?! Perché vuoi che mi inginocchi?! Perché non mi vuoi in piedi? Di che cosa diavolo hai paura?»

Imboccò la strada successiva.

«Dio, Ti prego, aiutami a capire perché sto cominciando a odiarTI, e non voglio che succeda! Ho bisogno che mi parli, questa volta! Non posso farcela da sola! Lo so che il Tuo silenzio dipende dal libero arbitrio, ma questa volta non puoi tirarTi indietro! Ho perso tutto. Mia madre. Mio padre. Il mio fidanzato. Il mio sacerdote. La chiesa. La casa. La città. La libertà. E merito una risposta. PARLAMI, DANNAZIONE! PERCHÉ MI HAI FATTO QUESTO?»

Perché Io non ti amo, Mary Katherine.

La voce era estremamente calma. Sicura. Gentile.

«Cosa?» fece lei.

Non ti amo.

La ragazza sentì un brivido gelarle la spina dorsale. Vide i cervi uscire di corsa dal bosco, davanti a lei. Pronti a gettarsi di fronte all'auto.

«Tu non sei Dio.»

Invece sono Dio, Mary Katherine.

«Dio ama tutti, quindi non puoi essere Lui. Tu sei il diavolo.»

Pensò alla terribile condizione in cui si trovava, e d'un tratto capì.

«E io non sono la Vergine Maria», disse semplicemente. «Sono Giobbe.»

Guardò dritto davanti a sé. Vide un furgone arrivare a tutta birra da una strada secondaria, con un cervo legato sul cofano. Decine di cervi gli stavano dietro. La sua macchina viaggiava verso l'incrocio scendendo per un pendio con un'inclinazione di novanta gradi. E, chissà come, seppe con certezza chi c'era a bordo di quel pick-up.

Il bambino.

Christopher.

Mary Katherine capì che era una prova. Per tre volte si era trovata a passare in auto vicino a Christopher. Per tre volte era stata condotta a un incrocio. La prima, si era fermata allo stop. La seconda, aveva sfondato la fiancata dell'auto del ragazzino. E questa era la terza. La santissima trinità.

Padre. Figlio. Spirito Santo.

Ghiaccio. Acqua. Nuvole.

Non aveva idea del perché Dio avesse bisogno di metterla alla prova, ma sapeva che la fine del mondo era vicina, e che a Lui non restavano molti soldati. Lei era solo una macchiolina di pittura sulla Sua enorme tela.

E non si trattava di lei, giusto?

Non era rimasta viva per se stessa. Era viva per Christopher. Nell'istante in cui lo capì, la voce se ne andò.

L'impostore si era dileguato.

E su di lei scese un immenso sollievo.

Capì che stava vivendo tutto ciò che aveva sempre temuto di più. Era incinta. Era stata respinta. Le davano la caccia. L'inferno era giunto sulla Terra. Si trovava nella valle dell'ombra della morte.

Ma non temeva alcun male, perché il Signore era con lei.

L'auto sfrecciava verso l'incrocio. Non c'era via di scampo. O investiva i cervi, o lasciava che facessero a pezzi Christopher. Abbassò la testa.

«Gesù, ho peccato. Sono vanitosa. Sono narcisista. E il mio peccato più grande è stato quello di avere così tanta paura di Te da non averTi mai amato veramente, fino a questo momento. Ma non ho più paura, perché paradiso e inferno non sono mete. Sono decisioni.»

Il furgone su cui si trovava Christopher attraversò l'incrocio. La sua auto volava giù per la strada.

«Ti amo, Gesù», disse.

Girò il volante e falciò il branco di cervi. L'auto si piegò, sotto quel peso. Le corna infilzarono il parabrezza e i finestrini. E poi le sue membra. Fece dodici giri su se stessa prima di fermarsi sui quattro pneumatici distrutti. Guardò attraverso il sangue che le colava davanti agli occhi, e vide Christopher e sua madre darsi alla fuga. Per ora, erano salvi.

Sorrise.

«Abbi cura di loro, Gesù.»

Prima di perdere conoscenza, Lo sentì seduto accanto

a lei. La mano calda come il sangue che le scorreva lungo il braccio. Si sentì in pace, perché avrebbe creduto in Lui per il resto della sua vita. Non per paura. Ma per amore.

Mary Katherine era libera.

117

Kate guardò nello specchietto retrovisore l'auto di Mary Katherine che si capovolgeva in strada. Quella ragazza li aveva salvati dai cervi.

Avevano ancora una chance.

Accelerò a tavoletta. Il bosco di Mission Street si profilava in lontananza. Vedeva porte che si aprivano e decine di persone-cassetta che correvano in strada dalle abitazioni. Urlando.

«...Dallooo aaaa noiiiii...»

Guardò nello specchietto retrovisore. Quelle persone cominciarono a risalire la collina. Venivano da ogni direzione. Intasavano tutte le strade, come le arterie di un uomo che stava per avere un attacco cardiaco fatale. Non ne restava una sgombra.

Tranne...

Monterey Drive.

Per un attimo rammentò di esserci andata con l'agente immobiliare, a settembre. Quando aveva pensato che per la prima volta avrebbe avuto una casa sua. Che finalmente avrebbe potuto offrire al suo bambino una dimora sicura con una buona scuola e dei buoni amici. Abbassò lo sguardo su Christopher. Era pallido come un fantasma. Il sangue gli colava copioso dal naso.

«Non permetterò che ti prendano», gli disse.

Guardò il bosco davanti a loro, mentre le nuvole si muovevano come un cancro nel cielo. La nebbia veniva a riprendersi la Terra inondandola con la sua cappa. Il mondo intero veniva sostituito dall'ombra. L'unica sua paura era per Christopher. Sarebbe vissuta per lui, morta per lui; avrebbe ucciso per lui. Avrebbe fatto qualunque cosa fosse servita a tenerlo in vita.

Arrivarono al vicolo cieco. Frenò e prese in braccio il corpicino malato del suo bambino, quasi fosse una bambola di pezza.

Possiamo scappare a piedi.

Abbiamo ancora una possibilità.

Lo tirò giù dal pick-up. Ambrose saltò dal cassone e aiutò lo sceriffo a mettersi in piedi. Questi fece una smorfia, mentre la ferita al fianco si apriva. Erano nel vicolo cieco e le nuvole venivano verso di loro come una nave da guerra. La nebbia più fitta che Kate avesse mai visto. In lontananza comparivano delle auto, i cui fari illuminavano la strada come una lanterna spettrale. I portelloni dei garage si aprirono. Le persone-cassetta apparvero all'orizzonte. Le loro urla viaggiavano per la via come nel telefono senza fili. Correvano verso di loro a tutta birra. Erano circondati. Messi all'angolo.

Non avevano nessun posto dove andare, a parte il bosco di Mission Street.

Corsero fuori dal vicolo senza uscita. Attraversarono il campo. Le nuvole creavano una fitta nebbia che la luna illuminava di una luce blu. Non avevano più visibilità. Kate udì delle voci che si facevano più forti. La gente giungeva nel bosco da ogni angolo.

«Dove andiamo, Christopher?»

Lui la strinse un po' più forte. Era terrorizzato.

«I Collins hanno parcheggiato vicino al cantiere», le disse in un sussurro rauco. «Il signor Henderson è entrato da nord, con il dottore e l'infermiera Tammy. La macchina che ha caricato Jerry si è appena fermata e lui è entrato nel bosco con una pistola, mamma.»

Kate continuò a correre, con lui in braccio, in mezzo ad Ambrose e allo sceriffo. Gli alberi sfrecciavano loro accanto a un passo barcollante. Non riusciva a vedere dove stessero andando, ma era consapevole che Christopher lo sapeva. Tutti quegli occhi. Le persone che guardavano. Le creature del bosco. Gli uccelli. L'uomo gentile aveva occhi ovunque.

Solo un miracolo li avrebbe aiutati a scappare.

118

AMBROSE guardò attraverso l'alone nei suoi occhi. Vide il sentiero ghiacciato di fronte a lui. I suoi piedi battevano sulla neve, passo dopo passo. Qualcosa gli diceva di correre. Più veloce. L'odore di guantoni da baseball. La voce nella sua mente.

Mio fratello venne in questo bosco, cinquant'anni fa.

Posso ancora salvarlo.

La nebbia non era di questo mondo. Riusciva a vedere a malapena a qualche centimetro dal suo viso. Ma il vecchio soldato sapeva che la mimetizzazione funziona in entrambi i sensi. Se non vedeva loro, loro non vedevano lui. Alla fine, notò la sagoma di un bambino che correva davanti a lui. Si voltò.

«Sceriffo, lo ha visto anche lei?» chiese.

Ma lo sceriffo non c'era più.

«Sceriffo?» ripeté.

Si fermò. Non sentiva nulla, al di là del suo cuore che

martellava. Scrutò negli aloni nei suoi occhi, ma riuscì solo a vedere la nebbia, tutt'intorno.

«Signora Reese? Christopher?»

Regnava un silenzio di tomba. Non vedeva né la donna, né il suo bambino. In qualche modo, si era spinto troppo in là. Troppo rapidamente. Li aveva persi. Era completamente solo. D'un tratto, avvertì il vento sul collo.

«Ammmmbrrroooseeee», sussurrò il vento. «sooonooo daaaavvviiidddd.»

Si mise in ascolto, il cuore stretto in una morsa di terrore e speranza, in egual misura.

«David?» disse.

«sssssssssì», mormorò il vento.

«Dove sei?»

«quuuuuiiiii.»

Sentì il gelo sulla pelle. La foschia creata dalle nuvole danzava lungo il sentiero, la nebbia galleggiava come il fumo della vecchia pipa di suo padre.

«aaiiiuuuutooooo, ammbrroosseee», supplicò la foschia.

Ambrose seguì la voce. Anche con gli aloni negli occhi, vedeva solo nebbia in ogni direzione. Udiva sussurri e mormorii intorno a lui. C'era qualcosa, lì dentro. Non sapeva che cosa, ma lo sentiva. Quel lieve sussurro sui peli dietro la nuca.

Un passo.

«staaaannoooo arrrivaaaandoooo, ammmbrrrossse», sibilò il vento tra i rami.

Un altro passo.

Ambrose accelerò. Si muoveva nella nebbia, mentre il vento diventava sempre più forte intorno a lui. Era come se il bosco stesse prendendo un respiro profondo con i polmoni pieni di pittura.

Un altro passo ancora.

Qualcosa stava correndo dritto verso di lui.

D'un tratto i rami sparirono. Non c'erano più alberi sopra di lui. Solo la luna blu, che illuminava la nebbia come una lanterna sopra un'ampia radura. Ambrose vide una traccia di qualcosa. Il profilo di un corpo. Poteva appartenere a un cervo. A una di quelle persone. Strizzò gli occhi per vedere al di là di quegli aloni, e alla fine comprese.

Un bambino gli passò accanto correndo.

«David!» gridò.

Lui però non si fermò. Non era David. Ne arrivò un secondo, che inseguiva l'altro urlando.

«È nostra! L'abbiamo costruita noi!»

Attraversarono veloci la radura, superarono un'ombra gigantesca nella nebbia. All'inizio Ambrose non riuscì a distinguere che cosa fosse, sembrava troppo grossa. Si avvicinò di qualche passo, e alla fine comprese che cos'era.

Un albero.

L'istinto gli diceva di scappare via da quell'albero. Ma i suoi piedi andavano avanti. Verso quella voce.

«David?» disse ancora.

«sooonnooo quasssùùùùù», ululò il vento.

Era consapevole del fatto che poteva trattarsi di un'imboscata. Si rendeva conto che probabilmente era una finzione. La voce non era quella di David. Qualcosa però lo spingeva a fare il passo successivo. Quel pensiero che Christopher aveva piantato nella sua mente.

Posso ancora salvare mio fratello.

Il vento sferzava i rami. Ambrose riconobbe il contorno vago di una scala di corda che portava a quella che sembrava una casa sull'albero.

«aaiiiuutoooooo!» mormorava la voce da là sopra.

Cominciò a salire. Guardò la botola, sopra di lui. All'interno la luce era accesa, David poteva essere dietro quella porta. Da qualche parte. Poteva essere in quella casa. Finalmente avrebbe scoperto che cos'era successo al suo fratellino.

«aaaiiiuuutamiiiii ammmmbrossssse!» chiamò la vocina.

Raggiunse la casa. Salì tramite la botola. Qualcosa tirò su la scaletta, sotto di lui. Qualcosa che ridacchiava, e si arrampicava. Richiuse la botola con forza. Dentro, era buio pesto. Non vedeva niente. Le sue mani tastarono il muro, sperando di trovare una lanterna o una torcia.

Udì un respiro nella stanza.

«ambbbbbrossse…» sussurrò la voce dall'oscurità.

«David?»

Nessuna risposta. La sua mano tremante passava rasente al muro. Finalmente, trovò qualcosa. Di plastica, sporgente. Era un interruttore. Un brivido sulla nuca. Non aveva alcun senso. Perché c'era un interruttore in una casa sull'albero?

«ambbbbbrossssse…» sussurrò la voce. «loooo vuoiiiii saaapeeereeee?»

Scrutò nell'oscurità. Il vento smise di ululare. E cominciò a sibilare.

«vuuuoiii sapeeereee dooov'èèèèè luiii?»

Il vecchio soldato deglutì a fatica, per via del groppo asciutto che aveva in gola.

«acceeeeendiiii la luceeeee.»

Si preparò fisicamente, mentre il suo volto si riempiva di terrore.

«acceeenndiiii la luceeeeee, ammbrossssse.»

Ambrose obbedì. E, quando lo fece, non era più nella casa sull'albero.

119

CHRISTOPHER si tenne aggrappato a sua madre, mentre lo trasportava attraverso la nebbia, i piedi che arrancavano nel fango. Lo sceriffo avanzava accanto a loro, con una smorfia di dolore a causa della ferita al fianco.

«Tesoro, dove andiamo?» chiese Kate al bambino.

Lui chiuse gli occhi per cercare una via d'uscita. Vide tenebre, nient'altro. Ambrose, l'avevano perso. Erano preoccupati per lui. Li stavano mettendo alle corde, costringendoli a percorrere un labirinto come cavie. La luce di sua madre era tutto ciò che restava.

«Supera il ponte, mamma», sussurrò.

Ne percepì la presenza, davanti a loro. Conosceva una strada per uscire dal bosco, dal ponte, anche se non la vedeva. Potevano ancora farcela. Poteva ancora salvare la sua mamma. Superarono il ponte. Christopher guardò nella luce di lei. C'era un sentiero che riportava a casa. Finché avevano la casa sull'albero, sarebbe riuscito a trovare la strada per lasciare quel posto.

ma adesso la casa sull'albero l'ho presa io.

La voce batté sul vetro all'interno della sua mente. All'improvviso sul mondo calò il silenzio. I passi di sua madre scomparvero.

ti sto aspettando.

Christopher guardò il sentiero, e vide che stavano superando di nuovo il ponte.

«Eravamo appena passati di qui», osservò sua madre, confusa.

«Dove siamo?!» chiese lo sceriffo.

«Girati, mamma», le disse lui.

Kate superò di nuovo il ponticello, correndo sempre più veloce lungo il sentiero verso la loro casa.

Finché non si ritrovarono un'altra volta al ponte.

non te ne andrai mai, christopher.

Ovunque provassero a svoltare, finivano per inoltrarsi nuovamente nel bosco. Nel folto. Intorno a loro c'era solo ombra. E poi le voci nella nebbia. Che davano loro la caccia. Si ricordò di come la nuvola l'avesse attirato là, la prima volta. Si ricordò di quel bambino che piangeva e poi rideva. E correva carponi.

Come un cervo.

C'erano due bambini sul sentiero di fronte a loro. Immobili. Se ne stavano lì, e basta.

«Mike! Matt! Sono io!» gridò.

Loro si voltarono. Avevano bocca e occhi cuciti. Lo indicarono e si misero a urlare attraverso il filo.

«...HISTOPHER!»

M&M's corsero verso di loro. Kate lasciò il sentiero. Christopher sentiva il rumore dei piedi che pestavano il terreno, mentre li inseguivano. Centinaia di loro concittadini che volevano stanarli come conigli. Jenny Hertzog e il suo fratellastro Scott balzarono fuori armati di coltelli. La signorina Lasko arrivò dietro di loro con una bottiglia rotta, con cui si graffiava la pelle come una tossica. Kate correva a più non posso, ma non avevano più vie di fuga. Restava solo l'istinto di sopravvivenza. Le persone erano ovunque, nella nebbia. Ne percepiva la collera. Il bosco ardeva di rabbia. Le voci si facevano più vicine. E il vento portava quella cantilena.

«La morte sta arrivando. La morte è qui. Morirete il giorno di Natale.»

Sentì Jerry che correva nel bosco con una pistola. I Collins armati di seghe e martelli presi dal cantiere. La voce dell'uomo gentile che distorceva la mente delle persone, come un coltello che girava in una piaga. Christopher perdeva sangue dal naso e dagli occhi. A ogni nuova voce, la temperatura del suo corpo aumentava. A ogni persona che entrava nel bosco correndo.

«Mamma», disse con un filo di voce, «devi metterti in salvo.»

«No!» gridò lei, mentre le sue gambe scoprivano di avere una marcia in più. «Dimmi dove andare!»

«Non esiste un posto, mamma.»

Ma lei non si fermò. Non avrebbe mai gettato la spugna. Cercò un albero dietro cui nascondersi, o sul quale arrampicarsi, ma d'un tratto non ce n'erano. Solo luce e nebbia. Christopher guardò in cielo e vide la luna.

Scintillante. Blu.

Dei ramoscelli si spezzarono, intorno a loro. Le voci provenivano da ogni direzione. E intonavano sempre quella cantilena.

«La morte sta arrivando. La morte è qui. Morirete il giorno di Natale.»

Dal nulla spuntò un corpo, che si avventò sullo sceriffo. Kate si voltò. Lo sceriffo era scomparso. Lo chiamò, urlando.

«La morte sta arrivando. La morte è qui. Morirete il giorno di Natale.» Le voci si avvicinavano.

Christopher cercò la luce di sua madre, ma non vide che nubi. E tenebre. La cantilena divenne una sola voce, portata dal vento.

la morte sta arrivando. la morte è qui. morirete il giorno di natale.

Quella stessa voce spinse il vento attraverso il bosco e portò con sé la nebbia. Grossi tornadi riportarono le nuvole su nel cielo, come bocche gigantesche che buttavano fuori l'aria. Non c'erano più rami. Né alberi. A parte uno.

Erano nella radura.

Ed erano circondati dall'intera città. Lo sceriffo era stato scaraventato a terra accanto alla base del tronco. Non c'era un solo centimetro quadrato che non fosse occupato da una persona.

La casa sull'albero era perduta.

Non potevano più fuggire.

Le persone-cassetta tirarono fuori coltelli e sassi. Da

ogni angolo puntarono pistole su Christopher. Kate si mise davanti al suo bambino.

«State indietro!» strillò.

La folla continuava ad avanzare. La signora Henderson si portò davanti al branco. La signora Collins camminava accanto al marito, i polmoni fradici e sibilanti. La signora Keizer zoppicava a causa dell'anca fratturata. Christopher prese a tremare.

«Mamma! Loro non vogliono te! Vogliono soltanto me! Ti prego, scappa!»

Lei lo strinse più forte ancora e non si mosse di un millimetro. La folla si fece più vicina, costringendola a indietreggiare verso l'albero. Lo sceriffo si rialzò, barcollando.

«State tutti indietro!» urlò. «La legge sono ancora io!»

Non lo ascoltarono. Avanzarono quasi fossero un corpo solo. Respiravano all'unisono. Christopher guardò i volti delle persone che annegavano nella propria paura, nel proprio odio. Il dolore era troppo. Incespicò, finendo contro l'albero, per poi cadere all'indietro quando vide l'immagine più terrificante di tutte.

SpecialEd e Brady Collins.

I due ragazzini corsero al centro della radura, le armi sfoderate. Gli occhi bianchi, omicidi. Ognuno parlava con la voce di sua nonna.

«Brady ucciderà tua madre, Eddie! Sparagli!» disse SpecialEd.

«SpecialEd ucciderà tua madre, Brady! Sparagli!» disse Brady.

All'ultimo, alzarono le pistole e se le puntarono addosso a vicenda… o almeno così credevano.

Perché in realtà erano puntate su Christopher.

«Da' retta alla nonna!» esclamarono in coro.

Ed entrambi premettero il grilletto.

Christopher chiuse gli occhi, aspettando di essere colpito.

Ma i proiettili non arrivarono mai.

Qualcuno si mise in mezzo.

Era lo sceriffo.

Si gettò davanti a lui e a sua madre, e fu colpito alla spalla e alla schiena. Cadde a terra. Allungò le braccia verso Kate. Aveva lo sguardo perduto di un bimbo abbandonato. Provò a pronunciare il suo nome, ma le parole furono soffocate dal sangue che gli riempiva la bocca. Lottò per rimanere sveglio. Per rimanere vivo. Per lei. Per suo figlio. Lei urlò il suo nome, mentre crollava, sanguinante e incosciente. Dalla folla si levò un grido, mentre Jerry correva a mettersi davanti a tutti. Guardò Christopher, il viso contratto in un'espressione di rabbia e gelosia.

«Me l'hai portata via», disse. «Lei può amare solo uno di noi due.»

E alzò la pistola verso il bambino.

Kate afferrò Christopher e lo gettò a terra. Christopher la sentì avvolgere il corpo intorno al suo, come una coperta, mentre Jerry apriva il fuoco. La pallottola la trapassò.

Ma non arrivò a lui.

A lui arrivava soltanto la sua luce.

La vide accendersi davanti ai suoi occhi. Cento miliardi di fotografie di una bambina gettata via dal mondo. Che diventava donna solo grazie alla sua forza di volontà. E poi incontrava un uomo che era carino con lei. E lo vedeva mollare tutto e darsi per vinto in una vasca da bagno. Ma quell'uomo le aveva dato un figlio.

E lui era la sua luce.

Christopher guardò negli occhi di sua madre. E vide grazie alla sua luce. Vide la risposta. Finché lei avesse avuto quella luce, ci sarebbe stata una possibilità.

Ma cominciò ad affievolirsi.

«No, mamma!» gridò.

Il corpo di Kate cominciò a lasciarsi andare. Le uscì sangue dal naso.

«Ti prego, non andartene!»

La candela brillava tremula nell'occhio del ciclone.

«Ti voglio bene, Christopher», gli sussurrò.

E poi la luce di cento miliardi di stelle si spense.

120

CHRISTOPHER chiuse gli occhi. L'unico rumore era quello delle sue lacrime.

«Svegliati, mamma. Ti prego, svegliati.»

La tenne stretta a sé, pregando che la sua febbre fosse abbastanza alta da guarirla. La folla avanzava. Li sentì caricare le armi, un proiettile alla volta.

«Non andartene», la supplicò tra i singhiozzi. «Ti prego, non mi lasciare.»

D'un tratto la folla gli strappò il corpo dalle mani, e schiacciò lui contro il tronco dell'albero. Non erano più persone. Erano un alveare. La rabbia li indusse a portare il dito indice sul grilletto. Ma non puntarono le pistole contro di lui. No, il bersaglio era sua madre. Il bambino alzò la mano, e strillò.

«LASCIATELA STARE!»

La sua voce rimbombò nella radura. La folla si pietrificò, terrorizzata. Le dita si bloccarono per un attimo. E poi Christopher avvertì un formicolio, come se i peli gli si fossero sollevati a contatto con un palloncino. Guardò con orrore la signora Henderson che parlava con una calma assurda, quasi fosse il pupazzo di un ventriloquo.

«Che cosa intendi dire, Christopher?» gli chiese.

Ma la voce non era quella della bibliotecaria.

Era quella dell'uomo gentile.

«Non capisci? Tutto questo non finirà mai», gli disse lui, attraverso Jenny Hertzog.

«Questa è l'eternità», aggiunse Brady Collins. «Posso far fare a queste persone tutto quello che voglio.»

Brady corse verso la madre di Christopher, tirando indietro il cane. Stava per sparare, quando si fermò di colpo. Il gruppo intero parlò nello stesso istante. Tutte le voci appartenevano all'uomo gentile. La città era il suo veicolo conduttore. Un migliaio di casse stereo.

«Glielo farò fare per Sempre», disse. «Ucciderò tua madre ancora, ancora e ancora, e il mondo non esaurirà mai i proiettili.»

Christopher sentì salire la febbre. Finalmente, comprese che cos'era. L'inferno che sobbolliva sotto la sua pelle. Vide SpecialEd passare in mezzo alla folla con Mike e Matt. Tutti e tre aprirono la bocca, contemporaneamente.

«Ho tutti i tuoi amici. Ho la tua casa sull'albero. Guarda che cosa sono in grado di fare, ora che è tutto mio», disse l'uomo gentile.

SpecialEd andò verso lo sceriffo e lo aiutò a rialzarsi. Lui non aprì mai gli occhi, però si voltò nella direzione di Christopher e, disperato, tentò in tutti i modi di forzare le palpebre.

«Ti prego, non farmi addormentare mai più, Christopher. Ogni volta che prendo sonno lei è lì ad aspettarmi, ma non riesco a salvarla. Arrivo sempre in ritardo. Ti prego, falla smettere. Non sopporto più di sentirle dire 'papà'.»

Si mise a lottare contro il suo stesso corpo, ma non riuscì a fermare quello che stava succedendo. Salì sull'albero contro la sua volontà. Le assicelle erano di nuovo al loro posto, con angolazioni frastagliate, così da sembrare un sorriso frantumato.

«No! Non voglio andare!» gridò.

Christopher fece per aiutarlo, ma in un attimo la folla lo accerchiò.

«No! Fermo!» urlò il bambino.

Mani invisibili muovevano i suoi arti quasi fosse una marionetta. Arrivò in cima alla scaletta e aprì la porta della casa sull'albero.

«Per favore! Non posso vederla morire un'altra volta!»

«Lascialo andare! Sceriffo, si svegli!» strillò Christopher.

Ma lo sceriffo era perduto. La casa era illuminata. Ci entrò e si chiuse la porta alle spalle. Subito giunsero le sue urla.

E poi il silenzio.

Dopo, fu l'uomo gentile a prendere la parola. La sua voce ronzava nella mente di Christopher, così acuta da riverberare nelle otturazioni dei denti.

chi È il prossimo a entrare?

Il ragazzino guardò la città andare verso il corpo di sua madre. La sollevarono come fosse una bara e la portarono verso l'albero.

«NO!» gridò Christopher.

Lottò contro la folla per arrivare a lei. Il signore e la signora Collins lo presero per le mani. E sibilarono.

«Lo sai che cosa vedrà tua madre al suo riSveglio?»

«NO! NON POTETE! PER FAVORE!» gridò.

Liberò le mani e corse dalla mamma. Jerry però lo placcò, gettandolo a terra.

«Si sveglierà con Jerry. Indovina che coSa succederà dopo?»

A fatica, si rialzò. Cominciò a graffiare chi aveva intorno, per raggiungerla. La febbre saliva.

«Si accorgerà che qualcuno la Sta guardando dalla vaSca da bagno. Tuo padre. Che si alzerà con un coltello.»

«NON PUOI FARLO. NON ALLA MIA MAMMA. TI PREGO!»

«Ma lui non ucciderà tua madre. Ucciderà te.»

La folla trascinò sua madre su per la scaletta, tenendola per i capelli. Dondolava, come un orologio da taschino.

«Ti guarderà morire e, la mattina dopo, si sveglierà con Jerry. Noterà che qualcuno la sta guardando dalla vasca da bagno. Tuo padre. Che Si alzerà con un coltello. Ma non lo userà per uccidere lei. Ucciderà te. E lei ti guarderà morire e, la mattina dopo…»

«NO!»

Christopher corse all'albero e afferrò le gambe di sua madre. Provò a tirarla giù. Cadde in ginocchio, distrutto dal dolore. Non riusciva più a trattenerla. Mike e Matt lo raggiunsero. Gli misero una mano sulla spalla, affettuosi, e aprirono la bocca, insieme.

«christopheR. hO finitO dI dartI la cacciA. aspettO dA duemilA annI dI uscirE dA questA prigionE. o mI riportI quellA chiavE e uccidI lA signorA chE sibilA o terrÒ quI tuA madrE peR semprE comE miO animalE domesticO. noN haI altrA sceltA. qualcunO morirÀ iL giornO dI natalE. o lA signorA chE sibilA o tuA madrE. e adessO…

«…sceglI.»

I Collins aprirono la porta della casa, pronti a gettarla dentro.

«Okay! Basta! Lo faccio! Tu lasciala andare!» gridò il ragazzino.

Ci fu un momento di silenzio, e poi un mormorio si levò da mille bocche.

«graziE, christopheR…»

Con delicatezza la città riportò giù sua madre dalla scaletta. Christopher la guardò distesa accanto all'albero. Sembrava così serena. Dopo tutto quello che aveva passato. Dopo tutto quello che la vita le aveva scaraventato addosso.

Le si inginocchiò accanto e le accarezzò la fronte, come faceva sempre lei quando era malato o aveva la febbre. Le prese la mano. Se c'era il battito, lui non lo sentì.

«Mamma, devo andare adesso», le disse, sommessamente.

La febbre cominciò a salire. Era una sensazione che non aveva mai provato. Gli si rizzarono i peli del collo. Il suo stomaco si scaldò e scoppiettò, come in seguito a una scarica elettrica. Il grattare del sussurro gli diffuse calore in tutto il corpo, ma quello per sua madre non partì dalla mente, o dalle mani.

Partì dal cuore.

Chiuse gli occhi e la tenne stretta al petto. Il sussurro che grattava si spostò dentro di lui come le nuvole si spostavano sopra, in cielo. Sentì l'odore del Vicks VapoRub che gli spalmava quando stava male. La birra on the rocks, che era come il vino assaggiato da Mary Katherine all'altare, come il sangue che gli scendeva dal naso.

Non c'era più nessuna differenza.

Aveva l'impressione che non gliene fosse rimasto nemmeno un goccio, nelle vene, ma non voleva mollare. Non gli importava se avrebbe provato dolore. Quello che gli era rimasto l'avrebbe dato a lei. Il sussurro gli fece sentire il proiettile che lei aveva nel corpo. Tutte le speranze e tutte le paure che avevano premuto il grilletto. Tutte le promesse infrante e le vite spezzate.

La temperatura aumentò. La testa gli urlava. Aveva l'impressione che il cranio stesse per spaccarsi a metà. Sapeva tutto ora. Tutto ciò che sua madre aveva passato. Tutto ciò che aveva fatto per lui, sempre. Guardò la sua vita, e finalmente comprese che cos'era quella sensazione, dentro di lui.

Non era dolore.

Era potenza.

Era onnisciente. Era onnipotente. Era vicino a Dio quanto poteva esserlo un mortale. Le curò le costole fratturate.

Cavità. Rughe. Piccoli dolori e malanni. Passò tutto quanto attraverso di lui e sparì tra le nuvole.

Sua madre aprì gli occhi. Era viva.

«Christopher?» mormorò. «Che cosa sta succedendo?»

«Niente, mamma. Adesso stai bene.»

Continuò a toccarle il petto. A darle sempre più vita. Vide tutti i suoi ricordi. Vide come si erano svolte le cose, provò le sue sensazioni. Lacrime. Rabbia. Odio per se stessa. Le cicatrici invisibili che si portava dentro.

«Mamma, posso portare via tutto il tuo dolore. Me lo lasci fare?»

«Sì, tesoro. Tutto quello che vuoi.»

Le mise la mano sulla spalla, e toccò la pelle tra petto e clavicola. All'inizio, lei non sentì nulla di diverso.

Poi cominciò.

Alzò lo sguardo verso il suo bambino, che perdeva sangue dal naso.

«Che cosa succede, amore?» gli chiese. «Perdi sangue dal naso?»

«Starò bene, mamma. Guarda.»

D'istinto, lei sollevò una mano e gli pulì il viso. Lui la prese nella sua e sorrise. Il suo calore si diffuse alla pelle di lei, e Kate vide la sua vita passarle davanti agli occhi. Vide tutte le volte che aveva nascosto le lacrime perché non voleva insegnare a suo figlio ad avere paura. Tutte le volte che aveva sorriso per farlo sentire al sicuro, e poi era andata nell'altra stanza e aveva contato i dollari che erano loro rimasti. Tutte le botte che si era presa per lui. Tutte le cose a cui aveva rinunciato per lui. Tutte le volte che gli aveva rimboccato le coperte, la sera. Tutte le volte che si era trascinata giù dal letto perché non avrebbe mai rinunciato a lui, come tutte le persone della sua vita avevano fatto con lei. Rivide ogni momento che aveva trascorso con il suo bambino.

Ma non come l'aveva vissuto lei.

Bensì come l'aveva vissuto lui.

All'inizio non capì, ma, quando comprese che cosa fosse quella sensazione, le lacrime cominciarono a rigarle il viso. Sentì che cosa significava essere anteposta a tutto; essere amata incondizionatamente da una persona più grande che poteva proteggerla e fare in modo che andasse tutto bene. Era genitore di se stessa. Era al sicuro. Non era mai stata tanto felice in tutta la sua vita. Ma non era solo felicità. Non era solo senso di sicurezza. Non dipendeva tanto da ciò che sentiva... ma, piuttosto, da quello che non sentiva più.

La sofferenza era svanita.

Andata. Il senso di colpa. La paura. Il biasimo per la dislessia di Christopher. Per la povertà. Per la loro situazione. Si sciolsero. Niente più senso di fallimento. Lei era solo come la vedeva lui. Un'eroina. Onnipotente. Onnisciente. La persona più straordinaria che avesse mai messo piede sulla Terra.

Guardò il suo bambino, che le sorrideva come aveva fatto ogni venerdì sera, all'appuntamento con il cinema. Ogni volta che aveva scelto un libro per lei. Ogni volta che aveva finto di adorare un film per lei. Ogni volta che le aveva preparato una birra on the rocks. Sentì com'era lei quando sorrideva. Quando abbracciava. Quando cucinava. Sentì la sua bellezza. Un'eternità di momenti si allungavano davanti a loro, mentre guardavano in su, verso la luce di cento miliardi di stelle.

«Mamma», le disse lui, «è questo che sei, veramente.»

In quel momento Christopher chiuse gli occhi e le restituì tutto l'amore che gli aveva dato lei.

Kate era in paradiso.

Il naso del ragazzino smise di sanguinare. Le mise una

mano calda sulla fronte e lei si raggomitolò come una bambina pronta a rimettersi a dormire.

«Dormi, mamma», le disse. «È solo un brutto sogno. Domattina sarà tutto okay.»

«Va bene, tesoro. Buonanotte.»

Christopher si chinò e le diede un bacio sulla fronte calda. Adesso avrebbe sognato.

«Non permetterò mai che ti facciano del male.»

E poi si alzò. Dopo aver assorbito tutto il suo dolore. Aveva le articolazioni gonfie. Gli scricchiolavano le ginocchia. Le braccia erano pelle e ossa, deboli. Si voltò a guardare attraverso la radura. La città intera lo stava fissando, centinaia di occhi morti. L'uomo gentile li aveva presi tutti. Tranne sua madre. Non era rimasto nessuno. Christopher era solo.

Il corpo esausto, zoppicò verso l'albero.

Le persone si divisero come le acque del Mar Rosso. Centinaia di rane che non capivano perché all'improvviso avessero cominciato a sentirsi così male. Si rendeva conto di andare incontro alla morte, ma non aveva scelta. Per lei. Per loro. Per tutti quanti. Giunse ai piedi del tronco. Alzò le braccia e si arrampicò grazie alle assicelle che sembravano dentini da latte.

Arrivò alla casa sull'albero.

Aprì la porta e guardò dentro. Era solo una stanzetta vuota e fredda. Non c'erano che lo sceriffo e Ambrose distesi a terra, che si contorcevano privi di conoscenza e borbottavano spaventati. L'odore era sbagliato. La luce troppo forte. Era cambiato qualcosa. Adesso era l'uomo gentile ad avere il controllo del portale. Non poteva sapere che cosa ci sarebbe stato di diverso, una volta che avesse chiuso la porta. Di una sola cosa era certo: l'uomo gentile non poteva uccidere la signora che sibilava senza di lui.

E lui, Christopher, era l'unica cosa che tenesse l'inferno lontano dalla Terra.

Entrò nella casa, la chiave della signora in tasca come una zampa di coniglio portafortuna. Si voltò e guardò sua madre che dormiva tranquilla, sdraiata a terra. La sola luce rimasta nel mondo.

«Ti voglio bene, mamma», le disse.

E poi chiuse la porta ed entrò nell'Inferno.

PARTE SETTIMA

L’ombra dellA morte

121

CHRISTOPHER aprì gli occhi.

Era ancora nella casa sull'albero. Vedeva il suo corpo disteso accanto ad Ambrose e allo sceriffo, persi, in preda a contrazioni. Ma c'era qualcosa di diverso; qualcosa era cambiato. Andò verso la porta. Vi accostò l'orecchio, per cogliere un qualunque segno di presenza dell'uomo gentile. Ma udì soltanto dei sussurri. Voci mai sentite prima. Che sibilavano il suo nome.

«Chrissstopher.»

«Sssappiamo che puoi sssentirci.»

Si girò verso le finestre per capire chi fosse, ma erano così appannate che non riusciva a vedere fuori. Le nuvole erano tutt'intorno a loro. Coprivano entrambe le parti del mondo come una benda.

«Chrissstopher… stai per rimanere senz'aria.»

Avevano ragione. L'aria lì dentro era diventata calda e spessa, come il respiro sotto una coperta. I sussurri grattavano la casa.

«Questo è quello che succede alle persone chiuse nelle bare.»

«Esauriscono l'aria.»

«Sono vive, sottoterra.»

«E si dimenano.»

«Se non vieni fuori, morirai come loro.»

Non aveva scelta. Allungò la mano verso il pomello. Aprì quanto bastava per lasciar entrare aria fresca. La brezza fuori era dolce zucchero filato cotto sul fuoco. Con un occhio sbirciò attraverso la fessura. Quello che vide lo terrorizzò.

Il mondo immaginario era bello.

L'erba era verde. Il cielo era azzurro. E nero. Pieno di stelle. E sereno. Tutto insieme. Il sole splendeva come la luna che gli stava accanto. Un venticello gradevole muoveva con un fruscio le foglie dell'albero, verdi e mature come frutti. La temperatura era una perfetta combinazione di caldo e freddo. L'aria era balsamica e asciutta. Una splendida giornata di primavera unita a una frizzante serata d'autunno. La migliore delle stagioni. Il periodo migliore. Non era proprio giorno. Non era proprio notte. Il meglio di entrambi. Il peggio non era contemplato.

Il bosco di Mission Street era un luogo paradisiaco.

Christopher abbassò lo sguardo su quel mondo meraviglioso, e vide…

…centinaia di cervi.

Nella radura.

Lo fissavano.

Voci nascoste nel vento.

«Ciao, Christopher.»

«Ciao, amico.»

«Vieni giù. Non ti mangeremo. Non questa volta.»

Christopher sentì i sussurri sul collo. Si girò di scatto e vide un ramo che scendeva come un serpente della chioma di Medusa. Gli porse la mano e lo aiutò a scendere la scala. Leggero come una piuma.

«Da questa parte», disse la voce amichevole.

La voce era ovunque e da nessuna parte. Alzò lo sguardo verso la luna blu che con il sole arancione accendeva le nuvole sopra la radura quasi fossero lanterne. Le stelle scintillavano come lucine di Natale.

Christopher si resse alla scala, che era bagnata e scivolosa. Bianca e lucida. Le assicelle erano diventate dentini da latte. E cominciò a scendere.

Dall'albero gigantesco.

Ogni singolo passo gli procurava dolore da qualche parte. Si sentiva debole, dopo aver guarito sua madre. L'unica cosa che gli era rimasta era la sua mente. Sapeva che lo sceriffo era perso da qualche parte, lì dentro. E come lui Ambrose. Stavano esaurendo il tempo. Guardò giù, nella radura, e vide i cervi. Si sforzavano di nascondere le costole che sporgevano attraverso la pelle, per la fame. Si leccavano il naso con la lingua lunga e ruvida.

«Bene, Christopher. Fa' attenzione, adesso», disse la voce.

Christopher continuò a camminare. Per sua madre. Per gli amici. Per la città. Arrivò a terra e fissò gli animali che si avvicinavano. Si inchinavano. Mordicchiavano il terreno attorno ai suoi piedi. Strofinavano il naso contro i palmi delle sue mani.

Era troppo fiacco per batterli in velocità. Per levarsi in volo. Ma si costrinse a camminare. Lo circondarono come guardie. Per tenerlo al sicuro. Perché proseguisse. Guardò davanti a sé, verso il bosco. I rami degli alberi sorridevano, adesso, strisciavano sinuosi come code di gatti. Con espressione severa.

La brezza tentava di coprire i suoni, ma sentiva ancora le urla in lontananza. I «Fallo smettere!» della parte immaginaria si mescolavano agli «Arriviamo!» di quella reale. I mondi si stavano fondendo. Le rane cominciavano ad avvertire il prurito.

La signorina Lasko ha appena aperto una bottiglia di

whisky. L'ha portata al naso. Ha sentito il profumo delizioso. L'ha abbassata verso la bocca. Ma le labbra erano cucite.

Udiva la maestra piangere attraverso i punti. Non aveva molto tempo. Camminava in quel bosco bellissimo. I rami gli accarezzavano le spalle. Gli scompigliavano i capelli. Con gentilezza, gli davano dei colpetti per farlo proseguire lungo il sentiero.

«Mamma?» urlava la signora Collins. «Mamma?! Perché non mi lasci entrare in cucina, adesso? L'avevi promesso! Ti prego! Fa così freddo!»

Andò avanti, zoppicando. Abbassò gli occhi e vide delle impronte. Erano tutte diverse. Piedi di uomini e donne, bambini e bambine. Diventavano sempre più piccole. Gli esseri umani stavano scomparendo.

«Mamma?» urlava Brady Collins. «Mamma?! Perché non mi lasci entrare in cucina, adesso? L'avevi promesso! Ti prego! Fa così freddo!»

Superò il ponticello. Sentì qualcosa finire in acqua, dalla parte reale, con un poderoso splash.

Jenny Hertzog ha spinto il suo fratellastro nel torrente per farlo annegare. Non capiva perché il letto del ruscello fosse diventato il suo letto. «Mamma! Ti prego! Fallo smettere!»

Christopher guardò il ponte. Toccava a lui, adesso. Doveva salvare Jenny. E tutti gli altri. Il rumore delle cadute in acqua diventava sempre più forte.

L'anziana che vive sull'altro lato della strada è appena andata a nuotare con il marito, ma non capisce perché lui si stanchi di continuo. «Devi nuotare, tesoro! Ti prego! Oh, Dio! Sta annegando!»

Sapeva di dover sconfiggere l'uomo gentile, altrimenti quella sarebbe stata l'eternità per il mondo. Le persone nella radura si sarebbero incolpate a vicenda. Si sarebbero rivoltate l'una contro l'altra. Lui, l'uomo gentile, le aveva radunate tutte quante perché giocassero a una guerra di conquista. Tra due schieramenti. Le tribù si potevano ricavare anche da una cosa banale come le squadre sportive. Sarebbe cominciata lì, nella radura. Un tizio avrebbe colpito un vicino. E questi avrebbe avuto un cugino che si sarebbe unito alla rissa. E così via. Finché tutti non avessero avuto una madre, un padre, un fratello, una sorella, un coniuge, un figlio o una figlia che avevano subito un torto da una madre, un padre, un fratello, una sorella, un coniuge, un figlio o una figlia di un altro. E le due fazioni avrebbero cominciato a battersi per non fermarsi più. Non sarebbero mai morte. Non avrebbero mai ascoltato. Avrebbero continuato a sanguinare e basta. L'Inferno sarebbe giunto sulla Terra.

Guardò davanti a sé, soffermandosi sui fiori che cingevano il sentiero che conduceva fuori dal bosco.

Raggiunse la strada.

Si fermò un momento, quando lo vide. Il suo quartiere. La sua casa. La casetta di legno. Il vicolo cieco dove la deliziosa nebbia della notte si mischiava alla rugiada mattutina. Tutto quanto tentava disperatamente di avere un aspetto allegro e felice, nonostante fosse arso dal fuoco. Udì grida soffocate dalle case. Erano ancora migliaia intrappolati dietro i punti dati con l'ago. E si sforzavano di sembrare allegri.

«È tornato! È qui! Ciao, Christopher!»

Vide l'uomo con la divisa da Girl Scout inclinare la visiera da softball. La coppia che emetteva dei versi deliziati mentre continuava a baciarsi, fino a quando i loro denti non finivano sull'asfalto come sassolini. Le persone-cassetta stavano l'una accanto all'altra, come passeggeri stipati nei vagoni di un treno. Senza porte. Senza seggiolini. Senza speranza. La via si allungava all'infinito e le persone-cassetta la fiancheggiavano, tenendo ciascuno al proprio posto, mentre i condannati lanciavano sempre quel grido, da dietro i loro sorrisi.

«Fallo smettere! Ti prego, Dio!»

Solo una persona non sorrideva. Era distesa sul prato, accanto alla strada. Aveva mani e piedi legati. Ed era circondata dai cervi.

La signora che sibilava.

«Non sei sulla strada», gli disse sconfitta.

Lui entrò nel vicolo cieco e i cervi cominciarono ad accerchiarlo come un serpente che si avvolge attorno al suo piccolo. Una figura coperta da un sudario andò verso di lui. Gli tese la mano. Poi, lentamente, si spogliò della sua ombra, come fanno le persone normali con i vestiti al termine di una lunga giornata.

Era l'uomo gentile.

Aveva un aspetto talmente bello. Pulito. Era un uomo affascinante in abito grigio. E il suo sorriso era così gradevole. La bocca piena di dentini da latte.

«Ciao. Mi dispiace, ma adesso devi ucciderla. è oRa.»

Christopher lo guardò. Non era armato. Aveva solo quella sua piacevole espressione. E gli rivolse un cenno paterno.

«perché dio È un assassino.»

122

Papà.

Lo sceriffo aprì la porta.

Si trovò di fronte il corridoio di un vecchio caseggiato. Per un attimo si chiese perché non fosse nella casa sull'albero. Era sicuro di aver aperto la porta di quella casa, ma quello che aveva davanti era senza ombra di dubbio un vecchio condominio. La porta si chiuse con un pesante clic alle sue spalle.

Din.

L'ascensore in fondo al corridoio si aprì. Uscì una coppia di adolescenti. Lui aveva forse sedici anni. Lei diciassette. Lui era nero. Lei bianca. Con loro avevano la figlia. Che piangeva.

«Papà!»

Lo sceriffo si fermò un momento ed ebbe l'impressione di essere già stato lì. Come se fosse già successo. Ma se ne liberò rapidamente.

Aveva un compito da portare a termine.

«Scusate, ho ricevuto delle lagnanze riguardo all'odore che proverrebbe dall'interno duecentodiciassette. Sapete chi ci...»

Svelti, i due ragazzi distolsero lo sguardo e sgattaiolarono nel loro appartamento senza dire una parola. Lo sceriffo li sentì chiudere la serratura di sicurezza. Clic. Clic. Clic. Era abituato al fatto che la gente non volesse parlare con gli sbirri, ma da quando si era trasferito in periferia non sentiva più dare tre mandate. E questo gli provocò una certa inquietudine.

Si avviò verso l'ascensore. Era uno di quelli vecchi, con l'indicatore del numero dei piani in ottone, meccanico: sembrava la parte superiore di un orologio, con una freccia che andava dalle nove alle tre.

Quella però puntava in basso, verso dove ci sarebbero state le sei.

Doveva essere rotta.

Premette il pulsante e guardò la freccia placcata oro spostarsi lungo il semicerchio, nella direzione sbagliata.

Din.

La porta si aprì. All'interno della cabina vide una coppia di mezza età. Lui nero. Lei bianca. Camminavano con la loro bimba, che indossava un bellissimo abitino bianco per andare in chiesa. Piangeva, perché ci aveva versato sopra qualcosa. Sembrava succo d'uva. O forse sangue.

«Papà!» chiamò piangendo.

«Scusate», disse alla coppia, «ho ricevuto delle lamentele riguardo all'odore che pare provenire dall'intero duecentodiciassette. Sapete chi ci vive?»

«Noi no», gli rispose la madre. «Lo sa leI.»

Sorrise. Era senza denti. L'uomo le mise una mano sulla spalla, e appoggiò l'altra su quella della bambina, e le accompagnò svelto nel loro appartamento, chiudendosi dietro la porta. Clic. Clic. Clic.

Allora lo sceriffo entrò nell'ascensore e premette il bottone del ventunesimo piano. I due battenti si chiusero e partì una musichetta. *Blue Moon*. La canzone riuscì quasi a distrarlo dal tanfo di urina e feci. Era abituato a edifici che odoravano di escrementi, ma lì sembrava di stare dentro al pannolino di un neonato. Un neonato che stava piangendo.

Le porte si aprirono, quando giunse al ventunesimo piano.

Uscì e si immerse nell'oscurità. Le luci tremolavano. La moquette era lisa. Si voltò e vide l'interno duecentodiciassette in fondo al lungo corridoio.

La porta era socchiusa.

Andò in quella direzione. Sentiva grattare dietro le porte delle altre abitazioni. Tese le orecchie per cogliere rumori familiari… cani, gatti… ma niente. Solo quel grattare. E il respirare di qualcuno.

Giunse davanti al duecentodiciassette.

Provò a guardare dentro, ma il locale era buio.

«Salve. Sono lo sceriffo di Mill Grove. Abbiamo ricevuto delle lamentele a proposito dell'odore che proviene da questo interno.»

Silenzio. Aprì la porta un po' di più e il tanfo che gli

arrivò alle narici gli fece provare nostalgia dell'ascensore. Fumo dolciastro e carne putrefatta, insieme con latte andato a male. Gli venne un conato di vomito e dovette coprirsi il viso. Gli occhi gli lacrimavano a tal punto che aveva la sensazione di guardare tra la nebbia. Non era forse nella nebbia? Credeva di sì. Non ricordava esattamente.

Accese la luce.

Diede un'occhiata nella cucina fredda. Sul tavolo c'era un cartone di latte. Notò degli scarafaggi. Una confezione di Cheerios e una scodella.

Fu allora che vide la donna.

Aveva la faccia in una tazza di cereali. Il corpo era gonfio e in avanzato stato di decomposizione. Dal braccio le usciva un ago. Aveva ancora il laccio attorno alla spalla, allentato. A quanto pareva era lì da giorni, senza che nessuno se ne fosse accorto.

A parte il cane.

Lo sceriffo corse dalla donna. Spinse via l'animale, ridotto a pelle e ossa, che stava pasteggiando con le gambe della sua padrona. Poi le sollevò la testa dai cereali. E controllò rapidamente il polso, per confermare il decesso.

Dalla camera da letto giungeva un suono. Squeak. Squeak. Squeak.

Lo sceriffo raddrizzò la schiena. Gli venne la pelle d'oca.

«Ehilà?»

Andò alla porta.

Squeak. Squeak. Squeak.

«C'è qualcuno?!»

L'aprì lentamente. Sbirciò all'interno e vide lei. Mani e piedi erano legati con quattro cravatte a un vecchio letto arrugginito. Era lurida e stava morendo di fame. Probabilmente non arrivava ai venticinque chili di peso. Aveva lottato così tanto che polsi e caviglie erano coperti di sangue incrostato. Ma stranamente mani e piedi erano puliti.

Era la bambina con lo smalto sulle unghie.

All'inizio pensò che fosse stata rapita, finché non notò una vecchia fotografia, che gli fece capire che era la figlia della tossica morta in cucina. Non dovette fare chissà quale ricostruzione per intuire che era stata venduta a dei pervertiti per pagare le dosi.

Corse da lei. Il polso era debole, ma era viva! Questa volta poteva salvarla! Era già stato lì? Fece per prendere la radio, ma era sparita. Cercò un telefono, ma non lo trovò. Non aveva modo di chiamare il 911. Le liberò le mani e si chinò per slegarle i piedi. All'improvviso sentì la sua manina sul braccio.

«Papà?» chiese in un sussurro.

Lui alzò gli occhi. Guardò fuori dalla finestra della camera e vide il piccolo albero di Natale di Charlie Brown che si vedeva fuori dalla sua stanza al Mercy Hospital. Qualcosa non quadrava. Erano nella sua cameretta. O forse era una stanza d'ospedale? Dov'erano?

«Papà?» mormorò lei, ancora.

«No, tesoro. Sono un poliziotto. Sono quello che ti ha trovata.»

«Non puoi prendermi in giro. Ho sempre saputo che mi avresti salvata, papà.»

Le slegò le caviglie e la prese in braccio. Era una bambola di pezza. La riadagiò sul letto dell'ospedale e le rimboccò le coperte. Sapeva di caldo e di pulito.

«Mi leggi una storia? Nessuno me ne ha mai letta una.»

Lo sceriffo trovò una copia malconcia di *Cappuccetto Rosso* che qualcuno aveva lasciato lì. Quando cominciò a leggere, lei alzò gli occhi verso lo schermo del televisore, muto. Gli chiese perché l'immagine fosse così nitida. Non era mai stata fuori dal suo appartamento. Non era mai andata a scuola. Non aveva mai imparato a scrivere il suo nome.

Sentì il rumore della morfina che le entrava nel braccio.

Drip. Drip. Drip.

Giunse all'ultima pagina della storia. Che denti grandi che hai.

«Papà, mi porti un bicchiere di latte?»

«No, tesoro, non posso.»

«Perché no?»

«Perché quando l'ho fatto sei morta», le spiegò.

«Non lo farò questa volta, te lo prometto.»

«Ma devi ascoltare la fine della storia. Devi sapere che il lupo non vince.»

«Ti prego, portami un po' di latte, papà.»

Lo sceriffo guardò quegli occhioni così belli. Il gocciolio della morfina che scendeva ricordava quello della pioggia.

Drip. Drip. Drip.

Le diede il libro e uscì nel corridoio. Trovò subito un'infermiera, a cui chiese un cartone di latte. Mentre aspettava, decideva il da farsi. Lui era il primo uomo adulto che la bambina avesse conosciuto che non se la portasse a letto, quindi era convinta che fosse il suo papà. E perché no? Non era un uomo di chiesa, ma il suo lavoro consisteva nell'aggiustare il mondo. Avrebbe potuto portarla a casa in tempo per Natale. E farle trovare dei regali. Avrebbe potuto adottarla. Dopo tutto quello che aveva passato, era ancora una bambina innocente. La migliore che avesse mai incontrato.

«Ecco il latte, signore», arrivò l'infermiera.

Guardò il contenitore. Emily Bertovich sorrideva nella foto scattata il secondo anno di scuola.

Tornò nella stanza della piccola.

«Okay. Adesso finiamo la storia, tesoro», disse.

Lei giaceva sul letto senza vita.

«NO!» gridò.

Corse a prenderla tra le braccia. Chiamò urlando l'infermiera, ma non venne nessuno.

«TI PREGO!»

Scoppiò in singhiozzi. D'un tratto ricordò tutto. Era già stato lì. Aveva già fatto tutto questo. L'aveva già vista morire cinquanta volte, quella notte.

«FALLO SMETTERE!»

Corse alla porta. Sapeva che cosa sarebbe venuto dopo. Sarebbe corso nel corridoio a chiamare il dottore, chiedendogli di salvare la bambina. Invece, si sarebbe ritrovato nel condominio. Lo aveva già fatto cinquanta volte. Ma si ripromise di non dimenticarlo, adesso. Christopher correva un grave pericolo. E come lui sua madre. E Ambrose. Doveva aiutarli. Doveva arrivare da lei più in fretta. Doveva risparmiare tempo. Per uscire di lì. Non poteva più guardarla morire.

ma diO è un assassino.

Papà.

Aprì la porta.

Con lo sguardo percorse il corridoio del vecchio edificio. Per un attimo si domandò perché non fosse nella casa sull'albero. Era sicuro di aver aperto la porta di quella casa, ma quello che aveva davanti era senza ombra di dubbio un vecchio condominio. La porta si chiuse con un pesante clic alle sue spalle.

Din.

123

AMBROSE accese la luce. Si guardò intorno, aspettandosi di vedere la casa sull'albero. Ma non era più lì dentro.

Era nella sua vecchia casa.

Nel seminterrato.

Qualcosa non gli tornava, era l'istinto a dirglielo. Si trovava dietro le linee nemiche. Diede un'occhiata in giro. C'era qualcosa lì dentro. Non riusciva a vederlo, nemmeno attraverso l'alone nei suoi occhi, ma lo percepiva. Qualcosa che era fin troppo familiare. I peli alla base della nuca gli si rizzarono come antenne.

Andò verso la scala. I gradini di legno scricchiolavano sotto il suo peso. Sentiva qualcosa, dietro di sé. Svelto, si girò a guardare, ma non vide nulla. Solo il rivestimento di legno che aveva messo con suo padre, un'estate. Il suo fratellino li aveva supplicati di lasciarlo partecipare, ma papà aveva detto di no. Lui, invece, gliel'avrebbe permesso.

Ambrose aprì la porta del seminterrato.

Entrò nella cucina di sua madre. Vide il telaio della porta dove lei misurava la loro altezza mettendo dei segni a matita. Ambrose era arrivato a un metro e ottantatré. David si era fermato per sempre a un metro e ventiquattro. Qualcosa bolliva in una pentola sul fornello. Qualcosa che odorava di… di… carne di cervo.

Din don.

Qualcuno aveva suonato alla porta. Gli si gelò il sangue. Lentamente si mosse verso l'ingresso. Si fermò in soggiorno. Il vecchio giradischi era in un angolo, accanto alla macchina per cucire.

«Sì?» sussurrò.

Fu in quel momento che il bambino cominciò a piangere.

Ambrose andò subito alla finestra e spinse le tende di sua madre lungo l'asta di ottone con un cigolio. Allungò il collo per vedere chi ci fosse alla porta, ma tutto quello che riuscì a scorgere fu la carrozzina. Gli si fermò il cuore quando si rese conto di quello che stava succedendo. Non avrebbe saputo dire dove si trovasse. Ma il quando lo conosceva bene.

Era tornato alla sera in cui David era scomparso.

«David?» chiamò, verso il piano superiore. «David, sei di sopra?»

Non ricevette risposta, a parte un…

Clunk. Clunk. Clunk.

E una palla da baseball rotolò giù per le scale.

La prese. Aveva l'odore del guantone di David. Ambrose cominciò a salire i gradini rapidamente, per quanto glielo consentissero le sue vecchie gambe. Superò i ritratti di famiglia e le foto di nozze. Cent'anni di storia degli Olson che marcivano sulle pareti, come poster sbiaditi di persone scomparse. Non era rimasto più nessuno che se ne rammentasse. A parte lui. Arrivò al pianerottolo e si diresse verso la camera di David. Aprì la porta e sbirciò nella stanza buia.

«David? Sei qui?»

Accese la luce. La stanza era vuota. Le pareti erano coperte di graffi, ricordo della follia di David, quando papà lo chiudeva a chiave lì dentro, con la sua paura come unica compagnia. Vide una massa sotto le coperte, sul letto. Che poteva avere le dimensioni di un bambino.

«David? Sei tu?» sussurrò.

Studiò la sagoma sul letto. Si stava muovendo? Respirava? Si avvicinò e strappò via le coperte, prima che la paura avesse il sopravvento. Non c'era nessuno, là sotto. Solo due cuscini messi lì per ingannare un adulto.

E il primo album di David.

Lo afferrò. La copertina di pelle aveva lo stesso odore dei vecchi guantoni. Sapeva ancora del suo fratellino. Lo aprì e fece scorrere le dita sul braccialetto dell'ospedale. D. Olson. Studiò la minuscola impronta del piedino e le foto che ogni famiglia sembrava fare.

David che rideva nella vasca da bagno.

David che galleggiava in una piscina, con l'espressione scontrosa.

David che apriva i suoi regali la mattina di Natale.

Aveva guardato quelle immagini così tante volte... non aveva bisogno di riguardarle ancora. Sapeva qual era l'ultima. David con il guantone che gli aveva regalato il suo fratellone. La fissò, e poi girò la pagina.
Ma adesso l'album non finiva lì. C'erano altre fotografie.
David che usciva dalla finestra.
David che correva nel bosco.
David che urlava nella sua tomba.
Ambrose si voltò verso la finestra. Vide le impronte di suo fratello, sul vetro. Il vento stava usando il ramo di un vecchio albero per grattarlo. La spalancò di colpo e abbassò lo sguardo sui muri rivestiti di edera. Il suo fratellino vi si era aggrappato per scendere la sera in cui era scomparso. Era tornato a quella notte.
Posso ancora salvarlo.
Scavalcò il davanzale e scese tenendosi alle fronde, finché i suoi piedi non trovarono l'erba muscosa. Ambrose abbassò lo sguardo e vide le orme di David sul prato. Sapeva che poteva essere un trucco, ma non aveva scelta. Seguì la traccia. Doveva trovare suo fratello. Doveva salvarlo, questa volta.
Qualcuno lo seppellì vivo.
Accelerò il passo. Non vedeva niente, a parte le sue impronte rimaste sulla strada bagnata. Gli parve di sentire la sua voce, distante. David stava piangendo. Ambrose si mise a correre, finché non vide il vicolo cieco, in lontananza.
E il bosco di Mission Street.
Il vecchio soldato si fece coraggio e attraversò il campo. Sentì il bosco prendere vita davanti a lui. Il vento entrava e usciva da una bocca invisibile. Creava nuvole.
Seguì le orme nel folto di alberi.
Il sentiero diventò subito buio. Ambrose si sarebbe ritrovato cieco, se non fosse stato per gli aloni negli occhi. Ave-

va il cuore in gola. Era lì che suo fratello era stato ucciso. Era lì che l'avevano attirato. Era lì dentro, da qualche parte.

Posso ancora salvarlo.

Cercò un qualunque segno del rapimento. Una buca nel suolo. Una botola. Ma c'erano solo le orme di David. Che lo guidavano verso la miniera di carbone. Entrò nell'oscurità, aggrappandosi ai ricordi come un bambino alla sua lucina notturna. Aveva udito delle storie su quella miniera. Il nonno di suo nonno ci aveva lavorato, da bambino. Lavoro duro per uomini duri. Per non parlare delle famiglie. Ambrose sarebbe stato l'ultimo Olson. A meno che non avesse salvato suo fratello.

«David! Sei qui?»

La sua voce rimbalzò contro i muri. Sentiva qualcosa, lì nel buio. Una presenza silenziosa. Che guardava. Aspettava. Strisciava. Ambrose si fece forza, per non farsi intimorire dalle tenebre intorno a lui, e camminò fino a raggiungere la luce dall'altra parte. Il sentiero portava a una passerella. A una radura nascosta. Seguì le impronte fino ad arrivare in un piccolo giardino. Alzò gli occhi e si arrestò di colpo quando finalmente la vide.

La casa sull'albero di suo fratello.

Attraverso la nebbia fitta intravide l'ombra di un ragazzino che ci portava qualcosa.

«DAVID!?» chiamò Ambrose.

La parola era chiara nella sua mente. Quando lasciò le sue labbra, però, divenne muta.

Il bambino non si voltò.

Ambrose si mise a correre, ma le sue gambe si fecero pesanti, tanto pesanti, e non riuscì a muoversi. Né a parlare. Poteva soltanto guardare, inchiodato dov'era. Il ragazzino si voltò e Ambrose finalmente vide il suo viso. Il suo bel viso. E quella perfetta testolina piena di capelli. Era David. Dio. Era davvero lui. Era ancora vivo.

E stava piangendo.

Ambrose provò a gridare, ma la parola che voleva pronunciare rimase intrappolata nella sua gola come una biglia. David non poteva sentirlo. Pensava di essere tutto solo. Si asciugò il naso, da cui perdeva sangue, con il dorso della mano, e con l'altra afferrò un martello da un mucchio di attrezzi vicino alla casa sull'albero. Ambrose lo guardò farla a pezzi, tavola dopo tavola. E fare una catasta di legname, come un cane che ammassava ossa.

Lo guardò continuare finché non fu rimasta che la scala. Provò a salirci, ma era troppo debole. Alzò il martello che stringeva nella manina fragile e tentò di far leva per staccare un piolo, ma era troppo pesante. Alla fine perse la presa, e il martello cadde a terra con un rumore sordo. Il bambino si alzò e si prese tra le mani la testa, che gli pulsava.

«Aiuto. Qualcuno mi aiuti», gridò. «Devo distruggerla.»

«DAVID!» urlò Ambrose. «SONO QUI!»

Strillò fino a farsi bruciare la gola, ma dalle sue labbra non uscì alcun suono. Cercò di alzarsi, ma poté solo guardare impotente un uomo che entrava nel giardino. Era molto bello. E pulito. Con il suo completo grigio, e quel sorriso. L'unica cosa stonata era il fatto che si tenesse nell'ombra. La sua voce era il vento.

«Ciao, David», gli disse. «Che cosa stai facendo?»

David indietreggiò verso l'albero. Terrorizzato.

«Io... io...» balbettò.

«Non avere paura. Siamo ancora miglioRi amici.»

Andò lentamente verso David, che nascose il martello dietro la schiena.

«Che cos'hai lì dietro, davId? Per caso è un martello? Stai facendo a pezzi la casa sull'albero?»

«Sì», rispose il ragazzino, quando finalmente ritrovò la voce.

«Ma l'abbiamo costruita insieme», disse l'uomo, sembrava dispiaciuto. «La caSa sull'albero è la nostra caSa. Ricordi?»

Svelto, David si asciugò le lacrime e finse che non fossero mai stati lì.

«Nessuno, dalla parte reale, saprà mai della sua esistenza», lo sfidò.

L'uomo avanzò, camminando come un serpente che si sollevava sulla parte posteriore. Inghiottì il suo sorriso.

«Ma come puoi distruggerla? La casa sull'albero ti ha reso diO. Ti ho dato quel potere perché uccidessi lei», osservò l'uomo, in tono gentile.

«Io non ucciderò per te la signora che sibila», dichiarò David. «Non ti permetterò di scappare.»

Poi andò al tronco e rimosse tutti i pioli, come un dentista che cavava i denti. Gettò le assicelle in cima alla catasta. Il sorriso dell'uomo svanì. Lo seguì. Calmo, pericoloso.

«Conosci le regolE, david. Qualcuno morirà. O la signora che sibila, o tuo fratello. Non c'È alternativa.»

«Sì che c'è», replicò il bambino. «C'è un altro che può morire.»

Ambrose guardò il suo fratellino lanciare l'ultimo pezzetto di legno sul mucchio. E prendere una vanga.

«Tu sei dalla parte reale», disse l'uomo lasciandosi andare a una risata. In questo momento nemmeno mi vedi. Sono solo nella tua mente. Come pensi di uccidermI con una vanga?»

«Io non intendo uccidere te.»

David si voltò e conficcò la lama nel terreno. La risata dell'uomo si interruppe all'istante. La calma nella sua voce cominciava a mostrare qualche incrinatura.

«CosA stai facendO?»

David non gli rispose. Continuò semplicemente a scavare. L'uomo corse verso di lui.

«SmettilA!»

Ma David non aveva nessuna intenzione di fermarsi. Le ossa nelle sue braccia magre sembravano pronte a spezzarsi, sotto il peso della vanga.

«Se non ti fermi, ucciderò tuo fratEllo.»

«No, non lo farai. Se io muoio, muore anche il potere che trai da me. Lei tornerà a essere più forte di te. E non ti permetterà di arrivare ad Ambrose.»

Ambrose osservò, impotente. Sentiva l'odore di guantoni da baseball. Più debole, ora. L'uomo andò da David e gli mise una mano sulla spalla, gentile.

«Ti prego, David», gli disse con la voce del suo fratello maggiore. «Non ti troverò mai. E questo mi devasterà. Come puoi fare una cosa simile a tuo fratello?»

«Tu non sei mio fratello. Tu non sei niente.»

Quella parola cadde come un uccello dal cielo. L'uomo chiuse gli occhi, furioso. La luce prese a danzare sulla sua pelle, quasi fosse attraversata da uno sciame di lucciole. Costellazioni intere strisciavano su di lui; alzò un dito e lo usò per perforare il bambino, quasi fosse un ago.

«Ecco com'è stata l'eternità per la signora che sibila. E, se non la uccidi, saRà così anche per te.»

A David cominciò a sanguinare il naso. Seguito dagli occhi. Dalle orecchie. Strillò, quasi lo stessero bruciando vivo, ma non smetteva di scavare. Non smise fino a quando la buca non fu completa. Poi gettò la vanga in cima alla catasta di legname e dalla tasca posteriore tirò fuori qualcosa.

Combustibile per accendini.

Tolse il tappo e versò il liquido sulle assi della casa sull'albero. Quindi tornò verso la buca lasciandosi dietro una scia. L'uomo gli urlò nell'orecchio e David cadde in ginocchio, sofferente. Non poté fare altro che strisciare, trascinando il suo corpo devastato fino alla tomba.

Poi tirò fuori una confezione di fiammiferi che aveva preso al fratello. Lucky Strike. Ne accese uno con un sibilo.

L'uomo lo guardò. La fiamma aveva il colore dei sUoi occhi. Parlò come parlerebbe un poliziotto che tentasse di distogliere una persona dal gettarsi da un cornicione.

«David, se ti uccidi, ti sveglierai qui, e nessuno lascerà più questo posto», disse. «Rivivrai questa notte per sempre.»

«Vale lo stesso per te», rispose il bambino. E gettò il fiammifero.

La traccia di fuoco attraversò il giardino fino alla casa sull'albero. Il fuoco divampò e il bagliore che proiettava creò l'impressione che il bambino fosse illuminato dal sole che sorgeva.

Ambrose, pietrificato, guardò David nella sua tomba, che si gettava addosso la terra. Si sacrificava. Per quella famiglia che lo ignorava. Per quella città che si sarebbe dimenticata di lui. L'uomo in abito grigio osservò incredulo mentre quel piccoletto anteponeva il mondo a se stesso.

«Perché lo hai fatto, David?» gLi chiese.

«Perché voglio bene a mio fratello.»

E poi prese l'ultima zolla e si coprì bocca e occhi, annegando nella terra e nel sangue del mondo. Ambrose cercò di cogliere l'odore di guantone, ma se n'era andato per sempre.

David si era seppellito vivo.

«No!!!» gridò Ambrose, ma la sua voce fu coperta dall'uomo che inveiva contro il cielo.

«nO!!!»

L'uomo in abito grigio ridusse l'albero di David in legna da ardere. Grossi pezzi di legno gli strapparono le carni, finché dell'albero non rimase più nulla. Solo uno spazio vuoto che faceva sembrare la radura molto più ampia.

Quando la casa fu carbone, e l'albero cenere, l'uomo trascinò il suo corpo sfinito attraverso il giardino. Aveva perso la sua bellezza. Era vecchio e smunto. E all'improvviso il suo completo ricordò ad Ambrose una divisa da carcerato.

Scomparso quell'uomo, Ambrose finalmente recuperò

il suo corpo. Corse alla tomba del fratellino e infilò le mani nella terra appena smossa. Scavò febbrilmente. David era lì. Non era troppo tardi.

Posso ancora salvarlo.

Scavò. Palmo dopo palmo. Alla ricerca del corpicino di David. Ma non lo trovava. Continuò. Sempre più velocemente. Sentiva la terra in bocca. Negli occhi. I vermi gli strisciavano addosso. I polmoni chiedevano aria a gran voce. Ecco che cos'aveva provato David. Era quella l'eternità.

per Sempre e sEmpre e seMpre

D'un tratto divenne tutto buio. Mise le mani nella terra e sentì qualcosa di duro e freddo. Plastica. Un interruttore. Ambrose accese la luce. Si guardò intorno, aspettandosi di vedere la casa sull'albero. Ma non era più lì dentro.

Era nella sua vecchia casa.

Nel seminterrato.

124

KATE aprì gli occhi.

Era in un bel letto caldo. Le lenzuola erano pulite, appena uscite dall'asciugatrice. Guardò il soffitto bianco con le crepe che la salutavano ogni mattina. Allungò i muscoli e sbadigliò, e sentì i vari dolorini dissolversi come burro in una padella.

«Jerry?» chiamò.

Nessuna risposta. Meglio così, dopo la sera prima. Se fosse stato lì, le avrebbe mostrato quel sorriso vigliacco con cui l'aveva salutata la mattina, dopo che era successo la prima volta. Aveva pensato di lasciarlo la prima sera che l'aveva picchiata. Ma il buon senso l'aveva calmata. Gli uomini potevano essere cambiati. E salvati. Non era quello che diceva sempre sua madre?

Si alzò.

Guardò il cuscino, bianco e soffice come una nuvola. Per qualche motivo quella prima sera non le usciva dalla testa, come il ritornello di una canzone fastidiosa. Perché non l'aveva lasciato già allora? Perché non aveva preso le sue cose, recuperato la Visa di cui lui era all'oscuro, i contanti nascosti nel cassetto, e non se n'era andata?

Perché.

Quell'unica parola se ne stava lì come l'auto di Jerry sui mattoni, nel vialetto. Che cosa sarebbe successo se l'avesse mollato allora? Chi poteva saperlo? Sua madre diceva sempre che, quando succede qualcosa di brutto, bisogna pensare al peggio. Se ti ritrovi con una gomma a terra, è Dio che ti sta salvando da un incidente fatale che sarebbe avvenuto venti secondi dopo. Quella frase aveva aiutato sua madre a sopportare (o a permettere) due decenni di uomini che erano entrati e usciti dalla sua vita con tanta rapidità da indurla a dire, scherzando, che avrebbe potuto far installare una porta girevole risparmiando a tutti il disturbo di aprire e chiudere. Kate non aveva idea di che incidente le sarebbe capitato se avesse lasciato Jerry sul serio, ma al mondo c'erano cose peggiori di un occhio nero. O due.

Giusto?

Giusto. Non era la fine del mondo. E in più si rammentò che sua madre aveva conosciuto uomini decisamente peggiori. La Kate bambina aveva dovuto ascoltare parecchi baci misti a pugni, attraverso le pareti del bagno del monolocale in cui vivevano. La Kate di allora aveva odiato quegli uomini. Soprattutto quando era stata lasciata sola con loro. Ma la donna che era diventata aveva odiato ancora di più sua madre. Forse si poneva degli standard bassi, per quel che riguardava lei stessa. Ma nessuno poteva toccare suo figlio. Nessuno avrebbe mai avuto il coraggio di farlo, cazzo.

Se soltanto Christopher gliel'avesse riconosciuto.

Andò alla finestra. Si guardò nel riflesso del vetro. Era lievemente appannato, quanto bastava ad ammorbidire le rughe che segnavano il passare del tempo. Grazie a Dio e ai suoi piccoli favori. Tirò fuori il correttore che teneva nel comodino.

E poi, con mano esperta, coprì il livido fresco attorno all'occhio.

Non era così male, si disse. Non nella finestra opaca. E comunque non sarebbe uscita quel giorno. Aveva pianto, la sera prima, dopo che era successo. Lacrime vere. Jerry non era un uomo cattivo. Aveva avuto un'infanzia brutta quasi quanto la sua. Forse per questo si capivano. O forse era questo che aveva spinto lui a farle la proposta a cui lei aveva detto sì tanti anni prima.

Una volta finito, guardò giù, nel cortile dietro casa, l'altalena che lo aveva supplicato di comprare. Era coperta di ruggine, adesso, ma si muoveva nel vento come quando ci giocavano Christopher e il suo amico, Lenny Cordisco.

Quando suo figlio ancora le rivolgeva la parola.

Si infilò il vestito da casa che preferiva, e uscì. Diede un'occhiata alla vecchia camera del bambino, in fondo al corridoio. Quanto tempo era passato da quando Jerry aveva insistito affinché portasse fuori la sua roba? Lei aveva puntato i piedi. Ma lui anche. Era stata una brutta serata. Non le andava più di pensarci.

Scese le scale. Fissò le fotografie di una vita passata insieme, che ingrigivano come i suoi capelli. La foto di matrimonio. La luna di miele nel West Virginia, a quel casinò. Come si chiamava? Non se lo ricordava più. Non ricordava più niente che fosse al di fuori di quella casa. Si scrollò di dosso quella sensazione guardando altri scatti. Il diploma di Christopher. Le superiori. E poi l'accademia militare. Il matrimonio. E il suo primo e unico nipotino. E da qualche parte, lungo il tragitto, lui o sua moglie avevano deciso che sarebbe stato meglio se Jerry non avesse più fatto parte della loro vita.

«O me o lui, mamma», gli aveva detto, vent'anni troppo tardi.

Arrivò in fondo alle scale, dov'erano state gettate le cose di Christopher quando, alla fine, era uscita sconfitta dalla discussione con Jerry.

Non era una discussione! Lui ha alzato le mani, mamma! Sveglia!

D'un tratto ebbe un'orribile sensazione. Un brivido le corse lungo la schiena, come se fosse sdraiata sul terreno, in pieno inverno. Era questo che succedeva, quando ricordava. Dimentica e basta.

Si liberò dei pensieri legati al passato e si preparò il caffè per superare la mattinata. Jerry aveva lasciato il caos nel soggiorno. Di nuovo. Gli aveva detto un milione di volte che non era venuta al mondo per sistemare il suo disordine, come la sua dannata madre, mentre aveva dedicato i migliori anni della sua vita a fare esattamente quello, proprio come lei. Ma il matrimonio è così. I vestiti sono nuovi una sola volta. E così pure le promesse. E i baci. Non lo ripeteva sempre la mamma?

Kate si tenne occupata sistemando il soggiorno, per primo. Poi passò al tavolo del tinello, che l'assegno della pensione di Jerry teneva pieno di bottiglie di birra vuote e posaceneri traboccanti. Si preparò delle uova. Guardò le sue serie. Per qualche motivo non ricordava mai che cosa era successo nell'episodio precedente. Ma era sempre meglio del silenzio. Mangiò le uova e, durante la pausa pubblicitaria, mise il piatto nel cestino della spazzatura.

Quello vicino al cassetto.

Giurò che questa volta non l'avrebbe fatto. Non aprirlo. Ti farà piangere, e basta. Ma non poté evitarlo. Era la cosa più vicina a lui che le fosse rimasta. Aprì il cassetto della cucina e guardò il fascio di lettere. La prima l'aveva scritta spinta dalla collera. La seconda, in preda alla disperazione. La terza, sentendosi offesa.

Aveva dato sfogo a tutte le emozioni, dalla A alla Z, con un messaggio comune.

«Ti prego, lasciaci rientrare nella tua vita, Christopher.»

E tutte le buste ancora chiuse – che andavano dal giallo sbiadito al bianco fresco – recavano lo stesso timbro indifferente.

RESTITUIRE AL MITTENTE.

Kate chiuse il cassetto con un rumore secco. Non si sarebbe permessa di piangere. Non quel giorno. Aveva troppe cose da fare. Come starsene seduta nella cucina calda e guardare il freddo, fuori. E ricordare suo figlio quando era ancora un bambino che la adorava. E non l'adulto che la guardava con lo stesso disprezzo con cui lei aveva guardato sua madre.

Tutte quelle vite erano bloccate nella sua mente come la fine di un disco che girava e girava nella cera. Senza andare da nessuna pare. Non le era già successo? Non era già stata seduta in quella cucina calda tutta sola, a guardare dalla finestra e ad aspettare che lui rientrasse, lasciando il freddo là fuori? O addirittura ad accontentarsi di veder arrivare il postino con un messaggio? A sperare. A pregare. Affinché una sola volta le consegnasse una busta non contrassegnata da quel timbro. Una lettera scritta da suo figlio adulto. Mamma, mi dispiace. Mamma, so che è stata dura per te. Mamma, hai rinunciato alla tua vita per me, e non ti odio più per questo. Ti capisco. E sei ancora l'eroina di un bambino.

Posò la testa sulle mani e pianse. La sua voce riecheggiava contro le pareti della cucina e, per un attimo, pensò alle sue lacrime come alberi che cadevano nel folto di un bosco, dove nessuno riusciva a sentirli.

Toc. Toc.

Alzò gli occhi. Il cuore saltò un battito. Corse alla porta. Aveva installato una fessura per la posta nella porta d'ingresso, perché non sopportava più di andare fino alla cassetta. O forse era Jerry che non le permetteva di uscire senza di lui? Non se lo ricordava.

«Sì?» chiese.

Ma il postino non disse nulla. Non diceva mai nulla. Fece semplicemente scivolare la posta attraverso la fessura, come uno scolaretto che passava dei bigliettini, e se ne andò. Non lo aveva mai nemmeno visto in faccia.

Kate si lasciò cadere sulle ginocchia e raccolse il mucchio di posta sparsa sul pavimento. Frugò tra coupon e cataloghi, finché non trovò quello che stava cercando. Le sue speranze e i suoi sogni si fermarono in quel posto familiare, in fondo alla sua gola. Girò la busta, e lo vide.

RESTITUIRE AL MITTENTE.

Lo vedeva sfocato, tra le lacrime. Come cataratte negli occhi di un anziano. Perché pensava sempre a un anziano, quando le succedeva? Si tirò su, con la poca dignità che le era rimasta. Andò in cucina e aprì il cassetto. Stava per gettare un altro ciocco nel fuoco che era la sua vita di delusioni e tornarsene di sopra per il sonnellino pomeridiano, sperando almeno questa volta di non fare quell'incubo orribile, in cui il padre di Christopher lo colpiva con il coltello, di nuovo…

Quando si fermò.

Tornò a guardare fuori. Il cortile freddo, dietro casa. L'altalena che si muoveva nella brezza. Le rammentò Christopher. Le rammentò qualcosa di importante. La mano di lui sul suo petto. Quando era successo? Osservò la luce dietro l'altalena. Il sole era sorto nel cielo. Per qualche motivo quel bagliore la fece pensare alla mattina di Natale. A Christopher che le chiedeva se la parola inglese «sunlight», luce del sole, derivasse da «son's light», luce del figlio. E, se sì, qual era la luce di una madre?

Sollevò la busta verso la luce e guardò l'ombra all'interno, come un bambino che cercasse di capire se un biglietto di Natale conteneva un assegno. Si ricordò di quando aveva scritto la lettera. Di Jerry che le diceva che non valeva nemmeno la pena di pagare il francobollo, prima di farle un occhio nero durante l'ultima discussione.

Non era una discussione! Lui ha alzato le mani, mamma! Sveglia!

Rammentò di aver messo un solo foglio, nella busta.

Adesso però ne vedeva due, in trasparenza.

E allora fece una cosa che non le era mai venuto in mente di fare, in tanti anni di delusioni.

La aprì.

Tirò fuori la lettera originale. E poi il secondo foglio, e cominciò a piangere quando vide la calligrafia di suo figlio. Com'era un tempo. Quando era ancora un bambino. Che faceva fatica a leggere. Quando aveva bisogno di lei. Quando lei era ancora la sua eroina.

Mamma. Ti voglio bene. Adesso, aprile tutte. Tutto quello che devi sapere è lì dentro.

125

CHRISTOPHER era al centro del vicolo cieco, con la chiave in tasca, e stava guardando l'uomo gentile. Così calmo. E così carino. Così paziente e educato. Nessuna espressione spaventosa. Solo il suo sorriso rassicurante che mostrava due file di dentini da latte perfettamente bianchi e diritti.

«Non devi fare altro che uccidere la signora che sibila e ti prometto che andrà tutto bene», gli disse.

Il ragazzino diede un'occhiata alla strada. L'uomo con la divisa da Girl Scout era felice, innocente.

«Io non voglio fare del male a nessuno, Christopher», continuò l'uomo gentile. «Voglio solo la mia libertà. Nient'altro.»

Il tizio con la divisa si trascinò tra i cespugli.

«Voglio solo uscire da questa prigione, per poter fare del bene. Lo vedi quell'uomo tra le piante? Lo sai che cosa fece a una ragazzina?»

«Fallo smettere!» strillò adesso il tizio.

«Una cosa terribile. E adesso lo sa. Voglio solo che le persone cattive smettano di fare del male a quelle buone. Tutto qui.»

Le persone-cassetta gemevano e tiravano i punti. La strada era così chiassosa che Christopher non sentiva nessuno, nel bosco, pur sapendo che erano là. Sentiva la signora Henderson dalla parte reale. Vedeva suo marito seduto in cucina. Lei piangeva lacrime di gioia. Era a casa! Finalmente era tornato a casa! Attraversava di corsa la cucina per abbracciarlo. E poi, per qualche motivo, non riusciva a fermarsi: afferrava un coltello e lo pugnalava.

«NO! Non voglio che muoia, adesso! Finalmente è qui!»

Il ragazzino alzò lo sguardo. Sulla via scese il silenzio, mentre gli occhi dell'uomo gentile cambiavano e diventavano di un bel verde. Odorava di tabacco di pipa. Quello era l'uomo che ricordava, Quello che aveva fatto avere una casa a sua madre.

«E gli abitanti della città?» gli chiese.

«Vuoi salvare chi ha fatto del male a te e alla tua mamma?» gli domandò lui.

«Sì.»

«Non ci sarà mai un altro come te.» L'uomo gentile sorrise. E poi lo guardò e annuì.

«Una volta che avrai liberato me, potrai liberare loro.»

Christopher guardò nei suoi occhi, sofferenti, saggi.

«Come faccio a fidarmi di te?»

«Non devi. Tu sei onnipotente. Onnisciente. Tu sei Dio, qui. Puoi salvare chiunque tu voglia. Ma qualcuno deve morire, perché gli altri vivano. O la signora che sibila, o tua madre. Non c'è alternativa, mi dispiace.»

Pronunciò quelle parole e poi tacque. Il suo volto rimase immobile, solenne. Ma Christopher sentiva i suoi pensieri che giocavano a nascondino. Non gli avrebbe permesso di togliersi la vita come aveva fatto David. La scelta era una sola.

La signora che sibilava o sua madre.

Guardò l'uomo, e poi la signora che giaceva a terra legata, nel suo cortile, al lato della strada. Ansimava come un cervo investito da un'auto.

«Mi dispiace», le disse.

Si incamminò verso di lei, che strillò, impossibilitata a muoversi. Terrorizzata, mentre si contorceva per il dolore.

«NO! NON FARLO! FERMATI!» lo supplicò.

Christopher andò sul prato e l'afferrò.

«HAI LASCIATO LA STRADA!» gridò lei.

Il ragazzino si sentì schiacciato dal destino del mondo intero, mentre la teneva, mentre lei lottava. Sentì il suo tormento. Il tormento del mondo. Sentì tutti i momenti in cui lei aveva cercato di spaventarlo. Era lì da sempre. Era sfinita. Torturata fino a diventare irriconoscibile. Cominciò a trascinarla verso l'asfalto.

«NO! NO!» urlò.

La strada prese vita come una padella rovente. L'uomo con la divisa da Girl Scout si trascinò tra i cespugli, frenetico. I due amanti presero a baciarsi con foga sempre maggiore, finché non arrivarono a mangiarsi a vicenda. Le rane non riuscivano a uscire dalla pentola. Il marciapiede era bollente come cento miliardi di soli. Cento miliardi di figli. In fiamme.

«SMETTI DI AIUTARLO!» lo scongiurò la signora.

Christopher abbassò lo sguardo e vide un riflesso, in uno dei suoi occhi. Stava correndo nel bosco e cercava qualcosa, disperata. Aveva trovato David Olson sepolto sotto la terra. Lo aveva tirato fuori a mani nude e lo aveva tenuto tra le braccia. David era terrorizzato. Lo aveva tenuto al sicuro. Gli aveva dato da mangiare. Gli aveva mostrato dove nascondersi. Dove dormire. Dove lavarsi. Per cinquant'anni erano rimasti insieme. Lei era stata la sua custode. Là dentro, David era suo figlio.

«Chi sei tu?» chiese Christopher.

«HAI LASCIATO LA STRADA!» gli gridò.

«Ti prego, dimmi chi sei.»

«SMETTI DI AIUTARLO!» urlò, le parole a stento riconoscibili.

Christopher la portò al margine del prato. La strada era qualche centimetro più in là.

«Me lo devi dire!»

Lei alzò una mano e, con delicatezza, toccò la sua. Non aveva più parole. Le erano state strappate mediante tortura. Ma Christopher sentì qualcosa. Si voltò e vide il suo quartiere attraverso i suoi occhi. Non com'era adesso. Ma com'era stato duemila anni prima, quando ancora non ci viveva nessuno. Non c'erano case. C'erano solo il silenzio e le stelle che brillavano nel cielo limpido, non ancora rovinato dall'uomo. Le nubi erano pure. In un batter d'occhio, Christopher vide il mondo crescere, e la gente allargarsi per i continenti come alberi.

Dio aveva un figlio che serviva sulla Terra.

La signora lo guardò. Una scintilla brillò nei suoi occhi, come se l'avesse riconosciuto.

Ma aveva anche una figlia.

Christopher le strinse la mano, e la verità fluì attraverso la sua pelle come elettricità.

Che si offrì di servirlo qui.

Christopher avvertì l'ultimo suo dolore, con le ultime forze che gli restavano. Non erano molte. Il calore lasciò il suo corpo. Poi, rimase lì, in piedi, raggrinzito e vuoto, e affrontò l'uomo gentile.

«No», disse il ragazzino.

Lui lo guardò.

«Che hAi detto?» fece lui, calmo.

Christopher non disse nulla. E l'altro gli andò vicino.

«La casa sull'albero ti ha reso Dio. Io ti ho dato il potere affinché uccidessi lEi. Ti stai rifiutando?»

Sorrise. I dentini da latte dovettero fare uno sforzo enorme per non sembrare zanne.

«Io non lo farei, Christopher», disse garbato. «Posso rendere le cose assai peggiori di così.»

Lo sollevò in un abbraccio caloroso, paterno.

«No!» gridò la signora, impotente.

Lui sorrise e studiò il bambino, come una rana vivisezionata.

«Pensi di aver visto questo posto, figliolo, ma ti sbagli. Lo sai che aspetto ha il mondo immagInario sEnza la mia protezione?»

Le rughe si allargarono dai suoi occhi, come crepe sul terreno secco, mentre la rabbia gli scorreva nelle vene.

«eccO com'È davverO!»

Christopher alzò gli occhi terrorizzato, verso le nuvole

bianche che ardevano di anime che chiedevano a gran voce assassinii e sangue. Le nubi si contorcevano e diventavano i volti dei dannati. Quelle persone non urlavano «Fallo smettere!» bensì «Ancora! Ne voglio ancora!»

«tI darÒ ai cattivI verI e dirÒ lorO che seI un donO del CielO mentrE tuA madrE lI guardA. LascerÒ chE tI torturinO finO a quandO noN saraI riconoscibilE aglI occhI dI diO.»

Contrasse le labbra e si voltò verso Christopher. Il ragazzino guardò negli occhi l'uomo gentile e vide che in essi ardevano fiamme di colori diversi. Vide montagne che si scioglievano. Un'eternità di guerra. Che si sarebbe diffusa, e avrebbe continuato a infuriare, e in cui nessuno sarebbe mai morto. Tutti avrebbero ucciso, e avrebbero guardato impotenti, mentre ogni centimetro quadrato della Terra veniva coperto di persone stipate come bestie su un treno. Con la porta chiusa a chiave. La febbre avrebbe continuato a bruciare nella loro pelle. Per sempre.

«tI hO datO iL poterE di diO perchÉ uccidessI leI. usalO e fammI uscirE dI quI!»

«Ma io non posso farlo. Quel potere non ce l'ho più.»

«chE coSa nE haI fattO? dovE l'haI messO?!»

«L'ho dato via, per evitare che te ne impadronissi tu», rispose Christopher con un atteggiamento di sfida.

«dov'È?!?!?! dovE l'haI nascostO?»

«Non l'ho nascosto. L'ho usato per creare qualcosa che fosse molto più potente di te.»

L'uomo gentile rise.

«piÙ potentE dI mE… dI chI parlI, dI diO?»

«No», fece Christopher. «Di Sua madre.»

Vide l'uomo gentile bloccarsi, mentre percepiva una presenza dietro di sé. Si voltò, e la vide.

La madre di Christopher.

I suoi occhi erano illuminati dalla luce di cento miliardi di stelle. E la sua voce riecheggiò, tonante.

«STAI LONTANO DA MIO FIGLIO!»

126

DA bambina ero così arrabbiata che pensavo di poter chiudere gli occhi e distruggere il mondo intero.

Kate glI si gettò addosso.

L'istinto aveva preso il sopravvento, come succedeva a quelle donne che – aveva sentito – erano capaci di ribaltare automobili sotto cui erano rimasti incastrati i loro bambini. Ma quello che provava non era semplice adrenalina.

Era onnipotenza.

Si lanciò in aria. I loro corpi si scontrarono. L'uomo gentile cadde all'indietro e lasciò andare Christopher.

«Mamma!» gridò lui.

«Scappa!» gli ordinò lei.

L'uomo gentile la gettò a terra e la bloccò. Caddero nel fiume di sangue. Si graffiarono. Lei fu invasa dalla furia di una madre leonessa. La furia nata da una vita piena di bastardi. Che l'avevano picchiata. Che l'avevano mollata. Che l'avevano svilita. Che l'avevano abbandonata. Avevano tutti un volto ora.

«Vieni qui, stronzo», disse. «Prenditela con qualcuno che SA chi sei.»

Gli si gettò addosso. Le parole erano finite. C'era solo l'istinto. Kate aprì le mani, le unghie affilate come coltelli, che gli affondò nella faccia come avrebbe fatto un contadino che arava un campo. L'uomo gentile strillò. Il sangue scorreva lungo il suo collo. Andò verso di lei, oscillando. Il pugno la prese alla mascella, facendole saltare dei denti. Ma Kate aveva imparato a incassare pugni tanto tempo prima.

E adesso stava imparando a tirarli.

Christopher andò ad aiutare la signora che sibilava, mentre un sussurro terribile percorreva le strade come una foglia che fluttuava mossa dalla brezza. Era l'uomo gentile. Con il corpo stava lottando con sua madre. Ma una piccola parte della sUa voce era nel vento.

svegliA.

Christopher guardò l'uomo con la divisa da Girl Scout che smetteva di pugnalarsi.

svegliatevI tuttI...

La coppia smise di baciarsi. I bambini posarono i gelati di zampe di cervo. L'uomo fermo sulla porta aveva appena saputo che il suo bambino era morto. Una donna guardò l'orologio, mentre aspettava il suo appuntamento al buio. In settantacinque anni, la lancetta era avanzata di un solo secondo.

voleT chE smettA?

«SÌ!» gridarono.

Christopher strappò le corde che legavano i piedi della signora che sibilava. Era terrorizzata.

«Sei in strada!» lo avvertì.

voletE chE iL tormentO finiscA?!

«SÌ! PER FAVORE!» supplicarono.

lO vedetE queL bambinO laggiÙ?

Si voltarono tutti verso Christopher. La signora che sibilava si mise a urlare, strattonando la corda, frenetica.

«Togliti dalla strada!» gli ordinò.

è luI chE vI torturA.

«Scappa, Christopher!» gli urlò sua madre.

Kate saltò addosso all'uomo gentile. Gli mise una mano sulla bocca, per farlo tacere. E lui vi affondò i denti.

è luI chE noN vI permettE di andarE viA.

Christopher vide la coppia adultera voltarsi verso di lui.

«ciaO, christopheR», dissero.

Kate avvolse le gambe attorno all'uomo gentile e lo strinse in una morsa. Lui strillò, il sangue che gli usciva dalla bocca. Ma il sussurro non si interruppe.

perchÉ diO È un assassinO!

Il tizio con la divisa da Girl Scout uscì dai cespugli. Il coltello sollevato.

«ciaO, christopheR», disse.

quindI dovetE ucciderLo, adessO!

Il ragazzino riuscì ad allentare il nodo attorno ai polsi della signora, che si liberò e si mise al lavoro per slegarsi anche le caviglie.

iL primO chE uccidE diO è liberO!

L'uomo con la divisa spinse via la coppia.

«vieNi qUi, christopheR. vogliO mostrartI unA coSa.»

L'uomo gentile guardò Kate dritto negli occhi. Il sussurro era cessato. Adesso aprì la bocca e strillò così forte da far tremare il terreno.

«uccidetE diO e saretE liberI!»

Con un gesto della mano trasformò la luna blu in un fuoco rosso. La strada ribolliva di sangue. Le rane saltavano fuori dalla pentola e si voltavano verso Christopher, lo sguardo furioso. Dall'interno delle case giungevano delle urla. Mani facevano tremare le finestre. Le porte si aprirono. Tutti i dannati uscirono di corsa.

«ciaO, christopheR», dissero le voci. «PossiamO parlarE coN tE?»

Corsero verso di loro. Lottando per arrivare prima degli altri.

Anche Kate corse per salvare suo figlio. L'uomo gentile la inchiodò a terra. Lei girò la testa e gli staccò un pezzo di spalla a morsi. Lui urlò, in preda a dolore e a estasi insieme. I cervi si riversarono dal bosco. I dannati andarono verso Christopher, veloci. Soltanto un gruppo di persone restò immobile.

Le persone-cassetta.

Erano ferme come una recinzione attorno alla strada. Con gli occhi cuciti. Le bocche congelate. Ciascuna con in mano il cordino che la legava al vicino. La via era bloccata, in ogni direzione.

Christopher era circondato.

La signora che sibilava finalmente si strappò via le corde e si piazzò davanti a Christopher, mentre l'esercito dell'uomo gentile si muoveva verso di lui. I suoi occhi sfrecciavano da una parte e dall'altra, cercando qualunque mezzo per fuggire.

Ma non c'era nessun posto in cui andare.

Se non giù.

Si chinò e afferrò il tombino. Piantò un piede a lato della strada, i muscoli delle spalle che si strappavano in fibre minuscole mentre il suo piede sfrigolava. La grata cedette. La aprì facendo leva, il metallo stridette. L'aria si riversò fuori. Aria putrida. Christopher guardò nella fogna. Era buio pesto, là sotto.

«Via dalla strada!» disse lei spingendolo nell'oscurità.

Il ragazzino atterrò con i piedi in una pozza di sangue, con uno squish. Si rese conto immediatamente che non si trattava affatto di una fognatura. Quella era la miniera di carbone. Che correva sotto la strada come le vene in un cadavere. Guardò su, nell'istante in cui la signora che sibilava si girava e veniva catturata dall'esercito del suo nemico. Christopher vide i cervi e i dannati che la colpivano. Che davano morsi. Colpi di artigli. Lei provò a resistere con tutta la forza che aveva. Non avrebbe permesso loro di avvicinarsi al bambino. Ma erano troppi. Le furono addosso come uno sciame. La vide usare le ultime energie per rimettere la grata al suo posto, con un clangore metallico. Appena prima che delle mani, brancolando nel buio, la trascinassero via tra le urla.

Christopher avanzò lungo il tunnel, le gambe che quasi cedevano. Tese le orecchie per cogliere anche il minimo suono, ma udì solo uno strascichio di piedi. Era immerso nel buio più completo. Che cosa c'era là sotto? Allungò le mani come un cieco senza bastone.

Si fermò quando toccò la mano.

Gridò. La sua voce riecheggiò contro le pareti di cemento.

«lui È lÀ sottO!» urlavano da sopra. «aScoltate.»

Il ragazzino procedeva a tentoni. Toccò un altro braccio. Un'altra mano. Si girò. Una trentina di metri più indietro vide la polvere che si sollevava, nel punto in cui i dannati stavano scavando per raggiungerlo. Un raggio di luna illuminò la galleria. Vide le ombre dei dannati che correvano verso la miniera di carbone.

«sbrigatevI! è quI sottO dA qualchE partE!»

Christopher si inoltrò nel tunnel, allungando le mani. Udì dei corpi che si muovevano. Una gamba nuda che strisciava sul muro come un grillo. Un dito si allungò a toccare i suoi capelli. Un altro gli afferrò una mano.

Continuarono a scavare, dietro di lui. E sotto. Il tunnel si stava riempiendo di dannati. Gli zoccoli dei cervi colpivano la strada sollevando schizzi di sangue sopra di lui. Sentì addosso altre mani. Udì dei gemiti. I suoi occhi si adattarono all'oscurità. E finalmente vide chi è che stava provando ad afferrarlo.

Erano le persone-cassetta.

Stavano fianco a fianco, come pipistrelli appesi in una

grotta a testa in giù. Si tenevano al proprio posto, afferrando un unico lungo cordino.

Il cordino.

Quel pensiero sorse dal nulla. Forse poteva seguirlo per trovare l'uscita. Lo vedeva allungarsi nel tunnel in ogni direzione. C'erano tunnel che sbucavano in altri tunnel. Era finito in un labirinto.

«christopheR», dissero le voci dietro di lui. «noI tI vediamO! sentiamO iL tuO odorE!»

Il ragazzino si girò e vide l'uomo con la divisa da Girl Scout che guidava la carica. Seguì il cordino più in profondità, nelle tenebre. Superò il tanfo di decomposizione. Terra, carbone e legno mescolati come cemento. Guardò su tra le fessure nel tunnel e vide il fondo delle case della gente. Tubazioni, seminterrati. Intercapedini per ratti e occhi scintillanti. Poi alle case si sostituirono radici di alberi che pendevano come stalattiti dal soffitto delle caverne. Era sotto il bosco di Mission Street, adesso. Si stava inoltrando sempre di più nel labirinto. Davanti a sé vide quella che gli parve un'apertura. Corse in quella direzione e trovò una stanza da letto ricavata nel tunnel sotterraneo. Sudicia. Detestabile. Piena di immagini di donne e uomini nudi, con bruciature di sigarette al posto delle parti intime.

Un uomo stava dormendo sul materasso.

Accanto a una lucina per bambini.

Christopher notò una porta all'altra estremità della camera. Doveva essere una guardia. E oltre quella porta doveva esserci qualcosa. Doveva arrivarci. Era la sua unica via di uscita. Superò il materasso in punta di piedi. Superò uno specchio e guardò il suo riflesso. Ma non vide la sua faccia. Vide la sua nuca. E intanto l'uomo a letto cominciò a muoversi alle sue spalle.

«stO dandO lA cacciA allO sceriffO adessO, christopheR», disse nel sonno. «ambrosE sI stA seppellendO vivO. ancorA. e ancorA. indovinA che cosa succederÀ a tE! stO arrivandOOOOOOOOO!»

Si girò e vide le ombre dei dannati che si sfidavano per essere i primi a raggiungerlo e ucciderlo.

Gli sarebbe servito un esercito per scappare.

Raggiunse la porta dall'altra parte della stanza della guardia. L'aprì. Il metallo spesso stridette girando sui cardini. La richiuse sbattendola e fece scattare la serratura con un forte clic.

Poi si avventurò nel luogo più buio in cui fosse mai stato.

L'aria intorno a lui era cambiata improvvisamente. Sembrava di stare dentro a un forno. Rimase senza fiato un momento, in ascolto. Udì un fruscio, come di insetti contro una zanzariera. Urlò, per avere una prospettiva, ma il suono rimbalzò contro le pareti in un'eco gigantesca. Gli ricordò i vecchi film di guerra, in cui gli uomini erano lontani dal campo di battaglia. A chilometri di distanza, la gente era in agonia. Ma per lui il mondo era silenzioso.

Finché gli occhi non si adattarono all'oscurità.

Allora li alzò e si trovò davanti lo spettacolo più orribile che avesse mai visto.

Un enorme alveare di persone-cassetta.

Era largo quanto la radura. Guardò all'insù e si rese conto che si trovavano sotto il grande albero. Quelle persone erano le radici. Custodivano l'unica porta che dava accesso alla superficie. Era in trappola. I suoi occhi seguirono il cordino che le teneva al loro posto. Doveva trovare la prima, quella che reggeva il capo del cordino. Dove cominciava? Se l'avesse scoperto, forse avrebbe trovato una via d'uscita.

Christopher camminò lungo la linea. Ogni singola persona reggeva il cordino. I loro corpi ondeggiavano come alberi, le loro braccia danzavano come rami in una brezza malata. Marionette e fili. Tutti legati tra loro.

Christopher si mise a correre, e trovò la mano successiva. E quella dopo ancora. Adulti. Bambini. Di tutte le età. Di ogni genere. Doveva trovare il burattinaio. Quello che muoveva le marionette. Continuò a correre. Sempre più veloce. Cercando freneticamente l'uscita. Sentì bussare alla porta chiusa alle sue spalle e si rese conto di essere tornato all'entrata.

Era un circolo.

Una catena.

Non c'era nessun burattinaio.

Tutte quelle persone reggevano il cordino.

Fissò l'oscurità. Non c'era vita, lì. E non c'era morte. Solo l'eternità. Una condanna a vita, dopo che tutti hanno smesso di morire.

Era nella valle dell'ombra della morte.

Chiuse gli occhi e cadde in ginocchio. Giunse le mani e pregò Dio di liberarlo. Pregò per sua madre. E per la signora che sibilava. E per David Olson. E per lo sceriffo. E per Ambrose. La lista di nomi si allungava come la fila di persone-cassetta. E includeva la signora Keizer. La signora Collins. Il signor Collins. Brady. Jenny. Eddie. Mike. Matt. Persino Jerry. Soprattutto Jerry.

«Ti prego, Dio. Puoi avere me, se ti servo. Ma salva loro.»

D'un tratto una mano uscì dalle tenebre e gli afferrò il braccio. Lui strillò, girandosi di scatto. Non lo lasciava andare, così gli ci volle un momento per capire che cos'avesse di diverso. Non stava tentando di strattonarlo, di dilaniarlo. Il tocco era delicato. Christopher sfiorò la mano e trovò il polso con le cicatrici. Spostò lo sguardo su per il corpo finché non vide il volto dell'ultima persona della fila.

Era suo padre.

127

Aveva gli occhi cuciti.

Era dentro una vasca di ceramica. Indossava indumenti da ospedale. I pantaloni del pigiama, in fondo, erano bagnati. Non di acqua. Di sangue.

iL tuO papÀ è mattO.

Fece un passo verso di lui. Le cicatrici sui polsi erano ancora fresche. Gocciolavano. Riempivano la vasca per l'eternità.

CLANG. CLANG.

La porta di metallo si chiuse sbattendo alle loro spalle. Stavano arrivando i dannati.

«Papà?» chiese.

Allungò una mano a prendere la sua. Gli tornò in mente il funerale. La scena. La stanza con i posaceneri. Lui che gli dava un bacio sulla fronte morta. Era così priva di vita. Non c'era elettricità. La mano era fredda.

Adesso però era calda.

«Papà, sei davvero tu?»

Suo padre sussultò. Emise un gemito attraverso i punti che gli tenevano insieme le labbra. Christopher sentì l'avvertimento dell'uomo gentile, che gli bruciava le orecchie.

Recisi il filo che teneva chiusa la bocca di una bambina e della sua sorellina.

Tentarono di mangiarmi vivo.

Infilò la mano in tasca, cercando qualcosa per reciderlo. E lo trovò. Un oggetto ruvido, dentellato.

La chiave della signora che sibilava.

Si sollevò sulle punte dei piedi e accostò la chiave alla bocca di suo padre. Segò il filo. Lui mosse la mascella, intorpidita e irrigidita dopo essere rimasta immobile per anni.

«Christopher?» gli chiese con un filo di voce. «Sei tu?»

«Sì, papà.»
«Sei vivo?»
«Sì.»
L'uomo scoppiò a piangere.
«Ti ho visto morire mille volte. Continuavi ad annegare in una vasca da bagno.»
«No, papà. Non ero io.»
«Ero io quello che moriva?»
«Sì.»
«Mi dispiace avervi lasciato.»
«Lo so.»
«Fatti guardare, piccolo.»
Christopher portò la chiave agli occhi del genitore, e segò i fili spessi che gli tenevano chiuse le palpebre. Li sfilò e li lasciò cadere a terra. Lui aprì gli occhi, sconcertato, come se quella caverna buia fosse il sole più splendente che avesse mai visto. Batté le palpebre come un neonato, finché la vista non si abituò alla luce. Abbassò lo sguardo sul suo bambino, e sorrise.
«Come sei diventato grande.»
Fece per abbracciarlo, ma il cordino non gli consentiva di muovere il braccio. Christopher alzò la mano per aiutarlo. Quando toccò il cordino, ebbe una sorpresa: non aveva niente di speciale. Non era di acciaio. Gli fece venire in mente quella volta che aveva guardato quel vecchio film ambientato in un circo, con sua madre. C'era un cucciolo di elefante legato a un palo con una catena di acciaio. Per quanto provasse a dare strattoni, graffiandosi, nel tentativo di liberarsi, gli anelli non cedevano. E poi aveva visto un esemplare adulto legato a un palo con una corda sottile. Aveva chiesto alla mamma come riuscisse una semplice fune a tenere fermo quell'animale enorme. E lei gli aveva spiegato che tenevano i piccoli incatenati fino a quando non si arrendevano.

Gli adulti pensano che quella corda sottile sia sempre una catena.

Il bambino ci pensò su. Non sapeva se avrebbe funzionato o meno, ma doveva provare.

«Papà… credo che tu possa lasciarlo andare, adesso.»

«Posso? Davvero?»

Con delicatezza, gli prese la mano. Sentì il momento della sua morte. Quell'ultimo secondo in cui aveva cambiato idea. Aveva deciso di vivere. Non sopportava di lasciare la sua famiglia. Ma era troppo tardi. Invece no. Non era mai troppo tardi.

Adesso mollò il cordino.

Per un attimo rimase fermo, aspettando che il cielo gli crollasse addosso. Invece non accadde. Uscì dalla vasca piena di sangue. Si inginocchiò e circondò suo figlio con entrambe le braccia. La sua camicia odorava di tabacco. Christopher lo tenne stretto, mentre guardava quell'alveare di persone-cassetta. Tutte legate tra loro. La città, i tunnel: era tutto collegato da un filo invisibile. Nessuno teneva ferma quella gente. Lo facevano loro. Le persone-cassetta non erano i soldati dell'uomo gentile.

Erano i suoi schiavi.

Udì i loro gemiti. In verità, gli stavano chiedendo di liberarle. Finalmente riuscì a comprendere le urla. La rabbia. La follia. Adesso riusciva solo a udire «Aiuto. Aiutami». Il calore aumentò. Le rane in una pentola non capivano che il fuoco era febbre sotto la loro pelle. Erano nella valle dell'ombra della morte, ma la valle non era un posto al di fuori di loro. Ce l'avevano dentro.

La valle siamo noi.

Prese il cordino di suo padre e lo tenne saldamente tra le mani. Se lo portò alle labbra, prese un respiro profondo e poi buttò fuori le parole, facendole correre lungo il filo. Come un bambino che giocava al telefono, con due barattoli di latta.

«Siete liberi, adesso.»

128

Lo sceriffo sentì il sangue scorrergli nella tempia. Vide la bambina con lo smalto sulle unghie sul suo letto in ospedale. Si voltò per uscire di corsa e cercare un medico, come aveva già fatto un centinaio di volte. Era un criceto su una ruota, che cercava di lasciarsi alle spalle un passato che gli stava già davanti. Non gli era mai venuto in mente che non aveva bisogno di correre.

Fino a questo momento.

«Siete liberi, adesso.»

Non sapeva da dove fosse giunta quella voce. Ma era lì, piantata nella sua mente come un seme. Si fermò. Si voltò e tornò verso il letto. Guardò la bambina. Con il cuore in gola. Si inginocchiò. Un omone grande e grosso che d'un tratto si sentiva piccolo. Chiuse gli occhi e abbracciò la piccola, come un padre. Vide la luce danzare dietro le sue palpebre.

Quando riaprì gli occhi, guardò la bambina con lo smalto sulle unghie. Ma non era più una bambina. Era una donna adulta. Di trent'anni, forse. Con gli occhi che le brillavano, e un sorriso affettuoso. Indossava una camicia da notte da ospedale. E teneva una bambina tra le braccia. Che stava dormendo.

«Dove siamo?» chiese lui.

«Al Mercy Hospital», gli disse. «Sei diventato nonno.»

«Davvero?»

Lei lo guardò con un sorriso paziente. Vide del colore, nei suoi occhi azzurri. Macchioline di luce che si allungavano nel loro universo.

«Non te lo ricordi?» chiese. «Sei tornato nella mia stanza con il latte, e hai finito di leggermi quella storia. Mi hai portata a casa a festeggiare il mio primo, vero Natale. Mi hai portata via dalla città, così sarei stata al sicuro. Sono cresciuta in quella casetta a Mill Grove. Ho frequentato una scuola vera. Ho partecipato alle recite. Ho avuto persino il ruolo di Annie, una sera, quando Mary Kosko si è ammalata. Ho preso il diploma delle superiori. Sono andata alla Pitt. E tu hai pianto alla mia laurea. Mi hai accompagnata all'altare. Abbiamo ballato al mio matrimonio. Non te lo ricordi?»

Lo prese sotto braccio. Il suo era caldo e morbido. Come quello di un angelo.

«Adesso sì. Ricordo tutto.»

«Allora ti ricordi anche di quando ti ho detto che saresti diventato nonno. E che avresti avuto un nipotino maschio. E che mio marito e io avevamo deciso di chiamarlo Bobby… in onore di chi mi ha salvato la vita.»

Lo sceriffo guardò il nipotino, che dormiva beato. Una vita di ricordi invase la sua mente. La vita che lei avrebbe avuto. Che avrebbe vissuto giorno per giorno, per sempre. Alzò gli occhi verso sua figlia, che gli sorrise e posò una mano sulla sua. Piano piano, gliela strofinò, nel punto in cui si era grattato fino all'osso. In un attimo, il prurito sparì. La pelle era guarita.

«Dio non è un assassino, papà», gli disse.

Lo sceriffo annuì e sentì le lacrime inumidirgli il viso. Non si era accorto di aver cominciato a piangere.

«Posso rimanere qui con te?»

«Non ancora, papà. Devi vivere la tua vita, prima di vivere il tuo paradiso.»

Lui la tenne stretta e continuò a singhiozzare.

«Abbiamo bisogno del tuo aiuto. Questa è una guerra. E i buoni devono vincere, questa volta. Devi svegliarti, adesso. Devi aiutarla. È proprio accanto a te. Devi aprire gli occhi.»

«Sono già aperti.»

«No, papà. Io sono dietro le tue palpebre. Devi sollevarle.»

Lentamente, lo sceriffo alzò la mano e toccò il filo che gliele teneva chiuse. Sentì anche quello che bloccava le labbra. E il cordino che teneva in mano.

«Lascialo cadere, papà. Lei è proprio accanto a te. Salvala.»

Lui annuì alla figlia adottiva e sorrise. Mollò il cordino e si tirò via quello che teneva chiuse le palpebre.

«Sei libero, adesso.»

Aprì gli occhi. Gli occhi veri. Guardò il bosco e vide migliaia di persone-cassetta in fila, che si allungavano verso l'orizzonte. Gemevano, si contorcevano. Cercavano di trovare il modo di liberarsi. Lasciò andare il cordino e si girò verso destra, aspettandosi di trovare Kate Reese.

Invece vide una bambina con gli occhi e la bocca cuciti. Si inginocchiò e le tolse il cordino dalla mano. Poi le tolse i punti dalle labbra, e dalle palpebre.

«Sono un poliziotto, piccola. Sono qui per aiutarti.»

Lei aprì gli occhi e si abbandonò tra le sue braccia, piangendo. Lo sceriffo la tenne stretta. L'avrebbe riconosciuta ovunque.

Il suo nome era Emily Bertovich.

Lo strinse forte e il calore delle sue manine si riversò su di lui. In un attimo, una sequenza di fotogrammi gli passò davanti agli occhi. L'uomo che la rapiva dal vialetto. La paura della bambina. Il dolore. Il luogo in cui era seppellito il suo corpicino. E, finalmente, la pace.

«Dirai tutto alla mia mamma e al mio papà?» gli chiese.
Lo sceriffo annuì, gli occhi bagnati di lacrime.
«Sì, Emily», le disse. «Adesso sei libera.»

129

Le mani di Ambrose smuovevano la terra sotto cui giaceva il suo fratellino. Sentiva che si stava smarrendo, nel suolo freddo. Sentiva la terra in bocca. Negli occhi. I vermi che strisciavano sul suo corpo. Si stava seppellendo vivo, ma non poteva fermarsi. Doveva trovare il corpo di David. Poteva salvarlo, questa volta. Finalmente poteva abbracciarlo ancora.

«Sei libero, adesso.»

Non sapeva da dove fosse giunta quella voce. Dal bosco sopra di lui? Dalla terra sottostante? Forse era nella sua mente. Non ne aveva idea, quindi scacciò tutto quanto con un gesto. Le sue mani continuavano a scavare nel terreno. Non poteva lasciare che morisse un'altra volta. Non poteva permettere che…

«Sei libero, adesso.»

Questa volta la sentì forte e chiara. Passò tra i rami come un alito di brezza. La voce di un bambino. Tenera e innocente. Lo spingeva a fare l'unica cosa che non aveva voluto fare in cinquant'anni.

Lasciar andare il passato.

Smise di scavare. Si inginocchiò, in silenzio, e anziché usare le mani per scavare le usò per prendersi la testa e proruppe in singhiozzi. Dolore e senso di colpa si diffusero nel suo corpo, mentre i ricordi riaffioravano. Il neonato che sua madre aveva portato a casa dall'ospedale. «Si chiama David.» Il suo fratellino che gattonava, e poi camminava, e poi correva, e scendeva giù per i muri ricoperti di erica. Che andava nel bosco per salvare un mondo che lo aveva abbandonato completamente.

«David, mi dispiace non essere riuscito a salvarti.»

Si alzò in piedi e la terra gli cadde dalle spalle. Il suo viso trovò la superficie, i polmoni si riempirono di aria fresca. Attraverso l'alone nei suoi occhi vide uscire qualcosa dalle ombre.

Una luce.

Si fermò davanti a lui, fluttuando come una nuvola piena di tutti i lampi che vi erano intrappolati all'interno. Si portò le dita tremanti alla bocca e tirò via un frammento di filo dall'angolo. Le labbra si contrassero e provò una lieve fitta di dolore. Poi aprì la mascella, mentre realizzava di aver avuto la bocca cucita. Si portò le mani agli occhi. Cuciti anch'essi con lo stesso filo malvagio.

Lo tirò via e finalmente li spalancò. E vide dove si trovava veramente. Non c'era nessun giardino. Non c'era nessuna casa sull'albero. Non c'era nessuna tomba. Solo il bosco, con migliaia di persone, o almeno così sembrava. E tutte si stavano sbarazzando di quel cordino. Un'enorme trapunta che si disfaceva, riducendosi ai fili iniziali. E quella luce non era affatto una luce.

Era David.

Era ancora un bambino. Pelle e ossa. Senza i due incisivi. Al posto della lingua, però, ne aveva una biforcuta. Lo vide coprirsi la bocca, per la vergogna. Proprio come i suoi commilitoni, che avevano perso qualche arto o altre parti, vittime del fuoco o di frammenti di proiettili, e che non si riconoscevano più guardandosi allo specchio. Ambrose scosse il capo e, con delicatezza, gli scostò la mano dalla bocca.

«Non c'è niente di cui tu debba vergognarti. Sei un eroe.»

David sorrise. Ambrose spalancò le braccia e il fratellino si sciolse nel suo abbraccio. Odorava di guantoni da baseball. E aveva ancora quell'incredibile testolina di capelli.

«Mi dispiace, David. Mi dispiace tanto.»

Il bambino si sciolse dall'abbraccio e scosse il capo. No. Poi si inginocchiò e scrisse con l'indice nella terra. Ambrose lesse tre parole. Avrebbe riconosciuto la calligrafia di David – quella vera – ovunque.

SEI LIBERO ADESSO

130

LE parole viaggiarono nel vento. Attraversarono le nuvole espandendosi dal mondo immaginario a quello reale.

La signora Keizer era al centro della radura. Pensò di aver visto suo marito, nella nebbia.

«Per favore», supplicò. «Come mi chiamavo prima di incontrare te? Non posso vivere senza saperlo.»

«Sicura di non voler più essere la signora KeiZer?» chiese la voce.

«Sì!» gridò lei.

Suo marito si fermò, sorrise e schioccò le dita.

«Okay. Non sei la signora KeiZer.»

In un istante le portò via quel cognome, Keizer, senza lasciargliene un altro. Non si era mai sposata. Non aveva mai avuto la sua bella Kathy. Il suo corpo cominciò ad avvizzire. Le mani artritiche. L'anca fratturata. Sentì di essere invecchiata di cinquant'anni in cinquanta secondi. Il suo udito cominciò a indebolirsi. La mente. La memoria. Era in mezzo alla radura. Pensò di vedere suo marito nella nebbia.

«Ti prego», lo supplicò. «Come mi chiamavo prima di incontrarti? Non posso vivere senza saperlo.»

«Sicura di non voler più essere la signora KeiZer?» chiese la voce.

Ma questa volta lei non la sentì. Sentì qualcos'altro. Parole trasportate dal vento. O forse erano nella sua mente?

«Sei libera adesso.»

Si fermò. C'era qualcosa di estremamente familiare, in quel momento. Era sicura di averlo già vissuto solo cinque minuti prima. Aveva detto di sì, e suo marito si era portato via il suo cognome, Keizer. Non si era mai sposata. Non aveva mai avuto la sua bella Kathy.

«Sicura di non voler più essere la signorA KeiZer?» le chiese ancora lui.

Lei si voltò. Guardò verso la radura, verso la sua bambina che moriva di freddo nel cortile dietro casa.

«No. Voglio essere la signora Keizer», rispose. «Mia figlia ha freddo.»

Poi si tirò su e tornò verso Kathy.

«cosA? sE lA faI entrarE iN cucinA, tI spezzO l'ossO del collO, lynN!»

La signora Keizer non lo ascoltò. Poteva picchiarla finché voleva, questa volta. Non le importava più. Sua figlia stava morendo di freddo in cortile. E non avrebbe provato mai più quella sensazione.

«sE lA faI entrarE in cucinA, tI sbattO fuorI di casA. tornA purE a esserE unA stupidA puttanA buonA a nullA, lynN…»

«Wilkinson», disse lei ad alta voce. «Io mi chiamo Lynn Wilkinson.»

Aprì la porta e andò a prendere la sua bambina, congelata, facendola entrare in cucina, al caldo.

«Kathy», le disse, «sei libera, adesso.»

La signora Collins guardò sua madre. D'un tratto si sentì di nuovo una bambina. Rammentò la sensazione di quando mamma la avvolgeva in un telo, dopo averle fatto il bagno. Il vapore che si levava dalla doccia e copriva lo specchio come nebbia. La signora Collins non aveva più freddo. Qualcun altro sì, però. Qualcuno che stava nel giardino dietro la sua casa.

Si voltò e vide suo figlio Brady nella cuccia, che tremava, al freddo. Aprì la porta e andò a prendere il suo bambino, facendolo entrare in cucina, al caldo. Suo marito la raggiunse. Erano di nuovo una famiglia.

«Brady, scusami. Sei libero, adesso.»

Le parole si sparsero per la radura. La signora Henderson lasciò cadere il coltello e abbracciò il marito. La signorina Lasko posò il bicchiere. Jerry smise di far oscillare le braccia e di colpirsi.

Jenny Hertzog udì la voce dolce di sua madre. «Basta, Jenny! Smettila di affogarlo!» Lei smise di tenere giù il fratellastro, e usò le mani per togliersi il filo dalle labbra, invece. In un istante, la verità sgorgò dalla sua bocca a suo padre, come un fiume in piena. Lei si tolse i fili dagli occhi. Il silenzio era finito. Era cominciato il processo di guarigione.

Le parole attraversarono la radura, andarono da SpecialEd a Matt e Mike, ai loro genitori, alla città intera.

Liberarono le loro menti. E i corpi a seguire. La febbre passò. Il prurito cessò. La paura si sciolse con la follia.

Le rane erano al sicuro, lontano dalla pentola d'acqua bollente che ciascuno aveva sotto la pelle. L'influenza era passata.

«Siete liberi, adesso.»

* * *

131

Kate e l'uomo gentile caddero in strada. Le mani di lei tentavano di cavargli gli occhi. Lui le lacerava le carni con le dita. Kate stava lottando, ma le forze cominciavano a venirle meno.

Nella mente le riecheggiò l'avvertimento di Christopher.

Il potere ha un prezzo.

Indietreggiò barcollando e lui si avvolse attorno al suo corpo come un serpente. La sua pelle si allungò sopra la bocca di Kate, mentre preparava ago e filo che le avrebbero chiuso labbra e occhi per l'eternità. Le sussurrò all'orecchio. E lei sentì la follia del mondo intero. Il male che la notte faceva piangere Dio. A ogni parola, diventava sempre più debole.

«Kate, tuo figlio sta per essere divorato vivo. haI solo un modo per salvarlo, adesso.»

Poi, vide la signora che sibilava. I cervi brulicavano intorno a lei come squali in una frenesia alimentare. I dannati le saltarono sulla schiena. Uno dopo l'altro. Mordevano. Graffiavano. Artigliavano.

«Christopher ti ha dato il suo poterE. Se lo usi per uccidere leI, ti lascerò andare.»

Kate sentì il retro delle palpebre leccar via l'umidità dagli occhi. Occhi bollenti di febbre. Con la visione era onnipotente, ma quello era il suo mondo. Riusciva a vederlo. Stava morendo di paura. E faceva paura. Bruciava di una furia fredda.

«Ho conosciuto troppi uomini come te», gli disse.

«No, non è verO.»

E poi, le cucì la bocca.

«Non hai conosciuto nessuno come mE.»

E le staccò un brandello di carne dal collo, con un morso. Era ovunque, e da nessuna parte. Era tutti, e nessuno.

«Quindi, se non la ucciderai, diventerai leI.»

Kate lottò con tutte le forze che le erano rimaste. Spezzata. Sanguinante. Finché lui non le fece buttar fuori tutto il sangue, come acqua da una spugna, e la gettò in strada come spazzatura. Si sbucciò la pelle sull'asfalto e finì sul prato accanto alla signora che sibilava. I cervi e i dannati formarono un circolo attorno alle due donne. Non potevano combattere l'Inferno intero da sole. Avrebbero avuto bisogno di un esercito. Ma almeno suo figlio era riuscito a fuggire. Ed era l'unica cosa che contasse.

«Mamma.»

Kate si voltò e lo vide.

Uscì dal bosco.

Solo.

«NO!» strillò lei, strappandosi il filo dalla bocca. «LASCIAMI QUI! SCAPPA! CORRI!»

I cervi si lanciarono verso di lui.

«Va tutto bene, mamma.»

«NON SEI SULLA STRADA!» gridò la signora che sibilava.

«Non preoccupatevi. Sono qui.»

Kate provò a muoversi, mentre l'uomo con la divisa da Girl Scout usciva dal tunnel con il resto dei dannati e andava verso suo figlio.

Christopher non vi badò. Continuò ad avanzare. Senza timore. Sentì le voci che tornavano a lui attraverso il cordino. Non gli straziavano più il cervello. Non c'erano emicranie. Non c'era febbre. Ascoltava semplicemente le voci sul cordino. Il passato di ogni persona. I segreti. L'innocenza perduta. La sofferenza. L'identità. La delusione. La rabbia. La confusione. Il rimpianto. Il senso di colpa. L'amore. La perdita. Di tutta l'umanità. Non era dolore. Era potere. La paura non è paura. È eccitazione intimorita dalla sua stessa luce. Il mondo intero si estendeva di fronte a lui. Tutti gli abitanti della Terra. Non aveva mai sentito un amore così intenso. Unito alla speranza. Alla gratitudine. Di ogni singola anima lungo quella fila conosceva nome, amori, speranze, sogni. Conosceva quelle persone ed era loro. Così come loro erano lui.

«Siete liberi, adesso.»

Sentì le persone-cassetta che si strappavano i fili come elefanti che all'improvviso si erano rammentati che una corda non è una catena. Aprirono gli occhi come minatori che vedevano il sole dopo aver trascorso cent'anni sottoterra. Si strapparono i fili dalle labbra. Le parole si riversarono nella valle. Nel bosco. Nella radura. La battaglia non era finita. L'uomo gentile non aveva vinto. Erano ancora in guerra, e i buoni avrebbero continuato a combattere fino all'ultimo di loro. Non avevano bisogno di un esercito.

Loro erano l'esercito.

132

Christopher emerse dal bosco con Ambrose, David, lo sceriffo e un migliaio di persone-cassetta. Diedero un'occhiata alla strada dove la fila di persone-cassetta si allungava fin dove si spingeva lo sguardo. I fili strappati dalle bocche erano a terra, attorno ai loro piedi. Gli occhi non avevano più zip. Finalmente erano aperti.

In silenzio, rivolsero i loro sguardi all'uomo gentile. Brillavano, illuminati dalla collera di secoli. Per tutta quella miseria. Per il milione di volte che li aveva costretti a veder morire una persona amata. A veder soffrire una madre. A veder maltrattare un bambino. Christopher prese il cordino che aveva in mano e, mentre parlava, si sentì invaso da un'iniezione di energia.

«Siamo liberi, adesso.»

Il cordino cadde.

E le persone-cassetta si lanciarono sull'uomo gentile.

In testa, il padre di Christopher.

Kate era senza parole. Per un momento dimenticò dov'era. Nonostante quello che aveva visto, ancora non sapeva se lui fosse reale. Fino a quando i loro occhi non si incontrarono e non sentì i sussurri viaggiare dallo sguardo di lui al suo. Lei sapeva che era dispiaciuto di essersi scordato quello che aveva vissuto con lei. Sapeva che considerava lo sceriffo un brav'uomo. Sapeva che le stava dicendo addio. Per ora.

«Aspetta. Dove stai andando?» gli chiese.

«Intendo proteggere la mia famiglia, questa volta», rispose. «Ti amo, Katie.»

La baciò. Rimpianto e dolore per la perdita evaporarono in un istante di pace. E poi si voltò e si lanciò sull'uomo gentile, mentre gridava alle altre persone-cassetta…

«SEGUITEMI NELLA LUCE!»

Quando colpì la pelle dell'uomo gentile, il padre di Christopher si tramutò in luce. Ardeva, rovente come il sole. *Sun*. *Son*. Il figlio. La stella. L'anima. Che ascendeva al cielo.

L'uomo gentile strillò, mentre la sua pelle bruciava.

Come tessere di un domino, le persone-cassetta seguirono il padre di Christopher, adattandosi alla velocità dell'uomo gentile. Gli saltarono sulla schiena come pulci su un cane, e diventarono esplosioni di luce. Fluttuarono verso il cielo come braci di un fuoco da campo. Il messaggio si diffondeva, raggiungeva tutti.

«Siamo liberi!»

Continuavano ad arrivare. Calpestavano i dannati, in una corsa precipitosa. L'uomo gentile rispose. A ogni movimento delle sue braccia potenti, a decine diventavano scintille. Ma non si fermavano. Acceleravano. La luce interna li faceva aprire e li tirava su, in alto. Liberi per sempre. Lui continuava a menare colpi, ma i nemici erano troppi. Gli saltavano sopra, bruciandolo con la loro luce. E riempivano il cielo di stelle cadenti.

A ogni anima, lui si indeboliva. A ogni sole. *Sun*. *Son*. Figlio. Figlia. Padre. Madre. Emily Bertovich rivolse un sorriso allo sceriffo, e poi corse dritta verso il cuore dell'uomo gentile, finendo in un milione di frammenti di luce. Il cielo era così brillante che i cervi si paralizzarono, lo sguardo fisso su quel faro imponente. I corpi si ammassavano sempre più rapidamente, finché l'uomo gentile non fu più visibile. Stava urlando di dolore, sepolto sotto un mucchio di luce.

Christopher alzò gli occhi al cielo. E vide una nuvola che cominciava a formarsi.

«Mamma?» disse terrorizzato.

Lo sceriffo notò che i cervi battevano le palpebre, e a poco a poco si abituavano alla luce. Cominciarono a sibilare, mentre i dannati si alzavano, barcollando. Ambrose sentì il suo fratellino tirarlo per la manica.

«Che cosa c'è, David?»

David indicò il cielo. Attraverso gli aloni nei suoi occhi, Ambrose guardò le nubi che stavano formando una faccia. Sembrava sorridere. Con dei denti enormi. L'uomo con il vestito grigio.

«MAMMA! DOBBIAMO ANDARCENE, SUBITO!» strillò Christopher.

Prima che avesse avuto il tempo di finire la frase, Kate lo aveva già sollevato di peso e stava tornando di corsa verso il bosco. Lo sceriffo la seguì, David e Ambrose si misero a correre con la signora che sibilava, mentre nuvoloni neri e furiosi cominciavano a contorcersi alle loro spalle.

«chrisSstopher!» tuonò la voce.

Christopher vide alle loro spalle mulinelli di fuoco che turbinavano a velocità impossibili. Ognuno sembrava una zanna nella bocca dell'uomo gentile.

«noN tE nE andraI maI!»

Un muro di fuoco rotolò in un'onda di marea. Bruciando attraverso il quartiere quasi fosse una casa fatta di paglia. Si udì un cigolio, e poi un poderoso BOOM, allorché l'uomo gentile si alzò, gettando via i corpi delle persone-cassetta come lucciole nell'oscurità. Vide Christopher, sua madre, lo sceriffo, David, Ambrose, e la signora che sibilava, che correvano verso il bosco. Mise i piedi sulla sua bella strada e si introdusse nel tunnel.

Nel passaggio che nessun altro conosceva.

133

KATE correva, con suo figlio in braccio. Cervi e dannati dietro di loro. Christopher sentì crescere il panico nella signora che sibilava, i cui occhi sfrecciavano lungo tutti i sentieri. Qualcosa non andava. Lo sapeva. Il bosco era diverso.

Dov'è la porta?

Sentì la paura di David. In cinquant'anni, non aveva mai visto il bosco così. Gli alberi si destarono. I rami si allungarono. Braccia violente rimaste intrappolate per secoli. Riusciva a sentire David che cercava di calmare la sua mente e di far volare Ambrose al di sopra della linea degli alberi, ma i rami si intrecciarono sopra di loro, creando un tunnel. Li stavano conducendo al mattatoio, come bestiame.

Christopher si girò. Le nuvole non erano più solo nuvole. Erano il fumo che si levava da un fuoco terribile. Sentiva arrivare il calore... Provò a cercare l'occhio della sua mente, ma il cordino e le persone-cassetta lo avevano prosciugato, lasciandolo impotente tra le braccia di sua madre. Sentiva lei, indebolita dalla battaglia con l'uomo gentile. Solo i suoi istinti materni le consentivano di muovere ancora le gambe, il più velocemente possibile.

«LA PORTA DOV'È?» gridò adesso.

Christopher diede un'occhiata al sentiero e vide un muro di alberi, davanti. Il bosco si era chiuso intorno a loro. Stavano correndo in un vicolo cieco. Sentiva il suolo tremare sotto di loro.

«lOoo sAii perché seppelliamO i cadaVeri a uN meTro e ottantA centImetri di pRofondità?» chiese la voce.

Christopher vide la terra muoversi sotto i piedi di sua madre.

«perché coSì noN li sentIamo quandO Si sveGliano, chrIstopheR. E adEsso Si stanNo sveGliando tuttI! stannO arRivandoooo!»

Sentì tutte quelle persone sottoterra. Radici che facevano inclinare il terreno.

«DOV'È LA PORTA?» ripeté sua madre.

Christopher calmò la mente. E ritrovò la memoria. Era già stato lì. Per sei giorni. Conosceva quel luogo.

«Continua a correre.»

Il gruppetto guardò il muro di alberi. I rami sembravano lance gigantesche, pronte a impalarli.

«Ma è una strada senza uscita!» replicò sua madre.

«No, è un trucco. Fidati di me.»

Senza esitare, Kate gli diede ascolto. Corse dritta contro gli alberi, pronta a essere straziata dai rami.

Ma gli alberi non c'erano.

Erano solo riflessi in una nebbiolina acquea. Un'illusione all'interno del labirinto creato dall'uomo gentile. Attraversarono la coltre quasi fosse una cascata, e raggiunsero la radura dall'altra parte. Brillava, sotto la luna rosso fuoco. Alzarono gli occhi e lo videro.

L'albero gigantesco.

L'albero della conoscenza. Spezzato, torturato. I rami che si muovevano come marionette. Ciascuno con una casa attaccata. Le ombre all'interno che grattavano e graffiavano le porte. Piccoli semi nelle ghiande che si dimenavano. Pronti a nascere.

«LA CHIAVE!» urlò la signora che sibilava.

Christopher la tirò fuori dalla tasca. Lei l'afferrò e andò verso la porta intagliata nel tronco. Le nuvole si abbassarono. Le facce dentro di esse si muovevano come fantasmi.

Il vento le spazzò via la chiave dalla mano.

«NO!» strillò la signora che sibilava.

Trasportata dalle folate, turbinava attorno all'albero. Christopher guardò David che chiudeva gli occhi. Sentì che si stava spingendo al di là del dolore, per trovare l'occhio della mente. E poi si visualizzava mentre spiccava il volo all'inseguimento della chiave. Saltò di ramo in ramo. Le porte delle case sull'albero si aprirono dietro di lui. Le ombre si trascinarono fuori, e presero a salire lungo il tronco, strisciando.

«davvvvvviiddddddd…»

Altre porte si aprirono. Ombre colavano sui rami. Alcune andavano verso David. Altre scendevano.

«chrissttoppherrrr…»

Un banco di nebbia si alzò in ogni direzione a mimetizzare il bosco. Cervi e dannati giocavano a nascondino, lì dentro. Quel che restava dell'esercito dell'uomo gentile. L'uomo nel tronco cavo. La coppia. Il tizio con la divisa da Girl Scout. I loro occhi brillavano come tizzoni di un falò. Christopher li sentiva arrivare da ogni lato della radura.

Erano completamente circondati.

Gli adulti formarono un cerchio intorno a Christopher, mentre cervi e dannati attaccavano. Le due donne si misero schiena contro schiena, il bambino in mezzo a loro. Un branco di cervi lacerò le carni della signora che sibilava con i denti affilati come rasoi. L'uomo con la divisa da Girl Scout saltò sulla schiena di Kate. E prese a leccarle il collo. Attraverso gli aloni negli occhi, Ambrose guardò le ombre che saltavano a terra dall'albero, come linfa, per poi strisciare verso di loro.

«Sceriffo!» gridò.

Questi si voltò, mentre il suolo si apriva: piccole mani scheletriche sbucarono in superficie. Le anime smarrite che avevano costruito le case sugli alberi nel corso dei secoli. Ossa di bambini, che adesso si avvicinavano allo sceriffo.

«scerifffffffoooo…» dicevano, tra risolini.

Gli si gettarono addosso, mordendo, e lasciandogli i dentini da latte nella pelle. Lui cadde a terra, mentre altre mani bucavano il suolo e cominciavano a tirarlo giù.

Christopher! Aiuto!

Il bambino udì la sua richiesta portata dal vento. Guardò su, e vide la chiave che viaggiava in aria più veloce di quanto riuscisse a volare David. Doveva recuperarla per lui, ma era troppo debole per tenergli dietro. Aveva bisogno di braccia di trenta metri. E di mani.

Aveva bisogno dell'albero.

Aveva ceduto tutta la forza a sua madre.

Ma aveva ancora la sua mente. Chiuse gli occhi e lasciò che il sussurro si impossessasse del suo corpo. Toccò l'albero, che pulsava come un cuore. Non sembrava corteccia. Sembrava carne.

Sono stato qui per sei giorni.

Spinse il sussurro dalla sua mente nella carne dell'albero. Mosse i rami alti quasi fossero dita in un guanto. Guardò la chiave che volava su, oltre i rami. David Olson dietro di essa. Le ombre all'inseguimento. Rallentò tutto quanto. Il vento. L'aria. I rami sopra di loro. La chiave sfrecciava nell'aria. Era vicina alla cima. Ora o mai più, si disse. Allungò il ramo più alto, come se stesse lanciando una lenza.

La recuperò.

E la tenne per David, che la strappò al ramo, con le ombre alle calcagna. Allora Christopher aprì gli occhi e vide il ragazzino sulla cima dell'albero.

Dove l'uomo gentile stava fluttuando.

«ciaO, david.»

Abbassò la mano, con il boato di un tuono, e lo colpì… E David precipitò come un piccione. Si schiantò al suolo, ai piedi di Ambrose, perdendo sangue dalla bocca e dagli occhi.

«NO!» gridò la signora che sibilava, in preda all'angoscia, quando il bambino si lasciò sfuggire la chiave.

134

La chiave era a terra. Ambrose guardò con orrore le nuvole che si abbassavano. Vide l'uomo gentile, attraverso gli aloni, nascosto nella nebbia. Lo vide saltare in aria e atterrare senza far rumore. Vicino alla chiave. Ambrose provò a usare tutta la forza che aveva per colpire l'uomo che gli aveva portato via il fratellino. E che l'aveva torturato per cinquant'anni.

Ma era uno scontro ad armi impari.

L'uomo gentile lo afferrò per le braccia e gli premette gli occhi con i pollici. Ambrose sentì il corpo abbandonarlo. Le dita avvizzite e artritiche. La schiena. Le ginocchia. I piedi che avevano perso sensibilità in trincea. Qualunque guarigione gli avesse offerto Christopher, era stata annullata. Era di nuovo un vecchio, cieco e impotente.

L'uomo gentile fece per afferrare la chiave.

Ambrose udì la signora che sibilava lanciare via i cervi e bloccare il suo nemico inchiodandolo al suolo. Lottarono, le loro grida riempirono la notte di rosso. Lui non poté fare altro che ascoltare, impotente, mentre i dannati si scagliavano su Christopher e sua madre. Gli scheletri dei bambini, che ancora ridacchiavano, stavano trascinando lo sceriffo verso la sua tomba.

Alla cieca, l'anziano provò a recuperare la chiave. Affondò le dita nella terra finché non la trovò, sotto il sangue. Sollevò di peso il corpicino del fratello e andò alla porta, camminando sulle ginocchia fragili. Strinse la chiave nella mano artritica e cercò la serratura con le nubi negli occhi.

«noN lA troveraI maI, vecchiO!» lo schernì il vento.

«So come comportarmi da cieco, bastardo», replicò lui.

Con le mani, la trovò. Vi infilò la chiave e la girò con un clic. Poi aprì la porta e fece uscire…

Luce.

«Andiamo, David!» gridò.

Con il fratellino tra le braccia, si lanciò nella luce: passo dopo passo, gli aloni tornavano. Insieme con una sensazione di gioia. Aveva trovato il suo fratellino. L'avrebbe salvato. Lo avrebbe portato via da quel luogo orribile. D'un tratto, però, si sentì fermare da un muro invisibile. Una recinzione. David gli cadde dalle braccia. Si girò, e lo trovò, che cercava di rialzarsi sulle gambe malferme. Disperato.

«Andiamo, David!»

Il bambino fece no con la testa.

«Non puoi andare via?»

David annuì. Spinse il fratello verso la luce, per salvarlo.

«Mi ci sono voluti cinquant'anni per trovarti. Io non ti lascio qui», dichiarò Ambrose.

David scoppiò a piangere. Spingeva il fratello, quasi fosse una quercia. Lui però non voleva cedere.

«David, smettila. Non ti lascio un'altra volta.»

Con delicatezza, gli abbassò le mani, finché il ragazzino non smise di spingere. Ambrose s'inginocchiò e gli mise le mani sulle spalle. Sentì la luce dentro di lui. E guardò attraverso gli aloni negli occhi.

«David… puoi andare in paradiso?» gli chiese.

David annuì. Sì.

«Allora perché non sei già lì?»

Il bambino lo guardò.

«Sei rimasto per me?»

David annuì ancora. Sì.

«Mi stavi proteggendo?»

Un altro sì. Ambrose si voltò a guardare un'ultima volta la radura. Vide la signora che sibilava mentre veniva fatta a pezzi dall'uomo gentile. Le ombre e gli scheletri che strisciavano sullo sceriffo. I dannati che strappavano Christopher da sua madre, mentre i cervi si lanciavano all'attacco. Era tutto perduto.

«David, vuoi vedere mamma e papà?»

Il ragazzino si fermò. Sapeva che cosa gli stava chiedendo il suo fratellone. Annuì. Sì.

«Coraggio», fece Ambrose. «Andiamo a casa.»

Lo prese per mano, e insieme corsero verso l'uomo gentile. A ogni passo, il suo corpo diventava sempre più simile a quello che aveva avuto quella notte, a diciassette anni. Le ginocchia malandate. L'artrite. Le cicatrici di guerra. Dolori e acciacchi. Se ne andò tutto. Non c'era più sofferenza perché non c'era più un corpo a sopportarla.

I fratelli Olson sfrecciarono attraverso la radura.

E poi... l'impatto.

Andarono addosso all'uomo gentile, che cadde a terra sofferente. La loro luce si sparpagliò come una raffica di pallettoni, attraversando la sua pelle. Brillava a tal punto che le ombre divennero vapore. I cervi che stavano attaccando Kate ne furono accecati. Scheletri e dannati vennero spinti via dallo sceriffo e da Christopher, come un castello di carte.

Il tempo sembrò rallentare. Ambrose aprì gli occhi. Non c'erano aloni. Era tutto un alone. Il dolore. La preoccupazione. Cinquant'anni di quella camera vuota. Tutto sparito. Finalmente aveva ritrovato il suo fratellino. Poteva smettere di essere perduto, adesso. In un batter di ciglia vide David voltarsi verso la signora che sibilava. La sua protettrice. La sua custode. La donna che lo aveva tenuto al sicuro per quel mezzo secolo in cui lui non aveva potuto farlo. La salutò con la mano e con il suo sorriso senza i due incisivi. Lei gridò di gioia, mentre lo vedeva lasciare quel posto per sempre. Il suo David finalmente sarebbe tornato a casa. I due Olson si levarono in volo. Due soli. *Sun. Son.* Due figli. La luce era più forte di qualunque cosa Ambrose avesse mai visto, ma non gli faceva male agli occhi. Le luci in camera sua si accesero. Ambrose alzò lo sguardo dal letto e vide il suo fratellino vicino all'interruttore.

«Ehi, Ambrose. Ti va di fare qualche lancio?»

135

CHRISTOPHER guardò gli ultimi bagliori della loro luce tremolare nel vento e un attimo dopo scesero le tenebre. Il bosco stava tornando in vita. Corse da sua madre che sanguinava a terra. L'aiutò ad alzarsi. Lei appoggiò il peso sulla gamba morsa fino ai legamenti dai cervi. La sostenne per superare le tombe lasciate dagli scheletri, mentre la signora che sibilava afferrava lo sceriffo e si metteva il braccio di lui attorno al collo, come un soldato.

Tutti e quattro si diressero zoppicando verso l'albero.

La porta si aprì, rivelando la luce. La signora che sibilava spinse lo sceriffo all'interno del tronco. Verso la vita. Nella parte reale. Poi si voltò verso la madre di Christopher. Uno sguardo che valeva una vita.

«Andate!» disse.

Kate mise il suo bambino nella luce. Lui si voltò verso la signora che sibilava, ma all'improvviso vide l'uomo gentile caricarli. Christopher sapeva che non potevano andarsene entrambi. O lui, o sua madre. La spinse nella luce.

«No!» strillò lei.

L'uomo gentile prese il bambino e lo scaraventò di nuovo nella radura. La signora che sibilava si lanciò su di lui. Furioso, la gettò via come un giocattolo per i cervi.

«chrisssStopherrrrr», disse, «sE io noN possO andarmenE, noN puoI farlO neanchE tU.»

L'uomo gentile spinse Christopher contro l'albero.

«mI haI portatO viA tuttI i mieI cuccioll.»

Chiuse la porta con la chiave, che poi gli mise davanti agli occhi.

«comincerÒ coN tE.»

Se la mise in bocca e la inghiottì. Christopher vide il metallo che sporgeva da sotto la pelle della gola. La porta era chiusa. La chiave se n'era andata. Lui era in trappola.

«noN mI lasceraI mai.»

Il ragazzino cercò un via di fuga, ma non aveva nessun posto dove scappare. Aveva trasferito tutto il potere a sua madre. David se n'era andato. Cervi e dannati si passavano la signora che sibilava. L'uomo con la divisa da Girl Scout tirò fuori un coltello. Alla coppia che si baciava ricrebbero i denti, che adesso avevano due volte le dimensioni normali. L'uomo nel tronco cavo ridacchiava come un bambino. Si alzarono, aspettando il loro turno.

Christopher guardò l'orizzonte e notò una luce soffusa che compariva sopra gli alberi. Il sole si stava levando in cielo. Qualcosa sarebbe cambiato, all'alba. Lo sentiva tutt'intorno a sé. La voce cantilenava.

La morte è arrivata.

La morte è qui.

Morirete il giorno di Natale.

Vide il sole infrangersi all'orizzonte. E all'improvviso sentì una vocina che si fece strada in mezzo a tutte le altre. L'avrebbe riconosciuta ovunque.

Era la sua.

«Ti perdono», disse.

«cosA?» chiese l'uomo gentile.

Christopher lo guardò alla luce dell'alba. Si rese conto che era un mago. Faceva in modo che il pubblico guardasse una mano, mentre spostava le cose con l'altra. Era quello il suo unico potere.

Christopher abbassò gli occhi sulla sua mano. Vide un cordino. Invisibile. L'aveva portato con sé per tutta la vita. Non se n'era mai reso conto. Non aveva dato tutto il potere a sua madre, perché il potere di Dio non era l'onniscienza. Non era l'onnipotenza.

Il potere di Dio era l'amore.

«Io ti perdono», ripeté.

Christopher si inginocchiò davanti all'uomo gentile. Lui

amava tutti. In cielo come in Terra. Sapeva che il suo destino era morire in quel bosco. Fare in modo che l'uomo gentile restasse all'oscuro del fatto che, per uscire, doveva solo guardare dentro. Perché dentro era fuori. Perché per tenerti il potere lo cedi. Non occorre la violenza per uccidere il male. Occorre il bene.

«Ti perdono», ripeté Christopher.

L'uomo gentile corse verso di lui come un cane ululante.

«sssMettilA dI ripeterlO!» sibilò.

«Puoi uccidermi», disse Christopher. «Prenderò il loro posto.»

Christopher chinò la testa, preparandosi a morire.

«iO noN tE lO permettO! noN tE nE andraI maI! hO chiusO lA portA.»

«Non la puoi chiudere.»

«perchÉ?!» L'uomo gentile rise.

Christopher guardò la signora che sibilava e sorrise. Tutto era calmo e tranquillo.

«Perché non c'è nessuna porta.»

Alzò le mani e si toccò gli occhi. Era talmente facile vedere negli altri, e così difficile vedere dentro di sé. Aveva gli occhi cuciti. Si strappò i punti. Guardò ogni cosa alla semplice luce del giorno. La radura. Sembrava talmente piccola, adesso. Era come tornare alla sua vecchia scuola e vedere gli armadietti minuscoli. Le ombre non facevano paura. Erano la prova che la luce esisteva. Fuoco e zolfo erano solo un miraggio. Le nuvole non erano che vapore dentro una stanza da bagno. Non doveva fare altro che pulire lo specchio.

Non gli serviva una chiave.

Lui era la chiave.

Christopher si voltò verso l'uomo gentile, per guardarlo con i suoi veri occhi. Per la prima volta vide...

Il diavolo.

Il male.

Calmo. Fermo. Pronto a colpire. Abbandonato. Folle. Dentro una trappola che luI non riusciva a vedere. era completamente solo. avevA gli occhi cuciti. come le labbra. il cordino l'avevA intorno al collo. non faceva altro che fissare il riflesso del suO fumo e gli specchi, che chiamava nuvole. luI non era un dio. erA un codardo.

Christopher si liberò la bocca. Mosse la mascella e parlò per la prima volta ad alta voce.

«Sono libero, adesso.»

Lasciò cadere il cordino. La porta all'interno dell'albero si aprì.

«nOOOO!» strillò il diavolo.

L'albero si aprì da ogni parte. La luce irruppe tra le crepe della sua pelle e si riversò all'esterno dell'enorme tronco. Cervi e dannati corsero via con gli occhi sgranati, in preda al panico. Nella loro follia, in mezzo alle loro grida, Christopher sentiva solo una parola:

«Aiutami».

La luce li avvolse tutti e li portò via come un fiume in piena. Alcuni piansero. Altri urlarono. E in un istante se ne andarono, lasciando la signora che sibilava al sicuro per terra, mentre la luce iniziava già a guarirla.

Christopher guardò l'uomo gentile.

«Ti voglio bene.»

E poi si girò e tornò nella luce.

L'uomO gentilE lo rincorse. Con fare assassino.

«tU noN vaI dA nessunA partE...»

Cieco, corse nella luce per tirare fuori il bambino. La suA pelle prese fuoco, quando andò a sbattere contro la recinzione invisibile. Provò a spingere con tutta la suA rabbia.

«dov'È la portA?»

Quel muro lO faceva bruciare, ma non si fermò. Christopher aveva lasciato un'apertura. Da qualche parte. La sentiva. Dov'ERA? poteva uscire! Si strappò la chiave dalla gola. Continuò a tastare la recinzione, che lo faceva bruciare. Cercava la porta. Dov'è? Dov'è?!

«fammI uscirE da quI!»

vIde Christopher tornare sulla Terra. Christopher era nella casa sull'albero dalla parte reale. sEntiva l'odore dell'aria fresca dell'inverno. Dei pini. Christopher uscì dalla casa. E la vIde.

La porta era rimasta aperta!

«fammI uscirE!»

l'uomo aVvertì l'ondata di energia che c'era là fuori. L'erba bagnata, l'inverno. pOoteva andarsene! Si scHiacciò per passare in quell'apertura nella recinzione, ustionandosi fino a procurarsi delle cicatrici. erA dentro la casa sull'albero, dalla parte reale. Christopher richiuse la porta sbattendola. luI guardò il mondo reale attraverso le finestre. Folle, gli occhi spalancati. La libertà era al di là di quella porta. vi si lanCiò contro, di peso. Adesso sarebbe fuggiTo!

«sonO liberO adessO!» urlò.

Christopher fece scudo con il corpo contro la porta. L'uomO gentilE lottò, graffiando il legno. Affondandovi le unghie. Era in trappola, come un animale.

«fammI uscirE! fammI uscirE!»

Lo sceriffo raggiunse Christopher. La città intera spingeva con lui. L'uomO gentilE gemette e graffiò le finestre di vetro.

«bruceretE tuttIII!»

All'improvviso vide acqua riversarsi dalle finestre: torrenti. Pensò che fosse pioggia, ma non aveva portato le nubi. Non caPì che cosa fosse, finché non prese un respiro profondo attraverso il naso. Ai pini coperti di muschio e all'aria dell'inverno si era sostituito un altro odore.

Benzina.

La madre di Christopher scese dal tetto della casa e tornò sulla scaletta con una tanica sulla quale erano stampate due parole: CANTIERI COLLINS. In mano aveva un fiammifero. Frenetico, l'uomO gentilE graffiò la finestra per spegnere la fiamma. Christopher appoggiò il palmo al vetro e il grattare sussurrato toccò la mano dell'uomo.

«Sei libero, adesso.»

Sua madre lanciò il fiammifero sulla casa.

Il diAvolo gridò.

Christopher guardò l'uomO gentilE senza malizia. Senza odio. Senza niente, se non compassione. E perdono. gLi afferrò le mani e gLi restituì tutto quello che aveva dato al mondo. lUi era la signora Henderson, sola e rifiutata nella sua cucina. eRa Mike che cuciva gli occhi a suo fratello. eRa Scott e Jenny che annegavano. non riusciVa a bere abbastanza, per la signorina Lasko. non riusciVa a scaldarsi nel cortile gelato, con Brady Collins o sua madre. erA il primo genitore che avesse abusato del suO bambino, e poi di tutti i bambini.

«fallO smetterE!»

Il fuoco divorò i telai delle finestre. La porta. lUi corse ovunque per tentare di sfuggire a quella sensazione. uRlò attraverso le finestre. Ogni parola con una voce diversa.

«spegnI iL fuocO! i buonI vinconO lE guerrE. datE rettA allA nonnA!»

E una voce sommessa di tanti secoli prima.

«Uccidere in nome di Dio significa servire il diavolo.»

La luce gLi entrò negli occhi. lO accecò. L'uomO gentilE sentì la luce che lO circondava. La casa sull'albero era una camicia di forza di legno. Il bruciore era troppo intenso. La signora che sibilava lO respinse là dentro. dentro l'albero gigantesco al centro della radura zuppa di sangue.

Il diavolo era tornato all'Inferno.

guardò la signora che si abbassava a rubargli la chiave dalla mano carbonizzata e chiudeva la porta dietro di sé con un clic. poi rimise la chiave al suo posto, nella carne attorno al collo. Non c'erano altre porte. Né vie di fuga. Né cervi. Né dannati. E nemmeno ombre.

C'erano solo lui e lei.

«Non sei sulla strada», gli disse sorridendo.

lUi la guardò. Sconfitto. Spezzato. gLi occhi annebbiati a causa della rabbia che aveva battezzato con le lacrime. corsE verso di lei, con tutto l'odio che aveva nel cuore. La signora che sibilava rimase ferma e immobile. Era in pace.

«muorI!» griDò.

AlZò il braccio e la colpì con tutta la potenza dell'Inferno.

Lei non sentì dolore. Udì soltanto una voce. Una voce dolce, gentile.

«Torna a casa. Mi dispiace. Tuo Padre ti ama.»

Suo fratello era morto sulla Terra. Lei aveva scelto di morire lì. Si frammentò in un milione di particelle di luce. L'uomO gentilE osservò la signora che sibilava, mentre saliva in Paradiso. Le stelle sfrecciavano attraverso il cielo. Tutti noi diventiamo oceano. Tutti noi diventiamo stelle.

«Ti prego, torna a casa. Hai fatto abbastanza. A Tuo Padre manchi moltissimo.»

La signora che sibilava si avvicinò alla casa del Padre. Una donna adulta che moriva di freddo nel giardino sul retro. Bussò e aspettò finché Lui non venne ad aprirle. Sentì il calore della cucina. Alzò gli occhi verso di Lui. Che aprì le braccia per accoglierla e la strinse.

«Mi dispiace per quello che ti ho fatto», gli disse.

«Sì. Dispiace anche a me.»

«Ti voglio bene, Padre mio.»

«Te ne voglio anch'io, Eva.» Le diede un bacio sulla fronte. «Benvenuta a casa.»

Epilogo

L'uomO gentilE guardò attraverso la finestra della cucina, dal cortile gelido. Tanto era l'odio che proVava in quel momento che pEnsò di buttar giù la porta e ammazzare entrambi. cOrse alla porta e la colpì.

«fatemI entrarE! fatemI entrarE!»

Silenzio. bUssò ancora e ancora, fino ad avere le mani ferite e sanguinanti. Ma nessuno lO sentì. erA l'albero al centro della foresta. Non poTeva fare altro che osservare le stelle cadenti. Ogni stella è un sole. Ogni sole è un'anima. Ancora un momento e tutte le stelle sarebbero sparite. I pianeti attorno alla Terra non avevano più luce.

E lUi era solo.

All'improvviso, l'uomO gentilE ebbe paura.

Si reSe conto di essere stato lì cento miliardi di volte.

I volti cambiavano sempre, ma il finale no. Dio lO aveva abbandonato in quella trappola. doVeva trovare un modo per uscire da quel tormento. gUardò attraverso la vastità dell'universo e non vide che una cella di due metri per due. guArdò le pareti bianche, senza vedere che era l'uNico a reggere un cordino. Non aVrebbe mai alzato la mano per sentire il filo che gli chiudeva gli occhi. O la zip che gLi chiudeva la bocca.

«Sei libero, adesso», disse la voce.

Ma lUi non la sentiva. poTeva stare solo nel sUo isolamento. A guardare la città. Alla ricerca del bambino successivo.

gUardò attraversò la radura. Le fissò. Le rane si stavano ancora svegliando, barcollavano, cercavano di farsi passare la sbornia. guarDavano la sUa casa sull'albero che andava in fumo e poi scompariva dissolvendosi in

Nuvole.

sApeva che qualcuno avrebbe liquidato quell'esperienza come un brutto sogno. Qualcuno addirittura si sarebbe costretto a dimenticare. Ma lUi sarebbe sempre stato lì. Nelle loro orecchie. Nei loro sogni.

«signorA henderson... psst... signorA henderson...»

Le sTava così vicino, quando le sussurrava all'orecchio, che lei scambiava il sUo respiro per brezza. Si grattava l'orecchio, ma non lO sentiva. Era troppo concentrata sul marito, che guardando l'albero si scopriva a prenderle la mano. Ora che l'incubo era passato, voleva solo portarla a fare quel weekend fuori porta. Fortuna che lei aveva già preparato una valigia.

«jennY, tesorO, scotT è ancorA lÌ. affoghiamolO.»

Ma Jenny non lO sentiva. Era al sicuro tra le braccia di suo padre, che la portava lontana dal suo fratellastro. Si era ripromessa di denunciarlo alla polizia, perché meritava giustizia, più che silenzio. Quello che non poteva sapere era che avrebbe confessato lui stesso allo sceriffo, quella sera. Era l'unico modo per smetterla di annegare in quel torrente. Nell'alluvione.

«bradY... uccidI queL ragazzinO... dA' rettA allA nonnA.»

Brady Collins era troppo occupato ad ascoltare la nonna reale per badare a quella voce. Lynn Wilkinson chiese scusa alla figlia per non aver fermato il suo defunto marito e la signora Collins promise al suo ragazzo di non spedirlo mai più in cortile.

«eddiE... psst... eddiE... dA' rettA allA nonnA...»

SpecialEd si grattò l'orecchio, e poi tornò a farsi coprire di baci e promesse di dolci, torte, HBO e Showtime in camera, per sempre. Quella sera avrebbe rimesso la pistola del padre nella sua custodia. Si sarebbe infilato sotto le coperte e avrebbe guardato l'albero, fuori, con i rami che sembravano sorrisi malati. L'albero lo avrebbe spaventato, e lui sarebbe corso in camera di sua madre solo per scoprire che aveva ripreso a condividere il letto con suo padre. SpecialEd avrebbe dormito in mezzo a loro quella notte e, una volta addormentato, avrebbe sognato la nonna. La nonna vera.

«Sono così fiera di te, Eddie. Hai vinto la guerra.»

l'uomO gentilE attraversò la radura, sempre più furioso via via che altri bambini venivano coccolati dalle rispettive famiglie. viDe le due mamme di Mike e Matt abbracciare i due ragazzi. saPeva che Matt e Mike sarebbero cresciuti insieme. Che ci sarebbero sempre stati l'uno per l'altro. Matt avrebbe sempre tenuto il suo occhio magico puntato sul fratello. Nessuno li avrebbe mai più divisi.

«asScoltatemI...»

suSsurrò alla signorina Lasko della splendida sensazione di avere delle farfalle che ronzavano sulla pelle, ma lei non ne aveva più bisogno. Così sarebbe rimasto più merLOT per l'infermiera Tammy, che ricordava vagamente di essersi addormentata al lavoro per poi svegliarsi in mezzo al nulla con il medico, il quale aveva sentenziato che dovesse essersi trattato di un sogno delirante provocato dall'influenza. Chiamò suo padre e gli disse che sarebbe andata a casa per festeggiare il Natale non appena lei e il dottore avessero rimesso in piedi la città. Lui la prese in giro: «Non è quel tipo carino di cui parli sempre?» «Sta' zitto, papà.»

«ascOltaTemI!»

Urlava loro nelle orecchie, ma lo grattavano via e ritrovavano la pace di cui avevano bisogno. Jill e Clark tornarono a casa. L'anziana tornò nella casetta di legno. Si sarebbe seduta alla finestra della sua stanza, quella sera, e avrebbe guardato le splendide stelle che brillavano come soli sull'Ohio. Avrebbe visto suo marito farle segno di raggiungerlo in acqua, così sarebbero stati insieme per sempre. Si sarebbe riunita a lui presto. Era un così bel ragazzo.

«jerrY! leI stA peR scoparsI lO sceriffO. quellA troiA ridE dI tE!»

Ma persino Jerry sfuggiva al suo raggio d'azione. Dopo che aVeva smosso Inferno e Terra per attirarlo lì. E adesso non poTeva fare altro che guardarlo mentre pronunciava due semplici parole senza spina dorsale.

«Addio, Kate.»

Rivolse un cenno a Christopher. Poi prese le vincite del casinò e se ne tornò in Michigan. Da Mustang Sally.

«mA diO restA uN assassinO, sceriffO. diO ucciderÀ lA donnA chE amI.»

Lo sceriffo si voltò a guardare Kate, coperta di fango e sangue. Non aveva mai visto una donna più bella in tutta la sua vita. Sapeva che non avevano tutto il tempo del mondo, quindi non voleva perdere neppure un minuto. Voleva costruire dei ricordi con lei. Voleva fare un figlio con lei. Voleva trascorrere ogni Natale e tutte le vacanze con lei e Christopher, per il resto della sua vita.

«luI ti pianterÀ iN assO, katE. comE tuO maritO.»

Kate Reese si voltò a guardare lo sceriffo e gli fece segno di andare avanti e di unirsi alla famiglia. Per un attimo il suo pensiero andò al marito defunto. Tornarono i ricordi, ma non il dolore. Guardò Christopher, serio e attento.

La febbre era passata, per ora. E anche a lei. I bambini non piangono al lieto fine e lui non avrebbe mai imparato a farlo da lei. Diede un bacio allo sceriffo. Sapeva che lo avrebbe sposato. Sapeva che sarebbero stati una famiglia. Tutti hanno un finale. Che sia lieto o meno, dipende da loro.

«vI stO guardandO!»

gUardò lo sceriffo baciare Kate Reese e riprendere il lavoro, per aiutare la città a tornare alla normalità senza ulteriori incidenti. Si ripromise che il mattino seguente sarebbe andato a Erie, in Pennsylvania, per portare un po' di pace alla famiglia di Emily Bertovich. Ma per ora c'era bisogno di lui lì, a Mill Grove. L'uomO gentilE lo guardò aiutare la folla a disperdersi, e a fare ritorno alle proprie case, sana e salva. lO sorprese il numero delle persone che riuscivano a farlo. Indipendentemente dalla portata della guerra. E da quanto fosse stata cruenta. Alla fine le rane andavano avanti. Come piccoli semi che germogliavano dal terreno di una foresta bruciata. Andavano sempre a casa.

Ficcanaso.

«vI stO guardandO!»

gUardò la città lasciare la radura e riattraversare il bosco di Mission Street. guardò il sUo mondo. vuoto. Muto. L'albero era caduto, al centro della foresta, e non era rimasto nessuno a sentirlo.

Tranne Christopher.

Che lO stava guardando dritto negli occhi.

«tI stO guardandO, chrisSstopher.»

Christopher lO trapassò con lo sguardo. Guardò la nuvola. La faccia. La luna blu. L'eclissi. La fine dei giorni. Le stelle cadenti che attraversavano il cielo friabile. Un'altra. Poi un'altra. Ciascuna era una figlia. Un figlio. Un sole. Un'anima. Una macchiolina di colore negli occhi di Dio.

«Ti sto guardando anch'io.»

vIde la madre di Christopher voltarsi e guardarLo negli occhi, con tutta la furia del paradiso.

«Anch'io.»

Poi prese per mano il bambino e, insieme, uscirono dal bosco. L'uomO gentilE rimase un momento all'albero. L'ultima casa sull'albero era un mucchio di carbone, sul terreno. Il fumo si levò in aria. e lUi lo seguì.

flutTuò dentro la nuvola, sollevandosi al di sopra del bosco. Andò sempre più su. Finché non viDe la radura e l'albero che lo guardava con il sUo occhio gigantesco, e furibondo.

vIde l'orizzonte. Il sole, unico. La Terra era la testa sopra il corpo del gigante. Gli esseri umani erano insetti che strisciavano sul sUo viso. gUardò nel mondo. Osservò. Aspettò. Alla ricerca dell'anima successiva.

erA sospeso sopra la città. Seguiva le sirene. vIde l'ambulanza sfrecciare lungo la strada. La seGuì fino all'ospedale e vide i paramedici spingere in fretta la barella attraverso l'atrio, fino in sala operatoria.

Mentre i medici facevano del loro meglio per giocare a essere Dio, lUi fluttuò nel corridoio. vIde padre Tom che riposava, a letto. La signora Radcliffe gli teneva la mano, al suo capezzale. Grazie a Dio è ancora vivo, le sentì dire, mentre pregava. Grazie a Dio lo sono tutti. La madre. Il padre. Il ragazzino. Un miracolo di Natale.

Terminato l'intervento alla ragazza, fLuttuò silenziosamente nella sua stanza d'ospedale e si distese sul soffitto. lA guardò dormire. Un sonno profondo e sereno. Dormì tutto il giorno e tutta la notte, mentre il mondo si teneva occupato continuando a girare.

Quando Mary Katherine si svegliò, guardò la luce bianca e luminosa sopra il suo letto. Abbassò gli occhi sulle bende e le garze che le fasciavano gambe e braccia. D'un tratto si ricordò dell'incidente. Le corna dei cervi che la dilaniavano. Ma aveva salvato la vita a Christopher. Da qualche parte, in cuor suo, sapeva che il bambino era ancora vivo.

La porta si aprì.

Vide entrare un dottore e un'infermiera. Aveva ancora la vista un po' sfocata, ma riuscì a leggere TAMMY sul cartellino di lei. Alle sue spalle c'erano i suoi genitori, con Doug. Erano riusciti a fuggire dalla chiesa. L'incubo era finito.

«Questo è il paradiso?» chiese.

Risero tutti.

«No, tesoro», le disse sua madre, dolce. «Siamo in ospedale.»

«Hai rischiato di morire, amore», aggiunse suo padre. «Come tutti noi.»

L'uomo ricacciò le lacrime e le tenne la mano. D'un tratto Mary Katherine si sentì al caldo, come se fosse nella cucina di sua madre. Il dottore si avvicinò al letto e cominciò a spiegarle l'intervento, ma la sua mente viaggiava sulla nuvola degli antidolorifici. Colse una parola qua e là, ma era concentrata sulla «*perdita di sangue*» sua famiglia per prestare veramente attenzione «*lacerata*». Era solo grata di essere viva. Di essere lì con i suoi cari e con Doug. Il bel Doug. Magari sarebbe entrata al Notre Dame, alla fine. Le possibilità per il futuro all'improvviso le sembravano «*completo recupero*» infinite. Chiuse gli occhi e si lasciò andare, quando sentì la mano amorevole di sua madre.

«Ti aiuteremo noi, Mary Katherine», le disse.

«Sì», confermò papà. «Lo affronteremo come una famiglia.»

«Ci sarò anch'io. Non sei sola.» Questo era Doug.

Mary Katherine era confusa. Aprì gli occhi e guardò sua madre.

«Sola ad affrontare che cosa, mamma?» chiese.

Sua madre pianse lacrime di gioia.

«Sono riusciti a salvare il bambino. Sei ancora incinta.»

lUi guardò mentre la notizia si faceva strada sul viso della giovane. La gUardò mentre abbracciava la madre. gUardò il ragazzo che le dichiarava il suo amore e le prometteva di tirare su quel figlio come fosse suo. gUardò il futuro nonno chiedersi che cosa sarebbe stato.

Una figlia.

Un figlio.

Un sole.

Un'anima.

Dopo qualche minuto, il medico fece uscire la famiglia dalla stanza per concedere alla ragazza quel riposo di cui aveva tanto bisogno. Dopotutto doveva dormire per due, adesso. Mentre era distesa, con la testa sul cuscino, sentì un lieve formicolio alla base della nuca, che attribuì all'aria condizionata. Si grattò e si raggomitolò sotto le coperte. Chiuse gli occhi e, appena prima di addormentarsi, avrebbe giurato di aver sentito una voce sussurrarle dolcemente all'orecchio.

«Mary Katherine...» le aveva detto...

«Avrai un Figlio.»

Ringraziamenti

VORREI soltanto dire a tutti quelli elencati qui di seguito che, senza di loro, non ci sarebbe stato nessun libro e li ringrazio di cuore.

Liz, Maccie e Theo Chbosky
Wes Miller
Karen Kosztolnyik
Ben Sevier
Emad Akhtar
Luria Rittenberg
Laura Jorstad
Laura Cherkas
Eric Simonoff
Jeff Gorin
Laura Bonner
Kelsey Nicolle Scott
Ava Dellaira
Randy Ludensky
Jill Blotevogel
Robbie Thompson

Stacy, John e Drew Dowdle
Fred e Lea Chbosky

E, infine…
Emma Watson, che ha ispirato la fine del film *Noi siamo infinito*, e Stephen King, che ha ispirato tutto il resto.

L'autore

STEPHEN CHBOSKY, scrittore, sceneggiatore e regista, è l'autore del bestseller *Noi siamo infinito* che, dopo aver venduto milioni di copie in tutto il mondo, è diventato un film di grande successo, da lui stesso scritto e diretto, con Emma Watson, Ezra Miller e Logan Lerman come attori protagonisti. Un consenso di lettori raggiunto anche con *L'amico immaginario*, il suo secondo romanzo. È anche il regista del film *Wonder*, con Julia Roberts, Owen Wilson e Jacob Tremblay.

Dello stesso autore

Noi siamo infinito

Finito di stampare presso Grafica Veneta
Via Malcanton, 2 – Trebaseleghe (PD)